깊은
슬픔

깊은 슬픔

신경숙 장편소설

문학동네

새벽 거리를 응시한다.
나무들, 건물들, 아스팔트,
방금 터널을 빠져나와 질주하는 자동차, 창백한 수은등……
밤을 참고 있다.
너의 사무친 눈을 생각한다.
지난날, 그 도랑에서 놓친 자라, 바다로 갔을까?
이 불면의 나날 속으로 다시 헤엄쳐와 내 눈 감겨주길.
지금 자고 있는 당신, 나 이렇게 살고 있다.
힘겨운 날, 세상에 당신이 있어 얼마나 다행인지.

……사랑했으나 뜻대로 되지 않았던 이들에게 바친다.

차례

프롤로그

그 여자 이야기를 쓰려 한다.

이름을 은서(恩瑞)라 짓는다. 사랑이 불가능하다면 살아서 무엇 하나, 가끔 우는 여자. 언제부턴가 내 속에 내가 먹이를 주어 기른 여자.

처음에 그 여자, 한낱 실루엣에 지나지 않았다. 초봄이었거나 시월의 빗속에서 어렴풋이 잠깐 내 곁을 스쳐 지나가는 줄 알았는데, 차츰 그 여자, 내 마음에 옹이져왔다. 어느 날 그 여자가 괴로움 때문에 한밤중에 잠을 깨는 걸 봤다. 그 여자가 있는 방 커튼 밖에는 차가운 밤비가 내리고 있었다. 그 여자는 손을 뻗어 시집을 펼쳤다. 그 여자가 그 밤 읽은 시는 조은 시인의 '지금은 비가……'였다.

벼랑에서 만나자. 부디 그곳에서 웃어주고 악수도 벼랑에서 목숨처럼 해다오. 그러면 나는 노루피를 짜서 네 입에 부어줄까 한다.

아, 기적같이
부르고 다니는 발길 속으로
지금은 비가……

그 여자, 시집을 덮고 가만히 빗소리에 귀를 기울이더니 부엌으로 갔고, 찬밥을 찬물에 말아 후루룩 먹었다. 그러다가 목이 메는지 힘없이 숟가락을 놓는 그 여자의 눈에 비치는 집. 돌아가 처음인 듯 깃들고 싶은 집. 아무것도 아닌 줄 알았던 그 여자, 그렇게 내 마음에 집을 지어, 나, 돌이켜보기 시작했다. 무엇이 그 여자로 하여 한밤중에 잠을 깨 시를 읽게 하는지, 무엇이 그 여자로 하여 찬물에 찬밥을 말아먹게 하는지.

사랑은, 사랑은 불가항력이라고 여기는 여자. (불가항력이란 얼마나 불가항력적인 말인가. 인간의 힘으로는 어찌 할 수 없는 일이라니, 사회통념으로는 방지할 수 없는 힘이라니, 정치도 권력도 끼어들 수 없다니. 그저 심금을 울리는 그 아름다운 자유.)

불가항력이라고 스스로 느끼는 상태에 이른다는 건 행복한가, 불행한가? 서로 그러기로 하자고 약속한 질서를 무너뜨리는, 진실로 자신마저 제어할 수 없는 힘이 사람에게 존재하는 게 살아가는 데 힘일까, 아닐까? 내기를 거는 심정으로 나, 그 여자의 괴로움을 기웃거렸다.

그 여자로 하여금 존재하기를 체념하지 않게 했던 그 사랑의 힘, 그 힘을 글로 쓴다는 건 그 힘을 아무것도 아니게 만들려는 행위인지도 모른다. 살아보는 게 아닌 글로써는 그저 그 가까이 조금 가볼 수 있을 뿐, 아니 애써보는 것일 뿐, 투명한 물 속인 듯 들여다볼 수는 없어, 나, 어떤 일에든 그것의 생애로 깊이 들어가려는 이를 사랑한다.

그 여자, 사랑의 등만 봤던 여자, 어쩌면 삶 바깥의 여자, 저런, 사로잡힌 여자.

가끔, 그 여자, 내 안에서 바느질을 한다. 그 여자가 바느질하는 옆에서 나, 그 여자의 순해서 슬픈 목덜미를…… 그래, 목덜미 이야기를 하자, 나는 가끔 사람의 목덜미에서 그 사람의 앞날을 느낀다.

뒷모습의 중심을 이루는 목덜미의 선.

혼자 있어도 고개를 자주 숙이는 목선은 그 사람의 운명도 고개 숙이게 하는 건 아닌지. 여럿 속에서 고개를 한껏 쳐드는 목선은 그 주인의 운명을 고개 들게 하는 건 아닌지. 숙임과 듦 사이엔 무엇이 있는지, 나아감과 물러섬 중 무엇이 더 적극적인지. 가질 수 있는데도 놓기란, 나아갈 수 있는데도 물러서기란 힘겨워, 나, 그 여자 목선을 손가락으로 따라가본다.

새를 닮은 그 맑음과 고움의 선. 새는 날아간다. 날아가기에 아름답다. 아름다움은 왜 비극의 느낌을 주는지. 왜 아름다운 건 한자리에 있질 못하는 것일까? 새를 닮은 목선은 얼굴과 몸을 이어주는 목으로서 할 일을 잊고 그만 저 혼자 곧 날아갈 듯하다. 목만 새가 되어 날아가버리면 얼굴과 몸은 어쩌란 것인지. 그 여자, 저기서 밥을 짓고 있어도 곧 행주에 손을 닦고 날아갈 것만 같은 깨끗하고 긴 목선.

사람들은 그 선에 이끌려 깨끗한 목선을 가진 여자 앞에서 마음을 멈춘다. 그러나 목덜미의 선은 뒷모습을 이루기에, 아무리 마음을 멈추어도 서로 등밖에 볼 수 없기에, 그러기에 서로 다른 데를 보는 사랑의 관계는 이루어진다. 사랑은 목선을 따라 그 사람의 삶을 이끌고 간다, 고 나는 가끔 생각한다.

건강한 목선도 있다. 뒷머리가 능선의 모양을 그리며 내려온 아래, 뽀송한 솜털이 나 있는 아래, 단아하게 뻗어내린 선. 그 목선을 가진 여자는 해가 질 무렵이면 장바구니를 들고 싱싱한 상추를 사와 겉절이 하겠지. 살진 봄미나리를 다듬겠지. 찬장엔 양념통들이 나란나란, 깨소금이나 마늘 짓찧은 것, 가는 파 굵은 파 썰어 담아놓은 것들이 생기 있고, 밥물 위에 명란젓으로 간을 맞춘 계란찜을 쪄내겠지. 많이 움직여 빨갛게 상기된 얼굴로 해가 지면 거실에 불을 켜고, 웃음소리가 실내의 커튼을 뚫고 골목으로까지 퍼져나오게 하겠지.

존재를 견딘다는 건 시간을 견딘다는 게 아닌지, 존재는 어느 만큼 운명적이 아닌지. 국가나 부모를 선택해서 나는 것도 아니고, 이렇게 살고자 한다고 그렇게 살아지는 것도 아닌 존재를 그 여자 살면서 견디기를 바랐지만, 내가 기른 그 여자, 어느 날 블라우스 단추를 다느라고 바느질을 할 때 보았다. 그 여자의 목덜미, 흰 피부 밑으로 흐르는, 그 여자, 자신도 거역할 수 없는, 지독한 파멸의 내면을.

그 여자, 불가항력에 생애를 걸지만 않았다면, 차가움과 다정함을 조금만 섞을 줄 알았다면, 새로 돋은 자리로 옮겨갈 수 있었을 것을. 하지만 그 여자, 이미 가지고 태어난 목선의 슬픔을 비껴갈 수가 없는가보았다.

나, 그 여자의 존재 위에 퍼진 그물 같은 아지랑이 같은 시간을 바라보다 어느 날 새벽에 잠 깨 흑인 시인 랭스턴 휴즈의 재즈 풍의 시를 읽었다.

새벽 두시, 홀로
강으로 내려가본 일이 있는가
강가에 앉아
버림받은 기분에 젖은 일이 있는가

어머니에 대해 생각해본 일이 있는가
이미 죽은 어머니, 신이여 축복하소서
연인에 대해 생각해본 일이 있는가
그 여자 나지 말았었기를 바란 일이 있는가

할렘 강으로의 나들이
새벽 두시
한밤중 나 홀로

하느님, 나 죽고만 싶어—

하지만 나 죽은들 누가 서운해할까

그 여자 이야기를 쓰다 울고 싶어지면, 저, 불가능의 흐름 속
으로 그 여자마저 사라져버릴 것 같으면, 나, 그 여자가 읽었던
것과 내가 읽었던, 두 편의 시를 생각하리. 모든 것이 다 지나
간다, 느낄 때도. 그러면 조금 마음이 나아지리. 지금 생생한
죄, 조금은 추억으로 들어가 이 삶 속에서 덜어지리.

어쨌으면 벼랑에서 만나자, 라고밖에 할 수 없었는지, 벼랑
에서, 노루 피를 짜서 입에 부어넣어주겠다고 할 수밖에. 나,
아직 추억으로 보낼 수 없는 마음의 죄 있어, 그 사람 어디선가
나, 태어나지 말았기를, 바라는 건 아닌지.

겨우 고개를 들어보는 건 여기, 노트와 펜이 있기에.

봄

삶이란 기다림만 배우면
반은 안 것이나 다름없다는데……
그럴 것이다.
우리는 태어나서부터 뭔가를 기다리지,
받아들이기 위해서 죽음까지도 기다리지.
떠날 땐 돌아오기를,
오늘은 내일을,
넘어져서는 일어서기를,
나는 너를.

석류를 밟다

    문 두드리는 소리가 들린 건 은서가 석류를 밟아버린 발을 씻고 있을 때다. 석류를 밟아버린 발바닥에는 석류향이 묻어 있었다. 씻는다면서 사실은 그 향을 맡고 있었다.

    잠이 올까 하고 실내의 모든 불을 꺼놓고, 침대에 누웠지만 그녀는 삼십 초에 한 번씩은 몸을 뒤채며 잠 밖에서 머리가 아팠다. 그녀는 어둠 속에서 일어나 더듬거리며 턴테이블에 놓여 있는 음반 위에 바늘을 얹어놓았다. 낮부터 계속해 듣던 음악은 베토벤의 피아노 소나타 제17번 d단조 템페스트(폭풍), 알프레드 브란델의 연주다. 이 곡은 내일 방송에 나갈 곡이기도 했다.

    그녀는 완을 기다리다가 지쳐 시간이 새벽으로 넘어오기 전 어느 틈에 음악산책 코너의 폭풍에 대한 원고를 썼다. 원고를 미리 쓰다니, 그건 좀처럼 없던 일이었다.

    ……베토벤의 피아노 소나타 제17번 d단조에 폭풍이란 제

목이 붙은 사연은 이렇습니다. 베토벤에게는 신틀러라는 제자가 있었습니다. 신틀러가 이 소나타를 이해할 수 있는 열쇠를 청하니까, 베토벤은 셰익스피어의 템페스트를 읽으라고 했다고 합니다. 그 대답이 곧 이 소나타의 제목이 됐습니다. 이 곡은 3악장으로 되어 있는데 긴박하고 어둡고 극적인 그림자가 넘쳐흐릅니다. 1악장은 환상과 형식감이 조화를 이룬 아름다운 악장으로 변화가 풍부하며, 2악장은 1악장과 3악장 사이에서 차분한 동경을 음미하면서도 그 분위기는 상당히 긴장미가 넘쳐흐릅니다. 오늘 들으실 곡은 3악장인데요. 들어보시면 알겠지만 음은 한순간의 휴식도 없이 뛰어다닙니다. 열풍을 품은 듯한 힘참이 비할 데 없이 아름답습니다. 베토벤의 피아노 소나타 제17번 폭풍은 그의 피아노 소나타 가운데서도 특색이 아주 강한 곡입니다. 피아노 음으로 거친 바람을 느껴보시죠……

그녀가 자주 듣는 악장도 내일 방송에 나갈 3악장이다. 오른손과 왼손이 바삐, 한순간의 쉼도 없이, 건반 위를 뛰어다니는 그 폭풍을 쐬고 있으면, 마음에 차오르던 완에 대한 바람이 가라앉았다.

적어도 폭풍을 들을 때 은서는 현대음악요법의 기초이론인 카타르시스 이론은 맞는 말이라고 생각했다. 슬픔에는 더 큰 슬픔을 부어넣어야 한다. 그래야 넘쳐흘러 덜어진다. 가득 찬 물잔에 물을 더 부으면 넘쳐흐르듯이, 그러듯이. 이 괴로움은 더 큰 저 괴로움이 치유하고, 열풍은 더 큰 열풍만이 잠재울 수 있고.

은서는 세면장에 가려고 일어섰다. 찬물에 얼굴을 담그고 있고 싶었다. 불은 하나도 켜지 않은 상태여서 방 안은 어두웠다. 오디오에서 흘러나오는 빨갛고 파란 광선만이 뻗어나와 그녀의 면 잠옷 바지에 묻었다. 세면장으로 가는 발짝이 더디었지만 그녀는 불을 켜지 않았다. 불을 켜면 방 안의 거울 속으로 자신의 얼굴이 비칠 것이고, 습관처럼 그 속을 들여다보게 될 것이고, 그러면 기다림에 열이 올라 있는 얼굴을 대면하게 될 것이었다.

무슨 일이든 기다릴 수만 있으면, 삶이란 기다림만 배우면 반은 안 것이나 다름없다는데, 은서는 웃었다. 그럴 것이다. 우리는 태어나서부터 뭔가를 기다리지. 받아들이기 위해서 죽음까지도 기다리지. 떠날 땐 돌아오기를, 오늘은 내일을, 넘어져서는 일어서기를, 나는 너를.

밤중에 거울 속의 얼굴을 보게 되는 일은 늘 낯설었다. 거울 속의 얼굴이 거울 밖의 얼굴을 물끄러미 보면서 너는 어떤 사람인가, 묻고 있는 듯했다. 그러면 분명 완을 기다리는 동안 부러진 석류나무 가지 같아진 마음속의 들끓음이 다시 시작될 것이었다. 싫어, 고갤 젓다가 밟은 것이 석류였다.

석류는 그녀의 발이 닿자마자 으깨졌다. 어둠 속에서 조심스레 걷다보니 발끝에 잔뜩 힘이 들어가 있어서. 석류는 파삭, 깨지면서 그 특유의 내밀한 향을 내뿜었다. 구슬 같은 석류알들이 와라락 발가락 사이에 끼어들어 발가락이 간지러웠다. 은서는 잠시 자신의 맨발 아래 으깨진 석류를 그대로 밟고 서 있었다. 어느 발가락 사이는 석류 껍질의 까슬한 부분이 박혀 쓰라렸다. 어쩌면 피가 날지도 모르겠는데도 그녀는 석류를 밟고 그러고 서 있었다. 으깨진 석류알이 내뿜는 시고 달콤한 향은 아주 빠른 속도로 커튼과 스탠드와 탁자와 책들, 의자나 쌓아놓은 신문이나 신발장 앞의 슬리퍼 사이사이로 스몄다.

석류는 며칠 전에 세의 작업실에 갔을 때 탁자에서 그녀가 무심히 들고 온 것이었다. 가져오려고 집은 건 아니었다. 대화는 끊어지고 그냥 앉아 있기가 어색해서 그 어색함을 무찌르려고 집어본 것이었다. 그녀가 석류를 집어드는 것을 보고 세는 학교 미술반 아이들 데생 모델로 쓸 양으로, 지난 늦가을에 이 슬어지 집 마당에서 일부러 따온 것이라고 두고 가라 했지만, 은서는 그가 두고 가라 했기 때문에 기어이 들고 왔다.

그러는 은서의 마음을 알고 있는 듯 세는 쓸쓸하게 웃었다.

세의 쓸쓸한 웃음.

그건 세─만의 웃음이 아니었다. 그건 은서 자신이 완 앞에서 짓는 웃음이기도 했다. 그러기에, 세가 짓는 그 웃음의 쓸쓸한 깊이를 알기에, 그녀는 세의 곁에 더 있을 수가 없었다. 그녀는 그 웃음의 끝을 보기 전에 세를 향해 나 간다, 하고 작업실 계단을 뛰어내려와버렸다.

석류를 들고 버스를 타고 돌아오면서 은서는 그 석류 껍질의 못생긴 꼴을 뚫어져라, 들여다보았다. 어린 시절 세네 집 마당 석류나무 아래서의 시간들이 스쳐 지나갔다.

석류는 감나무처럼 흔한 나무도 아닌데 세네 집엔 석류나무가 다른 집의 감나무만큼이나 많았다.

석류가 익어 저절로 터지는 날에 완과 은서와 세는 석류나무 밑에 멍석을 깔아놓고 놀다 낮잠이 들곤 했었다. 은서가 완의 팔을 베고, 세가 은서의 팔을 베고. 바람이 불면 알알이 익어 벌어진 석류알들이 그들의 얼굴로 쏟아져내리기도 했다.

은서는 문득 그날들이 생각나서 버스 안에서 손바닥으로 얼굴을 감싸봤었다. 석류알들이 얼굴로 톡톡 떨어질 때의 간지러움이 되살아나서.

하지만 그날들은 썰물에 쓸리듯 지나가버렸다. 기억 속으로만 밀물져올 뿐이다. 이제 은서는 태어난 곳, 이슬어지에 가도 세의 집 쪽을 바라보지 않았다. 그 집 마당에는 아직도 석류나무가 무성하고, 꽃이 피고 열매가 맺고 지는데도, 그녀의 시선은 거기를 지나, 완네 집터 쪽에 가 머물렀다.

완네 집은 뒷산과 이슬어지로 올라가는 길목에 있었다.

그의 가족이 도시로 나간 후 빈집은 혼자 무성히 잡풀을 기르다가 저절로 무너져 뒷산에 섞여버렸다. 집이 무너지기 전에 은서와 세는 폐가의 마당에 오래 서 있어본 적이 있었다. 멀리서는 거기에 은서와 세가 서 있다는 걸 볼 수 없을 만큼 마당의 잡초는 그들의 키를 넘어 웃자라 있었다. 은서와 세는 차마 방문을 열어볼 수가 없었다. 방구들을 뚫고 잡풀이 무성히 자라 천장에 닿아 있는 걸 보게 될까봐.

이슬어지에 가면 은서는 폐가마저 무너지고 터만 남아 있는, 완네 집이 있던 자리에 쭈그리고 앉아보곤 했다. 여기였나, 은서는 집터 여기저기에 손바닥을 대보기도 했다. 완이 기르던 오리들, 토끼들. 샘가 옆 공지에서 자라던 채송화나 분꽃들, 덧문이 달려 있던 청록의 대문. 그렇게 앉아 이젠 흔적도 없는 완네 옛집의 가화들을 생각하면 은서는 울고 싶어졌다. 그때, 버스 안에서 껍질이 윤기를 잃은 석류를 들여다볼 때도 그녀는 울고 싶었었다. 하지만 잠시 눈시울이 더워졌을 뿐, 물기가 번졌을 뿐, 그녀는 울지 않았다. 울고 싶다고 언제나 울 수 있는 건 아닌 것이다.

그렇게 가져온 석류를 침대 머리맡에 놓아둔 후 석류가 거기 있다는 것까지 잊어버렸다. 그러다가 완을 기다리는 동안, 마음이 부러진 석류나무 가지가 되는 동안, 그녀는 괜한 석류를 집어던졌고, 석류는 데굴데굴 세면장 앞에 굴러가 있었던가보았다. 그걸 밟아버렸다.

그녀는 석류를 밟고 할 수 없이 무릎걸음으로 방 안의 불을 켰다. 용케도 그녀의 발바닥을 피해 톡톡 바닥으로 흩어진 석류알들은 투명하고 창백했다. 발가락 사이사이에 낀 것들을 빼내고, 밟힌 자리를 닦아내고, 세숫대야에 물을 받아 발을 씻으려다, 발바닥에 묻어 있는 석류향에 잠깐 물끄러미해져 있는 참에, 문 두드리는 소리는 그 참에, 났다.

은서는 발을 씻던 물짓을 멈추고 현관문 쪽을 바라보았다. 이 시간에 누굴까? 벽시계는 새벽 세시를 가리키고 있다.

턴테이블에 얹어놓은 음악은 폭풍 3악장으로 넘어가는 중이었다. 혹시 완이? 그녀는 물 묻은 발을 닦지도 않고 깨금발을 디디며 문 쪽으로 갔다.

"누구세요?"

"저기……"

문 밖의 목소리는 여자였다. 무언가에 잔뜩 주눅이 든 여자의 목소리는 잠긴 문을 사이에 두고 떨리고 있었다.

은서는 바깥으로 향해 뚫려 있는 토큰만한 구멍으로 밖을 내다보았으나 문 밖의 여자는 복도의 어둠에 잠겨 보이지가 않았다.

"문 좀, 문 좀 열어주세요."

"누구신데요?"

누구냐는 은서의 물음에 바깥은 다시 침묵이다. 자신이 누군지 모르는 것 같은 침묵.

여자와 은서는 문을 사이에 두고 잠시 그러고 서 있었다. 먼저 다시 말을 걸어온 건 문 밖의 여자였다.

"방해하지 않겠어요. 그냥 가만히 있다 갈게요."

"지금 시간이 몇시인지나 아세요? 누군지도 모르고서 이 시간에 어떻게 문을 열어줘요?"

"옆방 사람이에요…… 음악소리가 들려서…… 안 자는 것 같아서…… 방해 안 할게요. 그냥 가만 있다 갈게요."

"그런데 뭣 때문에?"

문 밖은 다시 침묵.

뭣 때문에 자기의 방을 버리고 이 시간에 알지도 못하는 은서의 방으로 건너오고 싶은 건지 자기 자신도 모르는 것 같은 침묵.

"혼자 있기 싫어 그래요."

여자의 대답에 은서는 순간 손잡이를 돌리려다가 멈칫했다.

석류를 밟다 23

감정으로 문을 열어주기에는 너무나 엉뚱한 시간이었다.

"그쪽이 옆방 사람이라는 걸 내가 어떻게 확인하죠?"

"내가 그쪽을 알죠. 가끔 안경을 쓰죠? 밤색 뿔테안경이고, 후레아 치마를 자주 입잖아요. 오늘은 하늘색 끝단에 노란 수실로 아우트라인이 수놓아진 것이었어요. 자켓은 청색을 입었었잖아요. 가방은 끈이 긴 갈색 가방을 메고 구두도 기억해요. 체크무늬의 굽 낮은, 그거 신었었잖아요. 오늘 들어올 때는 석죽을 한 단 사들고 오던데요."

문 밖의 여자의 지적은 다 맞았다.

은서는 오늘 여자가 말한 옷차림으로 방송국엘 갔다가 귀가하면서 석죽을 한 단 사들고 왔다. 완과 저녁을 먹을 양이었으므로, 유리 화병에 꽂아 식탁에 두려고.

"나를 어떻게 그리 잘 알아요?"

"창으로 내다봤어요. 건널목 신호등 앞에 서 있는 걸 봤죠. 이 아파트 건너편, 육교 밑에 '수 미용실' 있죠? 나 그 미용실 여자예요. 거기 미장원 창으로도 그쪽이 지나가는 걸 볼 때가 있어요. 그쪽은 늘 고개를 숙이고 다니던데요. 얼마나 숙이는지 뒷목이 다 보일 지경이에요. 저번에는 시장에서 나오는 어떤 아주머니하고 부딪치려고 하는 것도 봤어요."

"……"

"힘드시겠어요?"

문 밖의 여자는 문 열어주기가 그토록 어렵다면 돌아가겠다는 뜻을 비치었다.

"미안해요. 정말 아무런 뜻도 없었어요. 그냥 날이 밝을 때까지만 아무런 얘길 하질 않아도 좋으니 누군가의 옆에 있고 싶었던 것뿐이었어요."

누군가의 옆에? 옆에.

"미안했어요. 저 갈게요."

"잠깐만요."

막상 여자가 돌아갈 뜻을 보이자 은서는 안에서만 잠그게 되어 있는 보조키를 따고 문을 열었다.

"들어와요."

불 꺼진 복도에 서 있는 여자의 얼굴에 은서의 방에서 새나간 불빛이 퍼졌다. 여자는 긴 파마머리를 핀으로 묶고 있다. 잠옷 용인 듯한 얇은 흰 셔츠가 달라붙은 청바지 위에 길게 내려뜨려져 있다. 창백한 얼굴.

"들어와요!"

여자는 좀전까지 문 밖에서 문 안으로 들어오기 위해 그토록이나 절실하게 문 안의 보이지도 않는 은서를 향해 말을 붙여왔다는 걸 잊었는지 들어오라는 은서의 말에도 복도에 가만히서 있다.

자기가 왜 이 방으로 그리 들어오고 싶어했는지를 잊어버린 얼굴.

그렇게 한 여자는 문 밖에서 한 여자는 문 안에서 어쩌면 서로 닮았을지도 모를 얼굴을 서로 바라다보고 잠시 있다.

그러던 여자가 은서의 발께를 보고는 피식 웃었다. 왜 웃나

싶어 은서가 자신의 발을 내려다보니 발가락 사이에 빼내려다
만 석류알이 삐져나와 있다. 은서도 웃었다.

"석류를 밟았거든요."

"석류를요?"

여자는 은서의 말을 되받으며 문 안으로 들어왔다. 가만히
서있던 거와는 달리 여자가 얼마나 순식간에 가볍게 들어와버
리던지 누가 밖에서 종잇장 하나를 밀어넣는 거 같았다.

은서는 여자가 살짝 벗어놓은 동글동글한 꽃이 장식용으로
눌러붙어 있는 여자의 슬리퍼를 집어 신발장 위에 얹어놓고,
보조키를 눌러 다시 문을 깊게 잠갔다.

뭐를 마시겠느냐, 물었으나 여자가 아무 대답이 없어 은서는
냉장고 안의 우유를 꺼내 데워서 컵에다 따라다 여자에게 갖다
주었다. 종잇장처럼 가볍게 들어왔으나 밝은 데서 보니 여자의
얼굴은 너무 피로해 보였다. 문 밖에서 자신이 옆방에 사는 사
람임을 알리려고 은서의 질문에 꼬박꼬박 대꾸를 할 수 있었다
는 게 신기할 만큼.

"마실래요? 차가운 것 같아 데웠어요."

"괜찮은데."

여자는 은서가 내민 우유컵을 받아들고 우유를 한 모금씩 삼
켰다. 우유를 삼킬 때마다 여자의 목울대가 힘들게 움직였다.
여자는 네 모금도 못 마시고 컵을 내려놓았다.

콧마루가 좁은 여자였다. 작은 얼굴의 하얀 뺨에 좁은 콧마
루 그늘이 질 정도로. 약간 긴 듯한 손톱에 투명한 매니큐어가

칠해져 있고, 긴 머리에 아무렇게나 꽂은 듯한 머리핀엔 황토
빛깔의 잔꽃이 하나 새겨져 있다.

"좀더 마시지 그래요?"

여자는 그저 살풋 웃으며 손깍지를 꼈다가는 폈다. 무엇이
저토록 피로한 걸까?

"운전할 줄 알아요?"

누구에게랄 것도 없이 여자가 혼자 웅얼거리듯 말했다.

"못해요."

"아홉시에 미장원일 마치고 차를 끌고 고속도로에 나갔다가
방금 돌아왔어요. 가끔 그렇게 무작정 갈 수 있는 데까지 가보
고 싶은 때가, 그런 때가 있거든요. 그러면 어느 순간에 말이
죠. 이 세상이 아닌 다른 곳으로 달려갈 수 있을 것도 같아요.
그건 섬뜩한 일이지만 한편으론 그랬으면 싶기도 해요. 여기가
아닌 다른 곳에서는 무엇이든 새로 시작할 수 있을 것 아녜요?
다른 곳에서 새로 태어나서 아주 말짱히 새로 시작해보고 싶
은, 그런 마음 그쪽은 없어요?"

여자의 느닷없는 반문에 은서는 그, 글쎄요, 하면서 여자가
내려놓은 괜한 우유컵을 만지작거렸다.

여자는 더이상은 한마디도 보탤 수 없이 피로한지 은서의 침
대 벽에 몸을 기댔다.

입 언저리에 방금 마신 우유자국이 희게 번져 있다.

"피곤하면 거기 누우세요."

자신이 방문객이라는 걸 잊은 것일까? 침대는 일인용이었는

데도 여자는 자기가 거기 누우면 주인인 은서는 어디서 잘 거냐고 묻지도 않고 은서의 권유가 있자마자 침대 속으로 스며들며 입을 달싹거렸다.

"그러나 그것뿐이에요. 곧 이렇게 돌아오고 말거든요. 돌아올뿐만 아니라 정말로 이 세상 밖으로 튕겨져나가면 어쩌나, 싶어서 급하게 방향을 돌려 달려왔던 길을 안간힘을 다해 되달려오죠. 오늘은 한강다리를 건너오는데 앞뒤로 차량이 하나도 없는 거예요. 그래서였나봐요. 난간을 뛰어넘어 물 속으로 처박히고 싶은 충동이 얼마나 강하던지 그거 참고 다리를 건너느라 너무 피로했어요. 정말이지 이런 때는요, 절대로 혼자 있고 싶지가 않아요."

여자의 웅얼거림 사이로 3악장으로 넘어갔던 턴테이블의 베토벤의 폭풍은 끝이 났다.

바늘이 자동으로 제자리로 돌아오는 기능이 고장이 난 상태여서 끝까지 간 바늘이 지직, 거렸다.

은서는 뭐라고 계속 웅얼거리는 여자를 물끄러미 보다가 턴테이블의 바늘을 내려놓았다.

바로 누웠던 여자는 어느새 엎드린 자세가 되어 있다. 한 시간 전까지만 해도 모르는 사람이었던 여자의 엎드린 자세가 안쓰러워 은서는 여자의 어깨까지 이불을 당겨 덮어주었다.

늘 저렇게 자는 것일까? 여자는 베개를 밀쳐놓고 베개 대신 두 손을 깍지 껴서는 얼굴 밑에 베고 있다.

은서는 길에서 기어들어온 고양이 새끼 같은 여자를 내려다보다가 여자가 마시다 만 우유잔에 손바닥을 대봤다. 어쩌면 좋을지. 잔은 아직 따뜻했다. 모든 소리가 끊겨버린 적막 속이라 우유잔에 남아 있는 온기가 더 예민하게 감지되었다. 완은 지금 어디서 무얼 하는 걸까? 그리고 다른 사람들은?

곧 그 온기도 식어버린 우유잔을 치우려고 막 일어나는데 여자가 뒤척였다. 손바닥을 베고 있었던 탓에 벽 쪽에서 얼굴만 돌린 여자의 낯엔 손자국이 벽화처럼 패어 있다.

"그쪽은……"

깊게 잠든 게 아니었을까?

여자는 힘없이 입술을 달싹였다. 은서는 우유잔을 든 채로 여자의 얼굴에 가까이 제 얼굴을 갖다대고는 여자가 하는 말을 알아들어보려고 귀를 기울여봤다.

"그쪽은…… 그쪽은 그럴 때가…… 그럴 때가 없어요? 늘은 아니라도요…… 가끔이라도…… 말이에요. 그쪽은…… 운전 같은 거…… 그런 거…… 배우지 말아요."

여자의 목소리는 잠에 잦아들며 끊어지고 이어지고 다시 끊어지다가 다시 이어지다가 그쳤다.

이름은 무엇인지. 은서는 우유잔을 내려놓고 여자의 얼굴 밑에서 여자의 손을 빼내고 베개를 밀어넣고, 고속도로에서 방금 돌아왔다는 여자의 몸에 이불을 당겨 덮어주었다. 잠을 자면서도 고속도로를 달리고 있는 건 아닌지.

엘리베이터였을까? 어쩌면 산과 산이 연결된 케이블카 안이었는지도. 무엇이었든 그것은 위로 오르다가는 갑자기 우뚝 멎어버렸다. 그 안에 타고 있는 사람은 은서 혼자였다. 그녀는 왜 자신이 거기 혼자 있는지 의아했다. 잠깐 문이 열리는 것 같아 얼굴을 내밀었더니 문은 그녀가 얼굴을 다시 빼내기도 전에 세차게 닫혀버렸다. 얼굴은 문 틈에 끼여 부서졌다. 사방은 어두웠고, 엘리베이터였는지 케이블카였는지 그것은 공중에 멈춰 있었다. 유리문인지 알루미늄문인지, 열리지 않는 문 틈에 끼인 얼굴을 빼내보려 할수록 얼굴은 일그러지고 으깨졌다. 그 고통을 누군가 저만큼 서서 보고 있었다. 그는 웃고 있었다. 은서는 웃고 있는 그의 얼굴을 바로 봐두려고 눈을 감지 않았다. 보고 있는 얼굴은 웃고 있을 뿐 눈도 코도 뺨도 없다. 그저 입이 웃고 있다. 나는 바스러지는데 당신은 웃는군요. 정작 아픔은 으깨어져가는 얼굴의 고통에서 느낀 게 아니라, 자신의 고통을 보며 웃고 있는 그의 웃음에서 느껴왔다. 나를 여기서 꺼내주세요. 하지만 그는 거기 그대로 서 있기만 했다. 거기 서서 웃고만 있다.

은서는 잦아들다 눈을 떴다. 꿈?

얼결에 이마에 얹은 손바닥에, 이마에 송송이 맺힌 식은땀이 묻어났다.

침대 쪽을 바라봤다. 침대 머리맡의 시계는 일곱시를 가리키고 있었고, 침대는 비어 있다. 섬뜩할 정도로 피로했던 여자의 얼굴이 떠올라 은서는 몸을 반쯤 일으켰다.

방은 아홉 평쯤 되는 원룸 형식이어서 어디에 있어도 어느 구석이나 다 보여 한번 휘휘 둘러보면 그만이었다. 문 또한 밖에서 들어오는 현관문을 제외하고 나면 세면장으로 들어가는 것 하나뿐이었다.

여자는 어디에도 없다. 혹시 세수를 하나 싶어 잠깐 세면장 쪽을 향해 귀를 기울여봤지만 물소리도 들리지 않는다.

싱크대 위에는 씻어놓은 야채들이 시들어 있고, 식탁엔 석죽이 꽂힌 화병, 수저 두 벌, 뚜껑이 덮인 두 개의 밥그릇이 놓여 있다. 완이 오면 같이 먹으려고 퍼놓았던 손도 안 댄 밥그릇을 보자 은서는 문득 슬퍼져서 여자가 자고 간 침대 시트 속에 엎드려 기다려봤다. 물결처럼 퍼져가는 슬픔이 가라앉기를.

엎드려 있는데 전화벨이 울렸다. 그리 큰 소리가 아님에도 은서는 깜짝 놀라 가슴이 다 철렁 내려앉는다. 그녀는 전화가 놓여 있는 데까지는 빠른 걸음으로 와놓고는 선뜻 수화기를 들지 못하고 가만히 서 있다. 일곱 번 여덟 번, 벨이 아홉 번째 울렸을 때야 그녀는 수화기를 들었다. 수화기를 귀에 갖다대자마자 급히 동전 떨어지는 소리가 들렸다.

"누나?"

그녀는 실망으로 으응, 하며 전화기 앞에 쭈그리고 앉았다. 수화기 저편의 목소리는 동생 이수다.

"목소리가 왜 그래? 어디 아퍼?"

"아니…… 웬일이야? 이렇게 일찍?"

"내가 전화 잘못 헌 거 같네……"

"아니야. 할말 있으면 해."

"할말?"

"할말이 있으니까 전화했을 거 아니니?"

"누나!"

그녀는 수화기를 손에 쥔 채 치마 위에 내려놓고 잠시 숨을 골랐다. 내가, 내가 왜 이러지? 숨을 고르고 은서는 동생 이수의 얼굴을 쓰다듬듯 수화기를 두 손으로 싸안았다.

"미안해…… 그냥 신경쓸 일이 좀 있었어. 별일 없니?"

그녀가 수화기를 선뜻 들지 못했던 건, 전화벨이 일곱 번 여덟 번 울리도록 수화기를 선뜻 들지 못했던 건, 바로 완의 전화가 아닌 이 설움을 미리 짐작하고 있었기 때문이었을 것이다. 그걸 조금이라도 늦춰보려고.

마음을 가다듬은 그녀가 미안해서 이수야, 불렀으나 이번엔 이수 쪽에서 대답이 없다. 이수는 놀랐을 것이다. 할말이 있으니 전화했을 거 아니니, 라는 누나의 냉담한 말투에.

"이수야?"

"듣고 있어, 누나."

"미안해…… 미안해."

미안하다, 이수야. 그녀는 가라앉으려던 설움이 다시 치밀어 수화기를 싸안은 손을 다시 치마 위에 내려놓았다. 완, 완 탓이다. 완은 그녀를 턱없이 친절하게 만들거나, 그녀를 턱없이 황폐하게 만들었다.

"누나."

"응."

침묵을 깨뜨린 이수의 목소리는 다시 다정해 있다.

"여기 일이라는 게 뭐, 늘상 그렇고 그렇지 뭐. 뭔 일이 새삼 있겠어. 어머니가 아침 상머리에서 누나 얘길 하길래…… 생각해보니 연락 있은 지도 오래됐구……"

"미안해."

"진짜 어디 아픈 건 아니구?"

"아니야."

어머니는 어떠시냐고 은서는 끝내 묻지 않았다. 왜 어머니 얘기를 자연스럽게 꺼낼 수가 없는지. 은서의 마음을 짚어내고 이수가 말했다.

"어머닌 그만그만 하셔."

수화기 속에서는 계속 동전 떨어지는 소리가 났다. 동전 떨어지는 소리 속에 버스 지나가는 소리, 누군가를 부르는 소리, 여자의 하이힐 소리가 섞여 있다.

집은 아니고 거리 같은데 이애는 아침부터 어느 거리에 서서 전화를 하는 것인지.

그녀는 동생 이수가 다음에 무슨 말을 할지를 알고 있다. 아니나 다를까. 수화기를 바꿔 쥐는 듯한 바스락 소리가 나고 이수가 천천히 말했다.

"누나 한번 와."

이수는 언제나 보고 싶다는 말 대신 한번 오라고 말한다. 한번, 한번 오라고. 그냥 지나치면 그만일 그 평범한 표현은 이수의 입을 통해 은서에게 올 땐 평범하게 쓸려가질 않고 은서의 가슴에 떨어져 맺혔다, 물방울처럼.

그 맺힘을 어쩌지 못하고 은서는 이수가 한번 오라고 하면 그곳이 어디일지라도 이수 있는 데를 한번 갔다. 이수가 고등학교를 타지에서 다닐 때도 이수는 말했다. 한번 와. 대학에 낙방한 이수가 서울에서 은서랑 살며 재수를 할 때에도 밤늦게 거리에서 전화를 해 자기가 있는 곳이 어디어디라고 하며 누나나 데리러 와, 해야 될 것을 누나 한번 와, 그랬다. 대학 가기를 포기하고 어머니에게 돌아가면서도 말리는 은서에게 그랬다, 누나가 한번 오면 될 것 아냐.

오라는 곳으로 애써 가면 이수는 덤덤했다. 누나, 왔구나. 그러고는 말았다. 싱겁지만 그래도 그렇게 갔다 와야만이 마음에 물방울로 떨어져 맺히는 이수의 한번, 이라는 말의 습기를 은서는 털어낼 수가 있었다.

은서의 마음결에 일어났다 다스려지는 파문을 정작 이수 자신은 아는지 모르는지 지금 수화기 저편에서 이수는 말하고 있다. 한번 오라고.

"그런데 너 지금 어디니?"

"읍내 나왔어. 우체국 앞 공중전화야. 건강은 어때? 어디 정말 안 아퍼? 목소리가 왜 그래? 여기 우체국 생각나지? 전화박스 앞의 저 나무를 누나가 좋아했잖아. 약속할 일 있으면 꼭 여기 말했잖아. 응, 나 채소 씨앗 사러 나왔어. 달력을 보니까 청명이 지났더라구. 모종 해야지…… 어젯밤에 비도 왔구…… 땅이 폭삭하니 뒤엎기 좋아."

갑자기 수화기 저편의 이수는 뭐가 불안한지, 이 말 속에 저 말을 섞고, 혼자 물었다 대답하며, 총총 뜬 별들처럼 수선스러워졌다. 은서는 이수의 수다를 듣고 있다가 정신이 반짝 났다. 이런. 그녀는 그제서야 이수의 우울을 감지했다. 밝고 명랑하던 이수는 한번 우울에 휩싸이면 다시 헤어나오는 데까지 일주일씩, 열흘씩, 보름씩, 걸렸다. 그것이 대학을 포기하게 하고, 결국 그것이 이수로 하여금 어머니 곁으로 돌아가게 했을 것이었다.

자전거를 타고 나왔을 것이다. 자전거를 완전히 세워놓지 않고 어쩌면 이수는 한 손은 자전거 핸들을 잡은 채 수화기를 붙잡고 있는지도.

"누나!"

"응."

"여기 잊었어…… 왜 그리 소식이 없어?…… 우리 얼굴 본 지가……"

기어이 자전거가 넘어지는 소리가 났다. 이수가 넘어진 자전거를 세우는지, 수화기 소음마저 멀어졌다. 우리 얼굴 본 지가…… 이수의 적막한 목소리가 그녀의 귓속에서 맴돈다. 우리 얼굴 본 지가 언제던가. 추석에 봤으니 그사이 두 계절이 바람처럼 지나갔다. 은서는 완을 떠올렸다. 겨울이 가고 봄이, 봄이 온 것이다. 네가 나를 버려둔 사이로.

"누나."

"응."

"언제 올 거야? 누나가 여길 아예 잊고 있는 것 같아서…… 한번 와. 꽃도 피었어. 응, 참. 세 형은 잘 있어? 자주 만나? 세

형네 석류나무 생각나지. 어제 내가 그 형네 낫 갈아주려고 가다 보니까 거기 석류꽃도 많이 피겠더라…… 물이 싱싱 올랐어."

"……"

"누나."

"응."

은서는 수화기를 든 채로 눈을 감았다. 누나, 저 부르는 소리. 저 목소리의 내면을 은서밖에 모르리라. 왜 나는 저 소리를 위로해줄 수 있는 힘을 갖고 있지 못한가. 힘을 갖고 있지 못하면 부르는 소리의 내면도 알아채지 못했으면 나을걸. 그녀는 안타까워서 수화기를 끌어당겼다.

"누나."

"응."

우울할 때 이수는 하염없이 누나, 하고 불렀다. 하고 싶은 모든 말을 다 뭉뚱그려서 거기에 실어놓은 듯. 은서는 입술을 깨물었다. 저 소리에 응, 이라는 대답밖에 달리 뭐랄 수 없는 이 대책 없음이라니.

이수는 분명 일부러 자전거를 타고 시내에 나왔으리라, 채소 씨앗을 사기보다는 전화하는 것이 더 용무였으리라, 생각하니 은서는 이수의 부르는 소리에 응, 이라고밖에 대답할 수 없음이 공허해 눈이 감겼다.

이수는 제 또래들과 어울리기보다는 누나인 그녀와 있기를 좋아했다. 텃밭으로, 도랑으로, 부엌으로, 그녀를 따라다니며 누나, 하고 불렀고, 그녀는 이수가 부를 적마다 응, 이라고 대답했다. 때로 이수가 없을 때도 그녀는 등뒤에서 이수가 부르는 소리를 들을 때가 있었다. 부르지도 않았는데 응, 이라고 대답을 하다가 혼자 웃는 날, 그런 날도 더러 있었다. 누나. 응. 이수가 없는데도 길을 걸을 때면 누나, 하고 부르던 그 목소리의 질량감이 느껴져서 뒤를 돌아다보던 그런 날도.

그러더니 성인이 된 이수는 이제 우울해질 때만 누나, 하고 부른다.

"이수야."

"응."

"씨앗은 뭐뭐 샀어?"

"상치…… 쑥갓…… 아욱…… 부추…… 누나?"

"응."

"한번 와."

"그럴게."

"누나?"

"응."

"누나…… 우리 만난 지가……"

다시 자전거 넘어지는 소리가 났다. 우리 만난 지가…… 자전거를 부축하며 다시 한번 말하는가 싶더니 이수는 수화기를 놓친 모양이었다. 수화기가 내팽개쳐지는 소리가 나고 통화가 끊겼다. 그녀는 뚜뚜 소리가 들리는 수화기에 대고 여보세요, 서너 번 이수를 부르다가 수화기를 내려놓고 잠시 벨이 다시 울리기를 기다렸다. 벨은 조용했다.

종일…… 손가락을

쉰다섯이나 쉰여섯? 예순은 안 되었을 노인은 오늘도 방송국 서문을 향해 서서 노래하고 있다. 노래하는 노인을 경비원이 호출기를 차고 무료하게 바라보고 있다. 이제 아무도 노인의 노래를 막지 못한다. 가수가 꿈이었나?

지난 가을부터 오후만 되면 노인은 저 자리에 나타나 노래를 했다. 연분홍 치마가 봄바람에 휘날리더라.

방송국을 향해 마이크를 쳐들고 노인은 간절하게 몸을 비틀었다. 오늘도 옷고름 씹어가며 산제비 넘나드는 성황당길에.

놀란 경비원이 내쫓으면 순하게 물러섰다가 다시 그 자리로 돌아와 노래를 했다. 꽃이 피면 함께 웃고, 꽃이 지면 함께 울고.

결국 노인은 방송국 앞에 자신의 무대를 만드는 데 성공했다. 알뜰한 그 맹세에 봄날은 간다.

무대를 만드는 노인에게 경비원이 할 수 있었던 일은, 방송국 가까이 오지 못하도록 노랑과 검정이 칠해진 차단기를 노래하는 노인 앞에 가로놓는 것뿐이었다.

처음엔 사람들은 의아해서 노인의 노래에 발을 멈추었다. 발을 멈춘 사람들을 청중으로 생각한 모양이었다. 노인은 신이 나서 모자와 선글라스를 쓰고 나타나기도 하고, 어느 날은 청바지를 입고 그 청바지 무릎께를 찢어 무대복의 변화를 시도하기도 했다. 하지만 이제 노인은 아무도 들어주지 않는 노래를 혼자 하고 있다. 이 봄날에.

은행잎은 언제 저리 돋았을까? 은행잎은 예쁘지 않은 적이 없다. 돋아서 질 때까지 내내 눈길을 끌었다. 손톱만하게 순이 돋을 때는 연둣빛의 고움이, 자라 넓어지면 짙푸름의 시림이, 물이 들면 노랑빛의 투명이, 떨어질 때조차 수북이 쌓이는 모양새가.

노래하는 노인 뒤, 공원엔 은행잎뿐만 아니라 온통 나무들에 봄이 퍼져 푸르스름하다.

노인은 열창이다. 마이크가 봄하늘 높이 솟아서 내려올 줄을 몰랐다.

그녀가 노인을 내다보며 커피를 마시고 있는 자리는 삼층이지만 그녀는 노인이 무슨 노래를 하고 있는지 알고 있다. 겨울 내내, 노인은 그에겐 신곡이었을, 거리엔 종일토록 진눈깨비를 부르더니, 봄이 되면서 봄비 소리도 없이 내리네, 거리마다 은행잎이 파랗게, 약속은 자꾸만 맴돌고…… 그녀는 뭘 하고 있을까…… 비 비 비……로 바꾸었다.

은서는 커피잔을 들려다가 노인의 제스처에 웃었다.

빈 하늘에 마이크를 쳐들던 노인의 눈엔 수많은 청중들이 보이는 모양이다. 노인은 쳐든 마이크를 내리고 허리를 숙여 정중히 인사를 했다. 그래도 박수소리가 그치지 않은 모양이다. 노인은 성원에 감사하다는 듯 무릎을 꿇은 자세로 다시 인사를 하고는, 손바닥을 입술에 댔다가 허공에 흔들고 있다.

피식, 웃던 그녀의 얼굴에서 금세 웃음기가 지워졌다. 노인은 봄 빈 하늘을 향해 흔들던 손을 거두지 않고 다시 입술에 갖다대고 다시 갖다대며 흔들어댄다. 저, 빈 손짓.

"뭘 그리 쳐다봐요?"

스튜디오에서 막 내려온 듯 김피디의 손엔 녹음 테이프가 들려져 있다.

"참 좋은 봄날이네."

"잠깐만, 차 시켜 마시고 있어요."

"어디 가는데?"

"전화 한 통화 하고 올게요."

"빨리 와요, 나도 바빠."

은서는 김피디를 향해 웃어주고 넓은 커피숍 중앙을 걸어서 공중전화 박스 앞에 섰다.

이렇게 속만 끓이고 있을 수는 없어. 그가 전화를 안 하면 내가 하면 되는 거야. 그녀는 완의 사무실 전화번호를 돌렸다. 그를 마주 보고 있는 것도 아니고 단지 전화를 할 뿐인데, 금세 자신감이 없어져 마음이 헝클어졌다. 전화는 여자가 받았다.

완의 선배라는, 완이 다니고 있는 기획사무실의 물주라는, 그 목소리다.

"출장 갔는데요?"

"출장요? 언제?"

"오늘 아침에 갔어요."

오늘 아침? 어제 간 것도 아니구나. 은서는 무릎이 꺾이려는 걸 곧추세우고 겨우 한마디 더 물었다.

"언제 돌아오나요?"

"며칠 걸릴 거예요, 누구시죠?"

은서는 갑자기 할말이 없어졌다. 나는 그의 누구일까?

"메모 남겨드릴까요?"

언젠가 자리를 같이한 적이 있으니 은서의 목소리를 기억하련만 여자는 끝내 모른 척이다. 은서는 그나마 기운이 빠져 그대로 수화기를 내려놓았다.

커피숍으로 돌아온 은서를 김피디가 빤히 쳐다봤다.

"전화하러 간다더니 무슨 일이 있었어요?"

"왜요?"

"금세 얼굴빛이 그래가지고 돌아와요?"

"……"

"탈색이 돼서 돌아왔네…… 거울 좀 들여다봐요, 금방 구급차에 실려갈 것 같네."

은서는 피식, 웃으며 김피디의 시선을 피하려고 커피잔을 들어 식어버린 커피를 한 모금 마셨다.

식은 커피는 식도를 타고 내려가질 않고 어딘가에 걸린 듯했다. 전화를 괜히 했어, 저절로 혼잣말이 나와버려, 은서가 이런, 쑥스러워지는데, 김피디가 눈을 둥그렇게 뜨고 물었다.

"뭐라구요?"

"아니에요."

찻잔을 내려놓는데 가슴이 싸아, 해 은서는 얼른 창 밖을 내다봤다.

노래하는 노인은 잠시 휴식중인지 차단기에 걸터앉아 봄하늘을 올려다보고 있다. 늙은 몸 위로 햇빛이 쏟아졌다.

"고백해보지 그래요."

"뭘요?"

"은서씨, 마음속에 뭔가 있어요. 그게 뭐죠?"

"내 마음속에요?"

"혹시 이 사람이 있는 거 아녜요?"

김피디가 윗주머니에서 메모지를 한 장 꺼내 은서 앞으로 내밀었다.

"세시에 꼭 전화 통화를 하고 싶다던데요. 이름이 맞아요?"

메모지엔 세의 학교 전화번호와 세시, 그리고 '세'의 이름이 '새'로 잘못 적혀 있다.

새?

은서는 세의 잘못 적힌 이름을 물끄러미 바라보다 '새'자에 사선을 긋고는 '세'로 고쳐 써서 김피디 앞으로 내밀었다.

"아, 그래요. 쓰면서도 이건 아니겠지 했지. 그건 그렇고, 누구예요? 목소리가 아주 간절하던데요. 꼭 통화를 했으면 하더라구요."

"고향 친구."

"단지 그것뿐?"

김피디는 장난스럽게 웃으며 수첩에서 바이올린 음악회 티켓을 두 장 꺼내 은서 앞으로 밀어놓았다. 바이올리니스트 미도리의 얼굴 부분이 접혀져 있다.

"세라는 친구 만나면 함께 가요."

"미도리가 오기를 기다렸으면서 왜 귀한 표를 나를 줘요?"

"꼭 가보려고 했는데…… 일이 생겼어요. 내 대신 은서씨 귀가 즐거우면 됐죠 뭐. 그건 그렇고 일 이야기 좀 해요. 개편도 열흘밖에 안 남았는데, 우린 아무 새 안을 짜놓은 게 없으니…… 내일까지 기안을 올려야 해요. 위에서 봐서 눈이 반짝할 만한 뭐 그런 새로운 거 없어요?"

"아무리 새로운 거라도 금방 시들해지지 않을까요. 더구나 우리 프로그램에서 다루는 음악이 고전음악인데 그냥 자연스럽게 흘러가는 게……"

"아아."

그런 말이 나올 줄 알았다는 듯이 김피디가 은서의 말을 자르며 손을 내저었다.

은서는 김피디가 내민 바이올린 독주회 티켓을 만지작거리며 고개를 숙였다. 김피디의 얼굴에 순간적으로 스쳐 지나가는 짜증을 바라보기가 힘겹다.

"프로그램 일부에서 이부로 넘어가는 사이에 그러면 시를 한 편 낭송할까요?"

"시 가지고 새로움을 갖겠어요? 아침시간 저녁시간 프로그램에 시를 낭송하는 코너가 한 번씩은 끼어 있는 것 같고, 더구나 우리는 한낮인데⋯⋯"

"그러니까요, 한낮이니까, 코너를 만들어서 복잡하게 하는 것보다 음악과 음악 사이에 말을 띄우는 식으로 그렇게 자연스럽게 분위기를 만들어가는 게 편안하지 않겠어요?"

"지금까지 그렇게 해왔잖아요. 개편이어서 새 계획안을 올리라는데 기존 거 그대로 올릴 수는 없고⋯⋯"

"⋯⋯"

김피디가 은서의 손바닥을 탁, 내리쳤다.

"대체 지금 무슨 생각해요?"

"⋯⋯"

"우리 지금 일에 대한 얘길 하고 있는 거라구요. 지금 은서씨 머릿속을 꽉 메우고 있는 생각, 그 생각 좀 잠시 밀어내고 진지하게 얘기 좀 해봐요. 이번 개편 때 나하고 다시 일하게 된 거, 그거 기분 나쁜 거 아니에요?"

"⋯⋯아니에요."

"아니라면 안을 제시 좀 해봐요, ⋯⋯하다못해 베토벤이 가계부를 썼다더라, 그런 얘기라도 해보란 말이에요."

베토벤이? 은서는 팔로 턱을 괴며 물었다.

"정말이에요? 가계부를 썼어요? 베토벤이?"

44

"가계부는 아니에요. 그래도 콩나물 얼마치, 두부 한 모, 이렇게 적듯이 용돈의 쓰임새를 수첩에 시시콜콜하게 메모했대요. 모차르트에게 차 대접하는 데 얼마, 모차르트에게 저녁 사주는 데 얼마, 이런 식으로요."

"모차르트에게 용돈을 많이 썼나보죠?"

"예를 들어 그렇다는 거죠. 오늘 아침의 음악실 프로에 오프닝으로 나온 얘기예요. 그 작가는 어디서 그런 얘길 알아낼까요? 얼마나 신선해요."

"……"

은서는 풋, 웃었다.

오늘 오프닝이 마음에 안 든다는 얘기를 김피디는 저렇게 하고 있는 것이다. 내가 오프닝을 뭐라고 썼던가? 마음에 안 들 만도 하지. 연둣빛이 고와 보이기 시작하면 더이상 청춘이 아니라고 하던데요, 이런 시작으로 기운을 쏙 빼놓았으니.

"생각해봤는데 클래식 초보자를 위한 코너는 어떻겠어요?"

"예를 들면요?"

"방송시간 한 삼십 분쯤을 할애해서 짧은 소나타나 협주곡 위주로 내보내보는 거예요. 엽서도 받고, 또 명사들이 클래식과 가까워질 수 있었던 계기를 전화 연결해서 들어보기도 하고요."

명사? 은서는 괜한 커피잔을 매만지며 창 밖을 내다보았다. 어떤 명사가 점심시간에 밥 먹으러 안 가고 전화연결에 응해줄는지. 어쩌다 한 번씩이면 모를까, 어떻게 매일 전화 연결에 응해주는 명사를 찾아낼 수 있을는지.

차단기에 앉아 햇볕을 받고 있던 노래하는 노인이 몸을 일으키더니 여장을 챙기고 있다. 그는 이제 어디로 가는 걸까?

"은서씨?"

은서는 김피디가 부르는 소리를 듣지 못했다. 아니 지금껏 김피디와 얘기를 나누면서도 은서의 머릿속엔 오늘 아침 출장 갔다고 말해주던 전화선 속의 완의 선배 목소리만 윙윙거렸다.

"나, 그만 올라갈래요."

김피디가 테이프를 들고 일어설 때야 은서는 김피디를 향해 눈을 동그랗게 떴다.

"왜 그래요? 얘기하다 말고?"

"사람 앞에 앉혀놓고 딴생각에 빠져 있는 사람과 무슨 얘길 해요. 서로 더 생각해봐서 나중에 얘기해요."

뾰로통해진 김피디는 은서가 같이 일어서려는데도 먼저 출입구 쪽으로 몸을 돌려세워버렸다. 싸늘해진 김피디를 뒤따르기가 뭐해서 은서는 다시 의자에 주저앉았다.

지금껏 연배가 위인 사람들과만 일을 하다가 서로 스물여덟 동갑내기인 김피디와 같이 팀이 짜여졌을 때 은서는 조금 긴장했었다. 나이가 열 살 열다섯 살 많은 피디들과 일을 할 때는 편한 데가 있다. 무엇을 물어보기도 쉽고, 뭔가 오류가 생겼을 때 사과하기도 쉽고. 무엇보다도 써온 원고를 피디 앞에 내밀어야 할 때, 나이가 많은 이가 읽을 때는 그 앞에 서 있기가 그래도 좀 낫더니 김피디가 읽고 있으면 등이 스멀스멀했다. 한

줄 한 줄 읽어내릴 때마다 그의 표정이 살펴지는 건 말할 것도 없고.

은서의 손은, 김피디가 남기고 간 새라는 글씨에 사선이 그어지고 세로 고쳐진 메모지와 음악회 티켓을 잘게잘게 찢고 있다. 미도리의 얼굴을 찢고 있다. 세가 꼭 전화를 하라는 세시는 한참 지나 있다. 커피숍을 나와 아래층으로 내려가는 엘리베이터를 타기 전에 은서는 공중전화 쪽을 쳐다보았다.

세에게 전화를 할까? 싫었지만 두 개의 전화통 뒤로 전화를 걸려는 사람들이 세 사람씩이나 줄을 서 있어 그녀는 어쩔까 망설였다.

세는 기다릴 것이다. 날이 어두워져 학교를 나가야 할 때까지 세는 자신의 전화를 기다릴 것이다. 어쩌면 그는 미술실 문을 잠그고 불이 켜지지 않은 긴 복도를 걸어나오면서, 그 복도에 서서 잠시 운동장을 내다보면서도 자신의 전화를 기다릴 것이다. 은서는 그걸 안다. 완의 전화를 기다려봤기에, 세의 기다림을 안다.

세는 자신이 세시에 전화를 해달라고 했다 해서 그 시간에 맞춰 전화를 할 그녀가 아니라는 걸 알 것이다. 그러기에 세는 일곱시까지라도 기다리고 있을 것이다.

그녀가 완의 전화를 기다릴 때처럼 수화기가 잘못 놓였나 싶어 중간중간에 수화기를 들었다가 놓으면서. 그때마다 수화기 속에서 신호음이 맑게 떨어지는 것에 실망하면서.

세는 기다림 끝에 완네 사무실로 전화를 해볼지도 모른다.

그녀가 혹시 완을 만나기로 했다면, 그랬다면 그녀는 정말로 전화하지 않을 것이기에.

완에게 전화를 한다면 완이 출장 갔다는 걸 알게 될 것이고 그러면 세는 더 기다릴 것이다. 그녀가 전화를 할 수 있는 가능성이 완전히 사라지는 그 순간까지. 가능성이 사라진 뒤엔 텅 빈 복도에서 텅 빈 운동장을 바라보고 서서 깊은 한숨을 내쉬겠지.

그러겠지, 하면서도 세에게 전화 걸기를 포기하고 돌아서다가 은서는 섬뜩했다. 혹시 완도 그녀에게 전화를 하려는데 저렇게 사람들이 줄을 서 있어 포기한 건 아닐까, 싶어서. 사랑한다면 줄을 섰다가 전화했겠지. 세 명이 아니라 다섯 명이라도. 전화해달라는 사람이 세가 아니고 완이었다면.

은서는 공허해져서 얼른 엘리베이터를 탔다. 엘리베이터 안은 텅 비었다. 출장을 갔다는데도 세가 아니라 완에게 전화하고 싶은 마음이 들자, 얼굴은 붉은 물이 차오른 것같이 더워지는데 몸은 힘이 빠져 허물어지듯 구석에 털썩 웅크리고 앉았다. 일어서보려고 했지만 완 생각을 하자 힘겨워 눈물이 주룩 흘러내렸다. 한 층 아래서 누군가 타려다가 우는 그녀를 보고 놀라 도로 나갔다.

엘리베이터에서 내려 노래하는 노인 뒤 공원으로 걸어들어간 은서는 등나무 밑 나무의자에 앉아 한참을 울었다. 노인의 노랫소리가 공원 안까지 울리고 있어서 꾹, 참던 소리를 내며 울다가 그녀는 이상한 기척에 고개를 들었다. 울고 있는 그녀 앞에 여자애 두 명이 쪼그리고 앉아 있다. 손바닥으로 얼굴을 가리고 우는 그녀를 두 애가 같이 구경 삼아 쳐다보다가 한 애는 저도 슬퍼졌는지 눈에 눈물이 그렁해 있다.

은서는 저리 가, 라는 시늉으로 도도록이 부어오른 눈을 크게 떴다. 아이들은 저리 가는 게 아니라 눈물이 그렁해진 아이가 오히려 은서 곁으로 다가와서는 울지 마세요, 하더니 은서의 무릎에 제 얼굴을 묻고는 엉엉 운다. 은서는 눈물을 훔치고는 어깨를 들썩이며 본격적으로 울기 시작하는 여자애를 어떻게 해야 할지 몰라 내려다보다가 아이를 흔들었다.

"넌 왜 우니?"

"걘 울보예요. 강아지를 쳐다보다가도 운다구요."

은서가 떼내려 하거나 말거나 우는 아이는 그녀의 치마폭을 파고들며 흑흑, 느끼는데 아직도 그녀 앞에 쪼그리고 앉아 있는 다른 애는 헤헤거리며, 걘 울보예요, 또 말하고는 싱겁다는 듯 잔디밭 쪽으로 가버렸다.

은서는 우는 아이를 가만히 떼어놓고는 도망치듯 버스정류장으로 와서 바로 눈앞에서 멎는 버스를 탔다. 어디를 정해놓고 가야 될 곳이 있는 게 아니어서 은서는 블록 건너 백화점들이 있는 번화가에서 내렸다.

버스에서 내린 바로 앞에 텅 빈 공중전화 박스가 즐비하게 서 있어, 은서는 다시 망설였다. 전화를 해서 완이 받으면 뭐라고 해야 하나. 생각하다가 은서는 자신에게 중얼거렸다. 출장을 갔다는데 어디로 전화를 하겠다는 거야?

설령 그와 통화를 하게 되어도 이제 왜 약속을 지키지 않느냐 같은 건 물을 힘도 없다. 그는 잊고 있을 것이다, 지나간 약속 같은 것은.

약속? 예이츠였던가, 한때 입안에서 맴돌던 싯구절들. 그대 굳은 언약을 지키지 않았기에/나는 다른 이들과 사귀었네/하나 나 항상 죽음에 마주칠 때나 잠의 고갯마루를 애써 오를 때나/간혹 술로 즐거울 때/불현듯 떠오르는 그대의 얼굴 잊지 않았느니.

그는 은서가 전화를 할 때까지 왜 전화를 하지 않았는지, 왜 약속장소에 나타나지 않았는지에 대해 아무 말이 없을 것이다. 지친 은서가 먼저 왜 그랬어? 힘없이 물으면 기껏, 잘 모르겠는데, 라고 대답할 것이다.

잘 모르겠는데…… 그 말에 은서는 멍해질 것이다. 잘 모르겠다니…… 잊었다는 것인지, 다른 일이 생겨서였다는 것인지…… 무슨 일이 생기면 생겼다고 미리 좀 알려주면 좋잖아. 완은 은서가 뭐라뭐라 그러면 그 뭐라 함을 다 들어주지도 않았다. 중간에서 은서의 말을 끊으며 그게 뭐가 중요하니? 하면서 담배를 피워물었다. 그가 더 덧붙여봐야 나, 지금 피곤해, 였다. 그럼 무엇이 중요하다는 것인지…… 은서는 그 앞에서 커피잔을 들어올릴 힘도 없이 마음이 처지곤 했다.

은서는 걸음을 옮겼다.

다시는 그에게 왜 그랬냐고 묻지 말자, 하면서도 그녀는 다시 완의 해명 전화를 기다리고 왜 그랬냐고 묻고 마음이 처지곤 했다.

은서는 쓸데없이 백화점 안의 에스컬레이터를 타고 이곳저곳을 기웃거렸다. 어디에나 봄 신상품들이 쏟아져나와 있다. 마네킹의 몸에는 나실나실한 감의 블라우스들이 입혀져 있고, 흰색이 주를 이루는 구두들이 반짝반짝 진열되어 있다. 그녀가 옷가게를 들여다보거나, 구두가게 앞을 서성일 때 간혹 아까 자신의 무릎에 얼굴을 묻고 울던 여자아이의 체온이 생각나 슬몃 치마가 만져졌다. 어떻게 생긴 아이가 남이 운다고 함께 우나. 그녀는 보석 코너 앞에서 아이가 뚝뚝, 떨어뜨리던 눈물 같은 진주목걸이를 잠시 들여다보다가 공허해져 다시 거리로 나왔다.

뭘 해야 하나, 은서는 봄볕 아래 서서 빌딩들을 올려다보며 손가락을 빨았다. 빌딩마다 뭔가를 알리는 플래카드들이 휘날리고 있다.

완에게 밀쳐졌다고 생각되면 찾아드는 외로움을 그녀는 어찌해볼 도리가 없었다. 이리 거리를 서성이는 수밖에. 이리 손가락을 빨 수밖에.

그녀는 금방 감기려는 눈에 힘을 주고 그렇게 한참을 빌딩들을 올려다보며 거리에 서 있었다. 저 속에 사람들이 다 들어가 있나. 수없이 많은 창문들이 달려 있지만 열린 창은 하나도 없다. 공허히 떠돌던 은서의 눈이 어느 플래카드 앞에 머물렀다.

미국 포스트모던 대표작가 4인전.

은서는 그 플래카드가 휘날리는 빌딩을 향해 걸음을 옮겼다.

화랑은 칠층에 있어서 엘리베이터를 타야 했다. 엘리베이터 문은 곧 닫혔으나 올라가질 않고 가만히 있다. 순간 그녀는 엘리베이터 문에 끼여 일그러지던 꿈속의 자신의 얼굴이 생각나 문을 두드리려 반사작용으로 손을 뻗으려다가 싱거워져 웃어버렸다.

칠층 버튼에 불이 들어와 있질 않다. 타기만 하고 올라가려는 층수 버튼을 잊은 것뿐이었는데 순간의 공포에 그녀의 뺨엔 소름까지 돋아 있다. 그제서야 칠층을 누르니까 불이 켜지는 동시에 엘리베이터는 가볍게 사르륵 위로 올라가서는 화랑 입구에 그녀를 내려놓았다.

······최근 서구 미술은 모더니즘 미술의 급격한 퇴조와 함께, 모더니즘 미술의 자기 비판적 금욕주의나 순수 형식에의 한계를 넘어 미술을 생활세계와 끊임없이 연관시키려는 다양한 시도를 하고 있습니다. 이러한 현상은 최근 거세게 일고 있는 포스트모더니즘 논의와 그 맥을 같이하고 있으며, 국내에서도 그 여파가 크게 일고 있다는 점에서 주목되고 있습니다······

은서는 이미 입장권까지 끊어 손에 쥐고서도 그냥 화랑 입구에 서 있다. 저긴 들어가서 뭐 하나, 은서는 표까지 끊어놓고 금방 시들해진 마음이 노여워 안 들어가면 뭐 할 건데? 중얼거려봤으나, 입장하고 싶은 마음은 이미 사라져서 회복되지가 않았다.

화가 지망생들일까? 대학생이라고 보기에는 아직 앳된 얼굴들이 한 무리 엘리베이터에서 내려 걸어왔다. 그들이 선생님이라고 부르는 이만 남자고 다 여자다. 그 선생님은 키가 유독 커서 가만있어도 여자애들을 휘휘 둘러보고 있는 듯했다. 여자애들은 한결같이 머리카락 결이 곱고 뺨은 발그레하고 눈빛은 물이 고인 것같이 찰랑찰랑했다. 그들은 서로 소근거리고 웃고 옆구리를 간질이며 금방 화랑 입구를 생기롭게 만들어놓고는 밀물처럼 안으로 사라졌다.

은서는 그들이 풍기는 생기로움에 이끌려 순간 그들을 따라다닐까도 생각했으나 그 마음도 금방 사라져서 입장권을 매표구 앞에 놓아두곤 다시 엘리베이터를 타고 거리로 나왔다.

어딜 가지?

그녀는 차량과 인파와 건물들 사이에 망연히 서 있다가 방향이 틀어지는 대로 그냥 걸어다녔다. 걸어다니다가 소음 속에 서서 손가락을 빨며 이따금씩 하늘을 올려다보았다.

아홉시가 다 되도록 그녀가 거리를 걸어다니며 한 일이라곤 그릇가게 앞을 기웃거리다가 초록빛 나는 찻잔을 한 쌍 산 것뿐이었다.

밤이 되었을 때 은서는 더 걸어다닐 수가 없어 가로수 밑 나무의자에 앉아 쉬었다. 발이 퉁퉁 부어서 발목이 시었으므로 구두를 벗고 구두 위에 발을 그렇게 얹고 잠시 앉아 있었다. 밤이 된 거리는 어깨가 치일 정도로 사람으로 붐볐다. 사람들은 둘, 셋씩 모여서 웃으면서 어디론가로 쏠려갔다. 여기가 어디지? 은서는 새삼 거리를 살펴보았다. 분식집, 커피 전문점, 빵집, 옷가게, 레코드점, 들이 쏟아내놓는 불빛들이 얼룩처럼 노랗고 붉고 파랗게 휘황할 뿐 그녀로서는 어디쯤인지 짐작이 가질 않았다.

은서는 발치에 떨어져 있는 신문을 집어들었다.

신문엔 요즘이 연어를 방류할 때라는 기사가 나 있었다.

연어?

태어난 하천을 떠나 먼 바다를 거슬러 알래스카까지 갔다가, 다시 몸을 돌려 모천으로 돌아온다는 연어. 은서는 손가락을 빨았다. 가로수 새로 돋은 나뭇잎 속에 물고기의 눈이 보이는 것 같다. 그 먼길을 돌아와 태어난 자리에 알을 낳고 죽는다는 연어.

담수에서 생산하여 방류할 치어는 건강하게 키워야 하며…… 너무 어린 새끼를 하천으로 방류하면 담수에서 비중이 높은 해수로 점차 염세포가 형성되는 동안 연안에 오래 머물게 됨으로써 외지의 바다로 나가기 전에 연안동물에 의해 감모되니 방류할 어린 연어의 체중은 0.6에서 1.0그램은 되어야 한다. 0.6그램이라는 수치가 신선해서 은서는 사진에 찍혀 있는 치어의 생김새를 보려고 애썼으나 알에서 갓 깨어난 치어들은 워낙 작아 보이질 않았다. 연어. 0.6그램의 체중으로 방류되어 그들은 먼 알래스카까지 갔다가 온 길로 되돌아오나. 겨우 0.6그램의 체중으로 집을 떠나서?

은서는 멍하니 앉아 있다가 가로수 밑에서 여자 둘을 내려주고 빈 차가 된 택시를 타려고 벗어놓은 구두를 신으려고 했다. 부은 발이 구두 속으로 들어가질 않았다. 그녀는 그냥 뒷굽을 구겨신은 채 택시를 탔다.

현관문 앞에 춘란이 심어진 화분이 놓여 있다. 은서는 문을 따다 말고 그대로 주저앉아 화분 속의 춘란을 들여다보았다. 화분 속에 메모 한 장이 네모로 접혀져 떨어져 있다.

산에 갔었다. 이 난은 산에서 채란해온 거야. 이름이 황화(黃花)일 거야. 열흘쯤 간격으로 화분의 삼분의 이쯤 물에 잠기게 하여 십 분쯤 놔둔 후에 꺼내서 물을 빼주기만 하면 잘 자랄 거다.
그냥 무심히 키워봐.

—세

은서는 메모지를 뒤집어봤다. 몇시에 왔다가 몇시에 간다는 것인지에 대해서는 아무런 남김이 없다. 세는 군에 가서 보내온 편지에 이 사람이 입대한 게 아니라 난을 캐러 갔나? 싶을 만큼 산에 가서 채란한 얘기를 자주 써 보냈다. 상사가 난을 기르는 사람이었는지 어쨌든지 자주 산으로 가서 채란을 했었나 보았다. 제대하고서도 그는 가끔 산에 가서 채란을 했다. 한번은 뱀에 물려 돌아온 적도 있었다. 한번 세를 따라 은서도 산에 간 적이 있었다. 봄이 오기 전, 아직 파래지기 전의 산 속에 푸른 난 잎은 은서의 눈에도 띄었다. 죽은 풀들 속에서 혼자 푸른 탓에.

석류를 밟아버렸지. 그녀는 세가 옆에 있기라도 한 듯 중얼거리며 안으로 들어갈 생각을 잊고는 문 밖에서 난 화분 앞에 쭈그리고 앉았다.

채란하는 세는 땅에 정성이었다. 넓게 자리를 잡아 주위의 흙을 정리하고 뿌리가 안 상하도록 흙을 파 난을 캐고, 캔 자리를 메우고서 발로 거길 꾹꾹 밟아주었다. 세는 산 속의 것을 캐오는 게 미안한지 산을 내려오면서는 쓰레기를 하나하나 다 주웠다.

세가 놓고 간 난을 바라보고 앉아 있는 은서 곁에 초록빛 찻잔은 없다. 가로수 밑에서 급히 택시를 탈 때 놓고 온 모양이었다. 그토록 마음에 들어하며 샀으면서도 그걸 잊고 온 줄을 그녀는 모르는지 찾지 않았다.

아침에 창을 열고 내다본 아파트 광장이 촉촉이 젖어 있다. 물을 뿌린 건 아닌가보았다. 오랜만에 봄날 오전 하늘 속에 흰 구름이 드문드문 섞여 있고, 바람이 가볍게 지나가며 공기 속에 어렴풋이 가는비 냄새를 섞어놓는 걸 보니 간밤 봄비가 내린 모양이었다.

밤이 지나고 나면 아침은 늘 이렇게 오지. 밤사이 산불이 나서 수만 그루의 나무들이 숯이 되었건, 석류를 밟아 터뜨리건, 뜻밖에 창백한 얼굴의 방문객이 있었건, 혼몽에 시달리느라 퀭한 눈이 되었건, 상관없이 아침은 이렇게 와서 문 밖에 서 있지. 이슬어진 어느 집 처마 밑에선 이 아침, 제비가 알을 품고 있겠지. 오동꽃이 피겠지. 너는 이 아침에 어디에 있는지? 뭘 하는지? 어김없이 아침이 오는 일은 얼마나 다행인가. 아침이 오거나 말거나 한다면 무엇에 기대어 밤을 위로받을 것인가.

다시 새날이 시작되었으니 방송국에 가야 하는데 이미 시간이 늦어 있다. 적어도 열한시까지는 원고를 심의실에 넘겨야했다. 지금은 열시이고 방송국까지는 차가 밀리지 않는 한에서 사십 분이 소요됐다. 아직 오프닝 원고가 남아 있고, 심의실에 넘기기 전에 담당피디가 먼저 읽어야 할 여유는 있어야 했다.

은서는 전화통을 봤다. 완에게서 전화가 올지도 모른다는 생각이 그녀로 하여금 선뜻 집을 나서지 못하게 하고 있었다.

하지만 너는 전화하지 않을 것이다. 네가 나를 찾는 전화를 한다면 이 봄날 아침이 얼마나 아름답겠는지.

은서는 꽃잎에 얹힌 가는 빗방울들이 공기 속으로 사르륵, 스며들고 있는 광장의 목련나무를 물끄러미 내려다봤다. 희어서 저절로 눈이 감겼다.

봄꽃들은 참 열정적이다. 잎도 돋기 전에 저렇게 힘껏 꽃을 먼저 내놓고는 사람의 눈길을 발길을 묶어놓는다. 그 생기, 그 어여쁨.

그녀는 쓸쓸하게 웃었다.

머리가 터질 것 같은 복잡한 마음속으로도 목련의 어여쁨은 자연스럽게 파고들어오고, 그 파고듦을 파고듦으로 끝내지 못하고 그래 오늘 오프닝은 이것으로 하자, 어느덧 일하고 연관시키고 있어서.

목련나무 근처에 흰색과 은회색, 그리고 푸른색의 자동차 세 대가 세워져 있다.

문득 지난번 새벽에 문을 두드린 옆방 여자의 차는 어떤 것일까? 싶어 은서는 차들을 유심히 바라보다가…… 한강다리를 건너오는데 앞뒤로 차량이 하나도 없는 거예요. 그래서였나봐요. 난간을 뛰어넘어 물 속으로 처박히고 싶은 충동이 얼마나 강하던지 그거 참고 다리를 건너느라 너무 피로했어요. 정말이지 이런 때는요. 절대로 혼자 있고 싶지가 않아요…… 여자의 잦아들던 목소리가 생각나 은서는 가슴을 쓸어내렸다.

평수가 대략 열 평이거나 커야 열다섯 평짜리밖에 없는, 거의 혼자 사는 사람이 많은 아파트인데 한밤중에 광장을 내다보면 자동차는 광장 빼곡히 세워져 있었다.

여자는 미장원에 나갔을까? 미장원이 아파트로 들어오는 육교 맞은편에 있다고 했으니, 나갔다고 해도 그 거리를 차를 가지고 가지는 않았을 것이다. 여자의 자동차는 저 세 대 중에 푸른색일 거라고 은서는 생각해본다. 푸른색의 자동차는 거의 매일 저렇게 세워져 있었다.

은서는 거의 매일 광장에 세워져 있는 푸른색의 차를 볼 때 누구 것이길래 빠져나가는 날보다 주차되어 있는 날들이 더 많을까? 궁금했었다.

그런데 그게 여자의 것이라면 이제 이해가 갔다.

여자가 미장원에 있는 동안 자동차는 저리 세워져 있었을 것이다. 그럴 걸 여자는 왜 자동차를 구했을까? 미용사가 직업이라면 하루종일 미장원에 있어야 할 것이고, 아파트와 미장원과의 거리도 겨우 걸어서 십 분 정도일 텐데. 정말로 가끔 고속도로를 달려보기 위해서, 그래서 차를 샀나?

은서는 목련나무와 그 곁의 차들을 보다 말고 창에 매달려 있는 여러 개의 작은 종으로 이루어진 풍경을 건드려봤다. 은은한 종소리가 퍼져나왔다.

우리가 이런 소리를 내며 살면 좋을 텐데. 풍경은 봄이 왔다고, 그 기념이라고, 세가 건네준 것이었다. 그는 덧붙였었다. 이 소린 속 찬 배추 속까지 스며들 것 같아.

은서는 미세한 소리를 내고 있는 풍경의 종을 손으로 잡아 고정시킨다. 종소리의 여운은 그제서야 멎었다.

목련아, 너는 아니?

꽃잎이 희게희게 날아오를 듯싶은 속에 아직 봉오리가 닫힌 것들이 드문드문 섞여 있다. 은서는 눈이 부셔 또 눈을 감았다가 떴다. 꽃이 아니라 희디흰 잔 구름들이 하늘을 흐르다가 해찰을 해 뭉텅이로 떨어져 거기 앉아 있는 것도 같다. 목련을 바라보던 그녀의 눈에 눈물이 설핏 비쳤다.

하지만 저 순간은 곧 지나가리. 이 청명한 봄날 아침의 저 순결한 목련잎은 곧 누렇게 되어 가볍게 떨어지리. 그렇다 할지라도 지금 목련은 무슨 일을 터뜨릴 것처럼 그렇게 아름답다.

전화벨은 울리지 않았다.

은서가 옷장을 열고 어제 차림 그대로 옷을 갈아입고, 가방에 원고와 자료를 넣고, 자동응답기의 메시지 녹음 버튼을 누르고, 석류를 밟았던 자리를 쳐다보며 신발을 신고, 신발장 위에 못을 치고 걸어놓았던 열쇠를 꺼내 문 밖에서 열쇠를 채울 때까지.

이수야, 자니?

"누나 왔구나."

빈집에 한 시간쯤, 이수가 일궈놓은 텃밭을 바라보며 앉아 있었을까, 어디를 다녀오는지 자전거를 타고 마당에 들어서던 이수는 화들짝 반가워하느라 자전거에 소홀해서 받쳐놓자마자 자전거는 뒤로 넘어졌다.

넘어진 자전거 뒤 담장으로 옆집 울 건너 심어진 배나무에 배꽃이 희게 지고 있다. 가벼워, 너무 가벼워 지는 배꽃은 허공에서 떠돈다. 꼭 그 자리에만 싸락눈이 내리는 것 같다.

배꽃은 지는데 어미 제비는 새끼를 낳아 처마 밑을 부지런히 드나들고 있다.

"온다고 전화하잖구. 그럼 마중 나갔을 텐데."

"어디 갔다 오는 길이야?"

이수는 봄볕에 그을려 건강해 보였다. 아니 실제로 어느 날 아침 새벽에 전화를 걸어왔을 때의 침통한 분위기가 아니었다.

"나 요즘 바빠. 산밭에다 오두막 짓고 있거든."

"오두막?"

"응. 지어서 한창 더워지면 거기서 여름 나면 좋을 것 같아서. 지금은 자리터만 잡아놔서 시시한데 그래도 나는 재밌네."

밥을 지어 먹으려고 슈퍼에서 비닐로 포장된 햇쑥바귀와 돌미나리와 봄 열무잎 들을 사서 들고 오다가 은서는 그 길로 내려왔다. 한번 가야지, 하고 있던 참에 비닐로 포장된 야채거리들을 보고 있자니, 모래를 한 수저 떠서 입에 넣고 있는 듯이 마음이 서걱서걱했다.

마침 프로그램 진행자가 가끔씩 참여하는 텔레비전 프로그램 지방 촬영 때문에 사흘 것을 녹음해놓아 시간도 비어 있었다.

"어머닌 마을 사람들과 봄나들이 갔는데."

"그래서 이렇게 마을이 텅 비었구나."

텅 빈 마을에 꽃만 지고 있다. 버들만 푸르러지고 있다.

"이박 삼일이야…… 설악산 쪽에…… 누나가 왔다 간 줄 알면 어머니 되게 서운하시겠네."

어머니, 어차피 계셔도 서로 무릎을 멀리 하고 앉아서 서로 어떻게 말을 붙여야 할지를 몰라 그렇게 앉아만 있을 것인데, 은서는 이수가 마당 한쪽에다 흙을 뒤엎고 돌을 골라내고 만들어 놓은 텃밭을 바라봤다. 오이와 호박의 여린 잎이 막 돋아나고 있다.

은서가 내가 한다고 해도 이수는 한사코 저 자신이 저녁밥을

지어준다고 했다. 상추를 뜯고, 아욱 순을 베고 이수는 은서를
부엌에 나오지도 못하게 하고 혼자 분주했다. 그러다가 이수는
중얼거렸다.

"어렸을 때 생각나네, 누나."

어렸을 때? 은서는 갑자기 가슴이 먹먹해졌다. 잊어버리잖
구. 그 말이 새어나왔지만 은서는 속으로 삼켰다. 속 깊이에서,
더 깊이에서 스스로가 그러는 넌? 이라고 되받아왔기에.

집을 나간 어머니, 그를 찾아 또 자주 집을 나가야 했던 아
버지.

은서에게 저녁상을 봐주려 분주하면서 이수는 그 시절의 자
기와 누나를 생각했으리라.

해가 저무는 게 무서웠지. 배에서는 꼬르륵 소리가 나고, 솥
은 비어 있고, 동무들은 다들 어머니에게 불려 들어가고, 둘이
손잡고 마루에 걸터앉아, 그저 걸터앉아.

걸터앉아 있다가 광에서 생쌀을 한 그릇 퍼다 먹었지. 내가
밥을 지을 줄 알게 되기 전까지. 생쌀을 씹으면 입 안에 흰 쌀
물이 괴고 그 뜨물을 흘려가며 부르다 잠이 들던 노래, 해는 져
서 어두운데 찾아오는 사람 없어 밝은 달만 쳐다보니 눈물만
끝이 없네.

지금도 그때 생각을 하면 어디선가 찬바람이 옷섶을 파고드
는 듯 몸이 시려지는데, 어떻게 너보고만 잊어버리라고…… 은
서는 저녁을 짓는 이수를 바라다보며 괜히 몸이 오므라들었다.

해 저무는 게 무서웠던 건 그저 배가 고파서만은 아니었다.

은서 스스로 밥을 짓게 될 줄 알고 난 뒤에도 그랬다. 밥을 실컷 지어 밥상을 놓고 이수와 겸상해 앉아 배가 부르도록 밥을 먹어도 남는 허기. 불기 없는 차디찬 아랫목을 닮아 있는 허기. 집은 너무 크고 그녀와 이수는 너무 작았다. 방이 많은 집, 그중 가장 작은 방을 골라 이수의 손을 잡고 누워도 여기나 저기나 너무 헐렁했다. 둘만 입을 다물면 기척이 없는 텅 빈 여기저기.

어쩌면 그 마음 시림이, 둘이 아무리 밥을 실컷 먹고 드러누워도 남아 있던 그 허기가…… 은서는 저녁을 짓는 이수를 보며 쓸쓸했다. 그것이 너를 어디에도 마음 못 붙이게 하는지도 몰라. 그것이 나에게 또한 괜히 세를 밀쳐내게 하고 아무리 손을 뻗어도 닿지 않을 것 같은 완에게로만 가게 하는 건지도 몰라.

이수가 저녁상을 봐와 내왔을 때 이수의 목덜미에 땀이 흥건했다. 은서가 수건으로 땀을 닦아주자 이수는 쑥스러운지 내가 닦을게, 하며 웃었다.

저녁을 먹고 오두막을 짓는다는 산밭 터에 올라갔다. 이수는 명랑하게 여기야, 했다. 이곳에 오두막을 짓고 나면 본격적으로 농사일을 배울 거야. 오두막에 여름 밤하늘이 온통 쏟아질 거니까, 다음엔 왔다 금방 가지 말고 며칠, 며칠 있다 가.

별? 은서는 이수의 뒤에 서서 봄밤을 올려다보았다. 얼은 땅이 봄기운에 따뜻해지듯 하늘도 그러는지 봄밤, 맑은 봄밤 자그만 자그마한 별들이 봄미나리 돋듯 떠 있다. 저기가 동쪽이겠지, 은서는 이수의 어깨 너머에서 동쪽이라 생각되는 곳을 바라다봤다. 동쪽 하늘에 사자자리가 뜨는 것이 하늘에 봄이 왔음이라고, 골목을 걸어나가 신작로를 따라 십 리를 걸어가야 하는, 육 년 동안 그 길을 걸어걸어 다녔던 학교 오학년때 여선생이 자연시간에 그랬었다. 사자 살쾡이…… 은서는 작은 별들이 수도 없이 물 속에 빠져 있는 듯한 곳을 보며 저쪽이 남쪽인가, 작은개 큰개 외뿔소 토끼…… 서쪽…… 서쪽…… 황소 양 고래자리…… 북쪽…… 큰곰 작은곰 기린, 봄밤의 하늘은 그렇게 동물원이 되는 거예요.

그 여선생을 사랑했었다. 그 학교의 포플러나무 밑 화단, 그 꽃밭에서 그 여선생이 작은 삽으로 흙을 떠내고 꽃모종을 할 때, 저만큼 떨어져서 바라보기만 해도 어린 은서의 내부엔 방금 떠온 물 같은 시원함이 꼭 차오르곤 했었다.

이곳은 낡은 옷장 같은 곳이다. 은서는 이수의 팔을 잡고 그 팔에 얼굴을 가까이 댔다. 까마득하게 잊어버리고 있던 일들이, 이젠 작아져서 닳아져서 입을 수 없는 옷이 되어, 떠오르니.

학교 전체를 꽃밭 만들기 했던 그때, 오학년 사반 앞으로 맡겨진 그 포플러나무 밑을 은서는 육학년이 되어서도 사랑했다. 그 여선생은 가끔 포도덩굴 사이로 숨어들어 호미질에 상기된 얼굴의 땀을 식히곤 했는데, 그 모습을 멀리서 보며 어린 은서는 저렇듯 아름다운 모습도 있구나, 그 선생이 모종한 꽃들을 정성껏 보살폈다. 그때 그 정성은 은서의 기쁜 비밀이었다. 비료를 라면봉지에 넣어와 남몰래 뿌려주고 학교에서 집으로 돌아갈 때면 꽃들이 무사한지 살펴보았던 그런 때가 있었다.

은서가 그 여선생을 다시 본 건 스무 살 무렵의 다리 위에서였다.

　은서는 단박 그녀를 알아보았는데 그녀는 은서를 비켜갔다.

　다섯 살쯤 되어 보이는 소년의 손을 잡고, 다른 손엔 장바구니를 들고, 헐렁해 보이는 원피스가 몸에 달라붙어 볼록한 배가 그대로 드러났다. 은서가 기쁘게 훔쳐봤던 숱 많았던 검은 머리는 커트되어 있었다. 은서는 다리 위에서 그녀가 만삭의 불편한 몸으로 소년의 손을 잡고 장바구니를 들고 다리 건너 신호등 앞에 설 때까지 바라보았다. 그땐 사라지고 없었다. 어린 은서가 기쁜 비밀로 간직했던 모습. 고요함과 정숙함, 아름답고 조금은 외로워 보였던, 그 포도덩굴 밑 햇빛과 나뭇잎 그림자가 춤추듯 일렁이고 있는 그 얼굴에 순간순간 어른거리던 갈대 꽃다발 같은 모습이 사라지고 없어, 마음속의 기념비가 쓰러지는 상실을 느꼈다. 다리를 건너가는 그 여선생의 뒷모습을 보는 동안.

　새벽 무렵, 은서는 화장실을 가려고 방문을 열고 마루로 나왔는데 마당에 가는비가 내리고 있다. 이수의 방에 불이 켜져 있다. 흙냄새가 싸아 하니 코끝에 머무는데 그 속에 순한 꽃냄새가 섞여 있어 은서는 이수가 자전거를 세워둔 곳으로 걸어가봤다. 자전거 안장이 가는비에 젖어 있고, 그 위에 배꽃이 소복하다. 흙담 위로도 소복하다. 그 아래로도 소복하다. 소복한 위로 또 꽃이 지고 있다. 가는비에 젖은 좀 무거워진 흰꽃, 이 밤, 허공에서 배회 안 하고 떨어지고 있다.

이수야, 자니? **65**

은서는 비를 맞고 있는 자전거를 처마 밑으로 옮겨놓곤 지는 꽃 아래서 이수의 방 불빛을 바라봤다. 가는비는 두엄 위에도 내려 흙냄새에 꽃냄새가 섞이고 두엄 냄새가 섞일 때, 처마 밑, 어미제비 새끼를 품느라 뒤척였다.

　은서는 변소에 갔다 오다 이수의 방문을 열었다.

　이수가 누워 있다가 방으로 들어서는 은서를 쳐다봤다.

　"잠이 안 오니?"

　이수가 웃었다.

　"뭐 하고 있어, 여적?"

　"그냥."

　"그냥?"

　은서는 시무룩해져 있는 이수의 얼굴을 형광등 불빛 아래서 물끄러미 바라봤다. 저녁을 먹고 산밭에 오를 때까지만 해도 명랑하던 이수였는데 그사이 잡고 있던 것들을 다 놓아버린 얼굴이 되어 있다.

　"비가 와."

　"……"

　"책 읽어줄까?"

　"책?"

　"너 어려서 책 읽어주면 깊게 잠들곤 했는데."

　"……"

　은서는 자던 방으로 건너와서 가방 안에 있는 책을 꺼내려다가 가방에 넣고 다니는 봉투를 가져왔다. 이수의 옆에 엎드려

봉투 속의 원고를 꺼냈다.

이 밤, 너는 뭘 할까? 잠들었을까. 배꽃에 가는비 묻는 이 밤. 처마 밑 새끼제비들 빗소리에 뒤척이는 밤. 무엇을 보든 너와 함께 봤으면. 나, 그뿐이야. 그것이 그리 힘든 것인가.

은서는 이수의 팔을 끌어당겨 베고 목을 가다듬었다.

……도무지 일이 손에 잡히지 않는다.

은서가 한 줄 읽는데 이수가 눈을 감으며 소설이야? 물었다. 은서가 글쎄? 하자, 이수는 그런 대답이 어딨어, 힘없이 되물었다.

……남의 타는 속도 모르고 무심한 놈의 하늘은 그저 청청(菁菁)하게 드맑기만 하다. 서씨는 하늘 쪽을 향해서 몇 번 눈을 감았다가 떠본다. 푸르다. 너무도 푸르러서 눈조차 제대로 뜰 수가 없다. 눈을 꿈벅일 때마다 아침이면 조금씩 엉겨온 오열 같은 것이 점점 더 진해진다. 쏟아내고 싶다. 쏟을 수만 있다면 후련해지리라.

이어 읽으려는 은서에게 이수는 작가는 누구고 제목은 뭐냐고 물었다. 작가? 은서는 뭐라고 대답해야 될지를 모르겠어서 가만있다가 내가 썼어, 했다. 누나가? 응. 누나가? 그래. 누나가 소설 써? 소설이 아니야. 그냥 쓴 거야. 제목은? 목화이불.

미영이불 말이야? 응. 그런데 왜 목화이불이라고 해? 미영은 여기서만 쓰는 말이잖니, 뭔지 모를까봐서. 이수는 목화이불? 다시 한번 발음하더니 이젠 여기 미영 같은 거 안 심어…… 하고선 눈을 감았다.

"안 읽어?"

"읽을게."

……그러나 그 뜨거움은 목젖을 통해 가슴속으로, 가슴속을 통해 더 깊은 심연 속으로 눅진하게 스며든다. 쏟아내고 싶은 충동이 강할수록 동아줄처럼 더욱 억세게 가슴을 죄어올 뿐이다. 도무지 일이 손에 잡히지 않는다.

인숙이를 서울로 먼저 올려보내기로 한 것은 스스로 정한 일이 아니냐고, 어차피 그 방법밖에 없지 않느냐고 다독여봐도 갈피를 잃은 마음은 숭숭 구멍만 더 뚫려간다. 목화가 바람에 휘청이듯 흔들린다. 인숙이의 얼굴이 목화들에 섞여서 어른거리는 바람에 목화를 따던 손이 덩달아 멈춰진다. 목화를 따는 것이 꼭 인숙이의 얼굴에 상처를 입히는 것 같아 심사가 더욱 산란해진다. 그는 목화를 따던 손을 아예 거둬버리고 밭 바닥에 풀썩 주저앉는다. 오래 굽히고 있었던 허리가 뻐근해오면서 밭 바닥 황토의 거친 감촉이 전해온다. 서씨는 무거운 것에 짓눌린 것처럼 답답한 가슴을 손바닥으로 쓸어내린다.

—잘헌 일인 게여, 이게 에미 된 도리지.

언덕에서 불어오는 쌀쌀한 초가을 바람이 옷섶을 파고든다.

제법 서늘하게 느껴지는 한기다. 손바닥으로 쓸고 쓸어봐도 식혀지지 않는 답답증을 달래볼 마음으로 속치마 안주머니에 넣어둔 담뱃갑을 꺼낸다. 담뱃갑 안에는 잎담배가 가득 들어 있다.

"이젠 잎담배 피는 사람 없는데."

"안 자? 들으라고 읽는 거 아니야. 자라고 읽는 거지."

은서는 눈을 뜨고 있는 이수의 얼굴에 손을 뻗어 눈을 쓸어 감겼다. 너는 어떤지, 너는 이 밤 눈을 감고 있는지 뜨고 있는지. 마당으로 나가 가는비에 젖고 있으면, 웅크리고 앉아 대문에 기대 있으면 저기서 네가 왔으면. 은서의 눈이 흐려져 원고가 뿌옇다. 너, 내게로 왔으면. 그때처럼. 도시의 작은 방들을 옮겨다니다 처음으로 일곱 평 아파트로 이사가던 전날 밤. 이삿짐을 싸놓고 그 집 대문가에 앉아 있었지. 약속은 없었지만 네가 올 것 같았어. 지하철에서 내린 너, 계단을 오르고 공터를 지나 전봇대를 지나…… 너는 정말 왔어. 나, 일어섰지. 골목으로 들어서는 너를 맞으러. 그때처럼 네가 왔으면.

은서는 원고를 한 장 넘겼다.

……서씨는 주머니 속을 다시 뒤져 흰 종이와 성냥도 꺼낸다. 네모난 종이를 적당한 길이로 접고 그 위로 침을 덧칠해 잘라낸 다음 잎담배를 말아지기 쉽게 펴놓는다. 담배 맛은 뭐니 혀도 봉초 맛이 제일여. 잎담배 말아 피우는 게 귀찮지도 않느

냐고, 가게에 가서 갑담배 사 피우라 하면 인숙이 아버지는 언제나 텁텁하게 내뱉곤 했다. 글시 아무리 혀도 담배 맛은 봉초가 제일이랑게.

담배에 불을 붙여 한 모금 빨아내는데 밭언덕 아래로 펼쳐진 철길로 기적을 울리며 살같이 기차가 지나간다. 서씨는 연기를 뿜어내며 기차가 멀어지는 것을 우두커니 바라본다. 스스로 정한 일이 아니냐 하면서도 끝도 보이지 않는 철길의 평행선처럼 인숙이를 서울로 보낼 일이 그저 아득하기만 하다. 서씨는 철길에서 눈을 돌려 다시 하늘을 쳐다본다. 하늘은 여전히 푸른 물감통을 뒤엎어놓은 것 같다. 인숙이도 저 하늘색을 좋아하지.

서씨가 인숙이에게 오빠 석철이가 있는 서울에 먼저 올라가 있으라고 했을 때 인숙이가 꺼낸 첫마디는 석철이에게 화실에 보내달라고 하겠다는 말이었다.

—화실에 다녀서 어데 쓸려고?

—그림 공부 허고 싶어요.

—억지는 쓰지 말어. 니가 허고 싶은 일 허는 건 좋다마는 오빠도 가게를 늘려서 일손이 바쁠 것이다. 거기다 니 올케 새달이 산일 아니냐!

—그럼 저보고 가게도 봐주고 언니 수발 들라고 먼저 올라가라는 거예요?

—꼭 그런 것만은 아녀도 식구덜끼리 잘허고 살면 좋잖느냐.

—그래도 난 그림 공부 허구 싶어요, 어머니. 집까지 다 팔아 갔는디 설마 나 화실도 못 보내줄까!

인숙이는 석철이가 곁에 있기라도 한 듯 말끝을 높이며 서씨를 바라봤었다. 서씨가 계획하고 있는 일들을 다 알고 있다는 눈빛으로.

인숙이 생각에 잠겨 있던 서씨의 얼굴이 잠깐 꿈틀대는가 싶더니 굵은 눈물줄기가 야윈 뺨을 타고 주루룩 흘러내린다. 서씨는 고개를 수그린다.

"자니?"
"아니."
마당의 흙냄새가 꽃냄새가 문틈으로 스며들었다.

……첫 남편을 여의고 이 마을로 개가해올 때 인숙이가 두 살이었으니까 벌써 이십 년 전 일이었다. 이십 년. 서씨는 아득하게만 느껴지는 세월 저편을 돌아보듯 먼 데를 본다.

첫 남편의 시체는 수리조합 봇물에 막혀 있었다. 주검을 눈앞에 놓고도 서씨는 울 수가 없었다. 첫 남편의 죽음 앞에서 서씨가 느낀 감정은 남편을 잃었다는 상실감보다도 자신을 겹겹이 에워싸고 있던 공포에서 벗어난 듯한 해방감이 더 컸다. 그의 죽음이 서씨 몫의 슬픔으로 다가오기까지는 꽤 많은 세월이 걸렸다. 남편은 서씨가 시집간 첫날부터 구역질이 날 것 같은 술냄새를 짙게 풍겼다. 그 술냄새에 익숙해졌을 때엔 까닭없는 매질이 시작되었다. 그때는 남편이 왜 그렇게 술을 마셔야 했고, 왜 그렇게 자신에게 가혹한 매질을 퍼붓는지 서씨는 전혀 몰랐다. 가끔 남편은 다정한 사람이 되기도 했었다. 방 한켠에서 두려움으로 웅크리고 있는 그를 안쓰럽게 쳐다보는가 하면 그의 옷가지를 사들고 와 윗목에 던져놓기도 하였다. 한 번도 안아본 적이 없는데도 그 옷가지들은 치수가 알맞았다. 그러나 그런 날에도 남편은 서씨와 떨어져 잠을 잤다. 시집온 첫날부터 수리조합 봇물에서 시체로 발견될 때까지 남편은 그렇게 떨어져서 잠을 잤다. 한밤중에 어떻게 잠자리가 밀려 서씨가 자기 가까이에서 자고 있는 것을 보면 남편은 벌떡 일어나 서씨를 사납게 밀어냈다. 밀어낼 뿐만 아니라 제정신이 아닌 사람처럼 욕설을 퍼부으며 발길질을 했다. 서씨는 영문도 모르고 그 아픔을 견뎌야 했다. 그것이 여덟 달, 첫 결혼생활 전부였다. 서씨는 남편이 풍기는 술냄새와 욕설은 참아낼 수 있었지만 혹독한 매질로 지워지지 않는 피멍울엔 몸이 오그라드는 것 같았다. 피가 맺힌 상처를 볼 때마다 차라리 땅속으로 꺼져들고 싶었다. 그런 남편이 밤새 물에 부풀어 누렇게 뜬 모습으로 발견되었을 때 세상에는 남편보다 더 무서운 것이 있구나, 하는 생각이 들었을 뿐이었다. 그의 죽음을 두고 마을 사람들은 수군거렸다. 소문이 어떻게 시작되었는지는 모르겠으나 남편의 자살 원인은 그의 몸이 아이를 생산할 수 있는 능력을 잃은 탓이라 했다. 소문은 무성해지면서 좀더 구체적으로 나돌았다. 남편이 결혼 전에 방앗간집 경운기를 몰고 가다가 언덕 아래로 굴렀던 일이 있었는데 그것이 남편의 몸에 이상을 주었을 거라는 말들 위에 남편이 서씨에게 퍼부었던 욕설이나 매질도 소문의 증거가 되어 보태지며 남편의 장례가 끝나고 한참을 지날 때까지 떠돌았다. 그렇게 간 남편의 탈상을 마치고 홀어머니 밑에서 이태를 머물다가 인숙이 아버지에게 개가를 해왔다. 그때 서씨 나이가 지금 인숙이와 똑같은 스물둘이었다.

꼬리를 물고 밀려드는 지난 일들을 떨쳐버리려고 서씨는 잎담배를 비벼끄고 밭 바닥에서 일어난다. 오른쪽 다리 관절께가 저려온다. 서씨는 다리를 문질러보다가 치맛자락에 묻어 있는 흙부스러기를 턴다.

— 여기 있었구먼.

귀에 익은 목소리에 돌아보니 언제 올라왔는지 뒷집 과교댁이 밭둑에 서 있다. 긴 얼굴에 골진 주름이 먼저 보인다.

— 웬일여, 여기까지?

— 고춧대를 뽑아낼까 하고 밭에 갔는디, 아직도 익을 만한 것이 솔찬히 남아 있는 것 같어 그냥 오는 길여.

과교댁은 목화 광주리 옆에 쭈그리고 앉는다. 늘 만나는 얼굴인데도 오늘은 과교댁이 전쟁을 함께 치러낸 친척 같은 생각이 들어 서씨는 과교댁이 반갑다.

— 마음 결정은 그렇게 해버렸는가?

인숙이를 서울로 꼭 먼저 보내기로 정했느냐는 말인 줄 아는데도 서씨에겐 과교댁의 물음이 새삼스럽게 느껴진다.

— 난 아직 헐일이 많이 남았잖여. 목화도 다 따야 허고 밭거

리도 아직 거둘 게 남아 있고……

—이젠 남의 밭 될 것인디 까짓 목화 안 거두면 어뗘? 스스로 처량헌 꼴 보이지 말고 갈 티면 인숙이만 보내지 말고 같이 가소. 이까짓 거 내가 다 거둬줄 테니.

—이까짓 거라니.

서씨는 목화 줄기를 잡아당겨 과교댁에게 보인다. 과교댁은 목화는 바라다보지도 않고 먼길을 내다본다.

—인숙이 갈 때 함께 가, 정말이네. 내가 다 거둬줄 테니.

—내가 자네를 어찌 믿고 내 밭 추수거리를 맡긴담.

—뭐여!

과교댁이 웃어버린다.

—담배나 하나 주소.

—봉초뿐인디.

—봉초 쓴맛이야 우리한텐 단맛이지.

서씨는 안주머니에서 담뱃갑을 꺼내준다. 눈짐작으로 종이를 잘라낸 과교댁은 잎담배를 말면서 혼잣소리를 한다.

—서울엔 무슨 엿가락이라도 붙었는지 살 만허다 싶으면 다들 서울로 뜰 생각만 허니.

서씨는 과교댁의 눅눅한 혼잣소리를 들으며 다시 목화를 따기 시작한다. 과교댁이 내는 담배연기가 허공으로 스멀거리다가 옅어진다.

—허긴 이 촌바닥에서 뭘 바라고 살겄어. 떠나지도 못허고 눌러붙어 사는 우리가 징그럽지. 마을에 남은 사람이라곤 이제

다 중늙은이들뿐여.

과교댁은 허허롭게 웃는다. 맞다. 석철이도 떠났고 내일이면 인숙이도 떠난다. 한번 떠난 사람들은 추수가 시작되어 아무리 바빠져도 돌아오지 않는다. 어디서 무엇들을 하는지 통 얼굴들을 비추지 않다가 추석이나 돼야 온다. 좋은 옷에 여러 개의 선물 보따리를 싸들고. 석철이도 그랬고 과교댁 딸 해순이도 그랬다. 내가 이곳에 남아 있으면 인숙이도 그럴 테지, 인숙이도.

—인자, 자네마저 뜨고 나면 난 누구랑 마음 트고 살꼬.

—내가 어디 내일 당장 가는가?

—그래도 이미 정해진 일 아녀?

—사는 일은 두고 봐야 아는 것여. 생각대로 안 되는 게 사는 일인게.

과교댁이 두어 모금 남은 담배를 밭둑에 눌러 끄고 끄응, 한숨을 쉰다.

—자네 인숙이 먼저 서울 보내는 것 뭔 꿍꿍이속이 있는 것 아녀?

—속은 뭐, 내가 무슨?

—자네 혼자 여기 남아 있겠단 말 아니냐구?

—내가 언제? 두고 봐야 알 일이라 했제.

—그 말이 그 말이지.

서씨는 대꾸를 멈추고 다시 목화를 따기 시작한다. 아침부터 따기 시작했는데도 이 생각 저 생각에 쏠려 한 광주리도 못 땄다.

—설마 그런 생각일랑은 마소. 자식놈이 데리고 가겠다고 할 때 못 이기는 척 따라나서야지, 뒤에 처졌다간 결국 혼자 남는 거여. 그애들헌티 자네가 얼매나 정성을 쏟았는디⋯⋯ 집까지 팔아 갔으믄서 자네 혼자 여기 뚝 떨쳐놓으면 사람도 아녀.

—괜한 자식 트집 잡지 말어.

—역성 들기는⋯⋯ 헌디 인숙인 어디 갔나?

—읍에 갔어⋯⋯ 내일 차표도 끊어오고 마땅한 옷도 없고 해서.

—잘 했네, 나보다 낫네, 자네는.

서씨는 해순을 서울로 보내고 며칠을 눈이 부석부석해 있던 과교댁을 떠올렸다. 서씨가 뭐라고 위로의 말을 꺼내면 그저 꿈자리가 뒤숭숭해서라며 말끝을 얼버무리던 과교댁이었다.

—나, 내일 인숙이 서울 가고 나면 자네 뒷방으로 세간살이 옮길라네.

—산지기네 또 찾아왔던가? 본시 석철이하고 계약을 허기는 겨울 나고 이사 오기로 했담서?

—그렇기는 한디 그 사람이 그러데. 거기가 산속이라 춥고 애들 데리고 겨울 나기가 여간 힘든 게 아니라여. 어차피 정해진 일이고 허니께 서로 편리헌 대로 하자고 했네.

과교댁이 어찌 그게 서로 편리한 일이냐고 탓할 것이 뻔해 서씨는 얼른 몇 마디 다시 덧붙인다.

—그 사람네도 산지기 생활에 지쳤는갑드만, 내사 혼자 몸이지만 그쪽은 어린것도 딸리고.

76

서씨 마음을 눈치챈 과교댁은 한숨을 쉬며 자리를 털고 일어 난다. 뭔 놈의 별은 저리 좋누. 과교댁의 혼잣소리가 냇물처럼 서씨의 가슴으로 흘러든다. 목화를 둘러보면서 밭을 내려가는 과교댁 건너편 길로 집배원이 모자를 눌러쓰고 지나간다. 앞에 매달아놓은 가방이 너무 커서 자전거가 앞으로 쓰러질 것만 같 다. 굽은 철길을 돌아나오는 기차에 집배원은 가려졌다. 어느 아낙네의 무릎 위에 앉아 있는 듯한 모자를 쓴 사내아이가 차 창으로 고개를 내밀고 그를 향해서 손을 흔든다. 인숙이도 내 일 저 기차를 타겠지. 무사히나 데려다줄 것인지.

　언제였던가. 학교에서 어머니의 얼굴을 그려 오라고 한 일이 있었다. 인숙이는 바쁜 그를 두어 시간이나 꼼짝도 못 하게 앉 혀놓고 크레파스로 색칠을 하고 다시 하고 하더니 서씨 목에 있는 까만 점까지 그려가지고 학교에 갔다. 학교에 다녀온 인 숙이는 수선스럽게 서씨의 팔을 흔들었다. 엄마! 엄마가 젤 이 쁘대. 누가? 우리들 그림 다 보시구 나서 선생님이 그러시던걸. 인숙이 어머니 얼굴이 제일 곱구나, 하셨어. 니 생각은 어뗘? 나두. 둘의 대화를 듣고 있던 인숙이 아버지가 흐뭇하게 웃었 었다. 그때도 잎담배를 피면서.

　가는비에 섞인 두엄 냄새, 문틈으로 스몄다. 은서는 이수의 얼굴을 쓸었다.

　"자니?"

　"아니."

……아랫들 쪽에서 바람이 불어온다. 어느새 오후가 다 기울었다. 석양볕을 받고 있던 흰 목화들이 바람에 쏠리면서 저희들끼리 어우러진다. 인숙이가 돌아왔을까? 서씨는 반도 못 채운 광주리를 옆에 끼고 밭둑으로 내려선다. 앞길에서 석이 엄마가 손에 수건을 들고 총총걸음으로 오고 있다.

— 어딜 그리 가?

— 저녁거리가 없어서 쉰 가지라도 따올까 하구요. 근디 인숙이가 낼 서울 간다믄서요?

— 먼저 보내기루 했네. 지 오빠 가게도 늘렸고…… 다른 사람 두는 것보다야 안 낫겄어.

— 함께 올라가시지요. 적적하실 턴디.

— 적적허긴. 어서 가보아, 저녁 늦겄네.

석이네가 손에 들고 있던 수건을 머리에다 쓰면서 다시 총총걸음을 옮긴다. 과교댁에겐 말을 안 했지만 그는 정말이지 이 마을을 떠나고 싶지 않다. 숨기려고 담담해지려고 해도 인숙이를 보낼 일이 서운하고 쓸쓸하기만 하다. 인숙이마저 보내버리면 석이네 말대로 그 적적함을 어떻게 견딘단 말인가.

석이네가 사라진 뒷산 너머 서편 하늘엔 놀이 온통 극성이다. 붉은 것만 보면 인숙이 아버지가 쏟아내던 핏덩이가 생각난다. 십오 년이란 나이 차이가 있었지만 그러고도 아이가 둘이나 딸렸던 사람이었지만 인숙이 아버지에게는 그런 것들을 이겨내게 해주는 잔정이 있었다. 천성적으로 심성이 착한 사람. 그러나

생전의 그답지 않게 임종의 모습은 초췌했다. 창백한 얼굴의 광대뼈는 훤히 비칠 듯싶게 튀어나오고 눈은 우렁 속처럼 꺼져 있었다. 죽고 싶지 않다고 했다. 석철이 장가들이고 인숙이도 좋은 짝 맺어 출가시킨 뒤 논일을 더 하며 그렇게 살고 싶다고. 서씨는 인숙이 아버지의 살고 싶어하는 눈물에 죽음이 주는 사무침을 맛보았다. 뼛속까지 드나드는 그 사무침을.

—눈이나 감고 가실 일이지.

노을이 인숙이 아버지가 쏟아내던 핏덩이 같아 눈앞이 흐릿해진다. 목화 광주리를 추스리자 출렁이는 목화가 아침부터 아무것도 먹은 것이 없는 속을 흔든다. 이것저것 준비하라고 인숙이를 읍에 보내고 나니 도무지 입맛이 나질 않았다. 인숙이는 읍에 나가면서 꼭 아침을 먹으라고 당부했었다. 그러나 숟가락을 들 기분이 나질 않아 그냥 밭에 나온 것이 점심까지 거르게 되었다.

대문을 열면서 서씨는 인숙이가 아직 돌아오지 않았음을 느낀다. 느끼면서도 인숙이의 이름을 불러본다. 공허한 목소리만 울림이 되어 집안을 떠돈다. 목화 광주리를 마룻바닥에 내려놓고 마루에 걸터앉으려는데 흰 사각봉투가 눈에 띈다. 석철이에게서 온 편지다. 서씨는 반갑게 봉투를 뜯는다. 급히 뜯느라 편지의 윗부분이 찢겨나간다. 편지는 종이의 반도 못 되게 글이 짧다.

별일 없으셨는지요.

이곳은 어머님의 염려 덕분으로 모든 일이 순조롭게 풀리고 있습니다. 다름이 아니오라 어머님이 아시다시피 집사람이 다음달에 산일이라서 거동하기가 무척 불편합니다. 인숙이가 먼저 올라오면 도움이 될 것 같습니다. 아직 자리가 잡히지 않아 어머님을 함께 못 모시는 점 송구스럽게 생각합니다. 전화번호는 예전과 같으니 인숙이더러 서울에 도착하면 전화하라고 일러주십시오. 자리가 잡히면 다시 편지하겠습니다. 그때까지만 기다려주세요. 그러면 그리 알고 인숙이 기다리겠습니다.

급히 쓴 편지인지 날짜도 적혀 있지 않다. 서씨는 편지를 접어 봉투에 넣으면서 석이네를 만났을 때처럼 헛기침이 나오려는 걸 참는다. 해는 완전히 기울어버리고 유난히 넓어 보이는 마당에 어스름이 내린다. 샘가 옆 공지에 질서도 없이 심어둔 국화며 코스모스가 이상스레 올 가을엔 꽃을 피우지 않는다. 맨숭하게 푸른 잎들만 무성히 돋아 가을을 견디고 있을 뿐이다. 금세 대문을 열고 인숙이가 들어설 것만 같은데 주위는 오래 아무도 들여다보지 않는 우물 속처럼 괴괴하기만 하다.

평소에 잔걱정이 많던 인숙이 아버지는 임종의 순간도 그 걱정들 때문에 차마 눈을 못 감았다. 석철이와 인숙이를 돌아다보며 니 어머니 잘 모셔야 혀, 나 만나 고생만 혔다. 느희들이 생각허고 있는 것에 열은 곱해서 잘혀. 석철의 다짐을 서너 번이나 받아내고도 눈을 못 감았다. 그가 지닌 병마저도 서씨의 터였던지, 서씨는 인숙이 아버지가 가고 오랫동안 누워 있던 자리를 바로 보지 못했다. 그런데 이제 인숙이도.

전혀 생각이 없는 저녁을 인숙이의 억지로 몇 숟갈 뜬 뒤 상을 물린다. 며칠 전에 턴 참깨를 비롯해서 팥, 고추를 흘리지 않게 싸는데 인숙이는 거울 앞에 서서 읍에서 사온 치마의 맵시를 재보는데 여념이 없다. 이쁘기도 하지, 눈맵시가 있어 제 얼굴빛에 받는 걸 잘 고른 것 같다. 인숙은 한참을 거울 앞에서 제 앞뒤를 살핀 뒤에 거울을 물린다.

—어머니도 참, 이런 거 오빠네가 고마워헐 줄이나 알아요? 저 참에도 봐요. 힘들여 부쳐주니까 화물삯이 더 나온다고 했잖아요.

—그니께 무겁더라도 니가 들고 가란 말여. 내 밭에서 거둔 마지막 건이여.

겉보기엔 별일 아닌 듯싶어도 논보다 훨씬 잔손이 가야 하는 밭걷이였다. 그래도 밭에 나가 풀도 매어주고 모종도 옮겨주고 하는 일이 인숙이 아버지 병석에 눕고부터 위로가 되었다. 밭에 엎드려 있으면 가슴 밑바닥 것들이 털어내지는 것 같았다. 남은 일터거니, 했는데 가을걷이만 끝나면 남의 손으로 넘어갈 밭이다.

—이번엔 밭에다 목화를 갈아서 조금씩밖에 안 되여.

—목화는 뭐에 쓸려구?

—너 시집갈 때 이불 솜 틀려고.

—어머니도…… 요새 솜이불 혼수 해가는 사람이 어딨어요. 이불집에 가면 가볍고 빨기 쉬운 게 얼마나 많은데……

인숙이가 어색하게 말꼬리를 흐린다. 목소리가 이슬 맞은 사람처럼 차고 촉촉하다.

—모르는 소리다. 목화 타서 만든 솜이불이 최고 아닌가비. 겨울엔 뜨시고 아무리 함부로 덮어도 솜 안 뭉크러지고.

인숙이가 물끄러미 서씨를 쳐다본다. 그걸 알면서도 서씨는 고개를 들지 않고 참깨를, 팥을 봉지에 담고 있다.

—엄마.

—왜.

—나 좀 보세요.

—새삼스럽긴.

—좀 쳐다보란 말예요!

서씨는 얼굴을 든다. 바로 앞에 인숙의 눈이 있다. 영락없이 제 아버지 눈을 닮았지. 아래로 내려뜬 듯싶으면서도 눈꼬리가 처지지 않은 인숙의 눈.

"자니?"

"아니."

비에 둥글게 말려졌을 흙냄새.

……처음 이 집에 왔을 때 인숙은 두 살이었다. 돌이 지나고 나면 응석으로 한 걸음씩 떼어놓을 때인데도 인숙은 전혀 걷지를 못했다. 간신히 벽에 몸을 기대고 서 보일 정도였다. 난산 끝에 겨우 아이만 목숨을 건져냈다고 하니 인숙이가 더운 젖을

빨아봤을 리 없었다. 처음 서씨가 어린 인숙을 안았을 때 인숙은 그의 품을 파고들었다. 그러다가 인숙은 문득 서씨의 젖을 발견했고, 서먹하게 만져보더니 답싹 입술을 대는 것이었다. 그것이 열 살 나이가 들어 저만큼 떨어져 앉아 낯설어하는 석철이보다 더 정이 갔다. 그래서 인숙이가 울 때마다 스스로 옷고름을 풀고 자연스럽게 젖을 물렸다. 나오지도 않는 젖을 열심히 빨다가 제풀에 지쳐 큰 소리로 울어대는 인숙이에게 걸음마도 가르쳐주었다. 인숙을 안고 어르고 있으면 석철이가 다가와 눈이 퉁퉁 붓도록 울고 제 동생의 코를 만져보고 귀도 만져보다가 그와 눈이 마주치면 씩 웃어 보이기도 했다. 서씨가 석철이의 손을 가져다 인숙이 겨드랑이 사이에다 밀어넣어주며 간지럼을 태워보라 했고, 석철이의 손짓에 따라 인숙은 울다가 웃기를 계속했다. 그 모습이 우스운지 석철이가 서씨를 쳐다보며 소리내 웃었다. 그렇게 서씨가 인숙이 아버지를 쳐다보다가 셋은 함께 웃음을 터뜨리곤 하였다.

서씨를 빤히 쳐다보던 인숙이가 서씨의 볕에 그을린 손을 꼭 잡아쥔다. 인숙의 따뜻한 손기운이 금세 손으로 흘러온다.

— 저 가고 나면 어머니 적적해 어떡해요?

그러면 니가 안 가면 되잖여, 라는 말이 튀어나올 것 같다. 어쩌면 지금 가장 하고 싶은 말인지도. 서씨는 인숙의 머리를 쓰다듬어주는 것으로 그 말을 삼킨다.

— 말 안 하셔두 다 알아요. 산지기네가 집 비워달래지요? 그래서 저보고 먼저 올라가라는 거죠?

―아녀, 서울 니 올케 만삭인데다……

―읍에서 산지기 아줌마 만났는데? 사정 봐줘서 고맙다고 전하라던걸요. 오빠가 욕심이 너무 많아…… 가게가 조금 작으면 어떻다고 논, 밭, 이제 집까지. 이깟 시골집이 얼마나 간다고.

―얼매나 답답했음 그랬겠냐…… 글구 산지기네 말은 그 뜻이 아니여. 내가 서울 올라감서 세간살이 다 주고 간다 하니 나온 말이지.

―봄 되면 정말 서울 올 거지?

―그럼. 내 한복 곱게 입고 갈 테니 그림이나 한장 이쁘게 그려다우.

―요즘 걱정했어요. 어머니가 날 떼어보내는 것만 같아서.

―서울 가면 오빠 말 잘 듣고 행여 올케랑 입다툼 말고. 오빠한티 그림 공부 시켜달라고 억지쓰지 말고. 알아듣지야?

인숙은 대답은 않고 서씨의 손을 다시 잡는다. 손가락을 하나하나 매만져보더니 서씨의 손과 깍지를 낀다. 그리고는 흔들어본다. 인숙의 보드라운 머리털 감촉이 서씨의 거친 손결에 배어든다. 어느새 이렇게 커버렸나, 벌써 니가 스물둘이구나 싶으니까 인숙이가 새로 봐진다. 나이보다 한결 앳되다. 인숙이 이마를 가리고 있는 머리카락을 귀밑으로 넘겨준다. 깨끗하고 선이 분명한 이마 위로 송송한 솜털이 엿보인다. 아이는 태어난 지 이레 만에 홍역을 앓았다. 분홍색 아이의 몸에 열꽃이 지독했다. 지금도 우거져 핀 사루비아꽃들을 보면 그 열꽃이 떠오른다. 아이는 눈도 제대로 떠보지 못하고 지게에 실려 공동묘지로 갔다. 제 아버지의 잎담배 연기를 맡으면서. 젖을 먹여야 할 아이는 없는데 젖은 팽팽히 불어왔다. 짜내어도 마치 밀려 있었던 듯 다시 불어오곤 했다. 인숙이 아버지가 인숙이에게 젖을 물려보라고 권해왔다. 그때 이미 인숙인 젖을 먹을 때는 지나 있었다. 인숙인 처음엔 빈 젖인 줄 알고 장난을 치려 하더니 진짜 젖이 흘러나오자, 서씨의 품으로 꼭 안겨들었다.

— 대충 챙겼으면 자거라.

인숙이가 고갤 끄덕이며 손깍지를 푼다. 예쁜 얼굴은 아니지만 어디 한 곳 미운 데도 없다. 씀씀이도 찬찬하니 제게 어울리는 사람 골라 짝 맺어주면 인숙이에 대한 시름도 잊혀질 듯싶다. 그것이 인숙이 아버지의 부탁이기도 했다. 잘난 놈 말구, 지 처 위해줄 줄 아는 놈헌티 맺어주라고. 짐만 지워주고 가네, 내가.

"자니?"
"아니."
꽃냄새, 새벽비에 지는 꽃.

⋯⋯자리에 들어서도 선뜻 잠을 청할 수 없어 서씨는 누워 그냥 천장을 올려다보고 있다. 머리가 조금 어지럽고 속이 쓰린 것 같기도 하다. 실상은 아무 데도 아프지가 않다. 마음속이 휑할 뿐. 인숙이도 잠을 못 이루겠는지 이불 속에서 자꾸 뒤척거린다. 인숙이가 몸을 한번 뒤챌 때마다 이불깃 스치는 소리

가 휑한 바람소리 같다. 서씨는 팔을 뻗어 인숙이에게 팔베개
를 만들어준다. 서씨의 팔을 베고 나서야 인숙은 고른 숨소리
를 낸다. 인숙의 얼굴을 쓸어내리는 서씨의 가슴은 또 더워진
다. 이게 무슨 소리인가? 서씨는 가만 귀를 기울인다. 빨랫줄을
흔드는 바람소리 속에 바스락거리는 소리가 섞여 있다. 귀를
기울인 한참 후에 서씨는 뒤뜰의 감나무잎 떨어지는 소리란 걸
알아낸다.

　가을이었다. 추수가 막 끝나고 들판에는 미처 집안으로 들여
가지 못한 짚더미들이 높은 담을 이루고 있던 늦가을이었다.
밤이면 감나무잎뿐만 아니라 뒷산의 갈참나무 떡갈나무 잎새
도 우수수 떨어져내리던 그런 어느 날, 학교에서 돌아올 시간
이 훨씬 지났는데도 인숙이가 모습을 나타내지 않았다. 그럴
만한 친구도 없어 학교가 파하면 곧장 집으로 돌아오곤 하였던
인숙인지라 귀가시간이 늦어 은근히 걱정은 되면서도 어두워
지기 전에 돌아오겠지, 기다리는데 사위에 어스름이 깔려도 인
숙이는 오지 않았다. 더럭 겁이 난 서씨는 석철이에게 마을 집
집을 돌아보라 이르고 자신도 학교 가는 신작로길을 따라 인숙
이를 찾아나섰다. 어스름이 짙은 어둠으로 바뀌고, 마을 앞 다
리까지 건너갔는데도 아이가 보이지 않아 서씨는 두려워지기
시작했다. 날 저물고 있는 것도 모르고 놀고 있을 인숙이가 아
니라는 것을 잘 알고 있어 더욱 그랬다. 무슨 사고라도 당한 게
아닌가? 다리를 되건너오면서 서씨는 아무도 없는 들판을 향
해 인숙아! 크게 외쳐댔다. 서씨의 목소리는 번번이 메아리도

되지 못하고 응답 없이 스러졌다. 그렇게 몇 번인가 인숙이를 소리쳐 불렀을 때 갑자기 울음소리가 터져나왔다. 신작로를 사이에 둔 벌판 쪽에서였다. 분명 인숙의 소리였다. 서씨는 달려갔다. 의아한 생각은 그 다음이었다. 아무렇게나 막 쌓아놓은 짚더미 속에 인숙이는 홀로 주저앉아 서럽게 울고 있었다. 어린아이가 얼마나 간절하게 눈물을 쏟던지 그 모습을 보고도 선뜻 나서지지가 않아 달빛을 받고 짚더미 속에서 통곡하듯 울어대는 인숙이를 그는 한참 바라보고만 있었다.

— 자, 그만 그쳐라, 엄마다 엄마야.

서씨가 아이의 어깨를 흔들었을 때 인숙이는 울음소리를 더 크게 높이며 그 작은 주먹으로 서씨의 가슴을 마구 두드려댔다. 새 같은 가슴을 계속 들먹이는 아이를 겨우 달래 등에 업고 들판을 걸어나오면서 서씨는 조근조근 우는 까닭을 물었다. 몇 번을 되물었을 때야 인숙이는 더듬이말로 계속 가슴을 들썩이면서 말했다. 하굣길에 아이들이 숨박꼭질을 하자기에 싫다고 했더니, 네가 짚더미 속에 있어도 네 엄마는 널 찾으러 오지 않을 거야, 하더란다. 찾아올 거라고 했더니,

— 웃긴다. 새엄마가 찾아와? 팥쥐 엄마가?

그래서 서씨가 오나 안 오나 보려고 짚더미 속에 들어가 있었다고 했다. 기다리다가 해가 기울고 깜박 잠이 들었던 것이리라. 그러다가 제 이름을 부르는 소리에 눈을 떴고, 여기가 어딘가, 칠흑에, 놀라 울음부터 쏟은 것이리라.

— 엄마가 새엄마야?

인숙이는 가는 팔을 그의 목에 친친 감고 또 울었다. 그는 뭐라 대답해줄 말이 없어 맥없는 하늘만 오래 바라보았다. 달빛. 그놈의 달빛이 왜 그렇게 차갑게 느껴지던지. 들판을 다 걸어나왔을 때야 아이는 지쳤는지 그의 등에 얼굴을 깊이 파묻고 잠이 들었다. 따뜻하게 번져오는 아이의 체온이 좋아서 그때 서씨는 걸음폭을 줄이고 아주 느린 걸음으로 걸어 걸어 마을로 돌아왔다.

팔을 베고 자는 인숙이의 낮은 숨소리가 그때처럼 부드럽게 파고든다. 인숙이 아버지가 죽고 난 후, 한밤중에 문득 잠을 깨고 보면 왜 그렇게 빈 벌판에 누워 있는 것 같던지. 그러던 어느 날 건넌방에서 자고 있던 인숙이가 베개를 들고 건너왔다. 서씨의 곁자리 이불 속으로 파고들며 인숙은 어머니, 잠이 안오면 잎담배 피워봐요, 아버지처럼요, 그랬다. 그렇게 둘은 방을 합쳤다. 이후, 잠이 깨어도 옆에서 들리는 인숙이의 숨소리를 들으면 다시 잠에 들 수가 있었다. 그런데 이젠?

서씨는 조심스럽게 인숙이의 머리 밑에서 팔을 빼내고 일어선다. 인숙의 잠이 깰까봐 서씨는 조심스럽게 마루를 딛고 마당으로 내려선다. 바람소리, 감나무잎 지는 소리가 선명하다. 바람에 밀려온 듯 넓은 나뭇잎들이 뒤란을 돌아나와 마당 한가운데까지 밀려다닌다. 흠. 서씨가 고개를 드는데 별똥별 하나가 긴 꼬리를 보이며 지붕 너머 아득한 곳으로 떨어진다. 서씨는 마당 가운데에 구부리고 앉아 잎담배를 피워문다.

—어머니?

인숙이가 잠이 깼는지 서씨를 부른다. 서씨는 마당 흙에 부벼 담뱃불을 끄고 얼른 일어서서 마루 쪽으로 걸어간다.

—밖에서 뭐 하세요?

—응, 목화 광주리 들여가려고.

서씨는 온종일 참아왔던 헛기침을 내뱉으며 까닭없이 목화 광주리를 추스린다. 광주리에서 떨어진 목화 몇 송이가 구름 속을 헤치고 나온 달빛을 받아 더욱 희다.

"자니?"

"아니."

……집배원은 자전거를 탈탈거리며 오늘도 그냥 지나가버린다. 인숙이가 떠난 지가 며칠이나 되었다고 벌써 편지를 쓰랴? 싶으면서도 서씨는 그 며칠 동안을 집배원을 기다렸다. 기다려서 받은 건 농민신문 한 장뿐이다. 오늘은 이사를 해야지. 서씨는 자리를 털고 일어선다. 생각으로는 인숙이 떠난 다음날 과교댁 집으로 살림을 옮기려 했었는데 어질머리와 속쓰림에 누워 있어야 했다.

한껏 어질러진 방 안은 들어서기가 민망할 정도다. 주전자, 물컵, 재떨이, 걸레, 트랜지스터 라디오 따위들이 엎어지고 팽개쳐진 채 아무렇게나 널려 있다. 며칠 동안 서씨는 집안일을 전혀 하지 않았다. 단지 마음이 내키지 않아서 허기가 져도 쌀을 씻을 생각도 하지 않았다. 뒤뜰의 감나무 잎새도 그사이에 몇 잎 안 남겨두고 스산하게 져버렸다. 마을 아이들이 대문으로 혹은 서슴없이 담을 타넘어 들어와서 감을 수북이 따가도 내버려두고 서씨는 마당에 멍석을 깔아놓고 목화를 말렸다. 금싸라기 같은 햇살은 희기만 하던 목화를 누르스름하게 탈색시켰다. 그것들을 정부미 자루에 담아 묶어놓은 것이 며칠 사이 그가 한 일의 전부이다. 이사를 해야지. 자신 혼자 남은 황량한 빈집이라는 생각을 떨구기 위해서라도 바빠야 한다고 생각했다.

서씨는 인숙이의 방을 열어봤다.

벽에 붙은 스티커, 거울, 붉은 빗, 불기 없이 싸늘한 방바닥을 쓸어보면서 정말 인숙이가 떠났다는 걸 실감한다. 엄마만 혼자 남겨두고. 인숙은 커다란 가방을 두 개나 들고 대문을 나서면서, 골목을 걸어나가면서, 마침내 뽀얀 먼지를 일으키며 굽은 신작로길에 버스가 나타날 때까지 인숙은 세 번이나 중얼거렸다, 엄마만 혼자 남겨두고.

역전에 나가려는 서씨를 인숙은 한사코 싫다고 밀어냈다. 혼자 갈래요. 나 기차 타는 모습 뵈주기 싫어.

서씨는 인숙이의 손때가 묻은 스티커를 떼고, 거울도 못에서 들어올린다. 그 통에 거울 위에 걸려 있던 붉은 빗이 방바닥으로 떨어진다. 인숙이의 머리카락 몇 올이 그대로 붙어 있는 빗을 주우려고 허리를 굽혔는데 저만큼 꽃핀이 눈에 띈다. 서씨는 빗보다 먼저 핀을 줍는다. 평소에 인숙이가 늘 꽂고 다니던 것이다. 넌 꽃핀 꽂을 나인 지나지 않았냐고 서씨가 보기에도 너무 촌스러워 한마디 했을 때 인숙은 그래도 이게 이뻐요, 라며, 꽂고 다니던 핀이다. 서씨는 거울을 내려놓고 꽃핀을 자신의 머리에 꽂아본다. 영 어울리지가 않아 거울 속으로 어처구니없는 표정을 지어보고는 꽃핀을 주머니에 넣는다.

인숙이의 남은 짐을 정리하는 데도 한나절이 걸린다.

—그건 뭐여.

해가 설핏 저물어서야 첫 짐으로 과교댁 뒷방에 목화 자루를 내려놓는데 과교댁이 손가락으로 자루를 꾹꾹, 찔러보며 묻는다.

—목화여. 이불솜은 어느 집이 잘 트는지 몰라.

서씨는 과교댁 얼굴은 보지도 않고 주워담듯 말하고는 돌아선다.

—내가 리어카 가지고 뒤따라감세.

망연히 서 있던 과교댁이 그의 뒷전에 대고 소리쳤다. 서씨가 뒤돌아보며 괜찮다고 하려는데 이미 과교댁은 리어카를 끌어내고 있는 중이다. 골목을 돌며 그는 으스스해져 주머니에 손을 넣었다. 뭔가 이물질이 잡혀 꺼내보니 석철이의 편지와 인숙이의 꽃핀이다. 과교댁이 리어카를 끌고 등뒤에 설 때까지 서씨는 이끼 낀 기와집같이 서서 손바닥의 그것들을 들여다보고 있다.

저만큼 대문이 보이는 골목이, 이십 년 동안 드나들었던 익숙한 골목이, 한 번도 걸어본 적이 없는 아주 낯선 길 같아 서씨는 잠시 서먹하게 주위를 살폈다. 낮은 담, 대문 앞에 늦 핀

칸나꽃, 옆집에서 넘어온 말라 비틀어진 포도덩굴, 부서질 듯 닳아빠진 샛문의 고리, 귀퉁이가 깨진 붉은 벽돌 몇 장, 새삼스러울 건 아무것도 없다. 서씨가 대문을 젖혔을 때 잎 떨군 감나무 가지에 날아와 있던 참새떼가 삐꺽, 소리에 놀라 포르르 어스름 속으로 날아올랐고, 그 바람에 수북이 쌓여 있던 물기 없이 마른 잎새들이 수런거렸을 뿐이다.

"자니?"
"……"

여름

나는 그렇게 되어버렸지.
어느 날 우연히 내 눈을 거울에 비춰보다가
언젠가 네가, 네 속눈썹을 세어봤는데
마흔두 개야, 했던 말이 생각나면
그 생각 하나로
세상을 다 얻은 듯이 살아가지.
그걸 세어볼 정도면
너는 틀림없이 나를 사랑한다
여겨지기에.

사랑하는 슬픔

무성해진 가로수 나뭇잎들이 이른 아침 거리에 그늘을 만들고 있다. 봄의 연초록을 건너 여름이 왔다. 새끼손톱만하게 새 숨을 쉬며 돋아났던 은행잎들도 봄이 지나자 끝의 두 갈래가 분명해지고 초록이 짙어졌다.

은서는 초록이 만든 그늘 속에서 아파트 앞 건너 도로를 바라다보고 서 있다.

완의 차는 저 삼거리 쪽에서 나타날 것이다.

슈퍼마켓의 청년이 물조리개로 가게 앞에 물을 뿌리고 있을 뿐, 다른 날 같으면 벌써 번잡할 삼거리가 일요일 아침이라 조용했다.

은서는 삼거리 쪽에서 시선을 떼고는 들고 있던 모자를 눌러 쓰며 아파트 쪽을 돌아다보았다.

화르르 피었던 꽃들은 어느 밤 비바람에 또 화르르 져버렸다. 얼마나 떨어져야 이토록 쌓일 수가 있나, 싶게 어느 날 아침 아파트 광장은 생생한 꽃잎으로 뒤덮여 있었다. 이렇게 지려고 그토록 피었었나, 그녀는 층층으로 떨어져 쌓인 꽃잎 위에 엉덩이를 대고 앉아보았는데 어찌나 떨어져 쌓였던지 폭삭했다.

그리 생생히 진 탓인가, 꽃이 진 자리의 초록은 상처처럼 깊다, 자칫 빠지고 싶게.

깊은 초록을 쳐다보고 있던 은서는 시계를 들여다봤다. 완이 말한 일곱시는 겨우 십 분 지나 있는데 불안이 스친다. 기다림에 대한 불안은 이렇게 시작됐다. 십 분이 지나서 이십 분이 되고 이십 분이 지나서 삼십 분. 그리고는 돌아서야 했다.

하지만 오늘은, 은서는 고개를 저었다. 오늘은 그러지 않을 거야. 그녀는 혼자 웃었다. 그래, 오늘은 그러지 않겠지. 그가 전화한 지가 불과 한 시간 전이니까.

봄 내내 소식이 없던 완이 한 시간 전에 전화를 해왔다. 그동안 은서가 서너 번 전화를 했으나 그때마다 완은 시간을 낼 수가 없다고 했다.

완이 시간을 낼 수 없는 사이로 백로와 왜가리가 날아왔다. 유실과들이 꽃샘추위에 뿌리가 얼었다가 녹고 또 얼었다가 녹았다. 봄가뭄에 산야가 건조해 산불이 난 걸 텔레비전 화면으로 보았다. 불은 산을 내려와 들로 번졌고 사람들은 칸나밭 같은 타오르는 불길 뒤에 서 있을 수밖에 없었다. 산등으로 산등으로 들로 들로 불은 확확 번졌다. 헬리콥터가 떴다. 화면 밖으로까지 화기가 튀어올 것 같은 거센 산불의 날들, 황사에 눈을 들 수 없었던 날들도 완이 그녀에게 시간을 낼 수 없는 봄 사이로 흘러갔다.

봄이 가고 그는 한 시간 전에 전화를 걸어와 마치 어제도 그제도 만났던 사람처럼 불쑥 말했다.

"나 지금 경주 가는데 함께 갈래?"

일요일 새벽, 잠결에 겨우 수화기를 들어 귀에 댔을 뿐 은서로서는 여보세요, 도 하기 전이었다.

전화를 걸어온 상대방의 목소리가 완이라는 걸, 은서가 조금 후에 감지했을 때, 그녀에게선 아, 감탄사가 저절로 솟아나왔다. 그가 아닌가. 순간 은서에게 머물러 있던 잠결은 확 뒤로 물러서며 그녀를 가라앉히고 있던 우울이 포로롱, 날아갔다.

"놀러 가는 건 아니야. 일로 가. 어쩔 테야?"

열시에 세를 만나 이슬어지 친구 윤수 결혼식장에 가기로 했던 게 생각났지만 그녀는 어느덧 갈게, 내가 어떻게 하면 돼? 하고 묻고 있었다.

"한 시간 후에 아파트 입구에 나와 있어. 내가 그리로 갈 테니."

한 시간 후? 수화기를 내려놓고 벽시계를 쳐다봤다. 여섯시였다. 꿈결인가, 하다가 그녀는 얼른 일어섰다.

세와의 약속은 어떻게 하나, 함께 결혼식에 못 가겠다고 혼자 가라고 전화를 해줄까? 이렇게 이른 시간에? 이르면 어때, 그래도 하는 게 안 기다리게 하고 낫지. 그녀는 세에게 어떻게 할까를 생각하느라 잠시 머뭇거렸지만 곧 세면장으로 달려가서 물을 받았다.

세면장 벽에 매달린 선반에서 타월을 꺼내고 칫솔에 흰 치약을 묻히는 동안 은서는 이미 세를 잊어버렸다. 그녀는 샤워를 하고 머리에 샴푸를 하고 드라이어의 따뜻한 바람으로 머리를 한 번 말린 다음, 다시 브러시에 머릿결 끝을 둥글게 말아 시간을 들여 두 번 말렸다. 그래야 머리끝이 안으로 오므라들어 부드러운 분위기가 날 것이기에.

단장을 하는 동안 내내 그녀 내부는 다정히 솟아오르는 기운이 넘쳤다. 얼굴이 붉게 상기되어 화장수를 묻힌 화장솜을 뺨에 가만 대고 있어야 했을 정도로.

옷장을 열고 이 옷 저 옷을 거울에 대보다가, 그때야 가슴이 찡해왔다. 세상에, 은서는 거울 속의 뺨이 발그레하게 상기된 여자를 말끄러미 쳐다보았다. 어젯밤까지만 해도, 정말이지 어젯밤까지만 해도 생기라곤 하나도 없던 얼굴이, 전화 한 통화에 이렇듯 달라지다니. 그렇게 좋으니? 그녀는 거울 속의 얼굴이 가여워져 눈물이 핑그르, 돌았다.

어젯밤에 은서는 잠들려고 애를 쓰면서 주술처럼, 그는 내 몫의 사람이 아니다, 이제 다시 그로 하여 마음 아프지 말자, 그에게 전화가 오더라도 이제는 그를 기다리지 않는다고 말하자, 고 달래주었던 것이다. 그런데 지금?

한 시간 삼십 분이 지나 은서는 모자를 벗었다. 바람이 부는 대로 산들산들 모양이 달라지는 나무 그림자를 그녀는 뚫어져라, 바라보았다.

약속시간 십 분이 지나 시계를 들여다볼 때 스치던 불안감의 실체는 이것이었다. 그녀는 이젠 더 기다려도 그가 오지 않을 거라는 걸 알면서도 어쩌면 좋을지를 몰라 그늘 속에 난감히 서 있다.

공기는 은서의 무너져내리는 마음과는 상관없이, 나무이거나 그녀의 샴푸한 머릿결에서 흘러나왔을 풀냄새 같은 걸 주변에 풀어놓고 있다.

처음 삼십 분 동안은 그래도 오겠지, 그 다음은 혹시 무슨 사고가 난 건 아닌가, 그러다가 지금 은서는 참혹해졌다.

은서는 한참을 더 서 있다가 아파트 광장 안으로 들어와 공중전화로 자신의 방에 전화를 걸어보았다. 은서가 쓰고 있는 자동응답기는 암호번호를 누르면 바깥에서도 녹음된 내용을 들을 수 있게 되어 있었다. 혹시 그가 무슨 일이 생겨 시간을 늦춘다고 녹음해놓은 건 아닐까, 하는 생각이 뒤늦게 들었던 것이다. 그저 확인을 하던 그녀는 수화기를 귀 가까이 댔다. 완이다.

"나야, 갑자기 상황이 바뀌었어. 기다리지 마."

은서는 공중전화 위에 얹어놓은 모자를 챙기지도 않고 걸어 나오다가 너무 기가 막혀 광장의 나무의자에 털석 주저앉았다. 손바닥에 얼굴을 묻고 한참 그러고 있는데 누가 어깨를 툭툭, 쳤다.

고갤 들고 보니 지난 봄 새벽에 은서의 방을 찾아왔던 여자였다. 목욕탕에 가는 길인지 여자가 들고 있는 속이 들여다보이는 비치가방엔 체리색 타월과 비눗갑이 들어 있다.

"여기 왜 이러고 있어요?"

머리모양이 달라져서 처음에 은서는 여자를 못 알아보았다. 긴 파마머리가 단발 생머리 스타일이 되어 있다. 그래서일까, 그날 밤보다 앳되고, 표정도 그날처럼 지쳐 있지 않고 밝다. 흰색 반팔 윗옷 아래 드러난 팔이 만져보고 싶게 탄력 있다.

은서가 뭐라고 말하지도 않았는데 여자는 비치가방을 내려놓고 은서 곁에 앉았다. 그리고는 은서의 어깨를 끌어당겨 자기 가슴에 기대게 한다.

"오늘은 그쪽이 힘이 드는 모양이네."

여자에게서는 금방 잠자리에서 일어나서 나온 냄새가 풍겼다. 그럴 생각이 없었음에도 여자의 가슴에 기대게 되자 은서는 그만 눈물을 보이고 말았다.

여자는 은서가 눈물을 거둘 때까지 조용히 기다려주었다. 은서가 고개를 들자, 여자는 눈물 때문에 얼굴에 달라붙은 머리카락을 떼내주었다. 두 여자의 얼굴에 나무 그림자가 일렁여 얼룩이 졌다.

"이봐요."

여자는 은서의 얼굴에 진 나무 그림자를 지우듯이 은서의 뺨에 다정히 손바닥을 갖다댔다.

"내가 뭘 해주고 싶은데 뭘 해줄까요?"

"……"

"지금 당장 할 수 있는 일은 세 가지예요. 하나는 나랑 같이 목욕탕에 가는 것, 또 하나는 내 차를 함께 타고 멀리 나가보는 것, 또 하나는 머리 손질해주는 건데. 그래, 그게 좋겠다. 나랑 같이 우리 미장원에 가요. 오늘 쉬는 날이라 문 닫았거든요. 내가 머리 정돈 예쁘게 해줄게요."

"……"

"내키지 않아요?"

은서는 대답 없이 여자의 손을 얼굴에서 떼내 여자의 무릎에 내려놓곤 여자의 얼굴을 쳐다봤다. 이 여자는 누구일까? 왜 이렇게 내게 다정한 걸까? 여자의 얼굴은 평화롭다. 은서가 석류를 밟아 터뜨리던 날 새벽에 피로와 외로움에 질려 문을 두드리던 모습은 찾아볼 수가 없다.

은서는 시선을 떨구었다.

"왜 우느냐고 왜 묻지 않는 거죠?"

여자는 호호, 웃었다.

"누구나 다 울고 싶을 때가 있는 거 아녜요. 울고 싶을 때 울 수 있으니 그나마 다행이에요. 나는 눈물이 안 나와. 울고 싶을 때는 많은데, 심지어는요, 미장원에서 손님들 머리 자르고 달라진 모습을 봐도 눈물이 핑 돌 때가 있어요. 하지만 그냥 눈시울이 잠깐 더워지고 그러고는 말죠. 그쪽처럼 눈물을 방울방울 떨어뜨려본 지가 얼마나 오래됐는지 기억도 안 나네."

"……"

"그러고 보니 우린 서로 이름도 모르네. 이름이 뭐예요?"

"은서, 오은서."

"나는 화연, 이화연."

화연, 이라고 발음하면서 여자가 고갤 숙여서 은서도 고갤 숙였다.

"그날 고마웠어요. 깨어보니 은서씨가 바닥에 자고 있데요. 다시 인사할 기회가 있겠지 싶어 그냥 나왔는데, 오늘에야 만났네. 나는 몇 번 그쪽 봤어요. 걸어다닐 때 고개 좀 들고 다녀요. 한번은 바로 앞에 내가 서 있는데도 그냥 지나가더군요."

화연이 말을 끊고 은서의 등을 두드렸다.

"저 사람 알아요? 은서씨 보고 오는 것 같은데?"

어, 놀라서 눈이 둥그렇게 된 은서는 의자에서 저절로 일어나졌다. 완이다. 상황이 바뀌었다더니 어떻게 그가? 놀란 은서는 옆의 여자를 잊고는 완을 향해 달려갔다. 주머니에 손을 넣고 걸어오던 완은 달려오는 은서를 보고는 걸음을 멈췄다.

"어떻게 된 거야."

"뭐가?"

"상황이 달라졌다면서?"

"그렇게 됐어. 지금 갈 수 있지?"

은서는 뒤돌아보았다. 화연이 나무의자에 그대로 앉아 은서와 완을 쳐다보고 있다.

"잠깐만."

은서가 완에게 잠깐 기다리라, 하고 화연에게 작별인사를 하러 가려 하자, 화연이 먼저 손을 얼굴만큼 올리고는 가볍게 흔들었다.

"됐어요. 다음에 내가 머리 정돈해줄게."

환하게 웃어주는 화연을 향해 은서도 손을 서너 번 흔들었다.

"누구야?"

"옆방 여자."

"옆방?"

"미용사야."

화연에 대해 설명을 더 하려고 하다가 은서는 예쁘지? 하고는 말았다. 화연의 어깨에 기대 울기까지 했으면서도 정작 그녀가 누군지를 모르겠어서.

"차를 어디에 세워두었어?"

"입구에."

"무슨 상황이 그래? 한 시간 만에 이렇게 저렇게 바뀌고?"

"안 오면 집에 들어가 있으면 연락하기도 좋잖아. 아침부터 여자들끼리 거기 앉아 뭐 하고 있었던 거냐, 대체? 방까지 올라가서 문을 얼마나 두드려댔는지 알어. 사람을 여기까지 오게 만들고."

은서는 걸음을 멈췄다. 완은 저 혼자 걸어간다. 가다가 뒤돌아 서서 빨리 와 늦었어, 했다. 그래도 은서가 가만히 서 있으니까, 완은 다시 저 혼자 걸었다. 그의 뒷모습이 고집스럽다.

은서가 한 시간 반 동안이나 서서 기다린 건 하나도 생각 안 나고 그저 전화를 걸었는데 받지 않은 것만 생각나는 모양이다.

얼만큼 더 가다가 완이 다시 뒤돌아보고는 빨리 안 오고 뭐

하냐, 손짓을 했다.

은서는 그 손짓이 야속해 뒤돌아보았다. 목욕탕에 가는 길이라는 걸 잊었는지 여자는 혼자 나무의자에 앉아 은서를 쳐다보고 있다가 은서를 향해 어서 가라는 듯 손을 다시 흔들었다.

돌아서니 완은 벌써 보이지 않았다.

은서가 뛰어서 아파트 입구까지 나오자, 완은 벌써 차 안에서 담배에 불을 붙여 반이나 태우고 있다.

은서가 그의 옆에 타고 발을 모으고 앉자, 완은 담배를 입에 문 채로 차 시동을 걸며 한마디 툭, 던졌다.

"가고 싶지 않으면 안 가도 돼."

그는 왜 이리 내게 당당한가. 은서는 차창 밖을 내다보았다. 하나둘씩 모여들기 시작한 차량들이 끝도 없이 줄 서 있다.

"이래서 일찍 출발하려 했는데, 왜 너까지 늑장을 부리고 그러냐?"

은서는 짜증을 내는 완에게로 고갤 돌려 그를 물끄러미 바라보았다.

차가 겨우 톨게이트를 빠져나가 고속도로에 진입할 때 완은 퉁명스럽게 한마디 더 했다.

"안전벨트 해."

은서는 가만 앉아 있다. 한참을 더 달리다가 완은 벨트 안 해? 하고 또 짜증을 냈다.

"니가 해줘."

은서는 가만있다.

"장난하는 거냐? 어서 하라니까."

"장난하는 거 아냐. 니가 해달라구."

"……?"

운전대에서 한 손을 떼고 완이 은서를 건너다봤다. 은서는 입술을 꾹 다물고는, 너 왜 그러냐? 하는 완의 시선을 견뎠다. 나참, 그때서야 완은 은서 쪽으로 팔을 뻗어 벨트를 매주고는 어린애처럼 왜 그러니, 하고선 조용해졌다.

고속도로 주변 산자락엔 초록이 눈부시다. 다 같은 초록 같은데 눈여겨보면 모두 다 달랐다. 겹겹이 다른 초록들이 서로 어울리며 바람결에 쏠리며 스쳐 지나갔다.

완에 대한 마음도 저리 가벼이 스쳐갈 수 있는 것이라면, 그런 것이라면.

"너 화나니까 볼 만하다. 눈은 왜 그리 퉁퉁 부었냐?"

완의 말을 듣고 보니 눈이 아팠다. 은서는 손바닥으로 눈을 문질러주었다. 울고 싶을 때 울 수 있으니 그나마 다행이에요, 하던 여자의 목소리가 떠올랐다. 포근하던 여자의 어깨도. 화연이라고 했지, 가만히 여자의 이름이 중얼거려졌다.

"뭐라고 혼자 중얼거리냐?"

"……"

"뭐랬냐구?"

"이름이 화연이래."

"누구 이름이?"

"옆방 여자, 아까 그 여자 말야."

완은 그래서? 하는 눈빛으로 멀거니 은서를 바라봤다. 은서는 완의 시선을 외면하고 시계를 봤다.

열시다. 세와의 약속시간이다.

그는 나를 또 얼마나 기다릴 것인지.

세의 기다림을 생각하니 은서는 잠시 멍해졌다. 전화를 하고 왔어야 했는데. 그러다가 은서는 피식 웃었다. 세에게 그리 무신경하게 구는 자신이 완을 탓할 자격이나 있는지.

"가다가 공중전화 있는 데서 좀 세워줘."

"뭐 하게?"

"전화할 데가 있어."

"누구한테?"

"……"

"누구한테?"

"세한테."

완은 자동차의 속도를 높이고는 푸우, 웃었다.

"세한테 지금 전화하겠다는 저의가 뭐냐?"

"저의?"

"아무 생각도 없이 지금 꼭 전화를 하겠다는 거야 그럼?"

"윤수 결혼식장에 함께 가기로 했었어. 니가 갑자기 전화하는 통에 이렇게 됐단 말이야. 열시에 만나기로 했는데 전화도 없이 와서 기다릴 것 같아 그래."

"윤수라니? 이슬어지의 윤수?"

완은 세에 대한 얘기를 접어두고 딴청이다.

"응."

"그 녀석이 결혼을 해? 그 대갈보 아들이?"

은서는 완에게서 불쑥 튀어나온 윤수 아버지 별명을 듣고는 풀썩 웃다가는 가슴 한쪽이 아파와 웃음을 거두었다.

윤수는 세네 선산 묘지기집 아들이었다. 윤수 아버지는 이슬어지의 나이 많은 사람들간이나 동네 아이들에게나 택호도 없이 대갈보라 불리었다.

보통 사람들보다 머리가 두 배는 컸던 탓이었다. 그 탓에 걸음을 걸을 때마다 윤수 아버지는 거의 뒤로 자빠지거나 앞으로 넘어질 듯한 폼이었다.

은서가 웃다가 가슴이 아파진 것은 윤수 아버지가 마을을 지나갈 때마다 동네 아이들이 그 뒤를 따르며 그 걸음 흉내를 냈던 기억이 문득 떠올라서였다. 나도 그랬던가?

그때 동네 아이들이란 다 윤수 또래이거나 조금 아래이거나 했다. 친구들에게 놀림을 받는 아버지 때문이었는지 윤수는 늘 말이 없었다. 혼자 저만큼 걸어가거나 혼자 저만큼 앉아 있거나 했다. 그게 또 또래들과 구분이 돼서 대부분 세야, 완아, 은서야, 하고 이름을 부르며 지냈던 아이들 간에 윤수만은 한윤수로 불리었다.

윤수야, 하지 않고 한윤수, 로 부르는 차이는 그저 단지 성을 붙여 부르는 것 같았지만, 윤수에게는 그게 상처였던지 언젠가 세와 함께 윤수를 만났을 때 윤수는 은서를 향해 그랬었다. 너희들이 나를 윤수야 하지 않고 한윤수 할 때마다 나는 아버지 걸음걸이가 생각나서 절망스런 기분이 되곤 했지. 특히 너, 은서가 그렇게 부를 때는 더 그랬어, 하며 웃었었다.

윤수를 오로지 윤수야, 로 불러주었던 사람은 세였다. 윤수와 지금껏 서로 소식을 나누며 지내는 사람도 그들 중에 세뿐이었다. 은서는 세를 통해 윤수를 알 뿐이다.

"윤수네는 아직 거기 사나?"

"기억 안 나? 윤수 아버지 돌아가시고 식구들 다 떠났잖아. 너네보다 더 일찍 떠났었는데."

"그랬던가."

"윤수는 서울서 뭐 하나?"

"식당."

"식당?"

"서울역 근처에서 감자탕집 한대. 어머니랑 함께."

"묘지기네가 서울에 와서 식당을 한다?"

은서는 완을 쳐다보았다.

"왜?"

"몰라 물어?"

"뭘?"

"이슬어지 얘기만 나오면 말투가 이상해지는 거 본인은 모르지?"

"내가? 어떻게 이상해지는데?"

은서는 뭐라 말을 하려다가 그만둔다.

이상해질 만도 하겠지. 이슬어지에 무슨 정이 남아 있으려고. 상처와 부끄러움과 기억하기 싫은 추억들, 완에게 이슬어지란 그런 것들만 남아 있는 장소겠지.

은서가 침묵을 지키자, 완도 더이상 묻지 않았다. 완은 한 손으로 창문을 조금 열고 담배를 꺼내 불을 붙였다. 창 밖으로 연기를 훅 뿜어내며 깊은 한숨을 쉬더니, 퉁명스럽게,

"세에게 전화하지 마."

소리치듯 말했다.

"기다릴 텐데."

은서의 힘없는 말투에 완은 다시 대꾸도 않고 속도를 높여 앞차를 추월하기 시작했다.

"그러지 마."

은서가 뭐라 하건 이미 완에겐 소용이 없다. 정말로 완은 휴게소에서도 어디에서도 차를 세워주지 않고 계속 달렸다.

경주에 다 올 때까지 완이 한 일이라곤 잔뜩 긴장해 있는 은서의 손을 한 번 잡아주었다가 놓았던 것뿐이었다. 잡았다가 놓았을 뿐인데도 그 한 번에 잘 알지도 못하는 여자의 어깨에 기대 눈물까지 쏟게 했던 완에 대한 섭섭한 마음이 사르륵, 풀렸다.

경주로 들어서는 고속도로 톨게이트에 화랑의 동상이 서 있다. 화랑은 말을 달리면서 활시위를 당기고 있다. 그걸 보더니 완은 차를 세웠다. 그리고는 카메라를 꺼내 사진을 서너 컷 찍고 왔다.

"웬 사진을 찍어?"

"관광회사 사보를 맡아 만드는데 이번 특집이 경주야. 어떤 교수한테 원고는 받아다놨는데 사진이 있어야지."

"그렇다고 사진을 그쪽이 찍어?"

"우리가 만드는 사보 사진 반은 내가 찍은 거다, 너. 꼭 전문 가의 사진이 필요한 건 프리랜서를 쓰지. 빌어먹을, 요새 같으면 정말 못해먹겠다. 새로운 거, 새로운 거, 를 원하는데, 새로운 거를 만들어내기가 어디 쉽냐. 일요일날까지 이깟 사진이나 찍으러 다니고. 독립을 하든지 해야지."

"사진은 조금이라도 배우긴 배운 거야?"

"배워?"

다시 시동을 건 차의 속력을 높이면서 완이 웃음을 터뜨린다.

"찰칵 누르면 나오는 걸 뭘 배워? 너는 뭐든 다 일일이 배워서 하냐? 그냥 내 식대로 하면 되는 거야. 내 식이 중요한 시대라구."

내 식? 세의 얼굴이 스쳐 지나갔다. 이럴 때 세라면 뭐라고 말할까?

차는 동상 주위에 깔려 있는 푸른 잔디를 지나쳐 다시 달리기 시작했다. 도로 옆에는 작은 시내가 흐르고 있다. 사람들이 그 곁에 서서 기념촬영을 하고 있다.

경주에 도착하자마자 완은 열심히 사진을 찍으러 다녔다. 여기에 있는가 하면 벌써 저기에 있다. 은서는 아침과 점심을 먹지 못해 배가 고팠으나 완이 너무 사진 찍는 데 열심이어서 점심 먹을까, 라고 말하기조차 조심스럽다. 은서는 배가 고픈 채로 완의 뒤를 따라다니며 푸르게 침묵을 지키고 있는 능들을 쳐다보았다. 저길 파면 무엇이 나올까?

"너 피곤하면 여기 앉아 있을래? 서둘러 찍고 돌아올 테니."

"싫어."

"왜?"

"낯선 곳에 혼자 있기 싫어."

"나중에 국사봉에도 올라가야 한다구. 그때 못 따라가겠다고 그러지 말고 여기서 잠시 쉬고 있어. 혼자라도 저기 천마총 안을 구경해보든지. 어차피 거기 안은 사진 못 찍게 되어 있어서 난 들어갈 필요가 없거든. 한 시간 후쯤에 여기서 보자."

완은 은서의 대답을 듣지도 않고 천마총 앞에 그녀를 세워두고는 벌써 저만큼 뛰어갔다. 그의 어깨에 매달린 카메라 가방이 흔들리며 푸름 속으로 사라지는 걸 은서는 안 보일 때까지 바라보았다.

은서는 혼자 한참을 머뭇거리다가 뻥 뚫린 천마총의 굴문으로 들어갔다.

이게 정말 무덤인가?

굴문으로 들어가는 게 혼자가 아니고 많은 사람들이 앞에 뒤에 있는데도 은서는 어쩐지 소름이 돋았다. 가지 말라고 막아놓은 세계로 누군가에게 떠밀려가는 것만 같다.

멈칫거리며 천마총 내부로 걸어 들어가던 은서는 냇돌이 겹겹이 쌓여 있는 게 낯이 익다.

여길 언제 왔었나?

그녀는 사방을 두리번거리며 살펴보았다. 금관과 귀걸이 유리구슬과 금방울 은방울들. 그러고 보니 모두가 어디서 본 듯하다. 목관의 벽을 헐어 유리를 씌워놓은 모습도.

내가 언제 여길 왔던가, 한참을 기억 찾기에 골몰하던 그녀는 싱거워져 혼자 웃었다. 무슨 중요한 일로 왔던 것 같았는데 더듬어보니 여학교 때 수학여행지가 여기, 였다.

그때, 융단처럼 푸른 잔디가 산처럼 솟아 있는 왕릉들이 하나도 아니고 여기저기에서 침묵을 지키고 있는 걸 처음 봤을 때, 어린 그녀는 황홀했었다. 왕릉 어느 귀퉁이에 뺨을 대고 졸고 싶었을 정도로. 이토록 거대한 푸른 것이 천 년 동안 전해져 내려오다니, 믿음직스러웠다. 그때 은서의 눈에 왕릉은 이 세상엔 변하지 않을 영원한 그 무엇이 있다는 증거같이 보였다.

문득 떠오른 수학여행의 기억에 은서는 마음이 펴졌다.

그때, 뻥 뚫린 천마총의 굴문을 보고 선생님이 무덤의 입구라고 설명해줬을 때 얼마나 경이로웠던가. 그 문으로 현재의 자신이 거리낌없이 들어간다는 게 신비로워서 가슴이 두근거렸었지.

하늘을 나는 천마도 얘길 들었을 때의 경탄, 동쪽으로 머리를 두고 누워 있었다던 무덤 주인의 금관과 귀고리, 열 손가락의 금반지들. 그러다가 어린 그녀는 뜻밖의 달걀 앞에서 걸음을 멈추었었다. 천 년 전의 달걀이 깨지지 않고 그릇 속에 오롯이 앉아 있어서.

달걀은 조금 작았을 뿐 모양이 요즘 거와 같았다. 그 달걀을 발견한 그녀는 어마, 웃었다. 천 년 전에도 닭이 알을 낳았네, 그녀는 하아, 웃음 위에 또 웃음을 포개었다. 천 년 전의 달걀을 보자, 이 세상에 영원한 것은 있는 것이야, 라는 생각이 들어서.

아직도 그 달걀이 있을까?

은서는 갑자기 바빠져서 사방을 두리번거렸다.

누가 저 냇돌을 다 쌓았는지.

은서는 유리 진열장에 놓여 있는 새 모양의 관식과 호화로운 말안장을 지나다가 겹겹이 쌓여서 완강히 벽을 이루고 있는 수십만 개의 냇돌을 쳐다보았다. 완강하다. 그 무엇도 들여놓지도 내보내지도 않겠다는 듯이.

머리에 금관을 쓰고, 귀걸이를 달고, 수천 개의 유리구슬과 금방울 은방울이 달린 목걸이를 하고 허리에는 마흔네 개의 금판이 붙은 과대를 하고서 동쪽을 향해 누워 있었다던 무덤 주인은 알고 있는지. 완벽한 단절을 꿈꾸며 저토록 냇돌을 쌓았건만 이리 환히 공개되어 지금 사람이 왔다갔다하고 있다는 걸.

둘씩 셋씩 걸어다니며 출토품들을 들여다보고 있는 사람들이 몇 무리 있을 뿐이라 자기 발짝 소리를 감지할 만큼 사방이 적요로운데 천 년 전의 묵은 바람이 냇돌 마다마다에 소용돌이져 있다가 휘익 말려나오는 것만 같은 느낌에, 냇돌을 쳐다보던 은서는 치맛자락을 여몄다.

달걀은 있다. 아직도 깨어지지 않고 그릇 속에 오롯이 앉아 있다.

"엄마, 엄마."

잠시 엄마 손을 놓고 있었던 아이 하나가 저만큼 앞서가고 있는 엄마에게로 뛰어가더니 엄마를 끌고 와서는 달걀 앞으로 끌고 왔다.

"저거 봐."

달걀을 가리키며 아이는 볼이 상기된 채 꺄르륵, 웃었다. 그러다가 은서와 눈이 마주치자 금방 샐쭉해지며 혀를 빼물었다간 제 엄마 손을 찾아 쥐고는 헤, 하며 웃었다. 은서도 샐쭉한 표정을 지었다가 혀를 빼물었다가 헤, 하며 웃어주었다. 둘을 쳐다보던 아이 엄마도 웃었다.

"이애가 글쎄 자꾸만 저걸 사달래네요."

"뭐요? 계란요?"

"아니, 저거 말이에요."

아이 엄마가 가리키는 쪽을 보니 요패(腰佩)가 진열되어 있다. 물고기, 새, 약통, 침통 같은 장식이 주렁주렁 매달려 있다. 저걸 사달라고? 은서는 아이의 뺨에 손바닥을 대봤다.

"저걸로 뭐 하려고?"

"의사놀이."

웃는 아이 엄마를 향해 같이 웃어주고 은서는 아이가 사달라는 요패를 바라봤다. 순간 엉뚱한 생각에 은서는 얼굴을 붉히며 몸을 돌려세웠다.

은서는 바삐 천마총 안에서 걸어나왔다.

천마총 바깥의 햇빛과 찬 공기가 환하고 시원하게 그녀를 맞왔다. 은서는 완이 한 시간 후에 여기서 만나자, 했던 자리에 서서는 저쪽 나무숲 쪽을 향해 소리를 내며 웃었다. 아이가 출토품들로 의사놀이를 꿈꿀 때, 은서는 완에게 무덤 주인의 금관을 씌워주고 손가락 마디마다 열 개의 반지를 끼워주고 목걸이를 달아주고 요대를 둘러주는 상상을, 그런 상상을 했던 것이다.

한 시간 후에 만나자던 완은 두 시간이 거의 다 되니 왔다. 오래 기다렸지, 이런 말 한마디 없이 완은 밥 먹으러 가자, 그런다. 그리고는 지친 모습으로 앞서 걸었다. 앞서 걸으며 그가 고개를 숙이자 드러난 그의 뒷목덜미에 홍건히 고인 땀이 보였다. 땀은 먼지에 섞여 땟국물 같다.

은서는 주머니에서 손수건을 꺼내 땀이 흐르는 완의 목덜미를 닦았다. 옆에 은서가 있는 걸 아는지 모르는지 저 혼자 가듯 걷고 있던 완이 돌아다봤다. 그리고는 객쩍은 듯 아직도 자신의 목덜미에 닿아 있는, 손수건이 쥐어진 은서의 손을 잡아 내려놓으며 어설프게 웃었다.

"배고프지?"

"사진은 다 찍었어?"

"국사봉에 있는 상사바위를 찍으면 돼. 상사바위에 대한 원고가 꽤 길더라구. 맛있는 거 먹자. 뭐 먹을래?"

산만한 초록의 쌍무덤을 지나가는데 참외의 단내가 훅, 끼쳤다. 고갤 들고 보니 틀지 않아도 물이 늘 흘러나오게 되어 있는 왕릉 사이의 수도꼭지 앞에서 스물쯤 돼 보이는 처녀가 참외를 베어먹고 있다. 옆에 서 있는 그 또래의 남자의 손에도 노란 참외가 한 개 들려져 있다.

"참외나 하나씩 사 먹을까?"

완은 참외? 하며 헛웃음을 웃더니 넓게도 펼쳐져 있는 파란 잔디와 무덤들, 그리고 동그랗게 네모 반듯하게 심어놓은 키가 얕은 꽃들을 훑어보았다. 어디에나 여자와 남자들, 아이와 엄마들이 사진을 찍고 있다. 저만큼에는 무덤의 밑동에서부터 잔디를 깎고 있는 인부들의 숫자가 스물은 넘는다. 거의가 여자인 그들의 밀짚모자 위에 수건이 얹혀져 있다. 그 위로 햇빛이 내렸다. 완은 무심히 버려져 있는 콜라 깡통을 발로 껄렁하게 걷어찼다.

"아무 일도 일어날 것 같지 않은 날이야."

은서는 완의 얼굴에 스치고 지나가는 권태를 읽어내자, 금세 긴장이 되어버려 고갤 숙였다.

이 사람이었던가. 나를 그리워하고 안타까워하고, 나에게 물잠자리를 잡아주던 세를 물 속에 곤두박질치게 하곤 대신 저가 병으로 가득 물잠자리를 잡아주던 사람이, 이슬어지를 떠나던 날 밤 숨차하며 뛰어와 내게 입술을 댔던 그 사람이 이 사람 맞는가. 이슬어지는 다 잊어버리고 너만 기억하고 싶다던 그 사람, 세 사람이 모두 우정을 나누길 바란다고 말했던 내 얼굴을 끌어안아버렸던 그 사람이 이 사람 맞나, 너만이 나를 사나움 속에서 건져내줄 거라고 하던 그 사람이 저이던가.

완은 참외가 수북이 쌓여 있는 리어카가 보이자 은서를 쳐다본다. 이미 아까 맡았던 참외의 단내를 잊어버렸지만 은서는 고갤 끄덕였다.

산봉우리를 쳐다보니 구름이 흘러가다가 어느 자락에 걸릴 것 같다. 무덤을 오래 보아서인가, 흘러가는 구름도 무덤 같다.

은서는 휴, 숨을 쉬며 먼 능선을 바라봤다. 그사이에도 여름 구름은 산봉우리에 걸렸다가 흘러가고 걸렸다가 흘러갔다.

완은 벌써 저만큼 가 있다. 걸음폭이 작아 조금씩 뒤처진 게 이제 멀어져버렸다. 자꾸만 벌어지는 완과의 거리가 안타까워 그녀는 걸음폭을 크게 잡아보지만 줄여지지 않았다.

노천박물관 같군, 완은 계곡의 어느 바위에나 새겨져 있는 불상들 절터들을 쳐다보며 뒤돌아보았다. 바로 뒤에 있는 줄 알았던 은서가 보이질 않았다. 고개를 내밀고 저 아래를 내려 다보아도 다른 얼굴들만 보일 뿐 은서는 없다. 이리 뒤처졌었 나, 완은 사람들에게 치이지 않도록 한쪽으로 비켜서서 담배에 불을 붙였다. 저만큼 은서가 사람들 속에 섞여 어깨를 걸머지 고 올라오고 있다.

저 여자.

혼자 걸어오는 은서가 가여워져 완은 그녀 곁으로 내려가려 다가 그냥 섰다. 어려서부터 무슨 연유인지 어디서라도 저 여 자만 생각하면 마음이 순해졌다. 그러면서도 무슨 연유인지 저 여자 앞에서는 세에게 지고 싶지가 않았다.

아, 그 가뭄. 단 한 번도 마른 적이 없었던 이슬어지의 가운 데 샘물까지 말라가던 그 가뭄. 그 가뭄만 아니었던들. 완은 입

안의 연기로 고리를 만들어 내뿜었다. 그랬던들 그의 어머니와 누이들이 이슬어지를 그렇게 떠나오진 않았겠지. 다시 갈 수 없는 곳이 되진 않았겠지. 가뭄이 아니었던들 물꼬 싸움도 없었을 테고, 삽부림도 없었을 테고, 삽부림이 칼부림으로 이어지지도 않았을 테고.

완은 피우던 담배를 바닥에 내꽂곤 새 담배에 다시 불을 붙였다. 가뭄중에 갑자기 아버지 상을 치러야 했던 어머니는 뻣뻣이 땡볕에 서 있다가 퉁퉁 부은 얼굴로 그들 가족을 이끌었다. 그래도 너희들을 생각하면 죽이는 것보다 죽는 게 나았어야, 해도 우리 다시는 여기에 발을 대지 말자, 그 여름을 못 견디고 그들 가족은 거길 떠나와야 했다.

순식간에 일어난 일들이 실감이 안 나서인가.

이슬어지를 떠나와야 했을 때 완은 아버지 때문이 아니라 은서 때문에 뒤돌아봐졌다. 은서와 세를 거기에 두고 혼자 떨어져야 한다는 게.

개가 짖었지. 옛 생각을 하니 맨 먼저 개 짖는 소리가 들렸다. 햇볕 아래서는 이슬어지 사람들 얼굴도 보기 싫다고 칠흑의 밤길을 택한 어머니 뒤를 따라 다릿건너다가 식구에게 잠깐만 기다리라 하고 완은 은서네로 갔다. 갑자기 골목으로 불려나와 은서가 누구? 하기도 전에, 좀 뒤에야 어둠 속의 자신을 알아보고 은서가 왜? 라 묻기도 전에, 완은 열다섯 살 까까머리로 은서를 끌어안고 입을 맞춰버렸다. 그리고 뭐라 했던가. 꼭 다시 만나자. 네 생각만 할 거다, 라고 했던가.

완의 손끝에서 담배가 다 타서 저절로 재가 산길에 떨어졌다.

도망치듯 이슬어지를 떠나와서 많은 날들을 저 여자 생각에 버티었다. 갑자기 도시 변두리로 내몰려 하루하루 살아가는 것만이 문제여서 새벽에 신문을 돌릴 때도, 저녁에 어머니가 차린 시장 노점상에 나가 배추다발을 날라다줄 때도, 저 여자가 이슬어지에 있겠거니 생각하면 그쪽이 바라다봐지곤 했다. 어머니에겐 다신 발도 대고 싶지 않은 곳이었지만 완에겐 거기 은서가 있었기에 늘 그리운 곳이었다.

이슬어지의 저 여자에게 편지 쓰는 일이 그때의 내 시간 속에 없었다면, 그 돌연한 이향을 나는 어떻게 견뎌냈을지.

완은 한숨을 쉬었다. 저 여자는 이렇다. 정신없이 살아가는 속에도 뜬금없이 나를 들여다보게 하고 이제는 다 지나가버린 옛날을 생각하게 한다, 저 여자는.

정말이지 한때는 어디선가 저 여자가 보고 있겠거니 생각하면 코를 풀 때도 콧소리를 세게 안 내게 됐고, 후룩 칼국수를 거칠게 먹다가도 후루룩 소리를 가다듬었다.

다시 저 여자를 서울에서 만나고 나서도 줄곧 저 여자의 마음을 다 내게로 오게만 할 수 있다면 다른 일은 아무래도 좋을 것만 같았다. 왜 그리 간절했을까, 언제나 저 여자 곁에 세가 있어서인가.

그랬을지도 모르지.

완은 풀썩 웃어버렸다. 세가 없었으면 저 여자 생각만이 전부여서 다른 일이 전혀 손끝에 잡히지가 않았던 그런 열정은 없었을지도 모르지. 맞은편에서 걸어오는 여자란 여자 모두가 다 저 여자인 것만 같고, 저 여자의 마음만 곁에 붙들어놓을 수만 있다면 다른 일은 어째도 괜찮을 정도로 그렇게 애가 타진 않았겠지.

은서가 다가와 완 앞에 섰다. 산을 오르는 데 힘이 들어서 그녀의 흰 뺨이 붉어져 있다.

옛 생각에 은서가 가여워진 참인데도 완은 무뚝뚝하게 겨우 잠깐 쉬었다 가자, 라고밖에 못 한다. 은서가 완이 앉아서 담배를 피우고 있는 옆에 와서 땀을 닦았다.

저 단정한 눈썹, 검은 머리 속에 감춰져 있는 긴 목, 좁은 콧마루, 상기되어 있는 뺨, 밭은 입술, 완은 오랜만에 은서의 얼굴을 찬찬히 봤다.

어린 시절의 얼굴은 사라지고 성숙한 여자의 얼굴이 거기 있다. 그 얼굴은 말하고 있다. 뭔가 지극한 것이 이 세상엔 있다고. 섣불리 이개버릴 수 없고, 섣불리 건너짚지 못할 게 이 세상엔 있다고.

저절로 은서의 조용한 얼굴 위로 박효선 선배의 야무지고 자신감 있는 얼굴이 겹쳐졌다.

선배여서였나, 오래 완을 바라보기만 하던 박선배는 요즘 무슨 마음으로인지 완의 호칭을 당신이라 바꿔 부르며 바싹 다가오고 있다. 완에게 은서가 있다는 걸 알면서도. 효선은 생기 있게 웃으며 그 여자가 당신에게 뭘 해줄 수 있겠어, 라고 말했다. 그 여자는 당신에게 맞질 않아, 라고. 은서는 그렇게 쉽게 말해질 수 있는 여자가 아니라는 완의 말에 효선은 웃었다. 알아, 하지만 나도 그렇게 쉽게 말해질 수 있는 여자는 아니지.

잠깐 쉬었다 가자고 한 지 삼 분도 안 돼 완은 담배를 비벼끄며 일어서버렸다.

박효선. 그 여자도 아닌게 아니라 쉽게 말해질 수 있는 여자는 아니다. 아침에, 은서에게 경주에 같이 가자고 전화하고 난 후, 박효선에게서 전화가 왔었다. 경주에 같이 가자고 해서, 이미 은서에게 전화를 한 후라 난감했지만, 일요일이라 해도 일을 하러 가는 터라, 사장인 셈인 박효선의 청을 거절할 수가 없었다. 시간을 맞추고 은서의 자동응답기에 상황이 달라져 너와 함께 못 가겠다고 전화를 하고, 약속장소에 나갔는데 박효선은 오지 않았다.

"가자."

"……"

은서는 무엇에 화가 난 듯한 완을 건너다봤다. 이마에 맺힌 땀이 식기도 전이었다. 조금만 더 쉬었다 가, 할 참에 완은 벌써 등을 보였다. 등만 보며 걷기가 싫어 은서는 총총 완의 옆에 섰다.

"왜 그래? 내가 뭘 잘못했어?"

"너는 왜 말투가 그 모양이냐?"

"무슨 말투."

"니가 뭘 잘못했다구 지레 그러냐구."

"화가 난 것 같으니까 그렇지."

"설령 내가 화가 났다고 치자, 그게 왜 니 탓이겠어."

"그럼 누구 때문에 화가 나? 옆에 있는 사람은 나뿐인데."

걸음을 멈추고 완이 은서를 쳐다봤다. 괜히 콧마루가 찡해져서 은서는 완의 시선을 피했다.

그래, 나는 이 사람을 내 마음에 키우기 시작하면서부터 사과하기 시작했지. 내가 화나게 했어? 내가 뭘 잘못했어? 그전엔 안 그러더니 내 마음이 이 사람에게로 기울어지고부터 이 사람은 나로 하여금 저절로 그 말이 나오게 무료한 표정을 지었어, 늘.

내가 이 여자에게 그렇게 화를 냈었나, 완은 다시 걸음을 옮겼다. 산은 점점 더 깊어지는지 나무 냄새가 짙어지는 속으로 땀방울이 송글송글 돋았다.

"너 때문에 화나본 적 한 번도 없었어."

"……"

이 남자는 이런다. 봄이 와도 피지 않는 동백꽃인 듯, 봄 내내 화난 듯이 전화도 안 하고 겨우 이편에서 전화를 해 통화가 되면 시간을 맞출 수 없다고 퉁퉁거리더니 나 때문에 화나본 적이 없다고?

완은 한 손으로 카메라 가방을 추스리며 다른 한 손으론 은서의 손을 찾아 쥐었다.

"정말이다. 너 때문에 화나본 적 없다. 너에게 화를 냈다고 해도 그건 나에게 낸 것이었을 게다."

완은 허허롭게 웃었다. 이 무슨 은서로서 오도 가도 못하게 할 말인가. 완은 자신의 말이 공허히 떠돌고 있음을 느꼈다. 진짜로 은서 때문에 화가 난 적이 없음에도 거짓말을 한 게 아님에도. 그럼 무엇인가, 무엇이 이 여자를 뒷전으로 미루게 하는가. 편안해서 그런가? 그럴지도 모르지. 이 여자는 언제나 그 자리에 있어줄 거니까, 다른 일을 하고 와도 거기 있을 거니까. 이건 또 무슨 이기적인 생각인가. 이 여자의 마음을 확실히 다 얻을 수 없었을 때는, 언제나 이 여자 때문에 조바심이 나서 이 여자가 서너 시간만 연락이 안 되어도 혹시 세에게 가 있나, 일손이 안 잡히던 때는, 다른 일을 뒤로 미루고 이 여자와 시간을 맞추었는데, 그랬는데.

완은 은서의 얼굴을 건너다보았다. 저 여자의 마음이 어쩌면 세에게 가 있을지도 모른다는 생각이 들었을 땐 한없이 마음이 지극해지더니 이 여자의 마음이 다 옮겨왔다 싶으니 턱없이 이 여자를 뒤로 미뤄놓게 되니. 그때라면 아무리 효선이 어떻게 나온다고 해도 은서 앞에서 다른 이의 얼굴을 떠올리고 있을 수가 있었겠는지.

마음이란 이렇게 허점투성이지, 싶어 완은 멋쩍어졌다. 닿을 듯 말 듯한 게 무에 좋다고, 닿아서 이렇게 닿아서 곁에 있으면 싱거워지는 걸까.

완은 휘파람으로 로망스의 음을 내봤다. 은서가 쳐다보고 환하게 웃었다. 처음 자신이 휘파람으로 로망스를 불었을 때, 무심히 부른 그 소리를 은서가 너무 좋아했을 때, 그때 완은 내내 그 휘파람소리만 내고 다녔었다, 그랬었다.

완은 갑자기 다시 생각나는 효선의 얼굴을 피하려고 은서의
손을 더 세게 쥐었다.

내가 손을 쥔다 해도 은서의 조용한 얼굴은 효선의 얼굴을
이겨내지 못하리라.

학교 시절부터 자신을 대하는 효선의 마음이 남다르다는 걸
어느 정도는 알고 있었지만 그건 짐작이었을 뿐, 겉으로 말이
되어 나오지는 않았다. 다만 한번 많은 선배 후배들이 모여 있
는 자리에서 효선이 대뜸 완을 향해 네가 얼마나 상쾌하게 생
겼는 줄 아니? 라고 말해서 화제가 됐던 적은 있었다. 주변 사
람들은 완이 박효선에게 찍혔다고 했지만 그뿐이었다. 완이 학
교를 졸업하고 취직한 회사를 일 년 다니다가 사직서를 낼 때
까지 효선은 완에게 후배 이외의 다른 감정은 보이지 않았다.
오히려 효선에 대한 뒷얘기들이 가끔씩 완을 멍하게 할 때조차
있었다.

뒷얘기에 의하면 효선은 얼굴 반듯한 부잣집 딸 행세를 여지
없이 해내고 있는 듯했다.

효선의 애인으로 걸쭉한 선배들의 이름이 오르내리다가 끝
은 언제나 효선이 돌아서는 걸로, 매듭지어지는 뒷얘기들을 완
은 심심찮게 들었다.

완이 실직상태에 있을 때, 효선이 자신과 함께 기획사무실을
내볼 생각이 없겠는가, 했을 때에 완은 효선과 자신의 관계가
이런 식으로 진전이 되리라고는 생각지 않았다. 완으로서는 아
무 부족함이 없는 효선이 무엇 때문에 자신에게 마음을 주겠는

가, 싫었던 것이다.

"하는 일은 잘 돼가고 있는 거야?"

완에게 손을 꽉 잡힌 채 은서는, 이 사람의 마음은 지금 어디에 가 있나, 침묵이 싫어 입을 열었다.

"내 말 듣고 있어?"

"특별히 안 되고 있는 건 없어."

그래, 특별히 안 되고 있는 일은 없지. 완은 은서의 손을 놓았다.

'해와 달'.

효선은 완이 지은 '해와 달'로 회사 이름을 정하고 디자이너와 편집일을 수행할 직원을 둘 뽑고 나서 시작은 시시하지만, 이라고 말을 붙여왔다. 시작은 시시하지만, 당신이 일을 하면서 제대로 꼴을 만들어봐. 편집대행만이 아니라 차차 출판일도 광고일도 겸할 수 있게. 당신이 그런 일 하고 싶어한다는 거 알아. 자본은 얼마든지 댈 수 있어.

효선은 서두르지 않았다. 처음엔 단지 선배와 후배 사이에서 사장과 직원 사이로 단순히 그렇게 바뀐 것 같았다. 지금도 효선은 서두르지 않았다. 다만 은서를 두고 말했다. 그 여자가 당신에게 뭘 해줄 수 있겠느냐고, 당신과 맞지 않는다고.

앞서가는 여자와 남자가 다정하다. 여자가 남자에게 뭐라고 뭐라고 속삭였다. 간혹 웃음소리가 가볍게 울려퍼졌다. 여자가 또 속삭였다.

"상사바위가 왜 상사바위냐 하면요. 나이 많은 노인이 나이 어린 처녀를 사랑했대요."

"처지도 모르고?"

"어머, 사랑에 처지가 어딨어요?"

여자가 남자의 등을 두드리는 걸 은서는 쳐다보았다. 남자는
곧 여자의 어깨에 팔을 두르고, 그래서? 하고 묻고 있다.

"노인은 나이차 때문에 괴로워하다가 골짜기의 나무에 목을
매버렸대요."

"시시하긴."

"시시해요? 나무에 목을 매 죽었는데도요?"

"죽긴 왜 죽어. 사랑을 시작했으면 살아내야지."

"암튼요. 그는 죽어서 산정에 큰 바위로 솟아났어요. 그날부
터 처녀는 잠을 자지 못하고 날로 여위어갔죠. 사랑을 풀지 못
한 노인의 혼령이 밤마다 상사뱀으로 나타나서 처녀와 자려고
했던 거예요. 어느 날 처녀는 바위에 올라가서는요, 나이 때문
에 못 이룬 사랑이 그토록 맺혔다면 나 또한 나이를 먹지 않는
바위가 되어서 마음을 풀어드리겠다면서 뛰어내렸다네요. 그
러고 나니까 노인의 바위 옆에 또 하나의 바위가 솟았다지 뭐
예요."

"순 엉터리."

"아녜요. 그 다음으로 그 바위들은 사랑에 빠진 사람들을 지
켜준대요. 그러니까 우리도 그 앞에 가서 맹세해요."

남자는 여자를 껴안은 팔에 더욱 힘을 주고 있다.

"이봐요, 아가씨. 사랑은 누가 지켜주는 게 아니야. 빠진 사

람들끼리 서로 지키는 거야."

"그래도 맹세해요."

"못 할 건 없지."

은서는 완을 쳐다봤다. 여자와 남자의 속삭임을 완도 들었는지 은서가 쳐다보자 피식, 웃었다. 맹세. 은서는 여자가 발음한 맹세란 말이 남겨놓은 울림에 어디가 찡했다. 이 남자도 내게 맹세하듯 말했었지. 너 때문에 살고 싶다고. 나 때문에 살고 싶은 사람이 있다니, 완의 그 말은 너무나 커서 내 가슴에 옹이져 버렸지.

상사암에 오르자 근처의 바위들 홈진 여기저기에 촛불이 얹혀져 있다. 상사바위는 험상궂어 보였다. 완은 은서에게 여기 있어, 하더니 사진을 찍을 양으로 저만큼 가버렸다. 사랑을 이루려는 사람들이 이리도 많은가. 은서는 바위 홈진 곳에 얹혀져 고요히 타오르고 있는 촛불들을 먹먹해진 마음으로 바라보고 섰다.

그들이 밤을 맞이한 곳은 첨성대였다. 맑은 날이어서 밤하늘에 별이 촘촘히 떴다. 두 사람은 첨성대를 쳐다보며 풀밭에 앉아 있다.

완은 첨성대에 도착하자마자 마치 자리를 잡은 듯 주저앉아서 지금까지 일어설 줄을 모르고 있다. 그렇다고 무슨 얘기를 하는 것도 아니다. 그저 담배를 꺼내서 피우다가 그걸 비벼끄는 것이 완이 앉아서 하는 일의 전부였다.

은서는 혼자 첨성대 주위를 걸어다니다가 완이 무슨 말인가를 해주기를 기다리다가 집히는 대로 돌을 집어던져보다가 지쳐서 완의 옆에 함께 앉은 것이 별이 뜨도록 그러고 있다.

첨성대 꼭대기에 유난히 반짝이는 별 하나가 그들을 이윽히 내려다봤다. 천 년 전의 누군가도 이 자리에 앉아 저 별을 보았을까, 그랬다면 저 반짝임을 보고 무슨 생각을 했을까.

별은 천진하게 빛나건만, 첨성대가 은서의 눈엔 배고픈 짐승처럼 보였다. 사람들은 모두 돌아가 어디에도 인기척이 없다.

은서는 몸을 오므렸다.

첨성대가 성큼 큰 걸음으로 걸어와 완과 자신을 삼켜버릴 것만 같다. 사방이 너무 고요해 바람에 풀잎이 스치는 소리까지 다 귀에 잡혀서인가, 한번 그리 생각하니 꼭 그렇다.

그녀는 무슨 생각에 젖어 꿈쩍 않고 앉아 있는 완의 가슴에 얼굴을 묻어버렸다.

"무서워."

완은 자신의 가슴에 얼굴을 파묻은 은서를 내려다보다가 그녀의 머리에 손을 내려놓았다.

"뭐가 무서워?"

"모든 것이."

은서는 눈물이 그렁해졌다. 그냥 다 무서워, 오래된 것들이, 네게 빠져 있는 내 마음이, 저 별이, 기억해야 하는 어린 시절이, 함께 있어도 이렇게 외로운 마음이, 네가 세상에 혼자인 듯이 그러고 앉아 있으면 나는 밟이고 더듬이고 다 잘린 것 같아, 무서워.

완은 은서의 얼굴을 당겨 자신의 가슴에 깊게 묻게 했다.

"괜찮아."

"……"

"괜찮아."

이 여자가 우는가. 은서의 눈이 닿은 가슴자리가 금방 축축해졌다.

"왜 우냐?"

"……"

"은서야?"

네가 누군지를 모르겠어서 울지. 네가 그러고 있는 한 내가 뭘 해야 될지를 모르겠어서 우는 거야. 그렇게 많은 시간을 함께 지냈는데 뭘 했는지 아무것도 생각이 안 나서, 그래서 우는 거야. 왜 이러는 거지? 왜 지금에 와서 네가 누군지 전혀 모르겠는 거지?

한참 후에 은서가 완의 가슴에서 얼굴을 들고 하늘을 보니 맑은 구름이 별 위를 옅게 스쳐 지나갔다. 완은 담배를 찾아 불을 붙였다. 초여름 밤바람에 실려와 그들이 앉아 있던 주변에 퍼지던 찔레순 냄새가 담배 냄새에 섞여 사라졌다.

은서는 완에게서 떨어져 무릎을 싸안고 하늘을 봤다. 초여름 밤, 맑은 구름이 별 위를 스치고 스치고 스쳐간다. 은서는 별을 스쳐가는 구름이 흘러가는 데를 따라갈 수 있는 데까지 따라가 봤다. 언제까지 이렇게 가슴이 아플까.

구름이 사라지는 곳에서 그녀는 시선을 거둬 완을 봤다.

저 남자가 바라다보는 곳은 어디일까. 어디인지 그녀로서는 알 수가 없다. 곁에 자신을 두고도 혼자 앉아 있는 듯이 보이는 완의 모습을 볼 때면 그녀는 세상의 아무것도 이해하지 못할 것만 같다.

"말해봐."

느닷없는 은서의 차분한 말투에 완이 으응, 한다. 무슨 말? 하는 양으로 완이 은서를 건너다보지만 은서는 또 조용하다. 한참을 그러고 있다가 그녀는 또 말해보라고 했다.

"뭘?"

"……"

"내가 뭘 말하지?"

무얼 말하라는 거냐고 완이 물어도 무릎을 싸안은 채 가만 있던 그녀가 가만 웃었다.

"왜 웃지?"

"날 사랑해?"

"……"

"응?"

"……"

"나는 사랑해. 네 예측할 수 없음, 네 조심성, 네 단호함. 내 눈에 이제 너보다 더 아름다운 건 없어. 이렇게 말하면 안 되겠지. 그러면 너는 저만큼 더 물러서겠지. 너의 마음을 내게 붙들어놓으려면 너를 사랑한다고 말할 게 아니라 세를 사랑한다고 말해야 될 거야. 그게 너의 마음을 얻어내는 길일 거야. 새삼스러운 일도 아니야. 넌 어려서부터 그랬어, 넌. 내가 세 곁에 있어야 내게 다정했지. 세가 옥수숫대를 두 대 꺾어주면 넌 세 대를 줬어. 그게 너였어. 하지만 그건 어린 시절의 얘기야. 이제 우린 그때 사람들이 아니라구."

"……"

"말해봐."

"……"

"언제까지 이래야 되는 거지?"

"……"

"언제까지라고 말만 해주면 아무 소리 안 하고 있겠어."

그녀는 은서야, 하며 어깨를 끌어당기는 완의 손을 밀쳐냈다.

은서에게서 뿌리쳐진 손을 거두다가 완은 그대로 풀밭에 드러누웠다. 저 여자 말이 맞다. 지금도 저 여자가 세의 여자가 된다고 생각하면 야릇해진다, 하지만.

"네가 그러고 있는 한은 나는 어디다 마음을 둬야 할지를 모르겠어. 나는 아무 말도 하지 말아야 할 텐데…… 사랑하니 할 말이 없어야 할 텐데…… 네 생각을 하면 오싹해졌다 더워졌다…… 하늘이나 땅이나 어디라도 솟아버리거나 꺼져버렸으면…… 다 그런 거지. 다른 사람이라고 무슨 방법이 있으려고, 다들 이러겠지, 싶다가도…… 사랑한다면 사랑하는 마음끼리 보태져서 할 일이 있을 텐데…… 서로 돋아나게 하고…… 살고 싶게 하고…… 내가 너를 사랑한다고 한 건 그러기 위해서였는데…… 왜 그렇게 멀어지기만 하는 거지? 왜 내가 곁에 가지도 못하게 하는 거지? 내가 무얼 잘못했어?"

그래, 하지만 그것만이 다는 아니다. 세하고 상관없이도 너
는 늘 보고 싶은 여자였어. 꽃이 필 때도 꽃이 질 때도. 지금도
너 없이 어떡해야 하나, 를 생각하면 나는 춥다, 하지만.

"진짜 문제엔 어렵든 쉽든 해결책이 있는 법인데 아무런 방
도가 없는 걸 보면 이제 너는 나를 사랑하지 않는지도 몰라. 하
지만 나는 나를 사랑했던 너를 너무나 선명하게 기억하는걸.
이제 와 그게 아니라고 부정하기엔 너무나 선명히. 말해봐, 나
를 사랑해?"

하지만 자주 너는 내가 떨쳐버리고 싶은 짐 같기도 하지. 너
를 곁에 두는 건 이슬어지를 곁에 두고 있는 거 같으니까. 너를
보면 황토흙 묻은 구두를 신고 신식 엘리베이터를 타고 있는
기분이 들기도 하지. 흙을 닦아내고 구두에 윤을 내야 하는데
은서 넌 그걸 못 하게 막지, 하지만.

"너에게 이렇게 기울어버린 내 마음이 잘못일까? 사랑한다
고 말해버린 내가 잘못일까? 그뒤로 너는 나를 어디에 묻어버
린 것 같아. 나는 너에게 아무것도 아닌 것이 돼버린 것 같아.
그런데도 난 그나마 그런 너조차 없으면 어떻게 해야 할지를
모르겠어."

완은 한마디도 하지 않았다. 자신의 침묵이 은서를 슬프게
하리란 걸 알면서도 완은 한마디도 하지 않았다.

뭐라고 말하나. 너는 내 어린 시절이야. 어린 시절 없이 누가
숨을 쉴 수 있나. 이 세상에 네가 있기에 나는 이만한 거야. 정

신없이 가다가 조금만 더 달리면 넘어질 찰나에, 네 얼굴이 생각나지, 그렇게 말해주면 저 여자의 저 맺힘이 풀리나.

은서는 더 말하기를 그쳤다.

더듬더듬 말을 하면서도, 완에게 말해봐, 하면서도 한편으론 완의 말없음이 안심되기까지 했다. 말해봐, 하면서도 정말로 완이 그래 너를 사랑하지 않아, 라고 할까봐 겁을 내고 있으니.

"내가 너를 그렇게 힘들게 하냐?"

"……"

"무엇이 그렇게 힘들어?"

"구두가게에 가선 구두 파냐고 물어보게 해. 미장원에 가서는 머리 자르냐고 묻게 하고."

"그게 무슨 소리냐?"

은서는 저만큼 우두커니 서 있는 검은 짐승 같은 첨성대를 뚫어져라 바라봤다.

바보가 되어간다는 얘기지. 너에게 가까이 가고 싶은 마음 그 외에는 모두 공허하니까, 네가 전화를 걸어주거나 네가 나에게 와주거나 그것밖에는 중요한 일이 없으니까.

"네게 밀침을 당할 때마다 나는 다른 사람하고 얘기하기도 힘들어. 상대방이 무슨 얘길 하는지 목소리는 들리는데 뜻이 새겨지지가 않아. 자꾸만 멍해져. 네가 자꾸만 그러면 난 아무 일도 못 할 것 같아. 음악을 듣는 일도 신호등을 건너는 일도 세탁을 하는 일도 다 잊어버리고 말 것 같아."

그래, 그러고 말 것 같아. 네가 계속 그러면 나는 어느 날 기차 타는 것도, 슈퍼에 가는 일도 다 잊어버리고 우두커니가 될 것 같아.

이 여자가 이 정도였던가.

완은 놀라서 하늘을 우두커니 쳐다봤다.

조용해 보이지만 은서의 마음 안엔 누가 건드릴 수 없는 은서만의 외진 곳이 있다는 걸 완은 안다. 그 마음은 어느 땐 얼음조각이 떨어지는 것 같은 차가움으로 나타나기도 한다는 걸. 하지만 저 정도였던가.

이 여자와 결혼을 하겠다고 하면 이 여자의 집에서는 뭐라고 할까.

어머니 뒤를 따라 그 칠흑의 밤에 도망치듯 이슬어지를 떠나온 후, 도시에서 이슬어지의 저 여자에게 쓴 편지를 대신 받아 차곡차곡 쌓아놓았다던 은서의 아버지.

어느 날인가, 쌓아놓았던 내가 보낸 편지를 저 여자에게 고스란히 내주며 저 여자 어머니가 저 여자에게 했다던 말. 상처 많은 사람은 그 상처를 곁에 있는 사람한테 갚는다고 했다던가. 그러니 편지질 말아라, 라고 했다던가. 그 말을 은서의 아버지가 아니라 은서의 어머니가 했대서 완은 놀랐다. 은서의 어머니를 완은 기억했다. 집을 나갔다가 들어온 이후 은서의 아버지에게 가끔씩 두들겨맞던 여인. 은서조차도 데면데면하면서 어머니라고 잘 부르지도 않던 여인. 다름도 아닌 그 사람이 그 말을 했대서 완은 의아했고, 놀랐다. 그래서 은서 집으로 주소를 못 쓰고 은서 친구 집으로 편지를 해야 했지. 편지조차도 그리 복잡하게 해야 했었는데 이제 은서가 나와 결혼을 하겠다고 하면?

완은 마음이 차가워졌다.

어떤 식으로든 이슬어지 사람들에게 자신의 이름이 부정적으로 오르내리는 건 싫다. 그게 설령 은서의 어머니라 해도.

완은 이것도 저것도 더 생각하는 게 짜증스러워 눈을 감아버렸다.

얼마가 지나 그저 풀밭에 누워 있기만 하던 완은 은서의 손을 찾아 쥐었다.

"내가 어떻게 해줬으면 좋겠냐?"

"……"

"네가 말해봐. 내가 어떻게 했으면 좋겠는지."

"……"

"또 아무 말도 안 할 거냐?"

"전화한다고 했으면 전화해줘."

"……뭐?"

은서는 어둠 속에서 완을 향해 고갤 돌렸다. 완은 어처구니가 없어 피식 웃어버렸다. 기껏 전화 얘기라니.

"전화를 하겠다고 하고선 전화를 못 받고 몇 시간이 지나면 나는 그대로 죽는 거 같아. 알어? 수화기가 잘못 놓였나, 들었다 놔보고 혹시 벨소리를 듣지 못하게 될까봐 소리나는 일을 아무것도 할 수가 없어. 한번은 어쨌는 줄 알어? 전화를 기다리는데 오로지 전화벨 소리를 기다리는데 냉장고 돌아가는 소리가 들리는 거야. 그래서 냉장고 플러그를 빼놓았지. 너를 기다리는 동안은 다른 일은 조금도 할 수가 없어. 벨이 울렸는데 네가 아니면 너무나 낙담을 해서 전화를 한 다른 사람을 경멸하고 싶은 심정이야."

"은서야!"

"난 그래. 그렇게 되어버렸어."

난 그렇게 되어버렸지. 너에 의해 죽고 싶고 너에 의해 살고 싶게 되어버렸지.

은서는 입술을 깨물었다.

네가 며칠 있다가 전화하겠다고 하면 나는 그때부터 아무 일도 못 하고 전화를 기다리지. 다른 일들이 다 짜증스럽기만 해. 만날 약속을 한 것도 아니고 그저 네가 전화를 하겠다고 했을 뿐인데도, 무슨 옷을 입을까, 머리가 너무 자랐나, 손톱을 다듬을까 부산스러운 마음이지.

한번은 이런 일도 있었어. 길거리를 지나가는데 무슨 벽보에 사랑이란 서로에게 시간을 내주는 게 아깝지 않은 것, 이라고 써 있었지. 금방 너를 생각했어. 언제부턴가 내게 시간을 내주지 않는 너를. 그 풀칠이 덕지덕지한 벽보 앞에서 너는 나를 사랑하지 않는구나, 얼마나 절망했는지. 매사가 이런 식이야, 나는 그렇게 되어버렸어.

감정이란 무서운 거야, 너무나 고통스러워. 은서는 손깍지를 깊게 꼈다.

때때로 그녀는 자신이 그런 고통스런 단계를 즐기는 건 아닌가, 하는 생각을 할 때도 있었다. 잡지책을 보다가 외국 여인의 늘씬한 다리를 본다거나 할 때 은서는 금방 완의 눈을 생각했다. 그게 텔레비전이었을 땐 더 그랬다. 어디선가 완도 저 여인을 보고 있겠고, 그러면서 무슨 생각을 할까, 싶으면 갑자기 잡지도 텔레비전도 고통이 되었다.

나는 그렇게 되어버렸지. 은서는 명멸하는 별을 올려다봤다.

그렇게 죽을 것 같은 마음이다가도 또 어쩔 줄 알아? 어느 날 우연히 내 눈을 거울에 비춰보다가 언젠가 네가, 네 속눈썹을 세어봤는데 마흔두 개야, 했던 말이 생각나면 그 생각 하나로 세상을 다 얻은 듯이 살아가지. 그걸 세어볼 정도면 너는 틀림없이 나를 사랑한다 여겨지기에. 내가 없을 때 전화가 올까봐 친구를 만나도 한 시간을 같이 못 앉아 있겠고, 영화를 보다가도 돌아와버리곤 하지.

"모르겠다. 왜 네가 네 인생을 망치려는 건지."

은서는 놀라 완을 쳐다봤다. 이 남자가 지금 무슨 말을 하고 있나.

"망치려는 게 아니라 찾으려는 거야."

"나는 네가 그렇게 애써야 할 사람이 못 된다."

"……"

"언젠가 네가 야간비행사 얘길 해줬지. 기억나냐?"

"……"

"야간비행사의 비행기가 사막에 추락했다고 했어. 그는 방향감각을 잃은 채 사막 한가운데에서 밤을 맞이했다고. 사막

승냥이가 울고 춥고 모래바닥이 하늘인지, 하늘이 모래바닥인지 그런 무감각한 상황에서 야간비행사로 하여금 그 밤을 견뎌내게 한 건 어린 시절을 추억하는 일이었다고 했어. 네가 그랬지. 방향감각을 다 잃은 와중에도 그 비행사는 자기 생각대로 저쪽이 내가 태어난 곳으로 가는 방향일 게다, 하면서 그 모래바닥에서 머리를 고향 쪽으로 두고 누워서는 밤새워 태어나서 살았던 집 뒤꼍에 있던 늪의 개구리 울음소리며 해 저물 때 어머니가 부르던 소리를 기억해내고 또 기억해내면서 버티었다고 했어. 의식이 끊기려 할 때마다 지금 그들이 어디선가 내가 살아 있기를 간절히 바라고 있을 거라고 생각하면서 버티었다고 했어."

"……"

"여기에서 이슬어지 쪽은 어느 쪽일까?"

"……"

"이렇게 누우면 내 머리가 이슬어지 쪽을 향하게 되는 걸까? 잘 생각은 안 나지만 이슬어지의 여름밤엔 북두칠성이 바로 머리맡에 있었지."

완은 풀밭에 누웠던 몸을 돌려 이슬어지 쪽이 저쪽일까, 했던 쪽으로 돌아눕는다.

그리고는 은서를 끌어당겨 눕히곤 팔을 펴서 은서의 머리 밑에 넣어줬다. 완의 팔에 은서의 검은 머리가 쏟아졌다. 하늘의 별이 은서의 눈 속으로 와르르 쏟아졌다.

"아버지도 저 위에 있겠지."

"……"

은서는 가슴이 먹먹해져 완의 얼굴에 손바닥을 갖다댔다. 완의 얼굴은 차갑다.

"나는 느끼는 게 없다. 뭘 봐도 다 그저 그렇구나. 내가 어떻게 말해도 그건 내 느낌이 아니라 다 어디선가 본 듯한 거야. 가만히 생각해보면 텔레비전에서 했던 말이거나 술자리에서 들은 소리거나. 바보 같은 아버지를 둔 덕에 나는 너무 피곤하고 힘이 든다. 그래도 살아 있는 감정이 있다면 네가 내게 느끼게 해준 것들이다. 과거형이라고 하더라도, 그렇더라도."

"……"

"나보고 말해보라고 했냐?"

"……"

"너를 사랑하느냐고? 이게 사랑인가 아닌가 나는 모르겠다. 사랑은 중간이 없다던데 사랑이면 사랑이고 아니면 아니라던데. 나는 그래. 너무 바쁘고 해야 할 일이 늘 너무 많아. 시간을 내주는 게 사랑이라면 할말이 없구나. 그렇다면 아닌가보지. 단 서너 시간도 내 시간을 내가 조절할 수가 없어. 불시에 출장을 가야 하고 밤늦게까지 일해야 하고, 대접해야 할 사람들이 불시에 찾아와. 그게 불만이라는 거 아니다. 나는 잘해보고 싶다. 나로선 아주 좋은 조건이야. 정말이지 잘해보고 싶다. 그리고 잘해볼 수밖에 없는 처지지. 내가 어쩌겠어."

"……"

"저런 하늘을 본 지도 얼마나 됐는지 기억이 안 나는구나."

풀숲에서 새 한 마리가 푸드득 날아오르더니 그들의 머리 위를 지나갔다.

"나는 다 잊어버렸다. 이슬어지가 어떻게 생겼었나, 그곳에서 무슨 일이 있었었나를. 내가 야간비행사여서 사막에 추락한다면, 이슬어지를 향해 이렇게 머리를 두고 누워 있게 된다고 해도 나는 그곳에 대해 기억할 게 없어. 다 잊어버렸어. 다만 생각하겠지. 그곳에 네가 있었다고. 네 생각이 그 추락의 밤을 견디게 해주겠지. 그래 그건 그럴 거야. 내게 이슬어지란 곧 너거든. 내가 할 수 있는 말은 이것뿐이야."

은서는 손을 뻗어 완의 얼굴을 만져보았다. 이마와 눈썹과 코와 입술과 턱을.

이 남자의 이 얼굴이 그저 밋밋하게 느껴졌을 때, 그때로, 기다림도 보고 싶음도 없었던 때, 그때로, 돌아갈 수 있다면. 이 남자의 얼굴이 달라진 것도 아닐 텐데, 언제나 이 얼굴이었을 텐데, 무엇이 내 마음을 이 얼굴에 쏟아지게 했나.

"너를 사랑한다는 말, 그렇게 어려운 말은 아닌데."

"……"

"미안하다, 낙심시켜서."

완의 얼굴 위에서 떠돌고 있던 은서의 손이 힘없이 떨어졌다.

이 남자는 어딘지 모르게 어머니를 닮았다. 이 남자를 향한 단조로웠던 마음이 깨진 자리에, 어디서나 보고 싶고, 어디서나 그리운 갈망이 생긴 자리에, 그 자리에 낯선 꿈을 꾸고 있는 것 같은 눈물겨움도 함께 깃들었다.

어머니.

그녀는 먹먹해진 마음으로 쏟아지는 별들을 향해 눈을 감았다가 떴다. 집에 있어도 늘 바깥에 있는 것 같아 마당을 왔다갔다하는 어머니의 발소리를 듣고 있으면서도 어쩐지 외로워지던 마음.

언제던가, 어린 날, 때없는 낮잠을 길게 잔 날, 어머니가 이년 만에 다시 집으로 돌아와 살기 시작하던 무렵, 석양 무렵이었던가. 눈을 떠보니 방 안은 어둑어둑해지고, 사위어가는 햇빛 한줄기가 창호지 문을 뚫고 스며들고 있었던 때, 그때 그 방 안에서 은서는 울음을 터뜨려버렸었다. 어머닌 저녁밥 뜸을 들여놓은 것인지, 밥 타는 냄새가 은근히 퍼져 들어오는데, 광에서 보리쌀을 퍼다가 마당의 닭들을 부르며 뿌려주는 소리도 들리는데, 그러고도 무엇인가 바빠 어머니는 부엌으로 샘으로 왔다갔다하는데, 어머니가 움직이는 그 소리들이 곧 깨어날 일밖에 남지 않은 설디선 꿈만 같아서. 갑작스런 은서의 잦아드는 울음소리에 방문을 열어보는 어머니에게 은서는 베고 있던 베개를 집어던졌다. 사실은 그 품에 안겨들고 싶었는데.

완이 은서의 힘없이 떨구어진 손을 찾아 다시 자신의 얼굴 위에 얹어놓았다. 은하수. 눈물같이 흩뿌려진 별자리를 먹먹해진 가슴으로 올려다보는 은서의 눈에 완의 입술이 와 닿았다. 직녀. 완의 혀가 이마에 닿은 걸 느끼며 은서는 눈을 감았다. 거문고. 그의 혀가 눈썹을 적실 때 은서는 손을 뻗어 완의 등을 안았다. 우리 헤어지지 말자, 무슨 일이든 의논하자. 혀끝에서 맴도는 말 대신 은서는 완의 웃옷을 들추고 그의 따뜻한 등을 쓸었다. 전갈. 완이 은서의 더운 가슴에 얼굴을 묻고 속삭였다.

"조금 움직여봐."

보석 같은 저 별에 왜 전갈이란 이름이 붙었는지. 나를 지나가지 마. 나는 네게 순종하고 싶어. 우리 서로 가까이 있자, 아주 가까이. 이렇게, 이토록 가까이. 은서는 많이 움직여 완에게 닿았다. 백조. 내 등에 풀물이 들도록 더 가까이. 저 밤하늘의 저 백조처럼.

별이 이울 때 완은 은서의 블라우스 단추를 위까지 채워주고, 은서의 헝클어진 검은 머리에 손가락을 넣어 빗질했다. 물소리가 날 것 같은 너의 검은 머리. 완은 은서의 뒷머리에 얼굴을 묻으며 은서의 어깨를 안았다.

"너를 만나면 이렇게 좋은데. 나를 들여다보기도 하는데. 뭔가 한가닥 건어내지고 정신이 들기도 하는데. 너와 헤어지면 나는 네가 꿈만 같구나. 나는 네게 아무것도 해줄 수가 없는데 네가 희망을 가질까봐 두렵고. 어쩌다가 내가 네 마음 아프게 하는 데 소질이 있는 사람처럼 되어버렸는지. 내가 할 수 있는 말이 이런 것뿐이라니. 답답하다, 가자."

지나갈 날짜들

'음악 화제'.

세르게이 라흐마니노프.

그는 러시아 태생으로 작곡가 지휘자 피아니스트로 널리 알려져 있죠. 최근 그의 일생이 다큐멘터리로 제작되고 있다고 그럽니다. 그는 다섯 살 때에 어머니에게 피아노를 공부했는데 그때부터 음악적인 천품이 보였다고 그래요. 세 개의 교향곡, 교향시 관현악곡 피아노곡 분야에 우수한 작품을 많이 남겨놓고 있는데, 특히 피아노에 관해서는 피아노의 극한의 특성까지 고전적인 기교와 낭만적인 가락으로 전개시켰죠. 그는 성격이 좀 어둡기는 하지만 소박하고 솔직한, 진지한 인격을 겸비한 음악가였습니다……

은서는 원고를 쓰다 말고 얼른 얼굴을 들었다. 코피 한 방울이 원고지 위에 툭, 떨어져서.

"이런, 너무 무리하는 거 아녜요?"

주머니에서 손수건을 꺼내려는데 옆자리에 앉아 있던, 자료실에서 자주 마주쳐서 낯은 익은데 무슨 프로그램을 맡고 있으며 이름은 무엇인지는 모르는 여자가 먼저 휴지를 꺼내 은서의 코에 갖다대주었다.

"화장실에 가서 찬물로 이마를 짚어줘봐요…… 그러면 멎을 거야."

은서는 고맙다는 뜻으로 여자에게 살풋 웃어주며 휴지를 그대로 코에 댄 채 자료실을 걸어나와 화장실로 갔다.

얼굴은 든 채로 수도꼭지를 틀어 손수건을 찬물에 적셔 이마에 갖다대고 천장을 보고 한참을 있다.

얼마 후에 식도를 타고 다시 넘어가는 코피를 그녀는 삼켰다.

천장 격자무늬가 겹쳐지는 곳에 거미줄을 친 거미 한 마리가 매달려서 코피를 삼키는 은서를 쳐다보고 있다. 보기엔 허술해 보여도 저 거미줄이 얼마나 튼튼한지를 그녀는 알고 있다. 아무리 끊어도 끊어지지 않는다는 것을.

코피의 기미가 사라지자, 그녀는 수돗물에 손을 씻고 젖은 손수건으로 코 주변을 닦아내고 수도꼭지 앞에 매달린 거울에 비친 얼굴을 잠시 들여다보다 다시 자료실에 와 앉았다. 휴지를 건네줬던 여자가 괜찮아요? 하는 표정으로 원고를 쓰다 말고 건너다봤다.

"고마워요."

여자는 씨익, 웃곤 만년필을 쥐고 있던 손을 다시 원고지로 가지고 갔다.

은서는 코피가 떨어진 데를 멀거니 바라보다가 그 장을 뜯어
내고 다시 원고지 앞에 앉았다.

무슨 얘길 쓰려고 했었나? 머릿속이 칠흑이다. 은서는 방금
뜯어서 구겨놓은 코피가 떨어진 원고지를 다시 폈다.

세르게이 라흐마니노프.

1918년 러시아에 사회주의 혁명이 태동되던 때에 자유로운
음악활동을 위해 조국을 떠난 이. 은서는 다시 만년필을 손에
쥐었다.

……하지만 그의 무덤이 미국 뉴욕에 자리잡고 있다는 사실
을 아는 사람은 그리 많지 않을 것입니다. 라흐마니노프는 칠
십 세의 나이로 캘리포니아의 비버리 힐즈에서 세상을 떴고,
아내 딸과 함께 맨해튼 부근 켄시코 묘역에 묻혀 있습니다. 그
의 조국 구 소련에서는 그의 서거 오십 주년을 기념하여 다큐
멘터리 영화를 제작하고 모스크바에 세워진 라흐마니노프 센
터의 기금을 모금하는 등 다양한 행사를 마련하는 한편 그의
유해를 되찾아야 한다는 여론이 일고 있다고 합니다. 하지만
이같은 여론에 반대입장도 있습니다. 무엇보다 새 무덤이 될
장소가 마땅치 않기 때문이라는군요. 라흐마니노프는 오네가
에서 태어났는데 거긴 대도시에서 너무 멀리 떨어져 있어 새
무덤의 후보로 알맞지가 않고, 모스크바 등의 주요 묘역은
이미 저명인사의 무덤들로 가득 차서 라흐마니노프가 비집고
들어갈 자리가 없다는군요. 어쨌거나 무덤 이전에 관한 최종

결정권은 그의 손자이자 상속인인 라흐마니노프 코너스가 가지고 있는데 아직까지 명확한 의사 표명을 하지 않은 상태라고 하네요. 그의 전기 영화를 찍고 있는 니키틴 씨는 조용히 잠들어 있는 그를 굳이 다시 고국으로 모셔가는 것은 어쩐지 죄가 되는 것 같다고 개인적인 반대의사를 말하고 있습니다. 글쎄요, 라흐마니노프가 사후에라도 그의 조국으로 돌아가고 싶어 했을지 안 했을지는 그만이 알겠는데, 그의 무덤 이전이 어떻게 결말이 날지 궁금하군요.

김피디가 선곡해놓은 곡은 그의 피아노 협주곡 중 제2번 작품 제18번의 2악장이었다. 그 곡은 정신과 의사였던 라르 박사에게 바쳐진 곡이었다. 라흐마니노프가 이십육 세 때 신경쇠약에 걸려 모든 것에 흥미를 잃고 고통스런 생활을 하고 있을 때 라르 박사는 암시요법으로 라흐마니노프의 신경쇠약증을 치료했다. 라르 박사는 매일 그에게 당신은 이제 좋은 작품을 쓸 수 있다, 그것은 대단히 훌륭한 것이 될 것이다, 라는 암시를 주었고, 그 암시요법으로 라흐마니노프가 신경쇠약에서 일어나 다시 펜을 들어 완성시킨 곡이기도 했다.

은서가 원고의 결말 부분에 라르 박사의 암시대로 이 곡은 라흐마니노프 자신의 피아노 독주로 모스크바에서 초연을 가졌는데 많은 대중들에게 사랑을 받게 됩니다, 얼마간 통속성을 지니고 있으면서 긴장되고 힘찬 그리고 시적인 정서가 풍부한 협주곡입니다, 쓰고 있는데, 누군가 어깨를 툭 두드렸다.

돌아다보니 세다.

은서는 자신이 무슨 환영을 보는가, 싶어 만년필을 든 채로 그저 세를 멀거니 쳐다보기만 했다. 어디 여행이라도 가려는 것인지 세의 어깨엔 지퍼가 여러 개 달린 회색의 큰 가방이 메어져 있다.

"왜? 내 얼굴 잊어버렸어?"

"……"

그녀가 말을 잃고 있는데 세가 웃기까지 했다.

"그러고 보고만 있을 거야?"

"어떻게 여길 다 왔어?"

"만날 수가 있어야지, 그래서."

은서는 그제서야 휴지를 꺼내서 코피를 막아주었던 옆자리의 여자의 재미있어하는 시선이 느껴져 세를 데리고 자료실 바깥으로 나왔다.

"사람 되게 놀래키네……"

말하고 보니 세의 얼굴이 작아졌다. 면도를 하지 않은 탓인가, 어둡고 수척해 보였다. 은서가 얼굴을 빤히 들여다보자 세는 멋쩍은지 담배를 꺼내 불을 붙였다.

"이 시간에 정말 웬일이야? 학교는?"

"방학이잖냐."

"벌써?"

"벌써는 뭐, 방학 시작된 지가 일 주일도 넘었다."

이게 얼마 만인가, 봄이 막 시작되었을 때 세의 작업실에 들러 석류를 집어온 뒤로 처음이었다. 완과 함께 느닷없이 경주에 갔던 날, 윤수의 결혼식장에 함께 가기로 한 약속을 언질도 없이 못 지키고도 전화 한 통 해주지 못했다. 외출에서 돌아왔을 때 자동응답기에서, 집에 돌아오면 전화해달라는 세의 메모를 듣고도 은서는 전화하지 않았다. 전화를 하려고 수화기를 들었다가도 그녀는 수화기를 놓아버리곤 했다. 그저 세가 언젠가 문 앞에 놓고 간 난화분만 잠깐 건너다보았다. 그런데 벌써 여름방학이 시작됐구나, 은서는 괜히 세의 얼굴을 바로 보지 못하겠어서 발끝으로 바닥만 톡톡 찼다.

"나, 여기에 이렇게 세워둘 거냐?"

"어딜 가지? 나 일도 많이 남았고. 갑자기 이렇게 오면 어떻게 해…… 어린애도 아니고."

이런, 은서는 손깍지를 끼곤 웃어버렸다. 또 시작이다. 괜히 세에게 또 이렇게 모질어진다. 저이가 내게 뭘 잘못했다고. 말없이 서 있는 세를 향해 은서는, 약속을 하고 와야지, 하려다가 그만 입을 다물었다. 그렇게 말한다고 해서 세가, 네가 약속을 어디 제대로 지키는 사람이냐고 탓하진 않겠지만, 그녀 스스로 그렇게 말하고 나면 자신에게나 세에게나 그 말이 얼마나 공허할 것인지 알겠어서이다.

세는 아직 다 타지도 않은 담배를 부벼서 곁에 있는 쓰레기통에 버리고 새 담배에 불을 붙였다.

"이슬어지에 내려가려고 역에 가는 중에 발걸음이 여기로 왔어. 여기 온다고 꼭 너를 만날 수 있을 거라곤 생각 안 했어. 그저 내가 찾아볼 수 있는 데까지 찾아보다가 못 찾으면 가려고 했는데 이리 만나다니 운이 좋았다."

"······"

"됐어, 얼굴 봤으니. 들어가 일해라."

"······"

"나 갈게."

세는 가방을 추스리더니 일층으로 통하는 계단으로 성큼 발걸음을 떼었다. 너무 갑자기 세가 돌아서서 은서는 뒤에 남아 세의 뒷모습을 쳐다보다가 그를 뒤따랐다.

"커피숍에 가서 잠깐 기다려주겠어? 내가 일 마무리 지어놓고 갈 테니."

"애쓸 필요 없어."

"그렇게 해······ 아니 이 안 커피숍은 너무 분주하니까, 방송국 건너편 이층에 여름이라는 카페가 있는데 거기 가 있어."

"괜찮다니까."

"너 때문에 그러는 거 아냐, 이렇게 왔다 가면 내 마음이 편할 것 같어? 날 위해 그러는 거야······ 신분증도 맡겨놓고 왔을 텐데 나가면서 잊지 말고 찾아가지고 가."

은서는 세의 대답도 듣지 않고 다시 자료실로 내려왔다. 시계를 보니 두시다. 생방송이 끝났을 시간이다. 일요일분 녹음은 네시부터 들어간다고 했다. 지금 원고를 갖다줘야 심의를 맡을 것이다. 그런데 아직 쓰지도 않았다. 심의는커녕 녹음시간에나 제대로 맞춰 대줄 수 있을는지. 이러기에요? 하면서 은서의 얼굴을 빤히 쳐다볼 김피디의 얼굴이 눈앞에 선했다. 김피디의 새촘해질 얼굴이 세의 외로워 보이는 얼굴을 밀어내 은서는 원고지 앞에 앉았다.

여름철이면 어김없이 찾아드는 장마가 올해도 다음주부터 시작될 거라고 합니다. 우기는 짜증스럽고 우울한 시기가 될 수밖에 없죠. 장마를 밝고 명랑하게 지내기 위해서는 생활의 여러 측면에서 준비할 것이 많을 것 같습……

이게 뭐람, 은서는 일반원고 내용을 다시 추스려봤다.

장마 때는 여성분들 밝은 색의 옷을 입도록 하는 게 좋지 않을까요. 날도 흐린데 입는 옷 색상조차 어두우면 보는 사람도 그렇지만 입는 사람도 심리적으로……

점점, 은서는 펜을 놓고 화장실로 가서 다시 손을 씻었다. 옷 색상으로 마음의 기저를 이리저리 바꿀 수 있다면, 그럴 수 있기만 하다면 좋겠지.

세가 왔다 간 지 세 시간이나 지나서야 은서는 방송국을 나섰다. 심의를 맡지도 못하게 늦은 원고를 그냥 놓고만 올 수가 없어 미안한 마음에 녹음실에 앉아 있다보니 시간이 그렇게 흘러버렸다.

아나운서는 녹음 도중에 녹음실 유리문을 열고 나와서 스튜디오에 우두커니 앉아 있는 은서를 향해 안 바빠요? 하면서 화사하게 웃었지만 녹음 시작한 지 사십 분쯤 되었을 때 은서가 일어나려 하니 김피디는 가게요? 했다.

늦긴 했지만 자신이 할 일은 다 했으니, 일어나는 일을 미안해하지 않아도 되련만, 누가 좀 기다리고 있어서요, 라고 대답하는 일이 쉽지가 않았다.

에어컨을 틀어놓은 방송국 안과 밖의 기온차가 너무 심해 머리가 휑했다.

세가 아직 있을까? 이럴 줄 알았으면 아까 그냥 간다고 했을 때 가라고 할걸.

은서는 방송국을 빠져나오며 노랫소리가 흘러나오는 쪽을 쳐다봤다.

노인은 봄이 지나 여름이 와서도 여전히 멈추지 않고 저 자리에 와서 노래를 불렀다. 그 다방에 들어섰을 때 내 가슴은 뛰고 있었지. 은서는 피식 웃어버렸다. 저런 노래를 다 어떻게 외우고 있는지. 싸늘하게 식은 찻잔에 슬픔처럼 어리는 고독. 어느새 노인이 부르는 노래를 자신도 모르게 따라 부르고 있어 또 한번 웃어버리며 걸음을 재촉하는데 차가운 것이 얼굴에 묻었다. 빗방울이다. 하늘을 올려다보니 한쪽은 회색 구름이 깔려 있고 한쪽은 여름 햇볕이 아직 쨍쨍하다. 소나기인가, 아니면 다음주부터라더니 벌써 장마가 시작인가. 은서는 빗방울에 쫓겨 바쁘게 뛰어서는 세에게 가 있으라고 했던 카페 여름의 나무문을 밀었다.

인테리어가 고동색 나뭇결로 되어 있어 약간 어두운 카페 안은 사람이 없어 조용했다. 주인 여자만 카운터에 앉아 콤팩트를 두드리다가 문을 밀고 들어와 안을 둘러보는 은서를 쳐다봤다.

갔나보네, 은서가 주인 여자를 향해 멋쩍게 웃으며 다시 나가려는데 주인 여자가 저쪽에 한 사람 있는데 찾는 사람인가 한번 가보세요, 한다. 주인 여자가 가리킨 저쪽은 나무기둥 뒤라, 얼른 보이지가 않았다. 은서는 여자가 가리키는 쪽으로 돌아가봤다. 나무기둥 뒤 의자에 세가 앉은 채로 탁자에 내려놓은 가방 위에 손등을 올려놓고 거기에 얼굴을 대고 눈을 감고 있다.

은서가 맞은편에 앉아 내가 너무 늦었지, 해도 세는 눈을 뜨지 않았다. 눈을 감고 있는 게 아니라 세는 자고 있다. 식혜를 시켜놓고 마시지는 않았는지 세 앞의 식혜잔엔 식혜가 가득 담겨 있다.

주인 여자가 메뉴표를 들고 와 은서 앞에 내려놓고 잠든 세를 쳐다봤다.

"잠이 깊이 들었나보네요, 식혜만 계속 세 잔을 시켜 드셨어요."

"저도 식혜 주세요."

은서 앞으로 식혜가 날라져와도 세는 눈을 뜨지 않았다. 오래 앉아 있기가 미안해서 식혜를 시켰겠지. 은서는 식혜잔을 들어 한 모금 마시다가 내려놓고 잠든 세를 물끄러미 쳐다봤다.

너는 어쩌다가 내게 마음이 기울어서…… 은서는 잠든 세가 안되었어서 손을 뻗어 그의 머리를 만져보려다가 거두었다.

누구나 잠든 얼굴은 연민스러운 법이지. 잠든 얼굴을 보면 그 사람을 미워할 수가 없지. 깨어나면 같은 얼굴일 텐데 자는 동안엔 지치고 창백하고 순해 보여. 사람에게 그런 모습이 있다는 게 얼마나 다행인지.

손등에 얼굴을 묻고 있어 세의 얼굴이 보이지 않지만 저이의 얼굴도 그러리라.

삼십여 분이나 지나 젊은 여자 둘이 요란하게 문을 열고 들어오는 소리에 세가 눈을 떴다. 다시 감으려다가 뭔가가 이상했는지 고개를 들다가 맞은편에 앉아 있는 은서를 보고는 눈이 둥그레졌다.

"……언제 왔냐?"

"방금."

"그래."

"아니에요, 그 손님 오신 지가 삼십 분도 넘었어요, 잠이 아주 깊이 드셨나봐요."

바로 건너에 자리를 잡고 앉은 여자 둘에게 주문을 받으러 왔던 주인 여자가 씨익, 웃고 지나갔다.

"삼십 분이나 됐어? 깨우지 않고."

"……"

"알 수가 없네, 무슨 잠이 그렇게 깊이 들었지…… 일은 잘 마치고?"

"응."

세는 자신의 얼굴을 빤히 보는 은서의 시선을 피해 잠시 허둥대다가 괜한 탁자 위의 가방만 아래에 내려놓았다.

"이슬어지에 내려가는 길이었다며, 그냥 가지 미련스럽게 세 시간씩이나……"

손등을 받치고 잠이 든 탓에 세의 이마에 시계 자국이 선명하게 찍혀 있다. 세의 이마에 찍혀 있는 시계 자국을 쳐다보는 은서의 입에서 낙인 같네, 라는 말이 저절로 흘러나왔다.

은서는 세를 빤히 쳐다봤다.

완을 기다려보아, 기다림이 얼마나 사람 마음을 많이 상하게 하는지를 알기에, 세의 이마에 찍혀 있는 시계 자국이 마음에 걸렸다. 그러면서도 완에게 다친 마음 한쪽이 펴지는 것 같은 건 무슨 까닭인지.

은서는 자신의 비틀어진 마음작용이 쓸쓸해서 웃었다.

고개를 숙여 자신의 안을 들여다보면 하나가 아닌 여러 개의 자신의 모습을 찾아낼 수 있지. 어쩌면 그중의 어떤 것도 진짜 자기 자신이 아닐지도 몰라. 그 여러 모습을 다 알아내서 합쳐보면 모를까.

세는 은서가 자신의 얼굴을 빤히 보다가 웃기까지 하자, 내 얼굴에 뭐가 묻었냐, 하며 손바닥을 펴 얼굴을 쓸어내렸다.

"시계나 풀어놓고 자든지, 이마에 시계 자국이 찍혔어."

"잠들 줄을 알았냐, 그냥 잠깐 그러고 있는다는 게."

"이슬어지에 가서 여름 내내 있으려고?"

"그럴 작정이다."

"지난번엔 그냥 작업실에서 그림에 몰두해보겠다더니?"

어디에 있든, 세는 웃었다, 정말이지 어디에 있든 난 그림 못 그린다. 네 시선이 그렇게 멀리 가 있는 한은.

"기차표는 끊어놨어?"

"아니, 역에 나가면 탈 수 있겠지."

"그럴까? 요즘엔 좌석표 얻기가 쉽지 않은가보던데 예매해 놓지 그랬어."

저 여자가 늦게 온 게 미안하긴 한 모양이구나. 뭐라고 뭐라고 말을 많이 하네. 저런 모습을 얼마나 오랜만에 보는지. 세는 코끝이 시큰해져 은서의 얼굴을 건너다봤다. 저 여자의 마음이 완에게 기울어버리고 난 후 세는 은서와 무슨 말을 해야 될지를 모르게 되어버렸다. 그전엔 그토록 많은 것들, 돋아나는 풀한 포기, 먼지를 내며 지나가는 소나기 한차례도 은서 앞에서다 말이 되어 나왔는데 어느 순간 무슨 말을 해도 다 어색하게 되어버렸다.

"꼭 오늘 내려가야겠다는 생각은 없었어. 아침에 눈을 떴는데 그때 오늘 가야겠구나 결정한 거야."

세는 뭐라 더 말하려다가 멈췄다. 은서가 고개를 숙이고 있다. 숙이고서 식혜잔을 만지작거리고 있다. 그녀는 다른 생각에 빠진 것이다, 지금 여기 없는 것이다.

세는 은서의 시선을 잃어버린 후 공허해서 무슨 일에도 마음을 기울일 수가 없었다.

겉보기엔 날마다 작업실 겸 숙소에서 일어나 학교에 나가 아이들을 가르치고 다시 돌아와 그림을 그리곤 했으나 그건 습관으로 몸에 밴 일이었을 뿐 은서의 시선이 빠져나가버린 자리 어디에도 세는 마음을 붙일 수가 없었다.

그녀가 내게 이 정도였나.

자신조차도 당혹스러운 은서의 시선이 사라진 공동 속에서 세는 그림을 그리는 게 아니라 물감통에 붓을 담그고 앉아만 있는 자신의 모습을 발견하곤 했다. 은서의 시선이 없는 생활 속에선 어찌된 셈인지 작은 소품 하나도 제대로 완성되지 않음을, 그렇다는 것만을 더 깨달아가는 나날.

　은서가 저리 되기 전에는 시선 하나를 느끼고 사는 것과 그러지 않은 것의 차이를 세는 몰랐다. 어려서부터 은서의 시선을 한 번도 놓쳐본 적이 없었기에.

　어디서나 은서가 보고 있다고 생각했었다.

　운동회 때 삼등으로 달리다가도 문득 저 많은 사람들 속 어디선가 은서가 보고 있겠지, 생각하면 저절로 힘이 나서 곧 맨 앞장에서 달리게 되곤 했다.

　은서와 함께 다녔던 학교에서 시험 때마다 단상에 올라가 상을 받을 수 있었던 것도 어디선가 은서가 보게 되겠지, 싶으면 공부에 즐거움을 붙일 수 있어서였다.

　너는 어떻게 이렇게 그림을 잘 그리니, 라고 처음 말해줬던 이도 은서였고, 그 말에 힘입어 화가를 꿈꾸었으며 붓질에 힘이 빠질 때마다 은서의 시선을 생각하면 터치에 힘이 붙곤 했다. 어서 완성을 시켜 은서에게 보여줘야지, 하는 생각에.

　그랬는데 어느 날부턴가 너의 시선이 사라져버렸어. 그녀의 시선이 완에게로 가버렸다는 걸 알게 되었을 때, 세는 서울의 작업실에서 이슬어지까지를 걸어 내려갔다.

　꼬박 열이틀이 걸렸고 그의 엄지발등은 움푹 패어 뼈가 보일 지경이었다. 이슬어지에 도착했던 시각은 새벽이었다. 세는 밤이슬을 맞아 촉촉한 들판을 향해 오래 서 있었으나 그 도보의 고단함은 아무 위로가 되지 못했다. 걸어 내려간 날짜만큼 앓아누워 있어야 했는데도 은서의 시선을 잃어버린 마음은 회복되지 않았다. 새삼 너무나 일찍부터 은서의 시선에 의해 자신의 마음이 지탱되어왔음을 확인했을 뿐.

얼마 후에야 은서가 숙인 고개를 들고는 우리가 무슨 말을 하다가 말았어? 하는 눈빛으로 세를 봤다.

"나갈까? 여기 너무 오래 앉아 있지 않았어?"

"……"

"어떻게 할 거야? 바로 역으로 갈 거야?"

"그, 글쎄."

"어떻든 여기서 나가. 답답해."

은서의 채근에 세는 가방을 다시 어깨에 메고 카운터로 걸어가서 식혜값을 계산했다.

바깥으로 나오니 지열이 훅, 끼쳤다. 은서가 이리로 올 때 튕기던 빗방울은 소나기로 한차례 몰려왔다 갔는지 아스팔트가 물기에 젖어 있다.

"나와 저녁 먹을 수 있겠나?"

"배 안 고파."

짧게 거절하는 은서 곁에서 세는 잠시 난처하게 서 있다가 한강변 쪽으로 걸음을 옮겼다. 세가 가방을 내려놓은 곳은 선착장 가까이의 강변이다. 세는 가방을 열고 화집을 한 권 꺼내

바닥에 내려놓았다.

"거기 앉아."

세가 앉으라고 깔아놓은 화집의 표지엔 이미지의 사냥꾼인 듯 몽마르트르 환락가를 끝없이 배회한 난쟁이 화가 툴루즈 로트렉, 이란 파란 글씨가 새겨져 있다. 로트렉? 은서는 로트렉이 라는 이름을 물끄러미 바라봤다.

은서는 화집을 밀었다.

그리곤 그냥 바닥에 그대로 앉았다.

"왜? 앉지 않고?"

"난쟁이 화가를 깔고 앉을 순 없잖아."

은서의 목소리에 짜증이 배어 있자 세는 묵묵히 고개를 숙여 버리곤 은서 옆에 무릎을 세우고 앉는다.

"고기가 잡힐까?"

세는 괜히 어쩌지를 못하겠어서 그들보다 더 아래에서 강에 낚싯대를 던지고 있는 사람들을 쳐다보며 한마디 했다.

은서는 낚시하는 사람들을 한번 쳐다보고는 화집을 펴들었다.

어두운 자화상 옆에 1880이라는 숫자가 매겨져 있다. 1880? 은서는 검은 장갑을 날카롭게 끼고 있는 이베트 길베르라는 작품 옆에 써져 있는 1894라는 숫자를 또 바라봤다. 물랭루즈로 들어가는 라 롤뤼 1892…… 반 고흐의 초상 1887…… 그의 그림은 무엇으로 긁어놓은 듯 날카로웠다.

그림 뒤엔 로트렉 연보가 있고, 작은 책 한 권 분량쯤 될 것 같은 로트렉에 대한 이야기가 적혀 있었다.

로트렉은 친구들에게, 내가 그림을 그리게 된 것은 우연에 지나지 않아, 내 다리가 조금만 길었더라도 난 결코 그림 따위 그리지 않았을 거야, 라고, 자조적으로 말했다고 전해진다. 말하자면 운명이 하나의 훌륭한 화가를 탄생시킨 것이다. 그것도 매우 독창적이고 개성적인 화가를.

로트렉이 십이 세 되는 생일날 아버지 알퐁스 백작은 매사냥 책을 한 권 선물했다. 이 책에다 그는 다음과 같이 친히 써넣었다. 아들에게 주는 말이었다.

아들이여, 대기 속에서의 생활, 빛나는 태양 아래서의 생활만이 건강에 어울린다는 것을 잊지 마라. 어쨌든 자유를 빼앗긴 자는 자신마저 잃게 되어 금방 죽어버리고 마는 것이다. 이 작은 매사냥 책은 너에게 광대한 자연 속에서의 생활이 얼마나 멋있는지를 가르쳐줄 것이다.

그리하여 언젠가 네가 인생의 쓰라림을 맛보게 될 때 무엇보다도 말, 개, 그리고 매가 세상의 쓰라림을 다소나마 잊게 해주는 너의 귀중한 친구가 될 것이다.

이 말은 로트렉의 운명적 생애를 생각해볼 때, 묘한 뉘앙스를 풍기고 있다. 로트렉은 일생을 "대기 속"이나 "빛나는 태양 아래"에서 생활하지 못했다. 또한 그의 괴로움을 달래준 것은 말이나 매가 아니라 바나 카페 한구석에서 마시는 한잔의 술, 무희, 그리고 밤의 여인들이었다.

"이 사람은 선천적인 불구였어?"

은서는 화집을 덮으며 세에게 물었다.

"아니…… 어머니와 산책하다가 깊은 도랑에 빠져 골절당했대. 그러구선 하반신이 성장을 멈춰서 현재 우리가 알고 있는 난쟁이 같은 모습이 된 거야."

강 저편에서 모터보트 한 대가 하얀 물살을 일으키며 쏜살같이 그들 앞으로 달려왔다가 반대편으로 멀어졌다. 보트에 매달려 있는 남자의 선글라스가 강렬했다. 무심하게 세의 말을 듣고 있던 은서의 얼굴이 그 모터보트를 한없이 따라갔다.

은서야, 세의 손이 저절로 뻗어나가 모터보트를 따라가는 그녀의 얼굴을 자신 앞으로 데려오려고 했다. 세는 돌려진 은서의 얼굴을 향해 뻗어나간 손을 거두기가 허전해 담배에 불을 붙였다.

이 여자가 바라보는 곳은 어디일까, 세는 담배를 짧게 한 모금 빨면서 은서가 쳐다보고 있는 강 저편, 쏜살같이 달려왔던 모터보트조차 보이지 않는 강 저편을 내다봤다.

"뭣 때문에 서로 좋은 순간을 적절하게 만나지를 못하고 서로의 등만 바라보며 애를 태워야 하는 거죠?"

봄이 지나고 여름이 막 시작되어 어느 집이고 줄장미가 붉게 붉게 피어났을 때, 늘 조심조심 세 옆에서 균형을 지키며 세가 겪는 은서에 대한 괴로움을 지켜보던 후배 채연이 술을 마시는 걸로 그 균형을 깨버리며 세에게 쏟아부은 말이었다.

"너무 늦게 오거나 너무 빨리 오거나 사랑이란 그런 거예요? 선배님도 내가 가버린 후에 날 사랑하실 거예요?"

가장 좋은 순간을 가장 알맞은 때 만나는 사람은 행복하겠지. 이 여자의 시선이 완을 향해 가버리기 전에 나, 그 시선으로 인해 늘 생기로웠다는 걸 왜 몰랐는지.

세는 은서의 시선을 놓치고 엄청난 피로를 느꼈다. 무얼 해도 피로할 뿐이었다.

강 저편으로 돌려진 은서의 얼굴은 세가 담배 한 개비를 다 태울 때까지 돌아오지 않았다.

세는 새 담배에 다시 불을 붙였다.

이 여자를 기다리기 시작하면서부터, 이 여자가 약속을 안 지키기 시작하면서부터 세는 담배를 피웠다.

약속시간 십 분이 지나면 세는 벌써 감지했다. 그녀가 오지 않으리란 것을. 하지만 세는 그 자리에서 얼른 일어나질 못했다. 어떤 핑계를 대서라도 은서가 전혀 오지 않을 거라고 생각되는 시간까지 기다렸다.

차량이 밀려 그럴지도 모른다는 이유로 삼십 분, 그녀가 머리를 감을까 말까, 망설이다가 머리를 감고 나오기로 해서 늦게 될 시간 이십 분, 막 나오는데 누군가에게서 전화가 와서 전화 받느라 늦을 시간 십 분, 때로는 그녀가 약속장소까지 오는 데 건널 신호등의 시간 계산까지 해볼 때도 있었다.

그후로는 담배로 버티었다. 한 개비만 태우면 올 것이다, 한 개비 더 태우면 올 것이다…… 세 개비…… 네 개비…… 그렇게 태운 담배의 숫자를 늘려가다가 어찌 해도 그녀가 오지 않을 때가 되어서야 세는 일어섰다.

은서가 한참 후에야 돌려진 얼굴을 바로 했다.

"아무 일도 일어날 것 같지 않은 날이야."

은서는 말하다 말고 흠칫 놀라 세를 쳐다봤다. 자신이 완에게서 들은 말을 세에게 고스란히 내뱉고 있다.

세의 얼굴에 스쳐 지나가는 낙담을 은서는 멀거니 쳐다봤다.

어느 날, 완이 아주 무료한 표정으로 어느 날, 나를 보지도 않고 하늘을 보며 아무 일도 일어날 것 같지 않은 날이야, 라고 말했을 때 나도 저런 표정이었겠지.

그때 완이 짓던 그 형언할 수 없는 표정. 사람의 얼굴에 저런 무료함이 스치고 지나갈 수 있다니, 놀라웠다. 이 세상을 다 겪어버린 듯한, 더는 아무것도 하고 싶어하지 않는 그 피로한 표정.

그 말 이후였을 것이다, 완이 멀어지기 시작한 것은.

경주에 다녀온 이후로 완에게선 또 소식이 없다. 첨성대 풀밭 앞에서 답답하다 가자, 했던 완은 밤길을 달려 서울에 왔다. 자동차 안에서 완은 한마디도 하지 않았다.

은서는 고속도로 저편 산자락 밑으로 드문드문 자리잡고 있는 농가에서 흘러나오는 불빛들을 바라보는 것으로 완과의 침묵을 견뎠다. 완이 아파트 입구에 은서를 내려놓았던 시각은 새벽 세시가 넘어 있었다. 잘 들어가라는 말도 없이 차의 방향을 돌리는 완을 보고 들어왔는데 잠시 후에 완이 문을 두드렸다. 문을 따자마자 완은 현관문에 그녀를 기대놓고 숨막히게 끌어안았다. 그녀의 윗옷이 벗겨지고 치마가 바닥에 떨어졌다. 그렇게 은서를 헤쳐놓고 잠시 완은 숨을 고르더니 뭔가에 잔뜩 화가 난 듯이 벗는 듯 말 듯했던 신발을 다시 신고는 휑하니 가버렸다.

그 과정이 얼마나 순식간에 이루어졌던지 은서는 꿈결인가, 싶어 오래 현관문에 우두커니 기대서 있었다.

그후로 여러 번 은서는 그의 사무실 앞으로 가서 전화번호를 돌리다가 수화기를 내려놓았다. 한번은 완이 박효선과 나란히 걸어나오고 있었다. 은서는 공중전화 박스 안에서 우두커니 그들을 쳐다보았다. 그들은 길을 건너 은서 편으로 왔다. 여자의 물방울무늬 원피스가 시원했고, 완은 그 옆에서 그 물방울보다 더 시원하게 웃으면서 은서 옆을 지나갔다.

은서는 공중전화 박스 안에서 그 둘의 모습을 안 보일 때까지 쳐다보다가 돌아왔다.

한 무리의 젊은이들이 저쪽 강변에서 노래를 부르며 걸어왔다. 그들의 등뒤로 황혼이 붉다. 그런데 이편엔 검은 먹장구름이 깔린다. 젊은이들과 황혼과 먹장구름을 뒤로 하고 한 아주머니가 장미꽃을 한 다발 안고 왔다.

아주머닌 세와 은서를 보더니 그들 곁으로 와서는 그중의 한 송이를 세에게 내밀며 사라 했다.

"여자분에게 한 송이 사주세요. 그러면 기쁜 일만 생긴답니다."

사지 말라는 뜻으로 은서가 세의 팔을 잡아당겼으나 세는 얼마예요, 묻고 있다.

　"천원."

　세는 주머니에서 천원짜리 한 장을 꺼내 장미꽃 장수 아주머니에게 건네주었다.

　은서는 세가 건네준 장미꽃을 받아들고 있다가 어색해서 옆에 놓인, 세가 앉으라고 바닥에 깔았던 로트렉 화집 위에 내려놓았다. 세는 단박 꽃을 내려놓아버리는 은서의 얼굴을 물끄러미 바라봤다.

　은서의 시선이 떠난 마음자리가 휑해져버린 후 세는 무엇을 보아도 기원하는 마음이 생겼다. 지하도에 시주 나무상자곽을 내놓고 염불을 외고 있는 스님에게 시주하면서도 그녀의 시선이 되찾아지기를 원했고, 미술대 동창들끼리 소녀가장돕기 전시회를 열어 소품을 출품했을 때도 세는 거기 한 귀퉁이에 은서의 시선이 찾아지기를 기원했다. 순간적인 일이었지만 방금 지나간 장미꽃 장수 아주머니의 말 한마디에도 세는 얼른 기원을 했다. 그 아주머니의 말대로 그 꽃으로 인하여 기쁜 일이 생기길.

　"윤수 결혼식은 잘 했어?"

　"……"

　"잘살아?"

　"나도 몰라."

　"왜 그때 결혼식에 안 갔어?"

"못 갔어."

"왜?"

세는 화집 위에 내려놓아진 장미꽃을 스스로 집어들고 은서를 건너다봤다.

그녀는 머리가 아픈지 손바닥으로 얼굴을 감싸는 것 같더니 검지로 관자놀이를 꾹꾹, 누르고 있다.

정말 내가 왜 결혼식장에 못 갔는지 모르냐? 너 때문이지. 열시에 만나기로 해놓고 너는 열두시가 지나도 오지 않았다. 결혼식은 열한시였는데 나는 너와 만나기로 한 자리에서 열두시까지 앉아 있었지. 집으로 전화를 해도 받지를 않기에 출발한 줄만 알고 조금만 더 기다리자, 조금만, 하다가 결혼식 시간을 놓쳐버렸지.

강 저편으로 사라졌던 모터보트가 다시 그들 앞으로 흰 물살을 일으키며 왔다. 은서의 시선이 다시 모터보트를 향해 한없이 돌려졌다가 돌아오는 걸 세는 물끄러미 쳐다봤다. 돌아온 은서는 다시 강 쪽을 쳐다보며 관자놀이를 엄지로 꾹꾹 누르고 있다.

"어디가 아프냐?"

"……"

"머리가 아파?"

"……"

"자주 아파?"

"아니, 가끔."

은서는 관자놀이에 얹혀졌던 손을 내려놓고 멍한 기분으로 강을 내다봤다.

가끔이 아니었다. 아주 자주 머리가 터질 듯이 아파왔다. 아프다, 라고 말할 수도 없을 만큼.

"일이 너무 힘든 거 아니야?"

"일할 때는 그래도 나은걸."

그랬다. 일할 때는 그래도 나았다. 미리 녹음을 해놓은 날 말고는 언제나 매일매일 시간에 맞춰 원고를 대야 하는 긴장감 때문인지, 그래도 일할 때는 두통을 잊었다.

두통은 햇빛 아래서 갑자기, 계단을 오르다가 갑자기, 밤에 잠을 깨고 난 뒤 갑자기, 뭔가를 오래 쳐다보고 있는 사이, 그 사이사이로 갑자기 찾아왔다. 그렇게 갑자기 찾아와서는 쉬이 물러가질 않았다. 머리가 아프구나, 생각이 들면 온통 신경줄이 그리 쏠렸다. 강도가 점점 높아지고 나중에는 아픈 게 아니라 머릿속이 낱낱으로 분해되어 돌아다니는 것같이 울려서 걸음을 걸을 수조차 없었다. 조금 더 심해지면 전화조차 받을 수가 없었다. 여보세요, 하면 그 말이 갖는 목울림의 높낮이대로 머릿속이 흔들려서.

"은서야."

불러놓고 세는 무슨 말을 해야 할지를 모르겠어서 고개를 숙여버렸다. 고개를 숙이면서 은서의 얼굴이 자신의 얼굴 쪽으로 돌려졌다가 다시 멀어지는 걸 느끼는데 갑자기 빗방울이 후두둑, 튀었다.

갑작스런 빗방울에 놀라 세는 일어났으나 은서는 그대로 앉아 있다. 세가 그녀 곁에 놓여 있는 화집과 장미를 집어들어도 은서는 그대로 앉아 있다. 비가 오는지도 모르는 듯한 표정이다.

세는 가슴이 아파 그녀 곁에 다시 앉았다. 은서야, 넌 도대체 무슨 생각을 하고 있는 거냐, 무슨 생각을 하고 있는 거야, 무슨 생각을? 속 깊은 데서 막 터져나오려는 고함을 세는 꾹 눌러 참았다. 겨우, 빗방울에 벌써 젖어 있는 은서의 어깨에 손을 내려놓았다가 거두었다.

빗방울이 튀자마자 강변에 흩어져 있던 사람들은 비를 피해 선착장의 배 모형으로 된 찻집이나 강변에 세워두었던 차 안으로 뛰어들어 사방은 금방 텅 비었다. 강에 낚싯대를 던져놓고 있던 이들이 낚싯대를 거두느라 뒤늦게 걸음을 재촉하고 있다.

"가자, 은서야."

"……"

"비가 오잖아. 저 안으로라도 들어가자, 응?"

세가 어깨를 잡고 흔들 때야 그녀는 세를 쳐다봤다.

"그냥 여기 있어. 비 맞으니까 머리가 안 아프고 좋은데."

일어서려던 세는 화집과 장미를 가방에 넣었다. 가방 지퍼를 열 때 재빠른 빗방울이 가방 안으로 툭툭, 떨어졌다.

은서를 그대로 빗속에 앉혀둘 수가 없어 세는 사방을 둘러보았다. 강변 뒤로 펼쳐진 파란 잔디들이 빗속에서 파들파들하다. 그 뒤로 파라솔을 세워놓고 있는 가게로 세는 뛰어갔다.

비닐우산 두 개를 사서 돌아오며 은서를 보니 그녀는 무릎에 얼굴을 푹 파묻고 강만 보고 있다.

세는 우산을 펴서 은서의 손에 쥐어주고 자신도 우산을 펴 썼다. 빗발은 굵어서 여기저기 벌써 빗물이 고였다. 앉아 있는 곳이 시멘트 바닥이 아니고 흙이었으면 옷에 다 흙물이 번졌으리라.

얼마가 지나서 은서가 세를 바라봤다.

"재미있는 얘기 하나 해줄까?"

"무슨?"

"어떤 여자가……"

"……"

은서는 얘기를 하다가 그만 입을 다물어버렸다. 세는 그런 은서를 잠깐 쳐다보다가 담배에 불을 붙였다.

"어떤 여자가 어쨌어?"

불이 붙은 줄 알았는데 습기에 담뱃불은 그냥 꺼져버렸는지 빨아도 불꽃이 일지 않았다.

"아무 얘기도 아니야."

"그래도 해봐."

"그냥 어떤 여자가 사랑하는 남자가 있었는데 이렇게 갑자기 비가 오는 날 그 남자를 만났는데 남자가 가게에서 우산을 두 개 사오더래."

"……"

"그것이 그렇게 슬프더래."

은서는 얘기를 끊었다. 이 얘기를 누가 해줬더라? 김피디였던가? 아나운서였던가? 어느 비 오는 날 방송국 커피숍에서 셋이서 차를 마시면서 했던 얘긴데.

세는 들고 있던 불이 꺼진 담배를 저만큼 빗속에 내던지고서 파란 비닐우산 위로 툭툭 떨어지는 빗방울이 그대로 미끄러져 아래로 다시 떨어지는 걸 힘없이 쳐다보고 있다.

그게 왜 슬프냐고 세는 되물을 수가 없다. 은서의 대답이 무엇인지도 모르면서 세는 그저 가슴이 벅차왔다.

"너무 슬퍼서 그 여잔 그 남자와 헤어졌대."

빗발이 점점 더 굵어졌다. 은서의 치마 세의 바지, 각자의 무릎 위에 올려놓은 은서의 핸드백 세의 가방이 빗물에 젖었다.

"비 오는 날 애인이 우산을 두 개 사서 그것이 너무 슬퍼서 헤어졌다, 재밌지?"

대답 없는 세를 가만 건너다보며 은서가 피식, 웃는데 비닐우산이 바람에 휘익, 몰려 한쪽으로 쏠리며 일그러졌다.

그와 같이 세의 얼굴도 일그러졌다.

저 얼굴.

저이도 얼굴을 저렇게 구길 줄 아는 사람이었나.

세는 단 한 번도 은서 앞에서 얼굴을 일그러뜨려본 적이 없었다. 세의 얼굴은 완의 얼굴처럼 기복이 심하지 않았다. 언제나 변함없이 차분하고 다정하고 근심이 어려 있었다. 자신이 완에게로 가버린 줄 알고 난 후에도 변함없이.

은서는 빗속에서 일그러진 세의 얼굴이 안쓰러워 손을 뻗으려다가 그만두었다. 막 거둬들이는 손을 세가 찾아 쥐고는 은서의 어깨에 제 얼굴을 사납게 내려놓았다.

이 남자가 기어이 우는가.

곧 은서의 어깨가 세의 눈물에 더워졌다. 세의 얼굴을 끌어 안아주고 싶으나 은서는 제 몸만 더 오그라뜨렸다.

"무섭다."

"뭐가?"

"모든 것이."

은서는 고개를 숙였다. 무섭겠지. 나도 완을 생각하면 무서워. 그 앞에 서면 모든 것이 다 무서워.

세는 얼마 후에야 은서의 어깨에서 얼굴을 뗐다.

굵었던 빗방울이 가늘어져 있다. 정말 모든 것이 다 무섭구나 은서야. 내가 너에게 더이상 별것 아닌 사람이란 게 무섭고, 점점 멀어지는 네가 무섭고, 그런 네게 빠져 있는 내 마음이 무섭구나.

너도, 은서는 다시 머리가 아파왔다. 내가 누군지를 모르겠어서 무서운 거야. 내가 완이 누군지 모르겠어서 무서웠던 것처럼, 그것처럼. 그렇게 많은 시간을 함께 보냈는데 너도 나하고 뭘 했는지 아무것도 생각이 안 나서 무서운 거야. 지금에 와서 내가 누군지 전혀 모르겠어서.

은서는 일어섰다.

"역까지 함께 가줄게."

너도 내게 말하고 싶겠지. 그렇게 멀어져만 가는 너를 더 사랑할 수 있을지 모르겠어, 라고.

빗속에서 세가 일어섰다.

그들은 강변으로 올라와 택시를 탔다. 택시가 서울역을 향해 가면서 한강을 건널 때 은서는 강을 내다보았다. 강물에 빗방울이 떨어지는 모습을. 빗방울은 금방 강물에 섞여 흘러갔다. 어느 물이 강물이었고 어느 물이 금방 떨어진 빗방울이었는지 알 수 없게.

저렇게 재빨리 섞일 수 있다면, 그럴 수만 있다면.

세가 표를 끊으러 간 사이에 대합실 나무의자에 앉아 있던 은서는 세가 사온 비닐우산을 쓰레기통에 접어서 버렸다. 바람에 쏠릴 때 우산살이 부러져 형편없어져버린 탓에.

세가 표를 끊어와 은서 곁에 앉았다. 그리고는 은서가 접어서 버린 우산을 멀거니 쳐다봤다. 쳐다보다가 세는 제 것도 그 옆에 버리고 말았다.

"들어가려면 가라, 시간이 늦네. 열시 반 거야."

시계를 들여다보니 여덟시다.

"여름에 이슬어지에 안 내려올 거냐?"

"글쎄."

"완이랑 함께 옛날처럼 이슬어지에서 볼 수 있으면 좋을 텐데."

갑자기 세의 입에서 완의 이름이 튀어나오자, 은서는 잠시 아득해졌다.

완이랑 함께 이슬어지에? 세는 벌써 입을 다물고 있는데 그의 말이 남긴 여운은 사라지지 않고 생생히 은서의 가슴에 떨어져 있다. 왜 세처럼 한 번도 완과 함께 이슬어지에 갈 수 있다는 생각을 안 해본 건지 은서는 새삼스럽다. 완이 이슬어지에 가보고 싶다는 말을 해본 적도 없지만 은서 또한 완에게 함께 가보자는 소린 해본 적이 없다. 어쩐지 완 앞에서는 이슬어지에 대한 이야기를 꺼내는 것조차 늘 어색했었다.

완의 고백처럼 정말 그는 이슬어지 같은 곳은 다 잊어버린 듯했다. 그의 집이 저절로 무너져 뒷산에 섞여버렸듯이, 완도 이 도시 어느 곳에 이슬어지 따윈 섞어버린 듯했다.

그런데 이 남잔?

세는 완과는 반대다. 어디서나 이슬어지의 냄새를 풍기고 다녔다. 그가 도시 한복판에 서 있을 때도 그는 표가 났다. 여기에서 대학을 졸업하고 여기에서 직장을 다니고 있으면서도. 이 남자에게 이슬어진 무엇이기에?

어쩌면, 그래 어쩌면, 이 남자가 안타까워하는 건 내가 아니고 이슬어지일지도 모른다. 내가 이슬어지 사람이 아니어도 이이가 이리 내 곁에 있을까.

은서는 세의 귀를 쳐다봤다. 아직도 그 자리에 상처가 남아 있다.

은서가 자신의 귀를 빤히 쳐다보자 세가 손바닥으로 자신의 귀를 감싸버리며 웃었다.

언제였던가, 이슬어지의 팽나무에 팽이 푸릇푸릇 열리기 시작했을 때, 팽나무 끝에 집을 지은 새가 새끼를 쳤을 때, 은서에게 새를 잡아주겠다고 팽나무 꼭대기까지 올라갔던 세는 새집 가까이에서 그만 팽나무 아래 도랑으로 떨어지고 말았다. 그때 나뭇가지에 귀가 찢겨 한동안 세는 학교도 쉬어야 했었다.

세가 아픈 귀를 감싸고 바깥에 나왔을 때, 완은 귀가 아픈 세 앞에서 팽나무를 가볍게 타고 올라가 새를 꺼내다가 은서의 손에 쥐어주었다.

"그 새 이름이 뭐였어?"

"어린 새."

세도 같은 생각을 하고 있었는지 은서의 느닷없는 질문에 금방 어린 새라고 대답했다. 대답하며 쓸쓸하게 웃었다. 어린 새라는 세의 대답에 은서도 피식, 웃었다.

"참 이뻤는데, 너무 어렸어."

정말 너무 어렸었다. 너무 어려서 지금도 이름을 모르겠는 그 새는 며칠 안 되어 숨이 끊어져버렸다. 새를 팽나무 가지 위에서 꺼내다 은서의 손바닥에 놓아준 이는 완이었지만, 그 어린 새의 먹이가 될 만한 벌레를 잡아다준 이는 세였다. 날아가 버릴지도 모른다고, 어린 새의 다리에 실을 달아준 이도 세였다. 날아가버리기는커녕 단 한 번 날지도 못하고 죽어버렸을 때 감나무 밑에 죽은 새를 함께 묻은 이도 세였다.

어린 새 잠들다, 라고 썼던가? 나무 두 개를 가로세로로 붙여 십자가를 만든 것도 세였고 거기에 크레파스로 묘비명을 쓴 것도 세였다.

어디에나 세가 있었다. 은서가 이수와 함께 빈집에 쭈그리고 앉아 있을 때 같이 와서 쭈그리고 앉아주었던 이도 세였다.

어느 열차가 개찰을 하는지 은서와 세 곁에 앉아 있던 사람들이 일어서서 개찰구 쪽으로들 갔다.

그래, 어디에나 네가 있었어. 완이 마을을 떠난 후에도, 완을 다시 만난 다음에도, 내가 완에게로 가버린 뒤에도.

갓난아이를 업고, 그보다 좀더 자란 이제 걸음마를 갓 배운 아이 하나를 걸리고, 다른 한 손엔 커다란 가방을 들고 사람들 속에 섞여 개찰구 쪽으로 걸어가고 있는 여자를 은서는 쳐다봤다.

저 여자는, 그리고 저 많은 사람들은 어디로들 가는지.

"아직도 배 안 고프냐?"

"......"

"시간이 괜찮다면 저기 식당에 가서 저녁 먹고 들어갈 수 있겠냐?"

"무슨 말투가 그래?"

"왜?"

"밥 먹자고 하면 되지, 시간이 괜찮다면은 뭐고, 그럴 수 있겠냐? 는 또 뭐야."

그러면 내가 어떻게 할까? 세는 웃는다. 언제부턴가 네 앞에서 무엇을 해도 자연스럽지가 않다. 네가 그냥 슬쩍 고갤 돌려도 내가 뭘 잘못했구나, 싶어지고, 네가 힘없이 앉아 있으면 내가 짜증스러워 그러는구나, 싶어 나는 자신감이 없어진다. 내가 무슨 말을 한다고 해도 그 말은 너에게 닿지 못할 것만 같으

174

니 내가 어떻게 그냥 밥 먹으러 가자, 고 할 수 있겠냐.

"한 가지 물어봐도 되냐?"

"뭘?"

"……"

"뭔데?"

"내 생각일까. 정말 어느 날 갑자기였어. 너무나 예기치 않았던 일이었어."

"……"

"왜 갑자기 네 마음이 완에게로 쏠려버렸는지 모르겠어…… 아무리 생각해도 나는 모르겠다."

"……"

"그전엔 우리 셋 모두 잘 지냈는데…… 네가 나를 곁에 있지도 못하게 하진 않았는데."

개찰구가 열리고 정복 차림의 역무원이 개찰을 시작하고 있다.

은서는 느닷없는 세의 질문에 어디다 눈 둘 데가 없어 줄서 있는 사람들 속에서 아까 봤던 여자를 찾아본다. 여자는 등에 업었던 갓난아이를 앞으로 돌려서 아이에게 우유병을 물리고 있다.

"나 갈게."

침묵을 지키다가 빠르게 일어서버리는 은서를 세는 앉은 채로 쳐다봤다. 쳐다보다가 은서의 손을 잡았다. 은서의 몸은 벌써 저리로 돌려져 있다.

"좀 앉아봐."

"......"

"앉아보라구."

몸이 돌려진 채로 잠깐 서 있던 은서는 앉았던 자리에 다시 앉았다. 앉아서 세는 보지도 않고 고개를 숙이고 있다.

은서의 고개 숙인 모습을 바라보고 있자니 세는 마음이 아프다. 저 고개 숙임은 완강한 거부의 뜻일 것이다. 아무 말도 하지 않겠다는.

왜 갑자기 네 마음이 완에게로 쏠려버렸는지 모르겠어. 아무리 생각해도 모르겠다, 던 세의 말이 고개 숙이고 앉아 있는 은서의 가슴으로 똑똑 떨어졌다.

완에게 이슬어지에 가보자고 처음부터 말할 수 없었던 것은 아니다. 언젠가 한번은 완과 함께 이슬어지에 가는 밤기차를 탄 적도 있었다. 그랬다. 그런 적이 있었다.

그후부터였지. 완이 내 마음 안에 들어와버린 것은.

"미안하다 은서야, 이런 말을 하는 게 아닌데."

"......"

"언제부턴가 그래. 네 앞에서 엉뚱한 말이 튀어나와버리곤 한다."

"......"

그래, 언제부턴가 네 앞에선 자꾸 말이 헛돌아 무슨 말을 해야 될지를 모르겠구나. 무슨 말을 하려 했다가도 내 말을 듣고 있는지 마는지 모르겠는 네 표정을 보면 뜻은 헤쳐지고 껍질만 발음되어 나오는 것 같다. 하지만 아까 한 말은 꼭 물어보고 싶은 말이었다.

세는 앉으란 대로 앉아서는 고개를 떨어뜨리고 있는 은서를 쳐다봤다. 이렇게는 아니었다. 이렇게 갑자기 물어보려던 건 아니었어. 얼마나 오래 쌓아두고 쌓아두었던 말인데. 그래, 그랬던 말인데 이런 데서 내 목소리도 잘 안 들릴 것 같은 역전에서 하고 싶었겠냐.

"은서야."

"……"

"이미 헛도는 기분으로 나와버린 말, 한 가지 더 물어보자."

"……"

"완하고 만나냐?"

은서는 잠깐 고갤 들고 세를 바라보더니 그대로 다시 고갤 숙이고 말았다. 그리고 잠시 후 다시 고개를 드는가 싶더니 이번엔 개찰구 쪽으로 시선이 건너가버리고 만다.

세는 이제는 개찰구 쪽으로 돌려져버린 은서의 얼굴을 건너다보았다.

고개를 숙이는 대신 이젠 개찰구를 보고 있으나 은서가 사실은 거기에 시선을 두고 있을 뿐일 거라는 걸 세는 알았다. 그러지 않고서는 저 얼굴에 저렇게 쓸쓸함이 내려앉을 수가 없으리.

"이렇게 묻는다고 네가 대답을 하겠는가만."

"……"

"내가 겪는 마음이야 어쩌도, 너라도 완에게 제대로 마음 붙이고 있으면 괜찮을 텐데……"

"……"

은서는 세의 말을 귓가로 흘려들으며 혼자 웃었다.

그때, 완과 함께 이슬어지로 내려가는 기차를 탔을 때, 겨울이었다. 크리스마스를 앞두고 있어서 거리 어디에나 반짝등이 켜지고 캐럴송이 흘러나오고 간혹 눈발이 흩날리던 그런 때였다.

세는 멀리, 멀리, 더 멀리 멀어져가는 은서의 시선이 안타까워 손바닥을 비볐다.

"너라도 제 길을 가고 있다면 네 얼굴이 이 모양은 안 되었을 텐데…… 네가 이렇게 생기를 잃어버리지도 않았을 텐데……"

은서는 문득 정신이 나서 곁의 세를 봤다.

이미 그때 은서는 학교를 졸업하고 방송국 스크립터로 삼 년째 일하고 있는 중이었고, 세와 완은 제대 후 학교를 졸업하고 완은 이제는 그만둔 회사에 갓 취직한 때였고, 세는 교사 발령을 기다리며 이슬어지에 내려가 있던 때였다.

이슬어지에 가볼까, 라는 제의를 은서가 했는지 완이 했는지 기억나지 않으나 그 겨울, 그들은 처음으로 이슬어지에 가는 밤기차를 탔었다.

은서는 손바닥을 비비고 있는 세의 손을 가만 쳐다봤다.

"나에게 잘해주지 마."

"……"

은서는 쓸쓸히 웃었다.

그래, 나에게 잘해주지 마. 내가 얼마나 내 생각만 하는지 알아? 너에게 조금도 신경을 못 쓰면서 네가 나를 떠날 거라는 생각은 또 안 하지. 언제나 네가 내 곁에 있을 거라고 생각해. 너는 모르지, 저 사람이 나를 버릴지도 모른다는 생각, 그 생각은 묘하게도 마음을 움직여. 거기에 매달리고 싶게 해.

기차가 도시에서 이슬어지의 반쯤 왔을 때였다. 차창 밖의 어둠이나 그 어둠의 끝에 켜진 인가의 불빛들, 그런 것들을 바라보면서 완과 무슨 얘기를 나누다가 깜박, 정말 깜박, 잠이 들었던가보았다.

깨어나보니 완이 없었다.

처음엔 잠시 화장실을 갔거나, 담배를 피우러 갔겠지, 했다. 바람을 쏘이고 싶어 각 호로 들어오는 출입구 난간에서 바람을 향해 서 있겠지, 그러다 들어오겠지, 했다.

그러나 완은 오지 않았다. 출입구가 열리고 사람이 들어오고 나갈 때마다 은서는 깜짝깜짝 놀라며 그쪽을 바라보았으나 기차가 역 두 개를 지나갈 때까지 은서의 옆자리는 비어 있었다.

그때서야 은서는 몸을 일으켜 완을 찾아 기차의 칸칸을 헤매고 다녔다. 어디에도 완은 없었다. 졸고 있는 사람, 오징어를 먹는 사람, 책을 읽는 사람, 화투를 치는 사람, 사이사이 속에서 완을 찾아다녔으나 혼자 처음의 자리로 돌아와 힘없이 좌석에 주저앉을 때에야 은서는 자신이 졸고 있을 때 완이 기차에서 내려버렸음을 알았다.

처음엔 멍했다. 나를 두고, 다름도 아닌 달리는 기차 안에 나를 두고, 혼자 돌아가버리다니, 은서는 너무나 멍해서 섭섭하지도 기가 막히지도 않았다. 잘못 찾았는지도 모른다. 그는 돌아올 것이다. 내가 다시 졸고 있으면 언제 그랬냐는 듯이 가만히 옆에 앉아 있을지도 모른다…… 은서는 멍한 기분으로 눈을 감아보기도 했다. 그러나 완은 기차가 이슬어지로 들어가는 역에 도착할 때까지도 오지 않았다.

이슬어지로 들어가는 역에 새벽에 내려 은서는 대합실 나무 의자에 무너지듯 앉았다.

그때 무너진 건 몸이 아니었어, 마음이었어.

겨울 새벽 대합실, 불꽃이 시든 톱밥 난로에 꽁꽁 언 손을 쪼이며 은서는 입술을 깨물었다. 처음으로 이슬어지에 대한 완의 마음이 짐작되었고, 고향으로 여자와 함께 가다가 돌아서야 했던 완의 뒷모습이 어른거렸고, 무엇보다 졸고 있는 사이에 완에게서 떨쳐져버렸다는 게 시리게 각인되었다.

그렇게 독하게 그녀를 버려두고 갈 수 있었던 사람, 또 한 사람, 어린 시절의 어머니를 은서는 그 대합실에 앉아 생각했다.

어머니는 떠났다가 돌아왔다. 돌아온 것만으로도 어머니의 기적은 살가웠다. 아랫목을 늘 따뜻하게 덥혀주었고, 논일 밭일에 허리를 구부렸으며, 장독대고 우물 곁이고 헛간 앞이고 감나무 밑이고 집안의 공지엔 해바라기, 백합, 수국을 심었으며…… 무엇보다도 해가 저물면 저녁밥을 지었다.

그랬다. 어머니는 다시 돌아와서 해가 저물면 돌확에 보리쌀을 갈고, 간 보리쌀을 맑은 물이 나올 때까지 헹궈내고, 쌀과 섞어 손등으로 물을 맞춰 저녁밥을 지었다. 밥뜸을 들일 때 가끔 아궁이에 불쏘시개를 넘치게 밀어넣어 밥을 태웠다.

그 밥 타는 냄새.

그토록 그리워한 냄새였으면서도, 은서는 어머니에게 곁을 줄 수가 없었다. 언젠가는 저이가 다시 집을 비워두고 가리라, 는 생각에. 가서는 다시는 돌아오지 않으리라는 생각에.

"은서야."

세는 이마에 손바닥을 갖다대고 있다.

개찰을 위해 줄을 서 있던 사람들이 밀물처럼 빠져나간 자리가 휑하다. 개찰을 마친 역무원이 개찰구의 문을 닫고 걸어나와 매표구 안으로 들어갔다. 은서는 역무원이 매표구 안으로 들어가기 전에 손수건을 꺼내 이마의 땀을 닦는 모습까지 낱낱이 보고만 있다.

"나 어떡하냐?"

"……"

"응? 나 어떡해?"

이 남자가? 은서는 그때서야 다시 세를 건너다봤다. 손바닥에 가려져 눈이 보이지 않고 얼굴에 길게 내려앉은 코와 우울이 내려앉은 뺨만 보였다.

"무어라고 말을 해주렴. 나보고 어떻게 해보라고 해봐…… 왜 이렇게 막막한지 모르겠다. 난 너한테 아무것도 해줄 수 없는 거냐? 너를 위해 내가 할 일은 없는 거야?"

"……"

은서는 멍한 기분으로 세의 조용한 얼굴에서 쏟아지는 말들을 듣고 있다. 세의 조용한 얼굴은 아버지를 닮았다. 이젠 세상에 없는 아버지. 그렇게 어머니를 찾으러 다녔으면서도 돌아온 어머니를 완전히 받아들이지 못해 평생을 어머니 기척에 예민하셨던 아버지. 돌아온 어머니를 밀쳐내는 대신 한없이 다정히 대했던 아버지.

"네가 그렇게 멀리, 여기 앉아 있으면서도 어디 멀리 가 있는 얼굴을 하고 있는 거, 그건 나 견딜 수 있어. 어쩌겠니, 네 마음이 그런걸. 다만 네가 뭔가를 놓아버린 사람처럼 그렇게 온갖 것에게서 생기를 잃어버린 모습을 하고 있으면 내가 죽겠어."

"……"

"내 마음이 너에게 무슨 소용이겠냐만, 그래도 너에게 뭔가 해줄 일이 있을 텐데 이렇게 아무것도 못 하고 그저 바라보고만 있어야 하는지. 은서야, 나는 네가 모든 것에서 그렇게 한 발 물러서버린 모습으로 있는 거 그거 못 보겠다……"

은서는 세의 말이 놀라워 고갤 숙였다.

나도 그래, 나도 못 보겠어. 완이 내 곁에 앉아 있을 때도 다른 곳에 가 있는 것 같은 건 어떻게 견뎌보겠는데 살아가는 일에 생기를 잃고 넋을 놓고 있는 완의 모습을 나도 못 보겠어. 그의 웃음소리를 들은 지가 언제인지, 한때는 내가 그를 웃게 해줄 수도 있을 거라고 생각했는데, 어쩌면 그럴 것도 같았는데.

"은서야 나는…… 나는 어째도 좋으니 너는, 너는 예전처럼 환하게, 밝게…… 내 옆에서가 아니라도 어디에 있더라도 그렇게……"

"……"

"네 웃음소리를 들은 지가 언제인지 모르겠다. 한때는 내가 너를 웃게 해줄 수 있을 거라고, 그럴 수 있을 거라고 생각했다. 네가 이렇게 멀리 가버릴 줄을 모르고서 꼭 그렇게 해줘야지, 했지."

"그만 해."

은서는 세의 얼굴에서 손바닥을 끌어내렸다. 그만 하라는 은서의 목소리가 꽤나 컸는지 은서와 세의 대화를 눈치를 보며 듣고 있던, 저만큼 떨어진 곳에 앉아 있던 여자 둘이 동시에 그들을 쳐다봤다.

우리들, 이게 뭐야, 은서는 슬퍼져서 세의 손바닥에 제 손가락들을 깍지 끼웠다.

미안해…… 나도 어쩔 수가 없어. 하고 싶은 말이 더 있겠지만 그만 해. 말한들 무슨 소용이겠어. 이렇게 지내는 거지, 다 운명인걸. 언제나 혼자 있고 싶지 않았어. 어렸을 적부터 혼자 있는 게 싫었어. 그런데 얼마나 우습니. 그렇게 싫었으면서도 한없이 혼자 있게 하는 완을 이리 사무쳐하고 있으니. 너를 사랑하면 그만일 텐데. 그러면 혼자 있지 않아도 될 텐데. 그러나 누가 옆에 있어도 늘 또 혼자라는 생각을 지울 수가 없겠지. 어머니 때문이었겠지. 세상에서 절대로 나를 혼자 있게 할 것 같지 않은 사람이 가장 혼자 있게 했으니까. 넌 몰라, 그 허기증 같은 것. 네가 어떻게 알겠어. 그날, 완이 기차에 나를 두고 가버린 그날, 혼자 이슬어지로 가는 역 대합실에 내려 나는 다짐했다. 어떻게 해서든 완을 내 곁에 두겠다고. 내가 왜 그런 다짐을 했는지 나도 몰라. 어쩌면 돌아온 어머니에게 단 한 번도 곁을 주지 못한 내 마음이 그리 기운 건지도 몰라. 완은 묘하게 어머니를 닮았거든. 난 어머니가 아무리 살갑게 대해도 단 한 번 어머니에게 다정하게 대하질 못했어. 한번 떠난 사람은 믿지 않게 되어서인지도 모르지.

은서는 세의 손가락 사이에서 자신의 것을 풀었다.

마음은 안 그런데, 그렇지 않은데, 어머니 앞에만 서면 입이 다 다물어져버리는걸. 어머니가 우릴 떠났던 걸 잊은 듯이 사는 게 이상했는지도 모르지. 그렇게 상처를 주고는 저럴 수가 있는가, 그런 생각을 했는지도 모르지.

세는 은서의 손과 엉켜 있다 다시 혼자 남게 된 자신의 손을 쳐다보다가 몸을 뒤로 젖혔다. 그러다가 다시 앞으로 수그렸다.

"가끔, 앞으로 우리는 어떻게 될까 생각한다. 너를 벽 속에서 끌어내올 수도 있을 것 같은 때가 있어. 어떤 식으로든 너에게 이르는 길이 있을 것 같거든. 내가 아직 모르고 있어서 그렇지 그걸 알게만 된다면, 그러면 너를 꺼내올 수도 있을 것 같아. 하지만 그건 가끔이다. 나머지는 막막해, 은서야. 네가 왜 갑자기 완에게로 그렇게 마음이 기울어버렸는지 알게 된다면 그런다면 나도 그렇게 해줄 수 있을 텐데, 그런 부질없는 생각을 하곤 했다."

은서는 일어섰다.

"나, 갈게."

잠시 앉아서 은서를 바라보던 세는 은서의 얼굴에서 더는 그녀를 붙들어둘 수 없음을 읽고는 따라 일어섰다.

무슨 바쁜 일이 있는 듯이 총총걸음을 걸어 벌써 저만큼 멀어진 은서의 뒤를 세는 가방을 찾아 메고 뒤따랐다. 세가 곁에 나란히 섰을 때 은서는 세에게 중얼거렸다.

"언젠가 네가 나에게 야간비행사 얘길 해줬지. 야간비행사의 비행기가 사막에 추락했다고 했어. 오로지 모래더미 속에서 방향감각을 잃은 채 밤을 맞이했다고. 사막 승냥이가 울고 춥고 모래바닥이 하늘인지 하늘이 모래바닥인지 그런 무감각한 상황에서 야간비행사로 하여금 그 밤을 견뎌내게 한 건 어린 시절을 추억하는 일이었다고 했어. 네가 그랬지. 방향감각을 다 잃은 와중에도 그 비행사는 자기 생각대로 저쪽이 내가 태어난 곳으로 가는 방향일 게다, 하면서 그 모래바닥에서 머리를 고향 쪽으로 두고 누웠다고 했어. 그리고서 밤새워 태어나서 살았던 집 뒤꼍에 있던 늪의 개구리 울음소리며, 해 저물 때 어머니가 부르던 소리를 기억해내고 또 기억해내면서 버티었다고 했어. 지금 그들이 어디선가 내가 살아 있기를 간절히 바라고 있을 거라는 생각이 그 야간비행사로 하여금 그 무서운 밤을 무사히 견디게 해주었다고."

네가 그 얘기를 기억하고 있다니, 은서의 얘길 듣는데 세는 가슴이 먹먹하다. 나와 함께 했던 시간에 생긴 일들은 무엇이든 다 잊은 줄 알았는데, 그랬는데.

이층 대합실을 걸어나와 에스컬레이터를 타고 일층으로 내려와 막 광장으로 나서려다가 은서와 세는 걸음을 멈췄다.

광장에 굵은 빗방울이 후둑이고 있다. 비가 내리기 시작한 지가 꽤 됐는지 광장은 어느 곳이나 빗물에 흠씬 젖어 있고 다른 때 같으면 광장 끝자락 주차장과 연결되는 노란 차단기에 사람들이 앉아 있을 텐데 텅 비었다.

시침이 아홉시를 가리키고 있는 시계탑 위로도 비는 주룩주룩 쏟아졌다. 은서는 빗방울만 투닥이고 있는 광장을 우두커니 내다본다. 강변에서 그들이 역에 도착했을 땐 비가 그쳐 있었다. 우산을 괜히 버렸나.

광장 저편 택시정류장에서 막 내린 남자 한 사람이 빗속을 그냥 뛰어왔다. 아무리 급히 뛰어도 비를 피할 수는 없다. 은서와 세 곁으로 화다닥 뛰어든 남자의 옷이 축축했다

"내가 야간비행사가 되어서 사막에 추락한다면……"

광장으로 이어지는 처마 밑에 서서 후두둑 떨어져내리는 빗방울들을 무연히 보다가 은서는 쓸쓸하게 웃어버렸다.

내가 지금 이 사람에게 무슨 말을 하려는가.

완은 모를 것이다. 이 얘기의 시작이 세라는 걸. 어떻게 이 얘기뿐일까. 은서는 알게 모르게 세에게서 배운 많은 사랑의 말을 그대로 완에게 주고 있는 자신을 자주 느꼈다. 일부러 그런 게 아니었는데도 완에게 하고 싶은 가장 간절한 말을 하다 보면 그건 세가 자신에게 했던 말이었다.

지난번 첨성대 풀밭에서 완이 뭐라 했던가.

완은 다 잊어버렸다고 했었다.

이슬어지가 어떻게 생겼었나, 그곳에서 무슨 일이 있었었나를 다 잊어버렸다고 했었다. 나는 다 잊어버렸어. 나는 그곳에 대해 기억할 게 없어. 다만 내가 야간비행사가 되어 사막에 추락한다면 그래서 태어난 곳에 머릴 두고 누워 있게 된다면 네 생각이 그 추락의 밤을 견디게 해주겠지. 그래 그건 그럴 거야. 내게 이슬어지란 곧 너거든. 내가 할 수 있는 말은 그것뿐이야, 라고.

은서는 버스 타는 곳으로 건너가려고 그냥 빗속에 발을 내디뎠다.

"잠깐 있어볼래. 내가 우산 사올게."

세가 은서의 팔을 붙잡았지만 은서는 벌써 그냥 걷고 있다. 그러지 마, 은서야. 세는 다시 한번 은서를 붙잡으려다 놓치고는 자신도 그냥 빗속으로 나왔다. 빗방울은 세차서 금세 은서의 머리가 블라우스가, 세의 팔이 세의 남방이, 젖어버렸다.

그리고 완은 뭐라고 했던가.

그래도 너를 만나면 이렇게 나를 들여다보기도 하는데. 뭔가 한가닥 걷어내지고 정신이 들기도 하는데…… 너와 헤어지면 나는 네가 꿈만 같다. 무슨 희망을 갖게 될까 두렵기도 하고…… 어쩌다가 내가 네 마음 아프게 하는 데 소질이 있는 사람이 되어버렸는지. 내가 할 수 있는 말이 이런 것뿐이라니…… 그리고는 뭐라 했던가. 답답하다 가자, 그랬다.

은서는 걸음을 빨리 했다. 그날 완에게서 들은 말이 그대로 세를 향해 쏟아지려 해서.

세에게서 들은 아름답고 따뜻한 말을 완에게 간절히 들려주고 있는 것, 그것만이 아니었다. 은서는 자신이 자신도 모르게 완에게서 받은 서러움이나 야속함 같은 걸 그대로 세에게 쏟아내고 있다는 걸 어느 날 또 깨달았다. 일부러 그러려 해서 그러는 게 아니건만 완에게 주고 싶은 간절한 것들은 세가 자신에게 해주었던 것들이고, 세에게 자신도 모르게 툭툭 내뱉게 되는 말과 행동들은 또 완이 자신에게 했던 것과 닮아 있음을 은서는 어느 날 외롭게 느꼈다.

그날 첨성대 풀밭에서 은서는 완을 붙잡고 묻고 싶었다. 내가 너에게 희망을 가지면 왜 안 되느냐고, 그것이 왜 두려운 것이냐고. 이미 너에 대한 나의 희망이 나를 살게 하는데, 그 희망이 끊기면 나는 병이 들 텐데, 너는 왜 그걸 모르느냐고.

묻고 또 묻고 싶었지만 그의 입에서 무슨 말이 튀어나올지 몰라 은서는 끝내 묻지 못했다. 묻지 못했기에, 완의 희망을 갖게 될까봐 두렵다는 그 말은 서리처럼 가슴에 맺혔다.

어느 날부턴가 완 앞에서는 그랬다. 묻고 싶은 말이 목에까지 차올라 있는데도 물을 수가 없었다. 그에게서 아니다, 라는 확실한 무슨 대답을 듣는 것이 겁이 나서였을 것이다. 아니다, 라는 말을 듣느니, 그래서 깜깜해지느니, 묻지 못해 그 말이 서리처럼 가슴에 차갑게 맺히더라도 불확실한 게 은서가 견디기에는 나았다.

지하도에 들어서자 눅눅한 냄새가 훅, 끼쳐왔다. 냄새는 지하도 계단을 다 올라 다시 지상으로 나오자 비냄새에 섞여 사

188

라졌다.

세상에 불확실한 게 희망이 되다니, 생각해보면 기가 막혔지만 그래도 불확실한 게 은서에게는 희망이었다. 그랬다. 무엇이든 유보시켰던 마음 저편에는 불확실하다는 것이 풍기고 있는 그 가녀린 희망을 밀어내고 싶지 않아서였다, 그래서였다.

은서는 버스정류장에 서서야 세를 돌아다봤다. 세의 머리가 감으려고 물을 받아놓은 세숫대야에 담갔다가 꺼내놓은 것처럼 흠뻑 젖어 있다. 시선이 부딪히자, 세는 고갤 숙여버린다. 비가 그의 머리 위로 한껏 쏟아지고 있다. 은서는 세를 보다가 고개를 돌렸다. 비가 계속 내린다면 도로도 물바다가 될 것 같다. 벌써 버스들이 달려올 때면 그 주위가 물창이었다.

"이거 받아라."

다시 돌아다보니 세가 가방에 넣어두었던 장미를 꺼내 내밀고 있다. 그 빗속에도 저걸 챙겨들고 왔었나, 은서는 장미를 받아 그대로 바닥에 떨어뜨려버렸다. 장미 위로 빗방울이 후둑이는 걸 보다가 은서는 고갤 들었다. 도로 건너편 건물들이 확 덤벼들었다가 멀어지다가 다시 거꾸로 다가섰다. 비 탓일까, 그러다가 아무것도 안 보이고 사방이 뿌옇게 느껴졌다.

내가 야간비행사가 되어 사막에 추락한다면, 이슬어지를 향해 머릴 두고 누워 밤을 지새야 된다면, 그래 그런다면 그 밤을 견디게 해주는 건 너일 거야. 그래, 그건 그럴 거야. 내게 이슬어지란 곧 너거든. 내가 할 수 있는 말은 이 말뿐이야. 하지만 그게 어쨌다는 거지? 그게 다 무슨 소용이야?

은서는 버스 앞에 빈 차로 달려오고 있는 택시를 향해 뛰었다.

그래, 그게 무슨 소용이지?

완은 이슬어지란 곧 나라고 했지, 그런데도 그의 마음을 어쩔 수가 없는데 내게 이슬어지가 곧 너라고 한들 너와 나 사이에 그게 무슨 소용이 닿아?

비와 버스와 몰려드는 행인들 사이에서도 행선지를 물을 참인지 어디요? 하는 표정으로 고갤 내미는 운전기사에게 은서는 아무 데나요, 라고 말하고는 택시에 탔다.

택시가 출발할 때 창 밖을 보니 거기 세가 빗속에 상한 짐승처럼 서 있다. 가방을 메고 우두커니.

택시가 아파트 입구에 도착할 때까지도 비는 계속 몰아쳤다. 빗방울은 차창에 부딪히자마자 그대로 주룩주룩 흘러내렸다. 운전기사가 거슬러주는 거스름돈에도 비가 묻어 있다. 은서는 택시에서 내려 빗속에 잠깐 망연히 서 있다가 걸었다. 습관처럼 광장에서 자신이 살고 있는 칠층을 올려다봤다. 창들은 불빛으로 환했다. 환하고 환한 불빛들이 흘러나오는 창 그 사이에 끼어 있는 불 꺼진 창, 은서와 화연의 창이다.

그녀는 빗속에서 어깨를 으쓱해봤다.

여름인데도 비를 맞아서인지 춥다. 그래서인가, 다른 창에서 흘러나오는 불빛들이 더 따뜻해 보이고 어두운 창은 더 어두워 보였다. 다른 날엔 흰 망사 커튼이 내려지거나 대발이 쳐져 있을 뿐 창문들이 열려져 있었는데 비 탓인가, 창들이 닫혀져 있다. 닫혀져 있기에 불빛은 창 안의 것을 더 감싸고 있는 것 같다.

어디서나 불 켜진 창을 보면 다시 바라봐졌다. 갓등의 그림자라도 바깥으로 흘러나오면 또 다시 바라봐졌다. 누구의 손길이 그 불을 켰는지, 안에서야 어떤 다툼이 있을지라도 불빛이 흘러나오는 창은 다정해 보였다.

다정하다구? 그래 다정하지.

그녀는 아파트 광장을 건넜다. 비에 잔뜩 젖어버린 치마가 걸을 때마다 다리에 엉겨서 은서는 걸으면서 자꾸 치마를 떼냈다.

불빛은 가라앉아 있는 그리움을 일으켜세우고, 먼지의 더께가 내려앉아 있는 자신의 속을 투명히 들여다보게 하지.

지금은 아니지만 그녀와 완과 세가 어린 시절을 보낸 이슬어지에선 하루에 불을 두 번 켰다. 새벽에 일어나 아침을 지으려고 할 때와, 해가 기울어 저녁밥을 지으려 할 때, 그렇게 두 번.

이수는 간혹 해 저물 때 잠깐 낮잠이 들었다가 은서가 등불을 켤 때 깨어나 세상에 밤이 오는 걸 새벽이 오는 걸로 착각하곤 했다. 저녁밥을 먹곤 아침밥을 먹은 줄 알고 학교에 간다고 가방을 들고 나가는 일도 있었다. 놀려주려고 은서가 그래, 잘 갔다 와, 하면 이수는 정말 대문을 나섰다. 신작로까지 나가서 학교를 향해 가다가 이수는 시무룩한 얼굴로 되돌아와 이제 겨우 밤이야? 했다.

그랬다. 이슬어지에서는 새벽이 오는 것과 해가 저무는 때의 세상 빛깔이 비슷했다. 그때마다 켜게 되는 불빛 때문에 더. 새벽에 켜는 불은 세상이 다 밝아지면 끄게 되고, 해저물녘에 켜는 불은 세상이 완전히 깊은 어둠에 잠길 때 끄게 되니 끄게 되는 순간은 정반대지만 켜게 되는 순간은 빛깔이 같았다.

그 탓에 딱 한 번 돌아온 어머니의 허리에 팔을 감고 울었던 적이 있었다. 뜻하지 않았던 눈물이 봇물처럼 쏟아지던 때가 있었다. 불빛 때문에.

학교에서 봄소풍을 가기 전날이었을 것이다. 내일 소풍 가는데 하늘이 비가 올 듯 말 듯했다. 우물에서 저녁밥을 지으려고 쌀을 씻고 있는 어머니를 바라다보다, 비가 오면 어떡하나를 근심하다, 마루에서 깜박 잠이 들었던가보았다. 깨어났을 때 어머니가 마루 끝에 걸터앉아 남포등을 켜고 있었다. 등피를 들고 성냥에 불을 붙여 심지에 불을 붙이는 어머니 뒤로 세상은 희끄무레했다. 그녀는 밤이 지나고 날이 샜다고 생각했다. 비가 오지 않아 얼마나 다행인지 몰랐다. 기쁜 마음에 어서 학교에 가고 싶어졌다. 준비해놓았던 소풍가방을 들고 막 뛰어나가려는데 어머니가 그녀를 불렀다.

마당 가운데에 서서 은서는 어머니를 돌아다보았다. 남포등에 불을 다 켠 어머니는 등을 벽에 걸려고 막 일어서려던 참이었다.

"날이 샌 게 아니다. 너, 잠깐 잤어. 지금은 밤이 오려는 참이다."

은서는 그때야 사방을 둘러보았다. 세상은 밤이 오는 순간과 새벽이 오는 순간 빛깔이 똑같구나.

은서는 소풍가방을 들고 마당 한가운데에 서서 멍한 기분으로 마루에서 남포등을 들고 서 있는 어머니를 바라봤다.

오랜 가출에서 돌아와서 어머니는 모든 일에 정성을 들이고 열심이었으나 은서는 그런 어머니를 그저 멀거니 바라보기만 하던 때였다. 어머니가 부르면 대답하고 부르지 않으면 저만큼 떨어져 앉아 있곤 하던 때였다. 어머니가 다시 집을 나갈 거라는 생각이 사라진 후에도 은서는 늘 그랬다. 어쩐지 어머니에게 곁을 줄 수가 없었는데, 한번, 그때 은서는 어머니에게 뛰어들었다.

세상에 아침이 오려는 순간과 밤이 오려는 순간이 같다니.

은서는 알아서는 안 될 것을 알게 된 것처럼 슬퍼져서 마루 끝에 서 있는 어머니의 남포등을 향해 뛰어들었다.

그래, 불빛은 다정해.

그녀는 엘리베이터 쪽으로 가다가 광장을 뒤돌아봤다.

비는 그칠 것 같지 않다. 밤새 퍼부을 기세다. 나무들이 빗방울에 못 견뎌 수수수 휘청였다. 아침에 빠져나갔던 자동차들이 돌아와 수수수거리는 나무들 밑에 줄지어 서 있다.

소풍가방을 버리고 갑자기 뛰어와서 허리를 휘감고 어헝 울음을 터뜨리는 은서를 어머니는 가만 내려다보았다. 어머니가 등을 내려놓고 나를 끌어안아줬으면…… 그랬으면 좀 나았을까? 그랬을까?

울음을 멈추게 한 건 어머니의 자세였다. 어머니는 남포등을 든 채로 그대로 서 있었다.

나 혼자 어머니의 허리를 끌어안고 있다는 생각.

그 생각이 스치자마자 은서는 어머니의 허리에서 얼른 팔을 풀었다. 풀고서 어머니가 들고 있는 남포등 불빛을 쳐다봤다. 지금까지도 남아 있는 그 거리. 어머니는 남포등을 든 채 마루에 서 있고, 나는 소풍가방을 든 채 마당에 서 있고. 가방을 버리고 그 품에 뛰어들었으나 등만 들고 있던 어머니. 정말 어머니가 그때 남포등을 내려놓고 안아줬으면 이후로 내가 새촘하게 굴지 않았을까, 그랬을까?

별 생각을 다 하는군, 은서는 피식 웃으며 어깨를 다시 으쓱했다간 폈다. 또 한번 있었지. 어머니 무릎에 얼굴을 묻고 눈물을 터뜨렸던 적이. 그때도 불빛 때문이었어.

겨울날, 눈이 펑펑 쏟아지던 추운 겨울날, 눈발에 가려 겨울 햇빛 한 점 들지 않던 해저물녘, 신작로에서 집으로 들어가는 길이 그렇게 멀 수가 없었다. 눈발 속으로 에이는 바람이 얼마나 불던지, 뺨이 얼어붙는 듯했다. 골목이고 담장이고 마당이고 눈은 쌓이고 쌓인 눈 위로 눈은 또 쌓이며 바람에 흩날렸다. 너무 추워 은서는 집에 들어서자마자 부엌으로 뛰어들었다. 어머니가 아궁이에 불을 때고 있었다.

어머니는 꽁꽁 얼어 부엌에 들어오는 은서의 손을 아궁이 앞으로 끌어당기며 이런 얼음장이네, 중얼거렸다. 그러면서 아궁이에 불쏘시개를 더 밀어넣었다. 어머니가 밀어넣은 불쏘시개는 활활 탔다.

그 불빛.

불은 투명하지, 물처럼.

무슨 소리야? 그녀는 저절로 볼가져 새어나오는 중얼거림이
싱거워서 웃었다. 웃는데 얼굴이 일그러졌다.

그래, 투명해. 오래 바라보고 있으면 물 속처럼 다 보이지.
그리운 얼굴이 불의 일렁거림 속에 비치고, 외롭게 한 것들, 자
꾸만 밀어내기만 하는 것들이 다 비치지. 불 앞에 오래 있으면
마음이 솔직해져. 밑바닥이 다 보여.

어머니가 곱은 그녀의 손을 불 앞에 갖다대며 손가락들을 하
나하나 만져주었을 때, 어린 그녀는 그만 어머니의 무릎에 얼
굴을 포옥 묻어버렸다. 타닥타닥 타들어가는 불쏘시개를 헤적
거리고 있던 어머니의 무릎은 그녀의 눈물에 금세 축축하게 젖
었고…… 젖어 있었고…… 은서는 고개를 떨구었다. 어머니
생각을 하면 늘 마당 우물 옆의 장미밭이, 그 후루루 피던 장미
가, 장미밭에 못 가게 해도 기어이 그 곁으로 다가가 꽃들을 헤
쳐놓는 오리가 개가 닭이 함께 떠오르는 건 웬일인지.

어머니는 그녀를 무릎 안으로 끌어안았다. 그리고는 속삭였
다. 미안하구나, 미안하구나. 어머니에게서 미안하다는 말을
듣지 않았다면, 그랬다면 어쩌면 그녀는 어머니에게 다정하게
굴 수 있었을지도. 미안하다는 말을 듣는 순간 따뜻한 아궁이
불 앞에서 한없이 다정하게 풀어지고 있던 마음이 다시 굳어져
버리던 것을. 어머니인들 그때 달리 무슨 말을 할 수가 있었을
까만 미안하다는 그 말의 그 낯선 거리감, 그 설디선.

어머니가 미안하다는 말을 속삭이자마자 그녀는 어머니의

무릎에서 얼굴을 들고는 화다닥 어머니를 밀쳐내고 방으로 들어가버렸다. 그후로 다시는, 다시는 어머니의 손에도 얼굴에도 어머니의 무릎에도 얼굴을 대보질 못했다.

미안하다는 말이 대체 어쨌다고?

그녀는 자꾸만 엉겨붙는 치마를 떼내다가 쓸쓸해서 또 입가가 일그러졌다. 그래 어쨌다고 그리 모질게 마음을 닫아걸었는지. 다름도 아닌 어머니에게. 다가가고 싶었는데…… 만지고 싶었는데…… 등을 토닥이며 살아야 할 사람들이 한번 어긋나 손을 못 잡고 얼굴을 돌리고 사는 슬픔.

정말 별 생각을 다 하네, 그녀는 시계를 봤다. 열시다. 세는 아직 역에 있겠지. 다른 생각을 하려고 해도 자꾸만 따라붙는 옛 생각에 은서는 얼른 다시 창을 올려다봤다.

불 켜진 창.

그녀는 불 꺼진 자신의 창을 남의 집 창처럼 봤다.

불빛이 흘러나오는 창이 좋아서 한때 그녀는 나올 때마다 일부러 불을 켜놓고 나오기도 했다. 불을 켜놓고 나오는 걸 잊고 엘리베이터를 타면 다시 가서 켜놓고 나오기도 했다.

한동안은 비록 자신이 켜놓은 불이긴 하지만 늦은 귀갓길, 밑에서 문득 창을 올려다볼 때 흘러나오는 그 불빛이 화들짝 반갑고는 했다. 그럴 때는 손에 무언가를 사들고 집에 돌아오는 사람들 마음을 알 것도 같았다.

하지만 그녀는 곧 불을 켜놓고 외출하는 걸 그만두었다. 더이상 마음이 속아주질 않았다. 처음 한동안은 불을 켜놓고 나간 걸 먼저 생각 못 하고 불빛을 보면 눈이 빛났으나, 곧 그녀는 아파트 입구에 들어서자마자 내가 불을 켜놓고 나왔지, 라는 생각을 해버렸다.

불이란 누가 켜줄 때 반갑고 따뜻한 것이지, 일부러 켜놓고 나와 바라보는 건 또다른 모양의 썰렁함일 뿐. 내 방은 누가 불을 켜줄 사람이 없어. 내가 켜고 끄고 해야 해.

거기다 불빛은 밤을 위해 있는 것인가보았다. 밤늦은 귀가였을 땐 내가 켜놓았지, 라는 생각이 먼저 들어도 그런대로 밑에서 올려다보면 정다웠으나 해가 떨어지기 전에 돌아왔을 땐 기묘했다. 켜놓고 나간 형광등이나 스탠드에서 흘러나오는 빛은 이물질처럼 떠다녔다.

그 빛 아래 드러나는 일상은 뼈다귀 같았다.

자신의 방으로 들어오면서도, 아침에 나갔던 자리에 돌아오면서도, 급히 나가느라 수건이나 양말 따위를 닦거나 벗은 자리에 팽개치고 나온 그 자리에 다시 왔으면서도, 한 번도 와보지 못한 아주 낯선 곳의 문을 여는 것 같은 이물스러움.

그녀는 이후 다시는 불을 켜놓은 채 외출하지 않았다. 잠시 그랬던 게 습관이 되어 가방을 메고 나오다가 혹은 문을 잠그려다 문득 스위치를 올려놓으려는 손을 그녀는 입술을 지그시 깨물며 거두곤 했다.

구층에 올라가 있던 엘리베이터가 내려와 은서 앞에 섰다. 엘리베이터 안에서도 그녀는 자꾸만 다리에 달라붙는 치마를 떼내었다. 떼내어도 떼내어도 다시 달라붙고 마는 치마를 그녀는 엘리베이터가 칠층에 멈출 때까지 계속 떼내었다.

불이 꺼져 있는 복도가 너무 어두워 그녀는 벽 스위치 쪽으로 손을 뻗다가 그만두었다. 어두운 복도를 걸어 자신의 현관 문 앞에 서서 열쇠를 찾다가 멈칫했다.

화연의 방에서 울음소리 같은 게 흘러나와서였다.

은서는 잘못 들은 줄 알고 열쇠를 꽂고는 잠시 서 있었다. 잘못 듣지 않았다. 귀를 기울일 것도 없이 화연은 절망에 차서 울고 있다.

텔레비전을 켜놓고 우는가? 화연의 울음소리 속으로 나한테 어떻게 그럴 수가 있어? 어떻게 그럴 수가 있지? 하는 텔레비전 속의 여자 음성이 섞여들었다. 대답해봐요! 대답해보라구요! 나한테 어떻게 그럴 수가 있어요.

누구든 혼자 저렇게 울고 싶은 때가 있는 거겠지, 은서는 그냥 다시 열쇠를 돌리려다가 멈칫했다.

"나 어떡해, 응? 나 어떡해!"

혼자 있는 게 아닌가? 누군가를 붙들고 매달리고 있는 듯한 화연의 목소리가 절박했다.

"내가 뭘 잘못했기에 이러는 거예요, 응? 내가 뭘?"

화연은 계속 누군가를 붙들고 다시 말해봐요, 나 어떡해, 하소연하는 것 같은데, 다른 사람의 기척은 전혀 들리지 않았다.

화연의 울음소리만 점점 더 격해졌다.

혼자 저러는가? 은서는 화연의 문을 두드려보려고 화연의 문 앞으로 다가갔다가 다시 돌아섰다.

"내가 잘못한 게 있으면 말해요. 나 다시는 잘못 안 할게."

혼자는 아니었다. 분명 누군가 있었다.

은서는 화연의 절망에 찬 소리를 들으며 문을 따고 방으로 들어왔다. 창문을 열어보니 빗소리가 확 방 안으로 들어왔다. 아파트 광장을 내다보며 그렇게 삼십 분쯤 서 있던 은서는 눈을 크게 떴다. 한 여자가 빗속으로 뛰어들더니 차들이 세워진 쪽으로 달려가고 있다. 맨발인가? 발치에 신발이 안 보였다. 자세히 보니 화연이었다. 그녀는 잠시 빗속에 서 있다가 차에 시동을 걸고 차를 빼내더니 빗속으로 사라졌다.

사랑하느냐고

때로 지나가는 일들은 정말로 그냥 지나가버린다. 어느 날이고 비, 비, 비, 이더니 언제 그랬냐는듯 햇빛, 햇빛, 햇빛, 인 거리에 은서는 서 있다.

무엇이 이리 불안할까? 은서는 박효선에게로 오는 동안 자꾸만 철렁 내려앉는 가슴을 한 손으로 다시 쓸어내렸다. 벌써 몇 번째인지 몰랐다.

은서는 딱 한 번 본 적이 있는 박효선의 얼굴이 어땠었던가를 기억해내려고 애썼다. 얼굴이 가무스름하고 키가 약간 작고, 그리고 또? 아 그 머릿결, 박효선의 머릿결은 고왔다. 검고 윤기가 흐르고 숱이 많았다. 은서 자신이 여자인데도 손을 뻗어 만져보고 싶을 만큼.

만나기 전에 마음속으로나마 친해져보려고 박효선을 생각하고 또 생각했지만 불안스런 마음은 가라앉지가 않았다.

박효선이 정한 약속장소는 호텔 식당이었다. 바로 그 장소 길 건너에 와 있지만 은서는 건널목이 선뜻 건너지지가 않아 벌써 세번째 푸른 신호등을 그냥 보내고 있는 중이었다.

박효선이 무엇 때문에 날 보자고 했을까? 호텔을 바라보니 은서는 어쩐지 자신감이 없어져서 힘이 빠졌다. 그녀는 신호등 이 다시 파랗게 바뀌는 걸 안 보려고 들고 있던 난 화분을 가만히 내려다봤다.

세가 지난 봄에 길러보라고 문 앞에 놓고 간 난 촉수가 늘었다. 아침에 물을 받아 화분을 담가놓으면서 은서는 몇 촉을 분갈이해 완에게 줬으면, 하는 생각을 했다. 한번 생각이 들자 그 생각은 질기게도 떨어져주지가 않았다. 결국 은서는 가느다란 잎이 무성해진 난 화분을 들고 화원으로 가 화원 여자에게 촉의 반을 분갈이해달라고 했다. 화원 여자는 그대로 놔두면 내년쯤은 꽃을 볼 수 있을 텐데, 꽃을 피우고 난 다음에 하면 어떻겠는가, 물었는데도 은서는 분갈이를 해달라고 했다.

화원 여자가 분을 옆으로 비스듬히 눕히고 분 가장자리를 오른손으로 가볍게 두드리자 배양토가 느슨해졌다. 은서는 여자가 조심스럽게 꺼낸 촉에서 오래된 배양토를 떼어내는 걸 보며, 뿌리와 새 촉이 다치지 않도록 조심스럽게 나누어 물로 씻고 다이젠을 묽게 희석한 그릇에 난을 담가놓는 걸 보며, 자신이 완에게 전화를 걸 수 있는, 일거리를 만들고 있구나, 싶어 서글퍼졌다.

화원에서 돌아와 완에게 전화를 하니 박효선이 받았다. 은서가 완을 찾자, 그녀는 완은 외출중이라고 했다. 출장을 갔는가, 물으니 그건 아니라 했다. 다시 전화하겠다고 하고서 끊으려 할 때 박효선이 잠깐만요, 했다.

은서는 수화기를 놓으려다가 다시 귀에 갖다댔다. 은서는 가슴이 철렁했다.

효선이 잠깐만요, 한 뒤 저는 박효선이라고 해요, 라고 하기 전에 은서는 알고 있었다. 그 목소리가 박효선임을.

언젠가 한번 완과 함께 저녁을 먹는 자리에 함께 있었으면서도, 그후 은서가 완에게 전화를 할 때면 분명 전화하는 사람이 은서라는 걸 알고 있을 거면서도, 아는 척을 안 하고 늘 정중하게 사무적으로 받던 그 목소리라는 걸.

때로 지나가는 일들은 정말 그냥 지나가버린다. 지난 비 대신 지금 내리는 저 햇살처럼 .

장마기간 동안 시내 곳곳은 도로가 오십 센티미터까지나 침수되기도 했건만, 지금 거리에는 언제 그랬냐는 듯 뜨거운 햇살만 쏟아졌다.

지금 거리를 지나가는 사람들은 벼락이 전철에 떨어져 전철이 불통되고, 낚시꾼이 폭우에 쓸려가고, 하늘에 느닷없이 먹구름이 끼면서 돌풍이 휘몰아치던 날들을 잊고 모두들 잔뜩 얼굴을 일그러뜨리고 햇살을 피해가고 있다.

저중 누가 장마중 벼락을 피해 키가 큰 미루나무 밑으로 뛰어들었다가 죽은 사람을 기억할 것인가. 본능이었겠지. 벼락은 오히려 키가 큰 나무에 떨어지기 쉬운데 그걸 알면서도 본능적으로 그 나무 밑으로 뛰어들었겠지.

저 햇빛은 며칠 전에 고속도로로 바윗덩어리와 흙을 무너뜨리던 폭우를 기억할까? 그 폭우에 채취선들이 쓸려가고 개활지들이 뒤집어졌었다는 걸.

은서가 수화기를 든 채로 멍하니 있자, 박효선은 말했다. 왜요? 언젠가 한번 본 적 있을 텐데요. 내가 별로 인상적이지 못했나봐요? 기억 못 하겠어요? 은서는 그때야, 기억해요, 알고 있어요, 라고 힘없이 대답했다. 박효선은 은서에게 한번 만나야할 일이 있다고 했다, 시간을 좀 내달라고. 박효선의 목소리가 명랑하고 힘이 있어질수록 은서는 힘이 빠졌다. 저에게 무슨? 박효선은 밝게 웃었다. 오늘 괜찮겠어요? 점심 함께 할래요?

장마중 계속 비만 내린 건 아니다. 비로 씻어낸 하늘이 가을같던 날도 끼여 있었다. 은서는 인상 깊은 풍경화를 간직한 것처럼 그날 아침의 구름을 기억한다. 아침 일찍 완이 모처럼 전화를 걸어왔기에.

그날은 너무 쾌청해서 여름 속에 가을이 온 것 같았다. 아침하늘에서부터 흰 구름이 가벼이 흘러다닐 만큼 하늘이 파랬었다.

"나다."

완은 전화해서 대뜸 나다, 라고 했다. 누군가에게 전화를 하기엔 좀 이른 시간이라 은서는 어디냐고 물었다. 그냥 길거리다, 라고 그는 대답했다.

잠시 침묵이 흐르는 수화기 속으로 자동차 클랙슨 소리가 요란하게 흘러갔다. 전화가 끊겼는가? 은서가 수화기를 얼굴 가까이 끌어대며 여보세요? 해도 완은 아무 말도 하지 않았다. 여보세요? 여보세요? 몇 번 더 하고 났을 때야 완은 가라앉는 목소리로 듣고 있어, 하고서 완은 다시 침묵이었다. 은서가 안타까워 무슨 일이 있어? 하자 완은 일은 무슨 일, 잘 지내라, 하며 전화를 내려놓았다. 전화벨은 다시 울렸다. 은서가 여보세요, 하자 완은 또 대뜸 너, 잘 지내라, 면서 끊었다. 전화벨이 다시 울릴까 싶어 그녀는 수화기 옆에 오래 앉아 있었으나 그게 끝이었다.

벨소리를 기다리다가 창문을 열었을 때 금방 푸른 물이 뚝뚝 떨어질 것 같은 파란 하늘이 다가왔다.

그리고는 연일 비였다. 눈을 떠도 감아도 빗소리였다. 그녀가 슈퍼에 있어도 방송국 자료실에 있어도 화연의 미장원 앞을 지날 때도 빗소리였다. 맹렬하게 퍼붓다가 잠시 주춤하다가 어느 날은 종일 같은 가락으로 주룩주룩 내렸다. 어느 날은 가지가지의 연연한 잎새에 종일 보슬비가 내려앉기도 하고 어느 날은 소나기와 보슬비와 주룩비가 번갈아가며 섞여 내리기도 했다.

완의 전화 한 통 사이로 장마는 그렇게 사방에 습기를 재놓고는 갔다.

신호등이 푸른색으로 다시 바뀌었을 때, 은서는 더는 그대로 망설이고 있을 수가 없어 사람들 속에 섞여 길을 건넜다.

땡볕 아래 난 화분을 들고 걸어가는 그녀를 사람들이 고갤 돌려가며 쳐다봤다. 무슨 용기로 이걸 들고 나왔는지, 은서 자신도 모르겠다. 박효선에게 난을 완에게 전해달라고 해야겠다는 생각을 하며 난 화분을 가슴에 안았을 때, 힘겨웠던 마음이 조금 나아졌다. 내가 지금 무슨 짓이지? 씁쓸한 웃음이 나왔을 땐 이미 버스 안이었다.

메모지까지 끼여 있는 난 화분을 박효선에게 전해받으며 완이 어떤 표정을 지을 것인지.

은서는 그만 시무룩해졌다. 마포의 가든 호텔 아시죠? 박효선의 아시죠? 하는 말꼬리가 명랑했다. 은서는 호텔의 게양대에 매달려 여름 햇살에 나부끼고 있는 깃발들을 바라봤다. 자동차 한 대가 미끄러져들어오다가 주차장 쪽으로 커브를 도는데 차창으로 비친 모습이 낯이 익어 다시 보니 박효선이다.

은서는 자동차의 뒷모습을 멍하니 바라보고 서 있다가 호텔 안으로 성큼 들어섰다. 모자를 쓴 호텔 종업원은 정중하게 허리를 숙여 인사를 하면서도 얼굴은 그녀가 품에 안고 있는 난 화분을 쳐다봤다.

십육층이라고 했지.

은서는 엘리베이터 앞에서 16이라는 숫자를 올려다봤다. 엘리베이터가 멎고 문이 열렸으나 그녀는 선뜻 타지지가 않았다. 그녀를 태우지 못하고 엘리베이터 문은 그냥 닫혔다. 그녀는 그대로 로비로 걸어나와 소파에 앉았다.

완에게 전화했다가 엉뚱하게 박효선과 통화를 하고 만날 약속을 하게 된 그 순간부터 은서의 가슴엔 뭔가 가득 치받혀 있다.

박효선보다 먼저 박효선이 정한 그 약속장소에 가 있고 싶지 않다. 아니 이대로 돌아가버리고만 싶다. 그래도 된다면, 그리하고만 싶다.

그녀는 로비에 앉아 품에 앉고 있는 난 화분의 푸른빛만 십여 분을 지켜봤다.

무엇일까, 무엇이 이렇게 불안할까.

그녀는 다시 일어서서 자신을 박효선 앞으로 기어이 데리고 가고 말 엘리베이터 앞으로 왔다.

엘리베이터는 아주 가볍게 은서를 십육층 식당가에 내려놓았다. 십육층에서 내리면 왼쪽으로 강이라고 일식집이 있어요. 일식 괜찮죠? 십육층에서 내리자마자 은서의 귓결로 수화기 속의 박효선의 목소리가 되살아났다.

강은 박효선의 말대로 내리자마자 왼편에 있었다. 강의 출입구에 들어서자마자 망설일 틈도 없이 카운터에 앉아 있던 단정한 중년 여인이 은서를 향해 상냥하게 웃었다.

"혹시 오은서씨인가요?"

은서가 그렇다고 하자, 여인은 저편에 서 있던 어린 여종업원을 불렀다. 장식품 같은 화사한 앞치마를 두른 종업원이 다가오자 여인은,

"이분 효선이 자리로 안내해줘요."

한다. 효선이? 잘 아는 사이인가? 박효선을 효선이라고 부르는 모습이 다정하게 느껴져 은서는 중년 여인을 다시 한번 쳐다봤다. 올린 머리 뒤로 목선이 또한 단정했다. 여종업원은 은서를 보다 다시 카운터의 중년 여인을 향해 좀전에 보여줬던 그 여

인의 웃음보다 더 상냥하게 웃으며 네, 하더니 은서를 향해,

"이리 오세요."

하며 종종 앞서 걸었다.

창 밖으로 강이 환히 내다보이는 자리에 박효선이 앉아 있다. 소매 없는 노란 물방울무늬 원피스가 화사해서 사람이 많은 속에 섞여 있었다고 해도 박효선은 금방 눈에 띄었을 것이다.

은서가 박효선의 앞으로 다가가자, 앉아 있던 효선이 일어서며 웃었다. 효선의 밝은 웃음과 소매 없는 원피스 사이로 상쾌하게 나와 있는 효선의 매끄러운 팔이 서로 닮아 있다. 효선은 웃다가 은서가 품에 안고 있는 난을 보며 눈을 동그랗게 떴다.

"웬 난이에요? 앉으세요."

은서가 앉자마자 카운터에 앉아 있던 중년 여인이 식단표를 들고 가볍게 걸어오며 박효선과 다정하게 눈인사를 나누었다.

"사람 만나러 아니면 혼자는 여기 못 오니? 얼굴 보기 이렇게 힘들어서야 원, 이모와 조카 사이라고 할 수나 있겠어?"

"미안해요. 그렇게 됐어요."

이모와 조카 사이였구나. 은서가 다시 한번 여인을 쳐다보는데 그 시선을 느꼈는지 여인이 은서를 향해 환히 웃는다. 다시 카운터로 돌아가려던 여인은 효선을 향해,

"신랑 될 사람은 잘 있니?"

물었다. 효선은 은서를 잠깐 쳐다보더니,

"궁금한 게 많겠지만요, 제가 나중에 말씀 드릴게요. 지금은 손님이 있잖아요."

했다.

"그래, 내 정신 좀 봐. 미안해요. 너무 오랜만에 조카 얼굴을 보니까 제가 실례를 했네요. 뭐 맛있는 거 드세요. 제가 주방에 특별히 맛있게 해달라고 할 테니까요."

효선은 여인이 저만큼 멀어질 때까지 그 뒷모습을 쳐다보고 있다.

"저를 길러준 분이세요. 그래서 저래요."

효선의 느닷없는 말에 은서는 네? 하는 표정으로 효선을 건너다보았다.

"엄마를 일찍 여의었거든요, 제가. 아버지가 일찍 재혼하시는 바람에 저 이모 밑에서 자랐어요. 결혼날짜를 받아놨는데 제가 결혼할 사람을 마음에 안 들어하세요. 그래서 저 약혼식 때도 안오셨거든요. 그 사람 안부를 묻는 거 보니까 이제 마음이 풀리셨나보네요."

갑자기 혼잣말처럼 중얼거리는 효선의 신상 얘기를 듣게 돼버린 은서는 박효선의 매끈한 팔을 다시 쳐다봤다.

잠시 침묵이 흐르고 난 뒤다. 둘이 동시에 고개 들었다가 눈길이 부딪히게 되어 은서는 어설프게 미소를 지었다.

"제가 쓸데없는 얘길 했네요. 우습죠?"

"……"

"뭐 드실래요?"

효선은 둘 사이에 끼어드는 어색함을 물리쳐볼 생각으로 식단표를 은서 앞으로 밀어놓았다.

"이모가 하는 데라서가 아니라 뭐든지 맛있게 잘해요. 뭘 골라도 실패는 안 할걸요."

효선이 내미는 식단표를 한 장 한 장 넘겼으나 은서는 이미 식단이 눈에 들어오질 않았다.

결혼날짜를 받아놨다구? 그런데 왜 날? 생선구이정식, 대구지리, 초밥, 회덮밥, 도시락, 전복죽…… 몇 장 건너로 이어지는 식단표가 끝장까지 다 넘어가 있다.

은서는 다시 첫 장을 폈다. 애써 거기에 적혀진 음식 이름을 눈여겨보려 했으나 읽혀지지가 않았다. 식단표를 다시 눈여겨보려 애쓰던 은서는 그대로 식단표를 덮었다.

"뭐 정했어요?"

"……"

"은서씨?"

은서는 옆의 빈 의자에 내려놓았던 난 화분을 들어올려 효선 앞으로 밀었다. 효선이 의아하게 은서가 밀어놓은 난을 쳐다봤다.

"그이에게 주려고 제가 오늘 아침에 분갈이했어요. 돌아갈 때 가지고 가서 그이 책상에 좀 놔주시겠어요?"

"제가요?"

"네."

"왜 내가?"

은서는 숙이고 있던 고갤 들었다. 효선이 은서의 눈을 빤히 보고 있다. 은서도 마주 보다가 창 밖으로 시선을 돌렸다. 장마

사랑하느냐고 209

걷힌 하늘에서 쏟아지는 햇살이 강물 위로 유리파편처럼 튀고 있다. 탁자 밑에서 은서의 손이 꼭 쥐어졌다.

"저한테 무슨 말을 하려는 거지요?"

"……"

"저하고 단순히 식사를 하기 위해서 만나자고 한 건 아니지요? 저 음식을 앞에 놓고 무안당하고 싶지 않아요."

"은서씨?"

"이러면 안 되겠죠. 하지만 솔직히 말할게요. 저 불안해요. 왜 나를 보자고 했죠?"

은서는 마음속에서 일어났다 가라앉고 일어났다 가라앉고 하는 불안을 잊으려고 박효선의 얼굴을 정면으로 쳐다봤다.

정면으로 바라보니 차라리 낫다. 박효선의 잘 다듬어진 가무스름한 얼굴 위에 그에 알맞은 어두운 색조의 분결이 내려앉아 있다.

"우선 식사를 해야 되지 않겠어요?"

잠시 은서의 태도에 어떻게 반응해야 될지 모르겠다는 표정이던 박효선은 금세 긴장된 표정을 풀고는 안 그래요? 하는 새 표정을 지었다.

"아니요. 나, 밥 못 먹을 것 같아요."

"……담배 피워도 될까요?"

"그러세요."

박효선은 옆자리에 놓아두었던 핸드백을 열려다가는 그만두고는 고개를 창 밖으로 잠시 돌렸다가 방금 은서가 밀어놓은 난 화분을 쳐다봤다.

　은서는 맞은편에서 눈을 감았다가 떴다. 박효선의 귀에 매달린 진주 귀고리가 방울방울 여러 개로 겹쳐 물방울 같다.

　"제가 할 말은 아니라는 거 알고 있어요. 그런데 그이가 은서 씨에게 끝내 아무 말도 할 것 같지가 않아서…… 제 생각엔 누가 말해주든 은서씨가 알고 있어야 할 것 같아서예요."

　"……"

　"이런 식으로 얘기하려던 건 아니었는데요. 묘하게 됐군요."

　"……"

　"저 그 사람하고 결혼날짜 잡았어요. 약혼식은 이미 치렀죠."

　"……"

　"제가 말하는 그 사람이 누군지는 제 입으로 말 안 해도 알 거라고 생각해요."

　그때껏 은은하게 흐르고 있던 피아노 소리가 뚝 끊기고, 여기저기에 두서넛씩 앉아 식사를 하며 나누는 도란거리는 소리도 끊기고, 여종업원이 이 탁자와 저 탁자 사이를 오가며 내는 옷자락 스치는 소리도 끊기고, 은서의 귀에 산 같은 적막이 덮였다.

　은서는 먹먹해진 채 창 밖을 건너다봤다.

　아.

　은서는 눈과 손가락에 힘을 주었다. 하지만 헛수고다. 안 보이는 것을 보려 했었던, 쥘 수 없는 것을 쥐고 있었던, 외진 것

들이 동시에 맥을 놓는 것을 그저 힘을 주는 것으로 막아볼 수
가 없다.

산 같은 적막 속으로 호텔 창 밖의 강물이 범람해 십육층 유
리창을 뚫고 탁자가 뒤집어지고 벽시계며 액자들이 바닥으로
떨어지고 주방에 겹겹이 쌓인 작은 그릇들이 와르르 무너지고
창틀마다 놓여 있는 꽃병들이 담긴 꽃들을 팽개치고 기어이는
천장이 낡은 기왓장처럼 무너지며 물에 잠기는 듯한 착시에 은
서의 몸은 저절로 오그라졌다.

가물거려진 의식이 겨우 제자리에 돌아왔을 때 은서의 눈에
처음 보인 것은 난 화분 속의 메모지다.

은서는 손을 뻗어 화분 속에서 메모지를 집어들었다.

그녀는 메모지를 쥔 채 박효선을 봤다. 은서의 움직임을 낱
낱이 보고 있던 효선은 피할 일이 아니라는 듯 은서의 시선을
고스란히 받고 있다.

"약혼식은 언제?"

은서의 힘없는 말투에 효선은 웃어버렸다. 은서로부터 사나
운 말이 새어나올 줄 알았다가 긴장이 풀어지는 웃음이었다.

"지난 장마기간에 했어요. 왜 하늘이 갑자기 가을같이 그렇
게 맑았던 날 있었죠. 그날요."

그날? 은서는 메모지를 꼭 쥐었다.

완으로부터 느닷없이 이른 아침에 전화가 왔었던 날, 그날?

"은서씨와의 관계는 알아요. 그래서 그이로 하여금 은서씨에
게 말을 해야 한다고 했어요. 그러겠다고 해놓고는 그이는 말

을 못 해요. 그래서……"

은서는 일어섰다.

"은서씨?"

박효선이 따라 일어섰다.

은서는 일어서서 식당을 나가다가 박효선이 부르는 소리에 몸을 돌려 박효선을 멍하니 쳐다봤다.

일어서는 은서를 붙잡으려고 이름을 불렀다가 은서의 시선이 지나치게 멍하자, 박효선 또한 할말을 잃고 그저 은서의 얼굴에 낱낱이 새겨지는 적막과 괴로움을 쳐다보기만 했다.

은서는 박효선을 뒤에 두고 걸어나와 엘리베이터를 타고 호텔 바깥으로 나와 도로를 쳐다보고 서 있다가 육교를 건넜다.

발을 내디딜 때마다 계단이 푹 가라앉거나 위로 솟아오르는 아득함을 참느라 은서는 발끝에 꾹꾹 힘을 주었다.

의상실을 지나고, 스포츠용품을 파는 상점을 지나고, 자동차대리점을 지나고, 그녀는 하염없이 무엇 무엇을 지나고 지나가다가 거리의 은행나무 그늘이 상점 안으로까지 퍼져 있는 제과점 안으로 들어갔다.

"뭐 드시겠어요?"

"팥빙수."

은서는 건성으로 주변을 둘러보다가 건너편 자리의 남자가 먹고 있는 팥빙수를 발음했다.

팥빙수를 시켜놓고 거기 의자에 잠시 앉아 있다가 그녀는 다시 일어섰다. 얼음 가는 기계에 얼음을 갈 준비를 하고 있던 제

과점 여자는 말도 없이 다시 일어서서 나가는 은서의 뒤에서 손님? 하고 부르다가 그녀가 아무 생각 없는 사람 모양으로 인파 속으로 섞여버리자 고개를 갸웃거렸다.

은서는 사람들 속에 수없이 어깨를 치이며 걷다가 어느 순간 무릎이 꺾여 거리에 주저앉았다.

폭양에 얼굴을 찡그리며 지나가던 사람들이 보도에 주저앉는 그녀를 의아하게 쳐다봤으나 그녀가 일어나지 않자 다시들 제 방향으로 가고 있다.

전화를 걸어놓고 완이 침묵을 지켜 나, 안타깝게 수화기를 끌어안으며 여보세요? 여보세요? 했던 그날?

끊긴 전화벨이 다시 울리고, 전화벨이 다시 울리고…… 전화벨이 다시 울리고, 메모지를 쥔 손에 땀이 고여 은서는 메모지를 쥔 손바닥을 폈다. 메모지 위로 박효선이 입고 있는 원피스에 그려진 노란 물방울이 어른거렸다.

전화벨이 다시 울리고…… 완이 그랬었다. 너, 잘 지내라.

그게 그냥 인사가 아니라 작별인사였던가.

일어나야지, 은서는 일어서보려다가 다시 주저앉았다. 무심히 바닥으로 떨어지는, 박효선의 앞을 떠나올 때 난 화분 속에서 꺼내들고 온 메모지를 은서는 주워서 다시 꼭 쥐었다. 다시 읽어보지 않아도 은서는 그 안에 적힌 말들을 고스란히 기억했다.

키우던 난 분갈이해왔어. 열흘 간격쯤으로 화분의 삼분의 이

쯤 물에 잠기게 하여 십 분쯤 놔둔 후에 꺼내서 물을 빼주기만
하면 잘 자라. 그냥 무심히 키워봐.

— 은서

난을 분갈이하고 완에게 무슨 말인가를 쓰고 싶어서 종이를
꺼내 써놓고 보니, 지난 봄, 세가 그녀의 아파트 문 밖에 난 화
분을 놓고 갔을 때 화분 속에 끼워넣어놓았던 메모의 내용을
본떠 쓰고 있었다.

다만 세는 산에 갔었다, 고 시작을 했고 은서 자신은 키우던
난 분갈이를 해왔어, 라는 시작이 다를 뿐이었다. 그 외엔 메모
의 끝에 적어넣은 이름만 다를 뿐이었다. 세는 그 봄날 저녁 은
서의 문 앞에 난을 놓아두고 가면서 메모의 끝에 세, 라고 적었
고, 그녀는 완에게 난을 주려고 메모를 쓰면서 자신의 이름인
은서, 를 끝에 써넣은 것, 그것만 다를 뿐이었다.

세가 쓴 메모 내용을 외워놓은 것도 아닌데 저절로 그렇게
되었다.

그녀는 처음에 완에게 메모를 쓰면서 그 내용이 세가 자신에
게 썼던 내용 그대로라는 걸 눈치채지 못했다. 마음이 완의 생
각으로 가득 차 있어서 세가 끼어들 틈도 없었다.

뭐가 좀 이상하다고 느낀 건 다 쓴 메모지를 접으려고 할 때
였다. 자신이 지금 하고 있는 행동이 무척 낯이 익었다. 그 이
상한 친숙함에 잠깐 앉아 있다가 그녀는 서랍을 뒤져보았다.

언젠가 봄날 저녁 세가 문 밖에 놓고 갔던 난 화분 속에 떨어

져 있던 메모가 무엇이었던가, 궁금해졌던 것이다.

세의 메모는 그녀가 생활원고 밑거름 자료로 오려놓은 조각
신문들 사이에 끼여 있었다. 그걸 꺼내 펴 읽다가 은서는 고개
를 갸웃했다.

산에 갔었다. 이 난은 산에서 채란해온 거야. 이름이 황화
(黃花)일 거야. 열흘 간격쯤으로 화분의 삼분의 이쯤 물에 잠
기게 하여 십 분쯤 놔둔 후에 꺼내서 물을 빼주기만 하면 잘 자
랄 거다.

그냥 무심히 키워봐.

— 세

그 봄날 저녁, 세가 놓고 간 난 화분 속에서 꺼내 읽어보곤
그냥 무심히 서랍에 밀어넣고 잊어버렸던 메모 내용이었다. 그
런데 자신이 완에게 쓴 메모와 맞춰보니 시작만 다를 뿐 고스
란히 그대로 써놓고 있었다. 그래서였다. 박효선의 앞에서 마
음과 몸이 다 먹먹해져버린 상황에서도 기어이 손을 뻗어 화분
속에서 메모지를 꺼내들고 온 것은.

은서는 고개를 수그렸다.

머릿속이 텅 비어버려 아무 생각도 나질 않아 그녀는 그러고
주저앉아 보도블록의 균열만 멍하니 내려다보았다. 무릎을 세
우고 일어나려 했으나 자꾸만 무릎이 꺾여 그녀는 일어서길 체
념하고 여름 햇볕이 내리쬐는 거리 인파 속에 한참을 쭈그리고

앉아 있었다.

그렇게 얼마나 앉아 있는데 은서의 눈에 스타킹 올이 풀린 게 보였다. 아무 생각도 안 나 그저 멍하니 주저앉아 있던 그녀는 올 나간 스타킹이 무슨 상처나 되는 양 울음을 터뜨렸다. 그렇게 터진 울음은 그칠 줄을 몰라 그녀는 손바닥으로 얼굴을 감싸고 거리에 앉아 오래 울었다. 눈물은 세숫비누가 생으로 눈 속으로 들어간 것같이 자꾸만 쏟아졌다.

레코드가게의 점원이 거리로 내어진 유리문에 얼굴을 대고 서서 주저앉아 울고 있는 길가의 은서를 무료하게 내다봤다. 엄마 손을 잡고 걸어가고 있던 아이가 자꾸만 제 엄마 손을 놓고 은서 곁으로 오려는 걸 아이 엄마가 채근해 데리고 갔다. 아이는 제 엄마에게 끌려가면서도 은서를 돌아보고 돌아보고 또 돌아봤다. 그러다가 엄마가 손을 너무 꽉 끌어당기자 아이도 그만 주저앉으며 와앙, 울음을 터뜨렸다. 아이 엄마가 우는 아이를 달래 사라지고 난 뒤에야 은서는 주저앉은 거리의 자리에서 일어났다.

방향도 없이 그녀는 날이 저물 때까지 걸었다. 걷다가 그녀는 무엇에 붙잡힌 사람처럼 빌딩의 출입문 같은 데 기대앉아 있기도 했다. 은행의 대기용 소파에 몸을 놓기도 했다. 청과물 상점 앞에 서서 참외며 수박 복숭아 따위를 우두커니 내려다보기도 했다.

그러다가 다시 그녀는 그녀 앞의 것들을 지나고 지났다.

극장을 지나고 유리문이 투명한 커피전문점을 지나고 밀짚

모자를 쓴 모델이 비키니를 입고 물거품을 바라보고 있는 포스터 앞을 지났다. 붉은 칸나가 피어 있는 화단을 지나고 이 초에 한 번은 내용이 달라지는 화려한 전광판 앞을 지나면서 그녀 얼굴은 점점 더 창백해지고 입술은 발았다. 눈꼬리는 처지고 눈썹이 파르르 떨리기도 했다. 참새가 날아가다 슬쩍 스쳐도 넘어질 것같이 그녀는 허깨비처럼 옆에 놓이거나 앞에 놓인 것들을 지나고 지났다. 남은 것은 걷는 일밖에 없다는 듯 그녀는 그렇게 콘크리트 바닥을 걸었다.

그러던 그녀가 걸음을 멈춘 곳은 고궁의 담장 앞이었다.

박효선을 만나고 나온 뒤 처음으로 그녀는 자신이 오늘 방송국엘 가지 않았다는 생각을 해냈다. 오늘까지 휴가로 되어 있어서 녹음이 되어 있으나 오후 세시에 일요일 프로그램 녹음이 약속되어 있었다. 아침에 아파트를 나올 때는 박효선과 점심을 먹고 방송국으로 갈 생각이었다. 원고는 가방 안에 들어 있었다. 생각이 거기에 미치자, 그때야 그녀는 정신이 들었다. 아나운서는 애드립이 있어서 그녀를 기다리다 그녀가 오지 않자 그녀의 원고 없이도 분명 녹음을 시작했을 것이었다. 종종 그런 적이 있었다. 약속시간보다 그녀가 늦어서 아나운서의 애드립으로 오프닝이 짜여지고 녹음을 시작하는 때가 종종 있었다. 녹음 시작되고 십여 분 지나 그녀가 나타나면 피디는 어떻게 된 거예요, 하긴 했지만 그럭저럭 일에 차질은 없었다. 그러나 오늘은 그들도 난감했으리라. 녹음을 시작하고 십 분이 지나도 이십 분이 지나도 그녀가 나타나질 않았으니. 더구나 일요일엔

원형의 클래식을 가지고 팝으로 변주하거나 가곡으로 만들거나 했던 곡들을 한 곡씩 소개하는 코너와 일요 에세이가 따로 나가는 날이라 아나운서의 애드립만으로는 안 되는 날이라는 걸 그녀는 이제야 생각해내었다.

오늘 변주곡 코너에 나갈 곡은 루이스 터커의 '미드나잇 블루'였다. '미드나잇 블루'는 베토벤의 비창에 가사를 얹어 팝화시킨 곡이고, 루이스 터커는 영국의 명문 음악원인 길드홀에서 오페라 수업을 받았던 여자였다. 그 여자는 오페라 수업을 받다가 방향을 팝으로 돌려 '미드나잇 블루'를 불렀다. 어젯밤 은서는 '미드나잇 블루'에 대한 자료를 뒤적이다가 이제는 영원히 사라져버린 지난날, 이라는 가사에 시선을 주었었다. 그러니 제발 내게 음악을 들려달라는 루이스 터커의 절규를. 환상의 세계에서 피어나는 따사로운 언어들, 오, 제발 내게 음악을 들려주오.

은서는 고궁의 담장에서 등을 뗐다.

시계를 보니 벌써 일곱시다. 그들은 이제 퇴근을 했을 것이다. 전화를 해봐도 소용없을 것이다. 매사에 자기 분야를 확실히 하는 김피디의 새촘한 얼굴이 떠올랐다가 가라앉았다. 그녀는 갑자기 초조하고 불안해져서 고궁 담벼락 저만큼에 서 있는 공중전화 앞으로 빨리 빨리 걸어갔다.

빈 공중전화 박스 안에 들어가 은서는 지갑에서 공중전화 카드를 꺼내 숫자를 돌렸다.

"여보세요."

은서는 멍했다.

"여보세요."

수화기를 통해서 들리는 목소리는 김피디가 아니라 어머니다. 김피디에게 한다는 게 이슬어지 집의 전화번호를 돌린 모양이었다.

"여보세요?"

"……"

"말씀하세요."

은서는 수화기를 든 채로 가만있다. 여보세요? 여보세요? 은서는 앞이 가물가물거려 더욱 입이 떨어지질 않았다.

"여보세요?"

지친 은서는 그냥 수화기를 내려놓으려는데 입에서 어머니세요? 라는 말이 흘러나왔다.

"은서냐?"

"……"

"은서지?"

"네, 엄마."

엄마라고 발음하는 순간 은서는 너무 맥이 빠져 공중전화 박스 유리문에 턱, 소리가 나도록 몸을 기댔다.

"무슨 일이냐? 응?"

"……"

"은서야?"

"……"

"은서야?"

무서워. 무서워 죽겠어요.

"은서야? 은서야 어디냐? 응, 어디야."

"아무 일도 아니에요, 그냥 그냥 전화했어요. 이수 잘 있죠? 그냥요, 그냥 전화했어요. 그냥 그냥 갑자기 길 가다가 생각이 나서, 그래서……"

"은서야?"

은서는 수화기를 붙들고 공중전화 박스 안에 주저앉았다. 어머니를 향해 있던 온갖 어색함과 괴로움과 어머니에게 가까이 가기를 끊임없이 가로막고 있던 외로움이 같이 주저앉아졌다.

콧등이 쓰라리고 눈이 아파왔다.

"은서야, 은서야."

수화기 속에서 어머니는 어떻게 해야 될지를 몰라 은서의 이름을 계속 부르고 있다.

"나 이제 어떻게 살아요?"

은서는 수화기를 떨어뜨렸다. 그래, 나 이제 어떻게 살까? 나, 이제 어떻게 살아야 하나.

그녀는 떨어진 수화기를 제자리에 올려놓을 생각도 못하고 그대로 주저앉아 있다가 다시 거리로 나왔다. 어머니라고 해서 무슨 말을 해줄 수 있을 것인가.

은서는 눈을 질끈 감았다. 생각해보면 완에 대한 자신의 마음행위란 이미 뭔가로 이루어져 꿈쩍 않고 있는 완을 향해, 나를 사랑하지 않는다면 나는 죽을 거야, 식이었다는 걸 그녀는 깨달았다. 하지만 그런 식만이 내겐 길로, 그녀는 더 눈을 질끈 감았다. 그런 식만의 길이 남아 있었어, 닿을 수 없었으니까.

그녀는 택시를 탔다. 그래도 너에게 할말은 있지. 설령 네가 나를 사랑하지 않으면 죽을 테야, 식의 사랑이었다고 해도 나는 당신을 만나야만 하지. 당신한테 직접 들어야만 해. 나는 들을 거야. 네게 직접 들을 거야. 무슨 말이든.

하지만 은서는 완의 사무실 근처로 가지 못했다. 그녀가 택시에서 내린 장소는 화연의 미장원 앞이었다. 은서는 화연의 수 미장원 앞에서 유리문 안으로 화연을 들여다봤다.

유리문 안의 화연은 여고생으로 보이는 여자아이의 머리에 가위를 대고 있었다. 그 모습이 단조롭고 평화로워 보였다. 신새벽 은서의 문을 두드리거나, 나 어떡하느냐며 울던 화연의 모습은 없고 화연은 오로지 미용사인 것만 같다. 그게 낯설어 은서는 선뜻 미장원 문을 밀고 들어갈 생각이 나질 않았다. 은서는 미장원 문을 밀고 들어가는 대신 미장원 앞에 놓인 공중전화 박스 안으로 다시 들어갔다.

이제는 외우고 있는 완의 사무실 전화번호를 수첩을 꺼내 확인하며 숫자마다 하나하나 눌렀다.

"여보세요."

박효선이다.

전화를 걸 때만 해도 은서는 다 퇴근해 빈 사무실에 전화벨만 울릴 걸 생각했다가 박효선이 여보세요? 하자, 멍해졌다.

"여보세요?"

은서는 박효선의 생기 있는 음성을 듣자, 맥이 탁 풀렸지만 완을 바꿔달라고 했다.

박효선이 자신의 음성을 알아채리라, 생각했지만 은서는 개의치 않았다. 개의치 않기로 한 건 네 쪽이 먼저니까. 완의 곁에 내가 있다는 걸 네가 먼저 개의치 않기로 했으니까, 나도 개의치 않을 거야.

"잠깐만 기다리세요."

박효선 또한 완을 찾는 전화 속의 목소리가 은서임을 알 것인데도 개의치 않고 잠깐만 기다리세요, 하고선 완에게 수화기를 넘겼다.

"네."

완의 목소리가 수화기를 타고 건너오자 은서는 잠시 할말을 잊었다.

"여보세요?"

"……"

"여보세요."

어디에 남아 있었는가. 더 빠질 힘도 없는 것 같았는데 완의 음성에 더 힘이 빠지며 주저앉아지려 하는 걸 은서는 힘을 주며 견뎠다. 도대체 누구냐는 듯한 완의 목소리는 아무렇지도 않다.

완이 수화기를 바꿔드는지 잠시 감이 멀어졌다.

"여보세요?"

"나예요, 나, 은서예요."

"……"

"은서라구요."

"……"

"만났으면, 만났으면 해요."

"지금 어딘데?"

"여긴 집 앞이에요, 내가 거기로 가겠어요."

잠시 완에게서 이렇다 저렇다 말이 없다. 은서는 받은 아랫
입술과 윗입술이 서로 닿게 해 깨물었다. 은서와 완이 들고 있
는 수화기 사이로 괴로운 침묵이 흘렀다. 그 침묵을 먼저 깬 건
완이었다.

"나는 할말이 없다."

은서는 두 손으로 수화기를 감싸며 그 수화기가 완이나 되는
듯이 그 가까이에 얼굴을 바싹 댔다.

"나는 할말이 있어, 우린 만나야 해."

수화기와의 경계가 없을 정도로 은서는 수화기 더 가까이 얼
굴을 갖다댔다.

"보고 싶어."

"……"

"그냥 한 번만 보면 돼, 그뿐이야."

"내가 일 끝나고 거기로 갈게."

"아니, 여기서 기다리기 싫어. 너 안 오면 그뿐이야. 내가 갈
거야 내가, 내가 갈 거야."

"……"

"내가 갈 거야."

그래, 내가 갈 거야. 가서 네 얼굴을 보겠어. 똑바로 보겠어, 네 얼굴을.

"그렇게 해야겠거든, 그럼 회사 앞으로 와라. 이 앞에 새벽이라는 찻집이 있다. 거기서 봐. 거기서 여기까지 시간이 걸릴 거야. 한 시간 후에 내가 거기로 갈게."

"……"

"됐냐?"

"……"

"됐냐구?"

수화기를 내려놓는데 완의 됐냐? 하는 어투가 남긴 싸늘한 여운이 귓가에 따라붙었다.

그녀는 수화기를 내려놓고 미장원 안을 한번 더 건너다봤다. 의자 위에 앉아 있던 여고생의 머리는 정갈하게 커트되어 있고, 화연은 이제 가위 대신 드라이어를 들고서 다듬어진 여고생의 젖은 머리를 말리고 있다.

은서는 건널목을 건너고 택시를 향해 손을 들었다.

새벽엔 완이 먼저 와 앉아 있다. 새벽은 출입문과 벽 한쪽이 온통 유리로 되어 있어 바깥에서 안의 사람들이 다 보였다. 문을 열자마자 틀어놓은 음악이 쨍하니 귓속을 파고들었다. 시끄러운 음악 속에서도 사람들은 수군수군거리며 이야기를 하고 있다. 서로 알아듣게 하려고 서로 큰 소리로. 창 쪽에 자리를 잡고 앉아 담배를 피우며 길가를 내다보고 있던 완이 먼저 은서를 알아봤다.

완의 모습 중 은서의 눈에 맨 먼저 눈에 띈 건 면도가 잘 된 푸르스름한 턱이었다. 한 번도 저렇게 깔끔하게 면도를 한 완의 모습을 본 적이 없다. 하늘빛이 도는 와이셔츠에 단정하게 얹혀진 청색의 넥타이 차림 또한 은서는 처음 봤다. 반팔 와이셔츠 아래 드러난 완의 팔에 금빛의 시계 또한 처음 봤다. 완의 저 팔에는 밤색 줄의 시계가 채워져 있었는데.

맞은편에 앉는 은서를 보고 완은 웃을 듯 말 듯하다가 이내 무표정이 되었다.

완의 뒤나 안으로 저만큼, 근처 직장인들인 듯한 넥타이를 맨 남자들이 여럿 탁자에 둘러앉아 시끄럽게 얘기를 나누고 있다. 누군가 옷깃으로 컵을 탁자 밑으로 떨어뜨려 유리가 튀고 종업원이 빗자루와 쓰레받기를 들고 와 그 자리를 쓸어냈다. 저만큼 앉아 있는 남자와 남자도 시끄럽게 떠들며 무슨 얘긴가를 나누고 있고, 그에 뒤질세라 이편에 앉아 있는 여자 둘도 까르륵 웃고 떠들고 있다.

"뭐 마실래?"

"……"

은서는 대답 대신 여기저기 흩어져 앉아 있는 여자들의 손이나 팔, 귀에서 찰랑거리는 반지나 팔찌, 귀밑의 귀고리를 쳐다봤다.

완은 정처없이 떠도는 은서의 눈을 봤다. 보다가 그녀의 팔을 끌어당겨 두 손을 잡았다. 완에게 손이 잡힌 채로 은서는 허둥대던 시선을 거둬 완을 쳐다봤다.

"너, 그러지 마라."

"……"

"그러지 마, 은서야."

"뭘?"

완은 끌어당겼던 은서의 손을 가슴 쪽으로 더 끌어당기며 고 갤 숙였다.

"내가 뭐라고 너 자신을 다 걸어. 내가 뭐라고……"

"……"

은서는 완에게 잡힌 손을 와락 빼냈다. 너무 세차게 빼내서 은서의 팔이 유리창에 부딪혔다. 갑작스런 은서의 저지에 완은 놀라 그녀를 올려다봤다.

시끄러운 음악 사이로 유리문이 열리고 비참하고 끔찍한 표정의 한 남자가 안으로 들어와 사방을 두리번거렸다. 남자는 완의 뒤편에 혼자 앉아 있던 여자 곁으로 가서 앉았다. 남자가 얼마나 무너지듯 앉는지, 의자에 남자의 몸이 얹히는 털썩 소리가 시끄러운 음악소리 속에서도 은서의 귀에까지 들렸다.

은서는 완의 얼굴을 뚫어져라, 봤다.

"내게 직접 말해줘."

"……"

"직접 말해달라구."

"나, 결혼한다. 박선배랑."

"내가 알아듣게 말해줘. 왜 그이와 결혼을 하는지에 대해."

"은서야."

갑자기 방금 들어온 남자가 여자 앞에 얼굴을 묻고 흐느꼈다. 왜 마음이 변한 거지. 왜? 왜 그런지는 말해줘야 하는 거 아니냐? 가만있는 사람 이렇게 마음을 네게 오게 해놓고 왜? 남자의 너무나 절망에 찬 목소리가 은서와 완이 앉아 있는 탁자로까지 넘어왔다. 은서는 멍하니 완의 어깨 너머로 보이는 울고 있는 남자의 어깨를 봤다.

남자 앞의 여자는 남자의 고통보다는 남자의 돌연한 행동에 다른 자리의 사람들이 호기심 어린 눈으로 자신을 쳐다보는 게 마음에 걸리는지 시선을 돌리다가 은서의 눈과 마주치자 얼른 유리벽 바깥 거리로 얼굴을 돌려버렸다.

얼굴을 피하는 여자를 보자, 은서는 슬퍼졌다. 꼭 저 여자가 완 같고, 저 여자 앞에 울고 있는 저 남자가 자신 같다.

"내가 알아듣게 말해줘. 나를 설득시켜봐. 왜 그이와 결혼을 해야 하는 건지를."

은서는 너 왜 그러니? 하는 표정으로 자신을 쳐다보고 있는 완의 시선에 굽히지 않고 다시 입을 열었다.

"그녀를 사랑해?"

"……"

"말해줘."

남자가 울고 있든 말든 유리문 바깥 길가만 내다보고 있는 여자가 은서는 또 아프다. 완도 저 여자처럼 피하고만 싶은 심정일까. 완이 반쯤 타고 있는 담배를 내려놓는 사이로, 울고 있

228

는 남자의 간절한 목소리가 또 섞여들었다. 우리, 다시 만날 수가 없는 거냐? 그래도 여자는 남자를 쳐다보질 않았다. 남자는 또 운다. 울면서 말했다. 나는 다 참을 수 있는데, 네가 떠나는 것만 빼놓곤 다 참을 수 있는데. 남자가 너무 울자, 여자가 남자의 어깨를 툭, 쳤다. 이봐요. 창피하게 왜 이래요. 여기에 당신과 나 둘뿐이에요? 사람들이 다 본다구요.

창피하게? 은서는 그녀를 사랑하느냐는 질문에 대답을 못하는 완의 얼굴을 보다가 눈물이 핑 돌려는 걸 참았다.

여자는 옆자리에 두었던 핸드백을 무릎 위로 옮겨놓고 탁자에 얼굴을 묻고 우는 남자를 잠시 바라봤다. 그렇게 운다고 지난 일이 되돌아와요? 얼굴만 한번 보자고 해놓고 이렇게 울면 어쩌란 말이에요. 남자가 여자를 향해 고개를 들었다가 다시 탁자에 묻었다. 너는 어떻게 그렇게 싹 털어버릴 수가 있냐? 그렇게 되니? 더는 앉아 있을 수가 없는지 여자는 우는 남자를 버려두고 새벽의 유리문을 밀고 나가버렸다.

은서는 거리 저편으로 사라지는 여자를 안 보일 때까지 유리 건너로 바라봤다. 우는 남자는 여자가 가버린 줄을 모르는지 계속 중얼거리고 있다. 너는 가버리면 그만이지만, 나는 어떡하냐. 나는, 응 나는.

남자가 성가신지 완이 거의 일어날 듯하며 물었다.

"나갈까?"

은서는 반쯤 일어서 있는 완을 앉아서 올려다봤다.

"대답해봐. 그녀를 사랑해?"

"......"

"그럼 나를 사랑하지 않아?"

완이 다시 앉는데 울고 있던 남자가 힘없이 일어섰다. 남자
가 나가려 하자, 좀전에 깨진 유리잔을 쓸어담던 종업원이 남
자를 불러세우고 차값 계산하셔야죠, 말했다. 남자가 양복 속
주머니에서 지갑을 꺼내 차값을 계산하고 유리문을 열자 바깥
의 자동차 소음이 시끄럽게 새벽의 안으로 밀려들어왔다.

"나를 사랑하지 않아?"

완은 대답 없이 담배를 꺼내 입에 물었다. 이런 물음이 다 무
슨 소용인지. 대답한다 해도 나는 알아듣지 못하리라. 저 음악
과 저 자동차 소리와 저 사람들의 시끄러운 대화가 잘라먹어버
리리라.

은서의 시선이 남자를 따라갔다. 남자는 새벽 앞에서 어디로
가야 할지를 모르겠다는 듯 우두커니 서 있다가, 저쪽으로 잠
시 몇 걸음 걷다가, 다시 이편으로 몇 걸음 걷다가, 아직 파란
색으로 바뀌지도 않은 건널목에 느닷없이 뛰어들어 지나가던
택시에 치여버렸다.

"안 돼."

은서는 유리문에 손바닥을 갖다댔다. 그때야 완도 거리를 내
다본다. 교통순경이 달려오고, 남자가 뛰어든 택시에 타고 가
던 승객과 기사가 내리고, 퇴근하던 사람들이 걸음을 멈추며
금세 주변이 왁자해졌다.

은서와 완은 주변이 조용해질 때까지 거리를 내다보고만 있

다. 남자가 다른 택시에 실려 병원으로 실려가고 남자를 친 기사와 교통순경이 뒤따를 때까지 둘은 거리를 내다보고 있다. 누군가 남자가 흘린 피를 씻으려고 도로에 물을 퍼붓는 것을 둘은 바라보고 있다.

거리에서 먼저 눈을 돌린 건 은서다. 그녀는 다름도 아닌 완에게 위로받고 싶다. 언제까지 이렇게 가슴이 아플 건가고 완에게 묻고 싶다. 완에게 말하고 싶다. 우리 헤어지지 말자고, 무슨 일이든 언제까지나 서로 의논하자고.

"내가 뭘 잘못했지?"

"네가 잘못한 거 아니다."

"그런데?"

"말하지. 난 박효선이 필요해. 그녀는 나의 기반이 되어줄 거야. 그래 너에게 말을 해야겠지. 그냥 아무 일 없었다는 듯이 너를 두고 박효선에게 갈 수는 없겠지. 그러나 난 그러려고 했다. 내가 무슨 말을 하겠니. 나는 박효선이 필요하다. 그런 그녀가 결혼을 원하고."

"……"

"사랑…… 사랑하느냐 물었냐? 사랑을, 우리가 온전한 사랑을 할 수 있을까. 이렇게 복잡한 세상에. 사랑이란 말이 가능하기나 할까. 이 도시에서 누군가 한 사람을 죽도록 그리워하기엔 마음에 품고 살기엔 이미 늦은 거 아니냐? 한눈팔 것이 너무 많지 않아? 그 사람과 사이에 얼마나 많은 것이 놓여 있니. 영화며 음악이며 비디오며 무엇보다 일을 해야 하지. 나는 껌종이 하나만 봐도 이걸 만드는 데 제작비가 얼마 들었을까, 그런 생각이 먼저 든다. 여긴 이슬어지가 아니야. 나는 이렇게 돼버렸어. 지금도 봐라, 이 음악. 머리를 맞대고 제대로 얘기도 못하게 하지 않니. 그래 따지고 보면 다 뼈다귀 같은 일이지. 그런데 그 뼈다귀 같은 일 때문에 또 살아가는 거 아니겠어. 사랑…… 사랑으로 살기엔 이미 늦었어."

완이 사랑으로 살기엔 이미 너무 늦었다고 말하는 사이에 유리문 바깥의 거리에 불이 켜지기 시작했다. 컴퓨터가게에 형광등이 켜지기 전, 옆의 조명기구점엔 오렌지 불빛이 먼저 퍼지고, 가로수 은행나무 옆 수은등에도 불이 켜졌다.

은서는 거리에 켜지기 시작하는 불빛들을 쳐다봤다. 너무 환하구나. 은서는 밤이 돼도 밝은 거리를 그저 내다만 봤다. 이 환함이 아무것도 빛을 못 내게 하는지도 모르지, 늘 환해서. 여긴 별이 없지. 칠흑이 있어야 별이 보이는데.

"자라를 잡았던 생각 나?"

은서가 더듬거렸다.

"자라를 잡은 채 물 속에 빠졌을 때 내가 자라를 잡은 게 아니라 자라한테 끌려가는 것 같았지. 내가 울먹이자 옆에 있던 네가 그랬어. 자라는 사람을 바닷속으로 끌고 갈 수도 있다고, 그러니 손을 놓으라고. 그래도 내가 종종대며 물 속으로 들어가자, 네가 또 그랬지. 바닷속으로 끌려가는 건 다 여자아이들이야."

"……"

"그때 내가 어떻게 했는지 생각나?"

"……"

"나, 자라한테 끌려 바닷속으로 가고 싶었어. 그래 손을 놓지 않고 물을 따라갔지. 하지만 바다로가 아니라 거기 물 속에 넘어져 이마가 찢겼어."

"……"

"이게 바로 그때 난 상처야."

은서는 앞머리를 들춰 왼쪽 이마를 완에게 내민다. 은서의 이마에 난 상처 위에 밤이 된 거리에서 쏟아지는 불빛이 번득였다.

은서는 힘없이 머리를 다시 내렸다.

"그땐 자라가 나를 끌고 바다로 들어갈 수도 있다는 네 말이 이해가 안 되었는데…… 지금은 조금 이해할 것도 같아. 다시 그런다면 따라가지 않고 손을 놓을 거야. 왜 이해는 이렇게 늦게 오는 건지. 다 지나가고 돌이킬 수 없을 때 오는 건지."

이해하고 싶지만 삶은 이해하는 게 아닌지 모른다. 그냥 살아가야 하는 건지도. 그렇기 때문에 아픔이 이렇게 멈추지 않는 건지도.

"여기로 오며 생각했지. 너를 만나면 어떻게 해야 하나. 하지만 생각해내지 못했어…… 그런데 지금 내 앞에 앉아 있는 너를 보니 생각이 안 난 게 당연해."

"……"

"네 얼굴이 이렇게 되어 있을 줄은 생각도 못 했는데 무슨 말을 할까 생각해놓았던들 그게 무슨 소용이야."

은서는 완의 얼굴을 똑바로 봤다.

"지금 같은 네 얼굴을 본 적이 없어. 난 기억할 거야. 잊지 않을 거야. 지금 네 얼굴을."

은서는 침묵하는 완의 얼굴을 보며 자신과 싸웠다. 우리 헤어지지 말자, 라는 말이 가슴을 뚫고 나오려는 마음과 싸웠다. 말로는 그를 비난하지만 이미 완을 이해하고 있는 자신의 감정과 싸웠다.

"내가 무얼 어쩌겠다고, 이렇게 네 앞에 무엇을 지키겠다고."

"……"

"너에게 묻는 게 아니었는데…… 차라리 아무 말도 듣지 않았어야 하는 건데. 네가 그이와 결혼하는 이유를…… 네가 말 못 할 줄 알았어. 어떤 이유든 내가 아무리 물어도 너는 대답하지 않을 줄 알았지…… 그래 차라리 아무 말도 못 듣고 어느 날 다른 사람을 통해 네가 결혼했다는 소릴 전해듣고 또 어느 날 네가 아이를 낳았다는 소릴 듣고…… 그러는 게 나을 것인데."

새벽 안의 음악이 너무 커져 완은 은서의 말을 알아들을 수가 없다. 완은 달싹이는 은서의 입술만 멀거니 쳐다봤다.

음악은 더욱 커지고, 문을 열고 들어오거나 나갈 때마다 순간순간 바깥의 찻소리까지 섞여들었다. 완은 네 목소리가 들리지 않는다고 은서에게 말할 수도 없었다. 소음과 상관없이 중얼거리는 은서의 얼굴이 너무 조용해서. 은서가 뭐라 하는지 알아들으려고 완은 은서에게로 몸을 기울이려다 그냥 의자 뒤로 몸을 젖혀버렸다. 저 여자가 지금 뭐라 하는가?

은서는 몸을 의자 뒤로 한껏 젖힌 채 시끄러운 음악 속에 싸여 앉아 있는 완을 건너다봤다. 나 무슨 말을 하려 여기에 왔을까, 왜 여기에 와 앉아 있을까. 저이에게 결혼은 해도 좋으니 다른 여자와 아이는 낳지 말라고 그런 말을 하려고 나 여기에 앉아 있는 건가.

은서는 일어섰다.

이제 저이를 다시 볼 수 없는 건가. 저이를 만나는 순간 없이 이제 어떻게 해야 하나.

은서는 휘적휘적 혼자 거리로 나와 유리문 안의 완을 돌아다봤다. 완이 뛰어나와 자신을 잡아주었으면, 싶다. 하지만 완은 상체를 뒤로 한껏 젖히고 천장을 올려다보고 있다. 그런 그의 얼굴 위로 불빛이 쌓여 있다.

은서가 고갤 돌려 신호등 저쪽 편을 보는데 박효선이 신호등이 바뀌길 기다리며 거기 서 있다. 신호등이 파란등으로 바뀌자, 박효선이 경쾌하게 길을 건너와 새벽의 문을 열고 들어가 완의 앞자리에 앉아 그때까지 상체를 젖히고 천장을 보고 있는 완을 놀래키려고 탁자를 탁, 치고 있다.

그토록 오랜 세월이 이제 유리문 하나를 사이에 두고 보이는 저 풍경으로 끝이 나는가. 은서는 눈을 똑바로 뜨고 방금 자신이 앉아 있다 일어나서 나온, 지금은 박효선이 앉아 있는 의자를 쳐다보다 돌아섰다.

산비둘기, 두 마리가

한참을 기다려도 붉은등이 파란등으로 바뀔 생각을 안 해 그 냥 건너려고 발을 차도에 내려놓는데 은서의 무릎이 꺾이고 그 대로 신호등 아래 앉아져버렸다.

마루에 걸터앉듯 그녀는 인도에서 차도로 내려가는 턱에 가 만 앉아 있다.

밤이 깊어 인적이 드물다. 바뀌지 않는 붉은 신호등 아래로 생각난 듯이 자동차가 한두 대씩 지나갈 뿐이다. 저만큼 술에 취한 듯 중년의 사내가 고개를 떨어뜨리다, 뭐라고 흥흥거리 다, 팔을 내젓다가 할 뿐이었다.

아주 먼 길을 나갔다가 오는 듯 은서는 너무 피로해서 거기 앉아 일어설 힘이 없다. 일어서야지, 마음을 먹는데도 일어서 지질 않았다.

그녀는 고갤 들어 하늘을 봤다. 건물들 위로 그저 희끄무레

한 공동이 떠 있다.

하늘에서 시선을 거두는데 온몸에 오한이 들었다. 방금까지 이마에 송글송글 땀이 맺혀 있었던 게 금세 가시고 입술이 떨려왔다.

이젠 어떻게 해야 하나, 은서는 핑그르 눈물이 돌아 앉은 자리에서 무릎을 싸안는데, 누가 어깨를 툭 쳤다.

"은서씨 아니에요?"

그 여자 화연이었다. 화연이 신호등이 내비치는 불빛 아래 의아한 눈빛으로 서 있다가 은서 옆에 같이 앉으며 은서의 얼굴을 들여다봤다.

"왜 여기 앉아 있어요?"

화연은 처음엔 호기심으로 은서를 들여다보다가 은서가 바들바들 떨고 있자, 이런, 손을 잡아 일으켜세웠다.

"왜 이래요?"

화연은 놀라 들고 있던 비닐봉지를 신호등 아래 내려놓고 은서의 얼굴을 만졌다.

"왜 이렇게 떨어요? 추워요? 자 일어나요. 내가 데려다줄게."

화연이 은서를 부축해 길을 건너는데, 신호등 아래 화연이 내려놓은 비닐봉지와 은서가 내려놓은 핸드백이, 그대로 놓여져 있다. 그녀들이 건널목을 다 건너갈 때까지도 신호등은 붉은빛이다.

화연은 엘리베이터 앞에까지 와서야 신호등 아래 비닐봉지를 두고 왔다는 걸 안 모양이었다. 은서의 어깨에 가방이 메어져 있지 않다는 것도 안 모양이다.

"여기 잠깐만 있어요."

화연이 엘리베이터 옆 벽에 등을 기대게 해주고 몸을 돌리려고 하자 은서가 그녀의 손을 잡아끌었다.

"어디 가요?"

화연은 잠시 은서를 건너다보더니 다정하게 웃었다.

"어디 가는 거 아녜요. 신호등 아래 은서씨 가방이랑 내가 방금 산 감자가 든 봉지들 놓고 온 것 같아서 찾아오려구요. 금방 올게요. 내 건 그렇다 치고 은서씨 가방 누가 들고 가면 어떻게 해? 여기 가만 있어요. 아니면 먼저 올라가 있을래요?"

아니, 은서는 고갤 저었다.

화연은 은서의 몸을 더 편하게 기대게 해놓고 온 길로 다시 뛰어갔다. 뛰어가는 화연의 뒷모습을 보다가 은서는 저절로 몸이 벽을 타고 미끄러져 무릎을 괴고 앉게 되었다.

은서는 그렇게 앉아 화연이 다시 나타나기를 기다렸다. 윗입술과 아랫입술이 달달 떨리며 이가 부딪혀오는 오한을 참으며 자꾸만 감기려는 눈을 안 감으려고 애쓰며. 왜 이렇게 추울까, 화연을 기다리다 은서가 마지막으로 한 생각은 왜 이렇게 추울까, 라는 것이었다.

엘리베이터였을까? 어쩌면 산과 산이 연결된 케이블카였는지도. 무엇이었든 그것은 위로 오르다가는 갑자기 우뚝 멎어버렸다. 그 안에 타고 있는 사람은 은서 혼자였다. 그녀는 자신이 왜 거기 혼자 있는지 의아했다. 잠깐 문이 열리는 것 같아 얼굴을 내밀었더니 문은 그녀가 얼굴을 다시 빼내기도 전에 세차게 닫혀버렸다. 얼굴은 문 틈에 끼여 부서졌다. 사방은 어두웠고, 엘리베이터였는지 케이블카였는지 그것은 공중에 멈춰 있었다. 유리문인지 알루미늄 문인지, 열리지 않는 문틈에 끼인 얼굴을 빼내보려 할수록 얼굴은 일그러지고 으깨졌다. 그 고통을 누군가 저만큼 서서 보고 있었다. 그는 웃고 있었다. 은서는 웃고 있는 그의 얼굴을 바로 봐두려고 눈을 감지 않았다. 은서의 으깨지는 얼굴을 보고 있는 얼굴은 웃고 있을 뿐 눈도 코도 뺨도 없다. 그저 입이 웃고 있다. 나는 바스러지는데 당신은 웃는군요.

정작 아픔은 으깨어져가는 얼굴의 고통에서 느낀 게 아니라 자신의 고통을 보며 웃고 있는 그의 웃음에서 느껴왔다. 나를 여기서 꺼내주세요. 하지만 그는 거기 그대로 서 있기만 했다. 거기 서서 웃고만 있다.

그 웃음 속에 얼핏 한 얼굴이 보인다. 이제까지 누군지 모르겠던 얼굴. 도대체 누가 저렇게 웃고 있을까? 궁금했던 얼굴, 때로 어머니 같기도 하고 때로 이수 같기도 하고, 때로는 바로 자기 자신의 얼굴 같기도 하던, 웃고 있는 눈 코 입이 없던 얼굴 그 얼굴이, 완이었다.

은서는 한없이 잦아들다 눈을 떴다. 천천히 시야에 들어오는 천장의 잔꽃무늬가 눈에 설다. 레이스로 짠 흰 테이블보, 동그란 나무시계, 잠이 깬 곳이 자신의 방이 아니라는 걸 은서는 한참 후에야 깨달았다.

은서는 손을 뻗어 제 얼굴을 만졌다.

잠이 깼으면서도 언제부턴가 자주 꾸어지는 똑같은 꿈속에 아직도 갇혀 있는 듯하다. 꿈은 깼건만 그녀는 엘리베이터인 지, 케이블카인지 모르겠는 꿈속의 거기, 유리문인지 알루미늄 문인지 구분이 안 가는 꿈속의 그 문에 끼여 으깨어지는 자신의 얼굴을 만지는 듯했다.

"이제 정신이 좀 들어요?"

꿈속의 완의 얼굴이 생각나 마음이 고달파지려는데, 바로 앞에서 화연의 얼굴이 생긋 웃고 있다.

은서가 놀라 몸을 일으키려고 윗몸을 세우려니 화연이 그녀의 윗몸을 다시 침대에 눕혔다.

"가만있어요. 괜찮아요."

화연은 은서를 도로 눕히고 일어서서 컵을 들고 왔다.

"이걸 좀 마셔봐요. 대추 끓인 물이에요."

은서가 손을 뻗어 컵을 받아들려 하자 화연이 은서를 부축해 마시기 편하게 컵을 입술에 갖다대주었다.

"두 통이나 되는 냉장고의 얼음을 다 녹인 걸 아세요?"

화연이 침대 옆의 탁자에서 얼음통을 집어 보여주었다.

"어디에요?"

"내 집이에요."

"……"

"자꾸만 소리쳤어요. 나를 꺼내줘…… 하면서."

"……"

"얼마나 걱정했는지 몰라요. 신호등 아래로 가서 은서씨 핸드백하고 내 감자봉지를 가지고 오니까 벽에 기댄 채 은서씨가 잠들어 있잖아요. 흔들어도 깨질 않아서 겨우 업다시피 해서 이 방으로 데리고 왔는데 그러구도 안 깨어나잖아요. 그때야 자는 게 아니라 정신을 놓은 건지도 모르겠단 생각이 들더군요."

화연은 정말 깜짝 놀랐다는 듯 얘길 하면서 눈을 동그랗게 떴다가 웃었다.

"추운지 몸을 바들바들 떠는데, 이마에서 열은 펄펄 나구요. 이것 봐요. 겨울이불을 꺼내서 덮어줬더니 안 떨더라구요. 몸은 겨울이불을 덮어주고 이마는 얼음주머니를 올려놓고 그랬어요. 앰뷸런스를 불러야 되는 거 아닌가 싶어서 서성이고 있던 참에 깨어난 거예요."

은서가 컵에 담긴 물을 다 마시자, 화연은 옆에 놓여 있는 주전자에서 대추 끓인 물을 더 따라 다시 은서의 입술에 갖다대 주었다.

"조금 더 마셔요. 수분이 다 빠져나갔을 거야."

화연이 따른 물을 다시 다 마시자, 화연은 생긋 웃으며 컵과 쟁반을 탁자 위에 올려놓으려고 침대에서 일어섰다.

화연이 스치는 사이로 무언가 보인다, 싶어 은서가 자세히 쳐다보니 벽 쪽으로 밀어붙여진 작은 책장 위에 사진틀이 있다. 사진틀 속에 갓 태어난 것 같은 아이가 배냇저고리를 입은 모습으로 방긋 웃고 있다.

화연이 돌아와서 은서가 액자 속의 아이를 쳐다보자, 자신도
그쪽으로 시선을 주며 웃었다.

"내 아이예요."

"……"

"지금은…… 많이 자랐을 거야. 난 저때 얼굴밖에 다른 모습
은 못 봤어요."

"……"

아무 일도 아니라는 듯 너무 가볍게 흥얼거리는 화연을 은서
가 빤히 쳐다보자, 화연이 어깨를 안으로 모으며 웃었다.

"어색해 말아요. 나도 처음엔 이런 식으로 얘기 안 했어요.
아니, 말을 할 수조차 없었죠. 저렇게 사진을 펴놓을 수조차 없
었어요. 모든 소리가 다 아이 울음소리로 들렸죠. 자동차 지나
가는 소리도, 머리 자를 때 나는 가윗소리도, 세탁기 돌아가는
소리도, 커피물 끓는 소리까지도요. 시간이 얼마나 무서운 줄
알아요? 그러던 것이 어느 날부터 얼굴조차 떠오르질 않는 거
예요. 그뒤로 책갈피에 끼워놓았던 사진을 저기에 끼워놓았죠.
하지만 저게 무슨 소용일까, 싶기도 해요. 이제 그앤 저 모습이
아닐 텐데……"

화연이 은서의 이마에 손을 얹었다. 그녀의 손바닥의 따뜻한
체온이 그대로 전해왔다.

"열은 많이 가라앉았네. 아직 추워요? 겨울이불 덮고 있는
거 알아요?"

은서가 이불 속에서 가만 웃었다. 화연이 이불을 당겨 다독여주었다.

"겨울이불을 덮고 더운 줄 모르겠는 걸 보면 오한이 아직 덜 가신 모양이네."

"……"

"몸살인가봐요. 뭘 그리 힘든 일을 했길래 여름날에 이래요?"

"……"

화연이 얕은 하품을 하며 은서 옆으로 들어와 누웠다.

"다시 잠을 자도록 해봐요. 나도 이 옆에서 잘 테니."

그래도 겨울이불 속은 더운지 화연은 이불 위에 몸을 내놓았다.

"몇시나 됐을까요?"

"세시."

"새벽?"

"그럼 새벽이죠."

"나 때문에 여직 잠을 안 자고 있었어요?"

"잠 안 잔 건 괜찮아요. 얼마나 걱정이 되던지, 정말 얼마나 걱정이 되던지."

화연은 무슨 말을 하려다가 말을 끊었다. 그리곤 침대 머리맡 서랍을 열어 담배를 꺼내물었다. 조약돌같이 생긴 갈색 라이터를 켜고 불을 붙여 한 모금 길게 빨아 내뱉었다.

은서는 몸을 일으켰다. 화연이 담배를 입에 문 채 몸을 반쯤 일으키는 은서를 쳐다봤다.

"나, 그만 내 방으로 건너갈래요."

"……"

"뜻밖에 진 신세…… 어떻게……"

은서가 뭐라고 더 말을 하려는데 화연이 재떨이에 담배를 부벼 끄고는 은서를 도로 눕게 했다.

"그냥 여기서 자요. 신세라고 생각 말고…… 아침에 건너가세요. 언제 다시 열이 솟을지도 모르고 추운기도 가라앉은 게 아닌 것 같고…… 뭣보다도 혼자 있게 하기가 그렇네요. 은서씨 방으로 내가 따라가면 모를까……"

화연은 말하다가 웃었다.

"그럴 수도 있지만 지난 봄에 은서씨 방에 갔을 때 보니까 침대도 싱글이던데요. 그래서 은서씨 바닥에서 잤잖아요. 여긴 이렇게 넓은데…… 그냥 여기서 자요. 내가 옆에 있어줄 테니……"

"……"

"잠이 안 와요?"

"……"

"그럼 우리 무슨 말이든 하기로 해요. 계속 얘길 하다보면 어느덧 자고 있을 테니."

은서는 반쯤 일으켰던 몸을 다시 이불 속으로 밀어넣었다. 으슬으슬 춥다. 은서는 이불을 목에까지 끌어당겨 다독였다.

"무슨 꿈을 꿨어요?"

"꿈?"

"괴로운 꿈이었나봐요. 제발 제발, 하면서 막 소리치고, 꺼내줘요, 하다가, 울기도 하고."

"……"

"잠자면서 꿈꾸면서 괴로워하는 사람 쳐다보고 있으면 어떤줄 아세요?"

내가 잠꼬대를? 은서는 두 손바닥으로 자신의 얼굴을 쓸어내렸다. 똑같은 꿈.

언제부턴가 엘리베이터인지 케이블카인지, 거기 문에 끼여얼굴이 으깨지는 꿈을 반복해서 꾸었다.

혼자 꾸며 자기에 은서 자신은 모른다. 자신이 그 꿈을 꾸는동안 무슨 행동을 하는지를. 다만 그런 밤이 지난 아침에 이를닦으며 세면장 거울을 들여다보면 눈이 퉁퉁 부어 있다. 그게꿈을 꾸며 울어서 그랬던 것인가. 내가 잠꼬대를?

"식구같이 느껴져요. 손을 잡아주고 싶고 안아주고 싶고 그러죠. 사람으로 태어난 외로움은 자는 얼굴에 다 묻어 있죠. 그래서 사람을 미워하려면 절대 그 사람 자는 모습은 보지 말아야 한다는 게 내 생각이죠. 어떤 사람이건 자는 모습을 한번 지켜보게 되면 그 사람 아무리 미운 짓 해도 미워 못 해요. 안됐거든요. 자면서도 이마를 펴지 못하고 자는 이 보면 더."

"……"

"은서씨 아까 제발 제발, 하면서 헛손질을 하고 깜짝 놀라고, 울고 그럴 때 꼭 내 동생 같았어요. 은서씨는 몰랐겠지만 은서

씨 가슴에 내 손을 대고 한없이 쓸어줬어요. 그러면 다시 잠잠
하다가 다시 울더군요."

"……"

"나도 자면서 그렇게 울 때가 있을 거예요. 가끔 아침에 보면
눈이 퉁퉁 부어 있을 때가 있거든요."

"……"

"나는 몰라요. 잠을 자는 도중이니까 내가 어떻게 우는지, 내
가 무슨 소리를 내는지. 하지만 비슷비슷한 꿈을 꾸는 날이 있
죠. 그런날 아침엔 꼭 눈이 부어 있어요."

비슷비슷한 꿈? 은서는 이불 바깥으로 손을 내밀어 화연의
손을 잡아본다.

"무슨 꿈인데요?"

"내가 내 아이를 못 알아보는 꿈. 엄마— 하고 부르는 소리를
듣고 돌아다보면 아주 많은 아이들이 달려와요. 그런데 나는
모르겠어, 누가 내 아이인지를…… 꿈속에서 수많은 아이들 속
에 섞여나는 진흙 속에 빠진 것처럼 괴로워져요."

자신의 손을 꼭 잡고 있는 은서의 손 위에 화연이 자신의 또
다른 손을 얹어놓았다.

잠시 말이 없던 화연이 무너지듯 한숨을 쉬었다.

"그런 꿈 꾸는 거 당연해요. 낳고 삼칠일밖에 함께 못 있었으
니까…… 헤어지고 육 개월이 지났을 때 길 가다가 유모차에
실린 아이를 보면 이제 저만하겠구나, 일 년이 지났을 때 아는
사람 돌집에 가서 아이를 보게 되면 겉으론 웃으면서 축하한다

고 하면서도 속으론 울면서 이제 이만하겠구나, 이 년이 지났을 땐 두 살배기 아이를 보면 이제 이만하겠구나…… 그렇게 살았어요. 꿈속에선 내가 그 동안 눈여겨보며 내 아이랑 비교해봤던 아이들이 다 나타나요. 유모차에서 본 육 개월 된 아이, 일 년 된 아이, 두 살배기 세 살배기……"

화연은 얘기하는 동안 내내 벽에 밀어붙여진 작은 책장 위의 사진틀 속을 쳐다보고 있다.

그러던 화연이 몸을 모로 세우고 얼굴을 들어 누워 있는 은서의 얼굴을 내려다봤다.

"무엇이 그렇게 슬퍼요?"

"……"

"기억 안 나요?"

"……무슨?"

"이 방에 데리고 왔을 때 너무 떨길래 이불 꺼내 덮어주고 물수건으로 얼굴을 닦아주니까 잠이 드는가 싶더니, 갑자기 눈을 뜨고는요…… 내 품을 파고들더니 그랬어요."

"……"

"너무 슬퍼요, 라고."

"……"

은서는 화연의 손을 놓았다. 은서가 손을 놓자 화연도 모로 세웠던 몸을 바로 하고 다시 천장을 보고 누웠다.

누워서 화연은 다시 담배를 한 개비 꺼내 불을 붙이려다 그냥 내려놓더니 침대 머리맡의 스탠드 스위치를 내렸다. 갑자기

어두워진 방 안은 아무것도 보이지 않았다.

"누가 그렇게 슬프게 했어요?"

"……"

"얘기하기 싫으면 안 해도 돼요. 우선 자요. 자고 나면 괜찮아질 거야. 오늘은 슬픔에 싸여 있다가도 내일은 전혀 다른 감정에 놓여질 수도 있죠. 순간순간 진정해야 할 까닭은 거기 있는지도 몰라요."

둘 사이에 침묵이 흐르게 되자, 은서는 화연에게 미안한 생각이 들었다. 화연은 자신에게 아이 이야기까지 했는데 자신은 무슨 말을 어떻게 꺼내야 될지를 모르겠어서.

"자요?"

"아니요."

은서의 자느냐는 말에 화연은 아니라고 말하면서 어둠 속에서 손을 뻗어 은서의 이마에 얹었다가 떼었다.

은서는 자신의 이마에서 막 거둬지는 화연의 손을 잡아 가슴에 얹어놓았다.

"그의 손끝에선 늘 담배 냄새가 났어요."

은서의 느닷없는 말에 화연이 응? 네에…… 했다. 고요했다. 화연이 얼굴을 은서 쪽으로 돌렸다가 다시 천장을 향해 반듯하게 하는 바스락거림만 느껴졌다.

"그 사람 화연씨도 봤을 거예요. 언젠가 봄날에 아파트 광장 나무의자에서…… 생각나요?"

"생각나요. 일요일이었고, 나, 목욕탕에 가는 길이었죠……

그때도 은서씨가……"

화연이 하던 말을 멈췄다.

"그때도 나, 울고 있었죠?"

은서가 가벼이 뒷말을 이어주자 화연은 한숨 끝을 웃음으로 슬쩍 넘기며 그래요, 울고 있었어요, 했다.

"하지만 그 사람 언제나 나를 울게 했던 사람은 아니에요."

"……"

"나는 그 사람 사랑해요. 그 사람은 이제 아닌데 나는 사랑하죠…… 이상한 일이죠. 그 사람이 내게서 멀어질수록 내겐 그 사람이 점점 더 중요해지니…… 지난 봄날부터 내가 더이상 그 사람을 위해 할 일이 없게 됐을 때부터 쭉 해온 생각은 나는 죽어서라도 그 사람을 보살펴주고 싶단 것이었어요…… 하지만 점점 그를 위해 할 일이 없어졌어요. 알아요? 점점 만날 수도 없게 되고 고작 할 수 있는 일이란 멍하니 앉아 있거나 생각없이 걷거나 넘어지거나 유리문에 부딪히거나 할 수밖에 없는 슬픔을."

화연이 은서의 가슴에 얹혀져 있던 손을 빼서 은서의 머리 밑으로 넣어왔다. 그리곤 은서의 얼굴을 제 가슴 쪽으로 끌어당겨왔다.

"때론 마음이 너무 고달파서 이제 이런 고달픈 짓 그만 하고 싶다는 마음이 전혀 없었던 건 아니에요. 나도 그 사람을 향해 녹같이 붙어 있는 내 마음을 떼어내보려고 하지 않았던 건 아니에요."

은서는 어둠 속에서 입술을 지그시 깨물었다. 정말이다. 완을 향해 녹같이 붙어 있는 자신의 정념을 떼내어보려고 하지 않았던 건 아니었다.

하지만 완은, 그래 완은 자신의 그런 마음을 너무나 잘 알아보곤 했다. 그런 순간이면 완은 쓸쓸해하며 은서를 물끄러미 쳐다보곤 했다. 그러면 나는…… 은서는 웃음이 새어나왔다. 나는 또 그 시선에 기대어 얼마간 고달픔을 잊고 지내고 잊고 지내고 했지.

사람은 좋은 일에만 길들여지는 건 아니다. 그래 그런 건 아니다. 나중에 나는 그 고달픔에 길들여졌지. 그렇게라도 그와 통하고 있지 않는다면, 정말 완이 내 생활 속에서 빠져나가 버린다면…… 은서는 화연에게 뭐라고 더 말을 하려 하나 아무 말도 할 수가 없었다. 그러면서도 은서는 화연에게 아니 자기 자신에게 무슨 말이든 해보려고 애써봤다.

"그를 자주 만날 수 없게 되고 어딘가로 그 사람 마음이 떠나려고 할 때…… 나는 자신감을 잃고 모든 정면대결을 피하고 빙빙 돌아 돌아 오늘까지 왔다는 생각……"

그랬다. 나중에는 완이 옛날 같기만을 바라지도 않았다. 완에게 그걸 바라기엔 자신을 잃었다. 그의 결혼은 오늘 갑작스럽게 생긴 일이 아니라, 이미 그때부터 언젠가는 생길 일로 예정되어 있었을 것이다.

"더는 그를 붙잡을 수 없다는 걸 알면서도 그 사람과 닿아 있는 모든 끈을 나는 놓아버릴 수가 없었어요. 그건 너무 무서운 일로 생각되어졌으니까."

불에 덴 것처럼 아플지라도, 그녀는 어둠 속에서 입술을 깨물었다. 그런 식으로 완과의 관계를 유지해와선 안 되는 거였는데, 그러나 완을 완전히 놓아버리고 살아갈 힘이 없었다. 그렇게나마 완과 이어지고 있는 선이 자신을 간신히 버텨내게 했음을 은서는 알았다. 한두 달씩 못 만나는 갈증을 어느 날 보게 되는 단 몇 시간이 다 풀어주었다는 것을.

은서가 다시 밀물처럼 쓸려오는 슬픔에 가슴이 저려 몸을 엎드리는 통에 은서의 가슴에 얹혀져 있던 화연의 손이 바닥으로 떨어졌다.

"이렇게 일찍 헤어지게 될 줄은 몰랐어요. 이젠 정말 그를 위해 내가 할 일이 아무것도 남아 있는 게 없어요. 그것이 나를 슬프게 해요. 내 마음은 그와 완전히 묶이는 것인데."

화연이 엎드려서 몸을 오므린 은서의 등에 다시 손을 내려놓았다. 화연은 말을 끊어버린 은서의 등 위에 원을 그리거나 네모를 그리거나 했다

"함께 어린 시절을 보냈나보죠?"

침묵이 꽤 흐른 후에 은서는 나지막한 화연의 목소리를 들었다. 손을 뻗으면 바로 한 뼘 안에서 들려오는 화연의 목소리가 아주 아득히 먼 곳 산을 몇 개 넘어온 울림처럼 들렸다.

"그걸 어떻게?"

"그렇지 않고는 그렇게 사랑할 수 없으니까."

"나라고 그를 처음처럼 오로지 사랑만 했을까요. 의심도 했

어요. 이게 사랑인가? 하고. 그러나 어떤 의심도 그가 다른 여자를 만나 아이를 낳는다 생각하면 사라졌어요. 생각만으로도 견딜 수 없어져서. 지금도 나는 그가 결혼한다는 건 실감이 안 나고 그가 다른 여자와 아이를 낳을 거라 생각하면 그냥 이 자리에 붙박이고 싶어요."

화연은 은서를 끌어안았다.

"나는 여섯 살 때 이모 집으로 보내졌죠. 아무도 내게 자세한 이야기는 해주지 않지만 나는 한꺼번에 부모를 잃었어요. 어떻게 그들을 잃게 되었는지는 기억나지 않아요. 생각나는 건 우리집이 병원집이었다는 것과 불길이, 아주 붉은 불길이 솟아서 집을 덮어버렸다는 것밖에요. 누군가가 그 불길 속에서 나를 들어 불길 바깥으로 던졌다는 것밖에요. 그것밖에 생각나는 게 없는데 눈을 떠보니 등에 흉이 가득한 꼴로 이모집에 와 있고 어머니 아버지는 다시 오지 않았어요…… 이거 만져봐요. 그때 입은 화상이에요."

화연이 꼭 끌어안은 은서를 풀고 윗옷 속으로 은서의 손을 끌어들여 자신의 등을 만져보게 했다. 은서는 화연의 등에서 손바닥을 오므렸다. 도대체 흉터가 얼마만한 걸까. 등으로 손을 집어넣은 곳부터 넓게 오톨도톨하다.

"그때 입은 화상이라고 그냥 추측을 해볼 따름이에요. 아무도 내게 자세한 말을 해주지 않으니까."

"……"

"이모는 엄했어요. 나한테만이 아니라 모두한테요. 나는 가끔 벌로 다락에 가둬지곤 했어요. 나한테만 내리는 벌이 아니었어요. 사촌들도 이모 눈에 거슬리는 일을 하면 다들 그렇게 했죠. 다만 이모는 나를 거기에 벌서게 하고는 나를 거기에 벌세웠다는 걸 잊어버리곤 했죠. 다락은 높고 어둡고 무서웠어요. 이모 집에 나보다 세 살 위인 남자 사촌이 있었는데 밤이 되면 나를 꺼내주려고 그가 올라왔어요. 그러면 나는 겁에 질려 있다가 그를 주먹을 쥐고 막 때렸죠."

화연의 등이 파르르 떨렸다. 은서는 화연의 등 속에서 꺼낸 손을 어찌할 줄을 모르고 망설이다가 그냥 침대 바닥으로 떨어뜨렸다.

"정말 마구 때렸어요. 얼굴 가슴 어깨…… 마구…… 그러다간 그에게 껴안기며 울곤 했죠."

은서는 좀전에 화연이 자신에게 그랬던 것처럼 화연의 어깨 밑으로 팔을 집어넣어 화연이 베도록 해주었다.

"……"

"그때부터 나는 그를 사랑한다고 생각했죠. 아니요. 처음에는 내가 그를 사랑한다가 아니라 그가 나를 지켜준다, 였을 거예요. 어두운 다락방에 갇힌 내게 오는 사람은 그뿐이었으니까. 나는 여섯 살 때부터 무서우면 그를 생각했어요. 어쩌면 사랑은 생각인지도 몰라요. 계속 생각하게 되면 믿게 되고 그것으로 살고 숨쉬고……"

"……"

"자요?"

"아니요."

"잠들 때도 잠을 깰 때도 그를 생각했어요. 잠 깰 때는 더 그랬죠. 무의식상태에서 막 이 세상이 느껴지는 순간, 나 혼자구나 느껴지려는 순간이면 나는 얼른 그를 생각했어요. 그러면 그가 나를 진정시켜줬죠. 나는 마치 성경책 속에 그를 믿으라고 써 있기나 한 것처럼, 그가 어떤 상황에서건 나를 지켜줄 거라고 믿었죠. 고등학생이 될 때까지 그 생각으로 살고 숨쉬고 했어요."

"……"

"스무 살이 되던 해 그의 아이를 낳았어요…… 아이는 이모부가 바깥에서 낳아온 아이가 돼서 그 집에서 자라고 있어요…… 부모가 내게 남겨놓은 재산이 얼마가 되는지는 몰라도 그 집서 나올 때 이모가 내게 준 돈으로 미용학원에 나가 미용술을 배우고 미장원도 내고 이 아파트도 얻고 그랬죠."

"그러곤 그를 못 만났어요?"

"……"

"전혀 소식 없이 살아요?"

"소식은 내 쪽에서 끊었어요…… 하지만 그는 작년부터 나를 찾아와요."

"……"

"꼭꼭 숨었다고 생각했는데 그가 나를 찾아냈어요. 그 동안 제대하고 취직하고…… 이젠 알아요. 그 사람도 이 세상 하고 많은 사람들 중의 한 사람이었다는 걸. 이젠 알지만, 문 밖에다 그를 몇 시간씩 세워두기도 하지만, 결국 나는 문을 열죠. 그러면 이젠 그가 나를 주먹을 쥐고 때리다가 울다가 끌어안죠."

화연이 웃음도 울음도 아닌 묘한 콧소리를 냈다. 더이상 말을 할 수 없는지 잠시 조용하던 화연이 이번엔 뭔가를 조롱하는 것같이 웃었다.

"이런 사람들도 있어요, 은서씨. 우리는 만나면 서로 불쌍해서 어쩔 줄을 모르죠. 서로 아무것도 해줄 수가 없는데, 서로점점 상하게만 할 뿐인데 헤어질 수 없는 사람들요."

다시 말을 멈추고 다시 잠잠하던 화연이 이번엔 무슨 다짐이나 하듯 중얼거렸다.

"자주 내가 내게 물어보죠. 정말 그를 사랑하느냐고…… 모든 것을 새로 다시 시작하는 것에 자신이 없어서 그를 밀어내는 척하지만 받아들이는 게 아니냐고…… 그래요, 그런 면도있어요. 나는 무엇이든 새로 시작하는 것이 두렵고 넌더리가나요…… 하지만 또 날마다 다짐해요. 그와는 안 된다…… 더만나서는 안 된다…… 그래요. 안 돼요. 다시는 안 만날 거예요."

화연의 다시는 그를 안 만날 거라는 다짐이 은서에게는 절대로 그와는 헤어질 수 없다는 말로 들렸다. 화연이 은서의 마음을 알았는지 웅얼웅얼 덧붙였다.

"그를 의지 삼아 이십 년을 살았으니 그와 헤어지는 기간도이십 년은 걸리겠죠…… 은서씨는 그 사람을 알게 된 지가 얼마나 됐는데요……? 무슨 일이 있었더라도 얼른 깨달으면 돼요…… 그 사람도 이 세상 하고많은 사람 중에 한 사람에 불과하다는 사실을, 그걸 알면 되는데, 나는 너무 늦게 알았어요. 돌아가려고 보니 너무 멀리 나와버려서 어떻게 길을 찾아가야 할지를 모르……"

화연의 지나간 봄날 같은 목소리가 잦아들었다. 그럴 때가 있죠, 그럴 때가 있어요. 화연이 반복해서 중얼거린 말은 그럴 때가 있죠, 그럴 때가 있어요, 였다.

"자요?"

얼마 후에 은서가 물었으나 화연에게선 대답이 없다. 은서는 어둠 속에서 화연의 얼굴에 손바닥을 대봤다. 은서의 손바닥에 화연의 눈물이 묻었다. 그러고 가만있는데 가끔 화연의 한숨 섞인 파르르한 파동이 느껴졌다. 얼마 후에 은서가 이제 그만 방으로 건너가야지 생각하며 화연의 머리 밑에서 조심스레 팔을 꺼내려는데 화연이 몸을 뒤채며 다시 중얼거렸다.

"그래도 가끔은요, 누군가 내게 말해요. 뚫고 나가라고요. 뚫고 나가라고 해……"

은서는 화연의 머리 밑에서 빼내려던 팔을 더 깊이 밀어넣고 화연을 깊이 껴안고 누웠다. 뚫고 나가라고?

가을

길거리를 지나가는데
무슨 벽보에
사랑이란
서로에게 시간을 내주는 게
아깝지 않은 것, 이라고 써 있었지.
금방 너를 생각했어.
언제부턴가 내게 시간을 내주지 않는 너를.
그 풀칠이 덕지덕지한 벽보 앞에서
너는 나를 사랑하지 않는구나, 얼마나 절망했는지.
매사가 이런 식이야,
나는 그렇게 되어버렸어.

다음해 구월

은서는 어젯밤 팔팔 끓는 물에 넣고 삶아 담가놓은 말린 토란대를 대바구니에 건졌다. 토란대에는 아린 기가 있어 삶아서 물에 우려놓지 않으면 목이 따끔거린다. 알맞게 물에 불려진, 손바닥에 닿는 토란대는 말랑하고 부드럽다.

토란대는 시어머니가 봄에 석류나무 옆에 심어 거뒀다가 보내온 것이었다. 세가 토란대 나물을 좋아한다는 걸 은서는 결혼 후에야 알았다. 시어머니는 조선토란이 더 맛있는데 왜 종묘상엔 왜토란 종자만 남아 있나 몰라, 하면서도 정성 들여 토란밭을 가꿨다. 토란을 캐내면서도 이게 알이 굵긴 해도 자잘한 조선토란이 더 맛있는데, 아쉬워했다.

토란대를 물에서 건져 꼭 짜놓고 은서는 새우와 조갯살을 잘게 썰었다. 그릇장 속에서 믹서를 꺼내 들깨를 갈아 즙을 냈다. 다른 음식은 몰라도 토란대 나물을 할 때면 어디서나 시어머니 목소리가 따라다닌다. 지금도 마찬가지로 들깨즙 냄새가 고소하고 기름져서 토란대 볶을 때 부어넣으면 따로 기름 칠 필요가 없다, 했던 목소리가 뒤에서 들리는 듯했다.

지금이야 믹서에 갈면 금세지만 세가 어렸을 땐 어떻게 들깨즙을 내서 토란대 나물을 만들어줬을까, 싶어 한번은 세에게 그땐 어떻게 들깨를 갈았을까, 물었더니 세는 글쎄? 돌확에 갈았던 것 같은데? 했다. 나물 좀 만들자고 돌확에 들깨를? 싶어 은서가 정말? 하니까, 그러지 않으면 어떻게 했겠어? 도리어 세가 반문했다.

은서는 프라이팬이 올라가 있는 가스레인지에 불을 켰다. 달구어진 프라이팬에 물을 꼭 짜놓은 토란대를 넣고, 새우와 조갯살을, 마늘과 붉은 고추를 넣었다. 조선간장으로 간을 하고 들깨즙을 붓고 국물이 자작자작하게 볶는데 부엌이 금세 들깨 냄새로 가득 찼다. 토란대는 미리 삶아 익혀놓고 있다가 나중에 새우와 조갯살을 넣고 볶아 식혀내라, 던 시어머니의 목소리가 또 따라붙었다. 다른 건 몰라도 토란대 나물은 식혀서 먹어라, 뜨거울 때보다는 차가울 때 들깨 냄새가 더 고소하거든.

은서는 토란대 나물을 주로 해서 도시락을 만들어 뚜껑을 덮어 보자기에 싸놓고 앞치마를 풀어내곤 방으로 들어와 옷을 갈아입었다. 베란다 쪽으로 난 거실문을 닫고 현관 밖에서 열쇠를 채우다 다시 열고 들어가 도시락을 들고 나와 아파트 광장에 세워둔 차문을 열었다.

세의 학교로 가는 길목엔 벌써 가을이 와 있다. 도로 양변에 줄서 있는 플라타너스 위로 일렁이는 바람도 여름을 다 털어냈는지 서늘하고 청명해 보였다.

가을이구나, 생각되자 금방 은서의 머릿속에 이슬어지가 떠올랐다. 이수는 어떤지, 이슬어지의 이수를 생각하자, 차창 밖의 청명함에 먹물이 섞여들었다.

엊그제 전화에서 이수는 이젠 밤나무에서 밤이 떨어져도 주울 사람이 없는데 밤나무는 막 송이가 벌어지는 햇밤이 토실하다고 했었다. 햇볕 나는 날보다 비 오는 날이 더 많았던 여름 탓에 벼이삭이 패지 않아 가을 앞에서도 사람들은 다 시무룩하다고 했다.

그리고 이수는 말했었다. 누난 이제 괜찮지?

이수의 누난 이제 괜찮지? 하는 질문에 잠시 은서는 괜찮지가 않아 마음이 흐려졌었다. 그 한마디에 지나간 일들 하나하나가 한꺼번에 검은 뻘밭처럼 끌려나왔다.

은서가 뭐라고 대답을 못 하고 있자, 이수는 혼자 당황해서 누나…… 누나…… 두어 번 부르고선 웃었다. 은서가 결혼을 하기 전이면 분명 이수는 누나 한번 와, 했을 것이다. 하지만 이수는 그냥 누나…… 누나…… 두어 번 부르곤 웃는 것으로 그 말을 참아주었다. 하지만 은서는 이수의 그런 마음이 쓸쓸했다. 그래서 전화의 끄트머리에 이수야 내가 한번 갈게, 했었다. 아니야, 누나 내가 올라갈 일이 있어, 내가 갈게. 서울서 결혼식이 있거든. 무슨 결혼식? 뭐라고 곧 대답하려던 이수는 잠시 말을 멈췄다. 누가 결혼하는데? 은서가 재차 묻자 이수는 응, 누나 기억하나? 남수라고…… 남수? 은서가 누군지 모르겠다는 듯 말꼬리를 올리자, 이수는 왜 완 형네 사촌. 내 친구이기도 하고…… 작년에 왜 집 그대로 비워두고 서울로 이사갔잖아. 생각 안 나?

은서는 세가 근무하는 학교 교문 앞에 차를 주차시켰다.

생각이 났다. 이수가 말한 남수가 아니라 완이. 너무나 오랜만에 다른 사람을 통해서 들어보는 이름. 떠오르려고 떠오르려고 할 때마다 가라앉혀두었던 이름. 은서는 이수가 그때 내가 가서 전화할게, 수화기를 내려놓은 후에도 그대로 수화기를 귀에 대고 있었다. 세가 다가와 왜 그러냐면서 손에서 수화기를 받아 내려놓을 때까지.

은서는 도시락를 들고 교문을 향해 갔다. 큰 문은 닫혀 있고 샛문만 열려 있다. 늙은 수위가 무료하게 앉아 있다가 은서의 얼굴을 알겠는지 일어서 웃으며 고갯짓을 했다.

"잠깐만 기다리세요. 제가 전화해드릴게."

은서가 함께 인사를 하고 옆에 섰을 때 세와 연결이 되었는지 늙은 수위는 목청껏 외친다.

"이선생님…… 사모님 오셨어요. 내려와보세요."

수화기를 내려놓고 늙은 수위는 은서를 향해 조금만 기다리세요, 하며 웃었다.

"이선생 참 좋으시죠? 학교에서 하는 걸 보면 집에서 어떤 모습일지 환합니다. 그나저나 이선생 잘 살피셔야겠어요. 여기 여학생들이 너무나 좋아해서 말이에요…… 어 저기 오시네."

저만큼 꽃밭에 단발머리의 여학생 흰 동상이 세워져 있는 비탈진 길을 세가 걸어왔다. 은서는 늙은 수위에게 고개 숙여 인사를 한 후 세를 향해 마주 걸어갔다.

세가 은서가 들고 있는 도시락을 받아들었다.

"이러지 말라니까 왜?"

말은 그리 하면서도 세는 활짝 웃었다.

"아침에 깨우지, 몰래 빠져나가듯 출근했으니 나도 뭔가를 해야 될 것 같아서……"

"새벽에 몇시에 잠 자려고 방에 들어왔는지 기억이나 해?"

"글쎄."

"네시야 네시…… 그런 사람을 내가 어떻게 깨우나."

"미안해."

"뭘…… 일하느라고 그런걸. 내게 미안해할 건 없지만……"

세는 말을 끊고 웃었다. 세가 무슨 말을 하려는지 은서는 듣고 또 들어 다 외운다. 그러고도 건강이 배겨나겠어. 왜 일을 그렇게 하려고 해. 일을 하지 말라는 게 아니라 조금 줄이면 안 되나? 세는 줄이라고도 안 한다. 줄이면 안 되나? 했다. 은서는 마땅히 할말이 없어 늘 세의 그 말이 나올 때마다 아직은 때가 아닌 것 같아서……라고, 얼버무렸다. 그러면서 혼자 반문했다. 때? 무슨 때?

"아침에 뭘 좀 챙겨 먹고 가지…… 그냥 나갔데…… 우유까지도 그대로던데."

"나 먹는 거 신경쓸 것 없어. 아침에 깨서 네가 옆에 자고 있는 것만으로도 난 배 안 고프다."

세가 비탈길을 내려올 때 봤던 흰 동상 앞 나무의자에 둘은 앉는다. 가끔 은서가 세의 도시락을 만들어올 때마다 앉는 자리였다.

세가 담배를 꺼내무는 모습을 보고 있으려니 세의 면도 안 한 까슬한 턱이 눈에 띈다. 면도 좀 하지, 라고 말하고 싶은데 입술에선 다른 말이 새어나왔다.

"학교 그만두고 그림만 그리고 싶은 생각 없어?"

"……"

"응?"

"나는……"

세는 또 뭐라고 하려던 말을 끊었다.

"나는 뭐?"

"믿음이 없어."

믿음? 은서는 가슴이 덜컹 내려앉았다. 금방 당황스런 표정이 되는 은서를 건너다보며 세는 쓸쓸해졌다. 저 여자는 자신과 상관없는 말에도 자신을 연결지어 미리 저런 표정이 돼버리곤 했다.

"나 자신에 대한 믿음이 없다는 얘기다. 두려운 거겠지. 학교 일은 재미있어. 애들한테 도리어 배운다. 아직 어린데도 굉장한 열정들이 있지. 부러워. 그런 열정이 있어도 무너지기 십상인데 나는……"

어느 교실에선가 왁자한 웃음소리가 퍼져나왔다. 은서는 문

264

득 여학생 시절이 그리워 웃음이 퍼져나온 교실 쪽에 시선을 주다가 세의 구두에 수북이 내려앉은 먼지를 봤다.

"내일은 내가 면도도 해주고 구두도 닦아줄게."

"면도를?"

"왜?"

세는 대답을 않고 웃었다.

"왜? 옛날처럼 면도칼로 하는 것도 아니니까 벨 염려도 없는데 뭘? 싫어서?"

"싫긴…… 갑자기 면도해주고 구두 닦아주겠다니까 그렇지."

"얼굴을 좀 봐…… 나 아니라도 누구나 다 면도해주고 싶을 만큼 까칠하네, 뭐 …… 구두는 또 어떻고."

"니가 바쁜 티를 내가 냈지?"

은서는 문득 열쇠가 잠겨 있는 세의 작업실을 떠올렸다. 은서에게 말을 하지 않고 혼자 가지 않는 한, 세의 입에서 작업실에 간다는 얘길 들어본 적이 언제인지 가물가물했다.

"한 달 동안 계속 끌어오던 '이 사람이 사는 모습' 내 몫은 오늘 더빙만 하면 끝나. 어젯밤 그 원고 마무리짓느라고 그랬어. 그러면 새 기획이 설 때까지 틈이 나잖아. 작업실 청소도 깨끗이 해줄게."

운동장 건너로 한패의 여학생들이 노래를 부르며 쓸려나왔다. 저 구름 흘러가는 곳…… 아득히 먼 그곳…… 그들을 바라보고 있던 은서가 내 마음도 흘러가라…… 하고 따라 부르자 세가 무릎에 얹어놓았던 도시락 위에 손바닥을 타닥타닥 두들기며 반주를 맞췄다.

문득 저 여학생들이 자신과 세 앞을 지나가며 세를 향해 선
생님! 장난스럽게 눈을 흘길 걸 생각하니 은서는 멋쩍어져서
나, 그만 갈게, 하며 일어서는데 세가 은서의 손목을 붙잡았다.

"은서야."

그녀가 응? 하는 시선으로 자신의 얼굴을 빤히 쳐다보자, 세
는 그만 아니다, 아니야 하는 표정을 지었다.

"무슨 할말이?"

세는 대답을 않고 화단 양편에 해바라기의 노란빛을 잠깐 쳐
다보더니 가야지, 하며 은서의 손을 놓고 먼저 일어서서 교문
을 향해 앞서 걷더니 혼자 말하듯 중얼거렸다.

"일을 좀 줄일 수 없냐? 텔레비전만 하든지, 전에처럼 라디
오만 하든지 하면?"

"······"

은서가 아무 대답을 안 하자, 세는 멋쩍게 웃었다.

"네가 너무 힘들어 보여 그래."

세는 웃음 끝을 뭉개며 발끝으로 돌맹이 하나를 툭 찼다. 힘
들어 보여 그러는 게 사실이지만 그녀가 일을 줄였으면 하는
자신의 마음 한편에는 일에 파묻혀 있지 않으면 안 되는 은서
에 대한 섭섭함도 얼마간은 섞여 있다. 아직 무엇이 무서운 걸
까. 그녀는 일 속에 묻혀 있을 때만 안정되어 보이고 그 외는
늘 불안스런 눈빛을 하고 있다.

"나 일하는 거, 재밌어."

세는 그래, 하고는 더는 아무 말도 안 했다. 저만큼 늙은 수위가 반쯤 열려 있는 수위실 유리창에 얼굴을 내밀고는 교문을 빠져나가는 은서를 향해 또 오세요, 했다. 세가 그 대답으로 늙은 수위를 향해 목례를 하는 걸 은서는 가만히 보고만 있다.

"들어가."

"차 떠나는 거 보고."

은서가 그냥 들어가, 하는데도 세는 차를 주차시켜놓은 데까지 따라와 차창 밖에 서 있다.

방송국 안 주차장이 꽉 차 있다. 은서는 하는 수 없이 방송국 밖 광장에 차를 주차시켰다. 광장도 차로 가득 차 있다. 날마다 늘어나는 게 자동차다. 시계를 들여다보며 부지런히 방송국 정문을 향해 걸어가던 그녀는 낯익은 노랫소리에 소리나는 쪽을 돌아다보았다.

작년 가을이 지나고 겨울부터 보이지 않던 노래하는 노인이 방송국 서문 노란 차단기 앞에 마이크를 잡고 서 있다. 딩동댕 지난 여름…… 노인이 부르는 노래는 노인과 어울리지 못하고 겉돌고 있다. 은서는 청명한 가을햇살을 손바닥으로 가리며 노인 쪽을 한참 쳐다보다 다시 걸었다. 바닷가서 우연히 만났던 여인…… 노인이 부르는 노래가 노인의 목소리와 전혀 어울리지 않는다고 생각하는데도 어느덧 노인의 노래를 따라 하고 있는 자신이 우스워 은서는 한번 더 노인 쪽을 쳐다봤다. 지난 겨울 봄 여름, 그는 어디에 있다가 다시 나타난 걸까? 별 생각을 다 하는군, 싶은데도 은서는 자신의 또각거리는 구두굽 소리가 노인의 노랫소리를 밟는 것만 같아 조용히 걸으려 애쓰며 빨리 걸었다.

그러다가 걸음을 멈춰버렸다. 지나가버린 어느 봄날 방송국 삼층 커피숍 유리창으로 노래하는 노인을 바라보고 있던 자신의 얼굴이 앨범 속의 사진처럼 떠올랐다. 그때의 외로웠던 마음도 함께.

은서는 마치 그 마음을 깨버리기나 하려는 듯 정문을 향해 뛰어갔다. 그런데도 딩동댕 말이나 해볼걸 또 만나자고…… 하는 노인의 불협화음이 그대로 귓가로 스몄다. 은서가 어깨에 멘 가방을 추스리며 방송국 안으로 들어갈 때 노인의 노래는 구성진 옛 노래로 바뀐다. 성은 허물어져 빈터인데 방초만 푸르러…… 은서는 엘리베이터를 타고 다큐멘터리 제작실이 있는 오층 단추를 누르고는 엘리베이터 벽에 어깨를 기댔다. 그 다음 가사가? 은서는 피식 웃었다. 세상이 허무한 것을 말하여 주노라……던가.

황피디를 만나기로 한 시간이 한시인데 십 분이나 늦었다. 그에게 원고를 넘기고 육층의 라디오국에 가서 김피디를 만나고, 다시 더빙실에 가고…… 이런저런 생각 속으로 좀전에 자신을 배웅하며 차창 밖에 서 있던 세의 얼굴이 끼어든다. 일 좀 줄일 수 없느냐고 말하는 세의 얼굴을 은서는 한 번도 제대로 바라본 적이 없다. 그 말을 할 때마다 세의 얼굴에 번지는 근심을 맞바라볼 자신이 없어서. 엘리베이터가 멎자 은서는 세의 얼굴을 지워버리며 어깨의 가방을 다시 추스리면서 빠른 걸음으로 제작실로 향했다.

제작실 문을 열고 들어가자마자 황피디가 전화를 받고 있다가 은서를 향해 손을 흔들었다.

"전화 받아요."

황피디는 수화기를 책상에 내려놓고는 흔들던 손을 이젠 내밀었다. 은서는 한 손으론 가방에서 원고를 꺼내 황피디에게 내밀면서 다른 손으로 수화기를 동시에 들었다.

"여보세요."

은서가 한번 더 여보세요, 했으나 상대편에서 말이 없다. 은서는 수화기를 잠시 귀에서 떼었다가 다시 갖다대며 여보세요? 했다.

"오은서씨세요?"

한참 만에 아주 천천히 들려오는 목소리는 질디질은 뻘밭이나 곁에서는 볼 수 없는 우렁 속에서 새어나오는 듯 깊다.

"그런데요."

은서임을 확인하고도 남자는 아무 말을 하지 않았다. 이상하다 싶어 은서도 아무 말 않고 잠시 가만있다. 그녀가 전화 받는 태도가 이상하니까, 원고를 들춰보던 황피디가 무슨 전화예요? 하는 표정으로 그녀를 쳐다봤다. 은서는 수화기를 든 채로 글쎄요? 하는 뜻으로 고개를 저었다. 황피디가 그러면 내려놓아버리라는 듯 들고 있던 볼펜을 책상에 떨어뜨리며 웃었다. 정말 그러려고 막 수화기를 귓가에서 떼내려는데 저, 하는 남자 목소리가 다시 이어졌다.

"말씀하세요, 제가 오은서입니다."

"저는 화연이……"

화연이라는 말에 은서는 네? 하면서 자연스럽게 펴고 있던 등을 곧추세웠다. 금방 끊을 줄 알았다가 통화가 시작되자 황피디는 책상에 떨어뜨렸던 볼펜으로 곁에 있던 종이에, 통화마치고 7스튜디오로 와요, 라고 써서 그녀 앞으로 밀어놓고는 자리에서 일어섰다.

"누구시죠?"

"기억하실런지, 저는 화연이 사촌입니다. 작년에 뵈었죠. 겨울에……"

화연이 사촌? 은서의 입에서 아, 네…… 짧은 비명 같은 대답이 흘러나왔다……

"기억하시겠어요?"

"……"

너무 뜻밖이라 은서는 수화기를 들고만 있다가 겨우 네, 했다. 기억하시겠어요? 라는 남자의 한마디에 작년 가을 겨울의 일들이 창고를 열고 들여다보는 것처럼 확 떠올랐다. 그 속으로 화연의 동그스름한 얼굴, 귀밑의 점, 두 손바닥을 펴서 가려도 남아돌던 그녀 등의 흉터가 떠올랐다.

화연이라는 이름.

그 이름 한마디가 밀고 온 기억들이 벅차 남자가 다시 뭐라고 말해주기를 기다리며 그저 수화기만 들고 있는 동안 은서의 귀에는 일하는 사람들이 내는 모든 소리들이 끊겨버리고 은서의 눈엔 제작실 안이 인적이 끊긴 밀물진 개펄처럼 보였다.

"여보세요."

은서가 침묵을 지키자, 이번엔 남자가 여보세요, 말했다.

"……"

멍하니 한참을 있고 나서야 잠시 밀물진 개펄로 보였던 제작실이 현실로 돌아왔다. 이 책상 저 책상에서 전화벨이 울리는 소리, 누군가를 부르는 소리, 글쎄, 저보고 그러지 마세요, 저는 담당이 아니라니까요, 짜증을 내며 문을 쾅 닫는 소리.

"기억해요. 너무 뜻밖이라서요. 여기 전화번호는 어떻게 아셨어요?"

"어렵게 알았습니다. 한 달 전에 텔레비전을 보는데 끝날 때 자막에 은서씨 이름이 써 있길래 그때 프로그램 제목을 메모해뒀어요. 통화하는 데 한 달이 걸리는군요."

"그랬어요?"

은서는 제작실 안이 다시 밀물진 개펄로 변하려 해 황피디가 비워놓고 간 의자에 앉으면서 눈을 깜박거렸다.

얼마나 오랜만에 들어보는 이름인지, 화연.

그녀에 대한 기억이 떠오를 때마다 마치 만나서는 안 되는 사람이 저만치서 걸어오고나 있는 듯, 고갤 저으며 피하며 마음 안에 꾹꾹 가라앉혀놓던 이름과 얼굴. 이렇게 예기치 않게 단 한순간에 떠올라버릴 걸, 한사코 밀어넣고 밀어넣던 얼굴.

"그 동안 어떻게 지내셨어요?"

그녀는 수화기 저편의 남자가 화연과 관련이 있다는 그 이유

하나만으로도 남자에게 금세 다정해졌다.

이 세상에 화연이 있기만 하다면, 그토록 다정하던 화연의 목소리를 이렇게 들을 수 있기만 하다면, 그렇다면.

어떻게 지냈느냐는 은서의 말에 남자는 뭐라고 대답을 해야 될지를 모르겠는지, 수화기 속에서 흐리게 웃었다.

"만나고 싶어서 전화했습니다. 부탁드릴 게 있어서요."

"부탁요?"

"네."

화연의 사촌이라고 자기를 말할 수밖에 없는, 그러나 화연의 남자였던 이이가 내게 무슨 부탁을?

은서는 다시 멍해졌다. 더구나 화연이 없는 세상에서 이이가 내게 무슨 부탁을?

잠시 침묵을 지키는 은서의 마음을 알겠는지 남자는 다시 더 듬거렸다.

"꼭 만나고 싶어요. 은서씨밖에 내 말을 들어줄 사람이 없어 서……"

어딘가, 그 어딘가에서 수화기 한 끝을 잡고 은서를 찾을 수밖에 없는 남자의 고통이 더듬거리는 목소리에서 전달되어왔다.

"그렇게 하죠. 언제가 좋겠어요?"

"오늘은 어떤지요?"

오늘? 은서는 아까 세의 학교에 들렀을 때 세에게 오늘 일찍 들어가겠다고 했던 말이 떠올라 잠시 멈칫했다.

"오늘 어렵겠어요? 사실은 제가 내일부턴 지방으로 내려갑

니다. 다시 올라와도 되지만 가능하면 오늘 만났으면 하는데
요. 은서씨 일 끝나는 무렵에 제가 방송국 근처로 가겠습니다."

다섯시에 삼층의 커피숍에서 만나기로 하고 수화기를 내려
놓고, 그녀는 황피디가 남겨놓고 간 7스튜디오로 오라는 메모
를 집어들고서, 이미 읽은 7스튜디오로 오라는 글씨를 그대로
내려다보며 잠시 앉아 있었다. 7스튜디오로 가야 하는데, 생각
은 하면서도 은서는 일어서질 못하고 그대로 앉아 있었다.

화연.

그녀를 생각할 기회를 은서는 늘 피했다. 어쩔 수 없이 그녀
를 생각나게 하는 일들이 일상 속에서 불쑥 끼어드는 것까지는
어떻게 할 수 없었어도, 은서는 스스로 그녀를 골똘히 생각하
는 시간을 지금껏 자신에게 전혀 주질 않았다. 언제 어디서 어
떻게 생각해도 아픔과 괴로움으로 이마가 찡그려졌기에, 화연
이 남겨놓은 아픔과 괴로움을 직시하다가는 은서 자신 단 한
발짝도 세상을 향해 걸을 수가 없을 것 같기에.

"아 오은서씨, 잘 만났네."

누가 어깨를 툭 쳐서 돌아다보니 '이 사람이 사는 모습' 다
른 팀의 최피디다.

"오늘 더빙하면 일 끝나죠?"

은서가 고갤 끄덕이자 최피디는 목에 줄을 달아 신분증과 함
께 매달아놓은 펜을 흔들며 활짝 웃었다.

"나랑 한 프로그램 더 합시다. 우리 팀 작가선생이 나랑 일
못 하겠다는데요."

"네?"

"농담이고…… 사정이 생겼어요. 좀 도와줬으면 좋겠는데. 일은 다 됐어요. 편집해놓은 거 보고 원고만 쓰면 돼요."

은서는 안 되겠는데요, 하는 뜻으로 고개를 흔들며 일어섰다. 최피디가 난감한 표정으로 은서를 붙잡았다.

"저도 어젯밤 꼬박 샜어요. 지금은 너무 피로해서 그저 자고 싶은 생각뿐이 없네요…… 또 우리 팀 다음 것도 준비해야 되고. 우리 황피디가 양해를 할지도 모를 일이고. 어째 좀 그런데요."

"아, 지금 당장 하는 건 아니고. 시간은 일 주일 있어요. 내가 할 수 있는 것은 편집된 화면 보면서 설명 다 해줄게요. 우리 작가가 무슨 까닭인지 행불이에요. 이런 일은 또 처음이네요. 앞으로 열흘 동안 찾지 말랍니다. 그렇게 힘들여서 계획 세워 일 다 마쳐놓고 이제 원고만 쓰면 되는데…… 글쎄 이유를 모르겠네? 은서씨는 혹시 알아요?"

"모르겠는데요."

"연애해서 튄 거 아닌가? 노처녀들은 그래서 위험하다니까…… 어쨌든 좀 도와주세요. 최선을 다해서 설명해주고 도와준다니까요. 황한테도 내가 양해를 구할게요."

"모자란 제 잠은 어떡하구요."

"한꺼번에 자요. 일 마쳐놓고 한 닷새 문도 열어보지 말고 자면 되잖아요."

확답 없이 은서가 자리를 피하려 하자 최피디는 장난삼아 두 손을 모으고 비는 시늉을 했다. 사람이 좋아 누구한테 나쁜 소

274

리 한마디 듣지 않는 최피디였다. 그러니 작가가 갑자기 행방불명이 될 생각도 한 거겠지. 모른다고 했지만 은서는 최피디와 팀인 노처녀 작가 유혜란이 지금 누구랑 어디에 있는지 알았다.

밝고 적극적이고 의지가 강한 유혜란은 지금 문경에 있을 것이다. 지난번 최피디와 유혜란 팀이 제작한 프로그램의 취재원이었던 사진작가 노태수와 함께 있을 것이었다.

유혜란은 노태수의 삶을 다루는 프로그램을 최피디와 함께 만들고 나서 쉰이 다 되도록 오로지 사진만 찍어온 노태수를 사랑하게 되어버렸다고 은서에게 고백했다. 노태수가 아니라 노태수의 삶을.

노태수는 산간지방의 오지를 돌아다니며 이제는 허물어지고 사라져가는 것들을 그의 필름에 담고 있는 사진작가였다. 그의 사진집엔 이젠 흔히 볼 수 없는 것, 혹은 근간에 사라질 것들로 가득했다.

성격이 자기하고 완전히 다른 점이 마음에 든다며, 유혜란은 은서와 가까이 했는데, 유혜란은 아주 심각하게 노태수의 삶을 사랑하게 되어버렸다고, 이렇게 강렬한 인상은 서른둘이 되도록 처음이라고, 그와 평생을 같이하고 싶다고 털어놓았었다.

유혜란이 노태수가 아니라 노태수의 삶을 사랑하게 되었다고 고백할 때의 유혜란의 얼굴에 번져 있던 생기가 떠올라 장난스럽게 손을 모으고 비는 시늉의 최피디를 보며 은서는 피식 웃었다.

"생각해볼게요."

생각해보겠다고만 했는데도 그러겠다는 뜻으로 받아들이는
지 은서씨밖에 없다니까요, 하면서 최피디가 자기 의자 쪽으로
건너가는 걸 보며 은서는 제작실을 나왔다. 그저께, 유혜란은
은서에게 와서 이 행방불명에 대해 귀띔을 했었다.

"나, 없어질 거거든요. 그가 문경의 어느 폐교를 찍으러 간다
는 정보를 입수했어요. 그 폐교에 들락거리는 산짐승이 있는데
최근에 그 근처에서 크낙새를 봤다는 사람이 있대요. 크낙새가
얼마나 웃기는 새인지 알아요? 우리나라에서만 서식하는데 사
람 접근을 아주 싫어하는 고고한 새래요. 사 년째 어디에도 나
타나질 않았는데 문경 그 폐교에서 봤다는 제보가 들어왔나봐
요. 폐교도 찍고 크낙새도 기다려봐서 찍을 작정인가봐요. 나
도 몰래 따라갈 거예요. 열흘만 투자하겠어요. 열흘 안에 그 사
람 마음속에 나를 들여놓게 할 거라구요. 그런데 일이 문제네.
내가 사라지면 우리 최피디 골탕먹을 거야…… 일은 다 했는
데. 우리 최피디가 원고 부탁을 누구한테 할지…… 나 때문에
누군가 애쓰겠네."

유혜란이 직접 은서보고 은서씨가 대신……이라는 말을 하
지 않았지만 은서는 그때 유혜란의 말뜻을 알아듣고는 아휴,
나는 못 해요. 처음부터 관여한 일도 원고 쓰려면 진땀나는
데…… 나는 못 해, 하며 손을 내저었다. 그러면서도 은서는 유
혜란을 향해 눈을 흘겼다. 못 한다고는 했지만 유혜란이 그
렇게 넌지시 은서에게 자신의 행방불명에 대해 귀띔을 할 때는

유혜란 자신이 없을 때 최피디가 원고 부탁을 할 사람은 은서라는 걸 알고 있었고, 그러기에 은서가 거절하지 말고 해달라는 뜻이었다. 유혜란은 멋쩍게 웃으면서 내 일생에 처음으로 찾아온 이 보석 같은 감정을 일 때문에 망치고 싶진 않다구요, 했다.

유혜란이 일 때문에 자신의 인생에 찾아온 보석 같은 감정을 망치고 싶지 않다고 말했을 때 은서는 마음이 쓰라렸다. 문득 나는, 무엇을 피해 이토록 일에 몰두하고 있는 것일까, 라는 생각이 들어서.

7스튜디오 문을 열자, 황피디와 엔지니어가 동시에 돌아다봤다.

"무슨 전화통화가 그리 길어요? 이리 와봐요. 이게 무슨 글자예요?"

황피디가 지적하는 대목을 쳐다보니 '괴로움'이라는 단어를 '고로움'이라고 써놓았다. 그게 문맥상 괴로움이라는 걸 황피디가 모를 리 없다. 은서가 피식 웃으면서 '고' 자를 '괴'로 고치자, 황피디는 오자가 난 그 문장을 중얼중얼 읽었다.

인생은 괴로움을 통해서만 나에게 그 의미를 보여주기로 한 것 같았다.

읽다가 황피디가 은서를 쳐다봤다.

"그때 같이 이해순 집에 갔을 때 말예요. 그가 무슨 근사한 말을 했는데 그게 무슨 말이었던가? 혼자 생각했었는데 바로 이 말이었어요. 어떻게 이렇게 정확하게 기억해놨다가 썼어요?"

"저는 원고를 써야 하잖아요. 상대방이 한 말 중에서 원고가 될 만한 말을 제가 놓치겠어요."

은서의 말에 황피디는 서늘하게 웃었다.

"누가 나레이션 해요?"

"성우 이문수씨."

"어, 여자 목소리로 하기로 했잖아요."

"사정이 여의치가 않아서요. 이혜선씨가 제격인데…… 영 시간을 맞출 수가 없네. 방송이 제 날짜에만 나가도 어떻게 맞춰보겠는데……"

"원고가 여자 목소리에 알맞게 다듬어졌는데?"

"아, 그래서 내가 좀 손봤어요. 남자한테 어울리게…… 그런데 왜 안 오는 거야?"

황피디가 말하다 말고 방금 은서가 열고 닫아놓은 스튜디오 문을 돌아다봤다.

그도 어제 한잠 못 잤는지 눈꺼풀이 푹 가라앉아 있다. 원래는 이틀 후에 방영될 계획이었는데 갑자기 방영날짜가 내일 밤으로 옮겨지는 통에 은서에게나 황피디에게나 어젯밤은 날을 새워야 하는 밤이 되어버렸다.

"원고라는 건 시간을 많이 갖고 쓴다고 해서 잘 써지는 건 아닌가봐요?"

"네?"

"급하니까 외려 다른 때보다 더 감칠맛나게 원고가 나온 거 같아서요."

"그냥 하는 말인 줄은 알지만 기분은 좋은데요."

그냥 하는 말이 아닌데, 하는 표정으로 황피디가 웃었다.

황피디가 은서를 향해 웃던 웃음을 거두고 피로한 눈으로 스튜디오 문을 쳐다봤다.

"곧 오겠죠. 커피 한잔 마실래요?"

"그럴까요?"

황피디가 자리에서 일어서며 주머니를 뒤적거리는 걸 은서가 내가 뽑아올게요, 하며 스튜디오 문을 열고 나왔다.

자동판매기 앞으로 가서 종이 커피를 두 잔 뽑아놓고 다시 한잔 값의 동전을 투입구에 넣고 은서는 흰 벽을 마주 보며 잠시 서 있었다.

화연이 세상을 떠나고, 화연이 장례를 치르고, 작년 겨울을 지나 올 봄 여름 이제 다시 가을을 맞이하는 동안 은서는 언제나 자신의 구두굽 소리가 자신에게조차 또각또각 들릴 만큼 바쁘게 지냈다.

혼자 가만 있어야 하는 시간을 은서는 스스로에게 내주질 않았다. 라디오국의 김피디가 은서씨 같은 성격으론 텔레비전 일절대 못 할걸요, 라디오와 텔레비전은 달라요, 아마 프로그램하나도 제대로 못 하고 두 손 들 텐데? 하는데도 은서는 김피디를 통해 황피디를 소개받고 텔레비전 일을 겸했다. 처음 은서가 맡은 텔레비전 일은 뉴스 성격을 띤 아침에 나가는 생방송 정보 프로그램이어서 일 주일에 이틀씩은 밤샘을 해야 했다.

원고 쓰는 일보다도 밑도 끝도 없이 이어지는 자료조사에, 섭외에, 정말이지 은서 자신이 듣기에도 자신의 구두굽은 여기저기를 다니느라고 가만 서 있을 날이 없었다.

라디오 원고에, 텔레비전 아침 프로그램 일만 한 것도 아니었다. 처음에 함께 아침 프로그램을 만들던 황피디가 다큐멘터리 제작부로 옮긴 뒤 은서는 황피디가 만드는 '이 사람이 사는 모습' 일에도 몰두했다. '이 사람이 사는 모습'은 팀이 짜여져 한 팀이 두 달 만에 한 프로그램을 만드는 것이긴 했지만 정보 프로그램과는 또 달라 원고는 두 달 만에 한 번 쓴다고 해도 그에 바쳐지는 시간은 두 달 내내였다. 취재원이 지방에 살고 있을 때는 며칠씩 동행취재를 했고, 그의 자료조사를 위해 밤을 새웠다. 지방에 내려갈 때는 라디오 원고를 며칠분씩 써놓아야 하기 때문에 이래저래 거의 밤샘이었다. 아침 정보 프로그램 일을 그만둔 건 세와 결혼을 결정한 이후였다. 세는 일을 줄이라고 하지만 은서로서는 그때에 비하면 일이 푹 줄어든 상황이었다.

은서는 손을 뻗어 자동판매기 속에서 커피가 담긴 종이컵을 꺼냈다. 세 잔을 어떻게 다 들고 가지? 은서는 먼저 두 잔을 들고 손가락을 뻗어 한 잔을 걸치듯이 해보다가 다시 내려놓고 맨 처음에 빼낸 커피를 입술에 댔다. 내 건 마시고 가지.

종이컵을 들고 자동판매기 옆 벽에 기대는데 입술 안 살갗이 쓰라렸다. 잠을 못 잔 다음날의 커피는 늘 이렇다. 쓰린데도 은서는 한 모금 더 마셨다.

일이 재미있어서 그렇게 일에 빠져 있었던 건 아니었다. 그래 그건 아니다. 완이 가고 화연이 또 그렇게 간 다음 은서는 일에 빠져 있지 않은 시간들을 어떻게 대처해야 될지 몰라서 불안했다. 어김없이 밀려오는 나날들 위에 포개지던 불안.

커피는 입 안 살갗을 쓰라리게 하는 것만이 아니라, 오른쪽 맨 끝 어금니의 신경을 건드렸는지 이젠 그쪽이 아렸다. 아림은 비명을 지르고 싶을 만큼 순간적으로 아주 깊게 깊게 뻗어내려갔다. 이따금 이렇게 치통과 부딪힐 때마다 은서는 치과엘 가봐야지, 그래, 그래야 한다, 생각하지만 선뜻 치과에 가지지가 않았다. 어금니 쪽의 어느 이가 썩고 있든지, 잇몸이 상해 곪아 있든지, 할 터인데.

은서는 반도 못 마신 커피가 담긴 종이컵을 자동판매기 위에 올려놓고 두 잔의 커피를 들고서 다시 7스튜디오 앞에 섰다.

성우는 아직도 오지 않았다. 은서가 문을 열자, 황피디는 성우인가, 기대를 가지고 돌아봤다가, 어깨를 움씰해 보였다.

"전화 한번 넣어보지 그래요? 무슨 사정이 있나보죠."

"전화도 안 넣어보고 이렇게 기다리겠어요, 아무렴?"

황피디와 엔지니어에게 종이 커피를 한 잔씩 나눠주고 은서는 가방을 들었다.

"왜 가려구요?"

"라디오국에 좀 들렀다 올게요."

은서가 돌아서는데 황피디가 은서씨, 하고 불렀다. 은서가 돌아보자, 황피디는 커피를 마시며 들여다보고 있던 원고를 덮었다.

"다시 안 들러도 돼요. 그냥 집으로 가요. 여기 있음 뭐 해? 방송으로 나가는 날 모니터하면 되지…… 수고했어요."

은서가 목례를 하고 7스튜디오를 나와 라디오국으로 가려고 엘리베이터 앞에 서서 버튼을 누르는데 이의 통증이 뺨까지 얼얼할 정도로 강렬해져왔다. 그녀는 엘리베이터가 와서 멎었는데도 탈 생각을 못하고 통증에 붙잡혀 서 있었다. 치과에 가야지, 가야 한다.

넓은 커피숍, 은서는 여기에 들를 때마다 언제나 넓다는 생각을 했다. 커피숍은 논 한 마지기 정도가 된다.

다섯시에서 십 분이 지나 은서는 커피숍에 들어와 약간 눈을 찡그리면서 혼자 앉아 있는 남자를 찾았다. 혼자 앉아 있는 남자가 없음을 확인하고 은서는 창가 쪽 구석진 자리에 가 앉았다.

시력은 어느 날 갑자기 떨어졌다. 밤을 새워 자료정리를 한 어느 날 아침, 싱크대 앞에서 파를 씻다가 세면장 문이 열리는 소리가 나기에 돌아다보는데, 막 세수를 마치고 나오는 세의 얼굴이 가물가물했다. 은서는 파를 씻던 손을 그대로 들고 눈을 비볐다. 파 잎에 묻어 있던 물방울이 그녀의 발등에 떨어졌다. 다른 날 같으면 그 거리에 눈 코 입이 선명히 보일 세의 얼굴이 눈을 비비고 봐도 형체만 보였다. 은서가 파를 들고서 눈을 비비며 쳐다보자 세는 왜 그러는가 싶은지 은서에게 다가왔다. 세가 바로 앞에 왔을 때야 세의 눈 코 입이 선명해졌다.

시력이 그 지경인데도 은서는 안경도 렌즈도 끼고 다니지 않았다. 영화를 볼 때만 안경을 챙겨가 겼다. 세는 렌즈를 하라 했지만 은서는 고개를 저었다. 언젠가 비가 오는 거리에서 오른쪽 눈에 낀 하드렌즈가 바닥으로 떨어졌던 적이 있었다. 빗물이 튀는 아스팔트에 앉아 렌즈를 찾느라 손가락으로 바닥을 찍어 눈에 대보면 빗물이고 빗물이고 그랬다. 그렇게 비가 오는 거리에서 렌즈를 찾아 빗물을 찍어보던 은서는 다시는 렌즈를 끼지 않았다. 비 내리는 거리의 아스팔트에 떨어질 눈이라고 생각하면 괜스레 이상했다. 가끔씩 눈은 개수대로 떨어져 물에 씻겨 내려가버리기도 했다. 렌즈를 안 끼기 시작하면서 은서는 어느 자리에서 사람을 찾을 때 순서를 정해야 했다. 혼자 만나기로 했으면 우선 그 장소에 가서 혼자 있는 사람을 찾고 그리고 나서 그 사람을 살폈다. 시력은 점점 더 나빠져 바로 저 앞에서 아는 체 웃으며 걸어오는 이를 못 알아보고 지나가게 되었을 때, 사정을 모르고 그쪽에서 화가 나서 오은서씨! 불러 세워, 그냥 지나가기에요, 한 이후론 은서는 엷게 웃고 다녔다. 인사로 받아들여지도록.

　십 분이 더 지났는데도 남자는 오지 않았다. 남자 또한 은서를 못 알아보고 어디 다른 자리에 가 앉아 있는가 싶어 은서는 일어서서 넓은 커피숍을 한 바퀴 돌며 혼자 앉아 있는 사람을 찾았으나 혼자 앉아 있는 사람은 없다.

　수화기 속의 간절했던 남자의 목소리로 보아 약속을 어길 것 같진 않은데, 은서는 시계를 들여다보다 커피숍 유리창 밖을 내다봤다.

저절로 시선이 낮에 방송국을 들어올 때 오랜만에 보았던 노래하는 늙은 노인이 서 있던 자리로 옮겨졌다.

무슨 노래를 부를까? 노인은 마이크를 잡고 거의 주저앉다시피 하며 노래를 부르고 있다. 피곤해서가 아니라 제스처인지 노인은 아주 천천히 접은 허리를 펴며 또 아주 천천히 마이크를 하늘을 향해 쳐들었다.

"제가 늦었군요."

고개를 들고 쳐다보니 바로 앞에 감색 셔츠 속에 청색 남방을 받쳐입은 남자가 서 있다. 청바지에 흰 운동화를 신고. 남자는 한 손에 신문을 구겨서 들고 있다.

은서가 엉거주춤 일어서려 하자, 남자가 둥근 탁자 맞은편에 앉았다.

"오랜만이에요."

남자가 구겨쥐었다가 탁자에 내려놓은 신문 접힌 부분에 모천회귀성, 연어들의 수난, 이라는 글씨가 보였다.

다른 자리에서 주문을 받고 가던 길에 커피숍 종업원이 그들의 자리에 와서 섰다. 은서하고는 낯이 익어 종업원이 은서를 향해 살풋 웃었다.

"뭐 마실래요?"

은서는 구겨진 신문을 폈다.

신문의 사진 속에서 연어잡이에 재미를 붙인 사람들이 추운 줄도 모르고 물 속에 첨벙 들어가 있다. 치어일 때 방류된 연어

284

들이 성어가 되어 태어났던 곳으로 알을 낳으러 돌아오다 저만큼 남은 집에 닿질 못하고 길목에 쳐진 그물과 통발에 갇히고 있거나, 심지어는 작살에 찔리고 있었다.

"커피 마시겠습니다."

은서가 가방에서 지갑을 꺼내 천원짜리 한 장을 내밀며 커피 두 잔요, 하니까 남자가 은서를 빤히 쳐다봤다. 종업원이 커피 두 잔을 가져와 각자 앞에 한 잔씩 내려놓고 은서 앞에 백원짜리 동전 두 개를 내려놓고 가자, 또 빤히 쳐다봤다.

"여기 커피값이 한 잔에 사백원씩 해요. 구내라서 그런가봐요. 싸죠?"

"네, 그렇군요."

은서는 커피에 프림 대신 엽차잔의 물을 조금 부었다. 이곳의 커피는 설탕을 넣으면 달고 그냥 마시면 쓰다. 그래서 물을 조금 넣어 마시는 게 습관이 됐다.

이이와 내가 왜 만나고 있나?

예기치 않은 사람에게서 거의 일 년 만에 예기치 않은 전화를 받고 이렇게 만나 겨우 커피를 시키고 멋쩍어 커피값이 싸다고 말하고…… 가벼운 인사치레의 대화들이 왜 이렇게 비현실적인지, 은서는 커피숍 유리문 바깥을 바라다봤다.

노래하는 노인은 이제 마이크를 내려놓고 짐을 챙기고 있다. 해가 저물려 하니 노인도 어디론가 돌아가려는 모양이었다. 은서는 노인의 짐 싸는 모습을 그냥 내다보고 있다. 노인이 차단기 앞으로 나와 비척비척 걸어갈 때야 은서는 앞의 남자를 쳐다봤다.

"어떻게 지내셨어요?"

"……"

고갤 숙이고 있던 남자는 은서의 어떻게 지냈느냐는 질문에 고갤 들곤 뭐라고 말을 하려다가는 그냥 다물어버렸다.

어떻게 지냈다고 말해야 할까? 남자는 갑자기 모래바람 같은 게 가슴속을 훑고 지나가는 것 같다. 화연의 장례를 함께 치러 주었던 저 여자 앞에서, 화연이 깊이 사랑했던 저 여자 앞에서, 나는 지난 일 년을 어떻게 설명해야 하나.

"아직도 거기 사십니까?"

거기? 은서는 고갤 숙였다.

길이 끊긴 듯이, 끊겨버린 듯이, 마치 다시는 갈 수 없는 길인 듯이, 생각 속에서도 피해가던 거기. 겨우 일 년 전에 자신이 몸담아 살던 공간이건만 그곳을 떠나온 세월이 몇십 년은 흐른 듯 아득했다.

"거기 안 살아요."

"이사하셨군요."

"결혼을 했거든요."

"아…… 네."

결혼을 했다는 은서의 말이 남자에겐 너무 뜻밖이었는지 커피를 마시려고 입술 가까이에 대던 찻잔을 그대로 내려놓았다.

"결혼은 언제?"

"봄에요. 올 봄에."

"바로 했군요."

바로? 화연이 그리 되고 난 다음 바로라는 뜻인 줄 알면서도 은서는 멍해졌다. 화연이 작년 겨울 초입에 그리 됐으니 올 봄이면 남자의 말대로 바로인데, 왜 이렇게 아득한 때 같은지.

"그런 셈이에요."

남자는 약간 구부렸던 몸을 바로 하다가 괜히 비뚤어지지도 않은 셔츠 속의 남방깃을 반듯하게 해놓다가 손을 밑으로 내려 놓았다가 이젠 팔짱을 끼고 있다.

"제게 무슨 부탁을?"

"아…… 네."

남자는 은서가 결혼을 했거든요, 라고 말했을 때와 똑같이 놀라는 투로 아…… 네 했다. 남자가 너무 당황스러워하는 것 같아 은서는 입을 다물었다. 그가 스스로 말해주기를 기다리며 은서는 꽤나 긴 침묵 속에 앉아 있었다. 사람들이 왁자하게 몰려왔다가 나가고, 다시 왁자하게 몰려왔다가 나가는 걸 은서는 유리창 밖을 내다보며 귓가의 기척으로 느꼈다.

얼마가 지나 남자가 더듬거리듯 말했다.

"화연이 기르던 강아지, 생각나세요?"

화연이 기르던 강아지? 은서는 남자의 얼굴을 빤히 바라봤다.

"미장원에 갈 때도 데리고 다니던 강아지 말예요."

"생각나요…… 그런데?"

남자는 하던 말을 멈추었다.

화연의 강아지, 그래 화연의 강아지. 그 강아지가 어디로 갔을까? 어느 날 시장에서 강아지를 데려온 후 화연은 아침에 미장원 문을 열러 가면서도 강아지를 안고 갔다. 미장원 일을 마치고 돌아오면서는 또 안고 왔다.

"그 강아지를 제가 데리고 있었어요. 이젠 개가 됐죠."

은서는 찻잔을 들었다.

그랬구나, 저이가 데리고 갔었구나. 하긴 그는 화연의 연고자였다. 화연의 남자이기 전에 그는 화연의 사촌이었다. 화연이 이 세상에 남겨놓은 무엇이든 정리할 권리가 그에겐 있었다.

그런데도 은서는 미처 생각을 못 했다. 화연의 강아지를 저 남자가 가지고 갔으리라는 걸. 화연의 아파트나 화연의 미장원을 정리하면서 은서에게 어떻게 했으면 좋겠느냐고, 화연의 물품 중 은서가 간직하고 싶은 게 있으면 가지고 가라, 하던 저 남자가 왜 강아지에 대해선 아무 말 없이 가지고 갔는지.

은서는 잠시 멍해져서 이제 그 강아지가 개가 되었다고 말하는 남자의 얼굴을 바라봤다.

화연은 어느 날 시장을 보러 갔다가 당근이나 무 콩나물이나 오징어 대신 강아지 한 마리를 안고 왔다.

그날, 완을 마지막으로 봤던 날, 자신이 앉아 있던 자리에 박효선이 앉는 걸 창으로 건너다보고 돌아오던 날, 아파트로 건너오는 신호등 아래 웅크리고 주저앉았다가 화연을 만났던 날, 신호등 아래 두고 온 가방과 감자봉지를 화연이 챙기러 간 사이 오한에 떨며 넋을 놓아버렸던 날…… 그날 이후부터 겨울 초입 무렵까지 화연은 언제나 은서 곁에 있었다.

서로 어떤 유년을 가졌는지, 서로 어떤 성장기를 가졌는지에
대해 몰랐으나 그 늦여름과 가을과 막 겨울로 들어설 때까지의
나날들을 둘은 함께 보냈다. 적어도 그 나날들 속의 화연과 은
서는 서로에 대해 소상히 알고 있다. 어느 날 어디에서 무엇을
하고 있었는지를.

　은서가 강아지를 안고 들어오는 화연을 놀라 쳐다보자, 화연
은 너무 불쌍해서 사왔다고 했다.

　"시장을 그리 다녔어도 시장 안에 개고기 파는 집이 있다는
걸 나는 몰랐어."

　화연은 강아지를 내려놓고 시무룩해졌었다. 그걸 몰랐기는
은서도 마찬가지였다.

　"뭔가 있다고 생각은 했지. 저만큼 뭔가 붉은 것이 진열되어
있다고…… 그런데도 그게 개고기일 거라고는 생각도 못 한 거
야. 늘 무심히 지나쳤거든. 오늘은 그 집에 강아지 팝니다, 라
고 써 있잖아. 그래서 보니까 이 강아지가 망 속에 쭈그리고 앉
아 있는데 귀여워서 만져보려다가 무슨 냄새가 역해서 살펴보
니까 글쎄 그 집이 개고기 파는 집이지 뭐야? 넌 알았니? 그 집
이 그런 걸?"

　은서는 아니, 하며 고갤 흔들었다. 벽 하나를 사이에 두고 살
던 둘은 그 무렵 서로의 열쇠를 하나씩 나눠 가지고 있을 정도
로 친해졌었다. 알고 보니 화연이 은서보다 나이가 두 살 많았
으나 그들은 서로 너, 나 했다.

　"개고기가 진열되어 있는 옆에 이놈이 쭈그리고 앉아 있는

거야. 끔찍하지 않니?"

화연은 계속 시무룩하게 겨우 은서에게나 들릴 작은 목소리로 속삭이며 눈물이 글썽해져 있었다.

"그 집이 개고기 파는 집이라는 걸 왜 난 몰랐을까?"

그때 은서는 화연에게 무슨 말인가 해줘야 할 것 같아 겨우 그럴 때가 있는 법이라고 말했었다.

"왜 그럴 때가 있잖아. 생각도 안 한 물건이 예기치 않은 장소에 있으면, 우리뿐만이 아니라 누구나 다 그럴걸. 무슨 계기가 있어 그 물건의 실체를 확인하기 전에는 그냥 가물가물하니 저기 뭐가 있구나, 하잖아. 그런 거였겠지."

"다른 사람들은 거기서 개고기를 사갔을 텐데."

"……그렇다고 사왔어?"

"어렸을 때 이모집 개가 생각나서…… 그 사람 다음으로 나를 지켜줬지. 비가 오면 우산을 물고 학교 교문 앞에 앉아 있고, 이모부가 집을 비우잖아, 그러면 마루로 올라와서 혀를 빼내고서 씩씩, 거리며 밤새 방문 앞에 앉아 있곤 했어. 이모부 대신 식구들을 지켰던 거지. 참 우습지? 아침에 이모부가 오면 그때 마루를 내려갔으니까. 같이 나갔다가 우리가 버스를 타잖아, 그러면 그 자리에 가만히 앉아서 다시 우리가 돌아오는 버스에서 내릴 때까지 기다렸다가 함께 오곤 했어. 추운 날 끌어안고 있으면 여기가 따뜻했었어."

화연은 가슴을 가리켰다.

"이모 동생이 너무 그 개를 탐내서 데리고 갔는데 글쎄 목줄을 끊고 돌아왔어, 열흘도 넘게 걸려서."

"정말?"

"응."

"진돗개였나 보지? 왜 진돗개는 귀소본능이 강해서 첫 정을 준 사람을 못 잊는대잖아, 이승만 대통령 때 군용견으로 강원도 전선에 팔려간 개가 한 달 만에 옛 주인집으로 돌아왔다잖아. 그 개가 진돗개였어."

"글쎄? 그건 몰라. 귀가 삼각형이고, 턱이 짧고, 눈에서는 홍채가 났었어. 위쪽으로 약간 올라가고 눈이 좀 작았지. 코는 검은색이었고 다리가 얼마나 곧은지 몰라. 누런 털에, 꼬리가 좀 짧았는데 등 위로 세워져 있었지."

"생김새를 아직 다 기억해? 어렸을 때라며."

"사랑했으니까."

은서는 그때 강아지가 이젠 개가 됐다고 말하며 고개를 숙이고 있는 남자와 같이 고개를 숙였다.

어쩌면 이렇게 선명히? 사랑했으니까, 라는 그 말까지 이렇게 선명히?

은서는 긴장하고 있던 어깨를 펴고 고갤 들었다. 정말 어쩌면 이렇게 선명히 떠오를 수가 있지? 그냥 그랬었지, 가 아니라 한숨처럼 무심히 나누던 말 한마디 한마디까지.

잠시 침묵을 지키던 남자가 뭘 결심한 듯 얼굴을 들었다.

"개를 은서씨가 좀 맡아줬으면 해서요."

"네?"

"저는 내일 지방으로 내려갑니다. 이제 그곳에서 살 거예요."

지방으로 내려가 그곳에서 사는 일하고 개하고 무슨? 남자는 얼른 덧붙였다.

"제가 결혼을 합니다."

"……"

결혼?

"그냥 강아지가 아니라 화연이라고 생각하면서 데리고 있었어요. 그렇게 생각하니 진짜 화연이 같았습니다. 그렇게밖에 지난 일 년을 견딜 재간이 제겐 없었어요…… 맡아주세요. 제가 데리고 있기도, 영문도 모르는 다른 사람한테 주기도……"

어렵게 할말을 해버린 남자는 은서를 한번 올려다봤다가 다시 고갤 숙였다.

"어디에 있어요?"

"차 안에 있습니다."

은서는 남자의 짧은 머리를 잠시 쳐다보다 의자에서 일어섰다.

"알겠어요. 제 차에 옮겨주세요."

"……"

은서가 너무 쉽게 응한다고 생각했는지 남자는 은서가 몸을 일으켜 먼저 걸음을 뗄 때까지 의자에 엉거주춤 앉아 있다. 몇 걸음 걷다가 은서가 돌아보자 그때야 남자는 은서의 뒤를 따라왔다. 남자의 차가 방송국 안에 주차되어 있어 은서는 자신의 차가 주차되어 있는 광장 한켠을 가리키며 거기로 오라고 하고 정문을 향해 걸었다.

차에 시동을 걸어놓고 나서야 은서는 이마에 손을 짚었다. 그때서야 세의 얼굴이 떠올랐다. 느닷없이 개를 데리고 가면 그는 어떤 표정을 지을지.

남자의 푸른색 차가 은서의 차 옆에 와서 멎었을 때 은서는 남자의 차가 화연이 몰고 다니던 차라는 걸 알아봤다.

은서가 차에 대해서 말하기 전에 남자가 먼저, 버릴 수가 없어서 제가 타고 다녔습니다, 하고 말했다. 버릴 수가 없어서, 라는 말이 은서의 가슴에 떨어져 서걱거렸다.

남자의 차 안에 누런 털의 개가 차창 밖을 내다보고 있었다. 개는 남자가 자기를 은서에게 주려고 하는 걸 모르는지 검은 눈이 평화롭고 귀도 순하게 젖혀져 있었다.

남자가 이리 와, 하며 끌어안아 은서의 차 뒷자리에 옮길 때까지도 개는 가만 있다. 그러다가 남자가 몸을 일으키고 차문을 닫자 개는 벌떡 일어났다. 남자가 혼자 자신의 차 앞으로 가자 개는 두 발을 들어 차창을 긁었다.

화연이 저 개가 강아지였을 때 자신의 미장원 이름을 따 '수'라고 불렀었지, 라고 생각하는데 개는 남자를 향해 낑낑거리며 발톱으로 계속 차창을 긁었다.

"이름을 계속 수라고 부르셨어요?"

뜻밖의 질문이었는지 남자는 차문을 열다가 가만 서 있다가 바짓주머니에서 봉투 한 장을 꺼내 은서에게 내밀었다.

"나는 화연이라고 불렀어요…… 저 개의 특성을 생각나는 대로 적은 겁니다."

남자가 차에 올라타 시동을 걸자 은서의 차 안에 있던 개는 펄쩍펄쩍 뛰어올랐다.

남자가 차를 뒤로 조금 뺐다가 광장 저쪽을 향해 방향을 틀자, 개는 차창을 부술 듯이 발로 차다가 컹컹 짖으며 주저앉았다. 남자는 멈칫거리지 않고 그대로 광장 옆 공원을 지나 도로와 도로 사이 화단을 지나 차량 속에 섞였다.

남자의 차가 시야에서 완전히 사라질 때쯤 은서는 차창 밖에 서서 차창 안의 개를 바라봤다.

개는 차창에 발과 얼굴을 대고 하염없이 남자가 사라져버린 쪽을 보고 있다. 은서는 다가가서 개의 얼굴이 부벼지고 있는 유리에 손바닥을 펴 대봤다. 개는 남자가 사라진 곳만 응시하고 있다. 은서는 약간 구부리고 앉아서 개의 눈에 손바닥을 맞춰 흔들어봤다. 그래도 개는 남자가 사라진 방향만 보며 가만있다. 은서가 주먹을 쥐고 창문을 콩콩 두드려도 개의 시선은 옮겨지질 않았다. 은서는 개가 안쓰러워져서 개가 얼굴을 대고 앉아 있는 반대편 차문을 열고 들어가 개의 얼굴을 차창에서 떼어냈다. 아무런 힘도 없는지 개는 별 저항 없이 은서의 팔에 안겼다.

화연의 죽음을 지켜본 건 너였지. 은서는 개를 무릎에 내려놓고 개의 얼굴을 자신의 배 근처에 묻게 해주고 등을 쓰다듬었다. 그 남자도 아니고 나도 아닌 너였어.

은서는 고개를 숙여 개의 눈을 들여다봤다. 은서의 시선과 부딪힌 개의 검은 동공이 허둥거렸다. 너는 화연의 무얼 봤니? 은서는 허둥거리는 개의 눈을 더 깊이 들여다봤다. 그녀가 맨 마지막에 뭐라고 했니? 은서는 남자가 건네준 종이를 펼쳐봤다.

1. 우울할 때 발톱을 깎아주거나 귀청소를 해주면 명랑해집니다.
2. 혹시 약을 먹일 일이 생기면 물약으로 달라고 하세요. 가루약은 안 먹으려고 합니다.
3. 혼을 낼 때는 엉덩이 부분을 때려주면 알아듣습니다.

4……5……6……7……8. 남자가 적어놓은 건 여덟 가지였다. 결혼을 한다구? 어느 날 화연은 말했었다. 우리는 결혼했어. 열여덟 살 때 우리 둘이 밤거리를 걷고 있는데, 새벽이 될 때까지 걷고 있는데, 저만큼 성당이 보이지 않겠어. 처음엔 그저 문이 열려져 있기에 들어갔지. 유치원이 딸려 있는 성당이었나봐. 시소가 있길래 타보려고 그는 저쪽에 나는 이쪽에 앉았는데 내 몸이 터무니없이 가벼워서 나는 허공에 떠 있었지. 그렇게 허공에 떠 있는데 그가 맞은편에서 뭔가를 가리키잖아. 허공에 떠서 돌아다보니까 성모 마리아 상이었어. 그는 내게로 와서 나를 시소에서 내리게 하더니 그 앞으로 데리고 갔어. 새벽빛이 밝아오는 푸르스름한 빛 속에서 그가 말했지. 우리 이

앞에서 결혼하자, 지금.

　그녀는 남자가 남겨놓은 개의 등을 쓰다듬으며 날이 저물어 사방이 어두워질 때까지 가만 차 안에 앉아 있었다.

연어가 돌아올 때

   현관문을 열고 신문을 주워와 거실 탁자에 내려놓고 커튼을 젖히다가 은서는 그 자리에 섰다.

   아파트 광장 은행나무들 사이에 어떤 셈인지 대추나무가 한 그루 끼어 있었다. 작년에는 여기 살질 않았으니 그 대추나무에 대추가 열렸었는지 어쨌었는지 그녀로서는 알 수가 없었지만 올해 그녀는 대추나무에 열매가 달리기 시작할 무렵부터 그 옆을 지나다보면 저절로 고개가 돌려지곤 했다. 가지가지마다 엄지손톱만한 대추가 오종종 열려 있었다. 여태까진 파랗던 것이 이즘에 붉게 익어가기 시작했는데 일요일인 오늘 이른 아침부터 아파트 아이들이 그 대추를 따고 있다.

   키가 작은 한 아이가 손에 들고 있던 야구방망이를 대추나무 꼭대길 향해 던지자, 대추나무 가지를 잡아당겨 대추를 따고 있던 키가 큰 아이 둘이 그 방망이에 다칠세라 얼른 가지를 놓고 저만큼 물러선다. 키가 작은 아이는 신나하며 야구방망이에 맞아 후드득 떨어진 대추를 줍고 있다. 물러섰던 아이들도 다시 대추나무 밑으로 다가들어 함께 엉덩이를 밀치며.

"뭘 보고 있어?"

방문을 열고 나온 세가 은서 곁으로 다가와 은서의 어깨를 팔로 감아왔다.

"저 녀석들."

은서 옆에 서서 같이 아이들을 내다보던 세가 저 녀석들 저 녀석들, 하며 웃었다. 아이들은 대추를 먹으려고 땄던 건 아닌가보다. 서로의 주머니에 어느 정도 빵빵하게 채워졌을 대추를 서로에게 던지기 시작하더니 한 아이가 저만큼 달려가서 자, 던진다 하면서 야구방망이를 든 아이를 향해 대추를 던졌다.

세는 저 녀석들, 하다가 은서에게서 팔을 풀고 탁자 앞으로 가서 방금 은서가 집어다놓은 신문을 펼쳤다.

아얏, 대추는 야구방망이에 맞은 게 아니라 아이의 이마나 뺨을 때렸는지 아이는 야구방망이를 내던지며 주저앉았다. 아이가 주저앉거나 말거나 대추를 던지던 아이는 계속해 버려진 야구방망이를 향해 대추를 던지고만 있다. 대추에 맞은 아이를 달래보려고 간 아이는 그 곁에 서 있던 다른 아이다.

"우리집 마당에도 대추나무 있었는데, 생각나?"

커튼 앞에서 돌아서, 세가 앉은 탁자 맞은편에 앉다가 그녀는 멈칫했다. 세가 펼쳐들어 보고 있는 신문, 세의 손가락이 받치고 있는 신문 하단에 책 광고가 나 있다.

해와 달.

지난 늦봄부터 저 출판사의 이름으로 광고되는 책을 은서는 종종 보았다.

"생각나지…… 익기도 전에 다 따먹었던 것까지 생각나는데."

대답을 하다가 은서가 너무 조용하다고 생각했는지 세는 신문을 접으며 은서를 건너다봤다. 은서가 멍하니 앉아 있자 세는 신문을 뒤집었다.

"왜?"

"……"

처음에 은서는 출판사 이름이 완의 기획사무실 이름과 똑같다고만 생각했다. 완이 그 기획사무실 이름으로 출판사 등록을 했다는 걸, 그리고 책을 출간하고 있다는 걸 은서는 방송국 구내서점에서 알았다. 방송국 구내서점은 두 평 정도밖에 안 되는 작은 공간이어서 먼저 주문을 하고 나중에 사가는 식으로 책을 판매하고 있었다. 라디오 원고자료용으로 오페라 전서를 한 권 신청해놓고 찾으러 갔을 때 은서는 오페라 전서 위에 얹혀져 있는 책을 집어들었다. 그때도 저 출판사 이름 때문이었다. 처음엔 그저 그 이름이 완을 연상시켰을 따름이었다. 그래서 집어들었다가 은서는 혹여 싶어서 판권이 있는 뒷장을 펼쳐보았다. 거기 완의 이름이 박혀 있었다. 발행인 서완.

"뭘 봤길래?"

세가 접었던 신문을 다시 펼치려 하자 은서는 일어서서 주방 쪽으로 갔다.

"아니야. 잠깐 무슨 생각이 나서……"

은서는 수도꼭지를 틀었다. 그가 새 책을 발행했나보다. 오늘 광고에 나온 책의 제목은 처음 보는 제목이었다.

쌀통에서 쌀을 꺼내 물에 담가놓는가 싶던 그녀가 쌀 담가놓은 그릇에 물이 넘치도록 수도꼭지를 잠글 생각을 안 하고 가만 개수대 앞에 서 있는 뒷모습이 이상해, 세는 다시 신문을 펼쳐봤다.

"화연아."

개의 기척이 없다는 걸 뒤늦게야 깨달은 은서는 수도꼭지를 잠그고서 개의 이름을 부르며 돌아서다가 세가 계속 신문을 뒤적이고 있자, 다가가 신문을 빼앗았다.

"아무것도 본 거 없어. 그냥 잠깐 딴 생각이 났다니까, 그러네."

은서는 신문을 주방으로 들고 와 구겨서 쓰레기통에 던졌다.

은서의 돌연한 행동을 가만 지켜보던 세는 일어서서 아까 은서가 서 있던 창가로 갔다. 대추를 따서 서로에게 던지던 아이들은 가고 없고, 부러진 잔가지와 흩어진 잎사귀들만 나무 밑에 어지럽다.

아직도?

세는 맥이 쭉 빠졌다.

모른 척했지만 은서가 쌀그릇에 넘치는 수돗물을 잠글 생각을 안 하고 우두커니 서 있을 때, 왜 그러나 싶어 신문을 다시 뒤적여 완의 출판사에서 나온 책 광고를 봤을 때, 세는 마음이 쿵 내려앉았다. 완을 만난 것도 아니고 그저 그가 경영하는 출판사에서 낸 책을 보고도 저럴까? 언제까지?

"여기 있었구나."

주방 뒷문을 열며 은서가 반가워하는 소리에 세는 뒤돌아봤다. 그녀는 윗옷이 딸려 올라가도록 엎드려서 주방 뒷문 밖에 주저앉아 있는 개를 두 손으로 안아올리고 있다.

"왜 여기 있어. 밤새 여기 있었어?"

개의 얼굴에 제 얼굴을 대고 부비는 은서를 세는 빤히 봤다. 개는 그녀의 품안에서 그저 고개를 수그리고 가만있다. 몇 번 개의 얼굴을 쓰다듬다가 고개를 들던 은서는 그때야 세의 시선을 느끼고는 세에게 걸어와 개를 넘겨주었다.

"어제 문단속 그쪽이 했지? 화연이 들어왔나 좀 보고 하지. 밤새 문 밖에 있었나봐. 몸이 차가워. 좀 만져줘."

세는 개를 자신의 품에 넘겨주고는 다시 쌀을 씻으러 주방으로 가는 은서의 뒷모습을 봤다.

아무 일도 없었다는 듯 그녀는 금방 쌀 씻는 소리를 냈다. 물을 받고 뜨물을 헹궈내고, 손바닥으로 문지르고 다시 물을 받아 헹궈내는 그녀의 뒷모습을 세는 계속 보고 서 있다.

저 여자는 무슨 생각을 하며 사는지, 세는 허전했다. 지금 개를 안고 있는데도 빈 품안 같다. 세는 탁자 앞의 바닥에 개를 내려놓았다.

은서가 냉장고 문을 열려다가 세를 돌아다봤다.

"좀 안아줘. 몸이 차갑다니까."

세는 개를 안는 척하다가 은서가 다시 개수대 앞에 서느라 등을 돌리자 개를 그대로 내려놓았다.

세는 은서가 개를 화연이라고 부르는 게 서글프다. 개를 데리고 온 날부터 개에게 쏟아붓는 은서의 정성을 보는 일도 서글프다.

은서가 개를 너무 화연 대하듯 하기에 자신은 개를 안거나 쓰다듬어주게 되지가 않았다. 개가 진짜 그 여자, 화연 같아서.

거실 바닥에 개를 그냥 내려놓고 세가 방으로 들어가는 걸 보고서야 은서는 세가 다른 날 같지가 않다는 걸 느꼈다. 은서는 행주에 물 묻은 손을 닦으면서 방금 자신이 쓰레기통에 구겨넣은 신문을 잠깐 바라보다가 세가 들어간 방문을 두드렸다. 응답이 없다. 은서는 한번 더 두드려보고서 가만 문을 열었다.

세는 두 손으로 침대를 짚고 걸터앉아 있다. 은서가 문을 열고 들어가도 그대로 가만있다. 은서가 바로 발치에 설 때서야 세는 고갤 들어 은서를 올려다봤다.

"왜?"

"……"

세는 은서가 다음에 무슨 말을 해올지를 안다. 내가 무슨 잘못이라도? 그녀는 그렇게 말할 것이었다. 조금이라도 자신의 기척이 이상하면 그녀는 꼭 그렇게 말해왔다. 내가 무슨 잘못이라도?

세는 그녀에게 품었던 서운한 마음을 지워버리고 침대에서 일어섰다. 찬물에 쌀을 씻던 손을 다소곳이 쥐고서 자신의 눈치를 보고 있는 그녀에게 화를 낼 기운이 일지 않았다.

"아침 먹고 우리 어디 갈까?"

"어디?"

"산은 어때?"

마주 보며 눈을 동그랗게 뜨는 은서의 손을 세는 잡아봤다. 쌀을 씻던 손은 차갑다. 그래, 어떠하든 저 여자는 지금 나에게 밥을 지어주기 위해 쌀을 씻는 여자다. 세는 잡았던 은서의 손을 놓고 먼저 방문을 열고 나왔다.

개는 아까 세가 내려놓은 그대로 움츠리고 앉아 있다. 세는 그 옆으로 다가가서 개를 안고 개의 등을 쓰다듬었다. 뒤따라 나온 은서는 그제야 안심이 되는 듯 세의 품에 안긴 개를 잠깐 쳐다보더니 다시 주방으로 갔다.

"그러면 김밥 쌀까?"

세는 도마질을 하고 있는 은서의 등을 멀거니 쳐다봤다. 세에게서 아무 대답이 없어 뒤돌아보던 은서는 세가 멀거니 자신을 보고 있자 왜? 하는 표정을 지었다.

"정말 갈 수 있어?"

"그럼. 그냥 해본 소리였어?"

"아니 그런 게 아니라……"

세는 뭐라고 하려던 말을 멈췄다. 그냥 해본 소리가 아니라, 은서가 선뜻 응해오는 게 의외였다. 그저께 그녀가 말한 대로라면 오늘 내일 그녀는 원고 쓰느라 꼼짝없이 방 안에 있어야 했으므로.

"슈퍼에 가서 오이하고 단무지 좀 사와…… 어제쯤 생각했으면 김밥 속을 많이 넣는 건데…… 그냥 그 두 가지하고 쇠고기 볶아서 좀 넣는다? 고기는 갈아다놓은 거 냉동실에 있거든."

"안 가도 돼…… 원고 써야잖아."

"빨리 사와. 늑장 부리다간 차가 밀려서 아무 데도 못 갈걸."

은서는 냉장고 위에 얹어두었던 지갑을 세에게 주며 등을 떠밀었다.

세가 나가고 없는 사이 은서는 자신이 쓰레기통에 구겨 버린 신문을 들어 펼쳐보려다가, 그냥 접어 주방 뒷문에 던져놓으려다가, 가만 서 있다가, 신문을 집어 펼쳐봤다.

완의 출판사 해와 달에서 광고하고 있는 새 책은 번역물이었다. 저자는 광고 속에서 책상다리를 하고 오른손을 머리카락 속에 파묻고 있다. 그녀는 '먼곳에서 돌아오는 사람'이란 제목을 읽고, 제목보다 좀 작은 글씨의 광고 문안을 읽었다.

과거를 다 기억할 수 없다면 살아서 무엇 하나?

은서는 마치 못 볼 것을 본 것처럼 얼른 신문을 접어 주방 뒷문 밖에다 던져버리고는 냉장고의 냉동실 문을 열었다.

바뀐 지 오래인 전화번호들, 낡은 사진 몇 장.

얼른 덮어버렸는데도, 과거를 다 기억할 수 없다면 살아서 무엇 하나, 다음 문안의 글씨 모양이 눈앞에서 어른거렸다.

은서는 정육점에서 갈아다가 비닐에 나눠 담아놓은 쇠고기를 꺼내 녹이려고 전자레인지에 넣고 시간을 삼십 초에 맞춰놓

왔다.

이런, 그녀는 귀가 먹먹해와 계란을 깨뜨려 그릇에 담아내다가 멍청히 서 있었다. 발을 딛고 있는 바닥이 현실감 없이 붕 떠 있는 것 같았다. 나는 언제까지 이럴 것인가? 언제쯤이나 그의 자취를 느끼지 않을 것인가?

그녀는 전자레인지 뚜껑을 열고 녹은 고기를 내놓다가 개를 돌아다봤다. 개는 거실 바닥에 엎드려 가만 있다.

"화연아, 이리 와봐."

개는 고개만 잠시 갸웃할 뿐이다.

"이리 와봐."

그래도 개는 가만있다, 다른 때 같으면 부르지 않아도 은서의 발치에 앉아 있을 참인데.

"네가 거기 있는 걸 몰라서 그런 거야. 일부러 널 거기에 두고 문을 잠근 건 아니라구."

은서는 개에게로 다가가서 개의 등을 어루만졌다. 그래도 가만있어 은서는 개의 두 발을 손바닥 위에 올려놓고 발바닥을 간질였다. 두 발을 손바닥 위에 올려놓고 간질여주면 상쾌해 함. 남자가 주고 간 종이의 개의 특징 일곱번째쯤에 써 있던 것이다.

개는 은서네로 옮겨와 얼마 동안 뭘 먹으려고도 짖으려고도 걸어다니려고도 하질 않고 주저앉아만 있더니 은서가 두 발을 손바닥에 올려놓고 간지럼을 태우자 그때야 기적을 보였었다. 밥을 조금 먹기 시작하고 조금 짖기 시작하며 적응해왔다. 그런데 오늘은 처음에 데려왔던 때와 똑같은 기척이었다.

두 시간을 달려와 우연히 내다본 차창 밖은 숲이다. 세는 숲가에 서 있는 집을, 그 집에 우편함처럼 정답게 쳐져 있는 빨랫줄을 바라다봤다. 그 빨랫줄에 빨아 널은 옷가지들이 가을햇살 아래 하얗게 말라가고 있다. 어렸을 적부터 꿈꾸었다. 저런 빨랫줄이 있는 저런 집에 은서와 함께 사는 꿈.

빨랫줄을 보다가 세는 운전하는 은서의 옆모습을 쳐다봤다. 희망이 지나가버린 얼굴. 은서의 얼굴에서 그런 적요를 봐야 할 때마다 세는 아득해졌다. 은서에게서 저 표정을 지우고 예전의 표정을 회복시켜줄 수 있다면 그 자신 그림을 다시 그릴 수도 있을 것 같다.

어렸을 적 은서가 작은 키를 세우며 빨래를 널거나 걷고 있는 모습을 세는 자주 바라봤었다. 우물이 있고, 분꽃이 피고 대추나무가 있고 장독대가 있는 그 집. 어린 은서가 도랑에서 빨래를 해와 널고 있는 모습. 빨랫줄은 높고 은서의 키는 작아서 걷을 때는 몰라도 널 때는 어린 그녀는 종종 깨금발을 딛고도 잔등이 다 나오도록 팔을 쳐들곤 했었다. 그런 은서를 완과 함께 혹은 이수와 함께 바라볼 적마다 세는 꿈꾸었다.

저물녘에 바싹 마른 옷가지들을 팔에 차곡차곡 걷고 있는 은서를 마루턱에 앉아 바라보는 꿈. 빨래를 걷다가 하늘을 날아가는 기러기를 쳐다보는 은서와 함께 사는 꿈.

그런 꿈속의 은서는 저렇게 운전을 할 줄도 모르고, 뭔가 놓아버린 듯한 저런 표정도 아니고, 일에 파묻혀 새벽까지 책상에 앉아 있는 은서도 아니다.

그럼 뭔가?

세는 피식 웃었다.

"참 좋은데…… 이 길을 와봤어? 길을 잘 아네."

"응, 작년 가을에."

작년 가을? 세는 마치 물어서는 안 될 것을 묻고 만 듯 가슴이 쿵, 내려앉았다.

작년 가을의 은서를 생각하면 세는 늘 마음이 흐려지고 무엇에 홀린 듯했다. 세는 은서를 알고 있다고 생각했다. 그녀의 어린 시절도 알고, 그녀의 소녀 시절도 알고, 완을 사랑하는 그녀의 마음도 안다고. 그러나 작년 가을의 은서만은 세는 모르겠다. 그때의 은서는 미혹, 그래 미혹이었다.

작년 가을 완이 결혼할 즈음의 그리고 완이 결혼한 바로 이후의 은서를 세는 만날 수가 없었다. 늘 은서의 곁엔 그 여자 화연이 있었다. 전화를 걸면 곁에 친구가 있어 통화를 오래 할 수 없다 했다. 친구 누구? 하고 물으면 화연이…… 그랬다. 아파트로 찾아가면 그 여자가 은서의 방에 있거나, 은서가 그 여자의 방에 가 있거나, 그것도 아니면 그 여자의 미장원에 가 있었다.

세는 은서가 작년 가을에 이 길을 누군가와 왔다면 그 여자 화연과 왔을 거라는 걸 짐작하면서도 기어이 묻고 있다.

"누구랑?"

"화연이랑."

세는 아득해지려는 자신의 마음을 붙잡아보려고 운전하는 은서의 손등에 제 손을 갖다댔다.

그녀 곁에 갈 수 없는 건 그녀가 완을 사랑하기 때문이라고만 생각했다. 은서의 마음이 어느 날 완에게로 가버린 후 세는 한 번도 온전히 그녀 곁에 갈 수가 없었다. 완을 사랑하는 그녀의 등만을 바라다볼 수 있었을 따름이었다. 그러나 완이 그녀 곁을 떠난 작년 가을의 그녀 곁에도 세는 갈 수 없었다. 그 여자 화연 때문에.

행여 은서가 다른 마음을 품지 않을까, 싶어 세는 하루에 두어 번씩은 전화를 했고, 저녁참이면 자주 은서의 아파트를 찾아갔었다. 하지만 은서 곁엔 늘 화연이 있었다. 둘은 하나 같았다. 서울에 다녀간 이수마저 누나가 이상하다고, 너무 화연만 찾는다고, 고개를 갸웃했을 정도로. 세에겐 화연이 미혹이었다. 그 여자를 도무지 알 수가 없었다. 어떻게 그렇게 은서의 마음을 송두리째 사로잡을 수가 있었는지.

지나가는 강가, 엇비스듬히 경사진 언덕 위로 모자를 눌러쓴 이가 자전거를 타고 지나갔다. 콩밭에 낮게 포복하고 있던 낯선 새도 풀쩍 숲으로 날아갔다.

작년 가을, 은서는 눈앞이 흐려지려 해 눈을 깜빡였다. 작년 가을 화연과 함께 이 길을 왔었다.

은서에게 운전을 가르치던 화연이 불안스레 운전대를 잡고 있는 은서 곁에 앉아 있었다. 화연은 마치 자신을 은서에게 옮겨 놓을 생각인 듯 자신이 알거나 익힌 것들을 은서에게 가르쳤다.

운전······ 볼링······ 수영······ 기타 치는 법. 어느 일요일은 빈 미용실로 은서를 데리고 가서 머리 커트하는 법까지 가르쳤다.

"마음이 아플 땐 무엇이든 다른 일에 빠져보는 게 최고야."

이게 화연의 주장이었다. 은서는 화연이 끄는 대로 그녀에게서 이것저것을 배웠다. 화연은 재봉질을 해서 옷도 만들 줄 알았고, 가죽을 떠다가 가방을 만들 줄도 알았다. 그녀 주장대로라면 그렇게 많은 것을 할 줄 아는 그녀는 너무나 마음이 아픈 여자인 셈이었다.

은서는 작년이나 지금이나 조용한 강물을 잠깐 고갤 돌려 쳐다봤다.

강물은 조용한 얼굴로 지나감을 인정하라 한다. 그러나 내가 고달픈 것은, 은서는 웃었다. 지나가는 것이 물과 새뿐이 아니라는 것······ 내가 지나가고 너 또한 지나간다는 것. 강물과 아주 헤어져 중앙선을 달렸다. 멀리 농가 마당 멍석 위에 널린 붉은 고추에 눈이 아프다.

산으로 들어가는 입구 외진 곳에 차를 주차시키고 그들은 산길로 접어들었다. 산길 입구에 초로의 남자가 손금 봐줍니다, 라는 글씨를 크게 써서 나무에 붙여 세워놓고 세를 불렀다.

"재미예요. 한 사람 분만 내면 두 사람 다 봐드릴게."

재밌겠는지 세가 은서를 붙잡았다. 손금은 무슨? 은서는 그냥 가자 했으나 세는 재미로, 하면서 초로의 남자 앞으로 은서를 끌고 갔다.

"재능이 있구만."

남자는 세의 손바닥을 들여다보더니, 예언자가 되었다. 재운도 있고, 장수하겠소. 자식은 딸 하나에 아들이 둘이고, 뭔가 붙들고 늘어지면 아주 명성을 날리겠소.

"이 사람은 어떤지."

은서가 손을 감추려 하자 세는 은서의 손을 잡아당겨 제 손등 위에 올려놓게 하고 남자에게 이 손금은 어떤가요? 하고 물었다. 남자는 은서의 손바닥을 들여다보더니 고개를 갸웃했다.

"상당히 난이도가 높은 손금이오. 막 쥐었네, 자식은 딸이 하나…… 사랑선이 두 개요."

은서는 세의 손등 위에서 얼른 손을 걷어버렸다.

딸이 하나? 한낱 초로의 남자 말을 들었을 뿐인데 은서는 남자가 자식은 딸이 하나, 했을 때 새 한 마리가 가슴을 뚫고 퍼드득, 날아감을 아프게 느꼈다. 몸 속에 살고 있던 새의 자리가 휑해져서.

"저 사람들 좀 봐."

산을 올라가는 한 무리의 사람들 속에 등산복 차림이 아닌 양복을 입고 넥타이를 맨 한 무리의 사람들이 섞여 있다. 그 속에 머리에 화관을 쓰고 손엔 꽃을 들고 노랑 저고리와 붉은 치마를 입은 여자가 섞여 앞서 걸어가고 있다.

"뭐 하는 사람들이지?"

세는 잠자리가 내려앉은 코스모스를 꺾어 은서의 머리에 꽂아주었다.

"무슨 하늘이 저래?"

가을 하늘이 지독하게 푸르다. 멀리 벼이삭 위로 푸른 물을 쏟아붓는 듯했다.

"참 좋다!"

"나오길 잘 했지?"

"응."

대답은 그렇다 하면서도 은서는 돌아가 밤을 꼬박 새워 원고를 써야 한다 생각하자, 휴, 한숨이 나왔다. 한숨 끝에 혼자 두고 온 개 생각에 잠시 우울해지기까지 했다.

"앞으론 문단속할 때 화연이가 문 밖에 있나 없나 보고 해…… 아프지나 않을는지 모르겠어."

"……"

"응?"

"개인데 뭘. 개들은 한겨울에도 마루 밑에서 자잖아. 거기서 새끼도 낳아 기르고."

"그런 개하고 같아?"

"그럼 달라?"

은서는 대답 대신 옆에 서 있는 세의 얼굴을 건너다보는데, 머리에서 세가 꽂아준 코스모스가 툭 떨어졌다. 그녀는 엎드려 떨어진 코스모스를 주워서 세의 코를 간지럽혔다.

"미안해."

"뭐가?"

"……"

은서는 고갤 숙여버렸다.

미안해, 늘 이런 식이어서 정말 미안해. 자신이 습관처럼 내뱉는 미안하다는 말, 내가 뭘 잘못했어 하는 말을 세가 싫어한다는 걸 알면서도, 될 수 있으면 그런 말을 쓰지 말아야지 하면서도…… 그게 잘 되지가 않았다.

"언제까지 내게 미안해하며 살 거지?"

다른 날 같으면 그냥 은서의 어깨를 두드려주거나 가만 웃고 말던 세가 어깨를 좁히며 되물었다.

두어 걸음 앞서 있던 은서가 걸음을 멈췄다. 그리곤 깜짝 놀라서는 천천히 고갤 돌려 세를 쳐다봤다. 세는 마주친 은서의 눈을 응시하다가 내가 왜 이러지, 더 쓸쓸해져 앞서 걸었다. 정말 내가 왜 이러지? 그러지 않으려고 해도 아침에 그녀가 완의 출판사에서 한 책 광고를 보고 우두커니 있던 모습이 자꾸 눈에 밟혔다.

언제까지 내게 미안해하며 살 거지? 세의 한마디가 둘 사이를 서먹하게 만들어놓아, 산 입구에 도착했을 때만 해도 다정했던 두 사람은 서로 말없이 산에 올랐다.

아무렇지 않은 듯 세의 뒤를 따라가지만 은서는 언제까지 내게 미안해하며 살 거냐는 세의 말을 들은 순간 깜짝 놀란 가슴이 가라앉질 않고 있다.

왜 세가 그런 말을 하리란 생각을 전혀 못 했을까?

한 걸음씩 처지기 시작한 걸음이 세와의 간격을 점점 벌어지게 했다. 은서는 배낭을 메고 등산모를 쓴 사람들 속에서 세를 찾다가 어느 순간 가슴이 퉁, 내려앉았다. 한 걸음씩 벌어진 게 아주 멀어져버려 세가 보이질 않았다. 사람들 속에서 세를 찾지 못해 잠시 망연히 서 있던 은서는 뒷사람에게 밀리다시피 걸었다.

단 한 번도 세가 자신에게서 멀어질 수도 있다는 생각을 은서는 해본 적이 없다. 언제나 세는 거기 있었고, 거기 있을 것이라고 왜 그렇게 확신을 갖고 있었을까.

은서는 홀로 다시 오르는 산길로 접어들었다.

저만큼, 세속을 끊고 금강산으로 입산하러 가던 마의태자가 심었다는 은행나무 한 그루가 길을 큰 그늘로 덮고 있다. 울창하게 푸르렀을 은행잎이 노랗게 물이 들어 있다. 푸르렀을 때 그 푸름이 너무 짙어 비통스러웠으리라. 너무 푸르러 저리 노랗게 물이 들고 낙엽이 될 줄 몰랐으리라. 태자의 베옷, 올올에 스몄을 걸음걸음의 짙푸른 회한 같았으리라. 하지만 그 회한도 시간의 지남은 어찌지 못하는가, 저리 물이 들도록 버려두었으니.

은서는 그 은행나무 곁에 잠시 앉았다. 앉고 보니 은행나무 앞으로 소롯한 산길이 뚫려 있다. 보지 않았는데도 세가 그 길을 지나갔으리란 생각이 들었다. 그녀는 세가 지나갔으리라 생각되는 그 소롯한 길을 뚫어져라 바라봤다. 산길로, 소롯하지만 점점 더 깊어지는 산길로, 자꾸만 걸어가며 멀어지는 도보 고행승이 보이는 것만 같다. 그의 허벅지는 만근의 무게로 갈라지고 그의 발목은 어느 하루 물집 아물 날 없었으리.

마음의 저울추 한쪽에 완이 무겁게 내려앉고 난 뒤부터 지금까지, 나는 나를 어쩌지를 못하겠었어. 은서는 마치 세가 옆에 있기라도 한 듯 중얼거렸다.

마음이 완에게 거절당할 때마다 공허하게 쏘다니던 거리들이, 주저앉아 멍하니 앉아 있던 시간들이, 밀물처럼 밀려왔다. 그것들이 아직도 추억이 되지 못해 생생하게 꿈틀거렸다. 사랑하는 사람과 함께 아무것도 일궈낼 수 없다는 공허가 파먹은 마음자리가 너무 깊어서, 그녀 자신 세에게 똑같은 공허를 주고 있었다는 사실을 그녀는 외면했다.

은서는 불안해져서 얼른 일어섰다. 눈앞의 울창한 노란 은행잎들이 하나하나 마음에 쌓인 낙담 같다. 그녀는 은행나무 밑을 도망치듯 뛰어나와 세의 이름을 불렀다.

화연이 어느 날 한밤중에 개를 차에 싣고 나가 다리 난간을 뛰어넘어 물 속에 빠진 걸 건져냈을 때, 화연은 죽고 개만 살아남았을 때, 뒤늦게 화연이 수면제를 먹고 운전대를 잡았다는 걸 알았을 때, 은서는 걸어 걸어 세를 찾아갔었다. 언젠가 봄날 세의 작업실에 들러 석류를 들고 나온 후 처음 찾아가는 길이었다. 그녀가 찾아갈 사람은 세밖에 없었다.

은서는 알았다.

화연이 일부러 수면제를 먹고 운전대를 잡았다는 걸.

그날 은서가 따라나서려고 했을 때 화연은 한사코 은서를 떼어놓았었다.

은서는 뒤늦게야 알았다.

그 길이 화연이 아예 죽으려고 마음먹고 나간 길이라는 걸. 화연은 미안하다는 편지를 남겨놓았다. 이렇게 일찍 헤어질

314

줄 몰랐어. 더이상 살아갈 힘이 없어. 힘들게 해서 미안해.

은서는 세를 찾아가 울기만 했다. 울다가 지쳐 세에게 물었다. 나는 어떤 사람인가? 하고. 세는 말했다. 너는 내 고향이야, 라고.

산 입구에서 만난 화관을 쓰고 꽃을 들고 노랑 저고리를 입고 있던 여자는 신부였나보다. 산중턱 산장에 올라보니 결혼식이 한창이었다. 산에서 만난 사람들일까? 신랑과 신부를 둘러싼 하객들 거의가 등산복 차림이었다. 은서는 결혼식이 진행중인 산장 안을 살펴보았다. 거기 모르는 사람들 속에 섞여 세가 서 있다. 세를 발견한 반가움은 잠시, 은서는 모르는 사람들 속에 섞여 있는 세를 바라보기만 했다. 다름도 아닌 결혼식을 바라다보고 있는 세의 얼굴이 외로워 보여서.

"산은 어머니 품안과 같이 우리 인생을 어루만져주는 곳입니다. 높은 산을 보세요. 산은 하늘과 땅 사이에서 그 두 세계를 반씩 나눠 갖고 있지요. 이런 산에서 만나 산에서 결혼식을 올리는 두 분이니 인생의 어떤 난관도 지혜롭게 이겨나가리라, 믿습니다."

역시 등산복 차림의 주례의 목소리는 낭랑했다.

"산길은 인생길과 비슷합니다. 평평한 길이 있으면 오르막길이 있고 오르막길이 있으면 반드시 또 내리막길이 있지요. 그렇게 오르락내리락하면서 정상에 오르면 올라온 만큼 세상이 내려다보이지요……"

주례사가 끝나자, 산장 안에 박수소리가 울려퍼졌다. 세도 박수를 치고 있다. 박수를 치는데도 세는 쓸쓸해 보였다. 계속해서 박수를 치고 있는 등산복을 입은 하객들 속을 세가 비집고 나왔다. 은서는 사람들 속에서 손을 들어 세를 향해 흔들었다. 하지만 세는 은서를 보지 못하고 바깥으로 나가고 있다. 은서도 바깥으로 나가려고 몸을 트는데 신랑 신부를 향해 서 있던 사람들이 거의 모두 한 발짝씩 물러섰다. 신랑 신부가 하객들을 향해 인사를 하고 식장을 걸어나오는 모양이었다. 그 통에 은서는 사람들 속에 꽉 끼이고 말았다. 팔짱을 끼고 걸어나오는 신랑 신부를 향해 누군가가 눈가루를 뿌렸다. 누군가는 펑 소리를 내며 색색의 테이프를 터뜨렸다. 와― 하는 웃음소리가 퍼져 은서가 고개를 들고 보니 신부의 화관 위에 눈가루와 오색의 테이프가 화려했다.

밖으로 나와보니 세는 다시 보이지 않았다. 은서는 올라가는 산길을 쳐다봤으나 그 산길 굽어진 곳까지도 세가 보이지 않았다. 신랑과 신부가 등산복 차림의 하객들에 둘러싸여 산장을 나오는 걸 보며 은서는 올라가는 산길을 향해 바쁘게 걸음을 뗐다.

마치 모두들 결혼식 하객이었던 듯, 산장 위의 산길엔 사람들이 별로 없다. 나무들은 울긋불긋 물들어 가끔 쏴아― 소리를 내며 낙엽이 날렸다.

그는 어디에 있는가?

얼굴로 날아와 입술에 달라붙는 단풍잎을 떼어내는데 나뭇잎들이 내는 쏴아 소리 같은 아픔이 마음 깊은 속을 타고 올라온다. 언젠가 이렇게 산길을 걸었다는 생각, 산길을 올라가며 꼭 이렇듯 외로워봤었다는 생각, 언젠가 언젠가······ 은서는 고개를 푹 떨궈버렸다.

기억 속의 산길에 완이 있다. 경주의 남산 길이다. 그가 그랬다. 옆에 은서 자신이 있는 줄도 모르는 듯 그는 앞서 걷기만 했었다. 잠시 쉬었다 가도 되련만은, 완은 은서가 가까이 오면 또 등을 보이고서 산길을 올랐었다. 그때 그랬다. 완의 등만 보고 걷기가 싫어 총총 거리를 좁혀보려 했지만 어떻게 겨우 그의 옆에 서게 돼도 다시 곧 등이 보였다. 산길이 깊어질수록, 나무 냄새가 짙어질수록, 완의 등을 보는 눈에 아픔이 몰리곤 했었다.

그는 어디에 있는가, 은서는 걸음을 재촉했다.

나무들 저렇게 단풍이 짙어도 산은 무겁고 깊다. 말없는 그림자들을 거느리고서.

얼마를 더 올라가도 세는 보이지 않았다.

바위들이 산봉우리를 타고 앉아 있거나 서 있다. 바람이 지날 적마다 그 위로 단풍든 낙엽들이 쏴아─ 하니 미끄럼을 탔다. 타다가 오목하게 팬 곳에 쌓였다.

은서는 산길에서, 골짜기에 어깨를 반은 묻고 있는 바위 위로 건너갔다. 바위 위에 서서 세의 이름을 불렀다. 어디 있어─ 은서의 목소리만 메아리가 되어 되돌아왔다. 그녀는 그의 이름을 다시 불러봤다. 그녀의 목소리만 또 되돌아왔다.

은서는 바위 위에 무너지듯 앉았다.

단풍이 저토록 붉은빛이던가, 가을 산색을 두고 불탄다고 하더니 그 표현이 하나 틀리지 않는다. 정말 핏빛으로 불타는 단풍이 골짜기 아래로 울창했다. 은서는 몸을 돌려 골짜기 위를 봤다. 위로도 불탔다. 단풍들 어느 사이에서 알지 못할 새가 푸드득, 소리를 내며 날아올랐다가 다시 단풍 속으로 사라졌다. 어디선가 돌멩이가 굴러떨어져서는 골짜기의 물 속에 풍덩, 하고 가라앉았다.

은서는 그만 거기 바위 위에 누웠다.

붉은 단풍 사이로 하늘이 파랗다, 파랗다, 파랗다.

화연의 차가 뛰어든 강도 저렇듯 파랬다. 파란 물 속에서 화연의 차를 건져낼 때 은서는 그냥 옆에 서서 울기만 했다. 울기만 했다고 생각하는데 눈물이 글썽여졌다.

결혼한 그 남자는 지금 어떻게 살고 있을까. 우리는 자주 울었어. 화연이 말했었다. 집에서 울기가 여의치 않으면 차를 몰고 나가서 길에서 울곤 했어. 둘이 훌쩍거리며 울다가 참을 수 없이 울음이 깊어지면 잠시 차를 멈췄다가 먼저 울음이 그친 사람이 다시 차를 몰곤 했지. 우리나라 고속도로나 국도 안 달려본 데가 없어. 비록 울면서이긴 했지만.

눈물이 눈가로 흘러내리는데 누가 손수건으로 닦아주었다. 세다. 은서는 얼른 몸을 일으켰다.

"어디 갔었어?"

"가긴, 산장에서부터는 네 뒤를 따라왔는데…… 내가 내려갔는지 올라갔는지 어떻게 알고 그렇게 대번 올라가냐?"

"그럼 왜 불러도 대답을 안 했어?"

"내가 대답 안 해도 언제까지 부르나 보려고."

"……"

은서와 세는 바위에서 내려와 다시 산길을 올랐다. 단풍은 위로부터 아래로 내려온다. 아래서는 아직 불타는 듯하던 단풍이, 오를수록 이미 사라졌다. 바람결이 없어도 빈 나무들이 파르르 떨고 있다.

"아까 왜 울었어?"

"불러도 대답이 없어서."

"내가?"

"그럼 누구? 여기 우리 둘 말고 또 누가 있어?"

세가 웃었다. 하늘 때문이었는데, 강물 같은 하늘 때문이었는데, 그 강물 속의 화연 때문이었는데, 생각하며 은서는 세를 따라 웃었다. 이렇게 살게 되는 거겠지, 이렇게. 때로 마음을 감추며, 때로 마음을 맞추며. 그래, 이렇게 사는 거야.

세가 은서의 어깨에 팔을 둘렀다.

"기분 좋은데."

"왜?"

"정말 여기 우리 둘 말고 다른 사람 없지?"

"무슨 말이야?"

그래 내가 지금 무슨 말을 하는가? 세는 은서의 어깨에 둘러진 팔에 힘을 주었다. 가끔, 아니 자주 은서와 둘이 있는데도 세는 둘이 있다는 생각이 안 들었다. 은서의 뒤나 옆에 완이나 혹은 화연이 때론 이수가 서 있는 것 같은 느낌.

"벌써 세시가 다 되는데 배 안 고파? 그만 올라가고 저기서 점심 먹을까?"

세가 산의 왼편으로 호기롭게 뻗쳐 있는 떡갈나무 아래, 위에서 굴러내려오다 주춤한 듯 펑퍼짐하게 서 있는 바위를 가리켰다.

"저긴 어떡하고?"

은서가 산꼭대기를 가리키자, 세는 글쎄, 하며 바위로 건너갔다.

"꼭 정상에까지 갈 필요가 뭐 있어? 우리가 자리잡으면 거기가 정상인 거지. 점심 먹고 마음 내키면 더 올라가보든지."

산속의 가을은 짧았다. 바위 위에 앉아 점심으로 싸온 김밥을 먹고, 세가 은서의 무릎을 벤 채 잠시 잠이 들었는데, 은서 또한 무릎을 베고 잠이 든 세의 얼굴에 제 얼굴을 대고 깜빡 잠이 들었는데, 깜박이었다고 생각했는데 눈을 떠보니 어둑어둑했다. 은서는 아직 눈을 감고 있는 세를 흔들었다.

"눈 떠봐, 어두워졌어, 빨리 내려가야겠어."

"벌써?"

은서의 무릎에서 몸을 일으킨 세는 어리둥절한지 멍하니 골짜기를 내려다보고 있다.

"뭐 해, 어서 일어나."

"깊은 잠을 잤어, 꿈까지 꾸면서."

"꿈?"

"응."

은서는 세의 배낭을 챙겨 세의 어깨에 메어주고 아직도 잠에서 덜 깬 듯한 그의 얼굴을 쓰다듬었다.

"무슨 꿈인데?"

은서는 시무룩해진 세를 밀어 바위 위에서 산길로 내려서게 했다. 세가 주머니에 넣어뒀던 모자를 꺼내 깊게 눌러썼다. 세의 얼굴이 모자와 산그늘에 가려져 윤곽이 지워졌다. 그토록 눈 속에 차오르던 단풍의 붉은빛도 어두워지려 하자 생기를 잃는 듯 눈에서 비켜나 있다.

"무슨 꿈이야, 내게 말 못 할 만큼 음흉한 꿈이야?"

"음흉?"

세가 코웃음을 쳤다.

"너와 내가 높은 바위 위에 앉아 있는데……"

"그런데?"

"수북이 쌓인 저 아래 낙엽더미에서 불이 붙더니, 그 불길이 거세지는 거야. 그러더니 주변의 낙엽들을 아주 활활 태우면서 우리가 있는 그 높은 데까지 솟아오르더라구. 우린 겁이 나서 덜덜 떨고 있었지. 그 불길이 막 우릴 덮치려는 찰나에 깬 거야. 아휴, 보고만 있어도 얼마나 뜨겁던지, 그 불길이 닿았으면 아마 우린 폭발했을걸."

저만큼, 낮에 결혼식이 있었던 산장이 내려다보이는 산길에까지 내려왔을 땐 산이 어두워졌다. 은서는 뒤를 돌아다보다가 무서워서 세의 허리를 꽉 끌어안았다. 홍으로 청으로 황으로 아름답디아름다웠던 산이 그저 시커멓게 덩치 큰 짐승처럼 뒤에 누워 있다.

"무섭니?"

"응."

"무섭긴…… 똑같애. 그저 어두워졌을 뿐이야. 이리 와봐."

세가 자신의 허리에서 은서의 팔을 풀어내 손을 잡고서 산길을 벗어나 숲속으로 걸어들어갔다. 나뭇잎이 얼마나 떨어져 쌓여 있는지 걸음을 옮길 때마다 신발 밑에서 사그락 사그락 나뭇잎 밟히는 소리가 났다. 아직 마르지 않은 나뭇잎은, 아직 추억이 되지 못한 기억처럼 생생했다.

"뭐 하는 거야?"

"옛날부터 너랑 함께 해보고 싶은 일이 있었지."

세는 나뭇잎이 가장 많이 쌓인 곳에서 걸음을 멈추고는 한 손으로 배낭을 풀어 팽개치듯 던지고는 나뭇잎 위에 드러누웠다. 한 손은 은서의 손을 잡은 채여서 은서도 끌려가듯 저절로 눕게 돼버렸다. 세는 은서의 손을 놓고서 일어나더니 사방에서 나뭇잎들을 긁어모아 은서의 몸을 덮었다. 그리고는 다시 사방에서 나뭇잎을 긁어모아온 후 은서 옆에 누운 뒤 모은 나뭇잎들로 제 몸을 덮었다.

"좋지."

세는 나뭇잎 속에서 은서의 손을 찾아내 쥐었다. 햇살과 비와 바람 속에 살다가 진 나뭇잎 냄새가 청량했다. 덮은 나뭇잎들 위로 또 나뭇잎이 떨어져 쌓였다. 얼굴에도 떨어져 뺨을 덮었다. 새로 떨어진 나뭇잎 냄새가 콧속으로 스며들었다.

"이걸 해보고 싶었어?"

"응."

"언제부터?"

"고등학교 때부터."

"고등학교?"

"고등학교 때 선생님이 애인하고 산에 갔었던 때 얘길 해줬었거든. 여자 집안에서 결혼을 너무 반대해서 이별식을 하러 갔었대. 지금처럼 가을이었고, 도저히 헤어질 수가 없어서 산에서 이렇게 낙엽을 덮고 둘이 손 꼭 붙잡고 꼬박 밤을 보냈대. 누워 있는 두 사람 위로 나뭇잎이 또 떨어지고 또 떨어지고 밤새 떨어져서 새벽에 몸을 일으킬 수가 없었대. 그걸 핑계로 또 하루를 그대로 누워 있었대. 또 밤이 됐는데 도저히 헤어질 수가 없어서 그렇게 낙엽 속에서 또 한 밤을 지냈대. 그렇게 사흘을 보낸 뒤에야 배가 고파서 그 낙엽 속을 나왔다고 그러더군."

"그런 다음엔."

"뭐가?"

"그 선생님과 애인은 어떻게 됐냐고?"

"헤어졌대."

"그럭하고도 헤어졌어?"

"그럭하고 나니까 헤어질 수가 있었다고 했어. 뭐라더라. 그렇게 배가 고프더라는 거야. 배가 고파서 산을 내려와야 하는 게 너무나 자존심 상했다고 하시더군. 잊지는 못하시는 것 같앉어. 그 말씀을 하실 때 얼굴 표정이 애잔하고 아름다웠지. 오 죽했으면 내가 이 다음에 애인이 생기면 꼭 산에 가서 나뭇잎 속에 누워 있어봐야지 했겠냐."

"그런데 이상하다."

"뭐가?"

"언젠가 꼭 이렇게 누워 있어봤던 것만 같아."

"누워 있었지."

"언제?"

"산속이 아니라, 석류나무 밑에서였지. 석류꽃이 떨어질 때 였어. 석류가 익어 저절로 터지는 때일 때도 있었고. 우리 어렸 을 때 우리집 마당에서 말이야."

은서는 숨이 막힌 듯 가만있다. 아, 그랬었지. 석류나무 밑에 명석을 깔고.

"우리 둘만은 아니었어."

세는 우리 둘만은 아니었다고 할 뿐, 완의 이름을 발음하진 않았다.

그래 우리 둘만은 아니었지. 그땐 완이 있었어. 셋이 그 밑에 서 낮잠이 들곤 했었어. 나는 가운데에 누워 있었지. 나는 완의 팔을 베고, 당신은 내 팔을 베고. 석류알이 우리들 얼굴로 쏟아 져내리기도 했었지.

세의 침묵이 길어진다고 생각하는데 세는 나뭇잎 속에서 잡 고 있던 은서의 손을 놓더니 부스스 윗몸을 일으켜 은서의 얼 굴에 떨어진 나뭇잎을 손바닥으로 밀어냈다. 세의 입술이 은서의 입술에 닿고, 세의 손이 은서의 몸을 덮고 있는 나뭇잎 속을 헤치고, 은서의 윗옷을 비집고, 가슴 속으로 들어왔다. 차가운 세의 손바닥에 가슴이 쥐어진 채 은서는 슬퍼져서 가만있다.

"그림을 그리고 싶어."

은서는 두 팔을 뻗어 세의 등을 껴안았다.

"그리도록 해. 내일부터는 작업실에 나가."

"그리고 싶을 뿐이야, 그려지지가 않아."

"그려보려고 하지도 않았잖아."

세는 화가 난 듯 다시 한번 그려지지가 않아, 소리쳤다. 거칠게 은서의 윗옷을 위로 제껴 은서의 가슴을 움켜쥐던 세는 위로 젖혀진 은서의 옷을 다시 내려주고 은서에게서 떨어져나가 낙엽 위에 드러누웠다. 그들은 그렇게 누워 있었다.

"그만 내려가…… 추워."

세는 꼼짝없이 누워 있다.

"그만 가자니까."

그래도 세는 가만있다.

오랜 후 은서가 중얼거렸다.

"별이 뜬다, 하늘 좀 봐."

"……"

"너무 조용해, 무슨 말 좀 해."

"……"

"응?"

"너, 행복하니?"

행복? 은서는 깜짝 놀라 팔을 뻗어 세의 손을 잡았다. 은서가 세의 손가락 사이사이에 자신의 손가락을 끼우고 있어도 세는 가만있다. 그런 말은 묻는 게 아니야. 나무들 사이로 보이는 별들이 출렁일 때 그녀는 몸을 일으켜 세의 차가운 이마에 입술을 댔다. 이 남자가 우는가. 눈에서 뺨에서 코에서 물기가 입술에 닿는다. 입술은 말라 있어 까슬했다.

"울지 마."

숲 어디의 잣나무에서 잣방울이 툭, 떨어져내리는 소리를 들으며 그녀는 그의 얼굴에, 그의 목에, 그의 가슴에 입술을 댔다.

"연어 말이다."

"……"

"그놈들 하루에 십사 킬로씩 아무것도 안 먹고 밤낮으로 헤엄쳐 돌아왔대지 않니?"

"……"

"알을 낳으러 말이야. 그 먼 알래스카에서."

"……"

"어렵겠니? 우리 이슬어지로 가서 살면 안 되겠니? 거긴 아니라도 그 가까이 어디 그쯤에 가서 살면 안 될까?"

"……"

"그러면 그림을 그릴 수도 있을 것 같은데, 그럴 것 같은데."

먼 바다. 세는 나뭇잎들 속에서 나와, 은서의 윗옷을 헤치고 거기가 연어들이 태어난 자리인 듯 얼굴을 묻었다. 우리, 돌아가자. 세는 은서의 따뜻한 목덜미에 입술을 댔다. 돌아가 거기서 살자. 은서는 저만큼 태어난 자리를 앞에 두고 작살에 찔리는 연어가 생각나 얼른 세의 허리를 끌어당기고 세의 가슴 속으로 손바닥을 밀어넣었다. 연어. 어떻게 태어난 곳으로 돌아오는지, 그토록이나 멀리 나간 길, 어떻게 잊지 않고 찾아오는지. 따뜻한 세의 가슴 위로 나뭇잎이 떨어져내린다. 산의 나뭇잎은 반은 졌을 거야. 나무숲에서 잣방울이 투둑 떨어져내린다. 돌아와야 하는데 왜 그리 먼 바다까지 나가는지. 은서는 세의 벗은 가슴에 제 벗은 가슴을 대고 나뭇잎처럼 엎드려 세의 젖은 눈에 입술을 댔다. 거기 가서 살자. 세는 대답 없는 은서의 귓결에 속삭이고 속삭였다. 집에 닿는다 해도 태어난 그 자리에 알을 낳고 친어들은 죽지, 까맣게 타서. 거기 가서 살자, 은서는 세의 혀를 움직이지 못하게 제 입 속으로 끌어당겨 놓아주지 않았다. 잎들이 반은 떨어졌을 상수리 떡갈 갈참 나무들 위에서 멧새가 동박이가 솔새가, 굴참나무에 어여삐 거꾸로 매달려 있던 동고비가 푸드득, 날아갈 때까지.

나, 그를 다시 만나

"세 형은?"

미림예식장 주차장은 이미 자동차들이 한치의 틈도 없이 꽉 차 있어 주변 골목을 두 번이나 돌아 겨우 차를 주차시켜놓고 예식장 입구에 막 들어서는데 저만큼서 이수가 뛰어와 세를 찾았다.

"아직 안 왔어? 여기서 만나기로 했는데…… 난 방송국에 갔다가 오는 길이야."

"일요일인데도?"

"그렇게 됐어."

은서는 그제야 이수를 제대로 쳐다봤다.

"오랜만이다, 응?"

"그래, 오랜만이야, 누나."

"그런데 왜 다시 그 차 타고 간다 그래? 며칠 있다 가지 않고?"

"누나가 사정을 모르는구나, 추곡 수매 하는 때잖아. 나락 말
려야지. 며칠만 비켜나 있으면 그래도 되는데 용케도 서로 딱
맞아서…… 갔다가 또 올라오지 뭐."

"니가?"

이수는 웃었다.

"결혼식은?"

"지금 하고 있어. 누나가 왜 안 오나 해서, 얼굴도 못 보고 가
게 되나 싶어 내려와본 거야. 어, 저기 세 형이 오네."

세가 예식장 입구로 들어오는 계단을 두 개씩 성큼성큼 올라
오고 있다. 이수가 세를 향해 걸어가고 세가 반갑게 손을 쳐들
더니 이수의 어깨를 정답게 쳤다.

"차가 얼마나 밀리는지 말야."

세는 은서를 향해 변명하듯 웃었다.

"요즘에 차 밀려서 약속 늦는다는 게 어디 변명 축에나 들
어?"

"그러게."

세는 시계를 보더니 설마, 식이 끝나진 않았겠지? 하는 표정
을 지었다. 이수가 어서 가서 축의금 내, 하며 세를 끌고 갔다.
뒤에 남아 있는 은서에게 이수는 다시 와서 팔을 꼈다.

세가 축의금을 내고 이수와 은서 곁으로 와서 섰다. 식장은
사람이 꽉 차서 문 밖으로까지 사람들이 밀려나와 있다.

"남수가 올해 몇이지?"

"나하고 동갑."

"그럼 이수 니가 몇인데?"

"형은 매부가 돼가지고 처남 나이도 모른단 말야?"

세가 또 웃었다. 너는, 형이 뭐니 매부보고, 은서가 그러던 참이었다. 세가 이수의 어깨를 탁 치며 그것 봐, 하며 셋이서 막 웃음을 터뜨리려던 참이었다.

은서는 누군가 자신을 보고 있다고 느꼈다.

사람에 밀려 식장 바깥으로 밀려나온 사람들은 그래도 결혼식이 진행되고 있는 쪽을 쳐다보고 있기 때문에 뒷모습들인데 아까부터 누군가 몸을 돌려 은서네를 보고 있다, 깊숙한 시선으로.

은서만이 아니라 옆에 있는 세까지 그 시선이 깊숙이 따라붙고 있다는 걸 은서는 감지했다.

저이가 누굴까, 얼굴을 돌려 그 깊숙한 시선의 주인을 바라봐 버리면 그만이련만, 알 수 없는 힘이 얼굴을 돌리는 걸 막았다. 그 힘이 얼굴을 돌려 쳐다봐서는 안 된다고 말하고 있다. 그럴수록 시선은 끈질기게 은서를 따라붙고 있다. 은서가 이수의 얼굴을 만지면 그 시선은 은서의 손끝에 머무르고, 은서가 치마에 달라붙은 먼지를 털고 있으면 그 시선은 은서의 치마에 머물렀다.

저렇게 나를 보는 저이가 누굴까, 생각하다 어느 순간 은서의 가슴이 저릿했다. 아닐 거야, 은서는 얼른 세의 팔짱을 꼈다. 자연스런 팔짱 낌이 아니라 뭔가에 화들짝 놀라 끼는 팔짱이라는 걸 느낀 세가 은서의 얼굴을 들여다봤다.

식장을 향해 계단을 두 칸씩 딛고 바쁘게 걸어오던 사람이 신랑 쪽에 축의금을 내고 이쪽을 바라보고 서 있는 시선의 주인에게 반갑게 소리쳤다.

"아니, 자네 누군가, 완 아닌가? 이게 몇 년 만이야, 그래."

은서의 얼굴을 들여다보고 있던 세가 소리나는 쪽을 바라봤다. 중년의 사내와 인사를 나눈 완이 은서와 세와 이수가 있는 쪽을 향해 걸어왔다. 은서는 어떻게 해야 될지를 몰라 한걸음 물러섰다.

완이 오리라고는 생각을 못 했다. 완은 그런 사람이었다. 이슬어지를 떠난 후 완은 이슬어지 사람들과 섞이려 들질 않았다. 오죽했으면 오늘 신랑 되는 사람인 남수가 완의 사촌이라는 걸 알면서도, 여기에 오면 완과 마주칠 수도 있다는 걸 생각지도 않았을까.

그런데 지금 다가오고 있는 저 사람은 분명 완이다. 완이 오고 있다.

"오랜만이네."

완이 내민 손을 세가 잡았다. 머리를 잘라버렸구나, 완은 세의 손을 놓고 은서를 봤다. 물소리가 나는 것 같던 그 검은 머리를 너, 잘라버렸구나.

은서는 하관이 길어 얼만큼 가팔라 보이기도 했던 완의 얼굴형이 일 년 사이에 턱 쪽에 약간의 살이 붙어 둥그레져 있는 걸 봤다. 혈색이 좋아 건강해 보였다. 회색빛 나는 양복 속 깔

끔한 와이셔츠 위에 곤색 바탕의 흰색 다이아몬드 무늬가 진
넥타이를 매고 있다. 주머니에 손을 넣고 다니는 버릇은 여전
한가보다. 세하고 악수하고 있는 동안에도 완의 한 손은 양복
바짓주머니 속에 들어가 있다. 완은 세의 손을 놓고 은서를 건
너 이수를 향해서도 손을 내밀었다. 이수가 엉거주춤 완의 손
을 잡았다.

"화장실이 어디지?"

갑작스런 은서의 질문에 이수가 완의 손을 놓고 저기, 하며
왼편 코너를 가리켰다. 완이 양복 속주머니, 그 속에서 꺼낸 지
갑에서 명함을 꺼내는 걸 보며 은서는 그들의 뒤로 빠져 화장
실로 걸어갔다. 마치 아무 일도 없이, 그저 바빠서 그 동안 소
식을 전하지 못했던 사람끼리 우연히 만나 서로 연락처를 묻는
것 같다. 차라리 그렇다면 반가워서 얼굴이 좋아 보이네요, 라
고 말할 수라도 있을 텐데. 화장실 문을 열고 안으로 들어서자
마자 픽, 주저앉아졌다.

세면대 위에 걸려 있는 거울을 보며 립스틱을 바르고 있던
여인이 주저앉는 은서를 한번 보고는 다시 거울 속을 들여다보
며 포도주 빛깔의 립스틱을 창백한 입술에 칠하다가 은서가 금
방 일어나질 않자 다시 은서를 향해 괜찮아요? 물었다. 괜찮아
요, 대답을 하고서도 은서는 금방 일어나질 못하고 앉아 있었
다. 립스틱을 다 칠한 여인이 조심스럽게 은서를 피해 화장실
을 나갔다. 그때서야 은서는 천천히 일어섰다.

화장실 창 밖으로 은행나무가 보였다. 은행나무는 잎을 절반

이나 떨구고 있다. 그 노란빛 위로 하늘이 보였다. 바람이 부는지 한차례 은행잎들이 휘익 공중으로 날렸다. 은행나무가 하늘이 공중으로 흩어지는 은행잎이 은서의 시선 속에서 빙그르 돌았다. 은행나무 밑으로 보이는 회색 빌딩도 빙그르 돌았다. 은서는 고개를 흔들고는 아까 여인이 립스틱을 바르던 자리에 서서 거울을 봤다. 얼굴이 하얗게 질려 있다. 은서는 두 손바닥을 펴서 얼굴을 감쌌다가 풀었다. 화장실로 피해오다니. 수도꼭지를 틀어 손을 오래오래 씻었다. 손수건을 꺼내 물 묻은 손을 오래오래 닦았다. 겨우 여기로. 가방에서 콤팩트를 꺼내 분첩으로 콧잔등에 돋은 땀을 두들겼다. 정말이지 여기에서 그를 만날 줄은 몰랐다. 언젠가 한 번은 만나리라, 어느 자리든 우연히 한 번은…… 했지만 그 한 번이 여기일 줄은, 겨우 화장실로 피해올 줄은. 은서는 콤팩트를 다시 가방에 넣고 나서도 거울을 보고 그렇게 멍하니 서 있었다.

화장실에서 나와보니 완은 가고 없다. 세가 담배를 피우고 있다가 은서가 다가오자 곁의 쓰레기통에 부벼꺼서 쓰레기통에 버렸다. 이수가 어색하게 은서를 향해 웃었다.

"셋이서 점심이나 먹을까?"

"시간이 별로 없어, 형."

"왜, 오늘 가려구?"

"응, 남수네 친척들 타고 온 버스 타고 가려고."

"어차피 저 사람들도 식 끝나면 식사들을 할 텐데…… 가까운 데 가서 먹고 오지 뭐."

세가 앞장을 서서 걸어가는 통에 이수와 은서는 그의 뒤를 따랐다. 은서는 식장을 빠져나오다 뒤돌아봤다. 저기가 남자 화장실일까? 삼층 창에 누가 서서 그들을 보고 있다. 눈이 나빠 그 사람 얼굴도 볼 수 없으면서 은서는 그가 완일 거라고 생각했다. 그래서 얼른 세 곁으로 다가가 세의 팔을 잡았다.

식장에서 길을 하나 건너서 들어간 한식집에서 조기찌개를 시켜놓고는 세는 밥맛이 없다며 밥만 서너 숟갈 뜨더니 곧 숟가락을 놓아버렸다. 뭔가 어색한지 이수는 고개를 약간 수그린 채 조기찌개에는 손도 안 대고 곁의 밑반찬에만 젓가락을 갖다 대며 묵묵히 밥을 먹었다. 은서는 먼저 숟가락을 놓아버린 세 때문에 이수의 밥상대를 해주느라 숟가락을 놓지 못한 채 있다가는 찌개 속에서 조기를 꺼내 이수의 밥 위에 놓아주었다.

"맛있게 좀 먹어."

씨익 웃으며 밥을 한 숟갈 뜨고 은서가 놓아준 조기를 집어 먹는 이수의 양복 팔 소매가 닳아 있다. 이수의 낡은 양복 위로 완의 깔끔한 회색빛 양복이 겹쳐졌다.

"옷이 그거밖에 없어?"

"양복 입을 일이 있나, 뭐."

밥을 다 먹고 계산을 하고 다방에서 커피를 한잔씩 마시고 이수가 다시 이슬어지로 돌아가는 버스를 타려 할 때까지 아무 말이 없던 세가 이수가 돌아서려 하자 그때야 서울에 며칠 있다 가지, 했다. 이수는 이렇다 저렇다 대답을 않고 버스 있는 데로 돌아섰다. 보도에서 세는 걸음을 멈추고 서 있고 은서는 마치 이수와 함께 버스에 오르기라도 하려는 듯 계속 이수와 발걸음을 맞추는데 이수가 시무룩하게 은서를 불렀다.

"누나?"

"응."

"오늘 완 형 처음 봤어? 결혼하고 나서?"

"응."

"누나, 잘살지?"

"그럼."

"세 형한테 잘 해줘. 쓸쓸해 보여."

버스가 출발할 때 창가에 앉아 있던 이수는 인사 대신으로 두 손바닥을 창에 갖다댔다. 세 옆에 서서 은서는 손을 흔들었다. 버스가 보이지 않을 때까지 흔들고 흔들다가였다. 버스가 출발하는 쪽 건물 회전문 앞에 완이 서 있다. 완이 선 채로 이수를 향해 손을 흔들고 있는 은서를 보고 있다. 은서는 얼른 흔들던 팔을 내리고 세의 팔을 잡아당기며 돌아섰다.

"차 세울 데가 없어서 저쪽 주택가 골목에 세워놨어. 가."

아파트에 돌아와 문을 따는데 내내 혼자 있던 화연이 문이 열리기도 전에 펄쩍펄쩍 뛰어오르는지 현관문에 개 발톱 닿는 소리가 바깥까지 들렸다. 문이 열리자 화연이 먼저 들어선 세를 향해 뛰어오르며 반가워하는데 세는 화연을 밀어냈다. 어리둥절한 화연이 꼬리를 내리며 끄응, 거리면서도 뭔가 아쉬운 듯 세의 바지를 잡아끄는데 세가 이번엔 저리 가, 소리까지 치며 냉정하게 발길질을 했다.

"그러지 마, 개한테 왜 그래?"

화연을 뿌리치고 방문을 열려던 세가 은서를 똑바로 쳐다
봤다.

완을 만나고 난 후 처음으로 은서를 보는 것이었다. 돌아오
는 차 안에서도 운전하는 은서의 곁에 앉은 채 말 한마디 않고
창 밖만 내다보고 있었다. 은서가 마주 보자 세는 똑바로 보던
시선을 거두고는 방으로 들어갔다.

"이리 와."

은서는 풀이 죽어 있는 화연을 끌어안고 등을 쓸어주었다.
화연은 눈치가 빨랐다. 화연은 어떤 상황에서라도 은서는 자기
편이라는 걸 알고 있는 듯했다. 그래서 늘 세의 눈치를 봤다.
세가 대해주는 것에 따라 화연은 풀이 죽었다가 살았다가 했
다. 그걸 볼 때마다 은서는 괜히 속이 상하곤 했다. 그렇다고
세를 향해 자신의 그런 기분을 말할 수는 없었다. 무엇인가가
그런 말을 세에게 할 수 없게 만들었다.

"괜찮아 괜찮아."

오래오래 화연의 등을 쓰다듬어주자, 풀이 죽어 꼬리를 축
내리고 있던 화연은 혀를 내밀어 은서의 손등을 핥았다. 가엾
은 것, 미안하구나.

세는 저녁이 될 때까지 방에서 나오지 않았다.

은서가 화연의 밥을 챙겨주고 세가 먼저 들어간 방에 들어갔
을 때 세는 바깥에서 돌아온 차림 그대로 침대에 누워 있었다.
눈을 뜨고 있는 것 같더니 은서가 들어가자 눈을 감아버렸다.

은서가 편안한 옷으로 갈아입으라고 말해도 세는 가만있었다. 은서가 다가가 옷을 갈아입고 좀 씻어, 해도 세는 가만있었다. 은서가 장롱문을 열고 옷을 갈아입고 세가 누워 있는 옆에 가서 잘 거야? 물어도 세는 대답 없이 가만 있기만 했다. 은서는 세가 누워 있는 침대에 걸터앉아 세의 얼굴을 바라봤다. 은서가 바라보고 있다는 걸 느끼겠는지 반듯하게 누워 있던 세는 몸을 뒤집어 엎드리곤 얼굴을 벽을 향해 돌렸다. 그리고는 지금까지 세는 방 안에서 나오질 않았다.

세가 그러고 있는 동안 은서는 책상이 놓여 있는 건넌방에서 고리키의 '독백'을 꺼내 읽었다. 화연이 책을 읽고 있는 은서 곁에 엎드려 있다가 가끔씩 은서의 발에 얼굴을 문대곤 했다. 그러면 은서는 화연의 얼굴을 쓰다듬어주곤 했다. 그러다가 일어서서 세가 누워 있는 방문을 열어보았으나 세는 여전히 벽에 얼굴을 향한 채 누워만 있었다. 잠이 든 걸까, 세번째인가 세의 기척을 살피려고 방문을 열었을 때 은서는 안으로 들어가서 이불을 꺼내 세의 몸 위에 덮어주었다. 그래도 세는 가만있었다.

은서는 '독백'을 덮고 나와 다시 한번 세가 누워 있는 방문을 열었다. 이불을 덮어준 그때와 조금도 흐트러짐 없이 누워 있었다. 은서는 소리 안 나게 문을 닫고 쌀통에서 저녁밥을 지을 양만큼의 쌀을 꺼내 씻어 압력밥솥에 안쳤다. 그리곤 냉장고 문을 열어보았다. 마땅히 국을 끓일 게 없어 은서는 슈퍼에 다녀올 양으로 지갑을 챙겼다.

전화벨이 울린 건 은서가 막 현관문을 열려고 손잡이에 손을 댈 때였다. 벨소리에 혹시 세가 방문을 열고 나올까, 싶어 나오면 세와 함께 슈퍼에 갈까, 싶어 은서는 잠시 벨소리가 울리도록 버려두었다. 그러나 세는 나오지 않았다. 벨소리가 열 번 가까이 울렸을 때야 은서는 신었던 신발을 벗고 들어가 수화기를 들었다.

"네."

"……"

분명 전화가 끊긴 건 아닌데 아무 소리가 들리지 않았다.

"여보세요?"

은서는 수화기를 가까이 대고 여보세요, 여보세요를 두어 번 더 했다. 그래도 상대편은 수화기를 들고 있을 뿐 말이 없다. 은서는 여보세요? 를 한번 더 하고는 수화기를 내려놓았다. 수화기를 내려놓자마자 벨소리가 다시 울렸다.

"여보세요."

"……"

"여보세요?"

"……"

"여보세요? 말씀하세요."

다시 아무 말이 없어 수화기를 내려놓으려는데 그때야, 전화 끊지 마, 나직한 목소리가 들렸다. 은서는 다시 수화기를 귓가에 댔다.

"나야."

완이다. 술에 취한 듯 목소리가 희미했다.

"나라구."

은서는 어떻게 해야 될지를 모르겠어서 멍하니 서 있었다. 완과 통화를 다 하게 되다니. 마치 열흘 전이나 혹은 그 이전 늘 전화를 걸어왔던 것처럼, 옛날처럼 변함없이 나야, 하다니.

서서 수화기를 들고 있던 은서는 소파에 몸을 앉혔다. 완이 전화를 걸어왔다는 게 너무 비현실적으로 느껴져 은서는 어떻게 해야 될지를 모르겠다. 뭐라고 해야 하나. 옛날처럼 거기 어디예요? 라고 해야 하나. 이제 완이 어디에 있든 그것이 지금 나와 무슨 연관인가. 완은 다른 말은 더 없이 나야, 했다가 나라구, 하는 말만 반복적으로 했다.

은서는 세가 누워 있는 방문을 쳐다보며 수화기를 바닥에 내려놓았다. 그리곤 저만큼 은서의 긴장된 몸짓을 쳐다보고 있는 화연을 불렀다. 은서는 화연을 품에 안고 현관문을 열고 나와 엘리베이터를 탔다.

처음엔 슈퍼에 갈 생각이었으나 은서는 주차장이 되어버린 아파트 광장을 쳐다보며 가만 서 있었다.

해가 저물고 있다. 눈이 가물가물했다. 맞은편 아파트가 그냥 커다란 회색빛의 기둥으로 보였다. 출구도 베란다도 유리창도 없는. 광장에 세워져 있는 즐비한 자동차 위로 나뭇잎들이 떨어져 쌓이고 있다. 광장을 바라보고 오래 서 있던 은서는 무슨 급한 일이나 생긴 양 몸을 돌려 엘리베이터를 탔다. 은서의 품속에 안겨 있던 화연이, 은서가 가만 있다가 갑자기 몸을 확 돌리자 몸을 오그리고 끄응, 거렸다. 은서는 초조해졌다. 엘리베이터는 팔층을 내려오고 있다. 다 내려온 엘리베이터를 타자마자 은서는 얼른 육층을 눌렀다. 엘리베이터가 육층에 멎자, 열쇠를 따고 안에다 화연을 내려놓고 은서는 빠른 걸음으로 뚜뚜—거리고 있는 수화기를 제자리에 갖다놨다.

은서는 세가 누워 있는 방문을 열었다.

세는 여전히 벽 쪽에 얼굴을 대고 있다. 은서는 세에게로 가서 세의 얼굴을 만져봤다. 따뜻했다. 그때야 입에서 안도의 한숨이 흘러나왔다. 썰렁한 광장을 내다보고 있는데 갑자기 어쩌면 세가 그렇게 벽을 보고 누워서 숨을 쉬지 않고 있을지도 모른다는 생각이 들었던 거였다. 은서의 차가운 손이 얼굴에 닿아도 세는 눈을 뜨지도 돌아눕지도 않았다. 저이의 등이 저렇게 완강했던가? 고집스럽게 돌아눕지 않는 세의 등을 보는 은서의 가슴이 먹먹해졌다.

"자는 거야?"

"……"

"듣고 있지 않아도 좋아…… 그래도 나, 말할게. 화장실로 도망친 거 미안해…… 네 마음만큼 내 마음도 아파."

"……"

"너무나 뜻밖이었어. 거기서 완을 만날 줄은 몰랐어. 아니 알았다고 해도 난 빤히 그의 얼굴을 보며 서 있을 수는 없었겠지, 내가 아무렇지 않은 듯 서 있었다고 해도 그쪽 마음은 상했을 거야. 내가 그랬다면 그쪽은 또 태연해 보이는 내가 거슬렸을 거야. 무슨 말이냐면……"

세는 가만있다. 은서는 세의 따뜻한 얼굴에서 손을 뗐다.

"무슨 말이냐면…… 내 처지가 그렇다는 거야. 완에 관해서만은 내가 어떻게 해도 그쪽 마음 아프게 되어 있다는 거 나 알아."

"……"

"오늘 이후에 당신은 더 마음이 상할 거야. 내가 늦으면 혹시 완을 만났나 싶을 테고, 내가 어디론가로 전화를 하면 혹시 완한테 하는 건 아닌가, 싶을 거야. 당신은 오늘 지옥을 본 거야. 난 그것이 두려워."

"……"

"난 여기에서 어떤 변화도 더 원하지 않아. 하지만 그쪽 마음을 그쪽도 어떻게 할 수는 없을 거야. 방법은 하나뿐이야. 오늘 이후로 완과 관련돼서 생기는 모든 일들을 그쪽한테 다 말하겠어. 하나도 숨기지 않겠어. 그러니 당신도 내가 뭔가를 숨겨놓고 있다고 생각해서 괴로움 속에 빠지진 마."

"……"

"듣고 있어?"

"……"

"날 믿어야 해."

"……"

"그래야 해."

"……"

"아까 완한테 전화 왔었어…… 술이 취했는지 나야, 나라구, 만 했어."

세는 그래도 아무 말이 없다. 말없이 누워 있는 세의 등을 보며 은서는 오래 그 곁에 앉아 있다 나왔다.

거실에 저녁 어둠이 스며들어 있다. 은서는 쌀이 안쳐져 있는 압력밥솥을 가스레인지 위에 얹고 가스레인지 불을 켰다. 그리곤 어둠이 점점 더 고여드는 거실 소파에 등을 기대고 앉았다. 불을 켜야지, 하면서도 마음뿐이었다. 어둠 속에 우두커니 앉아 있는 은서의 무릎으로 화연이 기어올라와 앉았다. 어둠이 점점 더 고여서 이젠 부엌 쪽의 가스레인지 불꽃 주위만 환하다 싶은데 밥솥에서 밥이 다 됐다는 신호가 울렸다. 은서는 물끄러미 가스레인지 불꽃을 바라보다가 화연을 안고 가서 불을 껐다. 그나마 실내의 빛이 되었던 가스레인지 불꽃이 꺼져버리자, 거실은 이제 불을 켜지 않으면 안 될 만큼 희끄무레했다.

은서가 화연을 안고 다시 소파에 앉는데 전화벨이 울렸다. 은서는 얼른 손을 뻗지 못하고 망설이다가 벨이 다섯 번은 울린 후에야 수화기를 들었다.

"누나?"

이수다. 저절로 한숨이 새어나왔다.

"벌써 갔니?"

"그럼, 거기하고 여기하고 얼마나 먼 줄 알아? 겨우 세 시간이면 오는데. 저녁밥 먹고 세수하고 그러고 전화하는 거야. 누나가 먼저 잘 도착했느냐고 묻는 전화 할 줄 알고 안 했더니 감감하기에 내가 하네. 잘 왔어. 어머니가 누나가 자꾸 더 있다가 가지 그러느냐구 말렸다고 하니까 그러면 하루쯤 묵었다 오지, 야속하게 그 길로 왔느냐고 되레 서운해하시데? 어머니하고 통화 좀 할 테야?"

"……"

은서의 대답과는 상관없이 이수는 어머니를 부른다. 어머니, 누나예요. 이수 곁에 있었던 건 아닌지 잠시 후에야 어머니 목소리가 들렸다.

"은서냐?"

"네."

"별일 없구?"

"네."

수화기 사이로 침묵이 흘렀다. 언제나 그랬다. 별일 없느냐고 물으면 네, 하고 나면 더 할말이 없어졌다. 이제는 그리움도 미움도 없어져서 더 할말이 없다.

"고추장이랑 고춧잎 같은 것 좀 보내랴? 너 좋아하는 깻잎도 된장독에 많이 박아뒀는데……"

"아니요. 전에 부쳐주신 거 아직 남아 있어요."

"그때가 언젠데 아직두 그걸?"

"둘뿐인걸요."

"으응."

"……"

"은서야."

"네?"

"소식은 없어?"

"무슨?"

"아이 말이다."

"……"

"여기 느희 시어머닌 몹시 기다리는 눈치던데."

은서가 아무 말이 없자, 수화기 저편의 어머니는 어색한지 이수 바꿔줄까? 했다.

"아니요, 나중에 전화드릴게요."

수화기를 내려놓고 은서는 소파에 깊이 몸을 묻었다. 세가 누워 있는 방 안에서는 아무 기척이 없었다. 얼마나 지나 은서는 세가 누워 있는 방문을 열어보았으나 어둠 속에 세가 아직도 그러고 누워 있었다. 세가 무언가 완강히 거부하고 있는 듯해 은서는 방으로 들어가질 못했다. 그저 방문을 잡고 세가 뭐라 해주길 기다렸으나 세는 침묵이었다. 은서는 방문을 닫고 다시 거실의 소파에 앉았다. 저절로 무릎이 싸안아졌다. 어둠 속에서 화연이 은서의 무릎으로 기어올라와 누웠다. 나를 지켜다오. 은서는 화연을 편하게 눕게 하고 소파 깊숙이 몸을 파묻었다. 그들은 그렇게, 세는 어두운 방에 누운 채 은서는 어두운 거실에 앉은 채 그 밤을 보냈다.

다음날, 방송국 일을 마치고 집으로 돌아오려는 시간에 은서는 세의 학교로 전화를 했다. 퇴근시간이 맞으면 은서가 학교 앞으로 갈 테니 같이 집에 가자는 제의를 했으나, 세는 학교 선생님들끼리 저녁식사를 함께 할 자리가 있어 거기에 가야 한다고 했다.

　은서는 곧바로 집으로 돌아와 소파에 오래 앉아 있다가 저녁 무렵에 화연을 안고 나와 다시 주차장으로 갔다. 그리고 차에 시동을 걸고 세의 작업실이 있는 곳으로 돌렸다.

　"오랜만입니다."

　건물 경비원이 은서보다는 은서의 품에 안겨 있는 화연을 쳐다보며 인사를 건넸다.

　"다 저녁때 웬일이세요?"

　"청소 좀 하려구요."

　"지금요?"

　은서는 대답 대신 웃었다.

　"그런데 이선생님은 숫제 안 오시네요. 왜 요즘은 그림 안 그리시나요?"

　"곧 그리겠죠."

　경비원에게 목례를 하고 계단을 내려와 오래 사람의 기척이 끊긴 세의 작업실 문을 열자 퀴퀴한 냄새가 났다. 벽의 스위치를 올리자 맨 먼저 쓰러져 있는 이젤이 보였다. 소녀라고 이름 붙여진, 세가 그린 그림이 거꾸로 세워져 있다. 그 위로 수채화로 그린 호롱불이 어두침침하게 놓여 있다.

　세의 손길이 끊긴 공간은 황량하기 그지없다. 세가 이곳에서 사는 동안 은서는 이런 황량함을 한 번도 느끼지 않았다. 오히려 이곳은 늘 아늑하고 빛 같은 게 서려 있다고 생각했었다. 적어도 은서의 눈에 세는 한 번도 그 아늑한 빛 같은 걸 잃은 적이 없어 보였다. 그런데 세가 빠져나간 작업실은 이렇게 황량스럽다. 그 황량함을 보고 섰는 은서의 마음속에 불안이 일렁였다.

화연을 바닥에 내려놓자 화연이 어슬렁어슬렁 창 쪽으로 걸어갔다.

언젠가, 지금은 기억도 제대로 안 나는 언젠가 은서는 세에게 무엇을 그리고 싶은가? 물었었다. 느낌이 닿는 것, 이라고 세는 대답했다. 의식적으로 꾸며 그리고 싶은 생각은 없어. 내 느낌이 닿는 것들을 있는 그대로 그릴 거야.

은서는 먼저 창을 열고 넘어진 이젤을 바로 세우고 바닥에 아무렇게나 쌓여 있는 물감통, 스케치 연필들을 정리했다.

느낌이 닿는 것, 그렇다면 이것들이 그의 느낌이 닿았던 것들이리라.

은서는 세가 그린 황토 언덕을, 무너져버린 산과 한없이 이어지는 소롯한 야산길을, 그리고 기와지붕 위에 쌓여 있는 눈과, 어느 집 토방 위에 어지럽게 놓여져 있는 신발들을, 반듯하게 세웠다.

무엇이 이렇게 불안할까, 은서는 그림들을 세우다가 화연을 불러 화연의 등을 쓰다듬었다. 나를, 나를 지켜다오.

은서는 물통을 들고 나가 건물 삼층에 있는 수돗가에서 물을 받아다가 먼지가 내려앉은 바닥을 물걸레질했다. 머리가 앞으로 쏟아질 때마다 은서는 고개를 들어 머리를 뒤로 넘기면서 물걸레질을 세 번씩 했다. 창틀을 닦고, 불을 켠 지 오래되어

녹이 슬 지경인 스토브를 닦았다.

물걸레질을 하다가 은서는 작업실 벽에 걸려 있는 기타를 퉁겨봤다. 낡을 대로 낡은 기타의 3번 줄이 은서의 손가락이 닿자마자 끊어졌다. 끊어진 줄을 다시 이어보려는데 이번엔 5번 줄이 끊어졌다. 은서는 끊어진 기타줄을 아예 풀어내버리고 기타를 다시 벽에 걸어뒀다.

결혼한 후 은서가 알기로 세는 그림을 한 장도 그린 게 없었다. 언제부턴가 세는 붓을 놓았고, 붓을 놓으니 이 작업실에 들를 일이 없어졌다. 작업실을 철수해버릴까, 언젠가 세가 말했지만 은서가 말렸다. 작업실마저 철수해버리면 세가 그림을 다시 시작하기는 더 어려워질 것이었다. 한 달에 한 번씩 은서가 와서 관리비를 내고 가끔 은서가 와서 청소를 하고 갈 뿐, 세의 작업실은 텅 빈 채로 가을이 지나가고 있는 셈이었다.

은서가 다소 말끔해진 세의 작업실 의자에 화연을 안고 얼마간 앉아 있다가 집으로 돌아왔을 때, 세가 돌아와 있었다.

문을 열어주는 세는 은서와 은서의 품에 안겨 있는 화연을 한참 바라봤다.

"저녁은?"

"먹었어."

"생각보다 일찍 들어왔네. 나는 아주 늦을 줄 알았는데."

"어디 갔다 오는 거야?"

은서는 세의 얼굴을 올려다봤다. 어디 갔다 오느냐는 물음에 화가 붙어 있다.

"어디 갔다 오느냐구?"

"작업실에…… 청소하고 왔어."

"……"

"언제까지 작업실을 비워둘 거야? 틈틈이라도 가봐. 아니면 작업실을 집으로 옮기든지."

뜻밖이었는지 세가 눈을 둥그렇게 떠 보이더니 등을 보이며 방으로 들어갔다. 은서는 화연을 바닥에 내려놓고 멍하니 서 있는데 전화벨이 울렸다.

"여보세요?"

"오은서씨?"

"네, 누구?"

"나 '문화살롱'의 김학수입니다."

"아 네, 그런데 김피디님이 웬일이세요?"

"내일 시간이 어떻게 되세요?"

"왜?"

"이번에 우리 프로그램 특집을 하는데 '어린파' 연작시를 쓴 분 아시죠? 그분을 함께 좀 만나러 갔으면 해서요."

'어린파' 연작시? 은서는 가만히 수화기를 바꿔 들었다. 그 시인이 텔레비전에 나오려고 할까? 가 처음 든 생각이었고, 그렇다고 한들 전에 함께 프로그램을 만든 적은 있지만 이제 다른 작가와 일하고 있는 김학수 피디가 왜 하필 자신에게 전화를 했을까? 가 다음에 든 생각이었다. 수화기 저편의 김학수 피디는 은서의 속마음을 짚은 듯이 웃으면서 말을 이었다.

"그 시인한테 전화로 섭외했다가 거절당했어요. 당연히 거절당할 줄 알았죠. 그래서 찾아가서 한번 더 청해보려고 합니다. 그리고 내가 은서씨에게 전화를 한 건요, 시인이 섭외가 되면 그 시인만 프로그램 안에서 따로 삼십 분을 할애해서 특집으로 다룰려고 해요. 은서씨는 다른 건 신경쓸 것 없고 그 시인의 시간만 맡아서 원고를 써주었으면 하고요."

"……"

"시인 섭외도 안 됐는데 은서씨까지 일 같이 못하겠다고 하지 마세요. 내일 같이 가주십시오. 은서씨하고 호흡을 맞추면 일이 잘될 것 같아요. 어제 구내서점에서 그분 '어린파' 시집을 사는 것도 봤어요."

은서는 뭐라 더 할말이 없어 내일 오후 두시에 김학수 피디 자리로 은서가 가기로 하고 전화를 끊었다.

수화기를 내려놓는데 먼저 방에 들어갔던 세가 방문 앞에 다시 나와 은서를 보고 서 있다. 은서는 세가 뭐라 묻지 않았는데도 마치 세가 무슨 전화야? 라고 물어오기나 한 듯 방송국에서 온 전화야, 라고 말했다.

다시 방문을 열고 안으로 들어가는 세를 은서는 바라보고 섰다. 이미 세가 없어진 자리를 그렇게 바라보고 서 있다가 은서는 주전자에 물을 받아 가스레인지에 얹어놓고 불안스러이 그 앞에 서 있었다.

무엇이 잘못되려고 이러는 걸까.

은서는 일인용 녹차잔을 두 개 꺼내 작은 찻상 위에 내려놓고 봉지 속에서 얼마만큼의 녹차를 덜어 찻잔 안에 부었다. 방금 전에 방문 앞에 서 있는 세를 향해 방송국에서 온 전화야, 라고 말하는 순간부터 은서는 마음속의 무엇이 무너지는 것 같았다. 세가 무슨 전화냐고 묻지도 않았는데 지레 방송국에서 온 전화라고 변명하듯 말하고 말다니.

그렇게 서 있는데 가스레인지 위 주전자의 물이 끓었다. 손을 뻗어 레인지 불을 끄고 찻잔이 놓여 있는 옆에 깔개를 놓고 그 위에 주전자를 내려놓았다. 찻상을 들고 세가 있는 방으로 가기 전에 은서는 개수대 수도꼭지의 물을 틀어 손을 씻었다.

거실이나 식탁에서가 아니라 찻물을 만들어 방으로 들어가보기는 처음인 것 같았다. 늘 세가, 은서가 늦게 원고를 쓰고 있는 건넌방으로 찻물을 만들어 건너왔다는 생각이 났다.

세는 침대에 누운 채 신문을 보고 있다가 찻쟁반을 들고 오는 은서를 물끄러미 쳐다봤다.

"우리 차 한잔 마셔."

은서는 찻상을 바닥에 내려놓고 이제 어느만큼 식은 주전자 속의 물을 녹차잔에 부었다. 두 찻잔을 번갈아 세 번으로 나눠 찻물을 부을 때까지 세는 침대에서 내려오질 않았다. 은서가 물을 다 붓고 찻잔 뚜껑을 덮은 다음에 세를 쳐다봤다. 세는 신문을 다시 얼굴에 갖다대더니 한마디 툭, 던졌다.

"너 들어오기 얼마 전에 전화 왔었어."

"누구한테서?"

"완한테서."

"……"

"뭔가 너하고 상의할 게 있다더군. 한번 만났으면 한다고 전화 좀 꼭 해달라고."

"……"

"거실 탁자 위에 완한테서 받은 명함 놔뒀어."

잠시 둘 사이에 침묵이 흘렀다. 그 침묵을 어떻게 밀어내야 할지를 모르겠어서 은서는 찻잔에 손을 얹어놓았다. 찻잔의 따뜻함이 손바닥으로 스며들었다. 그 스며든 따뜻함이 사라지고 찻잔이 식을 때까지도 둘 사이에 침묵은 이어졌다. 이따금 진짜 신문을 읽는 것인지 아니면 건성인지 알 수 없지만 세가 신문을 뒤적이는 소리가 났을 뿐이었다.

은서는 이제 찻물이 다 식은 찻상을 다시 들었다. 방문을 열고 나오면서 은서는 침대 위의 세를 돌아다봤다.

"내가 어떻게 했으면 좋겠는데?"

"……"

"내가 전화하기를 바라는 거야?"

세는 신문에서 시선을 떼지 않았다. 은서는 더 할말이 없어 방문을 열고 나왔다. 찻상을 그대로 식탁 위에 내려놓고 은서는 소파에 앉아 수화기 옆에 떨어져 있는 완의 명함을 뚫어져라, 바라보다가 건넌방으로 오는데 화연이 가만히 따라와 은서 곁에 앉았다. 나를 지켜다오. 은서는 엊그제 구내서점에서 산 '어린파'를 펼쳐들 때까지 화연의 등에 얼굴을 묻고 있었다.

다음날 오후 두시에 은서는 김학수 피디와 '어린파' 시인을 만나기 위해 함께 현저동 산동네를 갔다. 방송국에서 동네 입구까지는 김학수 피디의 차를 타고 와서 고가도로 밑에 차를 주차시키고 육교를 건널 때 김학수 피디가 저기쯤 되는가봅니다, 하고서 육교 건너 어딘가를 가리켰다. 김학수 피디가 가리키는 곳은 산자락 밑이었다. 산자락 밑으로 오밀조밀 낡은 한옥들이 들어서 있었다. 은서는 그만그만한 장항아리들이 장독대에 모여 있는 것 같은 비슷비슷한 크기의 한옥들을 올려다보았다. 그 한옥들 밑으로는 새 아파트들이 늦가을 햇살 아래 하얗게 줄서 있었다. 새 아파트와 낡은 한옥들과 산자락, 그 산자락 위에 줄서 있는 나무들을 보던 은서는 김학수 피디에게 물었다.

"우리가 찾아간다고 해서 그분이 응해줄까요?"

"해볼 때까지 해보는 거지요."

육교를 내려와 새 아파트들을 지나 한옥이 시작되는 골목으로 들어서면서 은서는 김학수 피디에게 다시 물었다.

"왜 그분을 꼭 하려고 하세요? 그냥 계시겠다는 분들은 그렇게 살도록 해줘야 할 것 같아요, 방송이 너무나 사람들을 모두 노출시키는 데만 열심인 것 같지 않아요?"

"은서씨도 내가 그분을 노출시키기 위해 이러는 거라고 보세요?"

"……"

은서는 말을 잘못 꺼내 김학수 피디의 신경을 건드린 것 같아 그에게 미안해졌다. 그를 그렇게 보지 않는 건 진심이었다. 김학수 피디는 이미 방송국 안에서도 그 나름의 신념이 강한 사람으로 알려져 있었다.

"우리가 섭외를 한다고 해도 위에서 어떻게 받아들일지 모르겠다는 생각도 들고 해서요."

"그분이 칠십년대 팔십년대 지나오면서 민중시를 많이 썼고, 그 때문에 민중시 쪽의 상징처럼 되어 있지만 내 생각은 오히려 그분은 시대를 잘못 만난 불행한 시인처럼 느껴집니다. 그 시인의 본령은 다른 데 있지 않나 싶어요. 이번 시집에 수록된 '어린파' 연작시들을 읽으면서 더욱 그런 생각이 깊어졌습니다. 은서씨는 웃을지 모르겠지만 나는 그분 이번 시들을 읽으면서 그분을 위해 내가 할 수 있는 일이 뭐가 있을까를 생각하게 됐어요. 그 시인으로 하여금 그 본령을 찾게 해주고 싶다면 과대하겠지요. 하지만 나는 그렇게 생각됐고 내용도 그런 취지로 갔으면 해요. 내가 다른 일은 못 해도 이런 분이 있다고 대중들에게 알릴 수는 있으니까요."

"어렵네요."

"그래요. 어려워요. 만나뵙고 내 뜻을 전하고 그 시인을 설득시켜 출연시키겠다고 나 자신에게 벼르며 가는 길입니다."

한옥들이 나란나란 서 있는 골목으로 들어서자 이마에 땀이 송글송글 맺혔다. 김학수 피디가 주머니에서 약도를 꺼내 방향을 맞춰보고 있을 때 은서는 가방에서 손수건을 꺼내 땀을 닦았다. 아직 서울에 이런 지역이 있다는 게 신기할 정도로 차를 주차시켜 놓은 곳에서 이십여 분 걸어 올라왔을 뿐인데 동네는 완전 서울과는 상관없는 곳같이 놓여 있었다. 대문들은 대부분

그냥 열려 있어서 좁은 마당이 그대로 들여다보였는데, 한 세
대만이 사는 게 아니라 한 집에 여러 세대가 모여 사는지 ㄷ자
형 한옥집 마당 수돗가에 세숫비누가 들어 있는 비누통이 여러
개이고 세숫대야도 각기 다른 방문을 향해 여러 개 놓여 있고,
방으로 통하는 밀창들도 여러 개였다.

"저쪽인가봅니다."

김학수 피디는 저 아래서 갈라져서 올라온 길 반대편으로 방
향을 틀었다.

"현대슈퍼가 보이는 곳에서 세번째 집이라고 했어요. 그런데
저기까지 내다봐도 글쎄 여기에 가게가 있을 것 같진 않군요."

하지만 다른 길을 택해 한참을 가봐도 가게는 있을 것 같지
가 않았다. 그래도 계속 내려갔더니 막다른 골목끝집 대문이
나왔다. 다시 돌아서서 좀전에 돌아섰던 길까지 다시 왔을 때
김학수 피디가 은서를 돌아다보며 객쩍게 웃었다.

"미안합니다."

그들은 가게가 나올 것 같지 않은 길로 접어들면서도 열심히
가게를 찾았다. 한참을 내려가도 가게는 보이지 않았다.

"'어린파' 연작시들 중에서 김피디님 마음을 그토록이나 움
직이게 한 건 어느 편이에요?"

"어느 편이라기보다 이미지예요. 땅속에서 갓 돋아나는 생명
있는 파란 것, 그것에 대한 그리움이 어디에나 너무 간절하지
않습니까. 그 간절함이 내겐 아찔하게 느껴졌습니다. 구태여
말하라면 그 파란 것이란 희망을 뜻하겠지마는 내 생각은 달라

요. 그 파란 것은 불행일 수도 있고, 절망일 수도 있어요. 하지만 분명한 건 거기에 온통 마음을 털어 바칠 수 있을 만큼 그리운 것을 말하지, 싶습니다. 절망적인 것이라 해도 마음을 붙이고 살 그리운 것, 그것 말입니다."

은서는 새삼 앞서 걷는 김학수 피디의 뒷덜미를 건너다봤다. 마음을 붙이고 살 그리운 것?

도저히 가게가 있을 것 같지 않은 골목의 왼편에서 현대슈퍼는 발견되었다. 간판을 붙여놓은 게 아니라 두 평이나 될까 싶은 가게의 외짝문에 흰 페인트로 현대슈퍼라 써놓았다. 그나마 좁은 골목으로 가게의 두부 담아놓은 노란 통과 다발로 묶어놓은 생파, 그리고 황토가 묻은 무가 몇 개 나와 있다. 그 옆에 놓여 있는 아이스크림통엔 자물쇠가 채워져 있다. 현대슈퍼를 보고 반갑게 웃던 김학수 피디는 그 안으로 들어가서 상자에 든 주스를 한 통 사들고 나왔다.

현대슈퍼에서 세번째 집 앞에 서서 김학수 피디가 초인종을 찾다가 보이지 않자 안을 향해 계십니까, 했다. 계십니까? 계십니까? 세번째 했을 때 한옥 밀창이 열리는 소리가 나고 누군가 신발을 끌고 나와 누구냐고 물었다.

"방송국에서 왔습니다."

대문을 열어준 사람은 늙은 여인이었다.

"오지 말라고 했다는데⋯⋯?"

시인의 아내일까? 은서는 시인의 아내라고 보기엔 너무나 늙어 보이는 여인을 향해 고개를 숙여 인사를 했다. 여인은 김학수 피디가 내미는 주스통을 받아들고서 안을 향해 나와보세요, 했다.

열린 밀창 안의 방문이 열리고 시인이 밀창 밖으로 얼굴을 내놓았다.

"왔으면 들어와요."

그때야 늙은 여인은 안심이 되는지 들어가세요, 했다. 은서는 신발을 벗으며 세 평이나 될까 싶은 마당을 봤다. 정갈하게 닦인 흰 고무신이 담장 위에 얹혀져 있다. 그 옆으로는 무를 잘라놓은 것, 호박을 잘라놓은 것, 시래기 엮어놓은 것들이 햇볕에 마르고 있다.

"은서씨?"

호박 무 시래기들을 바라다보고 있는데 먼저 안으로 들어간 김학수 피디가 또 은서씨? 불렀다. 은서는 남의 집에 와서 한눈을 팔고 있었던 게 민망해져 하두 오랜만에 보는 풍경이라서요, 변명하듯 말하며 안으로 들어섰다.

아무것도 없는 방 안. 상 하나를 마주하고 아래쪽엔 시인, 위쪽엔 김학수 피디가 앉아 있다. 김피디 옆으로 앉으면서 얼굴을 들던 은서는 가만히 눈을 감아버렸다. 저 얼굴빛이라니.

얼핏 살이 찐 것같이 보이는 시인의 얼굴은 살이 찐 게 아니라 부어 있었다. 가만히 손가락을 갖다대면 피부가 오목하게 들어가고 말 것같이 퉁퉁 부어 있었다. 부어서 커진 얼굴은 누랬다. 얼굴은 웃음도 울음도 한번 실어본 적이 없었던 듯 어떤 표정도 없이 가만 거기 놓여 있었다.

은서는 대문을 열어주었던 늙은 여인이 율무차를 끓여서 내오는 것을, 김학수 피디가 시인에게 뭐라고 뭐라고 얘기하는 것을, 시인이 김학수 피디의 말을 듣고 있다가 이따금씩 한마디 하는 것을, 그리고 밀창을 통해 들어오는 햇빛을, 꿈결인 것처럼 바라보고만 있었다.

김학수 피디의 긴 얘기를 듣고 이따금씩 간결하게 대답을 하는 시인의 눈엔 아무런 빛이 없었다. 은서는 김학수 피디의 목소리도 시인의 목소리도 하나도 들리지가 않았다. 그저 앞에 앉아 있으니 김피디를 바라볼 따름인 시인의 눈빛에까지 서려 있는 병색에 은서는 할말을 잊었다.

찻잔엔 달맞이꽃이 그려져 있다. 노란 달맞이꽃이 흰 찻잔에 피어 있다. 꿈결인 듯 시인의 병색 짙은 얼굴을 응시하다가 은서가 이따금씩 섞은 말은 찻잔이 예쁘네요, 였다.

저이가 어떻게 그 간절한 그리움의 시를 쓸 수가 있었단 말인지. 시인의 얼굴이 가져다준 마음의 타격에서 겨우 벗어났을 때야 아주 멀리서인 듯 김학수 피디의 목소리가 들려왔다. 김학수 피디도 시인의 얼굴에 서린 병색에 놀랐는지 여기를 찾아오던 때의 결연하게까지 느껴지던 마음과는 달리 목소리가 나지막했다.

"'어린파' 연작시들은 계속 쓰실 거죠?"

시인이 고갤 흔들었다.

"그만 쓰시겠다는 건지요?"

시인이 고갤 끄덕였다.

"왜지요?"

김학수 피디의 목소리가 앞에와는 달리 실망으로 약간 높아졌다. 아무 대답 없이 가만있던 시인은 김학수 피디가 다시 한 번 왜지요, 선생님? 반문하자 입을 열었다.

"마음속에서 그리움이 사라졌소. 다시는 시를 쓰지 못할 것 같아요. 아무것도 그립지 않으니 마음이 지옥이오. '어린파' 연작시를 쓸 때는 개인적으로도 외부적으로도 너무나 어려운 때였지만 그래도 마음은 늘 그리운 것이 있었지. 그것이 시를 쓸 수 있게 했소. 하지만 지금 그것이 끊겼소."

"모든 것이 다 예전보다는 좋아졌지 않습니까?"

시인은 다시 말이 없이 얼마간을 그렇게 앉아 있었다. 은서는 자세를 고쳐앉으며 시인을 바라봤다. 시인은 고갤 들었으나 그뿐이었다. 무엇도 보지 않고 있는 시선이었다. 외려 사물들이 그를 보려고 그 앞으로 왔다가 사라지는 것처럼 느껴질 지경이었다.

시인의 얼굴에 시인의 말에 시인의 눈빛에 너무나 짙게 깃들인 병색에 김학수 피디도 말을 잃었는지 더는 왜냐고 묻질 않았다. 얼마나 지났을까. 시인은 조용히 입을 열었다.

"언젠가 이태원에 있는 어느 호텔에서 얼마간 갇혀 있듯이 보낸 적이 있지. 내가 할 수 있는 일은 그 안에서 창 밖을 내다보는 일뿐이었소. 창에서 바깥을 내려다보면 비만한 외국 여자들이나 미군들이 아무 표정 없이 지나가곤 했소. 나흘 동안 그 풍경만을 봤지."

"……"

"'어린파' 연작시를 다시 쓰게 될 것 같진 않아요. 시를 다시 쓰게 된다면 아마 그 창에 서 있는 그때 마음이 쓰게 하겠지."

은서와 김학수 피디가 시인이 있는 방을 나와 마당으로 나오자 대문을 열어주었던 늙은 여인이 은서에게 작은 종이가방을 내밀었다.

"이거…… 가지고 가세요."

"뭔데요?"

"찻잔하고…… 호박이랑 무 시래기 말린 거……"

"어머, 왜 이걸 제게……?"

"찻잔이 이쁘다고 세 번이나 말했잖우."

내가 세 번이나? 은서는 미안해져서 웃었다.

"다른 집에 갔을 때 아주 맛있는 음식이 있으면, 저이한테 가져다줬으면 좋겠다 싶으면 음식이 맛있다고 칭찬하죠. 맛있다고 맛있다고 세 번쯤 하면 싸주던걸."

나이보다 일찍 늙어버린 듯한 시인의 아내는 괜찮다는 은서의 손에 찻잔과 호박이랑 무 시래기 말린 것이 든 종이가방을 한사코 쥐어주었다. 젊은 사람이 무 썰어 말린 걸 그렇게 쳐다보는 걸 처음 봤다면서.

은서는 다시 한번 담장 위에서 마르고 있는 흰 고무신과 그 옆에 올망졸망 채반에 놓여진 호박 무 시래기들을 바라보았다. 이것이었다. 저것들을 처음 봤을 때 가슴에 고이던 따뜻한 것. 골목을 돌아설 때 돌아다보니 늙은 여인은 대문간에 그대로 선 채 은서와 김학수 피디를 보고 있다.

"돌아서서 인사하세요. 아직 대문에 서 계시는데요."

김학수 피디가 은서의 말을 듣고 돌아서서 허리를 구부리며 인사를 했다. 그때야 늙은 여인은 대문 안으로 사라졌다.

"은서씨."

은서를 부르는 김학수 피디의 목소리가 은근스러워 은서는 대답 없이 그의 얼굴만 올려다봤다.

"충격을 받았나요?"

"무슨?"

"지금 은서씨 얼굴빛이 그 시인과 같아요. 갈 때만 해도 안 그렇더니."

"가슴이 저리네요. 무엇이 저분을 저렇게 병들게 했을까, 싶으니까."

"지옥인 마음 탓이라지 않습니까."

은서는 웃었다.

"나보다도, 의외네요, 나는 학수씨가 그렇게 쉽게 물러설 줄 몰랐는걸요. 어떻게 해서든 섭외를 이룰 것 같은 자세였는데 어떻게 그렇게 쉽게 포기하고 내려오세요?"

"……"

"네?"

"그분 얼굴에 병색이 너무 짙습니다."

이젠 김학수 피디가 은서처럼 웃었다. 그리곤 주머니에 넣은 손을 빼고는 담배를 꺼내 불을 붙여 허공으로 담배연기를 훅

하고 뱉었다. 담배연기가 날아가는 곳에 빈 하늘이 있다. 은서는 다닥다닥 붙어 있는 한옥들 위의 빈 하늘을 한번 보고는 한숨을 내쉬었다. 가을이 이렇게 가는구나. 담장 위에 깨끗이 닦아놓은 흰 고무신, 그 옆의 무 썰어놓은 것, 호박 썰어놓은 것, 시래기 엮어놓은 것들과 함께.

"쉽게 잊힐 것 같지 않아요. 그분 얼굴이나 말씀이나 눈빛이나 다요."

서너 번 빤 담배를 전신주 옆의 쓰레기통에 비벼끈 뒤 버리고 김학수 피디는 혼잣말하듯 중얼거렸다.

은서는 차를 주차시켜놓은 고가도로 밑까지 김학수 피디와 함께 내려왔다가 김과 작별을 청했다.

"방송국에 차 세워놓지 않았어요? 같이 들어가서 차 몰고 가야 되지 않아요? 타세요. 방송국까지 바래다드릴게요."

"오늘 일은 다 마쳤어요. 그냥 집으로 가야겠어요. 차 하루 방송국에 둔다고 실어가진 않겠죠, 뭐."

"그럴래요?"

은서는 김학수 피디와 헤어져 혼자 고가도로 밑을 빠져나와 길을 걸었다. 쉽게 잊지 못하기는 은서도 마찬가지일 것 같았다. 목련이 질 때 빛깔이 그렇지, 그렇게 누렇지. 시인의 누렇게 뜬 얼굴이 발에 밟혀 은서는 몇 번이고 걸음을 멈춰야 했다. 걸음을 멈출 때마다 시인의 말이 떠올랐다. 지옥이 어디 따로 있겠소. 그리움이 끊긴 마음이 지옥이지.

은서는 걷다가 거리의 신호등 앞에서 걸음을 멈췄다. 붉은 신호가 파란색으로 바뀔 때 곁에 서 있는 사람들을 따라 바쁘게 길을 건너려다가 멈췄다. 사람들을 따라 길을 건널 이유가 없었다. 그렇게 선 채로 맞은편을 바라봤다. 이십삼층은 넉히 될 만한 맞은편 빌딩은 태양열을 이용해 지은 빌딩이었다. 전체가 투명한 유리로 되어 있어 이쪽 하늘과 이쪽 거리가 그 빌딩 유리에 그대로 비쳤다. 늦가을의 파란 하늘과 흰 구름이 투명한 유리 속에서 어디론가로 흘러가고 있었다.

어디로 가지? 은서는 섬뜩했다.

언젠가 이렇게 똑같은 마음으로 거리를 걸어다니던 기억이 났다. 기억은 마치 돌 속에 끼여 있다가 겨우 빠져나온 듯 힘들게 은서의 가슴에 차올랐다.

오늘 새벽에 일어나보니 세는 이미 나가고 없었다. 처음엔 아파트 뒤뜰로 산책을 나갔거니 했다. 그러나 세가 영 들어오질 않아 은서는 방으로 들어가봤다. 침대 옆에 잠옷이 벗어져 놓여 있는 걸 그때야 봤다. 장롱을 열어보니 양복과 와이셔츠 넥타이도 한 벌씩 비어 있었다. 세가 언제 나갔는지는 모르겠으나 세는 그 길로 출근을 할 양으로 집을 나간 것 같았다. 세의 침울함을 어떻게 달래야 할지, 은서는 난감했다. 은서는 소파에 앉아 수화기와 완의 명함과 어젯밤 그대로 물려놓은 식탁 위의 찻상을 보며 앉았다가 시계가 여덟시를 가리킬 때 세의 학교로 전화를 했다. 전화는 세가 직접 받았다. 네, 하는 세의 우울한 목소리를 듣자마자, 은서는 조용히 수화기를 내려놓았다.

은서는 다시 붉은 등으로 그리고 다시 푸른 등으로 바뀌는

신호등 앞에 시인의 아내가 준, 호박 무 시래기들이 든 종이가
방을 들고 불안스러이 서 있다가 얼른 택시를 잡아타고 아파트
로 돌아왔다.

우편함에서 우편물을 꺼내들고 올라와 문에 열쇠를 집어넣
자, 안에서 혼자 있던 화연이 은서의 기척을 느끼곤 정신없이
문에 뛰어올랐다.

은서는 발톱으로 문을 긁어대는 화연의 기척을 느끼며 잠시
가만 열쇠를 꽂은 채 서 있었다. 마음 안의 불안함은 여전했다.
아주 친숙한 불안 앞에 은서는 두려움을 느꼈다. 문을 열자 화
연이 은서를 향해 펄쩍 뛰어올랐다가 한 발 물러서고 또 펄쩍
뛰어올랐다가 한 발 물러서며 반가워했다. 우편물을 거실 탁자
에 내려놓으려다 은서는 아직도 그대로 탁자의 수화기 옆에 놓
여 있는 완의 명함을 보았다.

발행인 서완
해와 달
종로구 명륜동 1가 31-9
전화 765-6510~2 FAX 743-2037

은서는 그때껏 들고 있던 우편물을 탁자에 내려놓으며 명함
을 뒤집어놓고 화연을 불렀다.

"이리 와."

가까이 다가온 화연을 은서는 꼭 끌어안았다. 나를, 나를 지

나, 그를 다시 만나 363

켜다오. 은서는 화연의 부드러운 털을 하염없이 쓰다듬으며 불안스러움과 두려움을 누그러뜨리려고 화연에게 속삭였다.

산 밑이었다. 산 밑으로 신작로가 있고, 신작로를 건너면 들판이었다. 들판엔 벼이삭이 누렇게 익어 그 위로 쏟아지는 햇빛은 황금빛을 이루고 있었다. 은서는 세와 함께 벼이삭이 누렇게 익어 출렁이는, 햇빛이 황금빛으로 출렁이는, 그 들판을 걸어가고 있는 중이었다. 들 너머, 신작로 너머 있는 산봉우리가 드높은 그 산을 올라갔다 내려오는 길인지, 두 사람의 등엔 배낭이 짊어져 있었다. 등에 진 것은 무겁고 발가락들은 신발 속에서 피곤했다. 그래도 어딘가에 어서 빨리 가야 되는 일이 있는 사람들처럼 두 사람은 걷고만 있었다. 벼논이 이어지던 길목에 갑자기 갈림길이 나타났다. 갈림길엔 풀숲이 우거졌다. 두 사람은 거기에서 등에 지고 있던 배낭을 벗어 내려놓았다. 두 사람은 갈림길 한 쪽씩을 차지하고 막 잠이 들려는 찰나였다. 처음에 은서는 잠이 쏟아지는 눈을 가느다랗게 떴다. 저것이 무엇일까, 무엇이 세가 잠든 풀숲에서 꿈틀거리고 있었다. 저것이 무엇일까, 저것이. 은서는 쏟아지는 잠을 밀치고 밀치면서 그 꿈틀거리는 게 무엇인지를 보려고 애썼다. 그러다가 어느 순간 은서는 숨이 멎는 듯했다. 풀숲에서 엄청나게 큰 뱀이 기어나와 세를 친친 감으려고 했다. 은서는 놀라서 화다닥 세에게 뛰어갔다. 아무리 흔들어도 세는 눈을 뜨지 않았다. 뱀은 이제 세를 완전히 친친 감고 있었다. 안 돼, 일어나, 눈을 떠! 뱀의 혀가 세의 얼굴을 감으려 할 때, 은서는 비명을 질렀다. 제발 눈을 떠!

꿈이다. 은서는 몸을 반쯤이나 일으키고 식은땀을 흘리고 있는 자신을 내려다봤다. 얼마나 힘껏 몸을 일으켰는지 몸에 덮고 있던 이불이 반쯤 개켜지듯 밀려나 있다. 여기에서 잠이 들었었나? 은서는 책상이 놓여 있는 방을 생경하게 둘러보았다. 새벽까지 들어오지 않는 세를 기다리다 깜박 잠이 들었던가보았다. 그런데 이 이불은? 이불은 모두 침대가 놓여 있는 방 장롱 안에 있었다. 그가 들어왔는가? 싶어 몸을 일으키려는데 어지럼증이 일어 은서는 다시 주저앉았다. 다시 몸을 일으키려는데 방문이 열리고 세가 들어왔다.

"왜 그래?"

세가 형광등 불빛에 눈이 부신지 형광등 스위치를 내리고 책상 위의 스탠드 스위치를 올렸다. 오렌지 불빛이 은서의 풀어헤친 머릿결 위에서 넘실거렸다.

"언제 들어왔어?"

세는 막 옷을 입으려는 참인지, 아니면 벗으려는 참인지, 양복 바지에 와이셔츠 차림이다. 넥타이는 없다. 와이셔츠 단추가 두 개쯤 풀어져 있다.

"방금 들어왔어. 그런데 왜 그래?"

"지금 몇시야?"

"세시."

"새벽?"

"응."

"어딨다 지금 왔어? 전화도 없이."

"왜 그러느냐고?"

"뭘?"

"방금 비명을 질렀잖아, 저 방에까지 들리도록 질린 목소리더니."

비명? 내가 비명을 질렀었나? 비명이라는 말을 듣자마자, 은서는 다시 꿈속의 들판이 떠올라 몸을 움씻했다. 뱀의 혀. 무엇이든 휘감아 삼켜버릴 듯싶던 그 혀. 세의 몸을 친친 감고 막 얼굴을 감으려던 그 미끈한 뱀.

"꿈을 꿨어."

세는 꿈을 꿨다는 은서의 말에 놀람이 가라앉았는지 방을 나가려는 듯 다시 몸을 돌려세웠다. 은서는 일어서며 세의 이름을 불렀다. 방문을 막 열려던 세가 돌아다봤다. 일어서서 세에게로 가는데 가슴이 싸아하니 저려왔다.

"나는 어떻게 해야 될지를 모르겠어."

은서는 가만히 서 있는 세의 가슴에 얼굴을 묻었다. 눈물이 쏟아질 듯 눈앞이 어른거리며 가슴이 아려왔다. 정말 어떻게 해야 될지를 모르겠다. 이 남자의 화난 모습 앞에서. 생각해보니 한 번도 세는 은서에게 화를 낸 적이 없었다. 한 번도 은서를 밀어낸 적이 없었다. 내가 뭘 잘못했는가, 물을 수도 없다. 세의 얼굴, 어디에 저토록 냉정한 표정이 깃들어 있었던가, 어디에.

"한 번도 내게 화를 내지 않아서 네 마음을 어떻게 어루만져야 할지를 모르겠어."

　세는 아무래도 상관없다는 듯 별 동요 없이 은서가 가슴에 얼굴을 묻고 있도록 버려두었다. 은서는 세의 가슴에 얼굴을 묻고 있으면서 정말로 세가 이전의 세가 아님을 느꼈다. 이전의 세라면, 이대로 가만있지 않으리라. 은서의 머리를 만져주고 은서의 등을 쓰다듬어주고 은서의 얼굴을 들게 해 제 얼굴을 갖다대리라.

　"낮에 완이 학교로 전화했더군."

　"……"

　"전화해달라는 말 전해줬느냐, 물었어. 너하고 꼭 상의할 일이 있는데 너에게서 전화가 오지 않는다면서."

　"……"

　"내일 전화를 꼭 좀 해달라고 했어, 벌써 오늘이군."

　은서는 세의 가슴에서 얼굴을 들어 세를 바라봤다. 세의 얼굴이 창백했다. 손을 뻗어 세의 얼굴을 감싸보고 싶으나 세가 얼굴을 돌리고 말 것 같아 은서는 손을 뻗지 못했다.

　"잠을 좀 자야겠어…… 곧 출근을 해야 하니까."

　은서는 냉담한 표정으로 방문을 열고 나가는 세를 붙잡았다.

　"나를 버려두지 말아."

　세는 기어이 눈물을 주루룩 쏟고 마는 은서를 우두커니 서서 바라봤다. 세도 손을 뻗어 은서의 얼굴을 만지고 싶으나 무엇인가가 그 마음을 가로막았다. 세는 은서를 물끄러미 바라다보았다. 이젠 네가 나를 버려두지 말아다오. 나는 내가 두렵다.

요 며칠 내 마음에 요동치는 이 미혹들을 다 어떻게 껴안고 산단 말이냐. 네가 바깥에서 무슨 일을 하고 있을까? 를 생각하면 금방 답답해지는 이 마음을 나 혼자 어떻게 다스린단 말이냐. 수업을 하다가도 네 생각을 하면 분필이 손에서 떨어져버린다. 네가 완에게 전화를 하고 있을 것만 같고, 네가 완을 만나 울고 있을 것만 같으니 이 마음의 혼란을 어쩌란 말이냐. 자꾸 너를 시험하고 싶은 나를 어쩌란 말이냐. 이젠 네가 나를 버려두지 말아다오, 제발.

세는 은서의 손을 내려놓고 방 안으로 들어왔다. 이럴 줄을 몰랐다, 나도. 이런 식으로 치사하게 너를 의심하게 될 줄을 몰랐어. 세는 벗던 와이셔츠를 그대로 입은 채 침대 난간에 앉아서 방문을 닫고 다시 들어가는 은서의 기척을 일일이 느꼈다. 왜 이 방으로까지는 나를 붙잡으려고 들어오질 않는 거냐, 왜?

세는 나날이 말수가 줄었다. 대부분 세는 늘 은서보다 일찍 일어나 방을 나가곤 했다. 은서가 늦게 나가보면 세는 베란다에 서서 아파트 광장을 내다보며 우두커니 서 있곤 했다. 달라진 건 또 있었다. 저녁 늦게 은서가 건넌방에서 원고를 쓰거나 책을 들여다보고 있어도 문을 열어보지 않았다. 가끔씩 문을 열어보고서 잘 돼? 하던 세였는데. 전화가 와도 세는 받지 않았다. 거실에 앉아 있다가 바로 눈앞의 전화벨이 울리면 세는 일어서서 방 안으로 들어갔다.

외로워지는 관계

음악가 중에는 고독한 말년을 보낸 사람들이 많습니다. 브람스도 그중 한 사람인데요. 브람스는 말년에 사람들하곤 거의 말을 하지 않았습니다. 대신에 혼자 독백을 했다고 합니다. 길을 걸을 땐 자, 가자. 식사를 할 땐 이젠 밥 먹자…… 혼자서 중얼거리는 늙은 브람스를 흔히 볼 수 있었다고 해요. 때때로 자기의 혼잣말에 브람스 자신도 깜짝 놀라곤 했답니다.

은서는 원고의 뒤를 잇지 못하고 팔을 괴고 가만 앉아 있었다. 무슨 얘기를 끌어내려고 브람스의 독백을 쓰기 시작했는지, 갑자기 머릿속이 암전상태가 된 것처럼 멍해져버렸다.

독백하는 늙은 브람스. 은서는 섬뜩했다. 혼잣말을 하고 그 말의 엉뚱함 때문에 스스로 깜짝 놀랐을 늙은 음악가. 왜 그는 늙어서 사람들 앞에서 말하기를 꺼려했을까. 헝가리 각지를 돌아다니며 그 고장마다의 특색을 열심히 채보하여 사람들한테

들려줄 리듬을 만들기까지 했던 사람이 왜 말년에 말하기를 꺼려했을까.

저만큼서 웬 종이쪽지가 날아와 은서 팔 앞에 툭, 떨어졌다.

종이를 펼치기 전에 종이가 날아온 곳을 돌아다보니 거기 유혜란이 앉아 있다. 은서와 눈이 마주치자, 씨익, 웃고는 어깨를 움싯했다. 종이를 펼쳐보니 유혜란이 날렵한 글씨체로 무슨 걱정 있어요? 차 한잔 마실까요? 라고 써놓았다. 은서는 유혜란을 돌아다보고 그러자는 뜻으로 일어섰다. 유혜란이 안경을 벗어 들여다보고 있던 자료 위에 놓고는 은서의 뒤를 따라왔다.

그들은 삼층 커피숍에 가 유혜란은 녹차를 은서는 커피를 시켜놓고 앉았다.

노인은 어디로 갔을까? 어느 날부터인지 노래하는 노인이 보이질 않았다. 노래하는 노인은 그대로 풍경이었는지 노인이 없으니 공원과 방송국 서문 사이에 놓여 있는 노란 차단기만 도드라져 보였다.

"무슨 걱정거리가 있는지 말해봐요."

유혜란이 은서의 손등을 툭 쳤다. 은서는 막막해져 그냥 웃었다. 무어라고 말할 수 있겠는지.

"노선생하고는 잘 돼가요?"

은서의 반문에 잠시 아, 하는 표정을 짓던 유혜란이 웃었다. 웃으면서 은서처럼 의자에 등을 갖다댔다. 그리고는 물끄러미 창 밖을 봤다.

"포기했어요."

"왜?"

"어차피 처음부터 무리한 거였잖아요."

노태수를 발견한, 그랬다, 은서가 보기에 유혜란의 그간 행동들은 노태수를 발견한 기쁨이라고밖에 달리 표현되지 않는다. 그 발견한 기쁨들을 다 어쩌고 저런 표정을 짓는지. 은서는 괜히 물어보았구나, 싶어 커피잔을 들어 입술에 댔다.

"사람은 참 우스워요. 지금 생각해보면 분명 처음부터 너무 무리한 일이었는데 그때는 전혀 그렇게 생각하지 않았거든요. 뭐랄까, 앞으로 가는 일만 아는 사람이 된 기분이었어요."

은서는 커피잔을 탁자에 내려놓으며 유혜란의 얼굴을 바라보았다. 눈 밑으로 살짝 뿌려진 주근깨가 오늘은 유혜란을 조용하게 보이게 했다. 그 주근깨는 유혜란의 감정상태에 따라 늘 달라 보였다. 유혜란이 원고 쓰는 일에 몰두해 있을 때 보면 그 주근깨는 글씨처럼 보였고, 유혜란이 밝은 기운이 꽉 차서 들떠 있을 때 보면 그 주근깨도 같이 화사하게 피어나는 듯 고와 보였다.

"문경에 가서 무슨 일이 있었어요?"

"무슨 일이 있었을 것 같아요?"

"그걸 알면 내가 묻겠어요."

일이라면 처음부터 끝까지 조금도 양보 없이 전심을 기울이는 유혜란으로 방송국 안에서는 정평이 나 있는 그녀였다. 얼마간 불안한 기획도 유혜란과 함께라면 자신 있다고 말하는 피디들도 여럿이었다. 여자 작가와 하는 일이 다 그렇지, 하는 말을 어느 피디도 유혜란 앞에서는 핑계로 내세울 수가 없었다. 누가 봐도 유혜란은 능력 있는 구성작가였다. 특히 다큐멘터리 부분에서 유혜란의 능력은 눈에 띄게 돋보였다. 화면에 실려나가는 그녀의 문장을 듣고 있으면 기획과 취재 촬영장소에 서 있는 그녀를 보는 듯했다. 그러지 않고서야 그렇게 많은 표현들 중에서 그렇게 실감나게 하는 정확한 말들을 골라낼 수는 없을 것이었다.

그런 유혜란으로 하여금 자료조사 취재 촬영하는 데까지 다 따라다니며 일을 다 마쳐놓고, 시간을 재서 원고 쓰는 일만 남겨놓고, 문경으로 쫓아가게 만든 사람이 노태수였다.

"내가 노선생을 포기했다는 건 그와 함께 사는 걸 포기했다는 것이지 그를 사랑하는 걸 포기했단 뜻은 아니에요. 포기가 아니라 이해하게 됐다고 하면 은서씨 이해하겠어요? 단념할 수 없는 것을 단념한 것과는 달라요. 문경에서 크낙새 찍는 것에 빠져 있는 그를 열흘 동안 지켜보면서 깨달은 거죠. 그때 문경에 가길 잘 했어요. 그렇지 않았으면 나는 계속 그와 함께 살고 싶어서 마음속의 전쟁을 치르고 있을 테니까. 정말 굉장하더군요. 그깟 크낙새가 뭐라고, 저리 정성을 쏟나, 처음에는 야속하더니 나중에는 그가 크낙새 같았죠. 그 텅 빈 폐교에서 밥 끓여먹어가면서 밤이고 낮이고 크낙새가 지나갈 만한 곳에 카메라를 대고 있는데 사람이 저럴 수도 있구나…… 세상에는 여자가 남자에게 혹은 남자가 여자에게 빠지는 것 말고 일에 저토록 빠져 있는 사람도 있구나……"

"……"

"은서씨 내 말 들으면 웃을 텐데…… 문경에서 돌아와 한동안 나 좌절했었죠. 크낙새 때문이었을까? 그 사람 나와 같이 나란히 누워도 나를 안을 생각을 안 하는 거예요. 그래서 어느 날은 내가 먼저 그에게 안아달라고 말했지요. 그래도 그는 꿈쩍을 안 했어요. 어떻게 해요. 말은 내가 먼저 꺼냈고, 내가 그에게 먼저 입을 맞췄죠. 부끄러운 얘기지만 나는 얼굴이고 가슴이고 다 뜨거워져 있었어요. 하지만 그는 어땠는 줄 알아요? 내게 옷을 입혀주고 머리를 쓰다듬어줄 뿐이었어요. 내가 그때 얼마나 마음이 다쳤는지."

은서는 유혜란을 마주 보기가 어색해서 저절로 고개가 수그려졌다.

"다음날로 나는 올라왔어요."

"그뒤로 한 번도 안 만난 거예요?"

"아뇨…… 얼마 있다가 그에게서 전화가 왔어요. 여기까지 와서 나를 태우고 그이 집으로 데려가더군요. 저녁을 만들어주고 차를 끓여주고 고백하듯이 그러더군요. 서른 살 적부터 무엇 때문인지 여자하고 잘 수가 없게 됐다고, 그래서 아내와도 헤어지게 되었고, 그뒤론 사라지는 것들 찾아다니며 사진 찍는 일에 전념하며 살게 되었다고요. 처음에 나는 거짓말인 줄 알았어요. 내 마음을 달랠 양으로 말이에요. 그런데 정말이었어요."

"……"

"정말이었다구요."

"……"

"그는 자신의 상태를 내게 밝히지 않았어도 됐어요. 그런데도 내게 밝혔죠. 왜 그랬냐니까 그러데요. 자신은 이제 사진 찍는 일만 가지고도 세상을 살아갈 수 있대요. 하지만 나는 젊고 자신으로 인해서 마음의 타격을 받아서 내가 나를 비하시킬까봐 낸 용기라더군요."

"……"

"우리 그날 이후로 가끔 만나서 함께 자요. 믿을지 모르겠지만 그냥 서로 안고서 자요. 오누이처럼요. 평화롭고 편안해요."

"……"

"왜, 안 믿어져요?"

"믿어져요."

"그런데 왜 아무 말도 안 해요?"

"무슨 말을 하겠어요?"

유혜란이 은서의 손등을 다시 툭, 쳤다.

"은서씨는 참 이상해요."

"……"

"어느 땐 마음속에 무슨 보석 하나를 숨겨두고서 혼자 들여다보는 사람 같아 보이기도 하고, 어느 땐……"

"어느 땐요?"

"글쎄, 뭐랄까. 여기 바로 앞에 앉아 있는데도 없는 사람처럼 보이고 그래요. 오늘은……"

유혜란은 말을 멈추고는 의자에 파묻은 등을 일으켜세웠다.

그리고선 은서의 눈을 빤히 들여다봤다.

은서는 너무나 빤히 들여다보는 유혜란의 시선을 피해 커피숍 창 밖을 봤다. 이렇게 가을이 가는구나. 광장과 공원 사이에 울타리로 심어진 은행나무들이 잎을 거의 떨구었다. 몇 잎 남은 노란 은행잎들이 위태롭게 늦가을 바람에 휘둘리고 있다.

"이거 봐…… 이상하잖아요?"

"뭐가요?"

"다른 사람 같으면 창 밖을 쳐다보는 게 아니라 오늘은 어떻게 보이는데요? 라고 묻는다구."

"오늘은 어떻게 보이는데요?"

은서가 말하며 웃어버리니까, 유혜란도 웃었다.

"슬퍼 보여요."

"……"

"왜 그래요?"

"……"

"그 동안 은서씨 잘 견디는구나, 생각했어요."

"무엇을요."

"은서씨 그거 몰라요? 하긴 본인은 모를 수도 있죠. 은서씨 일하는 거 보면 무슨 생각이 드냐면 무언가와 마주치지 않으려는 필사적인 노력으로 보여요. 내가 보기엔 텔레비전 일이 잘 맞는 것 같지도 않은데 너무 열심히 한다구요. 잘 맞지도 않는 일 너무 열심히 하는 축들을 보면 대부분 생계와 연관이 되어 있는데 그런 것 같지도 않고. 싸우고 있는 게 뭐예요?"

은서는 유혜란의 얼굴을 빤히 쳐다봤다. 다른 사람을 대하면 실어증에 걸린 듯 아무 말도 못 하겠던 게 유혜란에게는 어느 만큼 말을 할 수가 있었다. 그렇다고 해도 은서는 유혜란의 이야기를 들어주는 쪽이었지, 가장 일상적이거나 일에 관련된 일이 아닌 이상은 은서가 자신의 속속을 유혜란에게 말해본 적이 없었다. 그런데 유혜란은 은서의 유년까지도 다 알고 있는 듯한 얼굴로 은서를 마주 보고 있다.

"혜란씬 아침에 일어나면 맨 먼저 무슨 생각을 해요?"

"노선생 만나기 전까진 일 생각을 했죠."

"일?"

"누구를 만나고 무엇을 찾아보고…… 뭐 그런 것…… 그건 왜 물어요?"

"노선생을 만난 후로는요?"

"노선생을 생각해요. 사실은 난 아침 잠이 많아서 늘 잠을 깨는 일이 힘들었거든요. 왜 잠이 깨서 정신을 차릴 때까지의 순간, 있잖아요. 그땐 정말 죽겠었어요. 다시 잠들고 싶은 욕망이 너무 강해서 웬만해서 한 번에 깨어나서 일어나는 일이 없죠. 이건 비밀인데……"

유혜란이 씨익 웃었다. 그런 유혜란이 한없이 천진난만해 보였다.

"노선생을 만나기 전까진 저녁에 잠들 때마다 뻐꾸기 시계를 삼 분 간격으로 세 개나 작동시켜놓곤 했어요. 하나는 머리맡에 놓고 다음 것은 거실에 놓고 그 다음 것은 세면장에 놓아뒀

376

죠. 머리맡엣것이 울리면 잠을 깨긴 하는데 아주 습관적으로 손을 뻗어서 꺼버리죠. 다시 막 잠들려고 하면 거실 것이 막 울리죠. 너무 시끄러우니까 다시 깨어나서 비실비실 걸어 거실까지 가요. 겨우 거기까지 가서 또 꺼버리곤 그 자리 소파에서 또 잠들려고 하면 이번엔 세면장엣것이 난리가 난 듯 울어대죠. 또 일어서서 그 소리를 따라가다보면 세면장 거울 앞에 서 있는 거예요. 느닷없이 자신의 얼굴을 거울 속에서 턱 만나고 나면 더 잘 수가 없죠. 또 바로 앞에 수도꼭지니까 수도꼭지를 틀어 찬물에 손 담그면 그때야 정신이 들었어요."

"……"

"노선생을 만난 후론 이상하더라구요. 맨 먼저 눈을 뜨면 노선생을 생각하게 돼요. 마치 그때껏 노선생이 내가 잠 깨어나길 기다리고 있었다는 듯이 생각이 나요. 그러면 시계 전쟁 없이도 금방 정신이 들어요. 신기한 일이에요. 어디서나 노선생 눈이 느껴져서 긴장하게 되고 힘든 일이 생기면 옆에 없어도 의지가 돼요. 그가 있어서 얼마나 다행인지 몰라요. 이전엔 어떻게 나날들을 견뎠을까 싶을 만큼."

유혜란이 말을 마치고 다시 천진하게 웃었다.

"그건 왜 물어요? 은서씬 잠 깨고 나면 무슨 생각을 먼저 하는데요?"

"……"

"네?"

"나는 아무 생각이 나질 않아요. 아무 생각이 나지 않는 그것과 싸운다면 믿겠어요?"

"……"

"어느 날부터 내 마음이 그랬어요. 마치 어린 시절도 소녀 시절도 아무것도 없이 처음부터 성인 여자가 돼서 있는 것처럼 아무것도 생각이 나질 않았어요. 내가 왜 그런가 생각해봤죠."

"그래, 생각해냈어요?"

"네."

"기다림이었어요. 내가 아무것도 기다리지 않고 있었어요. 기다림이 끊어지니까 마치 나 혼자서만 외떨어진 장소에 있는 것 같았어요. 그렇게 아무런 기다림이 없어지기는 처음이었어요. 가능한 일이든 불가능한 일이든 마음속에 기다림이 있으면 그것에 마음을 붙여 하루를 보낼 수가 있지 않아요? 전화벨이 울리면 반갑기도 하고, 아침에 눈을 뜨면 떠오르는 얼굴이 있고, 밤길을 걷게 될 때는 옆에 있겠거니 생각하며 혼잣말도 해보고요."

은서는 김학수 피디와 만났던 시인의 병색 짙은 얼굴이 느닷없이 떠올라 말을 멈췄다. 그리움이 끊겼다고 했던가, 그래서 마음이 지옥이라고 했던가, 그 지옥의 마음으로 어떤 말도 할 수 없다고 했던가. 내 끊긴 기다림이 그의 마음에서 끊긴 그리움과 같은 것이었나, 그래서 그토록 시인의 지는 목련꽃 같은 얼굴에 가슴이 저렸던가, 그랬던가.

"은서씨."

"네?"

378

"무슨 생각 해요? 말하다가?"

은서는 유혜란을 향해 웃어 보였다. 그러면서 생각했다. 지금 자신의 얼굴에 퍼진 웃음은 유혜란의 표정에서 읽혀지던 그 천진한 웃음은 아닐 거라고.

"그런데 그 마음에 변화가 온 거예요?"

"무슨?"

"기다림이 끊긴 그 마음에 요즘 변화가 왔느냔 말이에요."

"그렇게 느껴져요?"

"네, 요즘 은서씨는 또 달라요."

"……"

"뭐예요, 무슨 변화가 생긴 거예요?"

"사람을 다시 만났어요."

"사람?"

"네, 나를 두고 간 사람."

너무나 뜻밖의 말이었을까, 유혜란이 말을 끊었다. 유혜란의 얼굴에 퍼져 있는 주근깨가 더 조용해졌다. 유혜란은 나를 두고 간 사람, 이라고 말하고서 커피잔을 내려다보는 은서를 이윽히 건너다봤다.

"재회?"

"남편과 함께였어요."

남편? 유혜란은 맞은편의 은서가 발음한 남편이라는 말이 너무 생경스럽다. 저 여자는 그랬다. 스스로 남편 이야기를 하지 않는 이상은 저 여자에게서 결혼한 여자의 냄새를 맡을 수가 없었다. 가끔 저녁을 함께 하자거나 일요일날 같은 때 영화 구경을 함께 하자고 청할 때 은서가 집에 남편이 혼자 있어서요, 할 때면 그때야 아, 그렇지 저 여잔 결혼을 했지, 깨닫곤 했다.

"남편과는 아는 사인가보죠?"

"네."

"입장이 곤란했겠네."

"화장실로 피했어요."

그날, 화장실에서 내다봤던 창 밖의 풍경이 스쳐 지나가 은서는 커피숍 유리문 너머를 내다봤다. 그 화장실 밖으로 은행나무가 보였었다. 하늘도 보였었다. 거기서 생각했었다. 기껏 이리로 도망을 치다니.

"남편은 뭐라고 해요?"

은서는 묵묵히 고갤 숙였다. 세와의 어색한 나날들은 계속 이어지고 있다. 완은 왜 세에게 전화를 하는 것일까? 이따금 세가 지독하게 냉정해진 얼굴로 들어와 완이 전화했었어, 말하곤 했다. 당신 정말 완한테 전화 안 한 거야? 한번 하지 그래. 꼭 할말이 있다는데. 세의 입에서 완의 말이 나오면 은서는 어떻게 해야 될지를 모르겠어서 그저 세의 얼굴을 건너다볼 뿐이었다. 왜 그는 세에게 전화해서 나를 보자고 하는 것인지. 기가 막히기도 해서 정말 완에게 전화를 해볼까도 생각했었다. 은서로서는 그날 예식장에서의 재회가 있었던 날, 저녁 무렵에 받은 전화가 완에게 받은 전화의 전부였다. 늘 전화를 해왔던 사람모양 그랬었다. 나야, 나라구. 그런 그가 왜 세에게 전화를

380

하는지 은서로서는 의문이었다. 왜 세에게 전화를 해서 자신을 보자고 하는지.

"마음속으로 화가 나 있어요. 안 그런 척하지만."

"어색하겠군요."

"……"

"두려워요. 그 사람은 내게 한 번도 화를 내본 적이 없는 사람이에요. 요즘 얼마나 내게 무섭게 구는지 몰라요."

내가 지금 무슨 말을 하고 있는가, 은서는 입술을 지그시 깨물며 이마에 손을 짚었다. 진정 두렵기만 한가? 마음속이 땅속 같다. 깊은 땅속에서 새순이 돋아오르듯 하나의 질문이 솟아올라왔다. 진정 두렵기만 한가?

"그 사람이 남편에게 전화를 해요."

"남편에게 전화를요?"

"하긴 할 수도 있겠죠. 어렸을 적의 친구니까…… 그런데 남편이 화가 나 있는 건 그 사람이 전화를 해서 나에게 전해달라고 한대요. 그 사람 사무실로 전화 좀 해달라고…… 내게 할말이 있다고."

"그래서 전화했어요?"

은서는 고갤 저었다. 유혜란이 참 모를 일이라는 표정을 지었다.

"이상한 사람이네요. 할말이 있으면 은서씨에게 직접 전화를 할 일이지, 왜 남편한테?"

"저도 모르겠어요."

"그러면 전화를 해보지 그래요."

"내가 넘겨짚는 것인지는 모르겠는데 내가 그에게 전화를 하면 그 사람, 남편에게 전화해서 내가 전화했다고 말할 것 같아요."

"왜 그런 생각을?"

"우습지만 그런 생각이 들어요. 남편도 지금은 안 그런 척 속으로 화를 내고 있지만 내가 그에게 전화를 하면 대놓고 화를 낼 것 같아요."

"너무 심각하게 생각하는 거 아녜요?"

"혜란씬 몰라요. 우린 셋이 함께 자랐어요. 그 사람한테 가진 마음은 사랑이었고 남편은 늘 친구 같은 그런 관계였죠. 나 그때 그 사람 너무 좋아해서 남편이 내 눈앞에 없었어요. 남편한테 못할 짓 많이 했어요."

"그런데 그 사람하고 왜 헤어졌어요?"

"그 사람이 갔어요."

"이유는?"

"다른 여자가 생겼으니까."

"……"

"두려운 건, 나 그때 그 사람이 내게 냉정하게 군 것들 모두 지금 남편한테 고스란히 되돌려서 했던 것 같아요. 또 생각해보면 내가 그 사람에게 준 사랑은, 남편이 그때 내게 준 것을 고스란히 그에게 줬다는 생각이 들어요. 너무 미묘해서 어떻게 설명할 수가 없어요."

382

우린 서로 등만 바라본 셈이죠, 그 말만은 은서는 하지 못했다. 그때의 외로움이 사무쳐와서. 이제 세의 등을 바라보게 될 것만 같아서.

"은서씨 자신은 어때요?"

"……"

"남편은 그렇다 치고 은서씨 마음은 어떠냐구요."

내 마음? 은서는 유혜란을 물끄러미 바라봤다. 내 마음, 내 마음.

은서는 얼른 고개를 저었다.

"나는 지금이 좋아요. 변화를 원하지 않아요."

"잘 생각해봐요. 정말 그런지를. 진짜로 그렇다면 걱정되는데요. 변화를 원하지 않는 마음일 때는 두 가지 상태겠죠. 한쪽은 삶을 어느 정도 어렵게 지나와 이제 안정되었기에 이만하면 됐다 싶은 것이고, 다른 하나엔 상처가 숨어 있겠죠. 포기할 수 없는 것을 아프게 단념해놓고, 단념하지 않았을 때의 그 괴로움을 알기에 마음이 다시 그걸 원하게 될까봐 두려워하는 냄새 말예요. 은서씨가 전자일 경우는 아닐 테고……"

유혜란은 이미 다 식어버린 차를 마저 마셨다. 은서도 마저 커피를 마셨다.

"솔직히 말하자면."

"……"

"요즘 아침에 눈을 뜰 때 그 사람을 생각하죠. 물론 그는 왜 남편에게 전화를 해서 내게 할말이 있으니 전화를 넣어달라는 것일까, 의문스러운 생각이 늘 떠나지 않는 탓이긴 하지만, 그 사람 생각 자주 해요. 일하다가도 문득문득 생각하고, 손 씻다가도요. 다시 만나기 전엔 없었던 일이에요. 그를 잊은 것 같았어요. 진짜 마음으로 잊은 것 같았죠. 다시 만나게 돼도 화장실 같은 데로 도망치거나 그럴 줄 나도 몰랐어요. 그냥 인사를 할 줄 알았죠. 안녕하세요…… 아니면 잘 지내세요…… 그렇게 담담하질 못했던 게 남편을 건드린 것 같아요. 내가 문득문득 그를 생각한다는 걸 남편은 알지, 싶어요."

"은서씨."

"네?"

"그 사람에게 전화하세요. 그냥 담담히 해요. 은서씨가 일부러 전화를 안 한다 싶으니까 남편이 그러는 것 아닐까요. 아무 일 아니라는 듯이 전화하고 그리고 남편한테 먼저 전화했다고, 그랬더니 뭐라뭐라 하더라구 가볍게 얘기해요."

"그래두 될까요?"

"안 그러면 계속 이 어색한 상태가 이어질 것 아녜요."

그럴까? 그러면 세의 냉담해진 얼굴 표정이 부드러워질까? 하지만…… 은서는 자신이 완에게 전화를 걸고 있는 모습을 떠올리자 이상스럽다. 나는 유혜란의 말대로 아무 일 없었다는 듯이, 정말 아무 일 없었다는 듯이 전화를 할 수 있을 것인가. 완이 명함을 아무렇지 않게 내밀었듯, 그렇게 할 수 있을 것인가.

은서는 유혜란과 함께 다시 자료실로 돌아와 쓰다 만 원고를 들여다봤다.

브람스. 길을 걸으면서도 일을 하면서도 혼잣말을 중얼거리고 있는 브람스의 노후를 떠올려봤다. 그 아름다운 선율들을 다스린 그가 왜 말년엔 독백을 즐겨했을까. 를. 은서는 원고를 이어 쓰지 못하고 다시 바깥으로 나왔다. 화장실 수도꼭지를 틀어 손을 오래 씻었다. 그래 전화를 하리라. 옛날처럼 말을 놓을 수는 없겠지. 아마도 그러겠지. 나, 은서예요. 그 동안 잘 지냈어요? 그런데 무슨 일이 있나요? 저보고 전화하랬다던데요?

하지만 은서는 끝내 전화하지 못했다.

방송국 오층에서 사층에서 삼층에서 그녀는 망설이기만 했다. 이층에서 수화기를 들었다가 완의 명함에 씌어 있는 전화번호 중에 숫자 두 개를 눌렀다가 은서는 수화기를 내려놓아버렸다. 내려놓아진 수화기를 한참 바라보고 있다가 은서는 세에게 전화를 했다. 세는 수업중이어서 통화가 되지 않았다. 은서는 무엇에 쫓기기나 하는 양 얼른 방송국을 나와 차를 주차시켜놓은 광장으로 걸어나왔다. 차에 시동을 걸다가 은서는 다시 시동을 끄고 광장과 방송국을 이어주고 있는 공원으로 걸어들어갔다.

그때가 봄이었나? 여름이었나?

공원의 등나무 아래 가만 앉아 있던 은서의 마음속으로 바위 속을 뚫고 올라오듯 지난날의 기억이 가물거렸다.

저 앞, 저 차단기 앞에는 노래하는 노인이 무슨 노래인가를 부르고 있었고, 그리고 보라색 등꽃이 피어 있었고…… 잔디가 파랬었다…… 파랬었다…… 은서는 흠칫 몸을 사렸다. 그때,

그랬었다. 여기에서 울었었다. 등꽃을 보며, 파란 잔디를 보며…… 그런데 무엇 때문에? 무엇 때문에? 기다림 때문이었지. 그래 기다림 때문이었어. 옛날에 살던 아파트…… 아파트…… 화연…… 화연…… 완이 온다고 해놓고 전화 한 통 없이 오지 않았던, 아, 화연이 새벽녘에 피로에 지친 얼굴로 현관문을 두드리던, 그 다음날이었지.

은서는 등꽃이나 잔디나 한 해 동안의 생애를 마친 누렇거나 앙상한 흔적들을 바라봤다.

그러다가 은서는 진저릴 쳤다. 아주 짧은 순간에 요즘 자신의 생활에 끼어든 불안의 실체를 깨달았다. 너무 낯익은 그 불안의 실체를. 그전에 불과 한 해 전이건만 마치 기억도 안 나는 듯 아득하게 느껴지는 그때, 늘 이랬었다. 완에게 마음을 붙이지 못하는 마음이 늘 이렇게 불안했었다. 완은 그랬다. 그녀에게 거리를 무턱대고 걷게 했고, 엘리베이터 안에서 무너지듯 주저앉아 울게 했고, 그릇가게 같은 데서 별 의미 없이 찻잔 같은 걸 사게 했다.

그 슬픈 배회를 다시 시작하려 하고 있는 것이다. 이젠 완이 아니라 세가 은서로 하여금 마음을 붙이지 못하게 떨어져나가고 있었다. 얼마 전에도 김학수 피디와 산동네의 시인의 집에서 나와 그녀는 거리에 무조건 놓여져 있질 않았나, 신호등 앞에 서서 우두커니 맞은편 건물을 보고 서 있질 않았나.

이 등나무 밑의 의자에도 그런 마음의 와중에 앉았었지. 여기에 앉아 울었었어. 그래, 노인의 노랫소리가 공원 안까지 울리고 있어서 꾹, 참던 울음소리를 터뜨리며 한참을 울었었어. 울다가 그녀는 이상한 기척에 고개를 들었었지. 울고 있는 내 앞에 여자애 두 명이 쪼그리고 앉아 있었어. 손바닥으로 얼굴을 가리고 우는 나를 보고 그중 한 애가 처음엔 저도 슬퍼졌는지 눈에 눈물이 그렁해져서는 저리 가, 라는 내 말에도 아랑곳없이 내 곁으로 다가와서는 울지 마세요, 했었지. 내 무릎에 제 얼굴을 묻고는 엉엉 울었었지.

은서는 얼른 일어섰다. 다시는 그래서는 안 돼, 그 공허함 속에 다시 놓여져서는 안 된다. 정말 안 된다. 너무 피로하고 괴로운 일이었어. 이제는 배회하거나 무릎을 쪼그리고 앉아 있지 않겠어. 은서는 제 자신에게 속삭이며 턱턱턱 걸어서 공원을 빠져나와 차에 시동을 걸었다.

집에 돌아오다가 은서는 슈퍼에 들러서 야채쌈 재료거리들을 사들고 왔다. 쑥갓과 깻잎 상추를 수도꼭지의 물이 흘러가게 해놓고 여러 번 씻은 다음 물기가 빠지라고 소쿠리에 담아뒀다. 담으면서 먹기 편하라고 쑥갓은 한 마디씩 손으로 끊어놓았다. 양배추 잎도 끓는 물에 데쳐서 부드럽게 만들고, 오이랑 당근도 껍질을 벗겨 십 센티 정도 길이의 스틱 모양으로 썰었다. 화연이 배고플 것 같아 은서는 음식을 만들다 말고 화연의 밥그릇을 가져와 밥과 육수를 비벼서 된장끼를 조금 해서 화연에게 주었다. 화연은 음식을 만들고 있는 은서의 발치에 시무룩하게 앉아 있더니 은서가 만들어준 밥에 혀를 살금 대보고 정말 배가 고팠는지 소리를 내며 먹었다. 은서는 그런 화연을 보며 생미역을 손으로 오래 문질러서 뜨거운 물에 데치다가 소금을 조금 넣었다. 파랗게 데쳐진 미역을 찬물에 헹구다가 내려놓고 은서는 다시 세에게 전화를 했다. 방금 퇴근했다는 말을 듣고 은서는 파랗게 데쳐진 미역을 헹궈 물기를 꼭 짠 다음 먹기 좋은 크기로 썰어놓았다. 쌀을 씻어 밥을 안치고 냄비에 쇠고기를 잘게 다져넣고서 간장과 파 마늘 참기름 후춧가루로 양념을 해서 볶아낸 다음에 쌈된장을 만들 양으로 풋고추를 송송 썰어서 얹었다. 마늘도 잘게 썰어서 얹었다.

하지만 세는 아홉시가 돼도 돌아오질 않았다.

거실 벽에 걸어놓은 세가 그린 그림을 은서는 오래 들여다봤다. 그림 속의 공간은 이슬어지를 지나가는 철길 주변이었다. 철길의 양 옆으로 넓은 빈 들이 펼쳐져 있었다. 멀리 하늘로 기러기가 날아가고 있다. 이슬어지 빈 들의 하늘 위로 날아가는 저 기러기 그리는 일에 세는 정성을 들였다. 철길과 들판을 그리는 시간들보다 훨씬 더 많은 시간을 기러기의 날아가는 모습에 바쳤었다. 은서는 그림에서 눈을 떼고 그림의 오른쪽 위 벽에 걸려 있는 시계 속의 시간이 아홉시 삼십분으로 넘어가는 걸 봤다.

은서는 거실 벽에 붙어 있는 시계를 떼어서 건넌방 것과 바꿔달았다. 무심히 건넌방 것이 거실 벽에 더 어울릴 것 같아 한 일이었는데 은서는 어느덧 텔레비전이 놓여 있는 곳과 오디오가 놓여 있는 위치를 바꾸고, 책장 위에 있는 꽃병을 신발장 위로 옮겨다놓았다. 부엌 중앙에 나와 있는 식탁을 밀어 벽으로 붙여놓아보았다. 한결 넓어 보였다. 은서가 거실의 소파 위치까지 손대고 있을 때 시곗바늘은 열한시로 넘어가고 있는 중이었다. 그래도 세는 오지 않았다. 은서는 벽에 붙여져 있는 소파를 약간 앞으로 당겨 맞은편에 앉은 사람과의 간격을 좁혀놓았다. 세가 맞은편에 앉으면 그 간격이 너무 멀게 느껴져서 늘 윗몸을 앞으로 숙였던 생각이 나서였다. 네 개의 의자를 하나씩 잡아당기거나 밀거나 옆을 맞추느라 들거나 하는데 화연이 밥을 다 먹었는지 은서가 옮겨놓은 의자 위에 올라가 앉아 얼굴이 빨개지며 움직이는 은서를 물끄러미 쳐다보았다. 네 개의 의자 아귀를 맞춰놓고 은서는 안방으로 들어왔다. 당겨서 침대에 앉아 책을 보게 되어 있는 바퀴 달린 작은 탁자를 화장대 옆으로 밀어놓고 은서는 창문 밑에 놓여 있는 난 화분을 창문턱에 올려놓아보았다. 언젠가 세가 현관문 앞에 놓고 간 것이었다. 창문턱에 놓인 난이 불안스러워 보여 다시 제자리에 갖다 놓으려다 가지고 나와 세숫대야에 물을 받고 화분을 담가놓았다. 안방에는 그 화분 말고는 은서 혼자 힘으로 옮겨볼 수 있는 게 없었다. 장롱이며 침대며 화장대. 옮겨놓을 수 없는 무거운 것들을 마른 걸레로 닦아낸 뒤 은서가 물을 흠씬 먹은 난을 세면장에서 들고 나와 거실의 책장 옆에 놓으려는데 문이 열리는 소리가 났다.

은서는 문득 세가 바깥에서 돌아오면 초인종을 누르지 않고 스스로 문을 열고 들어온다는 걸 처음으로 깨달았다. 은서가 늦게 들어오는 날이 많은 탓에 그렇게 습관이 든 것이지만 은서는 그게 처음으로 미안해졌다.

세는 신발을 벗으려다가 신발장 위의 화병을 봤다. 안으로 들어서려다가 벽에 밀어붙여진 식탁을 봤다. 웃옷을 벗으려다가 벽에서 떨어져 안으로 당겨진 소파를 봤다. 세는 안방에서 나와 책장 옆에 놓인 난 화분도 봤다.

"다들 조금씩 옮겨줬어. 어때?"

세는 그에 대한 대답은 않고 화연이 올라가 앉아 있는 소파 옆자리에 털썩 주저앉았다.

"학교에 전화했더니 퇴근 일찍 했던데 왜 이제 와?"

"......"

"응?"

야채쌈을 만들어놨는데, 라고 말하려던 참이었다. 당신 어머니만큼은 아니지만 쌈된장도 만들어봤다고 하려던 참이었다. 세가 무겁게 입을 열었다.

"오다가 완을 만났어. 왜 전화하라고 하니까 안 하고 여기까지 찾아오게 만들지? 너 좀 내보내달래. 지금 애들 놀이터 앞에 있어."

"......"

말을 마치고 일어서서 방으로 가려던 세가 멍해져서 서 있는 은서를 돌아다보며 한마디 더 덧보탰다.

"너 나올 때까지 기다리겠대. 날이 새도…… 나, 신경쓸 것 없어. 가봐."

방문을 닫으며 세는 벗어서 들고 있던 웃옷을 침대에 던지고 털썩 주저앉았다. 내가 왜 이러는가, 어쩌자는 것인가. 은서야, 제발 나가지 말아다오.

세는 거실에 서 있는 은서의 기척을 느껴보려고 귀를 세웠다. 조용했다. 시계의 재깍거리는 소리가 귀에 잡힐 정도로 조용했다. 십여 분이 지나도록 은서의 움직임이 느껴지지 않았다. 미안하구나, 나도 나를 어쩌지를 못하겠어. 이십여 분이 지나도록 은서의 움직임이 느껴지지 않았다. 세는 벌떡 일어섰다. 이러면 안 된다. 내가 정말 왜 이러는가. 세가 막 방문을 열려던 참이었다. 은서가 신발을 신는 소리가 들렸다. 세는 방문을 잡은 채 굳어져버렸다. 은서가 현관문을 여는 소리가 들렸다. 세는 그대로 미끄러지듯 털썩 주저앉아버렸다. 은서가 바깥에서 문을 닫는 소리를 들으며 세는 주먹을 쥐고 방바닥을 내리쳤다.

은서는 바깥에서 열쇠를 채우려다가 자신이 열쇠를 가지고 나오지 않았음을 알았다. 다시 들어가 열쇠를 가지고 나오려다가 은서는 그냥 엘리베이터를 탔다. 금방 돌아올 거니까. 엘리베이터에서 내려 은서는 놀이터를 향해 천천히 걸어갔다. 겨울이 오겠지. 은서는 팔을 깊숙이 꼈다. 이 상황에 겨울이 오겠지, 하는 생각이 나다니. 은서는 차가워진 밤바람 속을 뚫고 걸어갔다. 아파트 상가의 불빛을 지나 은서는 휘적휘적 걸어갔다. 속셈학원 정육점 약국 들을 지나. 그를 만나면 뭐라 할 것인가. 아니, 도대체 그가 내게 무슨 할말이 있어 이렇게 무례하게 군단 말인가. 왜 세를 저토록 괴롭힌단 말인가. 그래 분명히 말해야지. 제발 더이상 내 삶에 끼어들지 말라고. 무슨 권리로 나뭇가지 흔들듯 흔들어대느냐고.

하지만 어린이 놀이터에 완은 없다. 은서는 놀이터의 모래밭에 우두커니 선 채로 한참을 있어봤다. 그러나 완만이 아니라 사람의 자취가 아예 없다. 놀이터 주위에 켜진 수은등 불빛에 미끄럼틀 계단이 차갑게 드러나 있다. 시소와 그네도. 앙상한 나무들과 그 곁의 의자들도. 바람이 불 적마다 그네가 조금 움직일 뿐, 나무가 바람에 쓸려 모래바닥에 그려져 있는 제 앙상한 뼈를 조금 흔들리게 할 뿐이었다.

"어디 있어요?"

빈 놀이터를 향해 은서는 두어 번 어디 있어요? 를 해봤지만 아무 소리도 들리지 않았다. 간 걸까? 은서는 완이 보이질 않자 저절로 한숨이 나오고 긴장이 풀려 어깨가 내려뜨려졌다. 은서는 놀이터에 이십 분쯤을 서 있었다. 그가 잠시 전화를 하러 갔을지도 모른다고 생각했다. 어쩌면 화장실을 갔는지도. 세의 말에 의하면 올 때까지 기다리겠다고, 날이 새도 기다리겠다고 하질 않았던가. 은서는 다리가 아파져 그네에 앉아봤다. 다시 이십 분쯤이 더 흘렀으나 완은 나타나지 않았다. 은서는 가만히 앉아 있던 그네를 굴러봤다. 그네가 철겅거리며 앞으로 쓸려나가려고 할 때 은서는 누군가 건너편에서 자신을 보고 있다가 몸을 돌려 아파트 쪽으로 걸어가는 걸 봤다. 그 걸음걸이가 세를 닮았구나, 생각했다.

얼마간 더 서 있다가 은서는 왔던 길을 되돌아 더 차가워진 바람 속을 걸었다. 나올 때만 해도 열려 있던 상가의 문들이 닫혀 있거나 닫고 있거나 했다. 만나면 내차게 말하리라, 했지만 은서는 차라리 완을 못 만난 것이 다행스럽게 느껴졌다. 만나서 무슨 말을 할 것인가. 그가 나에게 할말이 있다 한들 그것이 이제 와 무슨 소용에 닿는단 말인가. 은서는 엘리베이터에 타자마자 몸에 힘이 쭉 빠져 엘리베이터 벽에 등을 기댔다. 겨울이 오겠지. 은서는 겨울이 오기 전에 있을 개편 때에 일을 줄이리라, 마음먹었다. 텔레비전 일을 그만두리라, 마음먹었다. 세가 원한다면 라디오 쪽 일도 그만두리라. 그러다가 은서는 혼자 나직이 웃었다. 내가 그만둔다고 하지 않아도 어쩌면 피디가 바뀐다거나 바뀐 피디가 새 작가를 찾거나 하면 저절로 일이 없어질 텐데, 내가 그만둔다고?

엘리베이터에서 내려 문을 열려니 문이 잠겼다. 세가 나와서 잠갔나보다. 은서는 초인종을 눌렀다. 잠시 기다려도 세가 나오는 기척이 없어 은서는 다시 초인종을 눌렀다. 잠이 들었나? 초인종을 다시 한번 눌러도 세는 나오지 않았다. 세가 나와 문을 따주는 소리는 들리지 않고 화연이 문 쪽으로 와서 발톱으로 문 긁는 소리만 들렸다. 여섯번잰가 일곱번째 초인종을 눌렀을 때 옆집 여자가 나왔다.

"우리집 소린 줄 알았네요. 남편이 아직 안 들어왔거든요."

"……"

"열쇠 안 가지고 계세요?"

"안에 있어요."

"깜박 잠들면 초인종 소리가 안 들려요. 안에 있는 사람이 잠든 모양인데 전화하세요. 여기로 들어와서 할래요?"

"아니에요, 아래 내려가서 하죠."

"괜찮아요. 들어와서 하세요."

"그럼 그럴까요."

옆집으로 가서 전화를 했으나 세는 받지 않았다. 옆집 여자가 정말 깊이 잠들었나보다고 다시 해보라고 해서 다시 해봤으나 벨이 열 번도 넘게 울렸으나 세는 전화를 받지 않았다. 옆집 여자의 어떡하죠? 하는 시선을 받으며 은서는 신발을 신었다.

은서는 문 바깥으로 나와 다시 한번 초인종에 손가락을 갖다대다가 멈칫했다. 초인종 소리를, 전화벨 소리를 못 들었을 리 없는 세였다. 가스레인지 위에 물을 올려놓고 방으로 들어와 깜박 잊고 있으면 물 끓는 소리가 난다며 나가서 불을 끄고 오는 세였다. 수도꼭지를 꽉 잠그지 않아 실핏줄같이 가는 물줄기가 흐르는 소리도 먼저 알아듣곤 나가서 잠그고 오는 세였다. 그런 그가 초인종 소리를? 더구나 전화벨 소리를? 은서가 완을 만나러 어린이 놀이터에 나간 걸 빤히 아는 세가 잠이 들었을 리는 더욱.

바깥에 은서가 있는 걸 기척으로 아는 화연이가 계속 문을 발톱으로 긁어대고 있다. 은서는 문에 등을 대고 섰다. 그제서야 세가 문을 잠갔다는, 일부러 잠갔다는, 열어주지 않을 거라는, 생각에 은서는 절망스러워 저절로 스르르 주저앉아졌다.

은서는 주저앉아 얼굴을 싸안았다. 세가 뭐라고 했건 놀이터에 나가지 말았어야 했다는 생각이 이제야 들다니. 세에게 완이 놀이터에서 기다리고 있다는 말을 들었을 때 은서는 느닷없이 모르는 개에게 손가락이 깨물리는 기분이어서 그저 멍했었다. 어떻게 그럴 수가 있는가 하는 생각도 한참 후에야 들었다. 어떻게 그럴 수가 있는가. 나를 만나자면서 내게는 전화 한 통 없이 낮도 아니고 밤에 여기까지 찾아와 내가 있는지 없는지 확인도 안 해보고 무턱대고 세에게 어떻게 그럴 수가 있는가. 그래서였다. 어디 얼굴이나 한번 보자, 싶었던 것은, 그럴 수 있는 그의 얼굴을 어쨌든 한번 보고 말하자, 싶었다.

은서는 겨우 힘을 내 일어서서 다시 초인종을 눌렀다. 이러지 말아, 제발. 하지만 세는 문을 열지 않았다.

새벽 두시쯤 옆집 남자가 엘리베이터에서 내리다가 주저앉아 있는 은서를 보고 깜짝 놀라했다. 남자는 술도 안 취한 얼굴이었고, 안녕하세요? 인사까지 했다. 은서는 일어서려는데 발에서 쥐가 나 그대로 앉아져버렸다. 옆집 여자는 초인종 소리를 세 번 듣고 문을 따고 나와 남자를 안으로 들여보내고 나서 문을 연 채로 은서를 바라봤다.

"안에 아무도 없는 거 아니에요?"

"……"

"열쇠 수리공을 부르는 게 어떻겠어요?"

"……"

"여기로 와서 애들하고 함께 자겠어요?"

여자에게 뭐라고 말을 해줘야 할 것 같아 은서는 아니라고 했다. 괜찮으니 들어가서 자라고. 오 분 거리에 친구가 사는데 거기로 가보겠다고. 그제서야 옆집 여자는 문을 닫고 들어갔다. 안에서 방금 들어간 남자가 무슨 일이야? 하고 묻는 소리, 여자가 글쎄 잘 모르겠네요, 라고 대답하는 소리를 은서는 쥐가 난 발가락을 만지작거리며 참혹한 마음으로 들었다.

어머니 마음이 이랬을까.

달이, 눈썹 같은 그믐달이 떠 있던 밤이었다. 그 달이 먼저 떠오르는 건 추워서일 것이다. 가끔 그믐달을 보면, 여름에도 그믐달을 보면 은서는 추웠다. 그날은 온종일 산밭에서 고구마를 캤었다. 이수도 어머니도 아버지도 그녀 자신도. 산밭의 고구마는 밑에 알차게 들어서 종일 캤는데도 다 못 캤다. 다음 날 한꺼번에 실어나르기로 하고 한 리어카에 실을 수 있을 만큼만 싣고 산밭에서 돌아왔던 밤이었다. 저녁을 먹고 밤마실을 나간 어머니가 밤이 깊어도 돌아오질 않았다. 아버지가 연거푸 담배를 피워서 분위기가 심상치 않았지만 은서는 어느 결에 잠이 들었고, 대문 두드리는 소리에 잠을 깼다. 대문은 말만 문이었지, 잠그는 법이 없었다. 어느 집이나 다 그랬다. 다 대문을 열어놓고들 살았다. 그 열린 대문으로 누구나들 쉽게 드나들었다. 사람뿐 아니라 아무 집 개들 닭들 오리들이 왔다갔다했다. 그래서 은서는 처음에 들리는 소리가 대문 두드리는 소리인 줄 알아채지 못했다. 뒤늦게야 대문 두드리는 소리 속에 은서야, 혹은 이수야, 여보…… 하고 부르는 어머니 목소리에 그 소리가 대문 두들기는 소리인 걸 알았다. 왜 문이 잠겼을까? 은서가 대문을 열려고 마루로 나왔는데 안방에서 아버지가 아주 낯선 목소리로 은서를 붙잡았다.

"열어주지 말아라!"

은서는 바깥에서 어머니가 대문 두드리는 소리와 안에서 아버지가 열어주지 말라는 소리 속에 어쩌지를 못하고 서 있었다. 그렇게 어쩌지를 못하고 서서 은서는 달을 보았다. 눈썹 같은 그믐달이, 어머니가 문을 두드리며 서 있는 대문 바깥쪽 하늘에 그믐달이, 차갑게 지나가는 바람 속에 외쪽 생각처럼 떠 있었다.

"은서 들어가거라."

추웠다. 늦가을 밤바람이 추웠고, 바깥의 어머니가 추웠고, 안의 아버지가 추웠다. 어느 결에 이수가 마루 끝에 서 있었다. 은서는 들어가라는 아버지의 목소리를 서너번째 들었을 때 마루 끝에 서 있는 이수를 데리고 방으로 들어왔다. 이수를 팔에 눕히고 누워서 바깥에서 어머니가 부르는 소리를 들으며 이불을 뒤집어썼다.

어머니는 담을 넘어올 수도 있었는데, 아니면 다른 집에서 자고 올 수도 있었는데 대문 바깥에서 이슬 속에서 날을 샜다. 어머니는 새벽에야 아버지가 열어준 문으로 들어왔다. 아무렇지도 않게 마당을 걸어와서 마루에 앉는다 했는데, 어머니는 앉는 게 아니라 쓰러졌다. 머리도 옷도 신발도 축축했다. 그렇게 쓰러진 어머니는 며칠을 일어나질 못했다. 나머지 고구마는 아버지 혼자서 캤다. 어머니가 누워 있는 방 윗목에 수숫대로 고구마짱을 엮어 거기에 겨울 동안 삶아먹을 고구마를 쌓았을 때야 몸을 추스려 일어난 어머니 입은 그날 대문 바깥에서 밤새 차디찬 이슬을 맞아 비뚤어져 있었다.

무릎에 얼굴을 묻고 있던 은서는 무엇이 툭, 떨어지는 소리에 고갤 들었다. 신문이다. 배달원은 습관적으로 신문을 먼저 던져놓고 나서야 현관문 앞에 쭈그리고 앉아 있는 은서를 보고는 저어하며 얼른 돌아섰다. 매일 신문을 안으로 들여놓으면서도 그걸 문 밖에 놓고 가는 사람의 얼굴을 은서는 처음 봤다. 소년인지 청년인지 구분이 안 가는 신문 배달원이 얼른 엘리베이터를 타고 다시 내려가고, 잠시 후에 우유 배달원이 우유를 문 앞에 내려놓고는 은서를 쳐다봤다. 모자를 쓴 청년은 우유 값을 지불할 때 본 얼굴이었다. 청년이 돌아서려 할 때 은서는 그를 불렀다.

"동전 가진 거 있어요? 얼마쯤 빌려줄래요? 수금할 때 같이 드릴게요."

청년은 말없이 은서의 손바닥에 백원짜리 동전을 열 개쯤 내려놓았다.

"고마워요."

청년이 먼저 내려가기를 기다려 은서는 엘리베이터를 타려고 일어서는데 발이 저려왔다. 은서는 그대로 다시 앉아 발을 주물렀다. 안에서 화연이 은서의 기척을 다시 느끼고는 발톱으로 문을 긁어댔다. 괜찮아, 난 괜찮아. 은서는 엘리베이터를 타고 아래로 내려왔다.

아파트 광장은 새벽빛이 파랬다. 아직 사람들의 기척은 보이지 않았다. 새벽바람이 차갑게 목을 타고 들어왔다. 은서는 잠시 새벽빛이 서린 괴괴한 광장을 쳐다보고 서 있다가 공중전화 박스가 있는 곳으로 갔다. 전화벨이 여러 번 울리고 이수가 전화를 받았다.

"누나가 이 시간에 웬일이야? 무슨 일 있어?"

"아니야."

아니라고 대답하는데 눈앞이 흐려지고 공중전화 박스 유리문으로 내다보이는 앙상한 나무들이 뭉뚱그려져버렸다.

"누나!"

"밤새 일하다가 문득 생각이 나서 전화했어. 별일 없니?"

"별일 있지."

"무슨?"

"나 영장 나왔어, 누나."

"영장……? 어떡하니?"

"누나도, 어떡하긴 뭘…… 입대하는 거지."

그렇지. 입대하는 거지. 은서는 수화기를 바꿔들었다. 동전 떨어지는 소리를 이수가 들은 모양이었다.

"공중전화야?"

"……"

"누나, 공중전화야?"

"응."

"누나 왜? 무슨 일이야?"

"무슨 일이긴 새벽까지 읽고 쓰다가 바람 쐬러 나왔다니까. 입대날짜는 언제니? 어머니는 아셔?"

"한 달 열흘 정도 남았어. 어머넌 아직 모르셔. 어제 받았거든."

"내가 집결지까지 바래다줄게!"

"누나가?"

"응."

이수가 뭐라 말하려는데 공중전화 박스 모니터에 남아 있는 동전의 숫자가 백에서 오십으로 바뀌더니 전화가 툭 끊겨버렸다. 은서는 끊겨버린 수화기를 든 채로 가만 서 있었다. 이미 통화는 끊겼는데 수화기 속엔 아직 이수의 목소리가 남아 있는 것 같다. 누나, 누나라고 부르는 이수의 목소리가.

입대를 한다고? 은서는 수화기를 내려놓고 공중전화 박스 벽에 등을 댔다. 이수가 입대를 한다고. 실감해보려고 했지만 실감이 나질 않았다.

이제 나는 어떻게 해야 되는지. 무슨 생각인가를 해보려고 해도 아무 생각도 나질 않는다. 은서는 공중전화 박스 안에서 나와 휘적휘적 걸어 다시 엘리베이터를 타고 현관문 앞에 섰다. 신문과 우유를 집어들고 초인종을 길게 눌렀다. 화연이 문을 타고 뛰어오르는 기척이 느껴졌다. 은서는 다시 초인종을 길게 눌렀다. 그렇게 네 번 초인종을 눌렀을 때 문이 열렸다. 문 안에 세가 벌건 눈으로 서 있다. 그도 밤새 한잠도 못 잔 얼굴이었다. 은서는 신문과 우유를 신발장 위에 내려놓았다. 화연이 은서의 발치에 서서 은서가 움직이는 대로 따라 움직이며 은서의 발등을 핥았다.

세는 뒤에 은서를 두고는 방으로 들어와 장롱을 열었다. 금방 정신을 놓아버릴 것 같은 은서의 얼굴을 보고서야 세는 자신이 은서에게 간밤에 무슨 짓을 했는지를 깨달았다. 내가 저 여자에게 무슨 짓을 한 것인가. 세는 기가 막혀 아무렇게나 양복을 걸쳐입었다. 어서 나가야지, 만 싶었다. 옷을 갈아입고 나오는 세를 은서는 우두커니 서서 바라보았다. 세가 신발을 신고 현관문을 막 닫을 때 은서는 그만 그 자리에 픽 쓰러져버렸다.

눈을 떴을 땐 어젯밤 건넌방 것과 바꿔달아놓은 거실의 벽시계가 아홉시를 가리키고 있었다. 화연이 정신없이 은서의 얼굴에 혓바닥을 대고 핥고 있었다. 은서는 그대로 누운 채로 화연을 끌어안았다. 얼마를 그러고 있다가 그녀는 비척비척 일어나 세면장으로 들어갔다. 옷을 벗고 샤워기를 따뜻한 물에 맞춰 틀고 샴푸를 덜어 머리를 감으면서, 타월에 비누를 묻혀 온몸을 씻어내리면서 그녀는 터져나오려는 오열을 꾹꾹, 눌러참았다. 수건으로 머리의 물기를 닦고 로션을 덜어 닿는 데까지 등에다 바르면서도.

은서는 거울 앞에 오래 앉아 있었다. 그러다가 은서는 허깨비처럼 일어서서 건넌방으로 건너가 책상의자 위에 오래 앉아 있었다. 다시 방문을 열고 나와 거실의 의자에 오래 앉아 있었다. 일어서서 베란다 창에 기대어 오래 서 있었다. 은서는 결심을 한 듯 화장대 거울 앞으로 와서 시간을 들여 화장을 했다.

눈썹을 그리고 옅은 갈색과 짙은 고동색의 아이섀도를 눈 위아래로 골고루 펴발랐다. 마스카라를 하고 옅은 오렌지색 립스틱을 발랐다. 짧은 머리를 브러시로 여러 번 빗고 귀밑머리를 들고 귀에 귀고리를 달았다. 외출할 준비를 다 하고도 은서는 화장대 앞에 오래 앉아 있었다.

완의 사무실 앞에 새벽은 여전히 있었다.

은서는 새벽으로 들어가 완에게 전화를 했다.

"네."

완의 목소리가 아무런 높낮이 없이 수화기를 통해 흘러나왔다. 전화를 건 은서가 아무 말이 없자, 완은 여보세요? 했다.

"나예요. 은서예요."

"……"

"은서라구요."

"어, 어디지?"

"여기 새벽이에요."

"내 곧 갈게. 기다려."

기억이란, 참으로 질긴 것이다. 완을 기다리고 있는데 완을 마지막으로 봤던 그날의 정경이 마치 어제 일이나 되는 듯 고스란히 떠올라 은서는 고갤 숙였다. 여기에서 물었었지. 박효선, 그녀를 사랑하느냐고, 나를 사랑하지 않느냐고. 사랑에 대해서 완은 대답하지 않았다. 자꾸만 유리문 밖으로 시선을 피하며 사랑…… 사랑으로 세상을 살기에는 이미 너무 늦었다, 고 했었다.

은서는 새벽 안을 천천히 둘러보았다. 그때나 지금이나 달라진 것 별로 없이 그대로인 것 같다.

저 자리에.

은서는 앉아 있는 자리 건너 건너의 빈자리를 물끄러미 쳐다봤다. 그때 은서 자신이 참담하게 완 앞에 앉아 있었을 때 저 자리엔 한 남자가 한 여자 앞에 참담하게 앉아 있었다. 은서가 울고 있든 말든 완이 유리문 바깥 길가만 내다보고 있었듯, 한 여자가 마주 앉은 남자가 울고 있든 말든 유리문 바깥 길가만 내다보고 앉아 있었지. 남자는 간절하게 그 여자에게 우리, 다시 만날 수가 없는 거냐, 고 나는 다 참을 수 있는데, 네가 떠나는 것만 빼놓곤 다 참을 수 있는데, 할수록 여자의 얼굴은 냉담해지며 말했었다. 창피하게 왜 이래요. 여기에 당신과 나 둘뿐이에요? 사람들이 다 본다구요. 그렇게 운다고 지난 일이 되돌아와요? 얼굴만 한번 보자고 해놓고 이렇게 울면 어쩌란 말이에요. 남자는 그래도 울음을 그치지 않았었다. 너는 어떻게 그렇게 싹 털어버릴 수가 있냐? 그렇게 되니? 더는 우는 남자를 견딜 수 없었는지 여자는 남자를 버려두고 새벽의 유리문을 밀고 나가버렸는데, 탁자에 얼굴을 묻은 남자는 여자가 가버린 줄을 모르고는 중얼거렸었다. 너는 가버리면 그만이지만, 나는 어떡하냐. 나는, 응 나는.

은서는 고개를 돌려 유리문 바깥을 내다보았다.

뒤늦게야 여자가 가버린 걸 알고 남자는 힘없이 일어나 나가서는 저 길 앞에서 어디로 가야 할지를 모르겠다는 듯 우두커니 서 있다가는, 저쪽으로 잠시 몇 걸음 걷다가, 다시 이편으로 몇 걸음 걷다가, 아직 파란색으로 바뀌지도 않은 건널목에 느닷없이 뛰어들어 택시에 치여버렸었다.

그때 완에게 얼마나 위로받고 싶었는지, 언제까지 도대체 언제까지 이렇게 가슴이 아플 건가고 얼마나 완에게 묻고 싶었는지, 박효선과 결혼하겠다는 완 앞에서 은서의 입 속에서 맴돌던 속말은 헤어지지 말자고, 무슨 일이든 언제까지나 서로 의논하자, 였었다. 과연 사람들은 진짜 하고 싶은 말들은 얼마만큼이나 하고 사는지.

이제 이 사람을 다시 볼 수 없는 건가. 저 사람을 만나는 순간 없이 이제 어떻게 해야 하나. 완을 남겨두고 혼자 거리로 나오면서 얼마나 간절히 바랐던가. 완이 뒤따라나와 잡아주기를. 그러나 뒤돌아보았을 때 완은 상체를 한껏 뒤로 젖히고 있을 뿐이었다. 방금 자신이 일어서서 나온 완의 맞은편 자리에 박효선이 경쾌하게 걸어와서 완을 놀래키려고 탁자를 탁, 때리는 걸 봤을 뿐이었다.

완은 정말 곧 왔다.

와서는 창가 쪽에 앉아 있는 은서 앞에 털썩 앉았다. 앉아서는 은서를 뚫어져라, 쳐다봤다. 주문을 받으러 온 아가씨에게 완은 커피를 시키고는 은서를 다시 쳐다봤다. 완이 커피를 시키기에 은서는 홍차를 시켰다.

왜 그렇게 머리를 잘라버렸니, 완은 은서의 머리를 바라봤다. 물소리가 나는 것 같았는데. 눈앞에 앉아 있는 은서의 머리

는 귀밑까지만 찰랑하게 내려와 있는데 완은 그 밑으로 그 물
소리가 나는 것 같았던 옛날의 긴 머리가 보이는 듯했다. 커피
와 홍차가 그들 앞에 무슨 금처럼 놓여졌을 때 둘 다 동시에 말
문을 열었다. 완은 니가 웬일이니? 그랬고, 은서는 내게 왜 그
러세요? 둘이 동시에 내뱉은 말이 공중에서 떠돌았다. 완은 입
을 다물었고, 은서가 먼저 말했다.

"어쩌자는 거예요. 내게 왜 그러느냐구요?"

완이 눈을 둥그렇게 떴다.

"내게 왜 그러세요?"

"……"

은서는 말끝에 꼬박꼬박 경어를 붙였다. 마치 그것만이 옛날
의 자신이 아니라는 걸 완에게 보여줄 수 있다는 듯이. 은서가
다시 한번 대체 내게 원하는 게 무엇인가, 물었을 때야 완은 힘
들게 말문을 뗐다.

"뭘 말이냐?"

"왜 그이에게 전화해요? 왜 집 앞으로 오고 그래요? 우리가
무슨 할말이 남아 있다고?"

"……"

"왜 그일 괴롭혀요?"

"무슨 말인지…… 무슨 말인지 모르겠군. 내가 세에게 전화
를 했다고? 내가 집 앞에 갔다고? 내가?"

"아니에요?"

"은서야!"

"날 그렇게 부르지 말아요."

완은 멈칫하고서 앞으로 숙이고 있던 상체를 뒤로 젖혔다. 그의 와이셔츠가 깨끗했다. 어제나 그제쯤에 이발을 했는지 짧은 머리가 청년스럽다. 여전히 그의 인중은 고집스럽지만 곤혹스러워하는 표정으로 인해 일그러져 있다. 완은 커피를 한 모금 마시고서 다시 은서를 쳐다봤다.

"무슨 영문인지 모르겠다. 난 그날 이후로 전화한 적 없어. 그날은 너무 술에 취했었다. 그건 나도 모르는 사이에 한 거야. 이런 말 하면 너 기가 막혀하겠지만 그날은 미칠 것 같았었다. 네가 세 옆에 서 있는데, 너무나 아름다웠어. 상상도 못 했다. 네가 그렇게 아름다워져서 세 옆에 그렇게 서 있는 걸. 너와 세가 결혼했다는 소식을 들었으면서도 실감을 하지 못 했어. 아니 그건 실감의 문제가 아닌지도 모르지."

"나, 그런 말 들으려고 여기 온 거 아녜요."

"무슨 일이 있는 거니? 니가 내 앞에 앉아 있는 거 현실 같지 않게 느껴지는 건 오히려 나야. 전화를 언제 해도 하겠지. 그러나 지금까지는 그날 이후 전화한 적 없어. 더구나 내가 왜 세에게 전화를 하겠어? 세가 뭐라고 해?"

은서는 멈칫했다. 이건 무슨 말인가? 완의 얼굴이 외려 은서의 얼굴보다 더 많은 질문을 가진 표정으로 변해 있다.

"그이한테 전화를 안 했어요?"

"그래."

"어젯밤 우리 아파트 앞 어린이 놀이터에도 오지 않았어요?"

"어린이 놀이터라니?"

은서의 마음으로 무엇이 쿵, 내려앉았다. 저 사람, 완은 정말 전화를 안 했다는 게 느껴졌다. 완은 무슨 말인지 몰라 의아해져서는 은서를 빤히 보고만 있다. 그럼 이게 무슨? 은서의 마음으로 다시 무엇이 쿵, 하고 내려앉았다. 그렇다면 세가 거짓말을? 왜? 뭣 때문에 그런 거짓말을? 은서는 분간이 안 섰다.

"진심으로 말해줘. 정말 전화 안 했어요?"

"안 했어."

은서는 일어섰다. 일어서는 은서를 완이 앉은 채로 바라봤다.

"나 갈게요."

은서는 가방을 들고 새벽을 걸어나왔다. 완은 은서를 붙잡을 생각을 못 했다. 은서가 너무나 황망히 일어서서.

완은 유리문 안에서 은서가 새벽 입구에 세워놓은 차문을 열고 운전석에 들어가 앉는 걸 바라봤다. 운전을 하는구나. 하지만 은서는 차에 시동 거는 걸 잊었는지 멍하니 그렇게 앉아만 있다. 시동 거는 것만 잊은 게 아니라 자기 자신마저 잊어버린 듯이 그렇게 앉아 있다. 무슨 일이니? 대체. 완은 카운터로 가서 커피와 홍차 값을 계산하고 나와 은서의 차문을 두드렸다. 그때서야 은서는 차에 시동을 걸고 완을 뒤에 남겨놓곤 거리의 차량 속에 섞였다. 완은 은서의 차가 신호등에 한 번 걸렸다가 멀어지는 걸 안 보일 때까지 바라봤다.

이 일을 어쩌면 좋을지.

은서는 다른 생각에 제대로 운전을 할 수가 없었다. 앞차와 간격을 못 맞춰 두 번이나 부딪치려 하다 은서는 안 되겠어서 가로수 밑에 차를 세우고 머리를 싸안았다. 세가 나를 시험하고 있었구나. 내가 완에게 전화를 하나 안 하나 보려고 내가 완에게 가나 안 가나 보려고. 이제야 어젯밤 세가 문을 안 열어준 까닭을 알겠어서 은서는 절망했다. 그랬구나, 나를 시험하고 있었구나.

얼마를, 가로수 밑에서 멍하니 앉아 있던 은서는 세의 학교 쪽으로 차의 방향을 잡았다.

지난 초가을, 세의 도시락을 싸와 나란히 앉아 있어봤던 학교 흰 동상 앞 나무의자에서 한 시간을 앉아 있었을 때 세가 나왔다. 세는 말없이 은서 옆으로 와서 앉아 담배 먼저 피워물었다.

겨울이 올 것이다, 은서는 화단마다 나뭇잎이 다 져버린 나무들이 우두커니 서 있는 걸 보고 그냥 있었다. 무슨 말을 어떻게 먼저 꺼내야 하나.

"수업이 아직 한 시간 남아 있어."

담배를 다 피운 세는 일어서려 했다. 일어서는 세를 은서는 손을 뻗어 잡아끌었다.

"나, 완을 만나고 오는 길이야."

"……"

"오해는 하지 말아. 도대체 뭣 때문에 너에게 전화하는지, 어젯밤은 왜 집에 왔는지, 내가 나갔을 때 왜 없었는지 물어보려고 갔어."

"……"

"솔직히 말해줘."

"……"

"왜 나를 시험하는 거야?"

"네가 달라졌기 때문이지."

"내가? 그쪽이 아니고 내가?"

"넌 나와 결혼하고도 한 번도 그렇게 긴장해본 적이 없어. 결혼식장에서 완을 만나고 온 후 너는 다시 긴장하기 시작했어."

"무슨 소리야?"

"너는 몰라도 나는 알아."

"진심이야. 나는 여기에서 어떤 변화도 원하지 않아. 지금이 좋아."

"진심이라고? 진심은 완을 향한 네 마음이 외길이라는 것이야."

"……"

"또 있지. 너를 향한 내 마음이 외길이라는 것, 너는 나를 사랑하지 않는다는 것."

"……"

"오직 널 사랑했어. 너는 오직 완을 사랑해, 슬프지 않니?"

"무슨 말이야, 대체?"

"너와 내가 동전의 앞뒤같이 반대라는 얘기지."

"……"

"어젯밤에 얼마나 간절히 빌었는지 아냐? 네가 놀이터에 나가지 말기를, 그랬다면 나는 네게 내 의심을 용서받을 생각이었다. 하지만 너는 나갔어. 너를 따라나갔지. 네가 놀이터에 완이 없는 걸 보고서 바로 돌아오기만 했어도 좋았을 텐데……너는 오래도 완을 기다리더군."

"따라나왔다구?"

어젯밤 그네 위에서 봤던 걸음이 세를 닮았다고 생각한 사람의 뒷모습이, 닮은 게 아니라 세였구나.

"나갔지. 오래도록 완을 기다리고 서 있는 널 보며 느꼈지. 너를 사랑하는 일이 나를 무너지게 할 거라는 걸."

"……"

은서는 말을 잃었다. 세가 일어섰다. 일어서면서 중얼거렸다. 너는 모르지. 너는 달라졌어. 옛날 같아졌어. 다시 옛날 같아져버린 네가 나의 무엇을 이해하겠어, 무엇을.

겨울

슬픔에는
더 큰 슬픔을 부어넣어야 한다.
그래야 넘쳐흘러 덜어진다.
가득 찬 물잔에 물을 더 부으면 넘쳐흐르듯이.
그러듯이.
이 괴로움은 더 큰 저 괴로움만이 치유하고.
열풍은 더 큰 열풍만이
잠재울 수 있고.

꽃병을 깨다

겨울은 화연이 아파트 앞에서 자동차에 치여 다리가 부러지는 일로 시작되었다. 술에 취한 세가 택시에서 내리자마자 쓰러져 있다는 경비원의 인터폰을 받고 놀라 내려갔는데 화연이 따라온 모양이었다.

바깥에 나올 때는 언제나 안고 다녔던 터라 화연은 아스팔트에 발을 대는 일이 어리둥절한 모양이었다. 어디서 술을 마셨는지 세는 은서 혼자 힘으로 부축해볼 여지도 없이 취해 길바닥에 쓰러져 있었다.

세를 엘리베이터에 태워 집안으로 데려오는 일을 경비원의 도움을 받아 함께 하는 동안 은서는 화연을 잊었다. 경비원이 내려가고 은서는 침대에 버려지듯 누워 있는 세의 양말을 벗기고 윗옷을 벗기고 바지를 벗기고 잠옷으로 갈아입히는 동안에도 화연을 잊었다. 수건을 찬물에 헹궈 세의 얼굴을 닦아주고 있는데 인터폰이 다시 울렸다. 은서는 그때도 화연은 잊고 있어서 화연의 일 때문이 아니라 세의 주머니 같은 데서 뭔가 떨어진 것 같은 일 때문일 거라고 생각했다.

경비원이 개가, 개가 차에 치였대요, 했을 때야 은서는 세의 소식을 받고 내려갔을 때 화연이 따라나왔었다는 걸 깨달았다. 내려가보니 화연의 왼쪽 다리는 이미 부러져 있었다. 잠겨 있는 개 병원의 문을 두드리고 두드려서 겨우 응급치료를 마쳤으나 화연은 병원에 입원해야 했다.

화연이 퇴원하는 날, 이른 첫눈이 내렸다.

은서는 화연을 품에 안고 아파트로 돌아오며 그 눈을 맞았다. 눈을 맞으며 가끔 품안의 화연의 눈을 들여다보며 미안하구나, 중얼거렸다. 퇴원은 했으나 화연은 짖지를 않았다. 그저 겁먹은 눈동자를 순하게 내리뜨고 엎드려만 있었다. 은서가 바깥에서 돌아와도 화연은 문 안에서 펄쩍펄쩍 뛰어오르지도 않았다. 은서가 안아서 저만큼 옮겨놓지 않으면 엎드린 자리에서 일어나려 하지도 않았다.

세는 화연의 일에 대해 일절 묻지를 않았다. 은서가 화연을 입원시키고 병원에 들락거려도, 퇴원시켜 데려와도 세는 본 척만 척했다. 다만 은서가 화연을 품에서 내려놓았을 때 화연이 세 발로 기우뚱거리며 걷는 걸 세는 물끄러미 쳐다봤을 뿐이었다.

화연은 남자의 말대로 가루약을 못 먹었다. 은서는 병원에서 지어준 가루약을 물에 타서 물약으로 만들어 먹였다. 고개를 쳐들게 해서 기관지나 폐로 들어가지 않게 천천히.

술을 마시고 들어오는 날이 많아진 세는, 은서가 개편 때 텔레비전 일을 당분간 쉬겠다고 해서 팀에서 빠졌다고 말해도 별다른 반응을 보이지 않았다. 그저 그렇냐는 듯이 한번 물끄러미 바라봤을 뿐이었다.

박피디의 책상에 사흘분의 원고와, 못 만나고 가겠다고 무슨 일이 있으면 전화를 하라는 메모를 남겨놓고 라디오 제작실을 막 걸어나오려는데 박피디가 들어왔다. 박피디는 책상 위의 원고와 메모를 보고는 지금 바로 집에 가야 되느냐고 물었다. 은서가 그건 아니라고 하자, 그러면 로비에 아나운서가 있으니 먼저 가 있으라고 곧 따라가겠다고 했다.

프로그램 개편이 되면서 한낮의 음악실 기존 멤버는 은서뿐이었다. 피디도 진행자도 다 바뀌었다. 박피디는 심야 프로그램에서 한낮으로 옮겨왔고, 진행자는 프리에서 방송국 내의 아나운서로 교체되었다. 성별도 여자에서 남자로 바뀌었다. 아직도 서로 완전히 호흡을 맞추지 못한 상태인데 은서는 원고를 사흘분씩 써서 넘기고 있었다. 세는 일일이 시간 체크를 했다. 그것이 시간 체크라는 것을 은서는 뒤늦게야 알았다. 라디오 원고는 때때로 열흘분씩 써놓고 출장을 떠나기도 했던 은서에게 텔레비전 일을 쉬게 됐다고 했을 때 세가 한 말은 그러면 날마다 방송국에 가지 않아도 되겠네, 였다. 은서가 대답이 없자, 세는 원고는 집에서 쓰고 방송국엔 사흘에 한 번씩 가도 되지 않아? 그랬다. 그러지 않아도 어디서부턴가 헝클어져 있는 세와 뭐라고 뭐라고 하기가 싫어 그럴 수 있을 거야, 한 것이 그

렇게 정해져버렸다. 그렇게 말한 날부터 세는 바깥에서 전화를
자주 하기 시작했다. 처음엔 그저 뭐 하느냐, 물었다. 은서는
대답했다. 빨래하는 중이야, 책 보는 중이야, 화연이 목욕시키
는 중이야. 그러다가 어느 순간부턴가는 벨이 울려 받아보면
네, 하는 은서의 대답 소리만 듣고 끊어지는 전화가 빈번해졌
다고 생각했는데 그 생각의 끝에 그즈음부터 세가 전화를 하지
않는다는 걸 알았다. 은서는 멍해졌다. 전화를 걸어서 끊는 게
세라는 걸 은서는 직감했다. 그때야 은서는 세가 자신이 집에
있는지 없는지를 확인하고 있다는 걸 알았다. 방송국에 나가는
날이면 아침에 어김없이 세 쪽으로부터 몇시에 나갔다 몇시에
들어올 거냐는 질문을 받곤 했다. 세시라고 말하면 세시 오분
에 전화가 왔다. 네시라고 말하면 세시에 올 수도 있잖아? 하고
되물었다. 그때도 은서는 세의 마음을 복잡하게 하고 싶지 않
아 그렇게 그럼, 그랬다. 그래서 자료실에서 잠깐 보면 될 책을
대출해 빌려왔고, 유혜란이 차를 한잔 하자고 해도 다음에, 하
고 미룰 수밖에 없었다.

사정이 그러해서 은서는 피디가 얼마간만이라도 서로 호흡
을 완전히 맞추게 될 때까지만이라도 방송중에 함께 있어주기
를 원하거나 녹음할 때 스튜디오에 함께 있었으면 좋겠다는 그
런 얘기를 꺼내려고 그러는 것이려니 생각하고 로비에 내려갔
는데 은서에게 손을 흔드는 아나운서가 은서가 그 앞으로 가서
앉자마자 뜻밖의 얘기를 했다.

"만나자마자 이별입니다."

은서는 무슨 말일까? 싶어 아나운서를 쳐다봤지만 그는 들고 있던 종이컵에 담긴 커피를 입에 갖다댔다.

"어디 가세요?"

"가죠. 어딘지는 나도 모르겠어요."

"네에?"

"사표를 냈습니다."

"사표요?"

은서가 의아해하는데 박피디가 커피 두 잔을 들고서 다가왔다. 한 잔을 은서를 향해 내밀고는 의자에 무너지듯 풀썩 앉는 통에 박피디가 들고 있던 종이컵 속의 커피가 출렁거렸다.

"대체 뭐야?"

박피디는 대뜸 아나운서를 향해 따지듯이 물었다. 아나운서는 미안하다는 듯이 웃고 있다. 사표를 내다니? 예전부터 잘 알고 지내지도, 그렇다고 그 사표에 대해서 뭔가 조금이라도 알고 있지도 않아 따지듯 묻는 박피디와 미안하다는 듯 웃고 있는 아나운서만을 번갈아 바라봤다.

"미안해요. 나도 내가 이런 결정을 이렇게 급히 내릴지를 모르고 있었습니다."

"점점 더 모를 소리만 하네."

"사연인즉슨 이렇습니다. 나는 내가 아나운서라는 직업과 어울리지 않는다는 것을 알고 있었어요. 나는 지금까지의 내 인생의 갈림길에서 무엇을 결정해야 할 때 내 주장을 내세워본 적이 없습니다. 유년 때는 세 살 터울의 형이 시키는 대로 했고, 청소년 시절에는 어머니가 지시하는 대로 따랐고, 대학과 직업은 아버지 의견을 좇았어요. 아버지 꿈이 아나운서였죠. 그런데 애석하게도 아버지는 혀가 약간 짧아 발음이 정확하게 되지 않는 말이 많은 탓에 일찍 그 꿈을 포기해야 했죠. 아버지는 처음에는 형이 아버지 뜻대로 아나운서가 되기를 원했는데 형은 신문방송학과 대신 천문기상학과를 택했죠. 뿐만이 아니에요. 어머니가 눈물까지 보이며 말렸는데 겨울에 산행을 갔다가 영원히 천상으로 가버렸죠."

아나운서의 얘기를 듣고 있던 박피디가 어이가 없다는 듯 말을 잘랐다.

"지금 누가 당신네 가족사 들려달라고 했어. 왜 갑작스런 사표냐고? 그러지 않아도 힘들어 죽겠는데 겨우 좀 맞춰간다 싶으니까, 이게 무슨 소리냔 말야."

"글쎄 지금 그걸 설명하고 있는 중입니다."

아나운서는 은서를 향해 쑥스러운 듯 웃었다.

"지금까지 함께 일해온 사람들과 할 소리를 마지막으로 만났다는 이유 하나 때문에 여기에서 내 이야기를 하다니…… 좀 지루해도 들어주세요."

아나운서는 무심히 종이컵을 입에 갖다대다가 커피는 아까다 마시고 빈 종이컵임을 나중에야 알고는 종이컵을 구겼다.

그는 형 밑에서 별 주장도 내세우지 못하고 살아왔고, 그게 또 어떤 면으로는 편하기도 했으며 마침맞게 딱히 하고 싶은 일도 없었으므로 그의 아버지의 간절한 원대로 신문방송학과를 거쳐 방송국에 무리없이 아나운서로 입사를 했지요, 하면서 이미 구겨질 대로 구겨진 종이컵을 더 구기며 말을 이었다.

"새벽 여섯시부터 이십 분 동안 생활정보 프로그램의 원고를 매일매일 충실히 읽었어요. 쉼표를 찍어놓은 곳에서는 쉬었고, 느낌표가 있는 곳에서는 느꼈고, 마침표 앞에서는 마쳤죠. 그렇게 시작을 한 게 벌써 육 년째입니다. 이제는 타성이 붙어서 할 만해요. 더구나 이번에 뜻밖에 고전음악 프로그램 일을 맡아서 기분도 좋았구요."

"그런데 왜?"

"얼마 전이었어요. 손동갑 아나운서 알죠? 부친상 당했지 않습니까? 동갑씨 일곱시 뉴스 시간 대타로 내가 내정이 됐죠. 나는 뉴스를 맡아 해본 적이 없어요. 나도 아나운서인데 왜 뉴스가 해보고 싶지 않았겠습니까만 내 목소리가 뉴스와는 거리가 있는지 내게 기회가 없었어요. 차츰 나도 그걸 인정하게 됐지만, 뜻밖에 기회가 온 거죠. 대타이긴 하지만 말입니다. 상당히 긴장했었어요. 이제야 뉴스를 해보게 되는구나, 싶어서 전날 밤 잠을 한숨도 못 잤습니다."

그는 새벽 세시가 되도록 이리 뒤척 저리 뒤척 했다고 했다. 거실의 괘종시계가 네시를 알렸을 때 그는 억지로 눈을 감았다. 한숨이라도 눈을 붙여야지, 그러지 않았다가는 정신이 산만해서 이 일도 저 일도 못 할 것 같아서였다. 그러나 바로 그것이 잘못이었다. 그가 깜박 잠이 들었다가 깨어났을 때는 여섯시가 훨씬 넘어 사십분이나 되어 있었다. 그는 기가 막혀 이

불을 도로 뒤집어썼다.

"오, 하느님…… 소리가 저절로 나오더군요. 금세 땅속으로 꺼져들 것 같은 절망감 때문에 숨이 멎을 것만 같았죠."

그러나 그 절망감 속에 그대로 파묻혀 있을 수도 없어 그는 겨우 바지만 갈아입고 잠옷 윗도리 위에 바바리를 걸친 채 그 야말로 뛰어나갔다고 했다. 얼마 후 그는 방송국 입구에 서 있었다. 불행히도 평소에는 그렇게 잘도 잡히던 택시를 잡는 데 십오 분이나 소비하고 손동갑씨가 진행하던 뉴스 시간이 끝났을 무렵에야 도착해서 그는 그 전날까지만 해도 심드렁하게 드나들던 방송국을 면접시험 보러 온 대학 졸업생처럼 어렵게 바라보고 서 있었다고 했다.

"생방송을 펑크내다니…… 잔디밭에 들어가지 맙시다, 라고 잔디밭에 꽂혀 있는 팻말마저 위압적으로 느껴지더라구요. 만삭인 아내의 얼굴도 떠오르고, 이제 검버섯이 핀 아버지의 얼굴도 오락가락하고, 내가 선택한 일도 아니고 별 애정도 없이 그럭저럭 지내왔던 아나운서라는 내 직업이 그때처럼 강렬하게 애착이 가긴 처음이었어요. 글쎄 눈물까지 나더라구요. 성질 사나운 국장에게 어떻게 말해야 하나, 아무튼 육층 아나운서실로 가는 엘리베이터를 타긴 탔는데 얼마나 긴장했던지 평소에 들락날락거리는 사람이 많아 항상 개방되어 있는 아나운서실 문을 허리까지 굽혀가며 노크를 했다니까요. 아무도 없더군요. 평소에 상냥하던 미스 차 아나운서만 다음 방송원고를 연습으로 읽고 있다가 굿모닝, 했을 뿐이었어요. 현기증이 났어요. 너무 큰 대형사고라서 변명을 들어볼 참도 없이 사직 처리가 됐나? 싶을 정도로 아무렇지도 않은 거예요. 그래서 미스 차에게 물었죠. 도대체 어떻게 된 거냐고? 손동갑씨 뉴스 시간을 내가 펑크냈는데 왜 이렇게 조용하냐고? 그랬더니 그때야 미스 차가 그러더군요. 어머 모르고 계셨어요? 오늘 일곱시까지 새벽 방송은 다 죽었어요. 로스앤젤레스에 어젯밤부터 대지진이 나서 특집방송으로 그 화면이 계속 나갔는데요. 미리 연락을 받으시고 안 오시는 줄 알았는데…… 나는 푸하하 웃음보가 터졌어요. 화장실에 가서 내 꼴을 보니 잠옷 윗도리에 바바리라……"

"그런데?"

"이게 얘기의 끝입니다."

"글쎄, 얘기의 끝인데 사직서를 왜 내느냐고?"

"싫어졌어요. 그 동안 어떻게 이곳에 머물렀나 싶을 만큼 아주 싫어졌어요."

"……?"

"이해 원하지 않습니다. 이제 하루도 여기에 더 못 있겠어요. 죽겠는 걸 어떡합니까."

박피디가 아나운서에게 그래도 그것이 아니다, 라며 다시 이야기를 처음부터 시작하는 걸 은서는 옆에서 듣기만 했다. 저이의 얼굴이 저렇게 생겼었구나, 은서는 처음으로 아나운서의 얼굴을 세세히 살펴봤다. 하관이 가파르고, 콧등이 낮고, 이마가 좁은 아나운서의 얼굴을 보다가 은서는 먼저 가겠다고 인사를 했다.

박피디는 그를 설득시키지 못할 것이다. 이미 아나운서는 모든 일을 끝내놓고 있었다. 은서는 그에게서 이미 아나운서직에 아무런 미련이 남아 있지 않은 단호함을 느꼈다. 사실일 것이다. 그럼 무슨 일을 할 거야? 하는 박피디의 말에 아직 아무것도 정하지 않았어요, 하고 대답한 그의 말은 사실일 것이다. 나도 모르겠어요, 오직 지금은 여길 떠나야겠다, 그래야 내가 살겠다, 라는 것만 확실합니다, 라는 말도 사실일 것이다.

아직도 얘기중인 그들을 로비에 남겨놓고 방송국 현관의 은행 앞을 지나려다가 은서는 흠칫했다. 은행 앞 의자에 앉아 있던 누군가 자신을 보고서 벌떡 일어난다, 했는데 완이다.

놀라 서 있는데 완이 다가와서 곁에 섰다.

"어떻게 여길?"

"기다렸어."

"날요?"

"응."

세의 얼굴이 휙 지나가서 은서는 성큼성큼 걸음을 옮겼다. 완이 말없이 뒤따라왔다. 은서가 광장에 세워진 차문을 열고 운전석에 앉으려 하자 완이 은서의 팔을 붙잡았다.

"잠깐 얘기 좀 해."

"무슨 얘길 해요?"

"은서야."

"……"

422

"아까 거기에 나, 사흘 동안 오후마다 와서 세 시간씩 앉아 있다 갔다. 오늘 겨우 널 만난 거야."

"뭣 때문에요?"

"얘기를 하고 싶어."

은서는 차문을 열고 운전석에 앉아 오른쪽 문을 열어줬다. 완이 들어와 앉았다.

"나, 시간이 없어요. 무슨 얘긴지 얼른 해요."

"여기서?"

"네."

"강변으로라도 가자."

완은 담배를 꺼내 불을 붙였다. 저 모습.

"시간 오래 뺏지 않을게. 그래도 여기서는 어색하구나."

은서는 시동을 걸고 차를 빼서 광장을 빠져나왔다. 강변? 은서는 웃었다. 이 사람과 강변이 아니라 어디라도 가고 싶은 때가 많았지. 어디든지.

은서는 말없이 선착장을 약간 옆으로 비낀 곳에 차를 세웠다. 유람선이 출항을 앞두고 길게 뱃고동을 울렸다. 시계를 봤다. 세시가 막 지나고 있다. 이제 세는 집으로 전화를 돌리고 있으리라.

"강변이에요, 말하세요."

그래 강변이다. 언젠가 여름 문득 방송국으로 찾아온 세와 함께 와서 앉아 있어봤던 강변. 여름이었지. 세가 가방을 열고 화집을 한 권 꺼내 바닥에 내려놓으며 나를 앉게 했었지.

툴루즈 로트렉의 화집이었어. 안절부절못하는 세는 아랑곳없이 내가 강물에 낚싯대를 던지고 앉아 있는 사람들을 보고 고기가 잡힐까? 물었었다.

은서는 시동을 끄고 강물을 내다봤다. 강은 파란빛도 누런빛도 아니다. 은서는 문득 강 저편에서 모터보트 한 대가 하얀 물살을 일으키며 쏜살같이 그들 앞으로 달려올 것 같아 눈을 반짝 떴다. 세와 함께 왔던 여름에 은서의 눈엔 세는 보이지 않고 모터보트나 거기에 매달려 있는 남자의 강렬한 선글라스, 그런 것만 보였었다. 세를 보지 않고 그 모터보트를 따라가며 한없이 바라봤었다.

완은 담뱃불을 끄고 강을 바라보고 있는 은서의 옆얼굴을 건너다보았다. 이 여자가 바라보고 있는 곳은 어디일까. 손을 뻗어 강을 향해 돌려진 은서의 얼굴을 자신 앞으로 데려와 그 얼굴을 만져주고 싶다. 옛날처럼.

가장 좋은 순간을 가장 알맞은 때 만나는 사람은 행복하겠지. 이 여자의 시선이 내게 있을 때 나는 왜 그걸 몰랐는지. 완은 엄청난 피로를 느꼈다. 피로.

완은 다시 담배에 불을 붙였다. 그날 예식장에서 세와 함께 서 있는 은서를 보고, 완은 아, 저 여자가 머리를 잘라버렸구나, 라는 생각을 맨 먼저 했었다. 내가 그렇게 좋아했던 머리를 짧게 잘라버렸구나. 그 다음에 든 생각은 세 곁에 서 있는 은서가 너무나 아름답다는 것이었다. 질투라고밖에 할 수 없는 감정이 복잡하게 들끓었다. 저 여자가 저렇게 아름다웠나. 손을 뻗으면 손을 내줄 것 같은 편안함, 어느 상황 속에서라도 내 편이 돼줄 것 같은 고향 같음, 그런 것.

그 편안함과 고향 같음을 잃었다는 걸 완은 느꼈다. 박효선과 결혼을 하는 순간 바로 느낀 것이었다. 신혼여행지에서 박효선을 안으면서 나는 이제 더이상 편안할 수 없으리라, 생각했다.

은서와 재회하는 순간 완은 마치 총알이 가슴을 꿰뚫고 지나가듯, 세 곁에 서 있는 은서가 너무나 아름답구나, 생각했다. 그리고 불현듯이 이제 저 여자는 내게서 완전히 떠났구나, 느꼈다. 그래서였을 것이다. 그날 이후 은서의 얼굴이 밟혀 무엇도 제대로 할 수가 없었다. 제대로 무엇도 할 수 없는 어느 와중에 완은 깨달았다. 그건 상실이었다. 완은 은서가 자신을 떠나리라는 걸 생각하지 않았다. 언제라도 은서는, 정말 언제라도 뒤만 돌아다보면 은서는 거기 있을 것 같았다. 결혼을 하고서도 마찬가지였다. 은서는 언제든지 손만 뻗으면 그 곁으로 오리라는 생각을 했다. 세와 결혼했다는 소식을 듣고서도. 그래도 그 여자는 내 여자라는 생각. 무엇 때문에 터무니없이 그리 여겼는지. 아마 세 곁에 서 있는 은서를 보지 않았던들 지금도 완은 그렇게 생각하고 있을 것이었다. 그런데 아니었다, 그게 아니었다. 은서는 머리만 달라진 게 아니라 완전히 그의 곁에서 멀어진 여자로 아름다웠다.

"무슨 말이에요. 어서 해요."

"……"

꽃병을 깨다　425

"나 가봐야 해요."

"은서야."

은서는 완을 정면으로 바라봤다.

"세하고는 잘 지내냐?"

피식, 웃음이 나와 은서의 입매가 일그러졌다. 언젠가 세도 이렇게 물었었다. 완하고는 잘 되냐?

"걱정했었다. 너 그렇게 왔다 가고 네게 무슨 일이 생긴 건 아닌가, 하고."

은서는 눈물이 핑 돌아 얼른 강으로 시선 돌렸다. 무슨 일이 생겼지. 세는 이제 나를 사랑하지 않아. 나는 이제야 세를 사랑할 수 있을 것 같은데 세는 이제 나를 사랑하지 않아. 의심으로 가득 차 있지. 나는 무서워. 무서울 따름이야. 회복시킬 수 없을 거야. 그러기엔 내가 너를 사랑하는 동안 세를 너무 무참하게 했어. 네가 내게 준 슬픔이며 무안을 나는 고스란히 세에게 뱉아냈지. 저기 저 자리에서도…… 은서는 그 여름날 세와 앉아 있던 강변 언덕을 쳐다보았다. 저 자리에서도 나는 세는 보지도 않고 여름하늘을 보며 아무 일도 일어날 것 같지 않아, 라고 중얼거려 세를 슬프게 했지. 그때 그의 얼굴에 스쳐 지나가던 낙담은 어느 날인가 네가 아주 무료한 표정으로 나를 보지도 않고 하늘을 보며 아무 일도 일어날 것 같지 않은 날이야, 라고 말했을 때 것과 똑같은 것이었어. 이제는 내가 세에게서 그 말을 듣겠지. 그 말까지 하고 난 뒤면 세는 내게서 멀어지기 시작할 거야. 지금은 나를 의심하느라 그 상태는 아니겠지만.

426

은서는 눈을 감았다.

세가 멀어질 수도 있다는 걸 은서는 단 한 번도 생각을 못 했었다. 세가 자신을 의심하리란 것도.

누구에게 꽃을 팔 생각인가? 강변에 사람이라고는 없는데 꽃장수 아주머니가 장미꽃을 몇 송이 흰 종이에 싸들고 차 앞으로 지나갔다. 다행히 찬바람 속에 서 있는 연인을 만나면 저 꽃장수는 남자에게 말하리라. 여자분에게 한 송이 사주세요. 그러면 기쁜 일만 생긴답니다. 그때 세는 내가 팔을 잡아당기며 사지 말라 했어도 꽃을 사서 내게 주었지. 나는 그 꽃을 어떻게 했던가? 은서는 쓸쓸히 웃었다. 금방 세가 건네준 장미꽃을 바닥에 내려놓고 마는 그때 자신의 모습이 보여서. 비가, 여름비가 왔었지. 나는 그때 머리가 너무 아파 비를 맞는 게 오히려 좋았었어. 세가 비를 피하자고 하는데도 그 빗속에 서 있었어. 비닐우산 두 개를 사서 돌아와 그중 하나를 펴서 자신에게 씌워주었던 세에게 했던 말이 생각나 은서는 운전대에 얼굴을 묻어버렸다. 빗발은 굵어서 여기저기 벌써 빗물이 고이는데, 재미있는 얘기 하나 해줄까? 그러면서 우산을 두 개 사온 세를 무료하게 조롱했지. 재미있는 얘기 하나 해줄까…… 어떤 여자와…… 어떤 여자와 사랑하는 남자가 있었는데 이렇게 갑자기 비가 오는 날 그 남자를 만났는데 남자가 가게에서 우산을 두 개 사오더래. 그것이 그렇게 슬프더래…… 너무 슬퍼서 그 여잔 그 남자와 헤어졌대…… 그때 일그러지던 세의 얼굴. 그 얼굴…… 그 얼굴을 보면서도 무심히 그저 저이도 얼굴을 구길 줄을 아나? 그런 생각을 했지. 한 번도 내 앞에서 얼굴을 일그러뜨려본 적이 없었기에. 언제나 변함없이 차분하고 다정했기에. 그런데 세는 얼굴만 구긴 게 아니라 울었었다. 울면서 말했었다. 무섭다고, 모든 것이 다 무섭다고. 그때 택시가 한강을 건널 때 강을 내다보며, 금방 떨어진 빗방울들이 강물에 섞이는 걸 보며, 어느 물이 강물이었고 어느 물이 금방 떨어진 빗방울이었는지 알 수 없게 금세 서로 섞이는 걸 보며, 저렇게 재빨리 섞일 수 있다면, 그럴 수만 있다면 얼마나 좋을까를 생각했었다.

운전대에 얼굴을 묻고 있는데 머리에 완의 손이 와서 닿았다.

은서는 얼굴을 들고 완을 쳐다봤다.

"무슨 일예요?"

"……"

"나 어서 가봐야 해요."

어떻게 말해야 하나. 완은 은서의 시선을 피했다. 하고 싶은 말은 참을 수가 없다고, 너를 다시 만나고 싶다, 인데 그러기엔 이 여자에게 내가 상처를 주었지.

"어서 말해요."

"우리 회사에서 네 책을 내보면 어떨까, 싶어서."

그래, 그러면 어떨까. 순간적으로 튀어나온 말인데, 완은 그렇구나 그렇게 만날 수 있겠구나, 싶어졌다.

"책이라니요?"

"네 방송원고들 모아서 조금 손을 보아서."

"그럴 일 없어요."

은서는 완을 빤히 봤다. 어떻게 그런 생각을 할 수가 있지? 우리가 아무 일 없었던 사람처럼 다시 만나 서로 상의하면서 책을 낸다고? 웃음까지 나오려는 걸 은서는 참았다.

"네 원고 나가는 프로그램 날마다 듣지. 중간중간 멘트들을 문어체로 바꾸고, 음악가들 얘기도 짤막짤막하게 섞으면 충분히 돼. 편안히 읽을 수 있는 책을 원하는 사람들한테 좋은 반응을 얻을 거야."

"그럴 일 없다고 했잖아요."

"내게 꼭 그렇게 경어를 써야겠어?"

그럼 어떻게 말을 하지? 너를 다시 만나기 전에 너를 생각하면 아득했었어. 생각해보면 일 년 전 일인데 왜 그렇게 오래 전 일 같은지. 그러면서도 너를 다시 만나게 되면 나는 무슨 말을 하게 될까, 너는 어떻게 변했으며, 너에게 바쳐진 내 마음들은 어떻게 반응할까, 싶었지. 하지만 아무것도 아니었어. 이렇게 아무것도 아닌 줄 알았으면 차라리 진작 만나는 건데, 그랬으면 세를 그렇게 외롭게 두진 않았을 텐데. 그랬으면 상황이 이렇게 나빠지진 않았을 텐데.

"지금 당장 결정하라는 거 아니야. 그렇게 단정짓지 말고 좀 더 생각을 해봐. 알고 있는지 모르겠지만 은근하게 네 프로그램 듣는 사람들 많아."

"음악을 듣는 거예요."

"아니, 네 원고도 들어. 네 원고도 어느새 음악하고 닮아 있는걸."

"그 말이 하려던 말이었어요?"

아니. 완은 다시 담배에 불을 붙이고 강을 내다보았다. 아니, 책 이야기는 갑자기 튀어나온 말이다. 네가 어서 말을 하라고 다그치는 바람에. 아무렴, 내가 이 말을 하자고 사흘 동안 너를 기다렸겠냐. 나는 다시 시작하고 싶다, 너와. 그렇게만 된다면 나는 어떻게 돼도 좋을 것 같아.

은서가 시동을 걸자, 완은 은서의 손에 자신의 손을 갖다댔다.

"조금 더 있으면 안 되겠니?"

"말할까요?"

"……"

"나, 어서 가야 해요. 우리가 그 예식장에서 다시 만난 후로 그이가 불안해해요."

"……"

"더 말하죠. 나는 그쪽을 예식장에서 다시 만난 후로 그이가 얼마나 좋은 사람인지, 나를 얼마나 사랑했는지 알게 됐어요. 분명히 의사표시할게요. 나 책 내고 싶은 생각 없어요. 그러니 그런 일로 다시 방송국에서 나를 기다린다든가, 전화를 한다든가, 그러지 말아요. 그이가 나를 믿지 않아요. 오늘 그쪽 만난 거 알면 완전히 절망할 거예요…… 나는 이제야 알게 됐어요. 내가 얼마나 그이를 믿어왔는지, 얼마나 사랑하는지."

"……"

"그러니 나를 조금이라도 생각해준다면 다신 우리 근처에 오

430

지 말아요. 나는 그이를 어서 이 불안에서 걸어나오게 해서 그
림을 그리게 하고 싶어요."

"은서야."

"……"

"나는 어떻게 하나. 이렇게 다시 너를 찾아서는 안 된다는 거
왜 내가 모르겠어. 생각하고 또 생각했다. 그런데도 이렇게 올
수밖에 없었어."

"그만 해요."

"피로했다. 너무나 피로했어. 지난 일 년 동안 나는 죽음 가
까운 피로를 느꼈어. 그것이 너를 잃어서라는 것을 모르고 있
었어. 지난번에 널 만나고 난 후에야 알았지…… 뒤늦게……"

은서는 완의 말을 완강히 막았다.

"우린 그런 말 해서는 안 돼요."

완을 강변에 내려놓고 은서는 급히 차를 몰아 아파트로 왔다.

세시는 이미 지나고 아파트 광장에 차를 주차시켰을 땐 이미
다섯시도 지나 있었다. 날이 추운데도 손과 이마에서 땀이 배
어났다. 경비원에게 목례를 하니 경비원이 바깥양반도 오늘 일
찍 들어오시던데요? 했다.

세가 벌써? 엘리베이터가 육층까지 오르는 시간이 한 시간
은 되는 것 같다. 은서는 엘리베이터에서 내려 가방에서 열쇠
를 찾다가 멍해져버렸다. 현관문 앞에 화연이 엎드려 있다. 화
연은 은서를 보자 몸을 일으키려다가, 세 발로는 거실 바닥에
서나 걸어봤지 시멘트 바닥을 디뎌보긴 처음인 탓에 어색하게

다시 주저앉았다…… 왜 나와 있니? 하다가 은서는 입술을 다물었다. 화연이 혼자 나올 리가 없다. 세가 문 밖에 내다놓은 것이리라. 은서는 화연을 안아들고 열쇠를 꽂으려는데 안에서 문이 열렸다.

"날도 추운데……"

날도 추운데 왜 화연을 바깥에 내다놓았느냐고 말하려고 했다. 그러나 은서는 더는 말을 이을 수가 없었다. 세가 들고 있는 건 신발장 안에 넣어놓았던 파라솔 모양의 우산이었다. 안으로 들어서는 은서를 세는 그 우산대로 정신없이 내리쳤다. 안고 있던 화연도 세가 내리치는 대로 맞고 있다.

"이러지 마."

은서는 주저앉아 화연을 내려놓았다. 세가 은서에게 휘두른 우산대가 은서의 몸을 비켜나 신발장 위의 꽃병을 깼다.

"이러지 마. 제발 이러지 마."

은서는 세를 피해 소파 쪽으로 도망쳤지만 세는 쫓아와 우산대질을 멈추질 않았다. 우산대가 머리에, 얼굴에, 어깨에, 다리에 휘감겼다가 풀어지는 어느 순간이었다. 식탁 밑으로 숨어들어간 것 같던 화연이 세 발로 절뚝거리며 세에게 다가가더니 세의 정강이를 콱 물었다. 세가 비명을 지르며 주저앉는 걸 어렴풋이 보며 은서는 정신을 놓아버렸다.

누나, 자?

너무 멀어 손이 안 닿는, 그래도 조금만 뻗으면 잡힐 것 같아 간절히 안타까운 곳에서, 닿지도 솟아오르지도 못하는 의식을 간지럽히면서 섞여들 듯 말 듯한 소리에, 바깥에서 안으로 들어올 듯 말 듯한 그 소리 속에서 헤매다가 어느 겨를에 은서는 그 소리가 도마 소리임을 감지했다.

그래, 여기는 집이지. 은서는 눈을 슬몃 떴다.

마늘을 찧는 것인가, 아니면 고기를 다지는 것인가. 부엌에서 들리는 어머니의 토닥토닥 도마질 소리. 저렇게 선명한 소리가 그리 아스라이 들리다니.

그래, 여기는 집이구나.

얼마나 오랜만에 들어보는 소리인지.

어린 시절 새벽에 듣는 저 소린 어머니가 집에 돌아왔다는 신호이기도 했다. 그때 방에서 부엌에서 들리는 저 소릴 들을 때면 이상한 서러움이 차오르곤 해서 이불을 당겨 얼굴을 덮고는 괜한 소리를 우우 내서는 도마질 소리를 이겨보려고 했었다.

그러면서도 얼마나 안심이 되던지.

방문 바깥의 부엌에 어머니가 있다는 것이, 어머니가 아침상을 보려고 도마질을 하고 있다는 것이, 얼마나 안심이었던지, 은서는 그 토닥거리는 도마질 소리를 들으며 다시 아스라한 새벽잠에 빠지곤 했었다.

옆걸음질치는 게의 등을 부드럽게 쓸어주고 지나가는 물결처럼, 어머니가 없는 새벽을 맞이해야 했던 서러움을 그 도마질 소리는 토닥토닥 물리쳐주곤 했다. 다시 안심하며 잦아드는 그 새벽잠의 눈물겨움을 몸은 기어이 추억해내었다. 도마질 소리라는 걸 확인하는 순간 미망 속의 헤맴을 떨어냈으면서도, 다시 나른해졌다…… 강한 겨울바람에 대문에 달린 샛문이 돌쩌귀에 부딪치는 쩌그럭, 소리가 도마 소리를 눌러버린 후에도 그리움처럼 달라붙은 나른함은 여간 떨쳐지지가 않다가 무심히 세의 얼굴이 떠오르자 잠이 싹 물러서버렸다.

어제 이수의 입대 얘기를 하면서 집결지에 데려다주고 오고 싶다는 은서의 말에 세는 아무 대답을 하지 않았다. 그의 대답을 듣지 않고 내려온 것이 생선가시가 목에 걸린 것처럼 마음에 걸렸다. 어제 이곳 이슬어지로 내려와 세의 집에 갔을 때 집은 비어 있었다. 집으로 와 어머니에게 물어보니 마을 사람들이 많이 버스를 빌려 온천엘 갔다고 했다. 시아버지와 시어머니도 함께 갔다고. 눈이 많이 와서 잘이나 갔는지 모르겠다고.

사흘,

은서는 사흘은 세의 시선에서 벗어날 수 있다는 것에, 한사코 이수가 괜찮다는 것을, 차를 이슬어지로 몰았다. 사흘이 아니라 단 하루라도 떨어져서 세와 자신 사이에 무엇이 끼어들었나를, 생각해보고 싶었다.

이슬어지는 적막했다. 어제 해저물녘에 은서는 혼자 마을 끝까지 걸어보았다. 늘어난 빈집들 사이를 걸어다녔다. 이젠 주변만이 아니라 마을 안쪽으로도 빈집들이 생겨 있었다. 사람들은 떠나면서 방에 무엇을 남겼는지 대문은 열어놓고 방문은 자물쇠를 채워뒀다. 빈집을 기웃거리다가 꽉 잠겨진 자물쇠를 보니 야릇해져서 은서는 빈집에 들어가 마루로 올라가보았다. 방문 창호지에 구멍을 내고 방 안을 들여다보니 방구들을 뚫고 올라온 잡초가 이 겨울에 얼지도 않고 시퍼렇게 살고 있었다. 집들을 벗어나 도랑을 건너 들로 나서도 은서는 아무 생각도 나지 않았다. 돌연한 세의 행동 앞에서 어떻게 해야 될지를 모르겠을 뿐. 이백 평 사백 평 되는 겨울밭 눈 속에서 생배추가 노랗게 그대로 얼고 있었다. 캐지 않은 약초들도. 가꿔만 놓고 거둬들이지 않은 것들이 밭마다 수두룩했다. 심어 가꿨으나 뽑아본들 손품값도 안 되겠으니 아예 버린 모양이었다. 배추밭까지 허적허적 걸어가보니 배추들은 눈이 오면 눈 맞고, 바람 불면 얼고, 따뜻하면 녹으면서 썩어가는 중이었다. 은서는 얼른 마을 안으로 돌아섰다. 곧 이슬어지는 텅 비리라. 아무도 살지 않으리라, 생각하니 너무 귀가 시려워서.

싸르륵 싸르륵 마당에서 눈 쓰는 소리가 들렸다.

은서는 이불을 개키고 방문을 열고 나왔다.

적어도 동이 틀 때까지는 어젯밤 잠들 때 기세로 눈이 계속 내렸는지 눈앞이 온통 눈부시게 하얗다. 마루에서 깨금발을 딛고 서면 이웃집 빨랫줄까지 다 보이는 처지라 눈 쌓인 눈부심은 마당을 건너 낮은 담을 건너 그 집 마당까지 이어지고 지붕과 골목길까지 이어졌다. 지금도 눈은 다 멎은 것은 아니어서, 바람결의 싸락눈이 비질하는 이수의 위로도 내리고 있는 중이라서, 이수는 간밤 내에 단박 머리가 다 희어진 것 같다. 내일 입대장소에 집결해야 되니 오늘중으로는 저 머릴 깎아야 하리라. 강한 바람이 다시 일어 이수가 기껏 쓸어놓은 눈이 펄펄 날아다니자 이수는 허리를 폈다. 겨울 아침. 은서는 허리를 펴는 이수의 뒷모습을 보며 방으로 들어가 털모자를 꺼내왔다.

"이것 쓰고 해."

"벌써 일어났어?"

"늦잠을 잔 거지, 벌써는."

왠지 비를 들고 잠깐 우두커니 서 있는 이수가 눈 위로 쓰러지고 말 것 같아 은서는 이수 앞으로 한 발 더 나섰다.

"나도 쓸까?"

"추워…… 누난 들어가. 어머니한테 가보든지."

은서는 마당에 이수를 두고 부엌으로 왔다.

장독대에서 김치 한 포기를 꺼내 담아들고 오던 어머니의 머리 위에도 눈이 묻었다.

"뭐 하러 나왔어. 들어가아! 차 타고 오느라고 힘들었을 텐데."

꺼내온 김치를 도마 위에 놓고 썰면서 어머니는 은서에게 또 들어가라고 한다. 은서가 그냥 서 있자, 그럼 이수 세수하게 솥에서 따순 물을 떠다가 줄라냐고 해 은서는 큰 바가지에 뜨거운 물을 떠가지고 다시 마당으로 나왔다.

이 고장은 겨울 초입부터 늘 눈이 푸지게 내렸다. 한번 내리기 시작하면 사나흘을 내리 내리는 게 예사였다. 저 지나간 날. 어려서 키가 작았기도 했지만 그렇게 내린 눈은 언제나 은서의 키보다 높았다. 아예 쓸어낼 생각을 못 했을 정도로.

장설 뒤엔 길이란 길은 눈에 덮여 사라지곤 했다. 그래도 털신에 새끼줄을 친친 감고 학교로 통하는 고개에 올라서면 학교에서 외치는 마이크 소리가 들리곤 했다. 눈이 너무 많이 내려 오늘 학교는 쉽니다. 학교에 오지 않아도 됩니다. 맨 먼저 마을을 떠나 학교로 가는 고개에 올라 휴교 소식을 갖고 다시 마을로 돌아서는 걸 신호로 아이들은 책보를 끌어안고 볼이 빨개지도록 미끄럼을 타며 마을로 돌아오곤 했다.

"쓸어도 소용없겠어. 세수나 해라."

이수도 그렇겠다 싶은지 빗자루를 마루 밑에 밀어넣고 샘으로 왔다. 은서는 세숫대야에 더운물을 붓고 찬물을 조금 섞어 주었다.

밤새도록 그치지 않고 계속 눈이 내리고 난 아침에 방문을 열어보면 눈은 마루까지 몰아쳐서 수북했다. 그런 날이면 으레 아버지는, 새벽잠을 설쳤다. 어느새 일어나서는 계속 내리고 있는 눈을 아랑곳하지 않고 쓸었다.

밤새 눈이 하얗게 쌓여 더 넓어 보이는 마당에, 커다란 대나무 빗자루로 눈을 쓸어 길을 내던 아버지.

길은 세 개였다.

아침을 짓는 어머니가 물을 길어 나를 수 있도록 샘으로 가는 길, 이수와 은서가 학교에 갈 수 있도록 토방에서 대문까지 반듯하게…… 이어지는 길, 그리고 변소로 가는 길.

눈은 얼마나 많이 내렸는지 길 세 개 만큼만 쓸어모아도 감나무 키가 반은 덮였다.

"세수해, 물 다 식는다."

이수는 더운물이 담긴 대야를 바로 눈앞에 놓고 마당을 쳐다보고 있다. 이수의 콧날이 저렇게 오똑했던가.

"세순 안 하고 무슨 생각 하니?"

"아버지 생각."

그래, 아버진 든든했었지. 어머니에게 못되게 굴었지만, 아무리 눈이 많이 내려도 우린 걱정이 없었잖니? 은서는 갑자기 입술을 비집고 나오려는 실없는 맹세 같은 말 때문에 머쓱해졌다.

아버지가 길 세 개를 마당에 만드는 동안, 어머니는 부엌의 큰 솥에 세숫물을 덥히는 불을 밀어넣었다. 밤새 불기가 사라진 아궁이에 불이 다시 들어가면 서서히 다시 따뜻해져오던 아랫목. 그 아랫목을 이수와 함께 파고들던 때, 서로 더 아랫목에 가고자 서로를 밀치며 간지럼 태우던 때, 그런 때가 있었다.

다시는 그 속으로 갈 수 없으리, 이제 다시는 따뜻해져오는

438

아랫목에서 이수와 뒤치락거리며 마당의 눈을 쓰는 아버지의 빗자루 소리를 들을 수 없으리, 그때 얼마나 아늑했는지, 눈을 쓰는 빗자루 소리에 섞인 부엌에서 솥을 열거나 살강의 그릇을 내리거나 도마 소리를 내는 어머니의 기척이 얼마나 행복했는지, 그 찬바람 속에서 눈을 쓰는 아버지 얼굴에 땀이 송글송글 맺혀 있는 것을 바라볼 때, 얼마나 든든했었는지, 눈 속에 만들어놓은 길을 걸어 대문 밖을 내다볼 때, 그런 때를, 이 집은 옛날로 가지고 있으리.

"물 다 식어, 세수해!"

"걱정이야, 누나."

"뭐가?"

"어머니 혼자 남게 돼서. 아부지가 계셨으면 좋았을 텐데."

은서는 그래, 라고 대답을 하지 못했다.

그랬을까, 정말 아버지가 있으면 어머니가 좋았을까. 한때의 추억이 그리 행복했어도 어머니를 끝내 용서 못 한 아버지였는데. 아버지의 끝없이 이어지는 의심 때문에 바깥출입도 제대로 못 한 어머니였는데. 생각 안 나니? 어느 겨울날인가, 마을 여자들끼리 어느 집에서 모여 팥죽을 쑤어 나눠 먹기로 해서 그 집에서 늦게 돌아온 어머니를 눈밭에 팽개치던 아버지가.

어머니는 갓 쑨 팥죽이 가득 담긴 커다란 양푼을 품에 안고 있었다. 어디 갔다 이제 오는 기야? 마당에서 어머니의 기척이 들리자 방 안에 있던 아버지가 튀어나가 어머니를 눈 내리는 마당에 쓰러뜨렸다. 팥죽이 눈 위로, 어머니 치마폭으로 쏟아졌다. 팥죽은 쌓이는 눈 위에서 선명했다. 아버지가 어머니에게 성을 내기만 한 건 아니었다. 뜨거운 팥죽에 덴 어머니 팔을 아버지는 또 정성 들여 약을 발라주었던 사람이었다. 팔이 다 나을 때까지 물을 길어다주고 불을 때주고 하던 사람이었다.

아버지와 세가?

은서는 소스라쳤다. 생각을 하다보니 아버지와 세가 비슷했다.

그날, 우산대로 세에게 구타를 당하던 날, 정신을 잃었다가 눈을 떴을 때 바로 눈앞에 세의 얼굴이 있었다.

"내가 너에게 무슨 짓을 한 거냐."

세는 창백했다. 용서해다오. 이마에는 찬 물수건이 놓여져 있고, 뺨은 부어 있었다. 부은 뺨을 세는 넋을 잃은 표정으로 쓰다듬었다. 파랗게 멍이 들어가는 광대뼈 근처에 더운물 찜질을 하고 계란을 갖다대고…… 세가 얼마나 괴로워하던지 은서는 세가 있는 자리에서는 보이는 데 말고는 우산대로 맞은 다른 곳에 약을 바를 수도 없었다. 등이며 무릎 밑이 파랬는데도.

세 또한 말짱하진 않았다. 화연이 얼마나 세게 세를 물었는지 정강이에 이빨 자국이 선명했다. 아픈 모양인데도 세는 내색을 하지 않았다. 오히려 화연의 밥도 챙겨주고 안아도 주고 그랬다.

너무나 순간적으로 당한 일이어서 은서는 몸에 남아 있는 상처들만 아니면 꿈을 꾸었는지도 모르겠다 생각했을 것이다. 상처를 들여다볼 때마다 이게 무슨 끔찍한 일인가 싶어 전율이 왔지만, 이것으로 세의 마음이 후련해졌다면, 그래서 세를 괴롭히는 의심이 사라지기만 한다면, 그 대가로 넘기리라, 싶어

440

은서는 세에게 아무 말도 하지 않았다. 하지만 은서가 받으면 끊는, 은서가 집에 있나 없나 확인하는, 세가 하는 전화가 틀림없을 전화는 여전했다.

아침을 먹고 어머니는 고구마를 깎아 자른 것이며 무 자른 것이며 쌀로 바가지를 채우고는 스웨터를 두툼히 껴입고 목도리를 둘렀다.

"어디 가세요?"

"다녀올 데가 있어서."

"어디?"

"그저……"

어머니는 말끝을 흐렸다. 어머니가 대문을 닫는 소리를 들으며 은서는 이수에게 어머니가 저걸 들고 어딜 가느냐? 물었다. 산에 가시겠지, 산에는 왜? 하려던 참인데 이수가 너무나 쳐다봐서 은서는 제 얼굴을 쓸었다.

"왜 그리 보니?"

"솔직히 말해줄래?"

"뭘?"

"세 형과는 어때?"

"……"

"누나!"

"좋아."

"누나!"

"……"

"세 형하고 좋다면서 얼굴이 그 모양이야?"

"얼굴이 뭐?"

"어제 어머니가 누나 보고 내게 뭐란 줄 알어?"

"뭐라셨는데?"

"내게 조카가 생길라는가보다고 하셨어."

"응?"

"얼굴이 왜 그래? 어쩐 줄 알어? 거칠고, 광대뼈밖에 안 보여. 정말 나 조카 생기는 거야?"

"아, 아니야."

"그럼?"

은서는 눈을 감았다. 무슨 말을 하겠니. 은서는 이수가 자신의 얼굴을 빤히 들여다보고 있는 걸 느끼면서도 눈을 뜨지 않았다. 그냥 너랑 함께 있고 싶구나, 옛날처럼. 자신이 눈을 뜨길 이수가 기다리고 있는 줄 알면서도 은서는 눈을 뜨지 않았다. 어디서부터 잘못됐는지 나도 모르겠어.

얼마나 지나, 이수가 일어났다. 웃옷을 껴입는 소리, 양말을 신는 소리를 들으며 은서는 가만있었다. 나설 채비를 다 한 이수가 방문을 열며 이발소에 다녀오겠다고 했다. 한숨 자라고.

이수가 나가고 전화벨이 울렸다. 은서가 받자 전화는 뚝 끊겼다. 처음에는 잘못 걸린 전화거니 했다. 한 시간 후에 전화벨은 다시 울렸다. 그렇게 전화벨은 오전내 울렸다. 어머니와 점심상을 마주하고 앉았을 때까지 합하면 다섯 번이다. 은서는 네번째 전화를 받다가 수화기를 내려놓으며 그때야 세구나, 하는 생각이 들었다. 세야, 틀림없어. 은서는 창백해져서 수화기 앞에 멍하니 앉아 있었다. 집에 내려와 있는데도 믿질 못하다니. 어떻게 이런 일이 생겼을까, 어떻게. 어머니가 무슨 일이냐고 물었다. 잘못 걸린 전화예요, 은서는 목이 메었다.

이수가 돌아오지 않아 저녁을 어머니와 둘이 먹으면서도 은서는 수화기 쪽에 신경이 쓰여 곧 수저를 내려놓았다. 전화는 밤이 되어서야 잠잠해졌다.

이수가 술이 잔뜩 취해 민둥머리가 되어서 집으로 돌아온 건 밤이 깊어서였다. 다만 머리를 깎았을 뿐인데, 그랬을 뿐인데 처음 보는 사람 같아 은서는 이수의 민둥머리를 쓰다듬어봤다. 형광등 불빛 아래 드러난 이수의 민둥머리는 무슨 쓰라림같이 파르스름했다. 콧날이 더 날 서 보였다. 이수는 어머니가 밥상을 차리려는 걸 한사코 말렸다. 읍내에서 친구들과 먹었다고 했다. 니가 읍내에 친구가 어딨냐? 고 반문했을 때 이수는 있어요, 나라고 친구 하나 없는 줄 아세요, 그랬다.

이수가 금방 잠이 든다, 싶었다. 잠이 들면서 이수가 뭐라 중얼거린다, 싶었다. 잠이 들어가는 이수의 입가에 귀를 대보니 정혜야, 그런다. 정혜? 은서는 피식 웃으며 일어섰다. 정혜라고?

잠든 줄 알았던 이수가 은서가 누워 있는 방문을 열 때 마당에 눈발이 비쳤다.

"깼어?"

"누나 왜 잠을 못 자?"

"몇시니?"

"새벽 두시."

"건너가서 자. 내일은 종일 길에 있을 텐데."

건너가서 자라고 하는데도 이수는 은서의 옆으로 와서 엎드렸다. 방금 잠이 깬 게 아니라 마당에라도 서 있다가 왔는지 가까이 다가와 엎드린 이수에게서 눈냄새가 났다.

"눈이 많이 오니?"

"함박눈."

"누나 또 쓴 글 없어?"

"글?"

이수는 손을 뻗어 은서의 가방을 뒤지더니 노란 봉투를 꺼내 안을 들여다봤다.

"있네."

"……"

"내가 읽어줄 테니 누나나 잠들도록 해봐."

"……"

"지난번엔 누나가 읽어줬잖아. 어렸을 때두."

"어렸을 때의 일이 기억나니?"

"그럼…… 누나하고의 일은 다 기억나."

"또 뭐가 기억나?"

"이수야, 너 아버지한테 혼나겠다, 도망가! 하던 말."

"내가 한 말이야?"

"응, 어머니가 안 계시던 해 제사를 앞둔 어느 날이었어. 아버지가 읍내 가서 제수를 봐왔는데, 누난 토방에 앉아서 콩나

444

물을 다듬고 있었어. 그땐 왜 아궁이에서 나온 시커먼 재를 뿌려서 콩나물을 길렀잖아. 왜 그랬지?"

"나도 몰라. 정말 왜 그랬지?"

"아무튼 콩나물 다듬는 누나 손이 온통 재투성이였다는 생각이 나. 콩나물 다듬고 나면 손톱 밑에도 재가 끼어서 시커멨지. 그때 내가 마루에서 누나한테 뭔가 찾아달라고 했는데 누나가 나보고 찾으라고 그랬어."

"뭘 찾아달라고 했는데."

"그건 기억이 안 나…… 뭐 구슬이나 딱지나 그런 거 아니었을까? 아니면 연필을 깎아달라고 했다던지…… 뭐 해달라고 하면 다 해주던 누나가 그 재 때문에 그랬는지 그땐 안 해주고 나보고 하라고 그랬어. 그래서 화가 나서 내가 남포등을 집어 던졌다. 생각나?"

"아니, 전혀! 그런데 정말 니가 내게 남포등을 던졌단 말야?"

"응, 등피를 깨끗이 닦아서 마루에 놓아두었거든."

"나쁜 놈."

"기억도 못 하면서 뭘."

"그래도 나쁜 놈, 생각만 해도 기가 막히네."

"내가 기가 막힌 건 그걸 맞고 누나가 기절을 했다는 거야."

"내가?"

"응, 기절하면서 뭐라고 그런 줄 알어?"

"나쁜 놈, 그랬니?"

"아니, 그랬으면 내가 기억이나 하겠어, 잊어버리지. 그때 누

나가 기절하면서 그랬어. 이수야, 너 아버지한테 혼나겠다, 도
망가."

은서는 웃었다. 별걸 다 기억하고 있구나.

"그때 생각했지. 누나를 내 색시 삼아야지, 라고."

"나쁜 놈."

이수가 웃었다. 이수가 원고를 뒤적뒤적거렸다. 이수가 원고
를 뒤적거리다 말고 은서를 빤히 들여다봤다. 누나, 도대체 무
슨 일이야. 이수는 은서가 마음 아프다. 무슨 일이야? 왜 눈빛
이 그래?

이수는 은서의 저 눈빛을 딱 한 번 본 일이 있다. 언젠가 은
서가 세와 결혼하기 전, 완이 결혼한 후에 세에게서 누나가 이
상하다고 한번 다녀가라고 전화를 받고 서울에 갔을 때 화연이
라는 여자와 함께 앉아 있던 은서의 눈빛이 저랬었다. 이수는
손을 뻗어 은서의 흐트러진 머리를 귀밑으로 넘겨줬다.

"새로 쓴 거야?"

"새로가 어딨어…… 그냥 이따금 쓰고 싶을 때가 있어."

"어느 때?"

"나, 혼자라고 느낄 때."

"눈으로 시작되네. 오늘밤하고 알맞겠는데. 읽어줄게 누나 자."

은서는 원고를 읽을 준비로 흠흠 목을 가다듬는 이수를 엎드
린 채 물끄러미 봤다. 저애가 저렇게 생겼었던가, 저렇게 콧날
이 오똑하고, 저렇게 이마가 미끈하고, 저렇게 입매가 단정했
었던가.

446

……폭설이 지워진 산길 초입에 그녀는 난감히 서 있다.

한 문장을 읽은 이수가 다시 목을 가다듬느라 흠흠, 거렸다.

……역에서 마을까지 버스는 사람 걸음보다 더 늦게 굴러왔고, 마을에서 산길 초입까지 오는 데 그녀는 네 번이나 엉덩방아를 찧어야 했다.

은서는 원고를 읽어주는 이수의 형광등 불빛 아래 파르스름한 머리를 쓰다듬어주었다. 가엾은…… 왜일까. 왜 이애만 생각하면 가엾은 생각이 먼저 드는 걸까.

……그녀는 손에 들고 있던 정종병과 귤봉지를 추스르고 눈속으로 첫 발짝을 옮겨놓아보지만, 눈이 지워버린 길을 찾아낼 엄두가 안 난다.

썰렁한 바람 속에서 모였다가 흩어지는 것이 구름인가 눈인가. 이미 폭설인데 눈은 그칠 기미가 없다. 언니이— 길을 찾다가 수혜의 목소리를 떠올리자 눈에 사라진 산길이 파랗게 일어선다. 곧 길은 사라지고 쌓인 눈 위로 바람이 쿨렁 지나간다.

— 산길에서 누가 부르면 대답하지 마아!

낡은 필름 속에서 수혜가 말하고는 호오, 웃는다.

— 왜……?

―너어억이…… 넋이 부르는 거래. 대답하면 그게 언니를 보자기에 싸간대!

저만큼 눈 속에서 엉기적거리던 산꿩이 그녀의 뽀드득 소리에 놀라 푸르르 눈을 털고 날아오른다. 꿩이 날아오른 자리의 눈더미들이 해일처럼 펄럭인다. 넋이 부르는 거라고? 그녀는 이마를 잔뜩 찡그린다. 단정하게 각진 이마였지만 찡그리는 통에 살갗이 미간 쪽으로 확 당겨져서 그녀 눈은 금세 늙은이의 그것이 되어버린다.

푸르르, 저만큼 날아간 산꿩은 저만 그녀를 안 보면 그만인지 꽁지를 하늘로 잔뜩 쳐들고 얼굴은 눈 속에 푹 처박고 있다. 눈 속에 발을 푹푹 빠지면서 꼬라 박은 꿩 앞을 지나오던 그녀의 오그라진 이마가, 꿩의 천진한 꼴에 잠깐 펴진다. 눈은 그녀가 신은 긴 부츠의 키를 넘어 들어온다. 엷은 회색 구름과 나무들 사이로 벌써 저녁이 온 듯 날이 어둑하다. 꿩은 눈 속에 얼굴을 파묻고 눈을 뜨고 있나? 감고 있나?

"누나, 정말 꿩은 말야, 막 도망치다가 눈 속에 얼굴을 쿡 처박는다! 저만 안 보면 그만인가봐, 미련퉁이! 미련퉁이라고만 생각했지 눈 속에 얼굴을 박구선 눈을 뜨고 있는지 감고 있는지는 한 번도 생각 안 해봤네! 어떻게 이런 생각을 했어?"

"그냥 궁금했어."

"감고 있을까, 뜨고 있을까?"

"감고 있겠지."

"왜?"

"대개 사람들도 무서운 영화 같은 거 보면 눈을 가리잖아. 아무것도 안 보려고 그 차가운 눈 속에다 얼굴을 박는데 설마 그 속에서 눈을 뜨고 있겠니?"

"그럴까?"

이수는 다시 원고로 시선을 돌렸다.

사르락 사르락 눈 내리는 소리.

……그녀는 두려워지는 마음자리를 털어내려고 애써 꿩을 생각한다. 눈을 뜨고 있다면 꿩은 저 눈이 지워버린 길을 보고 있으리. 어머니와 수혜가 발짝을 남기고 떠난 길. 수혜가 말한 그 너어억이 어쩌면 그녀를 불렀을지도 모르는 길. 여덟 살, 그녀가 작은아버지 등뒤에서 물똥을 싸며 숨 넘어갈 듯 목이 메던 길.

"그러면서 여기에단 왜 눈을 뜨고 있다고 썼어?"

"눈 속에서 눈 뜨고 있기가 쉽지 않을 테니까."

"그게 이유야?"

"응."

"글은 그래야 돼?"

"아니, 그냥 그렇게 하고 싶었어."

이수는 피식, 웃었다.

……그녀는 갑자기 겁을 먹고 싸악 뒤돌아본다. 바람의 기

세가 잠깐 사위자, 눈발은 갑자기 이정표 없는 길목에 선 듯 방향을 못 잡고 휘청거린다. 가슴이 철렁 내려앉는다. 짧은 순간 검은 물체가 쏘아올려졌다가 휘익 사라진 것만 같다. 귤봉지와 정종병을 몸 쪽으로 바싹 끌어당기는데 얼었던 얼굴이 확 달아올라 귀밑까지 빨긋해진다. 순간, 그녀는 밤에 화들짝 핀 달맞이꽃처럼 펄쩍 펴지며 손에 들고 있던 것을 눈 속에 팽개치고 덩치 큰 소나무께로 달려간다.

아래옷을 다 내리기도 전에 설사가 푸드득 나온다. 눈이 쌓여 힘껏 쳐든다고 쳐들었으나 곧 힘이 빠져서 어느 겨를에 엉덩이는 눈 속에 파묻혀져 차갑다. 그 틈에도 하얗게 서 있는 나무들 사이에서 무엇이 자신의 이름을 부르는 것 같아, 그녀는 엉덩이를 눈에 파묻은 엉거주춤한 자세로 겁을 잔뜩 집어먹고 사방을 휘둘러본다. 눈 쌓인 길 어디에나 아버지가 사냥했을 수많은 짐승들의 눈이 살아나서 자신을 쳐다보고 있는 것만 같다. 그녀와 충분히 거리가 생긴 꿩이 쭈뼛거리며 눈 속에서 얼굴을 꺼내더니 저만큼 퍼덕 날아오른다. 바람이거나 눈발, 저 꿩 아니 다른 산새가 나뭇가지에서 눈을 털고 솟았을 것이라고 다짐을 두는데도 두려움의 끝자락을 다 홀치지 못해서 그녀는 얼른 아래옷을 끌어올릴 생각을 못 하고 한참을 그대로 있다.

그녀가 사내애를 발견한 것은 눈 덮인 노송 사이로 재실의 낡은 기와지붕 한쪽이 내보이는 굽은 길에서이다. 사내애는 산꿩처럼 눈 속에 코를 박고 있다. 쓰러진 지가 오래되었을까? 사내애의 몸뚱이 위로 눈이 퍽퍽 쌓여 있고, 여러 가지 색이 혼합

된 털모자가 눈에 파묻힌 채 끝방울만 보인다.

—이애!

사내애를 흔들어보지만 꿈쩍도 안 한다. 새파랗게 언 입술.
꽉 쥔 주먹. 그녀는 사내애의 주먹을 펴보려 했지만 주먹도 굳
게 얼어 있다. 감은 눈과 언 입술과 펴지지 않는 주먹이 그녀에
게 또 겁을 준다. 가슴이 펄떡거려 그녀는 가방을 어깨에서 풀
어던지고 사내애를 업는다. 재실을 향해 뛰는데 부츠 한 짝이
벗겨진다.

—이애!

그녀가 뛸 때마다 사내애는 축 늘어진 채 등뒤에서 아무렇게
나 흔들거린다. 저만큼 재실 나무대문이 보이는 내리막 눈길에
서 그녀가 고꾸라져 눈 속에 얼굴을 박는 통에 사내애는 내팽
개쳐지기까지 한다. 사내애는 버려진 대로 사지를 쭉 뻗고 있
다. 그녀는 길을 방해하는 한쪽 부츠를 마저 벗어던지고 다시
사내애를 들쳐업는다. 스타킹 속의 발바닥이 면도날 위를 걷는
것처럼 베어질 듯 시리다. 체온이 전혀 느껴지지 않는 사내애
의 몸을 단단히 손가지를 해 치킨 다음 그녀는 다시 뛴다.

수혜를 업고 있으면 등이 따뜻했었다.

—우울지 마아!

울보 수혜. 밤하늘에 뜨는 별을 보고도 어허엉, 울음을 터뜨
리는 수혜를, 나무 그림자가 찰랑 흔들거리는 걸 보고도 무서
워서 어허엉, 눈물을 글썽이는 일곱 살 수혜를, 여덟 살 그녀는
늘 등에 업고 살았다.

"이건 내 얘기야. 누나 나 맨날 업고 다녔잖아!"

"거긴 여자 동생인걸. 그래도 너를 업으면 내 등이 따뜻했지."

은서는 눈을 감은 채 이수의 등을 쓸었다.

……어허 내 동생. 짚더미 위에 누워 있는 것처럼 등이 따뜻해서였나? 수혜를 업고 하늘을 보면 밤하늘의 그 차갑고 맑은 별이 포르르 떨어져내려 저희들의 얘기를 그녀에게 소근대는 것 같았었다. 그녀는 또 설사기가 느껴진다. 추억은 물똥인가? 이제는 뼈 밑에나 누워 있는 일이지, 해도 수혜와 어머니만 생각하면 그 산길에서 이별하던 순간처럼 깜짝 놀라 물똥이 쏟아지려고 한다. 뼛속에 묻고 잊은 듯이 살아도 물똥은 과격하게 화들짝 찾아온다.

ㅡ쯧쯧, 큰일날 뻔했네.

노파는 그녀 등에서 사내애를 받아 아랫목에 눕히고 더운물에 수건을 적셔서 사내애의 얼굴을 닦아낸다. 까슬하게 튼 살갗. 내려앉은 귀. 낮은 코에 콧구멍이 답답하게 뚫려 있는데 입술 모양새는 도톰하다. 눈썹은 있는 듯 없는 듯 엷어서 노파의 더운 물수건질에 돌돌 말려나올 것만 같다. 얼마나 있다가 사내애의 뺨이 붉어지고 가슴이 들쑥날쑥할 때에야 그녀는 안도의 한숨이 나온다.

ㅡ아는 아이예요?

ㅡ사람이 징한 거이다. 어디 못 허는 일이 있어야지. 너도 알

452

지야. 마을의 줄호댁 말여. 그 집에 지난 여름에 담양서 왔다는 체장시 모자가 한 밤 묵어갔다는디 아침에 본게로 그 체장시 에미는 밤길로 도망쳐버리고 이야만 엎드려 있드란다. 사람은 알다가도 몰라야. 지 속으로 뽑아내질른 자식인디 어떻게 등짐 벗어놓듯 허고 발짝이 떨어졌시까?

그녀는 손을 뻗어 점점 더 빨그스름해지는 사내애의 뺨을 문질러본다. 더운 물수건으로 닦아낸 피부라 보드라워 보이는데 실상은 튼 살갗이 까슬하게 닿는다.

―사정을 모릉게 어쩌여. 이 집 저 집 떠돌아다니믄서 안 사냐. 어린것이 에미도 안 찾는다이. 동안에 얼매나 피로했으믄 그러겄나만. 어제는 여그서 잤어. 장만허는 것도 없음서 니 아배 제물 챙기느라고 번새번새허는 새에 없길래 이 눈 속에 마을로 내려갔는가비 했더니.

노파는 사내애의 털모자를 벗긴다. 닳아지고 뭉개져서 원형이 탈색된 잠바의 단추를 풀자, 새까맣게 때가 낀 사내애의 가는 목덜미가 맥없이 꺾어진다. 보푸라기가 뭉개진 것같이 절어버린 잠바 안쪽의 털 속에 기어들었던 눈이 녹아 축축하다.

―아니, 근디 너는 발이 왜 그 모양이여? 신발은 어따 두고? 쯧, 근다고 맨발로 뛰었냐아?

―맨발 아니에요. 스타킹 신었어요.

―아유 고것이 땃땃하기나 하간? 너하고 저 아그하고 전생에 뭔 연인가비다 이 눈 속에 산길을 오가는 사람도 없을 티고 너 안 만났시믄 이 아그 눈 속에 묻힐 뻔했네. 니 작은아배는

뒤안에서 군불 때고 있다아. 내 니만 기다리더라아. 가서 왔다고 허고 오니라. 신발도 찾고.

그녀는 사내애의 잠바를 방 벽 옷걸이에 걸고 마루로 나온다.

—야아, 눈 쫌 떠거라아 아그야!

방문 하나 사이인데도 노파의 목소리가 산길에 쌓여 있는 눈 속 깊은 데서 뽑아져나오는 것마냥 그녀에겐 멀다.

사내애 때문에 다른 마음이 없어 몰랐는데 눈이 내리는 대로 마당을 쓸었는가보았다. 토담 쪽으로 눈은 산처럼 쌓여 있어서 담 너머의 먼산과 그 아래 들판이 눈에 가려져 잘 보이지만 않는다면, 안채 건너편의 재당 지붕에 흰 천막처럼 쌓인 눈만 아니라면, 폭설이 이 재실만은 피해서 내린 것처럼 넓은 마당은 깨끗이 비질되어 있다. 그녀는 마루 밑에 가지런히 놓여 있는 노파의 털신을 끌고 뒤안으로 간다. 토담 위엔 성터처럼 기와가 얹혀져 있었는데 눈에 묻혀져 기와는 흔적이 없다.

—저, 왔어요 작은아버지!

대나무숲을 뒤로 하고 노인은 허리를 잔뜩 구부리고 앉아 아궁이에 장작을 밀어넣고 있다. 노인은 그녀의 인사를 못 들었는지 계속 불티를 쑤석거리다가 그녀가 가만히 옆에 앉으니까, 허어, 놀란다.

—왔구나아!

장작개비를 내려놓고 노인은 마른 등걸 같은 손을 뻗어 그녀의 얼굴을 만진다. 아이구 이 불쌍한 놈. 그저 얼굴을 만졌을 뿐인데도 그녀는 노인의 쭈그러진 탄식을 듣는 듯하다.

—해마다 니가 안 온 적이 없는디도 또 해마다 니가 올까 싶어야. 니가 이렇게 와서 곁에 있어야 왔구나아 실감이 나고 말여. 그저끄부터 눈이 하도 내리길래 올해는 꼭 안 오지 싶었다. 안 올랑가? 싶응게 지대리는 맴은 더 안 허나아. 아침 식전부터 목이 산길 쪽으로만 가더라아⋯⋯ 눈은 내려도 춥지는 않지야?

　　—예.

　　—늙으면 이미 산 인생 파먹고 산다드마는 그 말 그른 것 하나 없어야. 니 아배 일찍 안 갔어도 인자는 내가 무덤자리 봐야 헐 때인디 불쏘시개 앞이라서인가벼. 자꾸만 니 아배 생각이 나네.

　　—⋯⋯

　　—그리 빨리 갈 명이라 인물이 훤했는가비지. 그놈의 사냥질이 문제 아니었냐아. 그래도 그이는 천상 사냥꾼이었재이. 산에 들어갈 양이믄 세안도 안 허고 옷도 안 갈아입었어야. 짐승들이 새옷 냄시랑 비누 냄시를 금방 알아차리고 널러가버린다고 그렸어. 산짐승보고도 짐싱이라고도 안 했다아 산놈이란다, 산놈! 산놈을 잡을라믄 그놈허고 똑같아져야 헌담서 호랭이같이 눈 뜨고 새같이 펄렁 널러댕기고 그렸어⋯⋯ 근디 아이고 멧돼지도 아니고 무신 놈의 곰을 잡겠다고 나서서는⋯⋯ 지금도 내는 큰 발짝 소리만 들으면 가슴이 철렁하다아. 사흘이나 걸려서 골짝에 자빠져 있는 니 아배 업고 내려와서는 옷을 벗겨본게로 아이구야, 말도 마라. 야⋯⋯ 곰 발이 겁나긴 겁나더라아. 등짝에 시퍼런 멍 다섯 개가 뭔 북소리맨이로 쾅쾅 찍혀 있더래니게. 지금도 그 골짝엔 곰이 있을 것이네. 누가 잡았

단 소릴 못 들었응게.

작은 것으로 골라서 장작을 더 아궁이에 밀어놓고 노인은 허어, 웃는다.

─형님 지사 지내기 삼십 년이네. 야야, 니 아배 지사 삼십 년 지내쳤응게 내 이 시상 뜨고 나먼 니가 내 지삿날 챙겨줄라 냐아?

이번엔 그녀가 작은아버지도, 하면서 웃는다. 그 다음에 노인이 무슨 말을 할지 그녀는 안다. 노인은 눈자위를 꾹꾹, 누를 것이고, 밭은기침을 할 것이며, 속내가 헛헛해져 눈물을 글썽이면서 말할 것이다. 니 속 내가 알지야. 니 억척 떨문서 시퍼래질 때마다 내가 낭떠러지에 선 것 같더라이. 생전에 시퍼렇게 대들더니 니 에미 시상 떴다니게 시방은 어띠어? 풀기 다 빠져서 노릇노릇허지야. 사는 것이 그려. 당하는 쪽이 낫다아. 뒤에 생각해보믄 맴속에 걸리는 것들은 다 분스럽게 군것들이더라아…… 말을 다 못 맺고 눈물을 주루룩 흘릴 것이다. 단단하고 건장한 어깨를 가졌던 노인은, 수혜만 데리고 그녀는 남겨놓고 간 형수에 대해 냉담했던 노인은, 상대가 이승에서 떠나자 갑자기 할말이 많아졌다. 니 속 내가 알…… 아니나 다를까, 노인이 눈물을 먼저 글썽이며 첫 말을 꺼내려 하자, 그녀는,

─작은아버지.

하고 불러서 탄식을 끊는다. 갑자기 높게 솟아오른 그녀의 목소리에 노인이 고개를 쳐든다. 서러움이 고함처럼 복받쳐 울컥 소리를 먼저 질렀는데, 노인의 눈밑 가로주름 때문에 흘러내리

지 못하고 퍼져 있는 눈물이 그 서러움을 수그러지게 한다.

—등성이 너머 오는데 마을의 사내애가 눈 속에 파묻혀 있었어요.

—명식이 말여?

—그애 이름이 명식이에요?

—쯧, 근디 지금도야?

—아뇨, 제가 업어다가 방에 눕혀놨어요. 그러느라고 등성이에다가 짐을 다 놔두고 왔거든요. 가지러 가야겠어요.

—야야, 춥다아. 불쏘시개 좀 밀어넣어. 내가 갔다 오마.

—아니에요. 제가 가요.

먼저 그녀가 일어서자, 노인은 그녀의 치마에 붙은 검불들을 떼내준다. 저 갈퀴 같은 손. 그녀는 애써 노인의 손을 외면하고 뒤꼍을 돌아 나온다. 저 손이 나를 그렇게 강렬하게 업고 풀어주지 않았던 손인가. 그녀는 비죽이 웃는다. 아, 그 아스라한 절망, 금방 꼴깍 넘어가던 숨. 발버둥을 칠수록 더 단단하게 밧줄같이 죄어오던 손.

"누나 자?"

"아니."

함박눈 쌓이는 소리.

횅하니 넓은 마당에 산적 냄새가 둥둥 떠다닌다. 이 재실에만 오면 그녀의 의식들은 이 냄새 속에 한 올 한 올 풀어져버리곤 한다. 그녀는 대문을 밀고 등성이를 향해 걷는다. 그녀는 부츠를 눈 속에서 끌어내 맞부딪쳐가며 눈을 털어낸다. 가죽이 꽁꽁 얼어 철제 같다. 산적 냄새는 등성이까지 그녀를 따라와 있다. 그 냄새 속에 의식을 풀어놓고 나면 그 어느 시간의 산마루턱에서 그녀는 한씨 문중의 수많은 사람들을 만나야 한다. 오랜만에 재당의 한지문은 나팔꽃처럼 활짝활짝 열리고 석작 속에서도 삶은 닭이며, 흰 콩고물 떡이며 토란적이 쏟아져나오곤 했다. 그들이 묘제를 지내는 날은 몸을 감추고 구석에 숨어 있어도 그들은 어린 그녀를 찾아내버렸다. 재실지기한테 딸이 있었어? 아니래요, 형님 딸이라나? 왜 여기에서 살지? 형님은 곰한테 얻어맞아 횡사했고 형수는 재가를 했다네요. 딸이 둘인데 작은애는 데리고 갔다나봐요. 그녀는 무슨 한이 있어 지상에서 발을 떼지 못하는 여귀의 입김을 무찌른 양 산적 냄새를 향해 손을 휘휘 내저으며 더 걸어올라간다. 정종병과 핸드백을 챙겨들기도 전에 그녀는 눈 속에 엉덩이를 까내리고 또 급한 물똥을 눈다.

오늘이 오늘이소서.

매일이 오늘이소서.

저물지도 새지도 마시고⋯⋯

쉰 목소리로 노래를 웅얼웅얼거리며 지방을 써붙이는 노인의 손이 파르르 떨린다. 방금 세수를 하고 들어왔는지 밤색 목기에 고사리나물을 담는 노파의 가르마가 먼지 뿌연 신작로 같고, 그 길이 훤한 머리에 촉촉한 물기가 동백기름 발라놓은 것

같이 반지르르하다. 제사상을 차리는 동안 세 사람의 손길은 담담하고 말이 없다.

—상이 허퉁하지야. 오늘밤에 잡아 상에 놓으렸는데…… 어지만 해도 닭우리에 있던 장닭이 아침 눈 속에 사라졌어야. 토끼란 놈이 한밤중에 눈 내리믄 울을 뚫고 집을 나가니라. 시상이 날이 샌 것맨이로 훤헌 게 멋모르고 나왔다간 그대로 산으로 도망치어. 지는 도망치는 것인지도 모르고 저 산으로 올라갔다가는 길눈 어두워 못 내려오고 고대로 산토끼가 될 것이다아. 그리도 여직은 눈 내린다고 닭이 집 나간단 소린 못 들었는디 새벽에 본게 없어야. 지가 죽게 된다는 걸 알았는가비여. 기름지라고 일부러 놓아먹여 길렀는디. 저 산 쪽으로 발짝이 나 있길래 따라가봤드니, 하이구, 얼매나 먼길을 떠났는지 끝이 없어야. 꿩도 아니고 닭 잡을라고 산 오르다가 내가 지쳐서는 내리왔고나.

—……

—절 올리야지.

무릎을 꿇고 있던 참이라 일어서니 찌르르하다. 그녀는 향에 불을 붙여 놋향로 속에 수북한 흰쌀 위에 꽂고 살구만한 제목기 술잔에 주둥이가 새같이 휘어진 흰 술병의 젯술을 따른다. 터무니없이 길다랗고 뾰족한 놋촛대에 꽂힌 불빛이 엎드린 그녀의 그림자를 커다랗게 만들어서 그림자가 상보같이 제상을 덮는다. 딱 한 장 있는 가족사진 속의 아버지. 사진관에 가느라고 그랬을까. 텁수룩한 머리를 기름을 발라 윤이 나게 뒤로 빗어 훌쩍 넘기고 어머니 옆에 서서 수혜의 어깨에 손을 얹고 있던 사람. 그녀는 그 사진 속의 그이의 얼굴을 떠올려보려고 애쓴다.

집토끼 문을 열고 눈 쌓인 마당으로 나와 귀를 쫑긋거렸다.
"누나, 자?"
"아니."
함박눈 쌓이는 소리.
토끼, 열린 대문으로 뛰어나갔다.

……그녀는 그 사진을 자취방 거울에 걸어놓았다. 자취방을 옮길 때마다 사진의 위치는 언제고 같다. 그렇게 오래 끌고 다녔어도 사진 속에 찍힌 시간은 언제나 비현실적이었다. 오늘 아침 그녀가 거울 앞에서 머리를 빗었을 때 그녀의 머리카락이 그 사진에 달라붙어 그걸 떼내느라고 그 속의 사람들을 쓰다듬게 되었었다. 아버지 옆에 서 있는 어머니를 보면서 그녀는 엉뚱하게 저승에서 어머니는 누구를 지아비로 만나게 될까? 하는 생각을 했었다.
—잠깐 방을 비워주자이…… 남의 문중 재실이라 느 아배 해년마다 대문 들어서기도 무참할 것이네.
세 사람은 마루로 나왔다. 벽에 등을 대고 무릎을 세우고 쪼그리고 앉는다. 이제 다 늙은 두 사람은 어둠 속에서 서성거리고 있다. 노인의 어깨 너머로 찬 달이 보인다. 달빛은 건너편 재당의 처마 위에 쌓인 눈 위에서 싸늘히 빛난다. 마당에 차양을 쳐놓은 우물 위에서도. 그녀는 차양을 모자같이 쓴 우물을 바라보면서 몸을 더 오그린다.

아이가 빈집 토담에 등을 대고 햇볕을 쬐고 있다. 아이는 고무신을 벗어 신 속의 흙을 털어낸 뒤 다시 흙을 담고 꾹꾹 손바닥으로 누른다. 잔등을 펴고 눈을 든다. 거울 속처럼 시야에 산과 들판이 잠겨든다. 무서워. 적막에 휩싸여 아이는 산길을 한참 바라본다. 아무도 오지 않는다. 아이는 다른 쪽 신발에도 흙을 꾹꾹, 눌러담는다. 부러진 장대를 집어 마당에 거북이를 그리다가 멈추고 산길을 보다 멈추고 신 속의 흙을 쏟아붓다 멈추고 산과 들판을 보다 멈추고 잔등을 세워보다 멈추는 것에 지친 아이는 토담에서 등을 떼고 재실을 한 바퀴 돌아본다.

햇빛 속의 지붕 기와는 푸르고 장독대의 항아리들은 고동색으로 윤이 나고 대숲 속은 파란 바람이 으스스하다. 걸음을 빨리 하면 후다닥, 느리게 하면 타박타박 따라다니는 제 발짝 소리에 놀라 눈물이 글썽여진다. 엄마야. 아이는 후다닥 뛰어 우물 속에 얼굴을 비춰보며 서 있다 우물가에 팔을 괴었을 때 잔돌 하나가 떼구르르 굴러서 물 속에 파문을 만든다. 얼굴 두 개가 그 물결 따라 출렁거리다가 이지러진다. 오리목밭 일을 나간 작은어머니가 마을에 도착했으리. 아이는 타박타박 마을을 향해 걷는다. 산길은 바람도 없이 적막에 뒤덮여서 개미가 지나가는 소리도 다 들릴 것 같다.

산길에서 누가 부르면 대답하지 마아!

수혜가 배시시 웃는다. 아이는 또 제 발짝 소리에 가슴을 사린다.

너어억이…… 넋이 부르는 거래! 대답하면 그것이 언니를
보자기에 싸간대.

"이건 내가 해준 말이잖아."
"그래, 네가 해준 말이야."

아이는 산길에서 지금까지 저 혼자 지키고 있던 재실을 바라
다본다. 재실 마당 빨랫줄에 흰 옷가지들이 햇빛 속에서 펄럭인
다. 아이는 더는 적막한 나무 그림자를 참을 수가 없어 뛴다. 땅
울림 사이로 누가 자꾸 이름을 부른 것만 같다. 너어억이……
너어억이 데려간대. 숨은 턱까지 치받치고 목젖은 벌에 쏘인 듯
쓰라리다. 저만치, 어지러운 시야 속 저만치 작은어머니가 밀짚
모자에 수건을 감아쓰고 호미를 들고 걸어온다. 아이는 폭삭 무
너지며 목을 빼고 울음을 터뜨린다. 작은엄마아!

— 수혜는 언지 봤냐?

이제는 노파가 된 작은어머니의 물음에 옛 우물 속에 잠겨
있던 그녀는 화들짝 놀란다.

— 미국 갔어요.

대답도 다 마치기 전에 그녀는 또 물똥이 마려워 급히 털신
을 꿰어차고 변소로 간다. 아래옷을 내리기도 전에 설사 기운
은 사라진다. 그래도 그녀는 가만히 앉아 있다. 저애가 탈이 났
는가비. 노파의 말소리가 아득한 수렁 속에서 들려오는 것만

같다. 어쩌면 아버지는 오늘밤 어머니를 데리고 오고 싶어할지도 몰라. 그녀는 자신의 엉뚱한 생각에 픽 웃는다. 애를 써봤지만 그녀는 기어이 물똥을 누지 못하고 고장난 경운기를 끌고 오듯 무겁게 엉덩이를 끌고 다시 마루로 올라오다 아버지가 어머니를 데리고 너펄너펄 날아오는 것만 같아 대문을 쳐다본다.

— 미국이라니? 언지?

— 이태나 되었는걸요.

— 근디 왜 이적 암말도 안 했냐아?

— ……

— 뭔 일로?

— 제부 따라갔어요.

다시 물똥이 마려워 그녀는 급히 털신을 꿰어신는다. 용서해줘. 수혜의 눈물이 떨어지는 것만 같다. 주루룩 물똥이 쏟아진다. 수혜는 울었다. 어머니의 죽음을 알리고 한 번도 그녀를 찾은 적이 없던 수혜가 갑자기 찾아와 쏟아붓는 눈물이 그녀는 멋쩍기만 했다. 그 동안 두 번이나 다시 옮긴 자취방을 수혜가 어떻게 찾아냈는지 그게 궁금할 뿐이었다. 돌아오지 않을 거야. 언니와 함께 가자고 할 수는 없어. 다시는 나 안 돌아온다. 그래도 미동 없이 앉아 있는 그녀에게 수혜는 처음으로 소리를 쳤다. 나를 잊을 셈이야? 마음속에서 싹 쓸어낼 참이야? 나와 어머니를 한통속이라고 몰아붙이란 말야. 소리라도 치란 말이야. 언니를 내팽개치고 우리는 행복했지. 그리고 이제 나는 가는 거야. 더 행복해지려고 가는 거라고. 그런데도 괜찮어? 얼굴이 빨개지도록 대들고 수혜는 문을 쾅 닫았다. 갔는가? 내 동생이 영영 갔는가. 수혜야, 어두워진 방 안에 우두커니 혼자 남아 그녀가 수혜야, 하고 불러보았을 때 거짓말처럼 수혜는 비척대며 다시 돌아와 부서지도록 문을 열었다. 비정한 건 언니야. 그렇게 입 꽉 다물고 우리에게 앙갚음하려는 거지? 언니가 무서워. 어머니가 죽었다는데도 눈썹 하나 까딱하지 않았지. 다시는 보고 싶지 않아. 무서워, 원망 한마디 안 하는 언니 속을 다 알아. 언니를 버리고 간 업을 평생 품고 살라 이 말이지! 제발 나를 놔줘…… 제발 내 발목 좀 풀어줘. 그녀는 눈물 범벅이 된 수혜의 퉁퉁 부어오른 얼굴에 촛대를 집어던졌다. 자, 이젠 됐지! 너를 풀어달라고? 이보다 얼마나 더? 나보고 죽어달란 거냐! 가버려! 가버려! 나도 너 같은 것 다시 보고 싶지 않다. 제발 가다오. 내 주위에서 빙빙 돌지 말고 아예 없어져다오. 수혜의 뺨은 그녀가 내던진 촛대 끝에 찢겨 핏방울이 뚝뚝 떨어졌다. 수혜는 그녀의 방에 핏방울을 남기고 갔다. 수혜에게 패악을 부리는 동안 속옷에 그대로 물똥을 싸버린 걸 그녀조차도 몰랐다. 갔는가. 영영 갔는가. 방바닥의 핏방울을 닦으면서, 속옷을 갈아입으면서, 그녀는 가슴이 미어터지는 것만 같았다. 그녀 자신이 조금도 성장하지 않고 여덟 살로 남아 있는 듯하여.

그녀는 달빛에 비쳐 무덤 같은 토담 위의 눈을 본다. 너는 모르지, 나를 버티게 한 건 너와 어머니에 대한 냉담이었어. 너는 그것까지 허물어뜨리고 간 거야. 그녀는 달빛도 모르게 눈자위

를 꾹꾹 누른다. 네가 알 턱이 있니. 핏방울진 네 뺨이 인두 자
국이 되어 내 온몸에 새겨져 있다는 것을. 그 자국이 지워지기
까진 나는 여덟 살인 거야.

—음복하자꾸나.

노인의 재촉에 그녀는 손깍지를 풀고 일어선다. 사르륵, 옛
일이 저리다. 그녀는 제사상 앞에서 허리를 굽히고 있는 노인
의 안으로 휘어감겨진 귀를 바라본다. 노인은 그녀에게 대추와
곶감과 밤을 하나씩 집어준다.

—상은 내가 대강 치울 테니 닌 들어가 자거라아. 먼길 오니
라 곤할 텐디.

—아니에요.

그녀는 노파의 손을 가만히 잡아본다. 노파는 이애도, 쑥스
러운 듯 하얗게 웃는다.

—새벽에 내 다시 한번 군불 지피주마.

—그러지 마세요. 괜찮아요.

상을 치우고, 목기를 두 벌 닦아 담은 대바구니와 향을 거둬
넣은 상자와 흰쌀이 담긴 놋향로와 놋촛대를 선반에 얹어놓고
그녀는 건넌방으로 건너온다.

그녀는 불도 켜지 않고 그대로 몸을 눕히려다가 옆자리를 더
듬어본다. 그애가 없다. 초저녁이 다 되어서야 의식이 완전히
깨어난 아이는 노파가 차려준 저녁밥을 먹고 허둥지둥 먹고 다
시 쓰러져 잠을 잤었다. 노인이 아이를 업어 이 방에 눕히고 이
불을 덮어주고 털모자와 잠바를 옮겨다놓는 것까지 그녀는 봤

누나, 자? **465**

다. 어느새 깨어났으며 깨어나서는 이 밤중에 어디로 갔는가. 눈 쌓인 산길이 떠올라 그녀는 다시 방문을 열고 나온다. 안방의 불은 벌써 꺼졌다.

—작은아버지! 작은아버지!

—왜……?

—명식이가 안 보여요.

—……응?

—명식이요. 방에 없네요. 마을로 내려갔나봐요. 눈 때문에 어쩌지요?

—아녀, 헛간에 있을 게여. 그놈이 꼭 그런다이.

—네에?

불도 안 켜고 담담히 말하는 노인의 낌새에서 아이가 헛간에서 자는 일이 새삼스러운 일이 아니라는 것을 그녀는 알아챈다.

—그냥 둬라, 데리다놔도 소용없어야. 또 기어들어가느라. 갸도 참말! 가보려거든 초를 켜들고 가거라. 손전등을 하나 사온다 사온다 함서도 맨날 잊어먹는다이…… 초랑 성냥갑은 마루 선반에 있다이.

노인의 목소리가 졸음에 밀려 잦아든다. 마루 선반 위에서 초를 꺼내 불을 붙이고 그녀는 헛간으로 간다. 찬바람에 촛불이 휘청댄다. 손바닥을 오므려 불빛이 꺼지지 않도록 애쓰면서 그녀는 헛간 문을 연다. 삐그덕 밀리는 문소리에, 그녀가 들고 있는 불빛에, 명식이 오소리처럼 몸을 사리는 통에 짚더미가 바스락댄다. 저 본능, 아이는 차곡차곡 쌓인 장작 위에 짚더미

466

를 여러 겹으로 깔아 푹신한 잠자릴 만들어놓았다. 장작더미는 꽤 높아 헛간 바닥의 습기는 올라오지 않을 것 같다. 명식은 그 속에서 잔뜩 몸을 움츠리고 있다. 그녀가 한 걸음 다가서자 명식은 손을 내저으며 눈을 번득인다. 벽에 걸어두었던 털모자도 쓰고 있고 잠바도 입고 있다. 그녀가 한 걸음 더 다가가자, 이제 명식은 벽 쪽으로 엉금엉금 기어간다.

—누구…… 누구?

목소리가 졸음에 밀려 잦아든다. 마루 선반 위에서 촛불이 흔들릴 때마다 벽에 그녀와 명식의 그림자가 뒤섞인다.

—눈 속에 파묻혀 있는 널 이곳으로 업고 온 사람이야. 길이 미끄러워서 신발도 벗고 말이야. 넌 거의 죽어 있어서 기억 못해도 사실이다아.

—……

—왜 여기서 자니? 여긴 너무 춥잖니. 방은 따뜻하잖아? 떨지 않아도 되잖아?

그녀가 손을 내밀자, 명식은 더 뒤로 간다.

—그러지 마.

초를 바닥에 세워놓고 그녀는 아이를 짚더미 위에서 보듬어 내린다. 몸에 밴 퀴퀴한 냄새가 미간을 찡그리게 한다. 짚더미의 펄럭임에 촛불이 꺼져버린다.

—어둡구나……

그녀의 품에 안겨 헛간 바닥에 내려진 명식은 잔뜩 몸을 오그리곤 펴질 않는다.

―업혀어.

그녀가 등을 내밀어도 아이는 선뜻 업히질 못하고 가만있다.

―괜찮아. 산길에서도 널 업었어. 그때는 네가 정신을 잃은 데다가 네 몸이 꽁꽁 얼어 있어서 얼마나 무거웠다고.

―……

―어서 가자…… 나도 졸리워.

명식은 한참을 더 쭈빗거리다가 그녀의 등에 앞가슴을 갖다 댄다. 아이의 몸은 접은 배처럼 가볍다. 너도 여덟 살이니? 그녀는 비죽이 흘러나오는 웃음을 깨문다. 아이의 체온에 등이 따뜻하다. 헛간 문을 열자 바람이 그들을 휘감는다. 팔을 어디다 둘지를 몰라 허둥대던 아이는 마당 가운데서 그녀의 목을 끌어안는다. 그녀는 아이를 업고 사악, 뒤돌아본다. 어떤 넋이 아일 업고 있는 그녀의 뒤꼭지를 쳐다보고 있는 것만 같아서. 어머니? 떨면서 새어나오려는 말을 밀어넣는다. 달빛 속에 재 당이 헛간이 토담이 눈무덤이 가만히 서 있을 뿐이다. 스럭스 럭 마당을 가로질러 방문 앞에 다 왔을 때 등뒤에서 아이가 손을 뻗어 방문을 잡아당겨 연다.

이수는 원고를 읽다 말고 은서의 얼굴에 제 얼굴을 댔다.

"무섭다, 누나."

"무섭다구?"

밤눈, 마루까지 들이치는 소리.

……바람소리였나? 달빛의 지나감이었나? 아주 순간적이고 짧은 섬뜩하고 차고 빠른 빛이 그녀의 잠을 건드렸고 그녀는 설핏 눈이 떠졌다. 꿈을 꾸었던가. 등이 축축한 식은땀에 젖어 있어 그녀는 수건을 내의 사이로 밀어넣어 닦아낸다. 땀은 이마에도 흥건하다. 그녀는 이마 위의 땀을 꾹꾹 눌러 닦다가 옆을 본다.

—어딨니?

그녀는 일어서서 백열등 스위치를 올린다. 아이는 없고 누웠던 자리엔 바람만 수북하고 베개가 비뚤어진 채 모로 박혀 있다. 그녀는 황급히 방문을 열고 나온다. 다른 데 둘러볼 것도 없이 헛간으로 간다. 아이는 다시 장작더미 꼭대기 짚더미 위에 잠들어 있다. 엎드려서 목을 박고, 털모자는 꼭 눌러쓰고, 작은 짐승 새끼처럼 등을 휘어 모으고.

—이애야!

그녀가 아이를 짚더미 속에서 보듬어내려 안는다. 발끝에 뭔가 쓰러지더니 미끈하게 밟힌다. 좀전에 세워둔 초다. 그녀는 아이를 다시 등에 업고 마당의 바람을 지나 방으로 온다. 아이를 이불 속에 눕히고 이불을 당겨 여며준 그녀는 백열등을 끄고 다시 눕는다.

그러나 그녀는 다시 잠이 깨야 했다. 얼마나 흘러 으스스 추운 기에 그녀가 다시 눈을 떴을 때 방문은 열려 있고 아이는 또 없다. 그녀는 부리나케 헛간으로 달려가 짚더미 위에서 아이를 끌어내려 업고 방으로 왔다. 아이를 요 위에 눕히고 이불을 덮어준 다음 잠들지 않고 아이를 감시한다. 그녀가 잠이 들면 아이는 관 속의 넋처럼 일어나 헛간으로 갈 것이기에.

그녀는 어둠 속에서 한껏 웅크린 채로 아이에게서 눈을 떼지 않는다.

혼자 있어서 얼마나 아찔한 일이 많았는지. 그녀가 그냥 하늘색으로 뭉뚱그려져 있던 어머니에 대해 처음으로 노염을 탄 건 초경을 했을 때였다. 양호선생은 가끔 교실에 들어와 월경현상에 대해 얘기를 했지만, 그녀는 무슨 소리인지 알아들을 수가 없었다. 칠판에 그림을 그려놓고 열심히 설명을 해주었어도 그 장황한 설명들을 그녀는 다만 피가 안 나면 아기를 못 낳는 것, 그렇게 가슴에 새겼다. 국민학교 졸업식을 앞둔 날 아침.

"누난 언제 했어?"
"중학교 때."

……변소를 다녀오다 눈물을 터뜨리는 그녀의 아래옷을 벗겨보고 난 열일곱에 했는데 넌 참말 숙성타아, 깜짝 놀란 노파가 장롱 안에서 하얀 서답을 꺼내주며 하는 말이, 이애야, 생각에는 앞으로 나오는 것 같지만…… 근디 사실은 뒤로 나와야…… 허니 뒤에 만큼 차거라이, 하고는 방을 나갔다, 뒤라고 해서 그녀는 엉덩이인 줄 알았다. 그 뒤라는 의미를 잘못 알아들은 어린 그녀는 작은어머니의 낡은 서답을 너무 뒤에 차서 졸업식이 다 끝났는데도 식장 의자에서 일어설 수가 없었다.

치마와 의자가 발긋하게 물이 들어서.

　—어딜 가니?

　그녀는 빠끔해진 눈을 치켜든다. 또 혼령처럼 이불을 부스스 젖히고 일어난 아이는 내가 왜 여기 있지? 동그랗게 눈을 떠보더니 스르륵 다시 눈꺼풀을 가라앉히고 문을 향해 걸어간다. 그녀는 아이의 어깨를 잡아당긴다.

　—헛간은 사람이 자는 곳이 아니야.

　그녀는 아이를 주저앉혔다. 잠이 덜 깬 아이는 스치듯 그녀를 올려다보더니 가만히 있다. 자신이 눈을 번득이고 있다는 생각이 들어 그녀는 눈동자의 힘을 풀어낸다. 그녀가 어깨를 내리누르자, 아이는 주저앉고, 그녀가 이불깃을 들자, 아이는 속으로 들어가 눕는다.

　—너는 내 말을 알아들을 수가 없겠지만……

　그녀는 손을 뻗어 아이의 손을 잡는다. 수혜가 그랬던 것처럼 손바닥을 마주 대고 아이의 손가락 사이에 제 것을 끼어본다. 사람들은 한번 받은 인상을 쉽게 지우지 못하는 법이야. 네가 헛간에서 자면 나중에 너를 기억할 때도 너는 헛간에서 잤던 아이인 거야. 사람들은 옛날 일을 잊진 못하거든.

　아이의 손바닥이 땀으로 미끈하다. 그녀는 손가락을 풀고 아이를 끌어당겨 안는다. 그녀의 가슴에 아이의 더운 숨이 가득 찬다. 만지고 싶어도 만질 수 없는 사람들. 아이가 답답해할 줄 알면서도 그녀는 아이를 더욱 깊이 끌어안는데 눈물이 핑그르르 돌아 눈썹이 젖는다.

―뭐라고 하니?

자는 줄 알았던 아이가 그녀의 품속에서 입술을 달싹여서 그 입김에 가슴이 따뜻하다. 그녀는 손을 풀어 아이의 얼굴을 만져준다.

―뭐라구?

―은하수우요…… 은하수가 뭐예요?

―은하수?

―네에.

그녀는 뜻밖의 아이의 물음이 귀여워 호오, 웃는다.

―하늘에 눈물같이 뜬 잔별야…… 하늘을 흐르는 강물이지. 참 이뻐.

―목걸이같이?

―목걸이?

―엄마 목에 진주알!

그녀는 아이를 다시 끌어안는다. 응, 대답은 메인 목으로 잠겨들어 새나오지를 못한다.

―그럼 묵사발은 뭐예요?

그녀는 목이 메었다가 갑자기 웃음을 터뜨린다. 묵사발?

―그건 어디서 들었니?

―엄마한테요. 나 때문에 묵사발 인생이 됐댔어요.

그녀는 아이를 품에서 떼어놓는다. 그녀가 아무 말도 않고 있자, 화가 났는 줄 알고 아이는 몸을 오므라뜨리더니 다시 잠 속으로 빠져드는 가녈한 숨소리를 낸다.

472

"누나 자?"

"아니."

……그 산길에서의 이별 후에 그녀가 수혜와 어머니를 다시 만난 건 중학교 때였다. 어느 초여름. 그 산길의 황토가 묻은 흰 운동화 코를 내려다보며 운동장을 걸어나오고 있는데 어머니와 수혜가 교문 앞 떡볶이집 차양 밑에 서 있었다. 칠 년 만의 만남이었는데도 그녀는 두 모녀를 금방 알아보았다. 특히 수혜를. 수혜는 하얗게 성장해 있었다. 언니. 다가와서 그녀의 팔을 휘감는 수혜의 블라우스 짧은 반소매. 귀여운 팔, 검은 눈썹, 보드라운 턱, 토란 같은 복숭뼈…… 수혜는 눈부시도록 희었다. 카바 양말을 돌돌 말아신은 구두도, 다듬잇방망이같이 매끈한 종아리도. 그들은 차를 타고 만리포로 갔다. 눈물을 글썽이는 어머니의 얼굴도 분첩같이 희었다. 언제나 신경질이 모아진 듯 좁혀져 있었던 미간이 편안해졌고 하얀 살이 도도록이 오른 목덜미도 기름졌다. 보고 싶었어. 수혜는 그녀의 손바닥을 펴서 제 것과 맞대어보며 후우, 웃었다. 하얗고 가느다란 수혜의 손가락 사이에 끼어 있는 햇빛에 탄 자신의 손가락을 얼른 빼내는 통에 그녀의 책가방이 열리고 박계형의 '머무르고 싶었던 순간들'이 교과서 속에서 튀어나왔다. 수혜가 얼른 집어 접어놓았던 장을 펼쳤다. 어머, 언니야! 나도 이 책 읽어, 엄마 몰래. 수혜는 그녀의 귀밑에 도톰한 입술을 살짝 대고 소곤

거렸다. 참 재밌지? 가슴이 두근거리지?

바다에서 그녀는 정말 가슴이 두근거렸다. 우리 배 타고 바다 한가운데로 가자아. 수혜가 졸라 어머니는 나룻배를 한 척 빌렸다. 아, 그 바다의 물. 산길과 재실과 신작로 사이로만 왔다갔다한 그녀가 처음 만난 바다에는 정말 물이 많았다. 그 물길은 어머니가 걸친 세련된 숄더백에 촘촘히 박힌 구슬들 속으로도 반짝이며 흘렀다. 그녀는 어머니를 바라봐야 할 적마다 초여름 햇빛에 눈부신 숄더백을 바라보았다. 언니이 이리 와— 수혜는 분홍색 웃음을 비눗방울처럼 날리며 그녀를 끌어당겼다. 언니 저 물 좀 봐. 언니 이대로 멀리멀리 갔음 좋겠다! 그렇지? 수혜가 하아, 하며 뱃머리로 배 뒷전으로 깡총거릴 때, 그 작은 잔등이 다 나오도록 머리를 숙여 바닷물에 손을 담가 물을 찰박거릴 때도 어머니는 그녀를 마주 보지 못하고 수혜만을 향해 그렇게도 좋으니? 할 뿐이었다. 으응, 언니가 참 이뻐. 그녀는 들고 있던 '머무르고 싶었던 순간들'을 바닷물에 떨어뜨리고 말았다. 선생님 눈을 피해 수학책 밑에 펼쳐놓거나, 아궁이에 지푸라기를 밀어넣으면서도 정신이 팔려 있던 '머무르고 싶었던 순간들'은 수혜의 한마디에 그녀의 관심 밖으로 밀려났다. 언니가 참 이뻐. 꼭 그때였다. 그녀의 귀밑이 빨개졌다. 아무렇지도 않던 배가 싸르륵 아리면서 온몸에 설사 기운이 퍼졌다. 이미 나룻배는 바다 한가운데로 나와 있었다. 왜 그러냐? 어머니는 그녀를 만나 처음으로 말을 건넸다. 똥 마려워요······ 어머니와 수혜를 만나 처음으로 한 말이 똥 마려워요, 라니. 그녀는 수치심에 온 얼굴이 벌게졌다. 바다에 싸구려. 나룻배잡이는 아무렇지도 않게 말하고는 허어, 웃었다. 그래 언니 바다에 싸…… 내가 가려주지. 수혜가 그녀 앞을 가로막았다. 수혜 몸은 작아 어림도 없었다. 이걸 펼쳐 가리렴. 난처하게 앉아 있던 어머니가 숄더백 안에서 얇게 접어놓은 양산을 꺼내 수혜에게 주었다. 난초가 그려져 있고 레이스가 너펄너펄한 양산을 가리개로 하고 그녀는 바다를 향해 치마를 들추고 엉덩이를 쳐들었다. 푸드득…… 물똥은 코뚜레를 뚫으려는데 놀라 달아나는 송아지처럼 급하게 쏟아져내렸다. 씻어. 수혜가 나룻배 안의 바가지를 집어주었는데 그녀는 그 바가지를 '머무르고 싶었던 순간들'처럼 바다에 떨어뜨리고 말았다. 출발지점으로 돌아와 허둥지둥 나룻배에서 내리자마자 그녀는 뒤도 안 돌아보고 도망치면서 다시는 그들을 안 만나리라. 아아, 안 만나리라…… 아랫입술을 터져라 깨물었다. 어머니의 숄더백과 수혜의 흰 종아리와 레이스가 고운 양산 앞에서 물똥을 누다니…… 생각할수록 치욕이었다. 이후로 그 치욕은 두 모녀를 생각할 때마다 물똥으로 찾아왔다.

눈에 감나무 가지 부러지는 소리……
"누나, 자?"
"아니."

……먼 곳으로부터 누가 부르는 듯해 그녀는 또 잠이 깬다.

봄이면 병아리처럼 모여드는 아이들 이름을 잊지 않으려고 그녀는 거의 필사적이었다. 그러나 아이들 이름을 바꿔 부르는 실수는 하염없이 이어지곤 해서 그녀는 허둥지둥했다.

— 이애야!

자꾸만 헛간으로 기어들어가는 아이. 그 이름이 생각나지 않아 그녀는 허깨비처럼 허둥거리며 일어선다. 어느새 또 가버렸구나, 웃음이 다 나온다. 방문을 열고 나오니 달이 자리를 옮겨 이지러져 있다. 바람이 싸아하게 옷섶으로 찾아들어 그녀 몸의 식은땀을 닦아낸다. 아이는 장작을 쌓아놓은 짚더미 위에 추운 짐승 새끼꼴로 잠들어 있다. 천년 전부터 그런 잠을 자고 있었던 것처럼. 그녀는 맞은편 벽과 칸막이로 질러놓은 나무에 걸터앉는다. 몸을 구부리고 더듬어서 그녀가 한번 밟은 적이 있는 초를 찾아낸다. 성냥불을 켠다. 초는 일그러진 채 휜 몸이 뭉턱 잘려 있다. 너는 네가 이곳으로 기어든다는 걸 알고 있기나 하니? 심지에 불을 붙이자, 그녀 그림자가 커져서 이불처럼 아이의 몸을 덮는다.

헛간 문틈으로 달빛에 절여진 바람이 벽에 걸려 있는 삽과 괭이 모래채의 그림자를 흔들었을 때 그녀는 으스스해져 아이의 손을 잡는다.

수혜에게 촛대를 던지는 패악을 부린 후, 그녀는 처음으로 수혜에게 전화를 했었다. 무언으로 대했던 모든 냉담은 촛대 하나로 허물어지고 어린 날 산길에 생물똥을 싸댈 만큼 울어대는 자신을 두고 가버렸다는…… 저 심연에서 쉬지 않고 들끓던 서러

476

움은 그리움으로 폭삭 무너지고…… 다시 돌아오지 않을 거야…… 수혜의 비통한 목소리만 이명처럼 귓전에서 빙빙 돌아다녔다. 그녀는 손바닥과 지갑에 잔뜩 동전을 바꿔들고 초조하게 신호음이 떨어지길 기다렸다. 내 동생 수혜…… 가슴은 무섭게 뛰고 얼굴은 자전거를 타고 산길을 달려온 듯 상기되어 있었다.

─수혜…… 수혜 바꿔주세요.

─수혜? 아! 며늘앤 어제 떠났는데…… 누구시더라?

수화기와 동전이 동시에 바닥으로 쏟아지며 금속음을 냈다. 이틀을 남겨두고 날 찾아왔었던가? 모든 수속 다 마쳐놓고? 누구시더라? 떨어진 수화기 속에서는 여보세요? 여보세요? 점잖은 늙은 여자의 목소리가 계속 흘러나왔다. 그래, 너는 김수혜가 아니지. 강수혜지. 그녀의 심연은 물똥을 눈 그 바다였던가. 길바닥에 쭈그리고 짐승같이 울기 시작했을 때 퍼올려지던 눈물. 그녀는 그날 이후로 아는 얼굴들을 만나면 황황해지곤 했다. 날개유치원 김선생이…… 좁은 바닥이라 그녀의 눈물 소동은 시내를 휘저었다. 현실과 팽팽히 맞서 있던 힘. 그 사위가 툭, 끊어져버린 것도 그날 이후였다. 나를 두고 가버렸지, 어머니와 수혜에 대한 서러움이 위로받을 수 없는 치욕스러움으로 바뀐 줄도 모르고 그 바다에의 동행 이후로 두 모녀는 끊임없이 그녀를 잡아당겼지만 그녀는 돌아섰다. 아아, 이별 후 그들과 처음 만나 물똥을 누었다니. 처음 만나 바다에 물똥을 싼 일은 어머니가 수혜와 그녀 둘 중 수혜를 택해 데리고 갔다는 상처보다 더 깊이 인이 박혀왔다. 희디희어진 그들 앞에서 엉덩이를 까내리고 물똥을 싸다니. 그 치욕스러움은 그녀가 재실을 떠나 소도시로 나가 야간고등학교를 다니게 하고, 낮의 봉제공장에서 미싱바늘로 손가락을 드르륵 박게 했다. 냉담한 그녀를 어머니는 곧 포기했지만 수혜는 그러지 않았다. 수혜는 그녀를 찾아와서 목을 끌어안고 울곤 했다. 언니이 언니. 수혜의 몸에서 나는 향긋한 냄새. 제발, 제발 이렇게 살지 말아줘. 강아지처럼 목을 휘감는 수혜의 손을 그녀는 차갑게 풀어내곤 했다. 그럼 나보고 어떻게 살란 말야? 치밀어오르는 말끝을 다시 목구멍으로 밀어넣으며. 하지만 사실은 얼마나 수혜의 하얀 손을 잡고 싶었던가. 그런데 갔구나, 정말 갔구나.

뜨겁다. 그녀는 번쩍 눈을 뜬다. 아아— 촛불이 넘어져 짚에 붙어 사방이 불길이다. 비명은 목구멍에서 헤맬 뿐 나오지 않았다. 잘 마른 짚더미들은 후두둑 붉은 불기둥을 만들며 치솟아오른다.

— 이애…… 잠을 깨!

그녀는 아이의 몸을 흔들고 흔들었으나 내뻗은 팔에 불길이 닿는다. 장작에 불이 번지면? 안 돼. 그녀는 놓쳐지려는 의식 속에서 필사적으로 장작더미 위에서 아이를 끌어내린다.

여기에서 나가지 못하면 우린 죽어.

매캐한 연기가 콧속에 눈속에 사정없이 젖어들어 숨이 막힌다. 그녀는 아이를 끌어내려 안고 불길 속에 나뒹군다.

— 세상은 우리를 모르고, 잠을 잘 거야.

그녀는 아이를 몸으로 밀며 문을 찾아 기어간다. 여기를 나가야 은하수를 볼 수 있지. 장작더미가 무너지면서 그녀의 몸뚱이로 쌓이고 불붙은 짚더미가 그녀의 발을 덮친다. 장작더미 속에 끼어 있는 아이를 밀어내며 애야, 제발 저 문에조차 불이 붙기 전에 잠을 깨, 제발! 그녀는 절박하게 소리쳐 운다. 날카로운 무엇이 그녀의 배를 지른다, 아이를 문 밖으로 간신히 밀어내고 힘이 빠져 그녀는 널브러진다.

— 아아니, 부불! 불이여!

그때야 노인이 토방을 뛰어나온다.

산새 한 마리만 푸드득 날아올라도…… 그녀는 실올 같아지는 의식을 스스로 감지하며 몸을 떤다. 도란도란 너와 걷던 산길에 나뭇잎 한 장만 떨어져도…… 네가 돌아왔는가…… 달빛이 산마루턱에 걸려 널브러져 있는 그녀를 바라본다. 너무나 조용해 무서움에 떨면서도 그 길에 앉아 있으면 너와 가까워지는 것만 같고…… 그녀의 눈꺼풀이 감긴다. 오지 않는 너를 기다리며 나는 지쳤었어. 내 몸이 그 산길에서 햇빛 되어 증발하는 것 같았지. 너무나 지쳐서 막상 네가 왔을 때는 물똥만 마려웠던 거야…… 와르르 부너지는 헛간 처마에 등을 찌힌 그녀는 바르르 경련을 일으킨다. 내가 없어져줘야 너희가 행복하게 저녁밥을 먹을 것이라고…… 매달리면…… 또 뒤도 안 돌아보고 가버릴 것이라고…… 생각했지…… 작은아버지는 또 나를 업고 밧줄같이 풀어주지 않을 거라고 실낱같아지는 의식 속에서도 그녀는 물똥이 마려워 엉덩이를 바싹 오그리다가 정신을 놓는다.

길거리에 주저앉아 깊디깊은 질곡에서 퍼올린 통곡으로 서

러움과 치욕스러움을 떠내려보낸 후에 그녀에게 찾아온 건 표
백상태거나 눈물상태였다. 빨래를 삶고 있었다는 것을 돌아서
면서 잊어버리고, 어디서나 느닷없이 뿌옇게 눈앞이 흐려져서
가던 걸음을 멈추어야 했다. 월경을 한다는 건 아이를 배게 되
는 것이 아니라 처녀가 돼가는 일이라고 오렌지빛 립스틱을 살
짝 칠한 가정선생님이 속삭이듯 말해주었을 때야 그녀는 또래
아이들이 서답이 아닌 뽀송한 뉴후리덤을 쓰고 있다는 걸 알았
다. 가슴을 덜덜거리며 사온 후리덤을 작은어머니 몰래 선반에
올려놓을 때나 어느 날 거울 속으로 겨드랑이를 들여다보다 깜
짝 놀라 뺨이 살굿빛이 되어 털을 깎다가 웃음거리가 되었을
때, 어머니에게 치솟던 노염도 어느새 뿌옇게 흐려져서 눈물이
되곤 했다.

"누나…… 자?"
"아니."

……폭설이 녹은 질척한 산길을 걸어나온 그녀는 신작로 초
입에 난감히 서 있다.

저만큼서 아이가 고개를 숙이고 괜한 발길질을 하며 서 있는
게 아닌가. 그녀 뒤를 졸랑졸랑 따라온 아이 이마엔 덕지덕지
붙은 반창고가 하얗다. 상처 때문에 사흘을 더 머무르는 동안
아이는 내내 재실에 있었다. 그 사흘 동안은 아이는 불이 나서
폐허가 되어버린 헛간으로 가지 않고 그녀 곁에 꼭 붙어 잤다.

480

묵사발이 뭐예요? 또 한번 물으면서.

오늘 아침 그녀가 떠날 준비를 다 하고 마루에 나왔는데 그녀 부츠가 보이지를 않았다.

—이상허네…… 내가 닦아서 분명 토방에 내놓았는디.

노인이 재실 뒤란까지 빙빙 두어 바퀴를 돌았을 때야, 아이는 토담 앞 눈무덤 속에서 신발을 꺼내주었다. 가지 못하게 눈속에다 신발을 감춰놓았던 모양이었다. 그리고선 아이는 먼저 대문 앞에 서 있었다. 언지 또 오누. 산길에서 서글퍼하는 노인과 헤어졌는데도 아이는 졸랑졸랑 순한 강아지처럼 그녀를 따라왔다. 이제 그만 돌아가아. 그녀가 등을 돌려서 보면 아이는 마을로 들어가는 척하기는 했다. 몇 발짝 가다가 뒤돌아보면 다시 아이는 그녀 발짝을 밟으며 뒤따라오곤 했다. 가라니까! 소리치고 걷다가 뒤돌아보면 아이는 또 뒤따라오고 있었다. 어서 가! 그녀가 와락 화를 내자 할 수 없이 아이는 추레하게 돌아서서 걸었었다. 그러다간 싸악 돌아보았다. 어서 가! 그녀가 그대로 선 채로 목소리를 높이자 아이는 깜짝 놀란 듯 마을을 향해 뛰었다. 이젠 갔겠지. 버스 꽁무니를 보고 신작로로 뛰어와서 뒤돌아보니 어느새 아이는 저만큼 서 있다.

털털거리며 버스가 그녀 앞에 멎는다. 그녀는 우물쭈물거리다가 어이 빨리 타소, 운전수의 타박을 받고 차에 오른다. 그녀가 버스에 오르자 땅만 바라보고 있던 아이는 털모자를 바람에 날리면서 뛰었다. 한 밤만 더 자고 가세요. 아이가 버스에 닿기 전에 부릉 소리가 먼저 난다.

여름이었는가. 빗살 같은 솔잎들 사이로 끼어드는 햇빛이 한사코 눈을 찔러 작은아버지의 등에 업힌 채 어머니와 수혜의 앞선 발짝 소리를 들으며 그녀는 자꾸만 손등으로 눈을 문질렀었다. 어쩌면 늦봄이었을까. 자꾸만 눈을 감기게 하는 것이 햇살이 아니었는지도 모른다. 어머니의 가볍게 날아갈 듯한 하늘색 깨끼저고리와 이마 때문이었는지도, 아니면 그 저고리섶 사이로 살짝 엿보이는 박꽃 같은 살결 때문이었는지도.

정신을 뻗어도 닿을 수 없게, 이끼와 풀숲, 거미줄 쳐진 샛길이 많아 찾고 싶어도 찾지 못하게, 기억의 피안으로 사라져주기를 바랐던 서럽고 무서운 적요로움이 미끄러지고 넘어지면서 밀려온다. 그 하얀 산길의 서글픈 동행, 어차피 일신이 중요해 떠나가는 몸…… 어머니는 말을 멈추고 뒤돌아보았다. 수혜의 손을 으스러져라 꼬옥 쥐고 어머니의 눈이 작은아버지를 보는지 그 등에 업힌 자신을 보는지 그녀는 알 수가 없었다. 넋이 나간 사람처럼 허둥거리던 어머니의 눈동자는 그녀에게로 차마 오지 못하고 스러졌다. 이야는 인자 내 딸이오, 걱정 말고 찾지 마소. 작은아버지는 화가 난 듯 무뚝뚝했고, 그녀를 업어 받친 손에 꽉 힘을 주었다. 죄 많은 인생이에요…… 다시 오기 힘들겠지만 늘 오고 싶을 것인디 어찌 참고 살 수 있을랑가…… 작은아버지는 우뚝 걸음을 멈추었다. 그런 말 마소, 인자 이 골짝은 싹 잊어벌고 사소. 어머니와 수혜는 점점 멀어지고 산길은 너무나 조용해서 그녀는 내려달라고 발버둥을 쳤다. 가지 마, 가지 마아. 아무리 앙탈을 부려도 작은아버진 그녀를

482

내려주지 않았고, 아무리 외치고 외쳐도 두 모녀는 뒤돌아보지 않았다. 그 밧줄 같던 손, 그래도 굽이굽이 속에서 내질러 나오는 소리는, 엄마가 아니었다. 울고 토하고 흰 거품을 물고 혀를 빼물며 불렀던 이름은 수혜, 가지 마아. 두 모녀가 결국은 등성이를 넘어가버렸을 때, 그녀는 까무러치면서 작은아버지의 귀를 찢어져라 잡아당기며 바지에 물똥을 주루룩 싸버렸다.

그녀는 차창 바깥으로 신작로를 내다본다. 발버둥칠수록 더 죄어오던 작은아버지 팔의 힘.

길바닥에 널브러져 아이는 발을 쭉 뻗고 있다. 그녀의 눈에 눈물이 핑그르르 돈다. 어머니 잘 가세요. 내게 죄가 있다면 따뜻한 어린 날이 없었던 것 그것이에요. 눈물이 글썽거려지는데 정신없이 설사가 쏟아지려고 한다.

스톱…… 아저씨 차 세워줘요…… 급해요!

그녀는 버스에서 내려 신작로 안길로 재빨리 내려간다. 무슨 일인가 내다보던 버스기사는 허 참, 다 큰 애기가…… 헛기침을 하고는 차를 부릉 몰고 가버린다. 금방 죽을 듯이 배가 뒤틀리고 물똥이 마렵더니 그새 말짱하다. 어정쩡하게 서 있던 여자는, 터덜거리며 버스가 지나온 눈이 녹아 질척한 저쪽 길에서 털모자를 내팽개치고 뛰어오는 아이를 보며 신작로 위로 올라온다.

"누나, 자?"
"……"

폭설 때문이었어

　아침에 은서는 어제처럼 어머니가 이수에게 세숫물을 떠다 주라 하지 않았어도 세숫물을 떠다가 이수 앞의 세숫대야에 부어주었다. 아직도 숙취가 그대로 묻어 있는 얼굴. 뺨은 부석한데 눈은 깊다.

　"어젯밤 내가 울었나? 누나?"

　"생각 안 나?"

　"아무 생각도 안 나네, 얼핏 울은 것만 같고."

　"내게 글 읽어준 것도?"

　"내가 읽어줬어?"

　이수는 내가 그랬어? 믿기지 않는 표정을 짓더니 왜 이리 머리가 아퍼, 중얼거리며 세숫대야에 얼굴을 퍽 담갔다. 민둥머리는 금방 물 속에서 더욱 새파래지며 지붕 위의 하늘같이 설기를 띠었다. 이수의 귀밑에 실핏줄이 톡톡 볼가져나와 있다.

"누나가 이렇게 내려올 것까진 없었는데."

대야 속에 얼굴을 담그고 있는 동안 간밤에 자신이 책을 읽어 줬다는 걸 기억해낸 모양인지, 은서가 들고 있던 수건을 건네자 받아들며 이수는 객쩍게 웃었다. 웃는 얼굴 위에 산이 하나 내려와 앉은 것만 같이 찬바람 속의 민둥머리는 더욱 새파랗다.

"왜 그렇게 머리를 싹 밀었니? 다른 사람들 보니깐 상고머리 던데."

"도 닦으러 간다 생각하려고."

웃고 싶지 않은 마음으로 애써 웃으려 드니까 이수의 입매무 새 끝은 종내 일그러져버렸다. 바보같이. 수건으로 닦아주는 척하면서 은서는 이수의 민둥머리를 슬몃 쓰다듬어봤다. 생각 같아서는 머리를 만져주는 게 아니라 큰 키를 온통 끌어안아주 고 싶다. 은서는 이수가 아직도 네 살이나 다섯 살만 같다. 이 길로 가서 제대를 하고 나와도, 어젯밤 이수가 서글퍼 불러보 던 정혜라는 이름의 그 처녀와 혹 결혼을 해도, 그래서 이수의 아이가 다시 영장을 받아도 은서는 이수가 네 살이나 다섯 살 인 줄로만 그렇게만 알고 있을 것 같다.

이수는 은서에게 내 것이라는 느낌을 처음으로 갖게 해준 사 람이었다. 등에 땀띠가 나도록 이수를 업고 다녔다. 행여 누가 등에서 이수를 보듬어가려 하면 내 동생이야, 은서는 펄쩍 달 아나버리곤 했다. 어머니가 젖을 물리는 시간만 제외하면 어린 시절 은서의 등뒤에는 늘 이수가 있었다. 어쩌면 은서는 그때 젖을 이수에게 물렸을지도 몰랐다. 어머니가 그랬던 것처럼 무룸품에 이수를 안고 호로록, 까꿍, 하면서. 어머니처럼 젖이 도도록하지도, 젖물이 나와주지도 않아 서러웠을지도. 밋밋한 어린 가슴이, 그것이 은서가 느낀 첫 열등감이었을지도.

아침상은 푸짐했다. 미역국을 끓이거나 굴비를 구우면서 이수가 좋아하는 된장 속에 묻어놓은 깻잎을 꺼내거나 김치찌개를 하면서 어머니는 자주 눈시울을 붉혔나봤다. 지나가는 날들에 가뭇없이 고운 태를 잃어가며 쌍꺼풀진 눈자리가 점점 더 길어만 갔었는데 그 자리가 사라지도록 어머니 눈이 도도록이 부어올라 있다.

"눈 땜시 길 행팬이 안 좋겄어야. 눈 끝이 짜부라들질 않은 것 본게 언지 또 눈발이 기셀 펼지를 모르겄어. 서둘러 먹고 길 나서는 게 좋겄다아."

말은 그렇게 하면서도 어머니는 국그릇에 담근 숟가락을 아주 늦되게 건져올렸다. 이수는 이수대로 숟가락에 밥을 퍼담았다가 다시 엎어놓았다가 하며 앉아 있다. 상 밑으로 세 사람의 무릎이 옹기종기 모여 있을 뿐 각자 다른 생각을 하는지 아침 밥상 앞은 적막했다. 어머니는 미역국에 떠 있는 쇠고기를 이리저리 밀어보고 있다가 이수의 국그릇에 넘겨주었다.

"든든히 먹거라. 날도 추운데."

은서는 웃어버렸다. 이 방 안에서 아버지와 함께 좋은 시절이 있었다. 화롯불 위에 토장국이 보글보글거리던 밤이 있었다. 그 화롯불 옆엔 곧잘 아버지 밥상이 차려져 있었다. 동네 어느 사랑방에 나가 생두부 내기 화투를 치시다가 칠흑 같은 어둠을 뚫고 얼큰하게 취해 돌아오는 아버지가 있었다. 아버지가 토방에 눈 묻은 신발을 투툭, 털고 마루를 오르시는 기척을 들으면 이수와 은서는 얼른 일어났었다. 화롯불 위의 토장국이 상 위에 올려질 때쯤이면 이수와 은서는 아버지 늦은 저녁상 머리에 쪼르르 앉았던 시절이 있었다. 어머니가 참기름을 발라 구운, 가는 소금을 살짝 뿌려 석쇠에 넣어 아궁이 짚불에 구워낸 김 때문이었다. 김은 아버지 밥상에만 올라가는 것이었기에.

"애들은 저녁밥 먹였어라오."

아버지에게 김을 드시게 하고 싶은 어머니의 속마음을 아는지 모르는지 아버진 아랫목에 묻어놓은 뜨거운 밥을 김에 싸서 한 장씩 이수와 은서에게 돌렸다. 몇 번 그렇게 번갈아 싸주고 나면 아버지 밥그릇은 바닥이 나버리곤 했다. 정작 아버진 한 술도 뜨지 않았으면서 어, 잘 먹었다, 며 상을 물렸다. 생각해보면 아버지가 그때껏 사랑방에 섞여 있으면서 요기를 안 했을 리는 없는 일. 아버진 그때 이수와 은서를 앞에 앉혀놓고 김밥 하나씩 싸서 먹이는 재미로 그 늦은 겨울밤에 일부러 밥상 앞에 앉으셨던 건 아닌지.

"숭늉이다."

어머니가 숭늉을 대접에 따라 밥그릇 옆에 놓자, 이수는 무슨 할 일이라도 만난 듯 그걸 두 손으로 들어 벌컥벌컥 마셨다. 이수가 숭늉을 마신 걸 끝으로 어설픈 아침 밥상이 물려졌다.

이수는 어머니를 아랫목에 앉게 하고 큰절을 했다. 어머니 눈에 눈물이 도는 걸 보며, 은서는 구두 끝으로 누렁이의 꼬리를 꽉 밟아버렸다. 화연은, 화연은 잘 있는지. 세가 밥이나 챙겨줬는지. 아플 텐데도 누렁이는 아무 소리도 안 내고 그저 슬몃 일어서서 기지개를 켜더니 몇 발짝 물러서서 다시 웅크리고 앉아 사무친 눈으로 이수를 올려다봤다.

다른 이는 몰라도 저 개는 알리라. 언젠가 한밤중에 혼절한 어머니를 등에 업고 읍내까지 뛰어야 했던 이수의 날들을. 이수가 도시에서의 날들을 정리하고 이곳으로 내려왔던 이유 중의 하나도 어머니가 가끔 밤중에 혼절하는 일 때문이었을 것이다. 어머니는 가끔 숨이 높아지고 높아지다가 그대로 혼절을 하곤 했다. 안타까운 고비를 넘길 적마다 도시는 이 고장에서 얼마나 멀기만 하던지. 어머니를 겨우 병원 침상에 눕히고 어머니 두 손을 가슴에 포개놓고 도시의 은서에게 전화를 하면 은서는 늘 으응? 그랬었다. 수화기 사이에 있는 이편과 저편 그 거리의 아득함을, 은서와 어머니 사이에 놓여 있는 아직도 깨지지 않는 어색함을, 느끼며 이수는 마음이 슬펐을 것이었다.

큰길로 나오니 햇살이 눈부셨다. 동이 틀 때만 해도 하늘에 설기가 끼어 있더니 그새 햇살이 눈더미 위에서 차가운 광채를 내고 있다. 한 무리의 아이들 떼가 눈길의 눈을 굴려서 눈사람을 만들고 있는 곳에서 곧 웃음이 터져나왔다. 눈사람을 만들다 말고 한 주먹씩 집어서 길바닥에 내던진 눈이 바삭바삭 부서지며 튈 때에 반짝 빛을 내는 것이 재미있는 모양이었다. 명랑한 웃음이 터져나온 곳을 잠깐 쳐다보던 이수는 어머니 등을 장난치듯 떠다밀었다.

"들어가세요. 내 금방 갔다 올게."

그저 읍내에나 다녀오겠다는 이수의 말투에 은서는 슬몃 웃었다.

"읍내까지 가는 차 그 차 타고 가는 것 그것 보고 들어가마."

차마 그것까지 말리지는 못하겠는지 이수는 어머니 등에 둘렀던 손을 거둬 손을 잡아 감쌌다.

"어머니 손이 얼음장이네."

저 녀석이, 은서는 어머니 손을 감싸고 있는 이수의 손을 봤다.

겨울날이었지, 눈이 파도치던 추운, 눈발에 가려 겨울햇빛 한 점 들지 않던 해저물녘, 신작로에서 집으로 들어가는 길이 그렇게 멀 수가 없고, 눈발 속으로 에이는 바람이 얼마나 불던지, 뺨이 얼어붙는 듯, 골목이고 담장이고 마당이고 눈은 쌓이고, 쌓인 눈 위로 눈은 또 쌓이며 바람에 흩날리고, 너무 추워 은서는 대문을 열자마자, 아궁이에 불쏘시개를 밀어넣고 있는 어머니에게 뛰어들었지. 그때가 처음이었을 거야, 돌아온 어머니가 손을 잡도록 내버려두었던 것이. 어머니가 그랬었지, 꽁꽁 얼어 부엌에 뛰어든 은서의 손을 아궁이 앞으로 끌어당기며, 이런 얼음장이네.

오래 기다려도 버스는 오지 않았다.

그때서야 오늘 새벽에 폭설 때문에 버스가 출발지에서 종점으로 들어가지 않았을지도 모른다는 생각을 은서는 겨우 해냈다. 버스는 새벽에 읍내에서 종점으로 들어가야 다시 나오게 되어 있었다.

"아무래도 내 차로 가야 될까보다."

눈길에 운전이 어렵다고 처음부터 은서가 운전하는 걸 말렸던 이수도 버스가 오지 않을 거라는 생각이 들었는지 은서가 집 쪽으로 몸을 돌려세워도 가만있더니 누나, 하고 불렀다. 이수가 가리킨 곳을 보니 저만큼 다리 건너 마을로 이어지는 눈길 위로 노란 택시 한 대가 눈 물결을 그리고 있다. 맨땅이면 일 분도 안 돼 다가올 택시가 한참이 걸렸다.

"어머니."

떠나는 건 이수이건만 둘이 택시에 오르고 보니 바깥의 어머니가 더 먼길을 가는 것 같다. 눈길 위에 홀로 남겨진 어머니를 다시 한번 보려고 이수가 택시 뒤 차창 문을 손바닥으로 쓱 닦아냈다. 꼼짝 않고 택시 꽁무니를 쳐다보고 서 있는 어머니는 길 위에서 녹고 있는 눈사람 같다. 택시가 출발하자 어머니는 점점으로 작아지다 가뭇없이 사라졌다.

"기차역에 데려다주세요."

기사는 털모자에 토끼털 귀마개까지 완전무장이다. 체인을 달았는데도 차는 거북이 걸음이었다.

"역전요? 상행선 타러 가요?"

"아니 하행선요. 광주 가려구요."

"광주요? 기차로 광주는 못 갑니다. 눈이 너무 많이 내려서 천원서 장성까지 구간이 끊겼다 하더만요."

"철도가요?"

"그래 말이요. 여직 이런 일은 없었는디."

"이렇게 눈이 많이 오는 다른 때는 어땠는데요."

"한나절쯤은 통제를 했지우. 버스가 잠시 쉬어도 그땐 기차가 대신 댕깅게 괜찮았는디 글시 오늘은 어쩔랑가."

택시는 이제 저 옛날 털신에 새끼줄을 친친 동여매고 맨 먼저 재에 오른 사람이 학교에서 보내는 휴교의 전언을 듣고 돌아서던 비탈진 산허리를 겨우 밟아나가고 있다. 산 바로 밑의 무덤이나 비석 소나무까지 희디희다.

"어쩌지?"

"안 되는 놈은 갈길도 험해."

"……"

"아무 데도 가기 싫어. 뜨거운 물에 몸이나 푹 담그고 앉아 있었으면 좋겠어."

은서는 이수를 물끄러미 보았다. 갑자기 어디서 불거져나온 감정일까. 이수는 말소리도 무뚝뚝해지고 표정도 일그러져 있다.

"누나!"

"왜?"

"어머니한테 좀 잘할 수 없어?"

"……"

"다른 사람한텐 다 잘 하면서 왜 어머니한텐 그래?"

내가 뭘 어쨌길래 그러느냐, 고 은서는 되묻지 못했다. 이수는 알 것이었다. 차라리 뭘 어쨌으면 이수가 이런 말을 하지도 않았으리.

"……"

"누나가 어머니를 대하는 걸 보면 누나가 무섭게 느껴져……
어쨌거나 어머닌데…… 어머닌데. 다 지난 일이고, 아버지도
돌아가셨고, 이젠 어머니도 늙었는데. 아버지 살아 있을 때 어
머닌 충분히 힘들었는데, 누나한테까지."

"……"

"나는 그냥 한꺼번에 이해가 돼버리던데. 다시 볼 수 있을까,
생각하면 죽어도 이해 못 하겠는 것도 이해가 돼버리던데."

이수는 힘없이 목을 꺾고 등받이에 기댔다.

다시 볼 수 있을까 싶다고? 은서는 갑자기 진흙 속에나 갇힌
것처럼 둔중해졌다. 말이 없어진 이수의 손을 끌어당겨 무릎에
올려놓았다. 이수의 손가락은 뭉툭하고 손톱도 울뚝하게 잘려
있다.

"우리 이 차로 광주까지 데려다줄 순 없어요?"

"아이구, 못 합니다. 이 길도 안 오려는 걸 손님이 얼마나 사
정을 하던지 왔다가 이 모양인데 오늘은 그냥 시내나 왔다갔다
하다가 들어가야겠어요."

"요금은 충분히 드릴게요. 기차도 끊겼다 하고 버스까지 통
제 됐으면 큰일이에요. 그저 다니러 가는 길이 아니라 이 녀석
입대하러 가는 길이거든요. 세시까지 집합인데…… 일찍 나선
다고 나섰어도 길이 이래서 어쩔까 모르겠어요. 그냥 약속 같
으면 나서지도 않았을 것인데."

"……"

"데려다주세요. 삼십일사단이래요. 네?"

"거 참!"

"돌아올 때도 빈차로 오게 안 할게요. 나는 다시 돌아와야 하니까요, 네?"

"입대하는 길이라니게…… 헌디 요금은 진짜 생각해서 줘야 허네요. 다른 날맹이로 생각허믄 안 되고요."

평일에는 왕복 사만원이라는 것을 팔만원으로 은서와 택시기사가 삯을 맞출 때까지도 이수는 말이 없다. 움직이지 않는 외로운 모습이었다.

택시가 읍내에 접어들었다.

눈이 엄청 내리긴 내린 모양이었다. 셔터가 굳게 내려져 있는 상점이 폐허의 거리를 연상시켰다. 그러나 그 속에서도 극장 옆 다방은 벌써 영업을 시작했는지, 이층에서 레지 아가씨가 내려왔다. 스물아홉이나 서른쯤 되었을 것 같은 피로하고 작은 얼굴은 갑자기 거리로 내보내졌다는 듯 눈가로 이어지는 맨 마지막 계단 앞에서 잠깐 멍하니 서 있다간 천천히 걸음을 뗐다. 슬리퍼를 끌고 커피포트가 들어 있는 보자기를 안고.

택시가 톨게이트를 지나 고속도로에 진입했을 때 차창 밖은 갑자기 그늘이 졌다. 구름이 나와서 해를 가렸다. 멀리 보이는 산은 그늘이 진 곳과 볕이 비치는 곳이 겹쳐 있다가 차츰 응달이 짙어가는 것이 을씨년스럽더니 문득 싸락 눈발이 흩날렸다.

"정혜가 누구니?"

무릎 위의 이수 손을 잡아준다는 것이 터무니없는 질문을 하

게 했다. 이수는 두 눈을 질끈 감고 등받이가 밀리도록 몸을 파
묻고 있어 무슨 말을 물어도 꿈쩍 안 할 것 같더니 정혜라는 말
에 눈을 뜨고 상체를 일으켰다.

"누나가 그애 이름을 어떻게?"

"내가 알면 안 되는 이름이야?"

"어젯밤에 내가 별짓 다 했구나, 누나. 정혜가 어쨌다고 그
래, 내가?"

"아니, 그냥 이름만…… 이름만 불렀어."

이수는 피식 웃었다. 웃으면서 살짝 고갤 돌릴 때의 높은 콧
날에 서글픔이 묻어 있다. 기약할 수 없음의 서글픔일까? 아니
면 애절한 심정을 눌러 참아버리려는? 이수의 마음이 정혜라
는 이름에게 이만큼이나 가 있는가 싶으니까, 어젯밤 이수가
나지막이 정혜야, 했던 목소리가 눈 덮인 산속 어디선가부터
되울려오며 은서의 귀에 머물렀다.

완에게…… 은서는 고갤 숙였다. 그때 완에게 정혜가 되었
던 때가 있었다. 완의 긴 손가락. 그리고 그때는 붉었던 코. 완
은 어려서부터 그랬었다. 루돌프가 사슴인지 꿩인지도 모르면
서 루돌프라는 말만 들으면 화를 냈다. 그때 은서는 완을 만
나면 얼굴을 붉혔다. 무슨 약속들을 하고 싶어서 더 자주 얼굴
이 붉어지곤 했다. 은서가 하늘의 잔별들이나 소슬한 바람이나
갓 돋은 고운 풀들 속에 완의 얼굴과 마음씨를 비벼넣고 있을
때 완은 은서가 자신의 붉은 코를 함께 간직할까봐 걱정이었
다. 집합장소 앞 식당에서 완의 친구들과 점심을 먹으면서도

494

은서는 기다렸다. 변치 말자, 라거나, 기다려주겠지, 그런 말들을. 그러나 완은 그 흔한 말 한마디 하지 않았다. 완은 그때까지도 자신의 붉어지는 코가 문제였는지 제대하고 돈 벌면 맨먼저 빨간 코를 수술할 거라고만 했다. 마치 그 붉은 코 때문에 아무런 기약을 할 수 없다는 듯이.

돌아오는 길, 완만 보내고 그의 친구들과 다시 돌아오는 버스를 세우고 은서는 혼자 내려 길을 걸었다. 걸으면서 마음에 파인 웅덩이를 어쩌지 못해 완을 만나면 얼굴이 붉어지던 만큼 울었다. 아무런 기약 없이도 그를 기다렸던 그런 때가 있었다. 정말 어떻게 된 셈인지 제대하고 난 후 그의 코는 더이상 붉지 않았다.

이수는 차창의 성에를 손바닥으로 지워보더니 상체를 아예 차창으로 옮겨갔다. 고속도로가 아니라 눈 쌓인 황야를 달려가는 것만 같다. 낮은 야산이나 그 밑의 논밭이 밑바닥까지 하얗다. 기사는 뒤에 앉은 이수와 은서를 한 번도 돌아보지 못할 만큼 긴장한 채 앞만 보고 있다. 말은 안 해도 괜한 길을 나섰다는 표정이다.

"그앤 누나하고 닮았어."

"누구?"

"정혜."

"날 닮아 어데 쓰게."

"누나가 어때서."

은서는 웃었다.

"예뻐. 잘 웃지. 책방에 들락거리다가 낯을 익혔는데 날 많이 따랐어. 지난 여름 정혜 책방 휴가기간에 산엘 갔었어. 계곡을 따라 올라가는데 개를 소나무에 매달아놓은 사내들을 만났지. 살벌하더라. 사내 서넛이 작정을 하고 온 모양이었어. 솥단지 까지 걸어놨드만. 땀을 삘삘 흘리면서 거꾸로 매달린 개를 돌아가며 몽둥이로 패는 거야. 순식간에 개의 머리통이 피투성이가 됐어. 정혠 울상으로 내 뒤에 숨었지. 그때 무슨 일이 벌어졌는 줄 알아? 뭐가 잘못됐는지 개를 묶어놓은 줄이 풀렸어. 개는 땅에 떨어지자마자 피를 흘리며 도망을 치더라고. 사람이란 지독한 데가 있는 것 같아. 그 일행 중에 주인이 있었어. 지가 기른 개를 그래 그게 무슨 짓인지. 그런데 그래도 주인이라고 그놈의 개가 말야. 부지런히 도망이나 칠 일이지, 주인 되는 사내가 메리! 메리! 부르니깐 그 소리를 듣고 개가 어쨌는 줄 알아? 달아나던 몸을 돌려세우고는 주인한테 가더라구. 꼬리까지 흔들면서. 나, 참. 피를 철철 흘리면서."

"……"

"정혜가 그걸 보더니 충격을 받았어. 얼굴이 하얘져가지구선 마른 풀처럼 풀썩 주저앉는 거야. 부축해서 올라가려던 걸 그만두구 아래 계곡으로 내려왔는데 속엣걸 다 토해냈지…… 그날 나와 헤어지면서 정혜가 뭐랬는 줄 알어?"

"……"

"지금도 그 말 생각하면 멍해져."

"뭐랬는데?"

"내가 꼭 그 개 같아요…… 이러잖어. 내게 그 말이 얼마나 충격이었는지 그 사내들이 떠올라서 다시 전화도 못 하겠더라고. 그렇게 헤어지군 어제 처음 만났어. 깡말라가지구선 막 울었어."

"허어, 그래서 편지하겠다 했소?"

기사는 다른 얘기는 전혀 듣는 것 같지가 않더니 정혜 얘긴 흥미가 있었던지 여전히 앞을 긴장된 눈으로 내다보면서도 사뭇 다정한 목소리로 물었다.

"아니요. 입대한다고 말도 안 했어요."

이수는 풋, 웃어버렸다.

광주에 도착하니 상점 지붕 위의 눈을 치고 있는 사람들이 보였다. 서로 가까운 거리에서 종종 손으로 꽁꽁 뭉친 눈을 던져 눈싸움을 벌이는 어느 옥상의 젊은 남녀는 눈을 치고 있는 게 아니라 무슨 명랑한 유희를 하는 것 같다. 길의 아이들은 서로 이름을 부르며 옷 속에 눈을 집어넣거나 등에 눈을 퍼붓고 달아났다. 실제로 몇몇은 눈싸움중이었다. 눈덩이를 맞아도 마음껏 웃고 안 맞아도 마음껏 웃는 것이 익살맞아 보였다. 양복점 주인에게 과일장수에게 길 가는 여학생에게 서너 번 물어 찾아간 삼십일사단 앞은 집합시간 한 시간 전인데도 벌써 도착한 사람들이 웅성거리고 있다. 서넛이 너덧이 모여서서 발을 동동거린 눈길은 윤이 반들반들 나 있다. 배웅자들은 대부분 친구인지 젊은 축이어서 저만큼 헌병이 부동자세로 서 있지만 않다면 축제 티켓을 끊어놓고 입장시간을 기다리고 있는 것만 같은 풍경이었다.

"차를 아까 지나온 길로 잠시 돌리세요. 점심 먹어야죠."

"괜찮아 누나. 나 밥 생각 없어."

"누가 너 먹으래. 나 배고파…… 기사분도."

이수는 또 풋, 웃었다. 이수의 웃음은 무슨 소용돌이 속으로 빨려들어가는 것같이 끝이 말려졌다.

차를 온 길로 다시 돌려 찾아간 식당에도 한 무리의 배웅자들이 있다. 여러 좌석에 민둥머리 하나를 둘러싸고 다른 청춘들이 시려운 손을 비비고들 있다.

민둥머리들의 귀밑은 새파랗다. 턱밑도 새파랗다. 면도날이 느껴질 만큼. 배웅자들은 사뭇 비장하게 민둥머리의 새파람을 쳐다보고 있는가 하면 무료한 듯 의자 뒤로 상체를 버티고는 신발로 의자를 톡톡 건드리고 있다. 저만큼, 또 한 민둥머리와 숱이 많은 검은 생머리의 처녀가 김이 모락모락 나고 있는 육개장을 앞에 놓고 고갤 숙이고 있다. 무슨 생각을 하는지 동생은 생머리의 처녀를 이슥히 바라봤다.

"갈비탕 셋."

얼굴도 제대로 못 보고 그저 앞에 타고 뒤에 탄 채 눈길을 달려만 오다가 갑자기 한 식구처럼 식탁 하나에 모여앉게 된 기사는 영 어색한 모양이었다.

"그래 실꾸리는 챙겼소?"

"그건 왜?"

"바늘과 실 챙겨가는 것이 좋을 것이오. 들어가자마자 이름표를 달아야 할 텐디."

"달아져서 나오지 않아요?"

498

"에이구, 군이 무신 연수원인 중 아오."

은서가 일어서자 이수가 왜? 하는 눈빛으로 봤다. 이수는 다른 생각에 절어 기사와 은서의 대화를 듣지 못했다.

"먼저 먹고 있어. 요 앞에 나가서 사올 테니."

이수가 뭘? 하고 묻기도 전에 저만큼의 생머리 처녀의 입에서 흑, 오열이 터졌다. 식당 안의 모든 눈들이 일제히 그쪽으로 쏠렸다. 얼굴을 두 손으로 가리고 식탁에 엎드려버려서 생머리 처녀의 얼굴은 보이지 않고 검은 머리만 빛을 내며 출렁였다.

사람들 속을 뚫고 나와 슈퍼에서 바늘과 실이 들어 있는 반짇고리를 사서 들고 다시 식당으로 막 뛰어오는데, 식당 앞 공중전화 박스에 이수가 들어가 있다.

"책방이죠?"

이수의 목소리는 지금까지의 나직한 투를 다 벗어내고 조바심에 상기되어 물결이 일고 있다. 동생이 매달리듯이 수화기를 두 손으로 맞잡고 있는데 식당에서 한 패가 우루루 몰려나오고 그 뒤로 아직도 눈물이 글썽한 생머리 처녀가 민둥머리의 가슴에 거의 안겨 나왔다. 울지 마. 민둥머리는 그 말이 하고 싶은데 입이 떨어지지 않는지 계속 훌쩍이는 처녀의 손을 끌어쥐며 먼 하늘을 올려다봤다.

"정혜, 정혜니?"

이수가 공중전화 문턱에 뻗고 있던 다리까지 끌어당겨 수화기 쪽으로 바짝 세웠다. 민둥머리와 생머리 처녀는 길을 건너갔다. 찻길을 다 건너기 전에 생머리 처녀가 미끄러지는가 했는데 미끌린 게 아니고 주저앉았다. 생머리 처녀의 외투가 하얀 눈길을 털썩 덮었다. 그때껏 생머리 처녀를 사랑하는 것 같았던 민둥머리는 생머리 처녀가 길을 덮고 앉아 흐느끼는 것은 감당할 수 없는지 난처한 얼굴로 울고 있는 처녀를 보고 서 있었다.

눈이 오네! 지나가던 어린이가 공 굴러가는 소리를 냈다. 하늘에 눈발이 살풋 섞였다. 주저앉아 울고 있던 생머리 처녀는 그 와중에 고개를 들고 하늘을 올려다봤다. 눈은 가벼워 땅에 얼른 닿지 못하고 허공에서 어지러웠다. 바람 없는 봄날에 지는 벚꽃들처럼. 은서는 흩날리는 눈송이 사이로 공중전화 박스 속을 쳐다보았다. 이수는 정혜에게 뭐라고 했을까? 이수는 수화기를 제자리에 대놓고 담배를 꺼내 입에 물고 있다.

아아! 느닷없는 비명소리에 이수와 은서는 동시에 찻길을 건너다보았다. 생머리 처녀 쪽이었다. 어디서 튀어나온 트럭인가? 눈길에 주저앉아 이별 앞에 울먹이면서도 허공의 눈을 바라보던 생머리 처녀가 트럭 밑에 깔려 있다. 이게 뭐야! 간신히 트럭을 피한 듯싶은 민둥머리가 기겁을 하며 트럭 밑으로 기어들었다. 트럭 밑 눈길에 금세 붉은 핏물이 번졌다. 사람들이 후다닥 트럭 쪽으로 몰려들었다. 이수의 손에서 담배가 떨어졌다. 은서는 당황해서 공중전화 박스로 뛰어들어가 이수의 눈을 두 손바닥으로 가렸다. 손에 들고 있던 반짇고리가 바닥에 팽개쳐졌다. 은서는 이수의 귀에 대고 속삭였다.

"보지 마."

손바닥에 섬세히 닿는 이수의 속눈썹이 잠시 소용돌이치더니 곧 눈물이 만져졌다.

폭설 때문이었다. 다만 폭설 때문이었다. 이수를 집결지에 데려다주고 다음날, 돌아오는 길, 폭설에 낯선 마을에 갇혔을 뿐이었다. 어머니가 눈 때문에 도저히 안 된다고 차 안으로 들어설 때까지 말렸지만 은서는 이슬어지를 떠나왔다. 써놓은 방송원고도 여분이 없었고, 전화를 해서 끊는 세의 얼굴도 은서를 떠밀었다. 하지만 버스까지도 끊겨버린 길을 은서는 더 달릴 수가 없었다. 눈은 이 미터가 넘게 내렸다. 서울의 반쯤 온 그 산간마을에 내렸을 때, 그 마을에도 축사가 무너져 소가 떼죽음당하고 있었다. 전화도 불통이었고, 폭설에 전신주가 쓰러져 전기도 끊겼다. 정전으로 간이 수돗물도 끊겨 사람들은 가마솥에 눈을 녹여 식수로 사용했다. 그 낯선 마을은 완전히 눈에 덮여 외딴 마을이 되어버렸다. 취사용 가스가 배달이 안 돼 등산용 부탄가스로 밥을 지어 먹었다. 은서는 그 산간마을 초라한 가겟집 뒷방에서 촛불을 켜고 밤을 보냈다. 그러고도 세상과 연락 두절이 된 채 하루를 더 보내야 했다.

그렇게 돌아온 집에 세가 거칠게 야위어 있었다.

"솔직히 말해."

세는 문을 따고 들어서는 은서를 숨 돌릴 틈도 주지 않고 주저앉혔다.

"어디 있다 오는 거야?"

"……"

"어디서 오는 길이지?"

"신문도 뉴스도 안 들었어? 눈 때문에 고립이 됐었어."

"뭐라고? 눈?"

"제발 이러지 마. 방송국에 전화해봐야 돼. 원고가 그제까지밖에 안 돼 있어. 나도 미칠 지경이었다구."

은서가 일어나 방송국에 전화를 하려고 수화기를 들자, 세는 전화코드를 뽑아버렸다.

처음에 은서는 세에게 열심히 설명을 했다. 눈 때문이었다고, 눈이 너무 많이 내려 버스도 다니지 않는 길을 그래도 와보려고 했었다고, 간신히 길을 뚫고 가던 버스까지 서울로 올라오기를 중간에서 포기했다고, 그래서 승객들 모두가 발이 묶여 민박을 했으며, 전기도 수돗물도 끊겨 제대로 밥도 해먹을 수 없었으며, 연락을 하려 했으나 전화마저 불통이었다고.

그러다가 은서는 더이상 눈 때문이었다고 말할 수가 없었다. 지붕이 내려앉고 길이 끊기고 가축들이 떼죽음을 당하게 한 폭설을 신문이 보도 안 했을 리 없었다. 텔레비전이 뉴스 시간에 내보내지 않았을 리 없다. 그 길목을 은서가 지나왔음을 세도 알 것이었다. 그런데도 세는 막무가내였다. 은서는 더이상 뭐라 할 말이 없어 막막하게 세의 얼굴만 바라봤다.

"솔직히 말해."

은서는 힘겨웠다.

"나하고 말을 안 하겠다는 건가?"

"정말이야……"

눈 때문에 그 산간마을에 갇혀 있었다고 다시 한번 말을 하

려다가 은서는 입술을 다물었다. 머리에서 휑하니 바람이 불어
나오는 것 같았다. 그 마을의 눈이 머릿속에 다 쌓여 있다가 그
바람에 풀썩풀썩 일어나는 것 같았다.

"어머니에게 전화해봐…… 어머님도 아버님도 온천에 가셨
다는데 눈 때문인지 오실 날짜가 지나 얼굴도 못 뵙고 올라왔
다구…… 전화드려봐…… 그쪽에 얼마나 눈이 많이 내렸는지
말씀해주실 거야. 어머니도 그 눈 때문에 일정이 달라지셨을
거라구."

세는 이미 알고 있었다. 이미 전화해서 그쪽 지방에 엄청난
눈이 내렸으며, 어머니도 차가 더이상 움직일 수 없어 어느 마
을에 갇혀 있다가 왔다는 걸 알고 있었다. 그런데도 세는 은서
는 아닌 것만 같았다. 은서는 그 눈 속에 갇힌 것이 아니었던
것 같았다. 어딘가 다른 곳에 있다가 온 것만 같았다. 한번 그
렇게 생각하니 정말 그렇게 느껴졌다.

"그러지 마."

은서가 울었다.

"울지 마…… 이젠 네 눈물 따윈 보기도 싫어."

그런데도 나는 우는 일밖에 할 수가 없는걸. 눈물을 그치려
고 해봐도 눈물은 주루룩 흘러내리기만 했다. 어디서부터 잘못
된 것일까. 나의 무엇이 세를 저렇게 만들었는가.

"너는 알 수가 없어. 이수는 네게 뭐고 화연이라는 여자는 네
게 뭐지?"

"……"

"뭐냐고?"

은서는 눈물을 멈추고 세를 바라봤다.

"솔직히 말해봐."

"……."

"이수와 너는 뭐야?"

"이수는 내 동생이야. 몰라서 물어?"

"알지, 알아. 그런데 지나치지 않아? 너와 이수가 그냥 평범한 누나와 동생이냐구? 너와 이수가 함께 있으면 이상하지. 너는 연상의 여인 같고 이수는 연하의 남자 같으니."

은서는 기가 막혀 세의 이름을 불렀다. 아, 이게 정말 무슨 일인가?

"왜? 내가 너무 마음 깊은 곳을 찔렀어? 우리 솔직히 말하자구. 이수와 너는 오누이 이상이지? 이수와 무슨 일이 있었지?"

"……?"

"너는 고등학교 때도 이수를 팔에 눕히고 잤어. 어느 날 내가 봤지. 낮잠이었는데도 그랬어. 이수가 너보다 키가 더 크더군. 그땐 미처 생각을 못 했지. 그저 네 팔을 베고 잠들어 있는 이수가 부러웠을 따름이었는데 지금 생각하니 이상해. 어떻게 해서 고등학생인 누이가 중학생인 동생과 함께 그렇게 잠들 수가 있지?"

"이수와 나를 몰라서 하는 얘기야? 우린 다른 남매들하고 달라. 우린 각별해."

"바로 그 점이야. 바로 그 각별한 점을 말하는 거야."

"……"

"어린 시절에 그런 것도 아니고 성인이 되어서까지 너흰 좀 이상해. 너무 가까이 있어. 서로 각자 독립되지가 않아. 이수가 세상에 적응을 잘 못 하고 그렇게 시골에만 묻혀 살려고 하는 거 너 때문이라고 생각하지 않아? 너희에게 무슨 일이 있었던 거야."

"……"

"아니면 아니라고 해봐."

"……"

"아닐 수가 없겠지. 그렇지 않고서야 결혼까지 한 사람이 남동생 입대한다고 그 집결지까지 따라가겠어. 그건 누나가 할 일이 아니라 애인이 하는 일이야."

은서는 저만큼 떨어져 앉아 있는 화연을 향해 손짓을 했다. 이리 와. 나를 지켜다오. 화연은 세 발로 절뚝이며 은서에게 다가와 무릎에 얼굴을 부볐다. 은서가 화연을 막 안으려는데 세가 화연을 낚아채 저만큼 던져버렸다. 그러지 마. 은서가 소리쳤으나 이미 화연은 쿵, 소리를 내며 베란다 창에 부딪쳐 바닥에 떨어졌다. 놀랐을 텐데도 화연은 소리도 지르지 않고 다시 몸을 추슬러 은서에게로 왔다. 세는 은서에게로 다가오는 화연을 다시 집어던졌다. 화연은 세가 던지는 대로 팽개쳐졌다가 다시 은서에게 다가왔다. 세는 성을 내며 화연을 다시 집어던졌다. 은서는 세와 화연의 실랑이를 멍하니 바라봤다. 집어던지고 다가오고 집어던지고 다가오고, 화연은 식탁 위로도, 건넌방 방문에도, 신발장에도 떨어졌다. 세 발로 다시 일어서는 화연을 세는 들어서 문 밖으로 내놓고는 문을 닫아버렸다.

"왜 그래. 불쌍한 것한테……"

"오늘 얘기가 나왔으니 다 하자구."

"무슨 얘기를 하자는 거야? 지금 자신이 무슨 얘기를 하는지
알고나 있어?"

"화연이라는 여자하고는 어떤 관계였지?"

"……?"

"어떤 관계였느냐고?"

"아는 그대로야."

"나는 몰라. 너는 그 여자하고도 이상했어. 지나치게 친했어.
온통 너 자신을 맡긴 것 같았지. 그 여자 방에서 살다시피 했
지. 그 여자가 미장원에서 돌아오는 시간에 밥을 지어놓고, 그
것도 모자라 일 마치는 시간에 마중나가…… 나는 왠이 너와
헤어진 후 너를 더 만날 수도 없었어. 언제나 그 여자가 있었기
때문이야. 이상하지 않아?"

"……?"

"네가 그 여자를 대하는 태도가 또 그 여자가 너를 대하는 태
도가 그냥 여자친구들 사이 같지가 않았어. 그 여자와 너와 밥
을 한번 같이 먹은 적이 있었지. 그때 너 그 여자의 머리가 앞
으로 내려와 밥그릇에 닿으니까 얼른 귀밑으로 넘겨주고, 그
여자는 또 어땠게. 네 물잔에 물이 떨어져 있으면 부어주고, 반
찬을 네 앞으로 밀어주고, 앞단추가 끌러져 있으니까 손을 뻗
어 채워주고."

"······"

"너희는 애인 같았어."

"······"

"다 지난 일이니 솔직히 말해봐······ 너희 그냥 여자 친구가 아니었지?"

저절로 은서의 어깨가 내려뜨려졌다. 세는 이미 다 마음속으로 결정하고 있는 것 같았다. 그게 무슨 말이냐고, 해보아야 믿어줄 것 같지도 않았다. 은서는 할말이 없었다. 우리가 이렇게 되어버렸구나.

처음 세가 의심하기 시작했을 때 어떻게 해서든 그 의심의 실마리를 풀어줬어야 하는데. 너무나 턱도 없는 일이라고만 생각했던 게······ 그래 그렇게 생각하고 넘어갈 일이 아니었다. 그래 그럴 일이 아니었다. 처음 완과 예식장에서 재회한 후 세가 그렇게 완강하게 아무 말도 않고 누워 있기만 한 걸 예사로이 넘길 일이 아니었다. 아, 세가 거짓으로 완에게서 전화 왔다고 하던 일도 그렇게 넘길 일이 아니었다. 아니었다.

"고백 하나 할까. 나도 그런 적이 있어. 네가 나를 거들떠도 안 볼 때 내게 무척 잘해주던 친구에게 빠진 적이 있었어. 너를 이해해. 나는 그 녀석과 연애감정까진 못 느꼈지만 너를 이해할 수도 있을 것 같아. 솔직히 말해달라는 것뿐이야."

은서는 세의 얼굴을 그저 바라보기만 했다. 가엾은 이 남자를 어떻게 하나.

"어서 말해봐."

"......"

"그 여자와 어땠어?"

은서는 더 듣고 있을 수가 없어 말문을 열었다.

"오해하지 마. 이수는 내 동생이고 화연이는 친구였을 뿐이야. 각별히 마음을 준 그런 사람들이야. 네가 왜 그런 생각을 하게 됐는지 나는 모르겠어."

"나만이 그렇게 생각하는 거 아니야. 내가 너 어디 갔느냐기에 이수 입대하는데 집결지에 데려다주러 갔다니까 다른 사람들도 그렇게 말했어. 세상에 그런 누나가 있어? 애인 데려다주러 간 거 아니야? 그러더군. 그 여자를 대하는 네 태도는, 내가 놀라서 이수에게 네가 이상하다고 서울에 한번 다녀가라고 할 정도니까 말 다 했지. 그 여자 그렇게 죽은 거, 사실 너 때문이지? 그렇지?"

화연. 상처의 이름.

그랬을지도 몰라. 그녀는 나를 사랑하게 돼버렸지. 너무 멀리다 두고 너무 상처투성이의 사랑을 해온 그녀였기에 아주 가까이 있고, 다시는 다칠 염려가 없는 나를 사랑하게 돼버렸겠지. 처음으로 그 사람을 잊게 해준 게 나라고 고백했어. 나도 그랬어. 나도 그녀가 내 몸의 한 부분 같았어. 그녀는 입 속의 혀 같았어. 그녀 곁에 있으면 나 또한 다시는 다치는 일이 없을 것 같았어. 나는 언제까지나 그렇게 그녀가 내 곁에 있어줄 줄 알았지. 내게 그녀는 그렇게 힘이었지만 하지만 나를 사랑하게 돼버린 그녀에게 나는 또다른 상처의 이름이었을 뿐이야. 견딜

508

수조차 없는 상처의 벼랑이었을 뿐이야. 나는 그녀를 이해해. 그래 나는 그녀를 내 살갗 밑으로 흐르는 피처럼 느껴. 한 사랑을 힘겹게 넘어와보니 더 벽이었던 거야. 그래서 그녀는 그만 삶을 끝내기로 결정했을지도 모르지. 하지만 그게 어쨌다는 거야? 그녀가 나를 사랑하게 된 건 죄가 아니야. 그녀가 더 외로워서였어. 그녀가 더 아파서였어. 그녀가 더 슬퍼서였어.

"내가 여깄는데도 너는 저 개를 더 의지하지. 저 개에게 속삭이고 나보다 저 개를 더 먼저 챙기지."

"그러지 마. 개는 개일 따름이야."

"그래? 네가 저 개를 대하는 태도가 정상인 사람이 대하는 태도라고 생각하나?"

은서는 세의 이름을 한번 더 불렀다. 그러지 마. 그런 억지 말이 어딨어.

"말해보라구."

"나 피곤해…… 배도 고프고…… 자고 싶고……"

"난 이렇게 심각한데 피곤하고 배고프고 자고 싶다고?"

"말 같은 소릴 해야지 받아들이지."

세가 손을 번쩍 들었다. 내 말이 말 같지가 않단 말이냐고 소리를 지르더니 세의 손이 은서의 뺨에 철썩 붙었다.

"어서 말해봐."

"……"

"말해보라구."

"지금 제정신이야?"

"그래 내 정신이야, 그러니까 말해봐."

"……"

"널 이해할 수 있다니까."

"그럼 이해해줘. 그렇게 꼬치꼬치 묻지 말고 이해를 해달란 말이야."

"그것 봐…… 무슨 일이 있었지?"

은서는 일어섰다. 세가 은서를 잡아 주저앉혔다.

"말해!"

은서는 또 눈물이 주룩 흘렀다.

"울지 말고 말하라구."

"내가 이수와 화연이와 다른 사람들 눈에 돋보이게 친했던 건 사실이야. 하지만 너에게 이렇게 추궁당해야 할 일 없었어. 굳이 설명하라고 하면 나는 그래. 언제나 마음을 붙이고 지낼 대상을 찾았던 것 같아. 어린 시절엔 이수가 그랬고, 그땐 화연이 그랬어. 화연이 없었으면 나는 완이 그렇게 가……"

은서는 말을 멈췄다. 완. 완에 대한 이야기가 기어이 나오고 마는구나. 세가 진짜 의심하는 이는 이수도 화연도 아닐 것이었다. 한 사람은 동생이고 한 사람은 이미 죽은 여자다. 세가 진짜 알고 싶은 건 완과의 일일 것이다. 그런데 내가 먼저 이렇게 꺼내고 마는구나.

생각대로 세의 얼굴이 창백해졌다.

"계속해봐."

"무슨 말을 계속하라는 거야? 대체 듣고 싶은 얘기가 뭐지?"

"계속해보라구."

이제는 멈출 수도 없는 말임을 은서는 슬프게 깨달았다. 해서도 안 되는 말, 멈출 수도 없는 말.

"그때 화연이 없었으면 나는 죽었을 거야. 죽고 싶었어. 화연이가 날마다 내게 와서 나를 흔들지 않았으면, 그녀가 진심으로 날 위해 주지 않았으면…… 우리가 그렇게 서로 의지할 수 있었던 건 화연도 나도 마음이 아픈 상태라서였어. 특별히 내가 아니라도 화연은 그때 누구한테라도 그렇게 잘해주고 싶었을 거야. 그걸 의지하고 있었으니까. 그러다가 그것도 힘이 되지 않아 화연은 그렇게 된 거고 나는 네가 구해준 거야."

"……"

"그래, 네가 날 구해준 거야."

"……"

"내가 물었지. 화연이 죽고 나서 너에게 나는 어떤 사람이냐고. 네가 그랬잖아. 나는 너의 고향이라고."

"넌 한 번도 나를 완이나 이수나 그 여자같이 사랑해본 적이 없어."

"너는 그 이상이야."

세가 은서를 쳐다봤다. 정말이야. 내가 어떻게 해야 네 마음의 지옥이 걷어지겠니.

"뒤늦게 알았을 뿐이야. 나는 이 사실이 아주 늦어버린 일이 아니길, 그렇길 바랄 뿐이야."

나, 태어나지 말았기를

　은서는 머리가 너무 아파 자료실 책상에 얼굴을 묻고 있다가 방송국 일을 정리해야겠다고 생각했다. 처음에 두통은 아주 낮은 강도로 시작되더니 슬그머니 움직일 수도 없게 아파왔다. 머리가 아파올 때마다 은서는 찬물에 손을 담갔다가 이마에 얹었다.

　아나운서의 느닷없는 사표에 어리둥절해 있던 박피디는 은서까지 일을 정리하겠다, 하자 어이가 없다는 듯이 쳐다보았다. 어이없어하기는 유혜란도 마찬가지였다. 이런 말 저런 말 다 할 수 있을 것 같았으나 은서는 유혜란에게도 세의 지독해진 의심에 대해서 말할 수는 없었다. 그저 유혜란은 은서가 방송국 일을 쉬겠다고 하자 은서에게 무슨 일이 있나보다 짐작만 하면서도, 그럴수록 하고 있는 일이 있어야 한다고 했다. 은서는 유혜란의 얼굴을 보면서 유혜란이 발음한 그럴수록, 이란 말을 속으로 되새겨봤다. 그럴수록? 세가 의심을 할수록?

　은서는 고개를 떨구었다. 은서가 하고 싶은 일은 어떻게 해서든 세와의 관계를 회복시키고 싶은 것이었다. 세는 은서가 일에서 손을 끊기를 바라고 있었고, 그럴 수 있냐기에 그럴 수 있다고 대답했다.

　일은 다시 시작할 수 있을 것이었다. 아니, 지금은 일도 제대로 할 수가 없었다. 세와 평화로웠을 때는 한 시간에 할 일을 세와 평화가 깨진 후엔 두 시간 세 시간이 걸렸다. 두 시간이면 되었던 일들은 다섯 시간 여섯 시간이 지나도 끝이 나질 않았다. 세가 시간을 철저하게 체크해서 자료실에서 자료를 찾아볼 수도, 서점이나 영화관엘 들를 수도 없었다.

　세로 인해 원고 쓰는 일이 어려워지기 전에 은서는 자신이 일을 너무 습관적으로 하고 있지 않나, 하는 생각도 했었다. 흘러가는 말일지라도, 그리고 다른 이의 입을 빌려 나가는 말일지라도, 하루의 두 시간 동안 전파를 타고 모르는 사람들의 귀에 다가갈 말을 너무 습관처럼 쓰고 있진 않은가, 했다. 유혜란은 은서의 자책에 그건 그만큼 원고 쓰는 일이 손에 익었다는 얘기라고, 프로가 되었다는 얘기라고, 했지만 은서는 그런 자기 자신이 낯설기만 했다. 아침에 창 밖을 내다보다가도 아는 사람과 차를 마시다가도 무슨 책인가를 읽다가도 대목대목이 은서에게는 원고감으로 다가왔다. 영화를 보는 일도 그림을 보는 일도, 계절감각도 모두.

　그러나 갑자기 세가 낯설어진 만큼 그렇게 몸에 익은 일들이

어려워지고 있었다. 거의 억지로 쓰고 있는 중이었다. 그렇게
손에 익어 이제 습관이 돼버린 건 아닌가, 싶던 일이.

방송국 일을 정리하고 은서는 겨울날들의 하루하루를 세와
함께 보냈다. 화연에게 다정히 굴 수도 없었다. 화연은 슬픈
눈을 하고 한번 앉은 자리에서 일어서지 않고 종일을 보내곤
했다.

방학중인 세는 은서가 슈퍼에 가는 때도 은서를 따라나섰다.
방 안에 있다가 은서의 기척이 없으면 은서의 이름을 크게 불
렀다. 은서가 세면장에 있거나 해서 미처 세가 부르는 소리를
못 듣고 대답을 안 하면 세는 방문을 열고 나와 이 문 저 문을
열며 은서를 찾았다. 은서가 왜? 하는 표정으로 바라보면 세는
문을 닫고는 나가 베란다에서 아파트 광장을 내다보며 담배를
피웠다. 그런 날이면 세는 은서를 데리고 나가 레스토랑 같은
데서 저녁을 사주었다.

저녁이 되면 은서는 세와 나란히 앉아서 텔레비전을 봤다.
서로 다른 프로그램을 보겠다고 채널 싸움을 하기도 했다. 뉴
스에서는 한강 개발 이후 갯벌과 습지가 사라지며 급격히 줄어
들었던 청둥오리 흰뺨검둥오리 쇠오리 같은 물 위의 초식성 물
새들이 여의도 밤섬과 잠실대교 위 돌섬을 중심으로 늘고 있다
면서 물을 차고 일제히 날아오르는 한강의 겨울새들을 화면에
비춰주었다. 그런데 또 한편의 임업연구원들은 겨울철새가 많
아진 것은 한강이 맑아져서가 아니라 겨울이 점점 따뜻해지면
서 시베리아나 흑룡강성에서 온 겨울새들이 더이상 남쪽으로

날아가지 않고 한강에 머무르기 때문이라고 했다.

어느 날, 텔레비전 화면 가득 흰비오리가 날아오르고 있었다. 유혜란이 글을 쓴 겨울철새 특집이었다. 이름이 흰비오리여서 몸이 온통 희디흴 거라 생각했는데 카메라가 가까이 다가간 흰비오리의 옆구리에 잔잔한 검은색 무늬가 져 있었다. 머리가 밤색인 것도 있고, 가슴과 배가 회색인 것도 있고, 갈색 무늬가 보이기도 했다. 한강 밤섬을 배경으로 두 마리의 흰비오리가 물고기를 낚아채는 순간이 화면에 비치며 유혜란의 글이 실려나갔다. 흐르는 강보다는 강가의 숲, 저수지나 낮은 지대를 좋아하고 두 마리가 함께 사는 흰비오리들은 잠수를 잘하며 누가 잡든 물고기를 잡으면 둘이 정답게 나눠 먹습니다. 은빛이 나는 물고기를 낚아채는 장면이 지나간 뒤 무수한 흰비오리들이 시린 겨울하늘로 날아오르는 걸 따라가며 보고 있는데 세가 은서를 툭 건드렸다.

"무슨 생각 해?"

"나?"

"그럼 이 방에 너 말고 누가 있어?"

"나…… 텔레비전 보고 있잖아?"

"무슨 생각에 빠진 것 같은데?"

"생각은 무슨…… 혜란씨가 글을 참 잘 쓰는구나, 그런 생각했어."

"일 그만둔 거 후회하지?"

은서는 세가 어떻게 나올지 몰라 잠시 망연해졌다.

"솔직히 말해봐. 후회하지?"

"아니. 아무 일도 안 하니까 좋아. 너무 오래 일만 했어."

그러는 사이로 겨울이 깊어졌다.

깊어가는 겨울만큼 두통도 깊어졌다.

한낮에 한밤중에 갑자기 머리가 아프기 시작하면 은서는 베란다 쪽에 의자를 갖다놓고 거기 앉아 있었다. 앉아 있다가 책장 옆에 둔 난 잎을 닦아주고 물을 먹이곤 했다. 은서가 두통을 견디며 난 잎이 타들어간다고, 새로 자라는 잎도 가늘어지며 생기가 없다고 세에게 말했을 때, 세는 난을 기르는 일은 뿌리를 기르는 일이라며, 분을 쏟아부었다. 세가 끝이 까맣게 된 상한 뿌리를 잡아당기자 표피가 떨어지고 철사 같은 심이 나왔다. 세는 가위를 소독해 상한 말랑말랑한 부분들을 손끝으로 짚어가며 잘라냈다. 상한 뿌리를 잘라내는 세 곁에 앉아서 은서는 상한 뿌리 곁의 단단하고 하얗고 싱싱한 뿌리들을 바라봤다. 뿌리가 하얗구나, 은서는 난의 뿌리가 하얀 것이 새삼스러웠다. 다른 것들은 어떤지, 다른 것들도 저렇듯 하얀지. 세는 화원에서 원래 있던 것보다 약간 작은 화분을 사왔다. 화원에 부탁을 했었는지 세가 가져온 새 화분엔 삼 센티미터 정도의 배양토가 이미 깔아져 있었다. 뿌리를 감쌀 만큼의 이끼도 있었다. 세는 뿌리 안으로 이끼를 넣어 둥글게 감쌌다. 은서는 세의 유연한 손길을 곁에 쭈그리고 앉아 바라봤다. 한 번도 꽃이 올라오는 걸 보지 못했구나, 생각하면서.

어느 날 밤중에 깨질 듯이 머리가 아파와 은서는 잠든 세 옆

을 몰래 빠져나와 세면대에 얼굴을 담갔다. 난의 뿌리에 스며
드는 물처럼 찬물이 머리 속으로 스며들었다. 스며드는 찬물에
놀랐는지 잠깐 두통이 멎는 듯했다. 그러나 잠깐이었다. 찬물
의 감촉을 이겨낸 두통이 다시 몰려오고 있을 때 세가 방문을
열고 나오는 소리가 들렸다. 물 속에서 얼굴을 꺼내야 한다고
생각은 하면서도 은서는 참을 수 없는 두통에 그대로 얼굴을
물에 담그고 있었다. 세면장 문을 열고 은서의 그 모양새를 발
견한 세가 안으로 들어왔다. 세가 은서의 얼굴을 물에서 건져
냈다.

"머리가 아프니?"

"응."

세는 불안스럽게 뛰고 있는 은서의 가슴을 쓸었다. 얼굴에
열이 오른 은서를, 눈을 질끈 감고 있는 은서를, 세는 의자를
갖고 와 앉게 하고 세면대 뒤로 고개를 넘기게 하고 찬물에 적
당히 따뜻한 물을 섞어 머리를 감겼다. 세가 손바닥에 샴푸를
따를 때 샴푸의 향에 은서가 눈을 떴다.

"거품 들어가, 눈을 감아."

세는 손가락으로 부드럽게 은서의 머리 속에 거품을 내고 오
래오래 머리를 헹구었다. 헹구면서 은서의 머리 여기저기를 꼭
꼭 눌러주었다. 세는 침울하게 마른 수건으로 은서의 젖은 머
리를 비비듯 닦아내주었다. 미안하구나. 세는 은서의 뒤에 앉
아 형편없이 야윈 은서의 어깨를 내려다보며 젖은 머리에 빗질
을 해주었다.

세가 오후에 학교에서 전화를 받고 외출 준비를 했다.

일직중인 옆자리 선생이 집에 계시던 어머니가 쓰러져서 병원 응급실에 실려갔다고 대신 학교에 좀 나와 있어달라 해서였다. 세가 엘리베이터를 타고 내려가는 걸 보고 들어와 앉은 지오 분도 안 돼 초인종이 울리기에 은서는 세가 뭔가 놓고 가서 다시 챙기려고 다시 온 줄 알았다. 그래서 누구냐고 물어보지도 않고 현관문을 땄는데, 그랬는데 거기 완이 서 있었다.

완은 은서가 문을 따자마자 빠르게 안으로 들어와버렸다.

은서는 너무나 뜻밖의 일이라 뭐라 말도 못 하고 완을 쳐다보고만 있었다.

"너희가 어떻게 사는지 보려고 왔어."

"……"

"이렇게 사는군."

완은 굠성없이 건들거리며, 놀라 아직도 신발 벗는 데에서 멍하니 서 있는 은서를 돌아다봤다.

"왜? 세가 외출중이라는 거 알아. 방금 나가는 걸 봤다구."

"……"

"어디, 저기가 침실이야?"

식탁이며 베란다며 책장이며 소파를 들러보던 완이 안방을 향해 가려 했다. 그때서야 은서는 완 앞으로 나서서 팔을 벌려 완을 가로막았다.

"이게 무슨 짓이야?"

"왜? 얼마나 별다르게 해놓고 살기에?"

518

"나가줘."

완은 은서를 떠다밀듯 인상을 썼다.

"나가. 제발 나가줘…… 안 나가면 인터폰으로 경비를 부를 거야."

"불러보시지."

완은 팔짱을 끼고는 다시 한번 비아냥거리듯 불러보시지, 말했다. 은서는 아득해졌다. 정말 세가 돌아와 이 광경을 보기라도 한다면.

"부탁이야. 나가줘."

"뭘 그래, 내가 널 어떻게 하겠다는 것도 아니고 그저 어떻게 사는지 한번 보고만 가겠다는데."

완이 안방 문을 열고 들어가려 했다. 이게 무슨 일일까? 은서가 너무나 놀라 멍하니 서 있는데 완이 그 방으로 한 발 들어섰다. 은서는 놀란 가슴을 누르고 완에게 다가가 침대에 걸터앉으려는 완의 가슴을 떠밀었다.

"그러지 마."

완이 은서에게 떠밀린 채로 질린 은서를 쳐다봤다.

"나가…… 내가 어떻게 해야 나가주겠어."

"아파트 앞에 난이라는 카페가 있던데 그리로 나와…… 지금 곧."

"……"

"나올 수 있지?"

"그럴게…… 알았으니 어서 나가줘."

"오지 않으면 내가 다시 올 거다."

완은 다짐을 두고 신발을 신고 현관문을 나갔다. 은서는 완
이 현관문을 닫는 걸 보며 그대로 무릎을 꿇고 주저앉아버렸
다. 방금 무슨 일이? 정말 완이었나, 현실인가, 꿈이 아닌가?

은서는 천천히 일어나서 입고 있는 옷에 스웨터를 걸치고 양
말을 신고 짧아 잘 잡히지도 않는 머리를 뒤로 모아 핀으로 고
정시키고 난으로 갔다.

창가에 앉아 있던 완이 은서를 보고는 담배를 꺼내 불을 붙
였다.

은서는 그 앞자리에 앉아 완을 물끄러미 바라봤다. 이제야
보니 완의 턱밑이 면도를 하지 않아 검다. 그토록 단정하던 와
이셔츠 깃에도 때가 끼어 있다. 스피커에서 시끄럽게 팝송이
흘러나오고 있다. 그 소리에 은서는 귀가 먹먹해졌다.

"왜 나를 이렇게 만드는 거야?"

완은 팝송이 주는 소음을 무찌르려는 양 소리를 꽥 쳤다. 은
서는 어처구니가 없어 완의 얼굴을 정면으로 바라봤다.

"응? 왜 나를 이렇게 만드는 거냐구?"

"……"

"말해봐!"

"그건 내가 할 소리예요. 이게 있을 수나 있는 일이라고 생각
해요? 어떻게 우리집엘 올 수가 있어요?"

"요요, 좀 하지 마…… 옛날처럼 해! 좀전은 당황했었나보
지? 좀전엔 옛날 같았었잖아!"

"그게 무슨 소용이야!"

은서는 손바닥으로 얼굴을 감쌌다. 제발 나를 가만히 좀 놔 둬. 정말 다들 왜 이러는 거야. 미치지 않고서야 왜 이러는 거 야. 한번 흐르기 시작한 눈물이 그치질 않았다. 이러면 안 되는 데, 그치려 할수록 새로운 눈물이 솟아나와 은서는 탁자에 얼 굴을 묻어버렸다. 찻집은 시끄러웠다. 종업원이 우는 은서를 발견하고 잠시 눈길을 주었지만 주문을 받으러 다른 탁자로 부 지런히 걸어갔다.

"나가자……"

완이 일어나서 은서를 일으켜세웠다. 내가 울었구나. 은서는 나가지 않겠다는 실랑이를 벌이고 있을 수가 없어 완을 따라 일어섰다. 완은 은서를 난 앞에 세워둔 차에 태우고 시동을 걸 었다. 차가 거리로 나왔을 때에야 은서는 어디 가는 거냐고 완 에게 물었다.

"나도 몰라!"

완은 퉁명스럽게 내뱉었다.

"내려줘요."

"가만히 좀 있어!"

완이 운전대를 주먹으로 치며 다시 소리를 팩 질렀다.

"미안하다. 이럴 생각은 없었어. 그런데 너를 만날 수가 있어 야지. 방송국은 왜 그만둔 거야?"

"……"

"집으로 전화하면 세만 받고, 세에게 너 좀 바꿔달라고 하면

늘 넌 집에 없다고만 하고…… 그러니 어쩌겠니. 이럴밖에."

그랬던가. 세는 완에게서 전화가 왔었다고 한 번도 말한 적이 없었다.

"내게 뭣 때문에 전화를 해요?"

"은서야!"

"……"

"옛날처럼 이름을 불러주면 안 되겠니. 네가 예전처럼 내 이름을 부르면 난 살 수 있을 것 같아."

완은 한 손으로 담뱃갑에서 담배 한 개비를 꺼내 입에 물었다. 어디로 가야 하나. 생각은 은서를 데리고 둘이서만 얘기를 나눌 수 있는 곳으로 가고 싶은데 차는 점점 도심으로 들어갔다. 완은 겹겹으로 밀리고 있는 차들을 내다봤다. 옆차가 완의 차와 앞차 사이로 끼어들려다가 완이 앞차와 간격을 바싹 갖다 대자 옆차의 운전자가 얼굴을 내밀고 뭐라고 욕설을 했다. 그를 보며 가슴속으로 무엇이 확 치밀어오르는 걸 완은 눌러참았다. 다른 때 같으면 같이 얼굴을 내밀고 같이 욕설을 했을 터였다. 완은 무릎에 손을 내려놓고 고갤 숙이고 있는 은서를 바라봤다. 그래, 은서야. 네가 예전처럼 내 이름을 불러주면, 그때로 다시 돌아갈 수만 있다면 나는 이 도심 속에서도 이렇게 견디며 살 수 있을 것 같아. 치밀어오르는 이 분노 같은 걸 가라앉힐 수 있을 것 같아. 팸플릿 한 장만 봐도 제작비는 얼마나 들었을까를 먼저 생각하는 나를 너는 지켜줄 것 같아. 완은 손을 뻗어 은서의 손을 잡고 싶어서 그걸 참느라고 담배를 어루만졌다. 담배. 그러다가 완은 담배를 부벼껐다. 예전의 은서 같으면 말했을 것이다. 무슨 담배를 그렇게 피워? 그때마다 늘 그냥, 하고 말았지만 지금 은서가 다시 그때처럼 물어주기만 한다면 대답하리라, 네 손을 잡고 싶어서라고. 그랬다. 저 여자 앞에서는 다른 때보다 담배를 자주 피우게 됐다. 저 여자의 머리를 만져보고 싶을 때, 커피를 마시거나 웃는 저 여자의 입술에 입술을 대고 싶을 때, 어쩌다가 저 여자가 머리를 쓸어올려 그 뒷덜미를 보게 될 때, 완은 손이나 입술을 기져다대는 대신 담배에 불을 붙여 입에 물거나 어루만졌다. 하지만 이제 저 여자는 무슨 담배를 그리 피우냐고 묻지 않는다. 아무 데서나 이름을 불러서 쳐다보면 그냥 불러봤어, 하던 저 여자는 이제 더이상 이름을 부르지도 않는다. 정말로 우린 헤어진 것인가, 그런 것인가? 결혼을 하면서도, 그리고 일 년 동안이나 못 만났으면서도 완은 자신이 은서와 헤어졌다는 생각을 한 번도 해보지 않았음을 뒤늦게야 알았다.

저 여자가 세와 나란히 그 예식장에 서 있는 걸 보았을 때야, 그때야 완은 그랬구나, 우리가 헤어졌구나, 저 여자가 무참한 표정으로 화장실로 걸어가버릴 때서야, 세와 나란히 서서 예식장을 빠져나가는 걸 삼층에서 내려다볼 때서야, 저 여자와 내가 헤어졌구나, 했다.

그래서였을까?

미칠 듯이 은서가 그리웠다.

"미쳤다고 해도 좋아."

완이 차창 밖으로 겹겹이 늘어선 차를 향해서인지, 자기 자신에게인지, 모를 말을 툭 내뱉었을 때 은서는 숙이고 있던 고개를 들어 완 대신 완이 바라보는 반대편의 줄지어 선 차량들을 바라봤다.

"아니, 미칠 것 같아."

완은 운전대에 내려놓았던 손으로 반대편을 바라보고 있는 은서의 얼굴을 돌려세웠다.

"네가 세와 함께 밥을 먹고 세와 함께 잠을 자고 한다는 걸 생각하면 가슴속에서 불덩이가 솟아올라. 네가 세의 아이를 낳아 기른다면 아마 내 가슴은 터지고 말 것이다."

은서는 힘겹게 완을 쳐다봤다. 나도 그랬었지. 너와 헤어져야 한다고 생각했을 때 나를 슬프게 했던 게 그것이었어. 네가, 다른 여자와 밥을 같이 먹고, 그 여자와 샤워기를 같이 쓰고, 그 여자와 함께 자겠거니, 생각하면 가슴속이 타는 것 같았지. 그보다 더 나를 슬픔 속으로 밀어넣었던 건 네가 그 여자와 함께 아이를 낳을 거란 것이었지. 너의 아이를 다른 여자가 낳다니, 생각만으로도 미칠 것만 같았어.

은서는 피식, 웃었다.

그래, 그랬다. 미치는 대신 넋을 잃었었다. 그때 화연이 없었다면 나는 미쳤을 것이다. 끊임없이 화연이 곁에서 그녀 자신의 슬픔에 대해 얘기해주지 않았다면 나는 그만 거기서 벼랑을 만났을 것이다.

화연. 은서는 눈물이 글썽해졌다.

비록 또하나의 상처의 이름이 되어버렸지만, 짧은 동안 그녀는 나의 힘이었지. 화연, 그녀가 이루려는 불가능한 사랑이 내겐 힘이었어. 세상엔 저런 여자도 있구나, 저렇게 힘겨운 사랑으로 삶을 버티는 여자도 있구나, 거기에 비하면 나는 그저 사랑 가까이 가려 했을 뿐이었다는 그 생각이 내게 힘이 되어주었지.

차가 조금 움직였다. 은서는 어느 건물 공중에 매달린 전광판에 스쳐 지나가는 광고를 쳐다보고 있다. 보기만 해도 갖고 싶은 브라 뜨레아…… 약한 뼈에 칼슘을 보충하는 연질 캡슐 그래칼…… 신세대는 그들만의 칼라감각을 원한다 한불 두앤비 메이크업…… 일할 땐 무선, 쉴 때는 유선, 못 받은 전화는 자동응답기로 듣는다 맥슨……

"그래서야. 그래서 네 집에 갔어."

"……"

"어떻게 사나, 내 눈으로 확인해보려고."

"……"

"이틀이나 세가 외출하기를 기다렸어."

은서는 머릿속이 횅해왔다. 완이 뭐라고 하는지 완의 목소리가 웅―거릴 뿐 들리지가 않았다. 그저 건물의 전광판 광고 글씨가 아주 빠른 속도로 붉은색으로 청으로…… 청에서 진노랑으로 바뀌는 것만 쳐다봤다. 횅함이 두통의 시작이라는 걸 은서는 안다. 이제 곧 전류가 흐르는 것처럼 머리 한쪽이 찌릿찌릿 아파올 것이었다. 이제 곧 얼굴을 좌우로 돌리지도 못하게 통증이 시작될 것이었다.

차가 조금 움직였다.

"왜 아무 말이 없니?"

차가 조금 더 움직였다. 은서는 완 쪽은 보지도 않고 어서 이 차량 속을 빠져나갔으면, 저 건물들과, 저 간판들과, 저 문들과, 저 사람들 속을 어서 빠져나갔으면, 하는 생각을 했다. 차가 조금 더 움직이기에 그저 완이 어서 여기에서 이 웅웅거리는 도심의 소음 속에서 데리고 나가주기만을 바랐다.

몇 발짝만 더 가면 벼랑이었다.

벼랑 밑으로 산나리꽃이 노랗고 노랬다. 참으로 화사한 노랑이라고 은서는 생각했다. 세가 다가오더니 보자기를 꺼냈다. 보자기에도 산나리꽃이 노랗게 피어 있었다. 세가 보자기를 몇 겹으로 말아 은서의 눈을 가렸다. 그리고는 저만큼 멀어졌다. 은서는 눈이 가리워진 채 세의 이름을 불렀다.

어디 있어?

여기.

은서는 세의 목소리를 따라 벼랑 가까이로 갔다. 두 발짝만 더 가면 벼랑 밑이었다. 벼랑 밑의 아스라함을 산나리꽃들이 순하게 가리고 있었다. 한 발짝만 더 가면 벼랑 밑인데 세는 그 앞에서 은서에게 물었다.

날 믿니?

그럼.

그럼 가봐!

막 벼랑 밑으로 발을 내디디려다 은서는 소스라치며 눈을 떴다. 완이 눈앞에 바로 있었다. 은서는 상체를 일으켰다. 벼랑 밑의 산나리꽃들이 눈앞에 노랗게 보이는 것만 같고, 막 그 벼랑 밑으로 발을 내디디려는 순간의 아스라함도 생생하다.

여기가 어디인가, 은서는 완을 쳐다봤다.

"차 안에서 네가 기절했어."

차 안에서? 겹겹이 줄 서 있는 차량들 속에서 어서 이 속을 빠져나갔으면, 저 건물들과, 저 간판들과, 저 문들과, 저 사람들 속을 어서 빠져나갔으면, 하는 생각을 했고, 차가 조금 더 움직이기에 그저 완이 어서 여기에서 이 웅웅거리는 도심의 소음 속에서 데리고 나가주기만을 바랐던 것…… 그것이 기억의 끝이었다.

"여긴 어디야?"

"병원."

"몇시야?"

"일곱시."

일곱시라고? 은서는 놀라 일어섰다. 세가 학교에서 돌아왔을 것이다.

"좀 누워 있어. 의사가 너 좀 쉬어야 한다고 하더군. 맥박의 움직임이 느려질 정도로 과로라는데…… 기절하면서 잠이 들었다더군. 세 시간을 꼬박 잤어."

"가야 해."

"세에게 전화를 해."

은서는 완을 밀쳤다.

"나는 가야 해."

"도대체 세가 너를 어떻게 하는 거야? 일도 안 한다면서 과로는 무슨 과로지. 자다가 소리쳤어. 제발 그러지 마, 그러지 마! 라고."

"……"

"무슨 일이야?"

은서는 앞을 가로막는 완의 가슴을 주먹을 쥐고 탕탕 때렸다. 처음엔 비키라는 뜻으로 때려봤던 것이었는데 은서는 쉬지 않고 완의 가슴에 대고 주먹질을 해댔다. 그러다가 맥이 풀려 손을 풀었다.

"기분이 좀 낫니?"

손을 내리는 은서의 어깨를 완이 잡아당겨 싸안았다. 은서는 힘이 없어 두 팔을 내려뜨리고만 있었다. 완의 가슴속으로 슬픔이 미끄러져 들어왔다. 내 사랑.

완이 그녀의 머리를 쓰다듬으려는데 축 늘어져 있던 은서가 정신이 반짝 든 듯 완을 밀쳐냈다.

"부탁이야. 나, 집에 보내줘."

"내가 데려다줄게."

"아니, 그건 절대 안 돼."

"은서야."

"부탁이야. 혼자 가게 해줘."

"택시라도 잡아줄게."

"아니…… 넌 여기 있어. 나중에 나와."

"꼭 그래야겠니?"

"그렇게 하도록 해줘."

"그래야겠거든 가거라."

완은 은서가 병실 문을 열고 나가는 걸 바라보기만 했다. 은서는 뒤도 안 돌아보고 문을 닫았다. 완은 은서가 잡았던 문 손잡이에 손을 갖다대봤다. 완은 비참한 기분으로 오래 문 손잡이를 잡고 서 있었다. 문을 열고 뛰어나가고 싶음이 완을 주저앉게 했다. 완은 손잡이를 놓고 병실 창으로 다가와 바깥을 내다봤다. 은서가 휘적휘적 병원 문을 나서고 있다. 묶었던 머리가 그냥 목덜미께로 내려와 있다. 은서가 누웠던 자리를 쳐다보니 거기에 핀이 떨어져 있었다. 완은 핀을 들고 와 멀어지는 은서를 바라봤다. 그 여자가 아주 안 보이게 되고도 완은 그렇게 그 창가에 서 있었다. 핀을 쥐고 있는 손바닥으로, 창에 닿을 듯한 가슴속으로 슬픔이 물보라를 일으켰다. 이제 다시는 저 여자를 볼 수 없겠구나, 우리 이게 마지막이구나.

새벽이 오고 있을 것이다. 은서는 가물가물해져오는 정신을 힘겹게 가누었다. 집에 돌아왔을 때 문을 딸 것도 없었다. 현관문은 열려져 있었고, 화연은 은서가 들어와도 꼬리도 흔들지 못할 만큼 널브러져 있었다. 화연은 널브러져서 세가 현관문을 들어서는 은서에게 뛰어가듯 다가가 안는 것을 슬프게 쳐다보았다. 너무 다정히, 문을 닫는 것도, 은서를 안은 채, 그렇게 너무 다정히 세가 싸안아와, 은서는 그 품에 안겨 그대로 잘 뻔했다.

"누구야?"

세는 거의 기절할 듯 눈을 감고 있는 은서의 얼굴을 가슴에서 떼어내며 나직하게 물었다. 그 말이 너무 나직해 은서는 세가 다시 한번, 찾아온 놈이 누구냐구? 묻기 전엔 다른 말을 하는 줄 알았다.

세는 은서를 소파에 주저앉혔다.

"거짓말하려고 하지 마. 경비원에게 다 들었어. 나 나가고 난 다음에 누가 왔었지? 누굴 따라나가서 이제 오는 거지?"

그때부터 대여섯 시간은 흘렀을 지금까지 세는 나직히 묻고 있다. 완이라고, 찾아온 이가 완이었다고 그 말만 하지 않으면 어떻게든 다시 세를 누그러뜨리고 지나갈 수 있을 것 같아 은서는 한사코 아무도 찾아오지 않았다. 답답해서 바람을 쐬러 나갔다가 유혜란을 만나 저녁을 먹고 오는 길이라고, 했다. 그러나 세는 이미 은서가 아파트 앞 난에서 완과 앉았던 자리 위치까지 알고 있었다. 직접 완의 이름을 말하고 있지 않았을 뿐 이미 세는 완이 집에 왔다 간 것이며, 은서가 뒤따라나간 때의 시간까지 알고 있었다.

은서가 웅크리자, 세도 은서 곁으로 와 웅크렸다.

"너를 기다리는 동안 어렸을 때 생각을 했어. 너도 생각이 나지. 우리집 아래채에서 불이 나서 지붕이 다 타버렸지. 처음 고백하는 건데 그 불 내가 낸 거야. 어떻게 해서 내가 들고 있는 솜옷에 불이 붙었는데 너무나 놀라 벽장을 열고 그 안에 던지고는 벽장을 닫은 거야. 어린 마음에 닫아버리면 불이 안 보이니까 안심이 되었던 거겠지. 한참 놀다 들어와보니 그게 불길이 되어 온통 아래채를 다 태워버렸지."

"……"

"우리 서로 솔직히 말하자. 더 나빠지기 전에. 불 붙은 솜옷을 벽장에 던져버리고 문을 닫으면 안 보이니까, 괜찮겠지 했던 것같이 그렇게 살려고 했던 게 너와 나의 문제인 것 같아. 이대로 놔두면 우린 엉망이 되어버릴 거다. 온통 지붕까지 다 태워버렸던 그 불길처럼."

"……"

"그러니 우리 오늘 이 순간 다 얘기하자. 네 맘속 것, 그리고 내 맘속 것…… 그리고 우리 같이 다 묻어버리고 다시 시작하는 거야."

"……"

"그렇게 하기로 하자."

"……"

"오늘 누가 왔었어?"

"……"

"완이 왔었지?"

"……"

"오라고 했니?"

"아니."

"그럼 왜 온 거야?"

은서는 침묵했다.

"좋아, 그럼 어디 갔었어?"

"차를 타고 시내에 나갔는데 그 다음은 몰라."

"모르다니?"

"기절했어…… 깨어나보니 병원이었어. 세 시간을 잤다고 했어. 놀라서 돌아온 게 다야."

"솔직히 말해봐."

"그게 다야……"

"좋아 그럼 완이 데려다줬어?"

"아니…… 혼자 가겠다고 했어."

"그러니까 그러래?"

"데려다주겠다고 하길래 혼자 가게 해달라고 부탁했어."

"그게 다라고 나보고 믿으란 거야?"

"정말이야, 그게 다야."

"다시 만나기로 했어?"

"만나지 않을 거야."

"왜?"

"……"

"그렇게 살 수 있어? 나 잠깐 없는 틈에 집에까지 불러들이면서?"

"……"

"그럴 수 있느냐고."

"불러들인 거 아니야."

"사실대로 말해."

"사실이야."

"완을 사랑하지?"

은서는 겨우 정신의 한가닥을 붙잡고 앉아 있었다. 자신이 무어라고 대답하고 있는지도 모를 지경으로 자꾸만 그 한가닥 붙잡고 있는 정신마저 가늘어지고 있었다.

"사랑하지?"

"……"

"말해!"

"……"

"사랑하지?"

"사랑했었어."

"현재형으로 말하지. 왜? 그리워 죽겠니?"

"……"

"내가 전해줄까? 네가 사랑한다고."

"……"

"그래 좋아. 우리 다 솔직히 이야기하자. 나부터 말하지. 나 너와 결혼하기 전에 여자 경험이 있지. 너도 알지 몰라. 내 작업실에 자주 오던 후배. 그 후배와 서너 번 함께 잔 적이 있지. 그렇지만 그건 너에 대한 절망 때문이었다. 네가 너무 멀리 느껴지는데다 그 후배가 나를 무척 따랐지. 거의 그 후배에 이끌려서."

은서는 안 들으려고 일어섰다. 어깨를 눌러 주저앉히는 세를 떠다밀고 도망치듯 책상이 놓여 있는 방으로 갔다. 세가 뒤따라와 은서의 고개 밑으로 손바닥을 넣었다.

"넌 어땠어?"

"......"

"완과는 어느 정도였지?"

"......"

"괜찮아. 말해봐. 나도 다 말했잖아. 우리 다 말하고 다 말하는 걸로 다 털어내고 다시 시작하자니까."

"......"

은서는 세의 손을 뿌리치고 다시 거실 소파가 있는 곳으로 나왔다. 세가 뒤따라나왔다.

"그 후배와 잔 나를 용서 못 하겠니? 그래서 그러는 거야?"

"......"

"괜찮아, 다 말해."

은서는 세를 바라봤다. 힘겹게 붙잡고 있는 의식을 그만 놓고 싶다. 이렇게 너도 나를 떠나는구나. 이렇게, 참혹하게.

그만 하라고, 됐다고 은서가 힘없이 세의 말을 잘랐다. 은서는 자신과 세를 바라다보고 있는 화연의 슬픈 눈을 쳐다봤다. 화연의 눈은 모든 걸 다 알고 있는 듯했다. 모든 상처의 시간들을, 그리고 상처로 가고 있는 지금을.

세가 일어서서 냉장고로 가더니 우유를 한 컵 따라와 은서에게 주었다. 은서는 우유를 반 컵쯤 마셨다. 세는 다시 냉장고로 가더니 귤을 접시에 몇 개 담아와 은서 앞에 밀어놓았다.

"먹으면서 말해봐. 다 말하고 잊어버리는 거야."

"······"

"괜찮아. 서로 다 말하자구. 그래 나도 말할 게 하나 더 있어. 나 군대 가서 휴가 나왔을 때······"

그만 하라고, 됐다고 은서가 힘없이 세의 말을 잘랐다.

"언제 처음 잤니?"

"······"

"언제였어?"

"완과 이슬어지에 함께 갔다 와서."

그날, 완이 기차에 그녀를 혼자 두고 가버린 다음날, 그날. 은서는 눈을 감았다. 그날 완이 나를 기차에 두고 가버렸을 때, 그 이후로 완을 사랑했다. 사랑은 선천적이 아니라 생각하는 것인가. 나를 두고 가버릴 수 있는 완에 대해 불안해지기 시작했다. 그 불안을 사랑이라 생각했다. 그렇게 생각하게 되니까 그렇게 믿게 됐다.

"네가 완을 찾아갔어?"

"······"

"그랬어?"

은서는 고갤 끄덕였다.

"그때부터 줄곧?"

"······"

"줄곧?"

줄곧? 줄곧? 세는 은서의 고개를 쳐들게 했다. 그래 줄 곧······ 그날부터 첨성대 앞까지. 줄곧? 은서는 고갤 끄덕였다.

"그러고서도 아무 일이 없었어?"

"……"

"아이를 가진 적은 없었어?"

은서는 세를 떠다밀었다. 세가 귤이 담겨 있는 접시 곁으로 밀쳐졌다. 귤에 미끌려 세가 두 손을 바닥에 짚는 틈에 은서는 침대가 있는 방으로 도망쳐와 문을 잠갔다. 뒤따라온 세가 문을 두들겼다. 그렇게 십여 분, 세는 바깥에서 문을 두들기고 은서는 안에서 등을 대고 서 있었다. 잠시 조용하다 싶었는데 세가 어디서인지 방문 열쇠를 찾아와 문을 따고 들어와 은서를 방바닥에 주저앉혔다.

"말해."

"……"

"아이를 가진 적은 없었어?"

"……"

은서는 힘겹게 고갤 들어 세를 떠다밀었다. 세가 은서의 팔목을 붙들었다.

"어떻게 했어?"

"……"

"어떻게 했지?"

"병원에 갔어."

"완과 함께?"

"……혼자."

"완은 알어?"

536

"……몰라."

이슬어지에서 가장 가까운 시내의 병원에 갔었다, 혼자. 아이를 지우러 갔지만 그러질 못했다. 기차 안에서 은서는 눈시울을 붉히곤 했다. 아이를 지우러 가는 길인데 기차가 덜컹거릴 때마다 손은 본능적으로 저절로 배로 갔다. 이슬어지에 밤에 도착해 집으로 가지 못하고 마을로 들어가는 다리에 서서 마을에 켜진 불빛을 밤새 바라봤다. 새벽이 되었을 때 이슬에 젖은 채 산길을 오래 걸어 시내로 나와서도 오후가 되도록 거리를 서성였다. 이슬어지에서 십 리를 걸어걸어 다녔던 국민학교에 포플러나무 밑에 그 여선생이 꽃을 모종하던 자리에 앉아 있다가 겨우 기운을 내서 다시 시내로 나와서도 선뜻 병원으로 들어가질 못하고 서성였다. 그러는 중에도 걸음을 헛디디면 배에 먼저 손이 갔다. 기록부에 남자의 나이를 적는 칸에 은서는 완의 나이를 적으면서 그때야 처음으로 완이 자신과 나이가 같음을 알았다. 의자에 앉아 차례를 기다리다 병원에서 도망친 건 무서워서였다. 무서웠다. 아이는 자연유산이 됐고, 그 뒤처리로 힘겹게 도시의 병원에 갔을 때 여의사는 은서가 결혼한 여자인 줄 알았던지 낙심했죠, 말했다. 자궁이 앉은 터가 다른 여자들하고 달라서 아이 갖기가 힘들 뿐인 거지 다시 가능성이 없는 건 아니에요, 그랬다. 노력해보세요, 그리고 임신이 됐다 싶으면 특별히 몸조심을 하고 바로 병원으로 오세요, 그랬다.

그때 은서는 생각했다. 완과 살게 되면 그 첫날 말하리라…… 언젠가 내가 절에 가자고 한 적 있었지. 그때 너, 갑자기 절은 왜 가느냐고 물었지. 나 그때 절에 왜 가자고 했는지 끝끝내 말 못 했잖아. 지금 말할게, 그때 못 했던 말. 그 절을 잊지 말아. 그 팔월의 햇빛, 황토, 콩꽃들과 약초들이 무성한 산길 사이의 밭, 들꿩이 간혹 솔숲으로 날아들었지, 절집 너머 보이던 서해바다, 그 둑길, 철벅거리던 고인 물소리, 여름 황새가 물에 잠겼다가 뜰 때, 하마터면 깜박, 앞서 걷는 너의 허리를 붙잡고 울 뻔했지. 잊지 말아, 그 절집의 벗겨진 탱화나, 바가지 속의 시린 물, 단청 아래서 퍼지던 풍경 소리…… 풍경 소리…… 속에, 내게 왔다가 숨을 못 붙이고 헤어져 가버린 아이를 나, 그 속에 묻으러 간 거지. 그 절집으로 가는 모든 풍경 속에 제사 지내러 갔던 거야. 아무것도 모르는 너 지루하게 하품을 했지만, 나는 그랬던 거였다고. 함께 한 방에서 살게 되는 첫날에 나 이 말을 그에게 하려 했지. 우리 다시 아이를 낳기 전에 어디서 우는 아이를 데려다 큰애로 기르자, 지금 어디서 우는 아이가 그때 내게로 온 아이일 거야. 그애를 큰애로 기르고 낳은 아이를 둘째로 하자, 고. 하지만 우린 그 말을 할 수 있는 첫날을 가지지 못했어.

은서는 침대 모서리에 얼굴을 묻었다.

나, 태어나지 말았기를.

다시, 봄

너는
너 이외의 다른 것에 닿으려고 하지 말아라.
오로지 너에게로 가는 일에 길을 내렴.
큰길로 못 가면 작은 길로
그것도 안 되면 그 밑으로라도 가서
너를 믿고 살거라.
누군가를 사랑한다 해도
그가 떠나기를 원하면 손을 놓아주렴.
떠났다가 다시 돌아오는 것. 그것을 받아들여.
돌아오지 않으면
그건 처음부터 너의 것이 아니었다고
잊어버리며 살거라.

용서하세요

백록담 흰 사슴 봄 나들이.

은서는 신문에 실려 있는 사진 제목이 다치지 않도록 하며 긴 목의 흰 사슴을 가위로 오렸다. 사슴이 꼭 자신을 바라보고 있는 것만 같아 은서는 오려진 사슴을 바로 들고 쳐다봤다. 사슴은 산을 배경으로 눈처럼 하얗게 서 있다. 수사슴인가? 긴 목을 들고 있는 이마 위로 뿔이 돋아나 있다. 뿔은 아직 하얀 귀보다 작다.

봄인가?

은서는 봄이라고 발음해봤다.

봄이 왔는가, 봄이.

은서는 베란다 쪽으로 가서 아파트 광장을 내려다봤다. 흰 사슴이 와서 광장 어디쯤에 앉아 있다고 해도 풍경이 약간 달라질 뿐 겨울이나 지금이나 광장은 똑같다. 바람이 달라졌을까? 은서는 창을 조금 밀어서 열어봤다. 백록담엔 흰 사슴이 봄 나들이를 나왔을지라도 여긴 추웠다.

아직 겨울이었던 그 밤, 완이 왔다 갔던 그날 밤, 세가 은서를 새벽까지 앉혀놓고 완과의 일을 캐묻던 그 밤, 지친 은서의 고백을 들은 그 밤, 세는 상한 짐승처럼 앉아 있다가 희뿌연 새벽 속으로 나가며 은서에게 남긴 말은 도대체 너와 내가 사랑이라는 이름으로 할 수 있는 일, 무슨 일이 남았니? 였다.

그렇게 새벽길로 나간 세를 나흘 만에 만난 곳은 그 동안 비워두었던 세의 작업실에서였다. 나흘 만에 세를 만났을 때 세는 달라져 있었다. 형편없이 얼굴이 야위었으나 그림을 다시 시작하려는 양 물감을 이개고 있었다. 세는 봄이 오면, 이라고 말했다. 봄이 오면 네가 하고 싶은 대로 하라, 고.

은서는 편안해져 있는 세의 얼굴을 슬프게 바라보았다. 완과 재회 이후 처음으로 보는 세의 편안한 얼굴을 은서는 슬프게 바라보았다. 세의 가슴속에 찾아든 지옥이 사라진 대신 세의 가슴속에 역시 은서라는 여자도 사라졌음을, 은서는 느꼈다. 세는 그토록 오래 붙잡고 있던 무엇인가를 놓아버리고 처음으로 돌아가 있는 사람 같았다.

세는 더이상 은서가 집에 있나 없나, 를 확인하는 전화를 하지 않았다. 그렇게 집을 나가 돌아오지 않았으므로 은서는 아침에 하루 동안 먹을 수 있는 밥과 반찬을 만들어 찬합에 담아 날랐다. 밥을 나르면서 옷이며, 담요며, 커피포트며, 수건이며 비누, 손톱깎이 들도 갖다주었다. 세는 은서가 작업실 문을 열면 돌아봤다가 은서가 가려고 다시 문을 열면 다시 한번 돌아 보는 게 끝이었다. 간혹 세의 친구들이 찾아와 함께 차를 마실 때 세가 웃는 웃음, 세가 말하는 목소리를 은서는 아주 먼 데서 인 것처럼 들었다. 저이의 웃음이 저랬구나, 저이의 목소리가 저랬었구나.

봄이 오면 나는 무엇이 하고 싶을까? 은서는 슬퍼져서 한번 깊은 밤에 세의 작업실을 찾아갔었다. 세는 밤중에 찾아온 은 서를 옆에 앉혀두고 지붕 위에 앉아 있는 남자를 그리고만 있 었다. 은서가 옆에 앉아 있다는 걸 잊은 듯이. 새벽에 잠들면서 세는 말했다. 이제 여기 오지 마. 내가 갈 일이 있으면 갈 테니.

은서는 광장을 내다보고 있다가 흠칫 돌아섰다. 세가 있었다 면 이 어깨에 숄을 걸쳐주리라는, 겨울 동안 자란 은서의 머리 가 숄 밑으로 들어가 세는 은서의 머리를 가다듬어 숄 위로 내 놓아주리라는 생각이 들어서였다.

하지만…… 은서는 곧 고개를 숙이며 오래 전, 아주 오래 전 으로 느껴지는 시간 속으로 걸어가듯 책장 위의 난 화분을 들 고 개수대로 갔다. 개수대에 물을 가득 받아 화분을 물 속에 담 가놓았다. 난 잎에도 봄기운이 묻었는지 푸릇하다. 은서는 화 분을 물에 담가놓고 컵에 약간의 우유를 따라내와 냉장고 위에 올려놓은 말아놓은 융을 꺼내 난 잎을 하나 하나 닦으며 화분 밑을 바라봤다. 거기에 싱싱한 흰 뿌리가 있을 것이었다. 그 흰 뿌리가 저 물을 먹고 있을 것이었다. 주르륵, 난 뿌리가 물을 먹는 소리가 들리는 것 같아 은서는 잎을 닦던 손짓을 멈추고 가만 서 있었다.

이젠 달라졌지. 옛날의 그가 아니지.

화분을 제자리에 갖다놓고 탁자 앞으로 돌아와 은서는 방금 오려놓은 흰 사슴을 다른 것들 위에 얹어놓았다. 신문을 보다가 봄소식이 들어 있는 사진이 실려 있으면 그걸 오려두었다. 은서가 오려놓은 사진은 수북했다. 과천의 서울대공원 동물원에서 흰 고니 한 쌍이 따스한 햇볕을 즐기며 물 위를 노닐고 있는 것을 시작으로 해서, 왜가리가 날아와 남쪽에 둥지를 튼 것이며, 우수 무렵 포근한 날씨에 버들강아지가 활짝 펴서 찍힌 모습이며, 의류상가의 마네킹들이 두꺼운 겨울옷을 벗고 화사한 봄옷으로 갈아입은 것이며, 다도해를 비롯한 남녘의 수선화며 매화가 꽃망울을 맺고 있는 것이며.

은서는 화연을 불러 무릎에 앉혔다. 불균형하게 살이 찐 은서의 허벅지에 화연은 발을 비벼댔다.

"아이스크림 먹겠니."

은서는 혼자 중얼거리며 화연을 소파에 내려놓고 냉장고 냉동실에서 아이스크림통을 꺼내왔다. 화연은 은서가 떠주는 아이스크림을 두 스푼 받아먹곤 다시 입을 벌리지 않았다. 아이스크림을 더 먹여보려던 은서는 먹이기를 그만두고 혼자 아이스크림통이 바닥이 날 때까지 다 먹었다.

봄이 오기 전에.

은서는 아이스크림통을 구겨 쓰레기통에 버리고 밥통을 열었다. 밥을 주걱으로 퍼서 냉면을 만들어 먹던 그릇에 담아 남은 반찬거리들을 넣고 비벼 식탁에 홀로 앉아 퍼먹었다. 입 안의 밥이 목에 넘어가기도 전에 다시 한 숟갈 떠넣다가 은서는 거실 소파에 앉아 밥 먹는 자신을 가만히 쳐다보고 있는 화연의 눈과 마주쳤다. 은서는 숟가락을 내려놓고 세면장으로 걸어가 변기 뚜껑을 열고 방금 먹었던 아이스크림과 비빔밥을 다 게워냈다. 잘 게워내지지가 않아 손가락을 목구멍으로 넣어 꾸역꾸역 게워냈다. 게워내다가 힘에 겨워 은서는 변기 뚜껑을 내리고 그 위에 얼굴을 대고 오래 앉아 있었다.

그렇게 은서를 작업실에 오지 못하게 하고 세는 한 번도 집에 오질 않았다. 세의 작업실엔 전화가 없어 전화를 할 수가 없었다. 처음 얼마간 은서는 세가 전화를 해오겠지, 한순간도 집을 비우지 않았다. 벨이 울려서 받아보면 세가 아니었다. 유혜란이거나 어머니 그리고 완의 전화도 두 번 있었다. 그중 한 번 완은 집 앞 카페 난에 와 있다고 했으나 은서는 나가지 않았다. 두 시간 후쯤 완은 다시 전화해 이제 정말 볼 수 없는 거냐고 물어왔다. 정말 볼 수 없는 거니, 라고. 은서는 대답을 않고 수화기를 내려놓았다. 전처럼 다시 집으로 와버릴지도 모른다고 생각했으나 그러지는 않았다. 세의 전화를 기다리는 데에 지쳐, 세가 아닌 다른 전화를 받는 것이 힘이 들어, 어느 날 은서는 전화선을 뽑아버렸다.

아침에 침대에서 눈을 뜨자마자, 하루를 포기하는 사이로 겨울은 갔다. 눈을 뜨면 오후였고, 몸을 일으키다가 오늘은 그냥 자야지, 하며 다시 누웠다. 자다가 일어나 뭔가를 먹었다. 먹고 나면 졸음에 겨워 앉아 있을 수가 없어 다시 침대로 기어들어갔다. 어디에 고여 있던 식욕인지. 화연은 조용한 집 식탁 밑이나 소파에 엎드려서 잠에서 깨어나 냉장고 문을 여는 은서를, 얼굴이 붓기 시작하는 은서를, 물에 불은 것처럼 퉁퉁해진 은서의 손등을, 슬프게 쳐다봤다.

변기 위에서 얼굴을 들고 일어나 은서는 세수를 했다.

비누거품이 묻은 얼굴이 비치는 세면대 위의 거울을 보지 않으려고 은서는 눈을 뜨지 않았다. 거품을 씻어내고 수건으로 얼굴을 닦으면서도 눈을 뜨지 않았다. 눈을 뜨지 않고 손바닥으로 물을 퍼 얼굴을 닦는데 전화벨 소리가 들렸다. 은서는 머리를 흔들었다. 전화선은 뽑아놨어, 난 이제 기다리지 않을 거야.

겨울이 지나가는 동안 전화선을 뽑아놓았는데도 귓속에선 끊임없이 전화벨이 울렸다. 손을 뻗어 빈 수화기에 대고 은서는 여보세요, 하다가 수화기를 떨어뜨렸다. 눈을 감으면 세가 우산대를 마구 휘두르고 있어 눈을 떴다. 그때 맞은 상처는 이제 다아물었는데도 그 자리들이 팬 듯 아파왔다. 약상자에서 연고를 꺼내 바르기까지 할 정도로 상처가 났던 자리가 쑤셨다.

꽃이 피기 전에.

수건을 걸려고 눈을 떴다가 은서는 설핏 거울 속의 얼굴을 보고 말았다. 은서는 정면으로 거울을 들여다봤다. 거울에 손을 뻗어 쌍꺼풀이 사라진 자리에 눈꺼풀이 도도록이 내려앉아 있는 데를, 코 높이만큼이나 부어 있는 뺨을, 사라진 인중을, 밭은 입술을, 낯선 사람의 것인 듯 만져보았다.

그래, 꽃이 피기 전에.

은서는 무슨 생각이나 난 듯 세면장을 나와 방으로 갔다. 화장대에 앉아 이젠 제 얼굴이 아닌 것 같은 얼굴에 로션을 바르고 스킨을 바르고 영양크림을 발랐다가 너무 끈적해 화장지로 닦아냈다. 핀으로 머리를 묶고 은서는 옷장을 열었다. 폴라티를 입고 조끼를 입으려니 조끼가 맞지 않았다. 조끼를 벗고 그 위에 재킷을 걸쳐보니 어깨가 터질 듯했다. 은서는 맞는 옷을 찾아 옷장을 헤적거려보다가 가을 블라우스를 고무줄 달린 주름치마 위에 내입고 바바리를 위에 걸치고서 방을 나왔다.

"가자."

은서는 화연을 안고 아파트를 나왔다. 주차장으로 가서 차문을 열고 운전석 옆자리에 화연을 내려놓고 운전석에 앉아 차에 시동을 걸며 화연의 등을 쓰다듬어주었다. 이슬어진 네가 살기 좋을 거야. 거기서는 마음껏 짖으려무나. 그래 마음껏 뛰어다니려무나. 나는 너를 더이상 보살필 수가 없구나.

네 시간 후에 은서는 이슬어지로 들어가는 다리에 차를 세워놓았다. 해가 저물었지만 어두워지진 않아 은서는 차 안에서 밤이 되기를 기다렸다. 어머니만 보고 가리라, 하고 떠나온 길이었다. 어머니에게 화연만 맡기고 가리라. 봄이 왔다는데 다리에서 바라본 이슬어지의 지붕 위엔 눈이 희었다. 은서는 눈짐작으로 세의 집 지붕을 찾아보았다. 봄이 오면 그 집 마당 석류나무에 움이 트고 꽃이 피리라, 그러리라. 석류꽃. 바람에 나부끼던, 나부끼어 얼굴을 간질이던 그 붉은 꽃. 그 아래서의 시간들. 지나간, 그래 지나간, 지나가버린.

어두워진 후, 은서는 차에서 내려 화연을 안고 마을로 걸어 갔다. 저렇게 불이 켜진 집들을 향해 걸어보기란 얼마 만인지. 이곳의 어둠은 진짜 어둠이다. 칠흑이다. 은서는 도시를 생각 했다. 가로등과 상가의 불빛들과 섞여 아무것도 가리지 못하는 어둠. 설령 거기에 저런 마을이 있다고 해도 이렇게 몰래 들어 서지 못하리라. 바로 저기에서 누가 걸어온다 해도 그가 누구 인지 보이지 않을 이 칠흑. 화연이 너무 어두운지 은서의 품에 안긴 채 끄응, 거렸다. 은서는 화연을 편하게 안고 칠흑의 끝에 떠 있는 찬 별들을 쳐다보며 속삭였다. 괜찮아, 괜찮단다.

대문은 열려져 있다. 마당 감나무 아래 눈이 소복했다. 은서 는 그 눈을 지나쳐 토방으로 올라와 그냥 문을 열면 어머니가 놀랄까봐 마루를 닫아놓은 밀창을 두드렸다.

"누구요?"

"......"

"누구요?"

대답도 안 했는데 방문이 열리고 곧 이어 밀창이 열렸다. 토 방에 화연을 안고 서 있는 은서가 꿈결만 같은지 어머닌 빤히 쳐다보고만 있다가 은서의 손을 잡았다.

"네가 연락도 없이 웬일이냐?"

어머니는 은서를 아랫목으로 끌어들이다가 은서가 내려놓은 화연을 쳐다봤다. 화연은 은서가 내려놓은 자리에서 그대로 엎 드려 몸을 오그라뜨렸다.

"밥상 차려주랴?"

"저 금방 가야 해요."

"이 밤에?"

"네."

"시댁에도 안 들르구?"

"어머니만 뵈러 왔어요."

어머니는 그때야 은서의 부스스한 얼굴을 바라봤다.

"얼굴이 왜 그러냐?"

"왜요?"

"어디 아프냐? 네 얼굴 같지가 않구나."

"……"

"무슨 일이야?"

은서는 화연을 끌어당겨 어머니 앞으로 밀었다. 화연은 미는 대로 밀렸다가 금세 몸을 뒤로 물렸다.

"이 개 좀 어머니가 길러달라구요."

"어딜 가냐?"

"네."

"어딜?"

"먼 데요."

"이서방은?"

"엄마!"

은서가 엄마, 하고 부르자, 어머니는 묻기를 그만두고 은서를 바라봤다. 어머니라는 말도 어쩔 수 없이 꼭 불러야 될 때만 부른 은서였다. 이제 처음으로 엄마, 라고 부르는 딸의 입술이 밭아 있어, 그렇게 부르는 딸의 눈에 엄청난 피로가 쌓여 있어, 어머니는 더이상 묻지 않았다. 물을 수도 없었다.

지금 가야 한다던 은서는 그대로 기절하듯 누워 잠이 들어버렸다. 개를 윗목에 앉게 하고 요를 꺼내 깔고 은서를 옮기면서 어머니는 불균형하게 살이 찐 은서의 몸을 쳐다봤다. 어머니는 잠든 은서를 흔들어 깨웠다.

"눈을 떠봐라…… 무슨 일이 있는 게냐?"

"나, 새벽에 깨워줘요. 아주 새벽에, 날이 밝기 전에."

새벽에 눈을 떴을 때 은서의 머리맡엔 밥상이 놓여 있었다. 은서가 일어나자 어머니는 아랫목에 담요로 돌돌 말아 묻어놓았던 밥그릇을 꺼내 두부를 썰어넣고 끓인 김칫국 옆에 내려놓고 뚜껑을 열어주었다. 흰 쌀밥에서 뜨거운 김이 모락모락 피어올랐다.

"너 눈 뜨자마자, 간다고 할 게 뻔해서…… 세수도 옷도 밥 먹고 하거라. 나, 너한테 이렇게 밥상 차려주고 싶은 적이 많았다. 다른 사람들하고 섞어 말고, 너한테만. 너한테만 밥상 차려준 적이 한 번도 없는 것 같구나. 오늘 새벽에 그걸 이루었어야. 오는 줄 알고 있었다면 좋았을 것을. 그래두 이게 지금 차릴 수 있는 것 다. 생각 없어두 에미 정성 봐서 먹어."

은서는 숟가락을 들었다.

사과가, 작은 풋고추가, 실파가 떠다니는 동치미 국물 옆에 노릇노릇하게 구워진 굴비, 땅에 묻어놓은 깊은 김칫독 맨 밑

에서 꺼내 내놓은 듯한 붉은 김치, 잘게잘게 찢어놓은 자장, 된
장독에 박아두었던 고춧잎, 투가리에 담긴 계란찜, 기름이 발
라져 가는 소금이 뿌려진 김.

은서는 차례로 다 젓가락을 가져다댔다. 어머니가 다시 나가
숭늉을 떠올 때까지.

상을 물리고 방을 나오려는데 그때껏 윗목에 엎드려만 있던
화연이 따라오려 일어섰다. 은서는 주저앉아 화연의 등을 쓰다
듬었다.

"너는 이제 여기에서 살거라. 그냥 개로, 개답게."

은서는 자꾸만 따라나오려는 화연을 안에다 두고 문을 닫았
다. 화연이 미친 듯이 방문을 긁어댔다. 언젠가 그 남자가 은
서를 찾아와 화연을 주고 갈 때처럼. 그 남자가 사라지는 모습
을 보며 차 속에 갇혀 바라보며 차창을 비명처럼 긁어대던 때
처럼.

"내가 가면 마당에 놔 기르세요. 지금까지 내가 기르던 대로
말고 어머니 마음대로."

은서를 따라나서는 어머니의 손에 바가지가 들려 있다. 바가
지 안엔 고구마 자른 것, 쌀, 들깨, 무 시래기가 들어 있다.

"뭐예요?"

"너 가는 거 보고 산에다 뿌려주려고."

"산에다? 왜요?"

"……"

"왜요?"

"산에 눈이 쌓여 먹을 게 있겠냐. 그냥 짐승들 먹거리나 될까 하고."

뿌옇게 날이 밝아오는 신작로에서 은서는 다리에 차를 세워두었다고 작별인사를 건네고 다리 쪽으로 가다가 뒤돌아봤다. 어머니가 뿌연 새벽빛 속에 서 있었다. 은서는 어서 가라고 손짓을 했으나 어머니는 그냥 그대로 있었다. 다시 돌아서 몇 걸음 더 걷다가 은서는 어머니에게로 갔다.

"같이 산에 가요. 그리구 어머니 집으로 들어가시는 거 보고 갈게요."

산과 들판이 갈라지는 방죽가에 머리가 청록색인 청둥오리 한 마리가 물 속에 얼굴을 들이밀고 있다. 어머니는 방죽가에 바가지 속의 것들을 집어던져주었다.

"겨울내 암놈하고 둘이더니 짝을 잃었나보다."

청둥오리? 은서는 힘겹게 방죽에서 나와 어머니가 던진 무시래기를 입에 대보는 청록의 청둥오리를 쳐다봤다. 저들은 무리생활을 할 텐데 왜 홀로 떨어져나왔을까. 어렸을 때 저 방죽엔 수십 마리의 청둥오리가 날아들곤 했었다. 수초를 찾아 물 속에 얼굴을 넣은 수십 마리의 청둥오리들은 아름다웠다. 세의 아버지가 청둥오리 한 마리를 잡아와 닭장에 가둬놓았던 적이 있었다. 집오리들과 섞여 있는 청둥오리가 가엾다고 집이 빈 틈에 세는 은서를 불러내 청둥오리를 닭장에서 꺼내 옷에 싸서 다시 방죽으로 데려다줬었다. 그 오리의 핏줄일까? 은서는 홀로 외로운 방죽가의 청둥오리를 쳐다봤다.

산의 눈길 위에 발자국은 딱 두 개였다. 발자국은 포개지고 포개져 있었다. 겨울 동안 어머니만 이 길을 다녔는가. 은서는 저 멀리까지 나 있는 두 개의 발자국을 새벽빛 속에서 내다보았다. 어머니는 새겨지듯 팬 발자국에 그대로 다시 발을 대고 걸었다.

　"겨울내 전화해도 받질 않더구나."

　"……"

　"이수 면회를 다녀왔다. 갈 수 있으면 같이 가자고 전화를 했었다."

　"……"

　이렇게 겨울 내내 똑같은 발자국에 다시 발자국을 대며 저 바가지를 들고 산을 오르내렸는가, 아침마다. 은서는 어머니 뒤에 서서 어머니 발자국에 그대로 신발을 대고 걸었다. 어머니는 아직 눈이 쌓인 산의 사방에 바가지에 있는 것을 나눠 뿌렸다. 멀리, 될 수 있으면 멀리까지 퍼지라고 어머니는 팔에 힘을 주었다. 눈밭에 고구마 떨어지는 소리, 쌀이 흩뿌려지는 소리, 그 소리의 어느 틈, 차가운 새벽빛 속에서 어머니가 은서를 돌아다봤다.

　"목숨은 자기 것이 아니다. 스스로 끊을 수 있는 건 더더구나 아니여."

　은서의 눈을 깊이 들여다보던 어머니는 너도 한번 뿌려볼 테냐고 멍하니 서 있는 은서의 손에 무 시래기를 쥐어주었지만 은서는 쥐지 못하고 바로 발밑에 놓쳐버렸다.

불을 끄면 네 얼굴이

아파트로 돌아와 화연도 없는 빈집의 은서는 자주 혼잣소리를 했다. 화연을 어머니에게 데려다준 걸 깜박 잊고는 화연의 밥을 만들어 소파나 식탁 밑을 기웃거리다가, 어머니에게 데려다줬지, 혼자 중얼거렸다. 아침에 일어나서 문득 세의 이름을 불러보기도 했다. 그러다 공허해져 은서는 냉장고 문을 열었다. 먹을 것을 구하러 슈퍼에 나가는 일 빼고는 은서는 외출하지 않았다.

어느 날부터 은서는 자주 세의 앨범을 갖다놓고 웅크리고 앉아서 들여다봤다. 세가 어린애였다가, 중학생이었다가, 고등학생이었다가, 대학생이 되어가는 걸 보고 또 봤다. 그 틈 어딘가에서 가끔 자신이 새침스럽게 서 있었다. 상고머리로, 단발머리로, 때론 땋아내린 머리로, 그리고 풀어헤친 긴 머리로. 은서는 사진 속의 자신의 머릿결에, 세의 얼굴에 손바닥이나 뺨을 대보다가 눈물이 글썽여지곤 했다. 눈물을 글썽이면서 은서는 처음으로 자신의 앨범을 없애버린 걸 후회했다. 화연이 죽고 짐 정리를 하면서 은서는 사진들을 다 태워버렸다. 세가 왜 그러냐고 물었을 때 정다웠던 일들은 다 잊으려 한다고 대답했었다. 사진을 태운다고 잊어지는 건 아니야. 세는 은서가 자신의 사진을 모조리 태워버리는 걸 말렸지만 은서는 기어이 다 태워버렸다. 은서는 세의 사진들에 뺨을 대며 속삭였다. 그래, 사진을 태운다고 잊어지는 건 아니지, 만날 수 없다고 헤어진 건 아니지. 이렇게 다 마음속에 쌓여 있으니, 때로 들여다보지 말아야 할 시절이 있다 해도 그깟 사진을 태운다고 잊어지는 건 아니지.

은서는 옷을 입었다. 내일은 세가 나가는 학교 개학날이다. 그걸 세가 알고나 있는지. 집을 나오면서 은서는 방문에 걸려 있는, 몇 년 전 봄이 올 무렵에 세가 선물해주었던 종 모양의 풍경을 떼어내 주머니에 넣었다. 엘리베이터를 타고 내려와서 은서는 아파트 광장에 세워져 있는 차를 잠깐 바라다봤다. 그러다가 차를 운전하는 것을 포기하고 난이 있는 곳의 반대편으로 걸음을 옮겨놓았다.

거리엔 정말 봄이 와 있었다. 마네킹만 봄옷으로 갈아입은 게 아니라 사람들 옷차림도 산뜻해져 있었다. 은서는 걷다가 재킷을 벗어 손에 들려다가 바깥으로 내입은 펑펑한 블라우스 위로도 느껴지는 배의 살에, 다시 재킷을 입고 앞을 여몄다. 이마에 송글송글 땀방울이 맺히고 숨이 가빴다.

세의 작업실을 향해 걸으면서 은서는 세를 만나면 무슨 얘기를 해야 되는지를 생각하려 했다. 그날 밤 이후 은서와 세는 마주 앉아 얘기를 나눌 수가 없었다. 세가 기회를 주지 않았다. 세가 그날 밤, 아니 새벽에 그토록 오래 비워두었던 작업실로 가버린 후, 은서는 나흘 동안 혼자 벽에 등을 대고 앉아 있었다. 꼼짝을 할 수가 없었다. 세가 남긴 말, 도대체 사랑이라는 이름으로 너와 내가 할 수 있는 무슨 일이 남았니? 그 말이 저릿저릿해서.

작업실 건물의 경비가 은서를 보고는 고개를 갸웃했다. 많이 달라진 은서의 모습에 은서인가 아닌가 싶은 표정이었다. 그러다가 은서가 인사를 하자, 같이 목례를 하면서 경비는 멍한 눈으로 은서를 바라봤다.

세는 외출중인지 문이 잠겨 있었다. 잠긴 문에 메모가 한 장 붙어 있었다.

"선배님, 두 시간을 기다리다가 그냥 갑니다. 어제 만났을 때 오늘 외출한다는 말이 없어서 그냥 왔는데 어디 가셨어요? 이따 저녁때 다시 올게요…… 채연."

채연? 은서는 그 이름을 가만 들여다봤다.

은서는 가방에서 열쇠를 찾아 문을 열고 안으로 들어갔다. 많이 어수선할 줄 알았는데 생각보다 작업실 안이 정돈되어 있다. 은서는 완성된, 지붕 위에 앉아 있는 윗옷을 벗은 남자 그림을 물끄러미 쳐다봤다. 기와지붕이다. 남자는 지붕 위에 앉아 아주 먼 데를 보고 있다. 방금까지 붓질을 하다 나간 것

556

같은, 세워둔 이젤 속엔 감나무가 그려져 있다. 칼을 든 남자 하나가 감나무에 올라가 앉아 있다. 자세히 보니 남자는 칼로 감을 깎고 있다. 가지에 달린 생감을 따지도 않고 가지만 잡아당겨.

은서는 풍경을 꺼내 출입구 쪽에 매달고서 흔들어보았다. 종소리가 은은하게 작업실에 퍼졌다. 그때 세가 이 풍경을 주며 뭐라 했던가, 배추 속까지 이 소리가 스밀 것 같다고 했던가.

두 시간이 지나도 세가 오질 않아 은서는 메모를 남겼다.

— 내일부터 학교 등교일인 거 알지. 오늘밤 집으로 와. 옷도 갈아입고 집에서 출근해. 기다릴게.

은서는 버스를 타고 집으로 돌아오며 아파트 두 정거장 전에서 내려 시장에 들렀다.

"이보오."

깐 마늘이며 다듬은 파를 놓고 팔고 있던 할머니가 은서가 뒤돌아보자 봉지 하나를 집어들며 웃었다.

"보리싹이유, 이거 갖다 된장국 끓여 드시우."

보리싹? 지나가던 여자 두엇이 할머니가 내민 보리싹을 받아들고 정말 보리싹이에요? 하고 물었다.

"정말이잖고."

"요즘 보리싹이 뭐 맛이 있을라구."

여자들은 그냥 가버렸다.

누가 아직도 보리를 심을까? 은서는 할머니에게 다가갔다. 어렸을 때 겨울이면 보리 밟으러 나가곤 했었다. 꾹꾹 밟으래서 꾹꾹 밟기는 하면서도 은서는 파란 보리순이 가여웠다. 꾹꾹 밟아줘야 잘 자란다는 말 또한 빈소리만 같았다. 밟으면 자빠져서 다시 못 일어날 것만 같아 발에 힘이 가지 않았다. 그런데도 아닌게 아니라 그렇게 밟아주고 난 보리밭은 봄이 되면 새파란 보리순으로 환하디환했다. 그 순을 잘라다가 국을 끓여 먹었던 생각. 이제 그 이슬어지의 들은 보리를 심지 않은 지가 벌써 몇 해 되었다. 은서가 이슬어지에서 보리를 마지막으로 본 건, 기억나지 않는 어느 해 수확기에 이슬어지에 갔다가 불타고 있는 보리밭을 본 게 마지막이었다. 거둘 손이 없어 지른 불이었다. 그 넓은 들에 누렇게 익은 보리는 늦봄 햇살과 바람을 타고 순식간에 타올랐고 들은 보리 타는 냄새와 연기로 자욱했었다.

시장엔 봄나물이 수두룩했다. 쑥부쟁이의 어린 순을 비롯해서 잎에 보송보송 털이 나 있는 씀바귀며, 냉이들…… 들에서 직접 캐온 것인지 향기가 짙었다. 은서는 보리싹을 비롯해서 달래와 냉이 그리고 쑥도 조금 샀다. 봄동도 얼만큼 샀다. 그리고 옷가게에 들러 품이 넓고 엉덩이까지 내려오는 웃옷과, 평소 치수에 사 인치를 보탠 주름치마를 하나 샀다.

현관문을 따고 안으로 들어서며 은서는 습관처럼 화연을 찾았다. 그녀의 손은 화연의 등을 어루만질 양을 하다가, 그렇지 이젠 없지, 시장 봐온 것을 식탁에 내려놓았다.

국물을 텁텁하게 하기 위해 쌀뜨물을 받아 된장을 풀어 보리 싹국을 안쳤다. 국이 끓으면서 구수한 냄새를 풍기는 동안 은 서는 풋풋하고 상긋한 나물들을 다듬어서 끓는 물에 데치고 참 기름이며 깨소금이며 파, 마늘을 넣어 양념이 배도록 무쳤다.

그러나 세는 오지 않았다.

새벽 두시가 되어가는 시계를 은서는 바라봤다. 옷을 갈아입 으러 아침에라도 올 줄 알았으나 세는 오지 않았다. 출근시간 이 지나 은서는 전화선을 꽂고 세의 학교로 전화를 했다. 세는 무뚝뚝하게 네, 했다.

"집에 왜 안 왔어? 옷은?"

"……"

"집에는 안……"

세가 내가 이따가 전화할게, 하고는 전화를 끊었다.

세는 전화하지 않았다. 세의 전화를 기다리며 은서는 식탁 쪽을 건너다봤다. 다듬어서 삶아서 무친 나물들은 간을 고추 장하고 된장으로 했기 때문에 색깔이 변해 있을 거였다. 깨소 금이나 참기름 냄새도 다 날아가고 없이, 색깔만 변해 있을 거 였다.

식탁을 보다가 은서는 눈을 질끈 감아버렸다.

세를 기다리면서, 시계를 보면서, 날이 밝아오는 걸 느끼면 서, 그리고 차려놓았으나 아침까지 그대로인 식탁을 보면서 총 에 맞은 것처럼 아찔했다. 이 익숙한 기다림은 다른 사람의 추 억이 아니었다. 은서, 자기 자신이 지나온 자리였다. 사람만 완이 아닌 세로 바뀌었을 뿐. 은서는 오후가 되도록 식탁을 보며 그렇게 앉아 있었다. 그 자리에 고스란히 되돌아가 있다니. 그 긴 터널 같은 날들을 지나 고작 이 자리에 다시 돌아와 있다니.

그로부터 팔 일이 지난 후, 세는 옷가지를 챙기러 아파트에 와서 초인종을 눌러도 은서가 나오질 않아 주머니 속에서 열쇠를 찾아 현관문을 따자마자 지독한 냄새에 코를 싸쥐었다. 사나흘 전부터 은서에게 전화를 해서 옷가지들을 좀 갖다달라고 하려는데 전화를 영 받질 않아 들른 참이었다. 고약한 냄새는 식탁 위에 한껏 차려진 봄나물들이 썩고 있는 냄새였다.

세는 놀라 은서의 이름을 불렀다.

세는 기겁을 해서 건넌방 먼저 문을 열었으나 은서는 없었다. 안방문을 열었을 때 침대에 은서가 누워 있었다. 은서는 가느다랗게 눈을 뜨고 방문을 거칠게 열고 들어오는 세를 바라봤다. 은서의 가느다랗게 뜬 눈을 보자 세는 저절로 큰 숨이 나왔다.

"이게 무슨 짓이니?"

은서는 침대 위에 허깨비처럼 누워 있었다.

"이 냄새를 못 맡았니?"

세를 바라보는 은서의 눈이 초점이 없었다. 그나마 금세 은서가 정신을 놓아버릴 것 같아 세는 은서를 뭐라 다그칠 수도 없었다.

"뭐 하는 짓이야?"

뭐라 말이 없이 은서는 그저 눈만 감으려 했다.

"눈을 떠봐."

세는 가물가물거리는 은서를 어떻게 해야 될지를 몰라 은서를 잡고 흔들었다. 눈꺼풀이 자꾸 꺼지는데 부은 것인지 살이 찐 것인지 불균형스럽게 커진 은서의 몸을 그저 세는 흔들기만 했다. 그래도 자꾸만 눈을 감으려는 은서를 침대에 눕히고 세는 바깥으로 나왔다. 지독한 냄새를 풍기며 썩어가는 봄나물 무침들을 봉지에 담아 쓰레기통에 버리고 가스레인지 위에 엎혀진 냄비뚜껑을 열다가 세는 다시 한번 코를 싸쥐었다. 보리 싹인가. 세는 냄비를 통째로 개수대로 가지고 와서 안의 것을 쏟아붓고 수도꼭지를 틀고 아래로 쓸려보냈다. 세는 쌀을 조금 꺼내 물에 담가났다가 냄비에 물을 많이 담고 오래오래 끓여서 은서에게 먹이려 했으나 은서는 먹질 못했다.

"이게 무슨 짓이냐?"

세는 오래 시간을 들여 은서에게 죽을 먹였다.

옷을 가지러 왔다가 세는 다시 작업실로 가지 못했다. 은서가 아무 일도 하려고 하질 않아서. 한번 누우면 영 일어나려고조차 하지 않아서.

"전화기는 왜 뺐니?"

세는 전화선을 다시 꽂았다. 그러나 은서는 전화가 와도 통화하지 않았다. 유혜란이라고, 어머니라고, 해도 은서는 세가 건네주는 수화기를 그대로 내려놓아버렸다. 그렇게 봄방학이 지난 다음에야 은서는 기운을 차렸는지 아침이 되면 일어나 밥을 지으러 나갔다. 그러나 여전히 은서는 말을 하지 않았다. 세가 학교에 갔다가 와보면 전화선은 빼져 있었다. 세가 다시 꽂

으며 그러지 마라, 해도 다음날이면 다시 빼져 있었다. 세가 나
가면 은서는 문을 잠가놓고 아예 열지도 않는 모양이었다. 시
장조차도 세가 봐와야 했다.

한번, 은서가 아파트 입구에 나와 앉아 있었다.

저녁에 만나 전람회에 같이 가기로 한 채연이 약속을 어겨
일찍 들어오는 길이었다. 아침에 나오면서 세는 늦을 거라고,
혼자 저녁 먹고 자라고 말해둔 날이었다. 성인 여자가 쭈그리
고 앉아 있을 데가 아니어서 세는 처음에 웬 여자가 저렇게 앉
아 있나 했다. 웅크린 폼이 아이 같았다. 다가가보니 은서였다.

"여기 왜 나와 있냐."

세는 놀라 불균형하게 살이 붙은 은서의 겨드랑이에 손을 넣
어 일으켰다.

"왜 이러고 있냐?"

"……"

"왜 이러고 있냐니까."

은서가 힘없이 중얼거렸다.

"네가 올 것 같아서."

"나 늦는다고 했잖아."

은서는 고개를 떨구었다.

"그래도 올 것 같았어."

은서는 부으면서 점점 더 쇠약해졌다. 그러면서도 세에겐 극
진했다. 세의 발소리를 들으면 어느새 문을 열고 서 있었다. 자
신이 장 봐온 것을 다듬고 썰며 찬거리를 만드느라 개수대 앞

에 서 있는 은서를 보면 세는 저 여자인가, 싶었다. 무슨 일을 해도 은서는 어울리지 않고 어색해 보였다. 겨울 동안 은서는 이상하게 찌그러져 있었다. 은서가 세탁을 하거나 다림질을 할 때 보면 더 그랬다. 좁은 어깨인데 어깨 아래로 불균형하게 살이 붙어 있고, 턱선이 분명한 작은 얼굴인데 턱선이 뭉개져 있었다. 저 여자인가, 세는 느릿하게 걸어가거나 앉아 있는 은서를 어떻게 해야 할지를 몰라 바라봤다. 가만하거나 조용했던 은서의 움직임은 느리거나 굼떴다. 저 여자였나, 내가 그렇게 사랑하고, 내가 그렇게 포악을 떨었던 상대가?

일요일날 아침, 세가 밥을 뜬 숟가락 위에 은서가 멸치조림을 올려주었다. 그러는 그녀의 손가락에 밴드가 감겨져 있다.

"손가락은 왜 그래?"

"……"

"왜 그러냐고?"

되묻기를 세 번이나 해도 은서는 대답이 없다. 베기도 했을 것이었다. 그렇게 정신이 다 나간 사람처럼 휑해지곤 하니. 과일접시를 들여다놓고 과도를 가지러 갔다간 뭘 가지러 갔는지를 잊어버려 쩔쩔매는데 칼로 손가락을 베이는 것쯤이야.

"오늘 혜란씨가 올 거야."

"……"

"어제 전화 왔길래 내가 와달라고 했어."

"……"

"세시쯤 올 거야."

"......"

"즐겁게 지내도록 해."

즐겁게 지내도록 하라는 세의 말에 은서가 웃었다.

"그래 그렇게 웃어. 얼마나 좋으니."

웃는 은서의 얼굴을 세는 바로 보지 못하고 고개를 숙였다. 웃어도 어딘가 찌그러져버리는 모습이었다. 유혜란에게 전화가 왔다는 건 세가 지어낸 말이었다. 더이상은 은서를 두고 볼 수가 없어 세가 유혜란에게 전화를 했다. 은서를 이대로 두어서는 안 될 것 같은데 세 혼자서는 어떻게 해야 할지를 모르겠어서. 말을 해야, 무슨 말이든지 해야, 무엇을 해보든 할 텐데 은서는 말을 끊어버렸다. 은서가 어떤 상태인지를 하나하나 말할 때마다 유혜란은 뭐라구요? 했다. 은서씨가 말예요?

은서는 음악도 듣지 않고, 책도 읽지 않으며, 텔레비전도 보지 않았다.

대신 놀랍게도 이따금씩 엄청나게 음식을 먹었다. 어떻게 저렇게 많이 먹을 수가 있을까, 싶어 음식그릇을 치워버리고 싶도록. 그렇게 밀어넣듯이 먹은 음식을 세면장으로 가서 금방 가서 다 토해내곤 했다. 그러다간 또 아무것도 입에 대지 않았다. 너무 굶는구나 싶어 세가 우유를 마시기 편하게 입술에 대주면 그때야 조금 마시는 듯하다가 말았다.

창백하게 질려 움직이지 않고 앉아 있기도 했다. 왜 그러고 있느냐 하면 머리가 아픈 듯 이마에 손을 가져가곤 했다. 때때로 두통제를 다섯 알 여섯 알씩 입 안에 털어넣고 있는 은서를 보기도 했다. 뭐 하는 거냐며, 세가 약을 빼앗으면 은서는 힘없이 약을 내주었다.

그래서 유혜란에게 전화를 했다. 와서 은서에게 말을 좀 시켜보라고.

유혜란은 세시에 정확하게 왔다. 유혜란이 현관으로 들어오는 걸 보며 세는 밖으로 나갔다.

은서는 유혜란을 향해 웃었다. 은서가 주전자에 찻물을 끓여 녹차잔과 함께 내오는 걸, 찻잔에 찻잎을 붓는 걸, 찻잔에 물을 붓는 걸 유혜란은 근심스럽게 바라봤다. 어떻게 얼굴이 저렇게 됐나? 눈동자는 초점이 없이 불안스럽게 움직이고 찻물을 따르는 손이 파르르 떨리는 걸 유혜란은 주의 깊게 쳐다봤다. 정말 말을 잊은 것인가? 방송국을 그만두고 처음 만나는데도 은서는 방송국 사람들 안부도 무엇도 묻질 않는다.

"은서씨."

"……"

"하고 싶은 말 없어요?"

은서가 또 웃었다.

유혜란이 내가 누군지는 알아요, 라고 묻자 은서는 또 웃었다.

"나한테도 말 안 할 거예요?"

"……"

"말 안 할 거예요?"

유혜란은 말없는 은서의 손을 잡았다.

손을 잡으면서 보니 풀어내린 은서의 머리 가르마 옆부분의 머리가 뭉텅이로 빠져 그 부분이 휑하다. 유혜란이 은서의 머리를 매만지려 하자 은서가 놀란 듯 손을 바닥에 짚으며 유혜란과의 사이를 멀어지게 했다.

"머리가 많이 빠졌어요. 은서씨 머릿결이 얼마나 고왔는데……"

뒤로 넘겨 묶으면 그 자리가 안 보이게 된다고 생각하는지 은서는 유혜란의 말을 듣자마자 탁자에 놔둔 핀을 집었다.

"이리 와봐요. 내가 묶어줄게."

그러자, 은서가 뭐라고 나지막히 더듬거렸다. 뭐라구요? 유혜란은 되물었다. 뭐라는 거예요?

"내가…… 내가 해요."

유혜란은 은서를 응시했다. 아까는 불안스럽게 흔들리던 눈빛이 이제는 너무나 착 가라앉아 있다.

"손가락도 아픈 모양인데 이쪽으로 대봐요. 내가 잘 해줄게."

"……내가…… 해요."

"왜 완벽하려고 애써요?"

은서가 머리를 매만지며 웃었다.

"왜 혼자 해야 된다고 생각해요?"

"……"

"왜 그러죠?"

"지금까지…… 그래왔으니까."

"지금까지 그래왔다고 계속 그래야 해요?"

"……"

"고치세요."

유혜란은 은서의 머리를 자기 앞쪽으로 돌려서 가지런히 묶는데 머리는 빠진 것만이 아니었다. 옆머리가 희게 세었다. 무슨 일이 있는 건가요, 희게 센 은서의 머리를 손가락으로 빗어 핀으로 고정시키며 마음이 아파 눈물이 나오려 해 유혜란은 벽에 붙은 그림을 쳐다봤다.

"누군가 정성을 들여 그렸군요."

"……"

"누구 그림이에요?"

"……그 사람 거예요."

"사랑으로 그린 것 같아요."

은서가 고갤 숙였다. 얼마 후에야 은서가 고개를 들고 유혜란을 바라보며 입을 열었다.

"사랑이 남아 있다고 생각해요?"

"은서씬?"

"……"

"은서씬?"

"……"

"난 남아 있다고 생각해요. 노선생을 만나기 전까진 몰랐죠. 몰랐다기보다 가끔씩 이젠 사랑이 남지 않았다고 느끼곤 했죠. 그런데 지금은 아니에요. 우리, 날 따뜻해지면 결혼할 거예요. 그 사람 이제 날 안을 수도 있게 됐어요."

은서가 유혜란을 깊게 바라봤다.

유혜란이 마주 보려 하자 은서의 눈이 금세 다시 흐려졌다.

흐려지더니 금세 다시 불안스럽게 움직였다. 그러다가 아무것
도 보지 않는 듯 초점이 사라졌다. 무엇이 저 여자의 눈에 저런
공동을 파놓았을까.

"은서씨는 말하는 법을 배워야 될 것 같아…… 그렇게 감정
을 드러내지 않고 속으로만 삭이고 있으면 병나는 법이에요."

이미 병이 나 있군요, 유혜란은 가슴이 아팠다. 이 여자가 뭔
가 다르다는 생각은 했었다. 처음 이 여자의 얼굴을 방송국 내
편집실에서 봤을 때 유혜란은 이 여자를 다시 돌아다봤다. 일
분 이 분 정확히 시간을 재야 하고, 정보를 물처럼 흡수해야 하
고, 시도 때도 없이 스탭들과 어울려야 하는데, 그런 속도에 저
여자가 맞출 수 있을까? 은서에 대한 유혜란의 첫인상은 그것
이었다. 아니 그것만이었다면 그렇게 다시 쳐다보진 않았을 것
이다. 그것만이었다면, 얼마 안 있어 스스로 그만 물러서겠지,
하고 말았을 테니.

유혜란으로 하여금 은서를 되돌아보게 한 건 은서의 모습에
서 깊이 파인 우물이 느껴져서였다. 같은 여자인 은서에게 유
혜란이 끌린 건 그 이유였다. 두레박이 어두운 속을 한없이 내
려가 드디어 닿는 물살, 그 차가우나 맑은 물, 은서에게서 유혜
란은 그걸 느꼈다. 그런데 저것이었나. 저 여자가 그 두레박을
타고 내려가 만난 건 저 피로함과 저 텅 빔이었나.

"어디가 아파요?"

"……"

"은서씨?"

"아파요."

"어디가?"

"가슴이 아프고 열이 나고……"

은서는 말을 멈추고 손바닥을 목에 갖다댔다.

"그리구요?"

"……목이 막힌 듯이 아프고, 귀가 울리고……"

"왜 두통은 빼요?"

"……"

"걸어다니기가 힘들 정도로 머리가 울리죠. 어디 먼 데서인 것처럼 환청이 들리고, 헛것도 보이고 우유 한 잔도 소화하기 힘들고…… 안 그래요?"

은서가 웃었다.

"그거 다 하고 싶은 말을 안 하고 마음에다 둬서 그래요. 감정을 속으로만 삭이면 그렇게 된다구요. 그거 약 먹어도 소용 없어요. 화가 나면 화를 내고, 말하고 싶은 거 있음 말하고, 끙끙 앓지 말구요. 마음속에서 원하는 일을 표현 안 하고 가슴으로만 삭이려 드니까, 가슴이 아픈 거예요. 억압된 감정이 장기들을 자극하는 거라구요."

"……"

"하고 싶은 말 있으면 해요."

"……"

은서는 유혜란을 쳐다봤다. 하고 싶은 말? 하고 싶은 말?

이제는 꺼낼 수 없는…… 박혀버린 한마디가 있지, 세에게 말하고 싶어, 사랑한다고. 너무나 뒤늦게 알았다고. 언젠가 세가 해주었던 야간비행사 이야기를 그대로 세에게 해주고 싶어, 너는 내 고향이라고, 너는 이 세상을 살아가는 내 삶 속에서 내가 머리를 둘 데라고, 하지만 나, 은서는 고개를 숙였다. 하지만 나, 너를 위해 한 일이 아무것도 없어 말할 수 없어, 아니, 한 일들이 있지. 너를 위해 한 일이 아무것도 없기만 하다면 다행이련만, 한 일들이 있어. 너를 기다리게 하고, 너를 걷게 하고, 너를 아무것도 못 하게 하고, 너를 무시하고 너를 괴롭혀, 결국은 너를 분열시켰지. 이젠 분열도 끝나 내게서 마음이 떠나버린 너를 향해 이제 와 사랑한다고 어떻게 말할 수 있겠니.

은서가 도무지 바깥을 나오지 않으려 한다는 세의 말이 생각나 유혜란은 은서에게 주차장까지 배웅해달라고 했다. 생각이 없는 듯 그냥 앉아 있는 은서를 유혜란은 채근했다.

"배웅 안 해줄 거예요?"

그래도 가만히 앉아 있던 은서는 유혜란이 네? 하고 다시 채근하자 그때야 숄을 어깨에 걸치고 유혜란을 따라나섰다. 차밖에 은서를 두고 돌아서는 게 마음에 걸려 유혜란은 몇 번이고 뒤돌아봤다. 은서는 뒤돌아보는 유혜란을 향해 가만 서 있었다. 들어가요! 라고 몇 번이나 말해도 은서는 서 있다. 유혜란이 차를 빼면서 광장 길로 나서도 은서는 서 있다. 유혜란이 손을 흔들자, 은서도 손을 흔들었다. 광장 입구까지 와서 유혜란은 차를 세우고 그때껏 서 있는 은서를 돌아다봤다. 얼마 후에야 은서가 몸을 돌렸다. 유혜란은 은행나무에 튼 움을 바라

보며 걸어가는 은서를, 움이 트는 은행나무 위의 봄하늘을 가
끔 올려다보기도 하는 은서를 지켜봤다.

　방송일을 잘할 수 있을까? 생각했으나 저 여자는 잘 했다.
일을 즐기는 것 같진 않은데 저 여자는 너무나 열심히 일을 했
다. 아니, 한 게 아니라 하려고 애를 썼다. 그녀가 일에 빠져 있
다는 생각이 안 든 건 그 점이었을 것이다. 너무 애를 써서 위
태위태해 보이기도 했으니. 저것이었나, 그 위태로워 보였던
분위기가.

　은서가 보이지 않게 되자, 유혜란은 세가 기다리는 난 앞에
차를 세우고 난의 출입문을 열면서 멈칫했다. 놓아버린 거다,
저 여자는 어떻게 해서든 마음을 붙이려고 한 무엇을 놓아버린
거야, 그토록 일에 애썼던 것도 마음을 붙여보려는 그런 것이
었어, 위태로워 보였던 것도 그래서였어. 그런데 다 놓아버린
거야.

　봄이 깊은 밤이다.

　침대에 누워 있던 은서가, 누가 부르는 듯 몸을 일으켜 스탠
드 불을 켰다. 은서의 움직임이 깜짝 놀란 사람의 그것이어서
잠들어 있던 세도 눈을 떴다. 왜 그러느냐니까, 은서는 젖혀진
이불을 바로 펴서 세에게 덮어주고 거실로 나갔다.

　세는 담배를 꺼내 불을 붙였다.

　그날 은서와 헤어지고 난으로 들어온 유혜란은 더 늦기 전에
은서를 데리고 정신과에 가보는 게 좋겠다고 했다. 정신과? 세
는 난감해져서 유혜란을 쳐다봤다. 유혜란은 세를 질타하며 반

문했다. 대체 은서씨에게 무슨 짓을 한 거예요? 상실감에 병든 것 같아요. 마음에 큰 타격을 입지 않는 한 저럴 수는 없는데. 유혜란은 말했다. 대체 어떻게 했길래 저렇게 단박 늙은 여자로 만들어버렸죠?

병원에, 그것도 정신과에 가보자고 어떻게 말을 꺼내야 하는지.

세는 이수 생각을 했다. 이수가 있었으면, 그는 어떻게 해볼 수 있을 것 같았다. 은서는 무얼 하고 있나, 나가보려고 세가 태우던 담배를 재떨이에 막 비벼끄려는데 거실에서 은서가 부르는 소리가 들렸다. 세는 놀라서 가만 있었다. 내 이름을? 잘못 들었나, 하는데 은서가 다시 불렀다. 자신의 이름을 부르는 은서의 목소리가 밝디밝아서 세는 정말 저 목소리가 그 여자인가, 싶었다. 얼마 만에 저 여자에게 들어보는 이름인지.

나가보니 난 화분 앞에 은서가 서 있었다.

"꽃이 피었어."

다가가보니 난 잎 사이로 올라온 꽃대에 노란 꽃이 막 피어 있었다.

"잠 자는데, 이 꽃 피는 소리가 들렸어."

꽃이 피는 소리를? 세는 불빛 아래의 투명한 노란 꽃을, 그만큼이나 노래진 은서의 얼굴을, 쳐다봤다. 까다로운 수선도 얼마간 공을 들이면 꽃을 볼 수 있는데 난은 은서의 손길을 탄 지 삼 년이 다 되도록 꽃이 없었었다. 난의 가는 잎은 푸르디푸르렀다. 주근깨만한 점 하나 없이 죽 뻗은 싱싱한 푸른 잎에 꽃술이 닿을 듯하고 가는 바람처럼 향이 일어 은은했다.

방에 다시 들어와 누워 세가 스탠드 불을 끄려는데 은서가 뭐라고 중얼거렸다. 뭐라고? 세가 은서의 얼굴 가까이에 귀를 대며 물었다. 방금 뭐라고 했어? 세가 귀를 기울여 힘겹게 알아들은 은서가 중얼거리는 말은 불을 끄지 마, 였다. 왜? 너무 환하잖니. 은서가 세의 가슴에 이제는 가는 쌍꺼풀이 지워져버려 부은 눈을 힘없이 묻으며 속삭였다. 불을 끄면 네 얼굴이 안 보여.

에필로그

여기서 나, 그 여자 이야기를 끝내려 한다.

뒤에 남는 풍경으로 깊은 봄날을 남겨둔다. 깊은 봄날이었다고 말하겠다. 좀더 현실적으로 말할까, 유혜란이 노태수와 결혼하겠다는 청첩장을 우편함에서 꺼내오는 날이었다고. 어떻건 그날은 그 여자가 서성거리는 베란다로 햇솜 같은 봄햇살이 따사로울 것이다. 베란다 밑 화단에 봄꽃들이 수다스럽게 피어 저희들끼리 소근소근거려야 한다. 그리고 화단 너머 광장 너머 주변으로 목련이 지고 있어야지. 그 가벼운 꽃잎이 사방으로 흩어지고 있어야지. 이미 너무 많이 진 꽃잎들이 수북하게 쌓여져 있는 위로 또 떨어져 내려야지, 꽃 지는 그림자마저 아른아른 비칠 것 같은 투명한 햇살이 솜 같은 그런 날, 빈집의 탁자에 그 여자 홀로 부석한 옆모습을 보이며 오래 앉아 있었다고 쓴다. 힘겹게 일어나 베란다 창에 서서 또 오래 아파트 광장에 쌓이는 봄을 응시했다고 쓴다. 그 여자, 세수를 하려고 세면장으로 와서 이제 변해버린 제 얼굴을 물방울이 튄 거울 속으로 오래 들여다봤다고. 옷장을 열고 지난번 세의 작업실을 갔다 오다 보리싹을 사던 날, 시장에서 사왔던 긴 셔츠와 주름치마로 천천히 갈아입고 핀으로 흰머리가 은성한 머리를 빗질해 묶었다고 쓴다. 그리고 처음의 탁자로 돌아와 이수에게 편지를 쓰는, 그래, 그런 풍경을 남겨둔다. 처음엔 탁자에 앉아 한 줄을 쓰던 그 여자 뭐가 어색한지 탁자 밑에 엎드렸다고, 쓴다.

편지를 다 쓴 그 여자, 편지를 봉투에 넣고 주소를 쓰고 봉투에 풀칠을 하고 우표를 부치고…… 그리고 얼마간 서성였겠지. 그리고 자신이 인생이 무엇인지 전혀 모른다는 걸 다시 깨달았을지도. 편지봉투에 풀칠만 하지 않았다면 다시 편지 말미쯤에 그 말을 넣고 싶어했을지도 모를 일이다. 편지 말미에 나는 인생이 무엇인지 전혀 모르겠다고 쓰는 대신 빼놓은 전화선을 꽂고 어쩌면 전화를 했을지도. 전화는 어머니가 받았을지도. 아니 어쩌면 벨만 울렸을지도. 어머니가 받았다면 그 여자는 어머니에게 말했을 것이다. 화연일 잘 살펴주세요. 그 여자의 목소리에서 어머니는 불안을 느끼고 말했을지도 모른다. 지금 어려운 시간이 지나면 곧 전혀 다른 시간이 온다고. 마음을 진정시키고 조금만 더 견디라고. 그 여자는 어머니에게 처음으로 사랑한다고 말할 수 있을 것 같아 울었을지도 모른다. 하지만 한 번도 해보지 않은 말이기에 또 하지 못하고 겨우 말했겠지. 어머니. 내가 어머닐 미워했다고 생각하지 마세요. 어머니가

집을 나가 오랜 후에 돌아온 그날 나는 단박 닫힌 문 저 너머의
발소리가 어머니인 걸 알아보았었어요. 수화기를 놓고 겨울 내
내 아침마다 바가지에 산짐승들의 양식을 들고 산을 오르내렸
을 어머니, 그 산길의 어머니 뒷모습 하나에 힘을 얻어보려고
애쓰면서, 어머니가 가신 후에…… 어머니가 가신 후에……라
고 중얼거리며 베란다를 서성였을 것이다.

　하지만 봄날은 그 여자의 서성임을 넘어서게 아름다워야지.
희게희게 지는 목련이 공중에서 가볍게 떠돌고, 그 밑으로 이
미 진 꽃잎들 겹을 이루며 쌓여 있다가, 보드라운 햇살 사이로,
새로 돋은 은행잎의 푸름 사이로, 희디흰 새털구름 사이로 바
람이 일렁여야지. 그 공중으로 이제 꽃 핀 난의 향기가 섞였다
고, 그 순간이었다 해두자, 그 순간, 그 향과 함께 일렁이며 그
여자 육층에서 가벼이 몸을 날렸다고, 그 여자, 육층과 아파트
화단 사이에서 꽃잎처럼 가벼이 떠도는 순간, 완은 사무실에
서, 세는 학교에서 가슴이 터질 듯한 통증을 느꼈으리라고, 그
통증에 완이 들여다보던 컴퓨터 저절로 꺼지고, 세가 들고 있
던 분필 그의 손끝에서 저절로 떨어지고, 그래, 너무나 가까운
거리에서 나 그 여자를 잃었다고, 쓰고 만다. 사실은 그 여자에
게 살아갈 힘을 주고 싶었는데 그래서 무슨 전망이든 남기고
싶었는데, 나 전망이란 단어와 오래 싸우기만 했을 뿐. 한사코
이리로 오고 만 내 마음을 변명하지. 저도 바랐지요. 그 여자의
목선이, 손가락으로 따라가보고 싶게 아름다웠던 새를 닮은 그
여자의 목선이, 전망을 향해 날아가길 바랐지요. 보송한 솜털

이 나 있는 아래 단아하게 뻗어내려서 머리를 틀어올리고 장에
나가 찬거리를 사오고, 해질녘이면 밥물 위에 명란젓으로 계란
찜을 쪄내 식탁에 내놓길 바랬지요. 그 식탁을 넘어 무엇인가
를 일궈내서 바깥으로 퍼뜨리기를 바랬어요. 그런데 그 여자의
목선은 목에서 능선의 모양을 내며 내려오는 게 아니라 슬픈
식욕으로 인해 살이 쪄버림을 나, 막지 못했다고, 변명하기에
그 여자가 남긴 탁자 위의 편지는 세의 손을 통해 이수에게 전
해질 것이다.

　푸른 봄날 이수는 어떤 자세로 그 여자가 남긴 편지를 읽게
될까. 서서? 아니면 기대서? 편지를 쓰던 그 여자처럼 웅크리
고 앉아서 읽다가, 다시 자세를 바꿔 엎드리지 않을는지. 앞산
이 자꾸만 눈앞으로 다가드는 걸 무찌르려고 한사코 헛손질을
하며 읽게 되지는 않을는지.

　이수에게.
　나는 어디를 응시해야 할지를 모르겠구나.
　마음은 이렇게 사무친데 어디를 바라봐야 할지를 모르겠어.
이렇게 앉아보고 저렇게 앉아보다 바닥에 엎드려본다. 이렇게
엎드려본 지가 오래된 것 같은데, 줄곧 오래 전부터 이렇게 엎
드려 있었다는 생각이 드는구나. 이렇게 엎드려서 줄곧 무엇을
기다렸던 것 같은 생각이 드는구나. 어렸을 땐 내가 이렇게 엎
드려 있으면 네가 곁에 와 같이 엎드렸지. 그때 우리 엎드려서
무얼 기다렸니?

네가 내 곁에 엎드려 있다면 네게 묻고 싶어.

나는 어떤 사람이었느냐고.

여자가 남자에게 남자가 여자에게 사랑이라는 이름으로 묻는 이런 질문은 소용없단다. 시간이 지나면 형편없이 낯설어져 있거든. 나를 바라봤던 사람은 다른 곳을 보고, 나 또한 내가 바라봤던 사람을 버리고 다른 곳을 보고, 나를 보지 않던 사람은 나를 보지. 서로 등만 보지. 내가 참을 수 없는 것은 이것이야. 그렇게 변할 수밖에 없는 관계 속의 사람에게 내가 어떤 사람인가, 묻는다는 건 부질없는 일이지.

너는 내 동생. 너는 알겠지? 내가 어떤 사람인지. 너는 변하지 않고 내가 어떤 사람인지를 그대로 간직하겠지.

네가 이 편지를 읽을 때면 나는 곁에 없을 거란다. 그래도 대답해주렴. 내가 어떤 사람이었는지를. 나는 여기에 없어도 들을 수 있을 거야. 네가 바라보고 애착하는 것을 향해 대답하렴. 네가 바라보는 것이 네가 애착하는 것이 나일 거야. 영혼이란 그런 것 아니겠니. 마음속의 사람, 그 사람이 보는 것 속에 머물지 않겠니.

나, 인생에 대해 너무 욕심을 냈구나.

한 가지 것에 마음 붙이고 그 속으로 깊게 들어가 살고 싶었지. 그것에 의해 보호를 받고 싶었지. 내 마음이 가는 저이와 내가 한 사람이라고 느끼며 살고 싶었어. 늘 그러지 못해서 무서웠다. 그 무서움을 디디며 그래도 날들을 보낼 수 있었던 건 그럴 수 있을 거란 믿음이 있어서였지. 하지만 이제 알겠어. 그건 내가 인생에 너무 욕심을 낸 거였어.

이 깨달음은 내게 아무런 힘을 주질 않는구나. 내가 그를 볼 때, 그는 다른 그를 보고, 그는 또 다른 그를 보는, 그런 비껴감의 슬픔을 반복하며 저 봄에 발을 디딜 힘이 내겐 없구나. 그것들이 내게 남긴 공허와 망상과 환청과 의심으로는 버틸 힘이 없어.

일이 잘못되었어. 이렇게 되면 안 되는 것이었단다. 이렇게 잘못 되기 전에 다 정리하려고 했지. 지난 일들을 생각지 않으려고 했단다. 지나간 시간 속에서 다른 사람과 정다웠던 기억들, 다 창고 속에 넣으려 했단다. 그런데도 이수야. 어떻게 된 셈인지 이 세상에서 가장 믿을 만한 건 기억밖에 없는 것 같았어. 그것만이 유일한 것 같았다.

그래, 일이 잘못되었다. 나는 끊임없이 누군가 나를 지켜줄 거라고 생각했단다. 그 생각만 인생을 생각하게 했어. 그 생각만이 내가 잃어버린 것들을 찾아줄 것 같았어. 그 사람이 저이인가 하면 그이는 이미 내 편이 아니더구나. 왜 안 그러겠니. 세상에는 나 같은 여자들이 수도 없고, 한때나마 나를 사랑한 건 사랑이 존재하기 때문이지, 내가 사랑스러워서가 아냐. 서로 사랑했을 때조차도 그는 나를 만나지 않았다면, 나는 그를 만나지 않았다면 다른 이를 사랑했을 텐데 왜 안 그러겠니.

힘들게 해서 미안하다. 내가 살아갈 힘을 잃지 않으려고 애쓰지 않았다고 너만은 생각하지 말아다오. 힘을 잃지 않으려고 내가 믿는 기억들을 찾아 헤맸다. 그것도 힘이 되질 못해 어머니 얼굴을 떠올렸어. 어느 날은 책상 앞에 힘을 내야지, 힘을 내야지, 내 자신을 소중하게 여겨야지, 하고 써붙이기도 했지. 단 한번도 사랑한다고 말하지 못한 어머니 생각에, 숨만이라도 그분이 가신 다음에, 라고 내 자신에게 속삭이고 속삭였구나.

하지만 너무 늦었어.

나, 삶을 되찾기엔 너무 멀리 나와버렸어. 무엇이라도 간절하게 원하면 거기에 닿을 수 있다고 믿었지. 하지만 어찌된 셈인지 그 원하는 것에 닿아지지가 않았어.

너는 너 이외의 다른 것에 닿으려고 하지 말아라. 오로지 너에게로 가는 일에 길을 내렴. 큰 길로 못 가면 작은 길로, 그것도 안 되면 그 밑으로라도 가서 너를 믿고 살거라. 누군가를 사랑한다 해도 그가 떠나기를 원하면 손을 놓아주렴. 떠났다가 다시 돌아오는 것, 그것을 받아들여. 돌아오지 않으면 그건 처음부터 너의 것이 아니었다고 잊어버리며 살거라.

이수야.

너에게 미안해.

이렇게 일찍 헤어질 줄 몰랐어. 이제는 나를 지킬 사람은 나 자신뿐이고, 힘을 얻어서 살아가야 한다고 내게 속삭이고 속삭였단다. 하지만 너무 늦었구나. 이 글을 네가 읽게 될 때면 나는 없을 거야. 너 혼자 견뎌야 할 거야. 미안하구나. 하지만 나 죽어서도 너를 볼게. 보면서 너를 지켜줄게. 나, 인생을 망치겠다는 게 아니라 여기에 그만 있겠다는 것이니 나를 잊지는 말아다오. 어렸을 때 너는 기분이 나쁘거나 화가 나면 온종일 내 이름을 부르지 않았지. 너는 그때 '서' 자 발음을 잘못해서 나를 '시'야, 그랬단다. 은시야, 라고. 나를 기억해다오. 네 앞에 있는 모든 게 나일 거야. 네가 보는 산과 바다, 아스팔트나 전봇대 같은 것도 나일 거야. 난 네가 내가 살려고 애쓴 것들을 모를까봐 걱정이 돼. 내가 어떤 사람인지 네가 알고 있다면, 가끔씩 잊지 말고 내 이름을 불러줘. 나, 어디서나 대답할게.

나, 이렇게 나를 놓아버리지만 않았다면 언젠가 너에게 읽어줄 글을 새로 시작할 수 있을 텐데, 그럴 텐데, 아마도 그 글은 이렇게 시작되었겠지.

나, 그들을 만나 불행했다.
그리고 그 불행으로 그 시절을 견뎠다.

작가의 말

그 여자 이야기를 쓰려 한다.
이름을 은서(恩瑞)라 짓는다.

첫 장편소설인 깊은 슬픔의 첫 문장을 위와 같이 쓰고 십삼
년이 흘렀다. 개정판이라 하나 표지를 바꾸고 상하로 나뉘어져
있던 것을 한 권으로 합쳐놓아 책이 무척 두꺼워졌을 뿐이다.
교정지를 책상 위에 일 년 가까이 올려놨으나 문장 하나 손대
지 않았다. 이따금 깊은 슬픔 앞에서 손깍지를 깊이 끼고 있다
가 어느 날 남자가 여자의 속눈썹을 세어보는 장면과 마주쳤
다. 속눈썹 숫자가 너무 적은 것 같아 숫자를 바꿀까 하다가 그
것도 그대로 두었다. 그때 내가 선택했던 그 숫자에 대한 의미
를 지금은 잊었지만 그땐 절실히 그 숫자여야만 했을 이유가
있었을 것이기에. 어디 한 군데를 건드리면 와르르 무너질 것

같았기에. 내가 썼지만 그때였기에 쓸 수 있었지 지금의 나는 도저히 그렇게 표현할 수 없는 것들에 오히려 내가 놀라기도 했다.

오로지 '너'에 그토록 집중할 수 있었다니, 아, 그때는 '너'만 있으면 되어서, '너'만 아름다워서, 어떤 식으로든 '너'의 곁에 존재하고 싶었기에,

나, 그들을 만나 불행했다.
그리고 그 불행으로 그 시절을 견뎠다.

라는 문장을 끝 문장으로 택할 수 있었을 것이다. 수많은 '너'들이 사라졌는데도 이 작품의 첫 문장과 끝 문장을 골라내던 그때의 열정이 이렇게 고스란히 되살아나 겁이 나기도 하다. 지나온 곳으로는 어디로도 돌아가지 말자, 고 다짐한다.

2006. 2. 19. 일요일에
신경숙 씀

신경숙

1985년 『문예중앙』 신인문학상에 중편소설 「겨울 우화」를 선보이며 작품활동을 시작한 이래 소설집 『겨울 우화』 『풍금이 있던 자리』 『오래전 집을 떠날 때』 『딸기밭』 『종소리』 『모르는 여인들』, 장편소설 『깊은 슬픔』 『외딴방』 『기차는 7시에 떠나네』 『바이올렛』 『리진』 『엄마를 부탁해』 『어디선가 나를 찾는 전화벨이 울리고』 『아버지에게 갔었어』, 연작소설 『작별 곁에서』, 짧은 소설 『J 이야기』 『달에게 들려주고 싶은 이야기』, 산문집 『아름다운 그늘』 『자거라, 네 슬픔아』 『요가 다녀왔습니다』, 한일 양국을 오간 왕복 서간집 『산이 있는 집 우물이 있는 집』 등을 펴냈다. 『엄마를 부탁해』가 미국을 비롯해 41개국에 번역 출판된 것을 시작으로 다수의 작품들이 영미권을 중심으로 유럽과 아시아 등에 출판되었다. 오늘의 젊은 예술가상, 한국일보문학상, 현대문학상, 만해문학상, 동인문학상, 이상문학상, 오영수문학상, 호암상 등을 받았으며 『외딴방』이 프랑스의 비평가와 문학기자가 선정하는 '리나페르쉬 상' 을, 『엄마를 부탁해』가 '맨 아시아 문학상' 을 수상했다.

문학동네 장편소설

깊은 슬픔
ⓒ 신경숙 1994

1판 1쇄	1994년 3월 26일
1판 71쇄	2004년 3월 17일
2판 1쇄	2006년 3월 30일
2판 29쇄	2025년 11월 3일

지은이 신경숙

책임편집 조연주 김경미 | 저작권 박지영 형소진 주은수 오서영 조경은
마케팅 정민호 서지화 한민아 이민경 왕지경 정유진 정경주 김혜원 김예진 이서진
브랜딩 함유지 박민재 이송이 박다솔 조다현 김하연 이준희
제작 강신은 김동욱 이순호 | 제작처 한영문화사(인쇄) 경일제책(제본)

펴낸곳 (주)문학동네 | 펴낸이 김소영
출판등록 1993년 10월 22일 제2003-000045호
주소 10881 경기도 파주시 회동길 210
전자우편 editor@munhak.com | 대표전화 031)955-8888 | 팩스 031)955-8855
문학동네카페 http://cafe.naver.com/mhdn
인스타그램 @munhakdongne | 트위터 @munhakdongne
북클럽문학동네 http://bookclubmunhak.com

ISBN 89-546-0127-8 03810

www.munhak.com